JN010299

ロシア文学からの旅

交錯する人と言葉

中村唯史
坂庭淳史 編著
小椋 彩

シリーズ
世界の文学をひらく 6

ミネルヴァ書房

はじめに

——ロシア文学の「現場」から始まる旅へ——

ロシア文学と言うと，皆さんはどのような作品，作家を思い浮かべるでしょうか。「正しい目的のためならどんな手段も許される」という論理に基づき，金貸しの老婆を殺害した青年の彷徨をたどったドストエフスキーの『罪と罰』。ナポレオン軍がモスクワまで侵攻した1812年をクライマックスとして，500人以上と数匹を登場させ，ロシア社会の諸相をパノラマのように活写したトルストイの『戦争と平和』。あるいは滅びゆく貴族階級の古き良き生活の幻影を，ときに叙情的に，ときにコミカルに描いたチェーホフの戯曲『桜の園』でしょうか。これらの作品は，たしかにロシア文学の最高峰と見なされ，日本を含む世界中で読まれてきました。とはいえ，19世紀から20世紀初めのロシアは，その他にも多くの詩人や作家を輩出しています。1917年のロシア十月革命以降も，ソ連体制との張りつめた関係のなかで，優れた作品が書かれてきました。

本書は，これまでロシア文学をあまり読んだことのない学生や一般の方々に，ロシア文学の「現場」にできるだけ具体的なかたちで近づいてもらおうという意図のもとに編まれた入門書です。文学の場合，「現場」とは，何よりもまず作品テクストのことです。第Ⅰ部「テクスト——ロシア文学の作家と作品」では，見開きの各項目において，中世の文学作品からはじめて，おもに19世紀から今日までのロシア文学の重要な作家と，その代表作を紹介しています。第Ⅰ部を，各セクション冒頭の「イントロダクション」を道案内にして読み進めると，近代以前から現代までのロシア文学の大きな流れがつかめると思います。

各項目の冒頭には，作品の鍵とも言うべき箇所の原文と日本語訳を掲げています。これは皆さんに作品の実際の言葉に触れてもらいたいからです。日本の文芸批評を確立したと言われる小林秀雄は，ロシア文学を念頭に置いて，「国民性とは大作家たちの名科白の一大集積を指す」と述べています。各項目は言葉から作品，作品から作家，そして作家を取り巻いていた思潮や社会状況へと，しだいに視野を広げて書かれていますが，冒頭の引用の言葉を眺めていくだけでも，なにかロシア文学のエッセンスのようなものを感じられるかもしれません。

第Ⅰ部ではまた，時代別のセクションの後に，詩に関する独立したセクションを設けています。ヨーロッパ諸語とは言語的な隔たりが大きく，近代文学では小説に比重が置かれてきた日本では，ロシアの詩が広く読まれてきたとは言えません。しかし，名詞や形容詞等の性・数・格変化によって語尾音が統一されるためもあって音楽的で，演説や朗読においてとりわけ美しく響くと言われるロシア語を母語としている人たちの心には，今日に至るまで，詩が大きな場所を占めています。詩のセクションを設けたのは，小説が目立つロシア文学の根底に，じつは詩が息づいている事実に鑑みてのことです。

「コンテクスト——ロシア文学とその周辺」と題する第Ⅱ部は，文学とその隣接領域（思想や宗教，心象風景やメディア環境，ジャンルなど）との関係についてのテーマを集めています。文学という営みは，それを生んだ社会の伝統や，時代の状況・思潮，他の芸術の動向などから断絶しているわけではありません。むしろ逆に，それらとの相互関係の中で展開してきたのです。

とりわけロシア文学を読む際には，この点を考慮しないわけにはいきません。ロシアでは近代に入ってからも言論や表現に対する統制が続いてきましたが，社会批評や思想的言説としては公にすることを認められないような見解も，小説中の人物や語り手の発言としてなら活字にできる場合がありました。また，さまざまな困難に直面するなかで，詩人や作家や文芸批評家どうしはもちろんのこと，画家や演劇人，映画人，社会評論家や宗教思想家までもが，言論のうえで，また実際の人間関係においても密接に関係し，交流していました。〈知識人《インテリゲンツィア》〉と総称される，これらの人々が主に創り出したロシアの文学・文化・思想では，分野やジャンルの間の垣根は，他の国の場合よりも低かったのです。（とはいえ，文学を主要な対象とする本書では，第Ⅱ部の諸項目も，基本的には文学との関わりに重点を置いて書かれています。第Ⅰ部と同様，各項目の冒頭でテーマと関係するテクストを引用しているのも，皆さんにまず具体的な言葉を通してイメージを持ってもらいたいと思ってのことです。）

このような知的風土の中から生まれたロシア文学の諸作品は，時代や分野の別を越えて，たがいに強く呼応し合っています。既存の作品や同時代の言説を下敷きにして，それらに言及したり引用したりするとともに，それらとの差違を追求することでオリジナリティを，新たな価値を創り出す〈インターテクスチュアリティ〉の事例によく出会うのは，そのためです。本書では，作家と作家，作品やテーマ間の相互関係を目に見えるかたちで示す目的から，しばしばクロスレファレンスを採用しています。側注などに，たとえば「☞Ⅰ-B-[3]」と記載されていたら，ぜひ第Ⅰ部のセクションB「19世紀の文学」の第[3]項目，すなわち「アレクサンドル・プーシキン『青銅の騎士』」のページをめくってください。プーシキンという作家，『青銅の騎士』という物語詩が同時代と後世に与えた影響の大きさと深さを実感できるはずです。

ところで，ここまで「ロシア文学」という語をごく当たり前のように使ってきましたが，じつを言えば，これを厳密に定義するのはそれほど簡単なことではありません。どこからどこまでがロシア文学であるかの境目をはっきりとは定められないからです。東スラヴ人たちの諸集団が現在の国家のような形をとっていなかった中世に書かれた作品は，今日ではロシアでもウクライナでも自国の古典と見なされています。近代に入ってからも，たとえば『鼻』や『外套』で有名な，19世紀前半のロシア文学を代表する作家ゴーゴリは，当時はロシア帝国の版図に入っていたウクライナの出身です。19世紀半ばに活躍した「ウクライナ国民文学の父」タラス・シェフチェンコも，ロシア語で文章を書くことがありました。ミュージカル『屋根の上のヴァイオリン弾き』の原作として有名な『牛乳屋テヴィエ』を書いた，19世紀末のイディシュ語作家ショレム・アレイヘムも，自作のロシア語訳を通して同時代のロシア人読者や批評家に知られていました。

20世紀に入ると，世界初の社会主義革命が起き，ロシア帝国はソヴィエト連邦となりましたが，この体制は，ロシア文学を模範としながらも，多民族・多言語文学をめざしました。この体制下で書かれた作品は当時「ソヴィエト文学」と総称されましたが，その中にはロシア語以外の言語で書かれた文学や，非ロシア語母語話者がロシア語で書いた作品も含まれていたのです。本書でも取り上げている現代の作家アレクシエーヴィチは，ウクライナ生まれでベラルーシ国籍のロシア語作家ですが，彼女のような例はソ連期には珍しくありませんでした。その一方で，ロシア革命やソ連体制に反対して亡命し，ロシア語による創作活動を国外で展開した作家・詩人も数多くいました。本書第Ⅰ部のCセクションとDセクションで取り上げている20世紀の代表的な作家たちのうち，じつに3割以上が亡命を経験しています。

ロシア文学の範囲の特定が困難なのは，このように民族・言語・帰属の境界が一致せず，錯綜しているためです。同様の状況は，どの国の文学にも見られますが，ユーラシア大陸の過半に及ぶ広大な面積を占め，さまざまな言語・民族・宗教が混在し，かつ政治的・思想的亡命者を多く生んだロシアの文学では，とくに顕著でした。

最近の文学研究では，「民族」や「国家」の枠を超え，個々の作家の言語や思想，軌跡やネットワークに着目して考察する動きが強まっています。このような潮流は，国別の文学史で取りこぼされてきた越境作家やマイノリティの文学に光を当てました。本書で言えば上記のショレム・アレイヘムや，ロシア語と英語の両方で執筆したナボコフやブロツキーなどのバイリンガル作家を捉えるには，国別や言語別ではなく，越境的な観点が不可欠です。

ただし，その一方で，近代から現代にかけての作家の多くが，「民族」や「国家」の枠内で思考し，書いていたことも事実です。今日の観点から見れば越境的な作家もそれは同様で，彼らは「民族」や「国家」を超えた認識を表現するためにも，これらの言葉や理念を使わないわけにはいかなかったのです。

文学の「現場」にできるだけ具体的に近づこうとする本書は，「ロシア文学」という枠組が当時の人々によって当然のものと受けとめられていた事実を重視します。ただし，この枠組を絶対視するのではなく，むしろ「ロシア」を世界へ，「文学」を時代や状況へとひらいていきたいと考えるのです。本書の二部構成と，『ロシア文学からの旅——交錯する人と言葉』という題名は，私たち編者のこのような志向の表れです。

本書には，ロシア文学を中心に，スラヴ文献学，ロシア思想・絵画・音楽・映画，比較文学などを専門とする70名の研究者が執筆していますが，こうした志向はほぼ共有されていると思います。と言うのも，ロシア文学の成り立ちのゆえに，その研究は国別の枠を越えないわけにはいかないからです。日本と同様に近代化の後発国だったロシアの文学は，まず西欧の文学・思想を吸収・消化し，それを自分たちなりに変換するなかから独自性を強め，確立されました。近代以降の「ロシア文学」は，その成立からすでに〈インターテクスチュアル〉だったのです。ですから，ロシア文学は，「民族」や「国家」などに縛られた作家の主観や読者，意識を内に抱えてはいますが，じつはそれらの理念の枠内には収まりません。作品テクストという文学の「現場」から出発して，状況や世界へとひらいていく本書の旅は，このようなロシア文学の特性そのものに導かれているのかもしれません。

本書の編集の終盤にさしかかったころ，ロシア軍によるウクライナ侵攻がはじまりました。本書の準備は2年半ほど前から進んできたのですが，上に書いたような考えは，編者たちにとっても，ロシア語で書かれたテクストの森を旅するうちに，しだいにはっきりしたかたちをとったのです。軍事侵攻という状況の中でも私たちは，ロシア文学を旅するなかから生まれた本書の方針を変更する必要を感じませんでした。ロシア語で書かれた文学の多くが，権力や体制や時々の社会が生んだ抑圧や不条理に対する批判，抵抗であり，違和感の表明であり，異議申し立てだからです。

今回の戦争をきっかけに世界中で生じているのは，たとえば「私たち」と「彼ら」というような，明快だが単純な二項式が，人々の意識の中で急速に強まり，実体化し，力を帯びて，逆に人々の意識を束縛し，上書きしてくるという事態です。ですが文学は昔から，時代や社会に支配的な見解や枠組の壁を超え，あるいは穿《うが》ち，ずらしてきました。人と人が語り合うために存在する言葉や，多様な価値の交錯から生まれてくる文学は，自由な旅を妨げる分断や暴力や抑圧といったものに我慢がならないのです。

読者の皆さんにとって，本書が，ロシア語で書かれた文学に触れ，さまざまな時代に生きたロシアの人々の生，その思考や感情，怒りや苦悩や躊躇やアイロニーや哄笑を感じとるきっかけとなるなら，編者としてこれ以上の喜びはありません。

編者代表　中村唯史

目　次

第Ⅰ部　テクスト――ロシア文学の作家と作品

地　図

★ロシア文学を紹介するという本書の趣旨に鑑み，
地名はロシア語の呼称に統一しています。

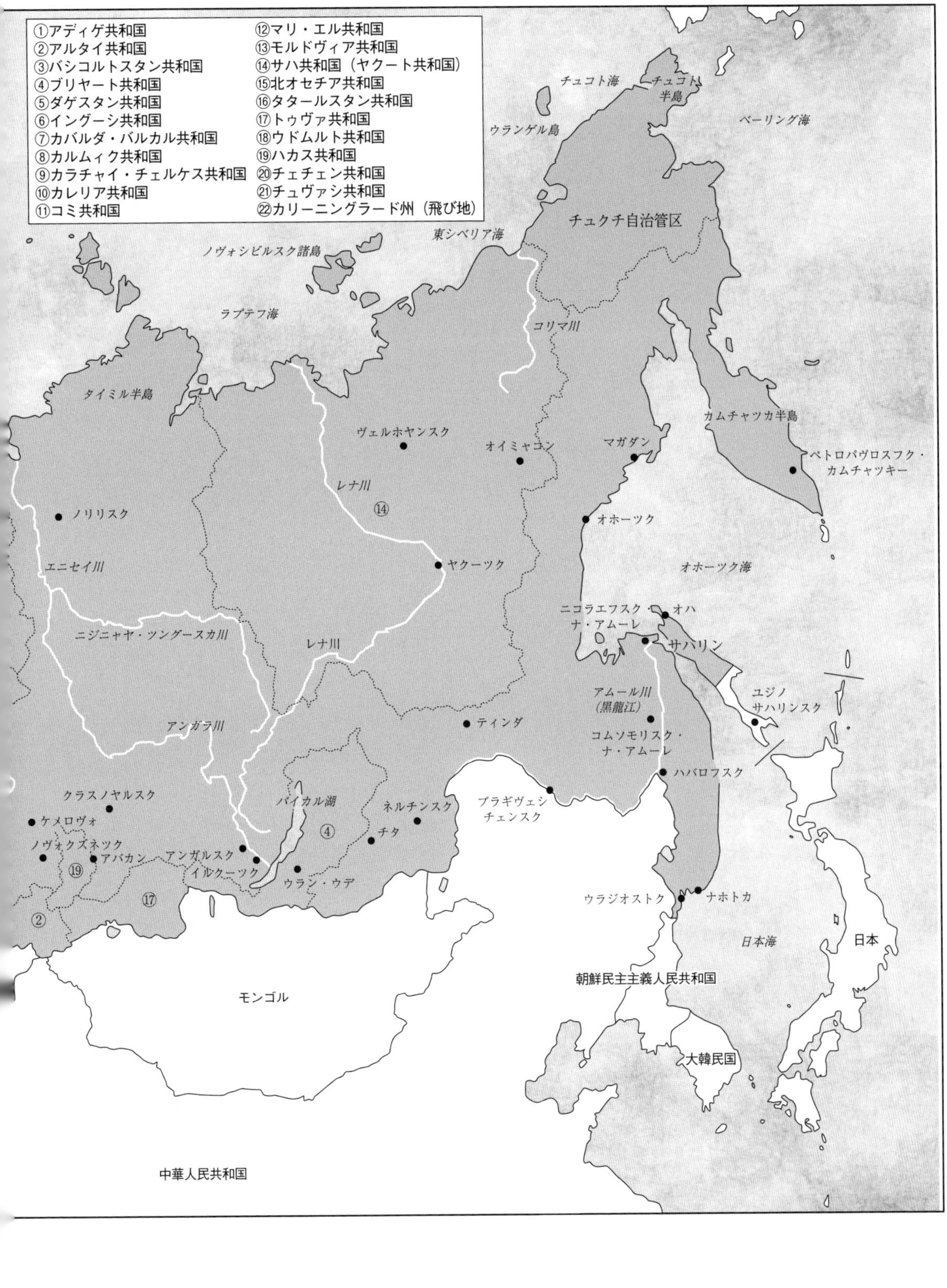
①アディゲ共和国
②アルタイ共和国
③バシコルトスタン共和国
④ブリヤート共和国
⑤ダゲスタン共和国
⑥イングーシ共和国
⑦カバルダ・バルカル共和国
⑧カルムィク共和国
⑨カラチャイ・チェルケス共和国
⑩カレリア共和国
⑪コミ共和国
⑫マリ・エル共和国
⑬モルドヴィア共和国
⑭サハ共和国（ヤクート共和国）
⑮北オセチア共和国
⑯タタールスタン共和国
⑰トゥヴァ共和国
⑱ウドムルト共和国
⑲ハカス共和国
⑳チェチェン共和国
㉑チュヴァシ共和国
㉒カリーニングラード州（飛び地）
チュコト海
チュコト半島
ウランゲル島
ベーリング海
チュクチ自治管区
東シベリア海
ノヴォシビルスク諸島
ラプテフ海
コリマ川
タイミル半島
カムチャツカ半島
ヴェルホヤンスク
オイミャコン
マガダン
ペトロパヴロフスク・カムチャツキー
レナ川
⑭
ノリリスク
オホーツク
ヤクーツク
エニセイ川
オホーツク海
ニコラエフスク・ナ・アムーレ
オハ
サハリン
ニジニャヤ・ツングースカ川
レナ川
アムール川（黒龍江）
ユジノサハリンスク
ティンダ
コムソモリスク・ナ・アムーレ
アンガラ川
ハバロフスク
クラスノヤルスク
バイカル湖
ブラギヴェシチェンスク
ネルチンスク
ケメロヴォ
④
チタ
ノヴォクズネツク
アバカン
アンガルスク
⑲
イルクーツク
ウラン・ウデ
⑰
②
ウラジオストク
ナホトカ
日本海
日本
朝鮮民主主義人民共和国
モンゴル
大韓民国
中華人民共和国

ロシア文学からの旅

交錯する人と言葉

1 ロシア文学の時間

Время русской литературы

Russians are, let us say, obsessed with the idea of history itself.

ロシア人は，言ってみれば，歴史という理念そのものに憑かれている。

1 ロシア史の時間

教科書風に言うと，ロシアの歴史は６つの時代に大別できる。(1)９世紀末に現在のウクライナ共和国に当たる地域に形成され，13世紀半ばまで続いた封建諸侯のゆるやかな連合体キエフ・ルーシ[1]の時代，(2)モンゴル帝国から派生したキプチャク・ハン国等に従属していた13世紀中葉から15世紀後半までの〈タタールのくびき[2]〉の時代，(3)北方で勃興したモスクワ大公国[3]が封建諸侯や都市国家を併合し，統一国家の形成に近づいた15世紀後半から16世紀末まで，(4)一時的な混乱の後，ロマノフ王朝の下で拡大した1613年から1917年までのロシア帝国[4]の時代，(5)17年の十月革命によるボリシェヴィキの政権奪取からソヴィエト社会主義共和国連邦[5]を国名としていた91年まで，そして(6)ソ連崩壊から現在に至るロシア連邦[6]の時代である。おもに国家体制に基づくこの区分に加えて，ロシアの文化や精神史を考えるうえでは，10世紀末にキエフ・ルーシが東方正教会を国教として受け入れたことや，ロシア帝国皇帝ピョートル１世[7]が新都サンクト・ペテルブルクを建設した18世紀初頭から本格的に西欧化が志向されたことも，文字通り画期的なできごとだった。

▷1　Киевская Русь.

▷2　Монголо-татарское иго.

▷3　Московское княжество.

▷4　Российская империя.

▷5　Союз Советских Социалистических Республик．略称 СССР.

▷6　Российская Федерация.

▷7　Петр I. 在位1682-1725.

もっとも，上記の流れを「ロシア史」と呼ぶには若干の留保が必要だ。日本も含め，どんな国の歴史でも程度の差はあれ同様だが，とりわけユーラシア大陸の広範な地域で多様な民族と文明が交錯してきた経緯を「ロシアの歴史」としてのみ捉えるような視点は，多くのことを見落としてしまう。たとえば本書で扱っている『ボリスとグレープの物語[8]』や『イーゴリ軍記[9]』などは，ロシアだけでなく，ウクライナ文学の古典でもあると見るべきだろう。成立当時，ロシア人，ウクライナ人としての意識はまだ確立しておらず，「ルーシの民」としての共通性の方が勝っていたと考えられるからだ。

▷8　☞Ⅰ-A-1

▷9　☞Ⅰ-A-2

2 ロシア文学史の時間

私たちが現在イメージするロシア文学とは，18世紀からの西欧化の過程で英独仏などの文学が輸入され，模倣と変換をくり返すなかから，19世紀以降しだいに独自性を強めてきた営為の集積である。国民文学の展開と民族意識の確立とが密接な関係にあったことは世界共通の現象だが，近代化の後発国ロシアもその例外ではなかった。当初は西欧諸語とその文芸を熟知している少数の上流層に限られていた文学の受容の範囲が，知識層の増加や流通網の発達などによってしだいに拡大した過程も，時代や規模の違いはあれ，他の国々と同様である。19世紀前半の詩人プーシキン[10]が遡及的に「ロシア国民文学の父」と位置づけられたのは，1861年の農奴解放令の帰結として文学のジャーナリズム化や国民教育の試みが始まった19世紀末のことだった。

ただし，ロシア文学が国民全体に共有されるようになったのが，識字率の向上と教育制度の確立が最終的に達成されたソ連体制下であったことは，日本や西欧の文学との大きな違いだろう。〈民族／国民国家《ネーション・ステート》〉ではなく多民族国家が目ざされていたことと，思想統制と計画経済の下で結果的に文学の商品化が抑制されたことは，ソ連における文学の意義と受容のさまを，良かれ悪しかれ西側とは違ったものにした。もっとも，その特殊性は，社会主義体制の崩壊後，急速に薄れてきたようにも見える。

▶10 ☞Ⅰ-B-2 3

図1 1901年にサンクト・ペテルブルクで刊行された民話シリーズ（серия « Сказки »）の表紙。イワン・ビリビン（Иван Яковлевич Билибин. 1876-1942）画

19世紀末からの〈銀の時代〉には，出版技術の向上，読者層の拡大，民族主義の広がりなどを背景に，ロシアの民話や昔話がさかんに刊行された。ビリビンは民衆芸術の伝統を巧みに取り入れた挿画や装丁で活躍し，「古き良きロシア」の視覚化に決定的な役割を果たした。ただし，当時流行していたジャポニスムにも関心を抱いていたビリビンは，ときには葛飾北斎や歌川歌重の浮世絵のモチーフをロシア民話の挿画に取り入れることもためらわなかった。

出典：*Верижникова, Татьяна Филипповна.* Иван Яковлевич Билибин 1876–1942. СПб.: Аврора, 2001.

3 作品と時間

文学作品に流れる時間は，一般的な国史や文学史のような，時系列に即した記述では捉えきれない。文学という場では，記憶や時間がたえず，くりかえし想起や忘却や無化の対象となり，重層的に立ち現れてくるからである。

〈民族〉というパラダイムが確立しつつあった19世紀前半や，社会主義というイデオロギーの土着が図られていたソ連前期には，過去を一定の展望《パースペクティヴ》に基づいて語ろうとする歴史小説が隆盛した。その一方，市場経済や都市化など資本主義原理の浸透が見られた19世紀後半には，なおトルストイ『戦争と平和』[11]のような歴史大河小説も書かれる一方で，時間を極度に凝縮したドストエフスキー[12]や，主として「今・ここ」に焦点を当てたチェーホフ[13]のような文学も生まれている。神秘的世界観が支配的だった19世紀末から20世紀初の〈銀の時代〉[14]には，文学や思想の領域で永遠の〈イデア〉の形象化がさまざまに図られたし，後期ソ連文学においては，唯物史観に則った公式の歴史的時間を個々人の記憶や知覚に即して相対化したり，解体したりする試みがおこなわれた。

▶11 ☞Ⅰ-B-13

▶12 ☞Ⅰ-B-10 12

▶13 ☞Ⅰ-B-22 23

▶14 Серебряный век.

これらの試みは，文章そのものを読むかぎりは，歴史や時間を無化したり，超克したりして，形而上的な永遠に至ることを目ざしていたように見えるが，実際には苛酷な過去や現在に精神的に対峙していくための選択だった。ロシアでは，無時間的・脱歴史的に見える作品も，時間や歴史を強く意識しながら書かれてきたのである。〈ポストモダン〉と呼ばれる現代の文学においてすら，真摯あるいは荒唐無稽なかたちで，過去が想起され続けていることも考え合わせるなら[15]，冒頭に引用した米国の研究者ワフテル[16]のことばのように，たしかにロシア文学は歴史に憑かれてきたと言えるのかもしれない。（中村唯史）

▶15 ☞Ⅰ-D-4～7など

▶16 Andrew Baruch Wachtel. 1959-.

2 ロシア文学の空間

Пространство русской литературы

…это был бесформенный клуб пустоты, источающий ледяной холод.

……それは氷のような寒気を吐き散らしている，無定形な空虚の渦だった。

1 文学と空間

ロシア・フォルマリズム[1]の批評家トゥイニャーノフ[2]は，その論考「文学の進化について[3]」の中で，どんな現象でも視点をどこに置くかによって見え方が変わるのだから，文学を考える際には文学系列の内部に視点を置いたうえで，そこからまず文学的諸現象を分析し，次に文学に隣接する文化的・言語的・思想的等の諸系列，さらにその外に隣接する社会的諸系列へと，しだいに視野を広げていくべきだと主張している。これを文学と空間の関係に当てはめるなら，文学に直に隣接しているのは，空間そのものではないと言わなければならないだろう。文学に表れているのは，物理的な空間に対して人々や社会や時代が抱いてきた「心象」地理や空間「イメージ」の方なのである。

▷1　☞Ⅱ-A-5

▷2　Юрий Николаевич Тынянов. 1894-1943.

▷3　« О литературной эволюции ». 1927.

2 歴史的―社会的形成物としての心象風景・心象地理

もちろんこれは，文学的な空間が現実の空間と無関係という意味ではない。たとえばロシアと聞いて多くの人々が思い浮かべるだろう白樺や針葉樹の林，地平線まで広がる平坦で単調な大地，寒くて厳しい自然等々の情景は，たしかに実在する風景のなかで出会うものだ。だが広大な国土に北極圏から半砂漠地帯まで多様な風景を有するにもかかわらず，ロシアにおいて茫漠とした平原やどこまでも続く森林こそが「典型的な」風景として選択され，〈原風景〉として共有されるようになったことについては，時代の思潮や価値観，美意識などが大きく作用している[4]。心象の風景とは実在の自然の単なる反映ではなく，歴史的―社会的な形成物なのである。

図1　ロシア中部の「典型的な」風景（2009年）

出典：筆者撮影。

▷4　☞Ⅱ-B-3，Ⅱ-C-8

個々の地域についてのイメージにも同じことが言える。18世紀後半の古典主義の時代には古代ギリシア文明の故地と位置づけられていたウクライナが，19世紀前半のロマン主義の時代にはロシアの〈原故郷〉と見なされたことは[5]，地域や民族の意味づけもまた，そのときどきの思潮に大きく左右されてきたことの一例である。ロシア文学においてコーカサスが異郷性《エキゾチシズム》を象徴する場となり，そこに住む人々が代表的な〈他者〉として表象されるようになったのも，ロシア帝国がコーカサスを併合していた19世紀前半に，当時の文学の担い手・受容

▷5　☞Ⅱ-B-4

層だった貴族層がロシア人としての〈自己〉意識を育みつつあったことが影響したのである。[6]

▶6　☞Ⅱ-B-2

3　都市と農村

19世紀から現在に至る文学の展開は，社会の近代化と並行していた。イデオロギー性を強調されがちなソ連にしても，一面では近代化を推進するための機構だったのであり，今日この体制に帰せられているさまざまな弊害のうちには，社会主義というより近代化に固有の負の側面も少なくない。

大都市サンクト・ペテルブルクとモスクワを舞台とする作品には，近代化に不可避的に伴った都市化や市場経済の浸透，共同体からの疎外や自然との断絶等がよく表れている。それはゴーゴリの「ペテルブルクもの[7]」，ドストエフスキーの『罪と罰[8]』などの〈ペテルブルク神話[9]〉，象徴派のブローク[10]や，ブルガーコフ[11]の幻視のように，しばしば悪夢的なヴィジョンにまで至った。

▶7　☞Ⅰ-B-6

▶8　☞Ⅰ-B-10

▶9　☞Ⅱ-B-1

▶10　☞Ⅰ-C-4

▶11　☞Ⅰ-C-14

これに対して農村や田園生活は，近代化に対するアンチテーゼとして描出されることが多かった。19世紀後半には自然の名において文明を否定したトルストイ[12]，ソ連初期には革命と国内戦の嵐の中で古き良き農村への郷愁をうたった詩人エセーニン[13]，20世紀後半には農村と民衆《ナロード》の価値観をソヴィエト体制に対峙する原理にまで高めようとした〈農村派[14]〉が現れている。もっとも，チェーホフ[15]やゴーリキー[16]など平民出身の作家の中には，このような農村と民衆の理想化に対して批判的な者もいた。

▶12　☞Ⅰ-B-13 17

▶13　Сергей Александрович Есенин. 1895-1925.

▶14　Деревенская проза. 主に1960-80年代に農村とそこに住む人々の倫理や価値観に立脚してソ連の過去と現在を批判する作品を書いた作家たちの総称。☞Ⅰ-C-25

▶15　☞Ⅰ-B-22 23

▶16　☞Ⅰ-B-21 24

4　空虚としてのロシア

19世紀前半の思想家チャアダーエフ[17]は『哲学書簡』の「第1書簡[18]」で，ロシアの過去を世界史の流れから隔絶した，まったくの「欠如」であると断言した。そのために政府から公式に狂人の烙印を押され，その後の執筆を禁じられたが，彼の真意は，過去に束縛されない「白紙」であるロシアにこそ，既存の諸文明を総合し，世界史の新しいページを開く使命が神から与えられていると主張することにあった。チャアダーエフが打ち出した「空虚」としての自己イメージは，茫漠とした空間の広がりという〈原風景〉と重なるかたちで，後続の世代にも引き継がれていった。とりわけ19世紀末から20世紀の文学や思想には，ロシアを「空虚」や「無」のイメージで語る言説が数多く現れている。

▶17　Петр Яковлевич Чаадаев. 1794-1856.

▶18　« Философические Письма. Письмо первое ». 1836.

20世紀末に絶大な人気を誇った作家ペレーヴィン[19]は，ソ連崩壊直前に発表した短編『水晶の世界[20]』で十月革命の前夜を描いたが，西欧化を象徴する街ペトログラードに押し寄せて来るロシア革命のカオスを魔物めいた霧のイメージに重ね，冒頭の引用のように表現している。「空虚としてのロシア」のイメージは，チャアダーエフから〈ポストモダニズム〉の旗手と呼ばれたペレーヴィンにまで，脈々と受け継がれてきたのである。　　（中村唯史）

▶19　☞Ⅰ-D-5

▶20　« Хрустальный мир ». 1991.

3 ロシア文学の言語
Языки русской литературы

Умом Россию не понять, / Аршином общим не измерить; / У ней особенная стать — / В Россию можно только верить.

頭じゃロシアは分からない／杓子定規に測れない／変わった人となりだから—／ロシアは信じるほかにない

1 文学と言語

国は興亡を繰り返し，人は移動と交流を重ね，言葉は常に変化する。したがって，ある文学が国家や民族の名を冠していても，それが一つの国家で一つの言語を話す一つの民族によって育まれているということはまずない。文学の境界を考える上で国家の境界があまり当てにならないことは，ロシア連邦内にチェチェン文学やブリヤート文学など多数の非ロシア文学があること，またロシア亡命文学という国境を越えた現象が存在することから明らかである。そして民族も絶対的な基準ではない。16世紀以降ロシアは領土を全方位に拡大し，ロシア文学はさまざまな民族的出自を持つ人々に担われるようになった[1]。となれば頼みの綱は言語だが，この基準も過去に遡って適用すると不協和音が生じる。キエフ・ルーシ（862-1240）の世俗の共通語[2]である古ロシア語からはロシア語だけでなくウクライナ語とベラルーシ語も分化しており，当時の文学はロシア文学にも，ウクライナ文学にも，ベラルーシ文学にも分類し得るからだ。

とはいえ文学の媒介手段である言語が文学の有力な要素であることは確かで，ロシア文学の言葉と言えば第一にロシア語を指すことになる。

2 ロシア語の文字

А Б В Г Д Е Ё Ж З И Й К Л М Н О П Р С Т У Ф Х Ц Ч Ш Щ Ъ Ы Ь Э Ю Яの33字から成るロシア語アルファベットは，キリル文字と呼ばれ，9世紀末にブルガリアで誕生した。キリル文字という名称は，9世紀後半にモラヴィア（現在のチェコ東部の辺り）へのキリスト教伝道を通してスラヴ人に初めて文字をもたらしたビザンツ帝国のキュリロス[3]の名にちなむ。ただし，キュリロスとその兄メトディオス[4]が実際に作った文字は，キリル文字ではなくグラゴール文字だった。グラゴール文字はスラヴ人の言葉を記すことに特化した文字で，その形は Ⰰ Ⰱ Ⰲ Ⰳ Ⰴ（それぞれ А Б В Г Д に対応）という具合に，実にユニークだった。これをギリシア文字風に改変したものがキリル文字というわけである[5]。

▶1　そもそもロシア民族がロシア語を使うとも限らない。帝政期には，ロシア貴族が日常的にフランス語などの西欧語を話していた時代もあった。

▶2　キエフ・ルーシでは古ロシア語と教会スラヴ語という2つの言語変種が用いられており，もっぱら前者は世俗文献に，後者は宗教文献に用いられた。

▶3　Κύριλλος. 827-869.

▶4　Μεθόδιος. 815-885.

▶5　対応するギリシア文字がない場合はグラゴール文字を基にした文字が補われた。たとえばЖとШはそれぞれグラゴール文字のⰆとⰞに由来する。

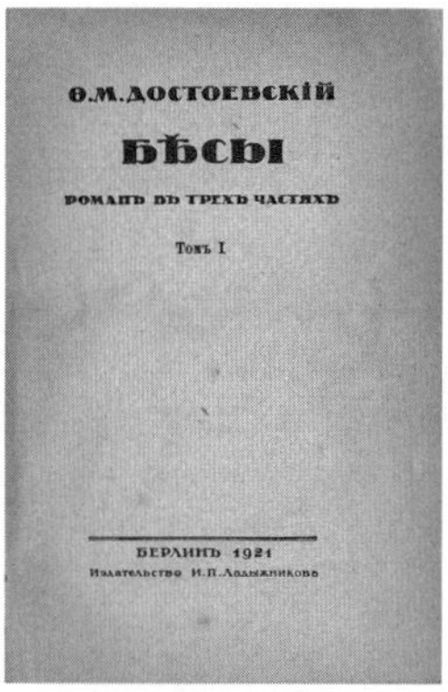

図1　旧正書法で綴られたドストエフスキーの長編小説『悪霊』の題扉

現在では用いられない文字Ѣ Ѳ Iが見える。

出典：*Достоевскій Ѳ. М.* Бѣсы: романъ въ трехъ частяхъ. Берлинъ: Издательство И. П. Ладыжникова, Т. I, 1921.

ロシアではキリル文字の改革が２度起こった。１度目はロシアの西欧化政策で知られるピョートル１世[6]（在位1682-1725）が1708年から1710年に行った改革で，字体が西欧風のものに刷新された。２度目は1917年から1918年の正書法改革で，実用面では不要になっていたいくつかの文字[7]が廃された。こうして現在私たちが目にするロシア語アルファベットができあがったのである[8]。

3 ロシア語のしくみ

ロシア語は，印欧（インド・ヨーロッパ）語族スラヴ語派という言語グループに属する。印欧語族とはその名の通りインドからヨーロッパに連なる言語群で，共通の祖語に遡る言葉の一族である。ロシア語が英語やフランス語，ギリシア語などのヨーロッパ諸言語の親族であるばかりか，ヒンディー語やペルシャ語などのアジア諸言語とも親戚関係にあるというのは意外かもしれない。

印欧語族の特徴は屈折である。屈折とは，語形変化によって文法的機能を表すことで，英語で言えば代名詞の格変化（I → me，we → us など）や動詞の「３単現の -s」がこれに当たる。ロシア語の場合，名詞類に６つの格があり，単数・複数合わせて12通りに変化する。さらに男性・女性・中性という性の区別があり，性に応じて格変化のパターンが異なる。形容詞は名詞の性・数・格に応じて変化する。動詞は時制によって人称変化したり，性数変化したりする。いかにも複雑だが，性・数・格・人称に注意すれば，どの単語がどの単語と関係しているのか，単語が文中でどのような役割を果たしているのかがすぐに分かるという利点がある。そのため，ロシア語には英語や中国語と違って語順の制約が少なく，必要に応じて単語をかなり自由に並び替えられる。学習面では負担となるが，実用面ではメリットが大きいのである。

4 ロシア語の響きとリズム

外国の文学はもちろん翻訳を通して親しむこともできるが，原語でなければ得られない経験もある。その一つが原語特有の音やリズムを味わうことだ。詩歌の場合はなおさらで，たとえば冒頭に挙げたチュッチェフ[9]の詩[10]は七五調で訳してあるが，これでは原詩のロシア語固有の響きや韻律は伝わらない[11]。

先に屈折がロシア語の特徴であることに触れたが，屈折は韻律を整える上でも大いに力を発揮する。リズムに合わせて単語を自由に配列できる上，語尾変化に富むため脚韻のバリエーションも豊かなのである。ロシア語の単語のアクセントがしばしば移動することは，学習者にとっては頭痛の種だが，韻律の調節という観点からは，実は固定アクセントを持つ場合よりも有利にはたらく。

詩の韻律はポストカードのメッセージからスローガン，ポピュラー音楽まで，ロシアの生活の隅々で実践されており，ちょうど日本人にとっての五七五のリズムのように，ロシア人にとって身近なものになっている。　（中野悠希）

▶6　Петр I.

▶7　具体的には Ѣ Ѳ І の３文字。図１参照。

▶8　キリル文字を使うのはロシア語だけではない。ウクライナ語やベラルーシ語，セルビア語，ブルガリア語など，歴史的に東方正教会の勢力圏にあった言語のほか，モンゴル語や旧ソ連領内の諸言語など，20世紀に社会主義陣営に入った言語においても，それぞれの言語に合う工夫がなされたキリル文字が使用されている。

▶9　Федор Иванович Тютчев. 1803-73. ☞ I -E-3，II -B-3

▶10　« Умом Россию не понять ». 1866年執筆。ラテン文字に翻字すると次のようになる。Umóm Rossíyu ne ponyát’, / Arshínom óbshchim ne izmérit’: / U néy osóbennaya stát’ — / V Rossíyu mózhno tól’ko vérit’.

▶11　ロシアの近代詩の多くは「音節・アクセント詩法」に基づいている。これは詩行ごとに詩脚（２，３音節の音のまとまり）の数を合わせ，一定間隔でアクセントがくるように単語を配置する詩作法である。また，詩行の末尾は規則的に押韻する。

第 I 部

テクスト

ロシア文学の作家と作品

A-イントロダクション

中世文学

Введение в древнерусскую литературу

このセクションでは，ロシアの中世文学の数ある作品のなかからその代表作を3つ取り上げて，作品とその時代背景を紹介します。

まず中世[1]という言葉を説明しましょう。ふつう中世というと，古典古代すなわちギリシア・ローマとルネサンスに挟まれた，しばしば「暗黒の」という形容詞が冠される西ヨーロッパのある時代を連想される方が多いと思います。しかしながら，この定義はロシアに当てはまりません。ロシアは，ギリシア・ローマ文明が展開された地中海世界からははるかに遠く，またローマ帝国の領地であった時代もないので，古典古代の復興という意味でのルネサンスもなかったからです。ロシアの場合，ルネサンスがないということが，西ヨーロッパと自らを画然と区別するメルクマールとなっています。では，ロシアには中世がなかったのかというとそれも間違いで，988年のウラジーミル聖公によるキリスト教受容からピョートル大帝による西欧化改革までを中世（古代ルーシ[2]）と呼んでいます。この時代を特徴づけているのは，コンスタンティノープルから受容し，自らが育ててきたキリスト教文化です。歴史のどの局面においても，神が人間になったイエス・キリストの真似びということが強烈に意識されていました。

最初に創造された古ロシア語[3]の作品は，キエフ府主教イラリオン[4]によって書かれた『律法と恩寵についての講話[5]』で，旧約（ユダヤ教）に対する新約（キリスト教）の優位性を主張し，キリスト教によって担保されるキエフ大公の権力を正当化しています。イラリオンを皮切りに，洞窟のフェオドーシイ[6]，スモレンスク人クリメント[7]，トゥーロフのキリル[8]，ウラジーミルのセラピオン[9]，プスコフのフィロフェイ[10]，ヴォロクのヨシフ[11]に続くロシア正教[12]雄弁文学[13]の系譜があります。

ロシアの中世文学でもっとも隆盛した文学ジャンルは，しかしながら，何と言っても年代記[14]です。東スラヴ人[15]が中世期に作成した年代記の総数は推定で5000を下りません。ロシア最初の年代記，『過ぎし年月の物語[16]』は，ノアの洪水に遡るキリスト教旧約聖書の歴史の延長に，東スラヴ人の歴史を位置づけています。キリスト教の世界観に裏付けられながら，異教時代やキリスト教受容以後の東スラヴ人の生活のありさま，キリスト教受容の経緯，公たちの戦いと和解などが編年体によって記されています。また，共和政都市ノヴゴロド[17]，プスコフ[18]の年代記の伝統，『ニコン年代記[19]』の存在も忘れることができません。

その次に有力なジャンルであったのが聖者伝[20]です。聖者伝は，神でありながら人間となり自らを低めたイエス・キリストの真似びをした人間たちの物語で，その主人公の多くは「血を流さない殉教」，禁欲生活の功業を成し遂げたキリ

▷1　Средневековье/Middle Ages.

▷2　Древняя Русь/Средневековье.「古代ルーシ Древняя Русь」は「ロシア Россия」の対概念であるが，時代的には西欧の「中世 Средневековье」と重なっている。そこで，ギリシア・ローマの古典古代と区別する意味で，「古代ルーシ」とは呼ばず「中世」と呼ぶのが一般的である。

▷3　古代教会スラヴ語を東スラヴ語化させたもので，18世紀初頭のピョートル改革に到るまでロシアで唯一の文章語として用いられた。

▷4　Митрополит Иларион.

▷5　« Слово о законе и благодати митрополита Илариона ». そこに書かれた内容から，キエフ黄金の門門上教会が建立された1037年から，ヤロスラフ賢公の妻イリーナが逝去する1051年のあいだに書かれたことがわかっている。

▷6　Феодосий Печерский. 1074年没。

▷7　Климент Смолятич. 1164年以降没。

▷8　Кирилл Туровский. 1130-82頃。

▷9　Серапион Владимирский. 1275年没。

▷10　Филофей Псковский. 1465頃-1542.

▷11　Иосиф Волоцкий. 1439-1515.

▷12　ルーシ（ロシアの古名）は，988年にコンスタンティノープルからキリスト教を受容したが，14世紀から15世紀にかけてルーシがビザンツから自立する過程で，ルーシはロシアに，ギリシア正教はロシア正教と呼ぶのにふさわしいものとなる。

▷13　Ораторское искусство.

▷14　Летописание.

▷15　ロシア人，ウクライナ人，ベラルーシ人の祖先で，キエフ・ルーシで活動した。

▷16　« Повесть временных лет ».『原初年代記』と訳されることも多い。邦訳がある。岡本哲男ほか編訳『ロシア原初年代記』名古屋大学出版会，1987年。

▷17　Новгород.

▷18　Псков.

▷19　« Никоновская

スト教の修道士たちです。しかしながらその一方で，政治抗争の犠牲者をキリストに倣う自己犠牲を実現した者と見なし，称揚することも珍しくありませんでした。政治抗争の犠牲者の聖化は，ロシアの中世文学の一つの特徴です。キリスト教雄弁文学，年代記，聖者伝，これら３つのジャンルは相互浸透的で，統括する役割は年代記が果たしていました。説教や聖者伝がその一部となって年代記に包括されることは頻繁に起こりました。

『ボリスとグレープの物語』は，ロシアで最初の聖人ボリスとグレープの死にフォーカスした作品で，キエフ大公の跡目争いで自らの兄（実は従兄）スヴャトポルクに殺害されたウラジーミル聖公の息子ボリスとグレープをキリストに準《なぞら》え，その殺害事件の痛ましさを鋭く描き出しながら，自らを低める自己犠牲の徳を讃えています。政治抗争犠牲者の聖化の典型といってよいでしょう。ボリスとグレープを皮切りに，『アンドレイ・ボゴリュプスキイの殺害の物語[21]』，『トヴェーリ公ミハイル伝[22]』などが続きます。ロシア古儀式派[23]のイデオローグ，アヴァークムも自らを，間違ったツァーリ[24]との闘争の犠牲者，殉教者と捉えており，同じ系譜に属するといえます。

ロシアの中世文学の傑作とされ，異教の影響が強いとされてきた『イーゴリ軍記』も，ピッキオ[25]，ウジャンコーフ[26]らの最近の研究によって，キリスト教の世界観に深く裏打ちされた作品であることが明らかになってきました。この新しい学説によれば，主人公イーゴリ・スヴャトスラヴィチは，５月１日エレミヤの記念日に神が起こした日蝕によって，その傲慢への警告を受けていましたが，ポーロヴェツ人への侵略戦争を強行し，壊滅的な敗北を喫します。しかし，心からの悔い改めが神に受け入れられて脱出に成功し，やがてはチェルニーゴフ公に昇りつめます。「傲慢―神の罰―悔い改め―脱出―栄光」すなわち「堕罪―死―復活」の筋立てがこの作品の背景にあります。ボロディン[27]の歌劇『イーゴリ公[28]』は，学者たちが喧々諤々《けんけんがくがく》の議論を行っていた時代にすでに，この作品に隠されていた「堕罪―死―復活」の筋立てを発見していました。その慧眼《けいがん》は高く評価されるべきでしょう。

アヴァークムは，祖先たちが育んできたロシアの宗教的伝統を棄て，３本指で十字を切る[29]など，ニコン総主教が強制しようとした宗教儀礼のギリシア様式化に，文字通り命を懸けて反対しました。ロシアではツァーリは天上の神の地上における代理人と認識されていました。アヴァークムはアレクセイ・ミハイロヴィチ帝[30]と対決し，最終的にアレクセイ帝を偽ツァーリと捉え，自らを偽ツァーリとの戦いで敗れつつある正義の殉教者であるとする，自意識に根差す劇化をするに到ります。『アヴァークム自伝』は，自らを殉教者とする認識のなかで，キリストの真似びをする聖者たちの物語であった聖者伝のスタイルを借りて書かれたのです。自らを聖者と捉えるこの規格外の思い切りのよさにも，キリストの真似びをしようとするアヴァークムの，狂気と紙一重の強固な意志を見てとることができます。ロシアの中世文学を貫くイエス・キリストの真似びへの強い意欲がここにも現れています。　（三浦清美）

летопись ». 1550年代にモスクワで編纂されたモスクワ大公国の公式年代記。『過ぎし年月の物語』以後の公たちの戦いと和解の歴史を包括的に活写する。17世紀後半に，総主教ニコンに所有されたので『ニコン年代記』の名前がある。

▷20　Агиография.

▷21　« Повесть об убиении Андрея Боголюбского ». 12世紀後半の作品で邦訳がある。「アンドレイ・ボゴリュプスキイ公殺害の物語」三浦清美『中世ロシア文学図書館（Ⅲ）』電気通信大学紀要，24巻１号，2012年。

▷22　« Житие Михаила Ярославича Тверского ». 14世紀前半の作品で邦訳がある。「トヴェーリ公ミハイル・ヤロスラヴィチ伝」三浦清美『中世ロシア文学図書館（Ⅲ）』電気通信大学紀要，24巻１号，2012年。

▷23　ツァーリ，アレクセイ・ミハイロヴィチに反対してロシアの古習（２本指で十字を切る，２回唱のハレルヤなど）に忠実であろうとする一派。

▷24　ロシアの教会儀礼を東方正教会の国際標準に合わせようとしたロマノフ王朝第２代ツァーリ，アレクセイ・ミハイロヴィチ帝のこと。19世紀の歴史家 V. O. クリュチェフスキイが指摘しているように，東方正教会の国際標準とされたビザンツの教会儀礼は，15世紀の段階ですでにかなり西欧化していた。

▷25　Riccardo Picchio. *Пиккио Р.* « Слово о полку Игореве » как памятник религиозной литературы Древней Руси// Труды отдела древнерусской литературы T. L. СПб., 1997.

▷26　Александр Николаевич Ужанков. *Ужанков А. Н.* Слово о полку Игореве и его эпоха. М.: НИЦ « Академика », 2015; *Ужанков А. Н.* Слово о полку Игореве и его автор. М.: Издательство « Согласие », 2020; 三浦清美 *Ужанков А. Н.* « Слово о полку Игореве » и его эпоха. М.: НИЦ « Академика », 2015.『ロシア語ロシア文学研究』49号，2017年；三浦清美 *Ужанков А. Н.* « Слово о полку Игореве и его автор. М.: Издательство « Согласие », 2020.『ロシア語ロシア文学研究』53号，2021年。

▷27　Александр Порфирьевич Бородин. 1833-87.

▷28　« Князь Игорь ». 1893年10月23日初演。

▷29　Троеперсие.

▷30　Царь Алексей Михайлович.

A　中世文学

1　『ボリスとグレープの物語』Съказание и страсть и похвала святюю мученику Бориса и Глѣба（11世紀末）

作者不詳

...и пришедъше положиша и́ Вышегородѣ, идеже лежить и тѣло преблаженааго Бориса и раскопавъше землю, и тако же положиша ѝ, недоумѣюще, яко же бѣ лепо пречьстьнѣ.

……ヴィシゴロドに着くと，聖なるボリスの遺骸が安置されている場所にグレープを埋葬した。彼らは地面を掘り，そこにグレープを埋葬したが，それが美しく清浄であることに疑問を抱いた。

1　ウラジーミルの愛欲

ウラジーミル聖公[1]の死後，キエフ大公位をめぐる跡目争いで，兄（実は従兄）スヴャトポルク[2]は異母弟ボリス[3]とグレープ[4]を暗殺した。この事件の経緯と，ボリスとグレープの死後の奇跡を扱った作品群[5]が残されている。それらは，この事件を，旧約聖書「創世記」の兄カインによる弟アベル殺しとのアナロジーで捉えた。旧約聖書「創世記」では，エバとアダムが蛇の誘惑をうけて生命の木の実を食べ，性を知り，神の怒りを買って楽園を追放されると，すぐにカインとアベルを生み，カインはアベルを殺すという流れになっている[6]。「創世記」には，性と暴力がどこかで深く繋がっているという認識があったと思われるが，中世ロシアの作家たちも，この殺害事件を性と暴力の繋がりのなかで描いた。

キリスト教改宗以前のウラジーミルは女色に耽り，こうしてできた多くの子供たちのあいだで兄弟殺しが起こった。『イパーチー年代記』は，ウラジーミルのご乱行を旧約聖書のアナロジーで次のように書いている。「彼は淫行に飽きることがなかった。自分のところに有夫の女性を連れてきて交わり，処女を犯した。彼はソロモンのように女好きだった。というのは，ソロモンには700人の妻と300人の妾《めかけ》がいたからである。彼は賢かったが，最後の最後に破滅した」。また，権力者の兄弟殺しも日常茶飯事だったことが，『ラヴレンチー年代記』からも読み取れる。スヴャトスラフの長男であるヤロポルク[7]は，部下のスヴェネリドに唆《そそのか》されて自らの弟オレーグ[8]を殺し，これを見て自らの兄に不信感を抱いたウラジーミルは，兄のヤロポルクを殺した。ウラジーミルは，兄ヤロポルクを殺したあと，その美しい妻を自らの妻としたばかりか，その腹にいたヤロポルクの子を自らの子として遇した。そのヤロポルクの子が，ボリスとグレープの殺害者であるスヴャトポルクだ。

▷1　Владимир Святославич. 956/958?-1015. 980年からキエフ大公。988年，コンスタンティノープルからキリスト教を受容し，キエフ・ルーシをキリスト教化したので「聖公」と呼ばれる。

▷2　Святополк Владимирович Окаянный. 979?-1019. 「呪われたスヴャトポルク」と呼ばれる。ボリスとグレープを殺害したあと，ポーランド王ボレスワフと同盟して，4年間にわたり，ノヴゴロド公ヤロスラフと死闘を演じたが敗れた。敗走の途中で，ポーランドとチェコの国境で狂死した。

▷3　Борис Владимирович. ?-1015. ウラジーミル聖公とブルガリア女性とのあいだに生まれた。ロストフ公。1015年7月24日，スヴャトポルクの刺客に殺された。ボリスとグレープは，1072年にロシア正教最初の聖者として列聖された。この二人の聖者は，ほとんどつねにペアで崇敬されている。

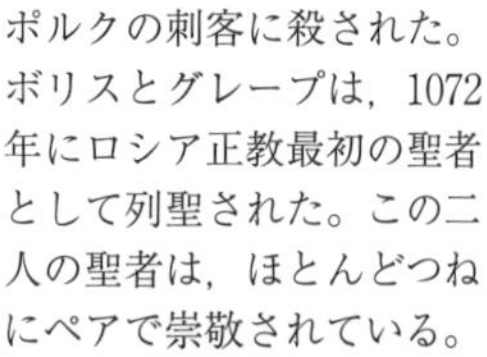

図1　2本の丸太のあいだに捨てられたグレープ
出典：『シリヴェストル文集』РГАДА, ф. 381 (Син. Тип.), No. 53, л. 135.; Сказание о Борисе и Глебе. М.: Книга, 1985.

▷4　Глеб Владимирович. ?-1015. ムーロム公。1015

2 ボリスの自己犠牲

兄弟を憎んだウラジーミルは，自らの息子たちを信じることもできなかった。ことに警戒されたのは，やがてキエフ大公位につくヤロスラフ[9]で，キエフから遠く離れたノヴゴロドの公として厄介払いされた。ウラジーミルが病に倒れた頃，騎馬民族のペチェネーグ人が国境を侵して攻め込んだ。ペチェネーグ人討伐のための軍勢は，息子たちのなかでも従順なボリスに託された。ウラジーミルが死んだとき，ボリスはこの軍勢を用いてキエフを制圧し，自らがキエフ大公位につくこともできた。心根の優しいボリスは，しかしながら，武将たちの蜂起の勧めを斥《しりぞ》けた。武将たちはボリスを見捨てた。スヴャトポルクの放った刺客を待つボリスは次のように言う。「主イエス・キリストさま！　この人間の姿をして地に現れ，自らの意志によって自らを十字架に釘で打ちつけ，われらの罪を背負って受難を受けた方よ，私もあなたのように受難を受けるにふさわしい者としてください」。ボリスはあからさまに，キリストに準《なぞら》えられた。ボリスの気弱はいかにも育ちのよさを感じさせるもので，ボリスとグレープは，ウラジーミルに嫁いだビザンツ皇帝の妹アンナの子ではないかという説がある。

3 捨てられたグレープ

つづいてスヴャトポルクは弟グレープに刺客を放つ。グレープは死を恐れて錯乱した。「私に触らないでください。慈悲をもってください。私の若さをかわいそうだと思ってください。情けをかけてください。命幼き私を殺さないでください。いまだ熟さない穂を刈り取らないでください。まだ母の乳にぬれたままの私を。」中世ロシアでは成人男子がひげを蓄えることは一種の倫理的義務であったが，グレープはふつうイコン画でひげなしで描かれる。これはグレープが第二次性徴を迎える前の少年だったことを意味している。グレープに直接手を下したのは，刃物の扱いに慣れたグレープの料理人であった。刺客たちは幼児に手を下すのを嫌悪したのだ。幼くして殺害された者は，この世に未練を残して生者に復讐すると恐れられていた。そのような遺骸は汚れているため，地中に埋葬すると大地は怒った。このため人々はその遺骸を「川岸の２本の丸太のあいだに捨てた」。しかし，スヴャトポルクを倒してキエフ大公になったヤロスラフは，グレープの遺骸を探し求め，丁重に地中に埋葬した。そのとき，人々は「それが美しく清浄であることに疑問を抱いた」のである。ヤロスラフと側近の聖職者たちは，ボリスとグレープの死をキリストと同じ自己犠牲の死と捉え，ボリスとグレープを「我らのキリスト」と見なした。異教の呪いはキリストの祝福によって乗り越えられなければならなかった。そもそも十字架に磔にされたキリストも，ユダヤの律法では呪われたものであったが[10]，キリスト教という新しい宗教では神として崇拝された。キリストの贖罪による呪いの克服が，キエフ・ルーシでも繰り返されたのである。　（三浦清美）

年９月５日，スヴャトポルクの刺客に殺された。

▶5　具体的には，『ボリスとグレープの物語』，『ボリスとグレープに関する講話』（« Чтение о жизни и о погублении блаженую страстотерпца Бориса и Глѣба ». 11世紀末），『奇跡についての物語』（« Съказание чудесъ святою страстотърпьцю Христову Романа и Давида ». 12世紀初頭），『ラヴレンチー年代記』（« Лаврентьевская летопись »）の記事「ボリスの暗殺について」（« Убьеньи Борисовѣ ». 11世紀末），『イパーチー年代記』（« Ипатьевская летопись »）の記事（無題，11世紀末）の５つである。

▶6 「創世記」3-4章。

▶7　Ярополк Святославич. ?-978.　キエフ公，スヴャトスラフ・イーゴレヴィチの長男。美しいギリシア人修道女を還俗させて妻としたが，身重のその妻を残して，弟ウラジーミルに殺された。

▶8　Олег Святославич. ?-977.

▶9　Ярослав Владимирович Мудрый. 978?-1054.　ウラジーミル聖公とポーロツク公ログヴォロドの娘ログネダの息子。スヴャトポルクを倒し，1019年，キエフ大公となった。キエフ・ルーシの黄金時代を創り出したため，「賢公」と呼ばれる。

▶10 「ガラテヤの信徒への手紙」３章13節には，「キリストは，私たちのために呪いとなって，私たちを律法の呪いから贖いだしてくれました。『木にかけられた者は皆呪われている』（「申命記」21章23節）と書いてあるからです」とある。「木にかけられた死体」とは，たとえば，磔刑されたイエスである。

A　中世文学

2　『イーゴリ軍記』Слово о полку Игореве（12世紀末）

作者不詳

Тъгда Игорь възьрѣ на свѣтьлое сълньце и видѣ отъ него тьмою вьсѣ своѣ воѣ прикрыты. И рече Игорь къ дружинѣ своеи. « Братие и дружино! Луче же бы потяту быти, неже полонену быти. А въсядѣмъ, братие, на своѣ бързыѣ комонѣ, да позьримъ синего Дону! »

そのときイーゴリは明るい太陽を仰ぎ見た。そしてそこからの暗闇に己の全軍が覆われたのを見た。イーゴリは己の従士らに言った。「兄弟よ，従士らよ！捕虜となるくらいなら，討たれる方が良かろう。さあ，兄弟よ，蒼きドン川を見るために己の駿馬にまたがろう！」

1　敗戦の物語

1185年３月，日本では長門国《なかとのくに》壇の浦に追い詰められた平氏一門が 源 義経《みなもとのよしつね》との海戦に敗れ，安徳《あんとく》天皇とともに海中に没した。その１カ月後，西のルーシ[1]ではノヴゴロド・セーヴェルスキー公イーゴリ（父はスヴャトスラフ[2]）が対ポロヴェツ単独遠征を決意した。11世紀中葉以降，ルーシは南方ステップ地帯に現れた遊牧民ポロヴェツ人の脅威に晒されてきた。諸公は幾度も連合軍を組織してその討伐を試みた。ときにイーゴリも参戦し，さらに1184年，当時稀な単独遠征を決行しポロヴェツ人を撃破した。しかし1185年の再度の単独遠征では大敗を喫し，イーゴリは弟，息子，甥とともに捕らえられた。ルーシの軍勢がステップで壊滅し，４人の公が同時に捕虜になり，しかも将が脱走，帰還するという前代未聞の出来事は，年代記の叙述対象となるにとどまらず[3]，中世ロシア文学の最高傑作と呼び名の高い『イーゴリ軍記』をも生み出した。

物語冒頭で作者は，前世紀の歌い手ボヤーンの流儀に倣わず今のやり方で歌うと高らかに宣言する。文学性とメッセージ性を高めるため，史実に手を加えることもいとわない。引用の通り，作品では遠征は日蝕とともに始まった。不吉な前兆とされるこの自然現象は，実際はイーゴリの進軍中に起こったが，作者はあえて出陣前に据え，この凶兆をより印象深いものにしたのである。

この時代，もう一つルーシを脅かしていたのがキエフ大公位継承権を巡る諸公間の争いだった。シュウルリー河畔での３日間にわたるイーゴリの軍勢とポロヴェツ軍の戦いを描く途中，作者は100年前の内乱に話を向ける。イーゴリの祖父オレーグ[4]はチェルニゴフの支配権を従兄弟ウラジーミル・モノマフ[5]から奪うべく，ポロヴェツ人までも抱き込んで軍事行動を起こした。作者曰く，争

▶1　ロシアの古名。

▶2　Игорь Святославич. 1151-1202.

▶3　『ラヴレンチー年代記』（« Лаврентьевская летопись ». 14世紀），『イパーチー年代記』（« Ипатьевская летопись ». 13世紀末から14世紀初頭）に記述がある。とくに後者は詳細で，邦訳もある（木村彰一訳『イーゴリ遠征物語』岩波文庫，1983年所収；中沢敦夫・吉田俊則・藤田英実香「『イパーチイ年代記』翻訳と注釈（8）：『キエフ年代記集成』（1185～1195年）」『富山大学人文学部紀要第』68号，2018年）。

▶4　Олег Святославич. ?-1115.

▶5　Владимир Мономах. 1053-1125. 1113-25年，キエフ大公。

いの種はこのとき蒔かれた。続くイーゴリの敗北。今こそルーシが一丸となるべきと，作者は諸公一人ひとりの徳と勇気を称え，結集を呼びかける。

物語と一体化する豊かな自然描写もこの作品の特徴である。合戦２日目，「海から黒雲が流れ来て」，「ドン川から雨が矢のように降り注ぐ」。イーゴリの敗戦に「草は悲嘆して頭を垂れ，木は悲しみから大地に枝を垂らせた」。物語終盤，妻ヤロスラヴナは風に，太陽に，なぜ夫を苦しめたかと涙ながらに問いかけ，川に哀願する。「愛しい夫をゆらりゆらりと私の元に運び届けておくれ。」

その直後，場面はイーゴリの脱走に移る。夜半，ポロヴェツ人の幕舎を密かに抜け出し，貂《てん》，鴨，狼，鷹のごとくルーシの地へとひた走る。イーゴリの帰還にルーシの諸国が，町々が歓喜して物語は終わる。

2 失われた写本

『イーゴリ軍記』は長らく人々から忘れ去られていた作品である。15世紀，ロシアの写本文化は新たな段階に入り，綴字法，書体，装飾の刷新，羊皮紙から紙への移行が起こった。そうした中，過去の作品の選別が意図せず行われたのだろう。執筆，写本制作の主要拠点であった修道院では宗教関係文献の継承と制作に力が注がれ，年代記を別にすれば，世俗文学に心を砕くことは稀だった。また13世紀以降のモンゴル軍の侵攻を経験し，過去の遊牧民との戦いは注目に値しなくなったのだろう。近代まで伝わった『イーゴリ軍記』の写本は１点のみだが，こうした事情を考えれば十分あり得ることだ。

1790年代初めにムーシン＝プーシキン伯爵[6]が，とある中世ロシアの冊子写本を入手した。中には『イーゴリ軍記』が含まれていた。この発見をうけ，1800年，伯爵は古文書学者の協力を得てテクストを出版し，また女帝エカテリーナ２世[7]のための写しを作成した。しかし1812年，ナポレオン軍のモスクワ入城直後に発生した大火災により写本は焼失した。もはや古文書学による検証は不可能だが，大方の研究者は，写本は16世紀のものであったと考えている。

3 中世ロシア文学の金字塔として

18世紀末の再発見以降，『イーゴリ軍記』は中世ロシア文学随一の傑作として別格の扱いを受けてきた。語数2850ほどの短い作品ながら，膨大な研究，100点以上の現代ロシア語訳，専用の辞書[8]，事典[9]が存在する。また50余りの言語に訳され，国外でもその文学的価値が広く知られている。芸術作品の題材にもなり，とくにボロディン[10]のオペラ『イーゴリ公[11]』が有名である。

『イーゴリ軍記』は作者やイーゴリが生きた時代の精神に満ちている。800年余の時を隔てた私たちが，一読でその面白さ，素晴らしさを実感するのは難しいかもしれない。ぜひ，繰り返し読んでみてほしい。読み返すたびに魅力が増し，物語の奥深さと豊かさに驚嘆させられる，そんな作品である。（丸山由紀子）

図１　ファヴォルスキー《ヤロスラヴナの嘆き》（1950年）

出典：Государственная Третьяковская галерея. История и коллекции. Издание 4-е. М.: Искусство, 1989.

▶6　Алексей Иванович Мусин-Пушкин. 1744–1817.

▶7　Екатерина II. 1729–96.

▶8　Словарь-справочник « Слова о полку Игореве ». Вып. 1–6, М.; Л.: Наука, 1965–84.

▶9　Энциклопедия « Слова о полку Игореве ». Т. 1–5, Санкт-Петербург: Дмитрий Буланин, 1995.

▶10　Александр Порфирьевич Бородин. 1833–87.

▶11　« Князь Игорь ». 日本で慣用的に「ダッタン人の踊り」と呼ばれる劇中歌曲は，正しくは「ポロヴェツ人の踊り」（« Половецкие пляски »）である。

A　中世文学

3　『アヴァークム自伝』Житие протопопа Аввакума（1672）

アヴァークム・ペトローヴィチ（Аввакум Петрович, 1620-82）

В ыную пору, бредучи, повалилась, а иной томной же человек на нея набрел, тут же и повалился... Я пришол — на меня, бедная, пеняетъ, говоря: « Долъго ли муки сея, протопоп, будет? » И я говорю: « Марковна, до самыя до смерти! » Она же, вздохня, отвещала: « Добро, Петровичь, ино еще побредем ».

あるときは，とぼとぼ歩いていて，〔妻が〕転んだことがありました。疲れ切った男が躓いてかの女に倒れ掛かり，ふたりとも転んだのです……わたしは駆け寄ると，哀れな妻はわしを責めて言いました。「お前さん，この苦しみはこれから先も長いのかね」。わしが「マルコヴナ，死ぬまでだよ」と言うと，かの女はため息をついて答えのです。「そうかい，ペトローヴィチ，それなら先へ歩きましょう」。

1 「文学」の革新者アヴァークム[1]

引用は，流刑地に向かうシベリアの地での作者アヴァークムとその妻とのやりとりである。すこし変わった文字遣いや言葉を別にすれば，近現代の小説の断片だと言っても通用しそうな文章だが，実はこれは今から350年ほど前，標準ロシア語[2]が成立するはるか以前に書かれた，驚くべき文学表現なのである。文学史家ミルスキー[3]は「その文体の新しさはほとんど奇跡であり」「トルストイやツルゲーネフの作品さえもその前では古めかしくさえ見える」と語っている。まだ，教会の書き言葉（教会スラヴ語）による中世的な文学しかなかった17世紀後半のロシアで，なぜ，このような生き生きとした「革新的」な表現が生み出されたのだろうか。そこには，この作品が生み出された特別な事情があった。

▷1　この著者名は従来「アヴァクーム」と表記されていたが，近年の研究では，アクセントを前に置く古儀式派式発音を尊重する傾向が一般的であることから，本項でも「アヴァークム」と表記した。

▷2　19世紀初頭に詩人プーシキン（☞Ⅰ-B-[2][3]）が創り上げた文語をもとに形成され，現代も読み書き話すときの標準として教えられているロシア語。

▷3　D. S. Mirsky（Князь Дмитрий Святополк-Мирский）. 1890-1939.

2 アヴァークムの生涯

作者のアヴァークムは，1620年にニージニー・ノヴゴロド[4]近郊の村に司祭の息子として生まれた。若年から教会風紀の改革に熱心に取り組んでいた彼は，30歳ころに在俗聖職者としては最高の位である長司祭に任じられ，さらに能力を見込まれてモスクワに呼ばれるなど，教会人としてめざましい出世を遂げた。

彼の運命を大きく転換させたのは，ロシア正教会の変化だった。彼と同様，有能な活動家としてツァーリの信望を得ていたニコン[5]が，53年に総主教に選出

▷4　ヴォルガ川中流の商業都市で，この地方は教会の改革に取り組む聖職者を多く輩出した。

▷5　俗名 Никита Минин. 1605-81.

されると，これまでロシアで行われていた幾つかの儀礼を，ギリシア式に改める改革に着手した[6]。野心的なニコンは，ビザンツの伝統を取り入れることで，ロシア教会を名実ともに正教世界の盟主に押し上げようとしたのである。

▷6 十字の切り方を２本指から３本指にするなど，日常の儀礼にも及んでいた。

アヴァークムは，この儀礼改革を伝統的な宗教生活，価値観の破壊と見なした。仲間とともに異議を唱え，その運動は西欧文化の流入に不安を覚えていた民衆の広い支持を得た。しかしながら，ニコンが主導する教会は，反対者を強権的に弾圧し，アヴァークムは53年末に逮捕されて，東シベリアへ家族とともに流刑に処される。64年にはモスクワに呼び戻されて説得を受けるが，再度北方へと流され，最後には北極海にそそぐペチョラ川河口のプストジョルスク砦の土牢に幽閉され，82年に３人の同囚とともに火刑に処されるまでの15年間をそこで過ごした。60年の生涯のうち，その半分近い27年を流刑地の囚人として生きたことになる。

図１ イコン《長司祭アヴァークムの火刑》(1914-17年) ロシア古儀式派正教会府主教庁所蔵

出典：Юхименко Е. М. Старообрядчество: История и культура. М.: АНО Старообрядческий духовно-просветительский центр « Криница », 2016.

3 アヴァークムの著述活動と『自伝』の革新性

「文学者」としてのアヴァークムについて考えるとき，真先に思い浮かぶイメージは，土牢の中で乏しい紙片を前に，ひたすら羽根ペンを走らせている初老の男の姿である。彼はモスクワや地方都市で迫害者から逃れて暮らしている支持者に向かって手紙で語りかけ，アレクセイ帝や後継者のフョードル帝に宛てても何通もの嘆願状を送っている。それらは協力者たちの手を経て届けられ，また筆写されて広く読まれた。そのような文書は90種類にも及んでいる。

彼の『自伝』もまさにそのような条件の中で書かれた。それはなによりも，ロシア各地で迫害を受けている信徒たちを励ますためのものであり，作品が回し読みされ，筆写されることを期していた[7]。そこでは中世ロシア文学のジャンルである〈聖人伝〉の枠組みを借りて，厳しい迫害の生涯が語られている。その叙述では，迫害者（教会当局者や獄吏）とのやりとりや支持者との交流に多くが割かれている。そのスタイルは，記録を残すというよりも，あたかも信徒たちに向かって説教をしているような口調である。彼にとって，文学こそが唯一残された，信徒への働きかけの手段だった。そのような極限の条件の中で独自な語り口が生みだされたのである。

▷7 『自伝』は少なくとも４回書かれており（２種類の自筆本が残されている），30点ほどの写本が現存している。

アヴァークムは，教義や思想を自ら創りあげるタイプの知識人ではなく，組織者であり行動の人だった。その彼が，生命を削るようにして生み出した作品が，その思想内容とは別のところで，自分や周囲の人々の生活感覚や心情を生き生きと伝え，同時代だけでなく，はるか後代の読者を感動させる表現を生み出した。それは皮肉なことではあるが，近代以降のロシア文学のありかたを，ある意味で予言しているとも言えないだろうか。　（中澤敦夫）

B-イントロダクション

19世紀のロシア文学

Введение в русскую литературу XIX века

このセクションでは，19世紀のロシアの文学について取り上げます。19世紀は波乱万丈の時代でした。18世紀初めにはピョートル１世が近代化・西欧化に着手します。文学もまた，教会と結びつきの強い中世の文学とは一線を画した近代文学の確かな息吹が，詩，小説ともに見られました。19世紀になると社会では，一気に推進された近代化・西欧化の歪みが露わになってきます。のちに文学者プーシキンを導くカラムジンは〈センチメンタリズム〉の代表的作家として知られていますが，19世紀の入り口でこの歪みにいち早く気づいていました。ロシアの国民意識，社会や信仰における個人の意識や感情が文学に反映され，また文学がそれらを動かします。文学はまず詩を中心に大きく花開き（〈金の時代〉），中頃には本格的な小説の時代が到来し，世紀末にはふたたび詩も活気を取り戻します（〈銀の時代〉）。ここではおもに小説に目を向けましょう[1]。

「祖国戦争」（1812年）でナポレオン軍に勝利したロシアは，ヨーロッパの新秩序「ウィーン体制」のキープレーヤーとなる一方で，西欧諸国との摩擦も強まっていきます。国内では自由を求め，専制打倒，農奴制廃止を目指す青年将校たちが25年に「デカブリストの乱」を起こします。彼らの精神的支えの一つがプーシキンの文学であり，首謀者の中にはルイレーエフのような詩人も含まれていました[2]。乱を鎮圧した政府は厳しい検閲体制を整備し，33年には文部大臣ウヴァーロフ[3]が国民教育の指針として「専制，正教，国民性」を掲げ，体制への批判的な言論に対する圧力はさらに強まります。プーシキンは，当局に監視されながらも，抒情詩や物語詩，戯曲，小説など様々なジャンルでの創作を通して，ロシアの国民文学の父となっていきました。中でも韻文小説『エヴゲーニー・オネーギン[4]』の主人公に代表される「余計者[5]」の形象はレールモントフ，ツルゲーネフ，ゴンチャローフの文学へ流れ，物語詩『青銅の騎士[6]』のエヴゲーニーをはじめとする「小さな人間[7]」の形象はゴーゴリやドストエフスキーにおいて展開され，人々に対する精緻な眼差しは世紀末のチェーホフやゴーリキーらを介してさらに次の世代まで受け継がれます。ロシアの文学者たちはみな何らかの形でプーシキンとつながっているといってよいでしょう。

プーシキンが37年に，その後継者として期待されたレールモントフが41年にそれぞれ若くして決闘で亡くなると，文壇にはリアリズムの新たな潮流が生まれてきます。作家ネクラーソフはしがない役人の意識を取り出したドストエフスキーのデビュー作『貧しき人びと[8]』を「新しいゴーゴリ」の登場と捉え，批評家ベリンスキー[9]とともに激賞します。また，40-50年代には，世界におけるロシアのあり方をめぐって，西欧に追随して近代化を進めようとする「西欧派」と，ロシア本来の精神性・社会性を尊重する「スラヴ派」の論争が繰り広

▷1　ロシアの詩については，Ⅰ-Eを参照されたい。このセクションと合わせて読むことによって，韻文と散文の相互の結びつきをより深く理解できるだろう。

▷2　乱の首謀者としてルイレーエフ（☞Ⅰ-E-③，Ⅱ-B-④）ら５名が絞首刑となった。

▷3　Сергей Семенович Уваров. 1786-1855.

▷4　« Евгений Онегин ». 1825-32年刊行。

▷5　« лишний человек ». 高い教養と能力を社会において活かせず，深い懐疑を抱いたまま無為に時を過ごしている，根無し草のような貴族知識人の一典型。グリボエードフ（☞Ⅱ-C-⑩）『知恵の悲しみ』（« Горе от ума ». 1825）の主人公チャーツキーもまたこの形象のルーツとされる。

▷6　☞Ⅰ-B-③

▷7　« маленький человек ». 社会の低い位置におり，世の中の不正を感じているもの引っ込み思案で，しばしば誇りを傷つけられているような人物像。

▷8　« Бедные люди ». 1846.

▷9　Виссарион Григорьевич Белинский. 1811-48.

げられたことも見過ごせません[10]。そうした思想状況の反映を，ツルゲーネフの『父と子[11]』やドストエフスキーの『未成年[12]』などに見ることができます。

40年代末になると，ヨーロッパ各地で革命がおこり「ウィーン体制」が崩壊していきます。そのクライマックスは「クリミア戦争」（53-56年）での西欧，トルコに対するロシアの敗北でした。その後ロシアでは改革が進められますが，1861年の農奴解放令は農民の期待からは程遠く，さらに露土戦争（77-78年），皇帝アレクサンドル２世の暗殺（81年）と混迷の時期が続き，20世紀の革命の足音が聞こえてきます。そうした時代が，反戦や悪を描いた狂気の作家ガルシン，社会風刺に長けたサルトゥイコフ＝シチェドリン[13]，因習や閉鎖性を描くオストロフスキー[14]，語りの名手レスコフ[15]などを生み出しました。セクション全体を通して，いくつもの潮流が織りなす「19世紀のロシア文学」の豊饒さを感じてください。

さて，現代作家ヴォドラスキン[16]はあるインタビューで，代表作『ラヴル[17]』について「どんな問題に答えるのが重要でしたか」と質問されて，「私は問題に答えたというより，むしろ問題を提起したのです。問題に答えるよりも，それを正しく提起することの方が大切なときもあります」と返しています[18]。芸術家に必須なのは「問題を解決すること」でなく「問題を正しく提起すること[19]」だというチェーホフの言葉がおのずと思い出され，この現代作家がロシア文学の血脈をたしかに継いでいることを感じさせます。チェーホフがその例として挙げるプーシキンの『エヴゲーニー・オネーギン』やトルストイの『アンナ・カレーニナ[20]』だけでなく，この言葉には，私たちをひきつけてやまないロシア文学の秘密を解くカギが隠されているようです。

それでは実際のところ，19世紀のロシア文学は，どんな問題を扱ってきたのでしょうか。生と死，愛と憎しみ，信仰と不信仰，貴族と民衆，都市と農村，中央と周辺，西欧とロシア——純粋に二つに分けられるものではなく混在しているか，あるいは，少なくとも文学者はその境界に目を向けます——いくつもの問題が絡まりあってより大きな「根源的な生」への問いとして立ち現れます。世紀の前半にプーシキンが提示した問いを，ゴーゴリは掘り下げ，ドストエフスキーは追求し，トルストイはその中で生きました。その流れをつぶさに眺めてきたのがチェーホフでしょう。その問いとの格闘を通して，エヴゲーニー，タチヤーナ（『エヴゲーニー・オネーギン』），アンドレイとピエール，ナターシャ，プラトン・カラターエフ（『戦争と平和』），カラマーゾフの兄弟たち，ゾシマ長老（『カラマーゾフの兄弟』），私たちのすぐそばにいそうなチェーホフやゴーリキーの登場人物も含めて，数えきれない魅力的な形象が生まれたのです。

作品内に「問題」の「答え」は必ずしも用意されていません。前述のチェーホフの言葉には絶妙のたとえが続きます——「法廷は問題を正しく提起しなければならず，それぞれの考えに合わせてそれを解決するのは陪審員たちなのです」。そう，作品と対話しながら「答え」を出すのは皆さん自身なのです。

（坂庭淳史）

▶10 この論争は，さらに「ナロードニキ」（☞Ⅱ-A-[3]）や「後期スラヴ派（汎スラヴ主義）」，「土壌主義」の思想を生み出していく。ゲルツェン（☞Ⅰ-B-[11]，Ⅱ-A-[1]）『誰の罪か』（« Кто виноват? ». 1847）やチェルヌイシェフスキー（Николай Гаврилович Чернышевский. 1828-89）『何をなすべきか』（« Что делать? Из рассказов о новых людях ». 1862-63年執筆）など思想家たちによって書かれた小説も，文学史上の重要な意味を持っている。

▶11 « Отцы и дети ». 1862.

▶12 « Подросток ». 1875.

▶13 ☞Ⅰ-B-[14]

▶14 ☞Ⅰ-B-[18]

▶15 ☞Ⅰ-B-[15]

▶16 Евгений Германович Водолазкин. 1964-.

▶17 « Лавр ». 2011.

▶18 https://zen.yandex.ru/media/evodolazkin/inogda-pravilno-postavit-vopros-vajnee-chem-na-nego-otvetit-5f6746ddb142594c5345d4e4

▶19 スヴォーリン（Алексей Сергеевич Суворин. 1834-1912）宛の1888年10月27日付の書簡より。

▶20 ☞Ⅰ-B-[17]

B　19世紀の文学

1　『哀れなリーザ』Бедная Лиза（1792）

ニコライ・ミハイロヴィチ・カラムジン（Николай Михайлович Карамзин, 1766-1826）

図1　カラムジン（キューネル画・リップス版画）『ロシア人旅行者の手紙』口絵（ドイツ語版，1799-1800年）

出典：*Н. М. Карамзин.* Письма русского путешественника. Л.: Наука, 1984.

Я люблю те предметы, которые трогают мое сердце и заставляют меня проливать слезы нежной скорби!

私は心に触れ，優しい哀しみの涙を流させる対象が好きなのだ！

1 ロシア・センチメンタリズム文学の代表作

晩年に帝室の歴史編纂官として『ロシア国史』[1]を著し，プーシキン[2]ら後続世代の文学者の歴史的想像力に大きな影響を与えたカラムジンは，ロシア・センチメンタリズム文学を代表する作家とされる。この潮流はリチャードソン[3]，ルソー[4]，スターン[5]など感情に重きを置く新しいヨーロッパ文学を積極的に取り入れ，ロマン主義のさきがけと見なされる。もっともよく知られる作品が彼の『ロシア人旅行者の手紙』[6]，そしてほぼ同時期に書かれた『哀れなリーザ』である。貴族社会の宗教や道徳に反するゆえに自殺を描くことを避けていた当時のロシア文学にあって，この物語は数少ない例外であり，ゲーテの『若きウェルテルの悩み』[7]の影響下に書かれた作品のひとつに数えられる。しかし悲恋による自殺というモチーフが共通するほかは内容・表現・構成の面で大きく異なっており，この点にこそセンチメンタリズムの詩学の特徴を見てとることができる。

2 感じやすい身体

裕福な貴族の若者エラストは，モスクワの通りで偶然見かけた花売りの農民の少女リーザを見初める。彼女もエラストの姿が忘れられず，逢瀬を重ねるうちに彼に身を任せるが，途端にエラストはリーザに飽き始め，やがて戦争に出征した彼は，カード賭博で借財を重ね，その精算のために裕福な未亡人と結婚する。モスクワに戻った彼をリーザが通りでばったり見かけ，屋敷まで追いかけるが，追い返されて絶望する。彼女は池に身を投げ，その運命を耳にしたエラストは自分を人殺しと考えて生涯の不幸を背負う。

「いいかい，おまえにはまだわかっていない，悪党どもが貧しい娘を辱めるやり口ってものがね！」——母親がリーザにあらかじめ警告していたように，ごくありふれた筋書きには違いない。しかしこの物語の新しさは，18世紀のヨーロッパで流行していた文化的な想像力による身体の構築をテストしていることにある。エラストはリーザのなかに自分の心が長い間探し求めていた自然を見出したような気がするのだが，それは彼が「よく小説や牧歌を読み，たびた

▷1　« История государства Российского ». 1818-29（未完）.

▷2　☞Ⅰ-B-[2][3]

▷3　Samuel Richardson. 1689-1761.

▷4　Jean-Jacques Rousseau. 1712-78.

▷5　Laurence Sterne. 1713-68.

▷6　« Письма русского путешественника ». 1791-92, 1794-95, 1797-1801.

▷7　Johann Wolfgang von Goethe. 1749-1832. *Die Leiden des jungen Werthers.* 1774.

び古《いにし》えの黄金時代にわが身を置いていた」ことが影響している。ここで言及されている「牧歌」はギリシアのテオクリトス[8]やローマのウェルギリウス[9]に起源を持つ文学ジャンルで，18世紀になって，過去に存在した牧人たちの小さな共同体を賛美するものとしてスイスの詩人ゲスナー[10]によってリバイバルされた。ゲスナーの「感じやすい」作品と人となりはルソーたちにとって都市文明の欠陥を免れた「自然人」の理想そのものであり，人間の善性を裏付けるものとして広く受け入れられた。ロシアでのゲスナーへの関心は1770年代の翻訳から始まって90年代に頂点に達し，カラムジンの創作活動とも深く関わっている。

▶8 Θεόκριτος. B.C. 300頃-B.C. 260頃。

▶9 Publius Vergilius Maro. B.C. 70-B.C. 19.

▶10 Salomon Gessner. 1730-88.

3 共感の共同体

『哀れなリーザ』は牧歌を自壊させたパロディである。牧歌の基礎としての感じやすい二つの身体を描き出すとともに，外部の影響に対するその無防備な反応を極限まで利用して，牧歌の外部としての死に直面させている。しかし，文化のコードが幻想であることを実演してみせるロマン主義，あるいは文化の外部にある「現実」を身体感覚に訴えかけるリアリズムといったその後の19世紀文学の展開とは異なり，センチメンタリズムが文化の内部から外部へと読者を誘うのは，死を伴う危険に際しての身体の統御法の学習のためだ。そこで決定的な役割を果たすのが，作者の文学活動を（パロディをふくむ）何らかの形で想起させる語り手である。

「おそらく，モスクワの住人で，私ほど町はずれのあたりに通じている者はあるまい」という冒頭の言葉から，読者を文化と外部の往復に導きながら，作者と同じような仕方で物語を読むようにうながす道のりは始まっている。語り手はリーザが住んでいた小屋からほど近い修道院への自身の散歩について話し，哀れなリーザの物語を「私の心に触れ，優しい哀しみの涙を流させる対象」として語り出すのである。これに対応するように結末では，語り手がエラストの死の一年前に本人からこの話を聞き，リーザの墓をともに訪れたことが明らかにされる。リーザやエラストと同じように感じやすい語り手の身体が確認されつつ，破局からは距離をとった身体実践としての読書の身振り，涙の流し方が示され，作者の美学と照合された上で読者に模倣されてゆく。

この作品はフランス革命の熱狂がすでに暴走へと変質した後に発表されている。王と神の権威に基づく旧制度が当時の文化の中心地で蹂躙された状況で必要とされたのは，もはや牧歌そのものではなく，それが喪失され暴力が溢れ出す世界での身の処し方だった。その答えが共感の共同体としてのロシアの再構築であり，カラムジンが進めた一種の言文一致[11]も「心地よい」文体を共有する共同体の立ち上げと考えられる。趣味の普遍妥当性を問うた18世紀ヨーロッパ美学と異なり，共同体の境界は優れた作者に共感できるかどうかで決まり，それが曖昧な形で「ロシア」に重ね合わされていったのだ。 （安達大輔）

▶11 18世紀後半のロシア語では，書き言葉を高位・中位・低位の三文体に分類し，それぞれにふさわしいジャンルを割り当てたロモノーソフ（Михаил Васильевич Ломоносов. 1711-65）の古典主義的な文体論が支配的だった。これに対しカラムジンとその支持者たちは，言文が一致したフランス文化を手本に「心地よい」「趣味」に基づいた文体によって文学作品を執筆することで，それが社交界の会話を洗練させると主張した。フランス語の影響を感じさせるその文体実践は，宗教書に由来する規範的な書き言葉だった教会スラヴ語系の文体を好んだシシコフ（Александр Семенович Шишков. 1754-1841）たちの反発を招いた。

B　19世紀の文学

2　『ベールキン物語』Повести покойного Ивана Петровича Белкина（1830）
アレクサンドル・セルゲエヴィチ・プーシキン（Александр Сергеевич Пушкин, 1799-1837）

図1　プーシキン肖像画（トマス・ライト，1937年）

出典：Жизнь и творчество А. С. Пушкина: Материалы для выставки в школе и библиотеке / Сост. и авторы вст. ст. *Е. Муза и С. Овчинникова*. 3-е изд. М.: Дет. Лит., 1989.

Что пользы мне, подумал я, лишить его жизни, когда он ею вовсе не дорожит?

こいつが自分の命を何とも思っていないのだとしたら――と私は思った――そんな人間の命を奪って，私に何の益があるのか？（「射弾」）

1　コレラの秋の実り

1830年９月，婚約祝いに父から贈られた村に行く途次，モスクワから570キロほどの領地ボルジノを訪れた30歳の詩人プーシキンは，コレラの流行による検疫網のため足止めを食らい，３カ月をその地で過ごすことになった。

身につまされる話だが，プーシキンはその巣ごもり期間に思い切り創作に耽った。30編の抒情詩，４編の小悲劇，韻文小説『エヴゲーニー・オネーギン』[1]の結末部分……。「射弾」「吹雪」「葬儀屋」「駅長」「百姓令嬢」の５小説[2]も，このコレラの秋の産物だった。プーシキンははじめ，これを小説集として匿名で発表するつもりだったが，翌年改めて出版者名の序文を書き加え，30歳で病死した退役軍人ベールキンという作者像を作り上げた。『故イワン・ペトローヴィチ・ベールキンの物語』（正式名称）の誕生である。

2　不条理な自然としての生

福岡伸一は，新型コロナウイルス体験が，ロゴス（論理）で制御できぬピュシス（自然）としての生を再認識させると言うが[3]，コレラ流行時に書かれた『ベールキン物語』も，論理を超えた不可抗力に翻弄される人々の世界である。

「射弾」の主人公シルヴィオは，冒頭の引用のように，決闘の場で平然とサクランボを食うライバルに苛立ったあげく，傷ついた自尊心という怪物に導かれるまま，奇妙な復讐劇を生きることになる。「吹雪」のプロットは，駆け落ち結婚という人間の企みを自然の猛威が狂わすことに始まるが，偶然の出会いを反復させる別種の運命的な力が，物語を意外な大団円へと導いていく。「葬儀屋」の主人公の夢には，かつて葬儀を手掛けた死人たちがそろって登場し，彼を責め立てるが，それが酔った勢いで吐いた「禍言《まがごと》」の仕業なのか，死者をネタにあこぎに稼いできた疚《やま》しさの反映なのか，判別できない。行きずりの恋が父と娘の運命を分かつ「駅長」と，反目しあう家の娘と息子が愛で結ばれる「百姓令嬢」は，それぞれ毛色の違う話だが，若い娘の好奇心や恋情の圧倒的

▷1　« Евгений Онегин ». 1825-32年刊行。

▷2　« Выстрел ». « Метель ». « Гробовщик ». « Станционный смотритель ». « Барышня-крестьянка ».

▷3　福岡伸一「目指すのはウイルスとの動的平衡」『朝日新聞』（2020年６月17日付）。

な力が,「放蕩息子」や「ロミオとジュリエット」といった物語モデルの定型を壊してしまう点で共通している。

プーシキンの小説の魅力は,不合理な力に翻弄される人間の姿を,くどい説明抜きの明快な像として描くところにある。例えば「射弾」の語り手は,シルヴィオの心理解析の代わりに,帽子に空いた穴,射撃練習で弾痕だらけの宿舎の壁,風景画に重なって撃ち込まれた2つの銃弾といった事物の痕跡によって,荒れ狂う情念の様態を表現している。単純,簡潔,明快という作者の戦略は,確かに人知で制御できぬピュシスとしての生の描出に適している。

3 様々な読み方

『ベールキン物語』は多様に読み解かれてきた。一例は,全体をジャンルの交代する四季の物語と見るもの。初夏の決闘シーンが印象的なロマンス「射弾」,アイロニー的転倒に満ちた冬の物語「吹雪」,秋の墓場で終わる小悲劇「駅長」,春の森遊びに始まり,変装,謎解きなど喜劇の常套に満ちた「百姓令嬢」。黒白の明快なロマンスから始めて,より複雑なアイロニーや悲劇の世界へ読者を誘い,最後に春の明るい和解へと導く作品群,という見立てになる[4]。

「葬儀屋」も面白い解釈を誘う。主人公アントン・プローホロフの初仕事は1799年とされるが,これはプーシキンの生年であり,名のイニシャルもアレクサンドル・プーシキンと重なる。彼の棺桶は「作品」と呼ばれる。死と永遠と記憶にかかわる職業として,葬儀屋と作家が同一視されている可能性がある[5]。

時代背景に注目するのも意味深い。「射弾」のシルヴィオの物語は1812年の祖国戦争[6]期に始まり,21年のギリシア独立戦争で終わっている。「吹雪」も祖国戦争をまたいでおり,第一の主人公が戦時のモスクワで死亡した後,戦勝に沸く地方都市に第二の主人公が凱旋する。「葬儀屋」の舞台も同じ戦争後に再建されたモスクワ。「駅長」の発端は16年で「百姓令嬢」は20年代の話だが,すぐ後の25年には,専制や農奴制の矛盾を痛感した将校たちが立憲君主制や共和制の樹立を目指して蜂起する,デカブリストの乱が起こることとなる。

いわば作品集の全体が,祖国戦争の苦難と高揚からデカブリストの乱の悲劇前夜までの,激動の時代の経験をベースにしている。反乱の鎮圧後,デカブリストの話題は言論界でタブーとなったが,改革派将校たちと親交のあったプーシキンの作品には,デカブリストを連想させる箇所が散見される。「射弾」のシルヴィオは,デカブリスト南方結社のI. P. リプランディを連想させる[7]。「百姓令嬢」の主人公の周辺にも,フリーメイソンを思わせる髑髏の指輪やランカスター・システムの教育といった,デカブリスト文化のにおいが漂う。序文の友人の書簡を時代史と付き合わせると,作者ベールキン自身が,改革派の将校に交じって隊を追われたデカブリスト予備軍だったという推測も可能だ[8]。

デカブリストたちへのオマージュだったのかもしれない。　(望月哲男)

▶4 Richard Gregg, A Scapegoat for All Seasons: The Unity and the Shape of *The Tales of Belkin* // *Slavic Review*, 30: 4, 1971.

▶5 David M. Bethea, Sergei Davidov, “Pushkin's Saturnine Cupid: The Poetics of Parody in *The Tales of Belkin*” // *PMLA*, Vol. 96, No. 1, 1981；郡伸哉『プーシキン　饗宴の宇宙』彩流社,1999年。

▶6 イギリスを排除する大陸封鎖によってヨーロッパの支配を狙うナポレオン(Napoléon Bonaparte. 1769-1821)が,大陸封鎖に抗うロシアに大軍を率いて攻め込んだ戦争。ナポレオン軍はモスクワにまで達しながら,戦果もなく大量の犠牲を出して敗走することになった。この失敗は1814年のナポレオン失脚につながり,ロシアのアレクサンドル1世(Александр I. 1777-1825)は以降のヨーロッパ秩序のデザインを決めるウィーン会議の主役となる。国民一丸でナポレオンを撃退した経験は,「吹雪」に言及されるような愛国心の高揚を引き起こしたが,同時に農奴制や専制政体などロシア社会の病弊を自覚させる契機ともなった。

▶7 「射弾」をベールキンに語ったとされている人物のイニシャルI.L.Pは,I. P. リプランディ(Иван Петрович Липранди. 1790-1880)のイニシャルの組み換え(アナグラム)になっている。

▶8 Andrej Kodjak, *Pushkin's I. P. Belkin*, Slavica, 1979.

B　19世紀の文学

3

『青銅の騎士』**Медный всадник**（1833）

アレクサンドル・セルゲエヴィチ・プーシキン（**Александр Сергеевич Пушкин**, 1799-1837）

На берегу пустынных волн / Стоял он, дум великих полн, / И вдаль глядел. Пред ним широко / Река неслася; бедный чёлн / По ней стремился одиноко.

荒涼とした波の寄せる岸辺に／かの人は立ち，偉大な思いに満ちて／遠くを眺めていた。目の前に広々とした川が／すみやかに流れている。そまつな小舟が／一艘，水を切って進んでいた。

1 はるか彼方へ――大いなる旅の始まり

国民詩人プーシキンは，『青銅の騎士』の序詩をネヴァ川岸辺のうら寂しい風景から書き起こしている。「創世紀」の始まりのような場面に立つ「かの人」はピョートル大帝[1]と思われ，ペテルブルクの創設を夢見ている。冒頭で作者は，これから始まる物語の内容が，一国の首都の歴史だけにとどまらない，人類史をたどる「大きな旅」であることを読者にいくつかの徴《しるし》で予告している。時の流れや詩作の始まりを示唆する水流[2]，イエスの弟子ペテロの生業《なりわい》であった漁師，人生や国家の運命を象徴する船[3]が呼び起こす連想や象徴性は，ギリシア・ローマの古典や聖書に由来し，西欧とロシア文学の伝統に基づいている。

『青銅の騎士』は序，序詩，第１・２部，注釈から成る500行たらずの物語詩だが，聖書[4]やダンテの『神曲[5]』に匹敵する時空間を内在化した叙事詩であり，表層の物語と融合離反しながら複数のストーリーが進展している。序詩は「かの人」の瞑想から始まり，百年後のペテルブルクの繁栄が頌歌調で歌われる。第１・２部は小官吏エヴゲーニーの物語である。彼は，1824年11月のペテルブルクの大洪水でフィアンセのパラーシャを失い発狂する。洪水が街から引いても洪水の記憶は彼に残り，「ある夢」にさいなまれ，乞食をしながら「獣でもなく人でもなく」動物のように暮らす。洪水から１年後の闇夜，エヴゲーニーは，沼地に都を築いたピョートル大帝が己の不幸の原因と思い至り，青銅の騎士像[6]に呪いの言葉を投げつける。青銅の騎士像は蘇生し，一晩中彼を追う。エピローグでは冒頭に似た簡素な風景に戻り，漁師と船が登場する。エヴゲーニーはパラーシャの家らしき廃屋の戸口に遺体で見つかり官費で葬られる。

2 事実から生まれた多層性と多義性の詩的世界

『青銅の騎士』の作品世界に取り込まれているのは聖書や『神曲』だけではない。デルジャーヴィン[7]，カラムジン[8]，ラジーシチェフ[9]ら18世紀の文人の作品，

▶1　Петр I. 1672-1730.

▶2　ローマの詩人たちは作品の執筆を舟航にたとえるのが常であり，「出帆」は詩作の開始の隠喩だった。

▶3　カラムジンは『ロシア国史』（« История государства Российского ». 1818-29年刊行）の序で歴史書を「民族の聖書」「航海者の海図」に譬えている。☞Ⅰ-B-1

▶4　聖書の「ヨハネの黙示録」と「詩篇」が，作者の思想を表す上で特に重要な役割をしている。「ヨハネの黙示録」を参考に『青銅の騎士』を読み解くと，ペテルブルクは，神罰を受けて滅亡するバビロンと，神の栄光に輝く新エルサレムという両義的特徴を備えている。また「詩篇」の断片から成るストーリーが第１・２部に組み込まれており，エヴゲーニーの形象に「詩篇」の信心者と不信心者の特徴が融合している。

▶5　Dante Alighieri. 1265-1321. *La Divina Commedia.* 1307-21年頃執筆。『神曲』はダンテが「人生の道半ば」35歳の年に，地獄，煉獄，天国と１週間にわたって彼岸巡りの旅に出る物語。

▶6　ペテルブルクの元老院広場にあるピョートル大帝の銅像。エカテリーナ２世（1729-96）が1782年に大帝の即位百周年を記念して建立した。

▶7　Гаврила Романович Державин. 1743-1816.

デカブリストらプーシキンと同時代の作家の作品，ポーランド語の詩人ミツキェーヴィチ[10]の物語詩など多彩な作品のモチーフやディテールの引用や想起がテクストと行間にぎっしり埋め込まれている。

複雑に絡み合う多義性と多層性の成立を可能にしているのは，第1・2部の洪水場面の表層下に存在する18・19世紀の疫病流行と叛乱暴動の史実，およびエヴゲーニーの人生に含まれているプーシキンの自伝的事実である[11]。確かな事実は作品世界に強固な骨組みと土台を構築し，数々の連想を取り込んで相互にかけ合わせ，結びつけ，虚実ないまぜの豊穣な詩的世界を創造している。

第1部でエヴゲーニーが洪水の最中に獅子像にまたがり対岸のパラーシャの身を案じている場面には，1830年秋コレラ禍のためボルジノ村に閉じ込められ，モスクワのフィアンセと会えなかった作者の切実な体験が投影されている。さらに様々な作品の文脈が同場面の獅子像を中心に交錯し，獅子像は反ロシア皇帝や反逆者の象徴性を秘めている。一例を挙げると，「獅子」は北方戦争でロシアの敵であったスウェーデンの紋章の動物であり，エヴゲーニーは獅子にまたがることで青銅の騎士像に対峙し，同場面は第2部における両者の対決の伏線になっている。青銅の騎士像がエヴゲーニーを執拗に追う場面では，デカブリストを赦さず，彼らの赦免を訴え続けたプーシキンに厳しく接し，さらに1830年代初めコレラ暴動[12]を弾圧したニコライ1世[13]の姿が銅像の描写に投影されており，作者は専制君主たちを秘かに批判している。

3 新たな可能性をひらく古典的傑作

『神曲』のダンテはラテン文学最大の詩人ウェルギリウス[14]の先導を受けて地獄と煉獄を巡り，煉獄山の地上楽園からベアトリーチェの導きで天国へ昇天する。エヴゲーニーの物語と比べてみよう。発狂して浮浪者になった彼は，地獄のようなペテルブルクを一人でさまよう。彼の夢想に現れてすぐ消えるパラーシャは，ベアトリーチェのように清らかで淡い。エヴゲーニーには天国という目的地もなく，何ゆえの苦しみか理解できぬまま都会の地獄を彷徨し，闇夜に青銅の騎士像すなわち『神曲』の悪魔大王[15]に遭遇する。

『神曲』の天国ではダンテが至高天で光り輝く三位一体に見神するが，『青銅の騎士』のエピローグはつつましく静謐な空間で，世界と歴史を語る物語が水流の夢のように過ぎ去ったあとの充実感がある。同場面は，主人公が昇天してパラーシャと会ったのか，それとも永遠の虚無の中に消えたのか，死後の世界について何も語っていない。なぜ，このような内容と描き方の相違が生まれるのか，大詩人たちの世界認識と思想はどのように違うのか。19世紀ロシアに生きたプーシキンが西欧文学の雄《ゆう》ダンテに挑戦している。幾多の古典の養分を吸収して完成された傑作はその普遍性ゆえ，読み手の人生と時代状況に応じて常に新しい解釈や見方を与え，可能性に満ちた未来へと導く。 （杉野ゆり）

▶8 ☞Ⅰ-B-1

▶9 Александр Николаевич Радищев. 1749-1802.

▶10 Adam Mickiewicz. 1798-1855.

▶11 『青銅の騎士』では「獣」のメタファーが多用されているが，「獣」は1829年以降のプーシキンのテクストで叛乱暴動，疫病，狂気のイメージと結びついている。この結びつきをコードに『青銅の騎士』第1・2部を分析すると，18・19世紀の騒乱の史実と作者の自伝的事実の存在が明らかになる。

図1 ピョートル大帝像。サドヴニコフの絵画に基づくイヴァノフの石版画（1830年代）

出典：*А. М. Гордин.* Пушкинский Петербург. Л.: Художник РСФСР, 1974.

▶12 プーシキンは，ロシア各地でコレラ暴動が頻発した同時代の混乱を，『青銅の騎士』と並行して執筆していた『プガチョフ叛乱史』（« История Пугачевского бунта ». 1833）の時代状況に重ねている。1773年に起こったプガチョフの乱はペストの流行が一因であった。

▶13 Николай I. 1796-1855.

▶14 Publius Vergilius Maro. B.C. 70-B.C. 19.

▶15 堕天使ルシフェル。

B　19世紀の文学

4　『査察官』（『検察官』）Ревизор（1836）

ニコライ・ワシーリエヴィチ・ゴーゴリ（Николай Васильевич Гоголь, 1809-52）

図１　ゴーゴリの肖像画（A. G. ヴェネツィアノフ画（自画石版），1834年）

出典：Машковцев Н. Г. Гоголь в кругу художников. М.: Искусство, 1955.

Почтмейстер.　**В том-то и штука, что он и не уполномоченный, и не особа!**

Городничий.　**Что ж он, по-вашему, такое?**

Почтмейстер.　**Ни се ни то; черт знает что такое.**

郵便局長　肝心なのは，あの人は全権でも，要人でもないってことです！

市長　それでは，君は彼が何者だというんだね？

郵便局長　どちらでもないんです。どこの馬の骨だか知れません。

1　傑作喜劇

『検察官』（1836年刊行）はロシアの演劇史に冠たる傑作喜劇である。1836年4月，ペテルブルクのアレクサンドリンスキー劇場にて初演，翌月にモスクワのマールイ劇場でも上演された。引用のように人物の取り違えを発端とする喜劇の伝統に連なりつつも，強烈な風刺が論争を巻き起こしたことで知られる。『検察官』という邦題が踏襲されてきたが，本項は不正を摘発する査察役という本来の意味で『査察官』と題した近年の邦訳書（読書案内参照）に倣った。

物語はある田舎町に査察官が来るという手紙から始まる。不正の露見を恐れて画策を始めた市長たちが，無関係のフレスタコーフを査察官と取り違えて必死で歓待するくだりは双方の誤解に発する笑いが特徴だ。取り違えに気づいてもフレスタコーフは高官のふりを続け，無心を繰り返し市長の娘と婚約したあげく遁走する。彼が顛末を書いた手紙からようやく取り違えに気づいた人々のもとに本物の査察官の到着が知らされ，一同が凍りついたところで幕となる。

2　善人なしの取り違え譚

プーシキン[1]がゴーゴリに提供した，地方都市で高官と間違えられた時の逸話（別の人物の体験談という説もある）をもとにこの戯曲が書かれたと言われる。同様の逸話が複数存在したことや，フレスタコーフが珍事を面白おかしく知人に書き送る場面が示すように，取り違えは王道の喜劇的題材であった。

国内外の喜劇やメロドラマが花盛りの演劇界に登場した『査察官』は，その多彩なモチーフからヨーロッパの喜劇の伝統と比較されることがある。例えばモリエール[2]の戯曲『タルチュフ[3]』では詐欺師が資産家を騙して財産と妻娘を奪おうとするが，逆に策略に落ちる。18世紀のロシアにも見られる，高潔な男女の愛を邪魔する悪党が敗北するという勧善懲悪的な古典主義演劇のテンプレー

▷1　☞Ⅰ-B-②③

▷2　Molière. 1622-73. 本名 Jean-Baptiste Poquelin. フランス古典主義時代の喜劇作家。

▷3　『タルチュフ』（*Le Tartuffe*. 1664年初演）というタイトルで３幕が上演されたが，公開が禁じられ，改稿を経て1669年に『タルチュフあるいはぺてん師』（*Le Tartuffe ou L'Imposteur*）として発表。全５幕が上演された。

トがここにある。一方，ロマン主義全盛期の『査察官』ではそのパロディ的側面が強く，騙される側の市長はなかなかの悪党ぶりを露見させ，善人が登場しない。お金と女性に手を出そうとする点ではタルチュフ的なフレスタコーフも，策略を持たないほら吹きにとどまっている。

3 新機軸

このフレスタコーフの形象にこそ，『査察官』の新機軸があった。フレスタコーフは周りの勘違いによって人々の努力傾注の中心となる空虚な主人公だ。全員が俗悪にもかかわらず，事件の震源にわかりやすい悪意を設定しないことで，ゴーゴリは善悪の二項対立を排除し，作品世界に不条理を迎え入れた。それにともない，総決算的な結末も退けられている。『タルチュフ』では最後に善が勝ち，国王の裁きが秩序の回復をもたらすが，『査察官』に大団円は訪れない。「だんまりの場」と呼ばれるラストシーンでは，本物の査察官の到着を知った人々がショックで凍りついたまま幕となる。

この独特の演出法は俳優がポーズを決め静止し，一幅の絵を舞台上に現出させる活人画[4]に近いとされる。ゴーゴリの演出に対する高い関心は父の影響で彼自身が幼少期より芝居を愛し，一度は役者を志した来歴とも関係している。実際，本人が仲間の前で『査察官』を朗読した時の面白さは語り草になった。話芸の達人でもあったゴーゴリの作品は駄洒落に溢れかえる笑いの宝庫で，人物の姓もフレスタコーフは「平手打ちをする」，市長のスクヴォズニークは「隙間風」のもじりである。

▷4 「タブロー・ヴィヴァン（tableau vivant）」と呼ばれる，18世紀後半から西欧の演劇界で流行し19世紀にロシアに取り入れられた演出様式。

だが声の横溢の果てに，裁きを前にした人々は死物のように固まる。両手を広げて立ち尽くす市長に体を向ける妻と娘，町の人々。俳優たちは長くて3分も静止したという。このように時間が失われた絵は意味の重層化を許し，国家権力の鉄槌への恐怖は宗教的な罰，すなわち最後の審判への恐れに，さらにはそのパロディに重ね合わされるなど，様々な解釈を生み出した。

4 笑いの力

後にゴーゴリは，この時期，ロシアのあらゆる悪や不正を滑稽化して嘲笑することを狙ったと回想している。観客はどう受け止めたのだろうか。『査察官』は若者の間で人気が沸騰し，進歩派からは文学性への賞賛に加え，現実を形象化したという認識が示された。一方保守派からは風刺を体制批判と激しく非難され，困惑したゴーゴリは外国へ移住するに至った。ゴーゴリはシチェープキン[5]宛の書簡で，芝居を見た人々が自身を侮辱されたと誤解することを嘆く。確かにいずれの陣営も芝居の向こうに「現実」のロシアを幻視した。『査察官』の笑いの力は虚実の境界を突き破ってしまったのだ。この経験はゴーゴリが，自身にも予見できない作品の影響力を認識するきっかけとなった。　（大野斉子）

▷5 Михаил Семенович Щепкин. 1788-1863.『査察官』の市長を演じた俳優。

B　19世紀の文学

5　『現代の英雄』Герой нашего времени（1840）

ミハイル・ユーリエヴィチ・レールモントフ（Михаил Юрьевич Лермонтов, 1814-41）

図1　近衛軽騎兵連隊の軍服を着たレールモントフ（ピョートル・ザボロツキーによる肖像画，油絵，1837年）

出典：*Виктор Мануйлов.* Лермонтовская энциклопедия. М.: Большая Российская энциклопедия, 1999.

Недавно я узнал, что Печорин, возвращаясь из Персии, умер. Это известие меня очень обрадовало: оно давало мне право печатать эти записки, ...

最近私は，ペチョーリンがペルシャからの帰途死んだことを知った。その知らせは私をたいへん喜ばせた。この手記を出版する権利を私に与えてくれたからである……

1 『現代の英雄』の論理的構成

引用は，後半３編をなす「ペチョーリンの手記」の「序文[1]」冒頭，語り手「旅する将校」が主人公の死に触れた文。コーカサスを旅行中の語り手は，道中知り合ったマクシム・マクシムイチからペチョーリンとベーラについての物語を聞き（「ベーラ[2]」），その後当のペチョーリンと直接会ってその人物描写を行うとともに，マクシム・マクシムイチから「ペチョーリンの手記」を入手する（「マクシム・マクシムイチ[3]」）。こうして「ペチョーリンの手記」が公開される。

小説の構成は論理的である。「旅する将校」，そしてその旅行記の読者がペチョーリンをだんだん知っていく過程に沿っている。読者は，主人公についての物語を伝聞の形で聞いていたのが，語り手による直接的外面描写を経て，最後には主人公自身による心情の吐露を知るわけで，しだいに接近する印象をもつ。小説のこの構造について，ナボコフ[4]は作者の抒情詩『夢[5]』と引き比べる[6]。その詩は，抒情的主人公（「私」）がダゲスタンの戦場で瀕死の重傷を負い，夢を見ている一方，その夢の中では舞踏会で令嬢がダゲスタンの戦場で死んだ男についての夢を見ているというものだ。この詩の魅力は，場所も立場も違う者同士が互いを夢に見る「鏡像関係」にあると同時に，「私」自体が夢の中の登場人物でもあるため，夢の夢の夢が描かれるという捉え所のない不思議さにある。

他方，『現代の英雄』は〈時代の主人公[7]〉をめぐる入れ子構造である。その論理的帰結として，読者は最後にはこの時代の象徴的人物像の徹底的解明がなされるはずだと期待する。

2 『現代の英雄』の捉え難さ

ところがペチョーリンは自身の手記の中でも完全には心の内を打ち明けはしないし，また，最大の問題である運命論に対する彼の解答も判然としない。「ペチョーリンの手記」中の「タマーニ[8]」では失敗譚が語られ，「公爵令嬢メリー[9]」

▶1　Предисловие к « Журналу Печорина ». 1840.
▶2　« Бэла ». 1839.
▶3　« Максим Максимыч ». 1840.
▶4　☞Ⅰ-C-18
▶5　« Сон ». 1841年執筆。
▶6　Vladimir Nabokov, Foreword, in Mikhail Lermontov, *A Hero of Our Time*, Oxford University Press, 1984.
▶7　小説のロシア語原題は，「私たちの時代の主人公」と解釈することもできる。

▶8　« Тамань ». 1840.
▶9　« Княжна Мери ». 1840.

では周囲の人々の心理を読み，心理ゲームに勝利して敵役を決闘で殺す話が語られる。いずれの話でも結末近くで主人公がそれらを運命とみなす言及があるため，最終編「運命論者[10]」で運命に対する結論が期待される。現に，ペチョーリンはそれまで悩まされてきた「運命」について集中的に考える機会を与えられ，克服の言葉を述べ，小説は終わる。すなわち，運命があろうがなかろうが，性格の果断さの妨げにはならない，お先真っ暗の時の方がより勇敢に前進できる，というのだ。このような運命論の克服は，全編を通して唯一肯定的とみなされうる行為の後であるだけに，この思想こそ小説全体の結論にも感じられる。だがそこでひとこと主人公は付け加える——「どうせ死より悪いことなど起こりはしないし，しかもその死は避けがたいものなのだから」。

この言葉，先の見えない段階で言われているのであれば，なんら問題はない。だが冒頭の引用にあるように主人公の死が決定づけられ，その死が喜ばれているようなこの小説では，どう考えればいいのか。おまけに主人公にとっての最大の問題に対する結論の直後に添えられているとすれば，この一文によって抒情詩『夢』と同様，捉え所のなさを感じざるを得なくなる。

3 主人公へのアイロニー，時代へのアイロニー

『現代の英雄』の出版直後から今日まで，主人公や小説自体の複雑さ，理解し難さが指摘されている[11]。この小説の魅力はまさにその捉え難さにあるのだろう。それは，主人公にしだいに接近しつつその理解を拒むような小説構成にも表れている。そしてこの捉え難さによって，主人公による運命の克服が相対化される。そのことは作者からペチョーリンへの徹底的にアイロニカルな視座を示す。そのような視線の向こう側には当然，ペチョーリンを卑俗な行為に終始させることとなった同時代の政治体制に対するアイロニーも読みとることができる。ニコライ１世[12]の圧政下で非凡な才能が潰されたことがこの小説の主題の一つであった。小説の出版後，保守派からの批判に対し，レールモントフは「第二版の序文」の中で『現代の英雄』を「現代にはびこる様々な欠陥から創り出された肖像画だ」と言ってのけた。そして，そこには「諸君が望む以上の真実がある」と述べ，同時代への批判精神をあらわにした。

レールモントフはロマン主義からリアリズムへの移行期に活躍し，『悪魔[13]』『ムツィリ[14]』『商人カラーシニコフ[15]』『仮面舞踏会[16]』のアルベーニンなどいくつもの非凡なる人物像を物語詩や戯曲の韻文体で描いてきた。それらは出生上の運命，環境，身分の差，自己の内部に巣食う嫉妬心など様々なものとの葛藤にどう対処したかがテーマであった。『現代の英雄』では，そうした非凡なる才能の心理的葛藤を微細に描くために散文体の手記の形式がとられた。だが，小説の全体構造によって読者の理解を拒んでもいるのである。　（山路明日太）

▶10　« Фаталист ». 1839.

▶11　例えば，小説出版後批評家のベリンスキー（Виссарион Григорьевич Белинский. 1811-48）は「ペチョーリンは小説の初めに我々の前に現れた時と同じ不完全な，不可解な人物のまま我々の前から姿を消す」（Герой нашего времени. Сочинение М. Лермонтова. 1840）と述べた。著名な研究者ゲルシテイン（Эмма Григорьевна Герштейн. 1903-2002）も，この小説にどれほど接近しようとも「なにか明らかにされていない，最後まで言い尽くされていない，捉え難い」（Роман « Герой нашего времени » М. Ю. Лермонтова. 1976）感じが残る，という。

▶12　Николай I. 1796-1855.

▶13　« Демон ». 1829-41年執筆。

▶14　« Мцыри ». 1839年執筆。

▶15　« Песня про царя Ивана Васильевича, молодого опричника и удалого купца Калашникова ». 1837年執筆。

▶16　« Маскарад ». 1835年執筆。

B　19世紀の文学

6　『外套』Шинель（1842）

ニコライ・ワシーリエヴィチ・ゴーゴリ（Николай Васильевич Гоголь, 1809-52）

図1　ゴーゴリ（モーレルル画，1841年）

出典：*Н. В. Гоголь*. Полное собрание сочинений и писем: В 23 т. Т. 1. М.: Наследие, 2001.

Фамилия чиновника была Башмачкин. Уже по самому имени видно, что она когда-то произошла от башмака; но когда, в какое время и каким образом произошла она от башмака, ничего этого неизвестно. И отец, и дед, и даже шурин и все совершенно Башмачкины ходили в сапогах, переменяя только раза три в год подметки.

官僚の姓はバシマーチキンだった。名前からしてその姓があるときバシマーク（短靴）から発生したことは明らかだ。けれどもいつ何時どのようにそれが短靴から発生したのか，これについてはとんとわからない。父も，祖父も，妻の兄弟だってバシマーチキン一家はみんなそろって長靴を履いていた，靴底を年に３回ほど取り換えるだけ。

1　起源にある反復

男は一日中役所の机に座って書類を清書している。いついかなる時に男が役所勤めを始め，誰がその地位につけたのか，思い出すことができる者はいなかった。長官や上司がどれほど入れ替わろうと，いつも同じ場所，同じ立ち位置，同じ職務のまま書記官をしている。『外套』の冒頭で主人公アカーキー・アカーキエヴィチ[1]はこのように紹介されるが，その名前は父親がアカーキーだからという理由でついたもので，姓の由来は機械的な反復が重なってほとんど見失われている。ドストエフスキー[2]のものとされる言葉「私たちは皆ゴーゴリの『外套』から出てきた」とともに近代ロシア文学のひとつの起源として語られてきたこの作品は，反復の過程で起源が失われている状況から始まる。

2　記号の織り成す夢幻都市

ゴーゴリはロシア帝国の一部だったウクライナ出身で，首都ペテルブルクに出た後，故郷に題材をとった連作短編集『ディカーニカ近郷夜話[3]』で当りを取る。1835年に続編『ミルゴロド[4]』と文集『アラベスク[5]』を出版するが，後者の作品は舞台をペテルブルクに移し，『鼻[6]』や『外套』に連なる「ペテルブルクもの」の系譜を開いた。文化記号論者のロトマン[7]によれば，そこで描かれる都市空間は二重の構造をしている。表面上は具体的な物でいっぱいに見えるが，それは中身のない記号が散乱しているにすぎず，実際は穴，裂け目，深淵だらけである。シームレスな世界の見せかけを映し出すスクリーンとして機能するこ

▶1　ロシア人の名前は「名＋父親の名を基にした父称＋姓」から成っていて，敬意をこめてその人を名指す時には「名＋父称」を用いる。「アカーキー・アカーキエヴィチ」は，文字通りには「アカーキーの息子アカーキー」を意味する敬称となる。

▶2　☞Ⅰ-B-⑩⑫

▶3　« Вечера на хуторе близ Диканьки ». 1831-32.

▶4　« Миргород ». 1835.

▶5　« Арабески ». 1835.

▶6　« Нос ». 1836.

▶7　Юрий Михайлович Лотман. 1922-93. « Художественное пространство в прозе Гоголя ». 1988. ☞Ⅱ-A-⑦

とでこれをひとつの虚構世界にまとめあげているのが，官僚たちの書類である。

3 ロマン主義と反復・鏡・分身

文字から立ち上がる虚構の都市という表象は，1800年前後のドイツに端を発する文学・思想の潮流，ロマン主義と結びついている。近代ではかつての充実した人間の生は失われ文字という痕跡のみが残されており，そこで生きる人びとの生は，文字から秘密を読み解く暗号解読の飽くなき作業となる。こうした認識のもとで，ロマン主義の文学作品は文字の反復が生み出す生のさまざまなイメージの実験場となり，鏡や分身といったモチーフで溢れ返ることになった。ゴーゴリ作品を社会が乱反射する鏡として理解した同時代の批評家ベリンスキー[8]，生命を欠いた蠟人形たちを動いているように見せかける歪んだ鏡だと喝破したローザノフ[9]，このふたりを両極として，ゴーゴリもその読み手たちも反復のきらめきに魅入られてきた。物語を語る競合メディアとして無声映画が定着した1910年代末には，エイヘンバウム[10]が『外套』を構成する組織原理を口承的な語り（сказ スカース）のイリュージョン，つまり読者の身体において想像的に反復される語りの行為だと指摘して，研究史上の画期を成した。

4 反復としての生

ロマン主義者の末裔としてのアカーキー・アカーキエヴィチの強度は，反復としての生を過剰なまでに徹底したことにある。内容に一切頓着せずに文書の清書に励む姿は官僚制のメディアそのものだ。だが文字になりきろうとする純粋な身振りは，反復における余剰として生のさまざまなイメージを生む。お気に入りの文字を見つけ，口唇によってなぞり，（痔持ちで金を貯め込んでいる）身体からひねり出そうとする。フロイトが幼児に指摘した自体愛[11]のような浄書から始まり，新調する羽目になった外套を「人生の伴侶」と誤認する[12]段階に移るが，苦労して手に入れたフェティッシュな対象は追いはぎに奪われてしまう。この件を「重要人物」に直訴して叱責され失意のうちに亡くなる顚末は，エディプス・コンプレックスの去勢と社会化の物語をなぞるかのようだ。

しかし起源を欠いた反復としての生は，職務に忠実すぎて逸脱した書記官の死では終わらない。主人公の生を分身させて対比的に示す展開はゴーゴリの詩学の中心にあるが，ここでも役人の幽霊が二体登場する。けれどもこの幽霊たちがアカーキー・アカーキエヴィチの分身だとも言い切れない。幽霊に彼の姿を認めた時の「重要人物」はシャンパンを飲んでいたし，もう片方はアカーキーとのつながりさえ言及されることなく，人並外れて大きな拳骨を巡査に見せて街に消えてゆく。起源を欠いた反復で始まった物語は，起源を見失いながら，反復を増殖させて終わる。ひょっとすると，一日中机に座って書類を清書している男の物語は，今日もどこかで始まっているのかもしれない。（安達大輔）

▷8　Виссарион Григорьевич Белинский. 1811-48. « О русской повести и повестях г. Гоголя ». 1835.

▷9　Василий Васильевич Розанов. 1856-1919.「プーシキンとゴーゴリ」（« Пушкин и Гоголь ». 1891）。

▷10　Борис Михайлович Эйхенбаум. 1886-1959.「ゴーゴリの『外套』はいかにつくられているか」（« Как сделана “Шинель” Гоголя ». 1919）。☞Ⅱ-A-5

▷11　フロイト（Sigmund Freud. 1856-1939）の精神分析の概念で，性欲が性的な対象に依存せず，食事（口唇期）や排便（肛門期）といった自身の身体の興奮と結びついている発達段階。2008年に当時60歳を過ぎた女優ネヨーロワが幼児のようにも見えるアカーキーを演じた一人芝居（フォーキン演出『同時代人』劇場）では，性や年齢といった属性が未分化であることが強調されている。https://www.youtube.com/watch?v=k7wV5STCJaY（最終閲覧：2022年2月3日）

▷12 「未来の外套の永遠のイデア」を抱えたアカーキーがそれまで貯め込んできた金に加えて「別の半分」を調達して新しい外套を購《あがな》う行為を，プラトン（Πλάτων. B.C. 427頃-B.C. 347）におけるイデアの想起あるいは失われた半身の探求と結びつける解釈もある。

B　19世紀の文学

7　『猟人日記』Записки Охотника（1852年刊行，1880年増補）

イワン・セルゲエヴィチ・ツルゲーネフ（Иван Сергеевич Тургенев, 1818-83）

図１　ツルゲーネフ（ワシーリー・ペロフ作，1872年）
出典：Перов Василий, И. С. Тургенев, 1872.（ロシア美術館にて筆者撮影）

Вечером мы с охотником Ермолаем отправились на 〈тягу〉 ... Но, может быть, не все мои читатели знают, что такое тяга. Слушайте же господа.
夕方，私は猟師のエルモライと共に「渡り」撃ちに出かけた…だが，渡り撃ちといっても，なんのことやら分からない読者がおそらくいることであろう。そこで，渡り撃ちとは何かからお聞きいただくことにしよう。（「エルモライと粉屋の女房」）

１「彼はこれまで誰もやらなかった方面から民衆に近づいた」

ツルゲーネフの『猟人日記』は，猟を趣味とする地主である「私」が，猟に出かけたり，あるいは隣人を訪れたりした時に見聞した出来事や人々について，ルポルタージュ風に描いた短編集である。この短編集には25作品が収められている。1847年から51年まで総合雑誌『同時代人[1]』に22作品を発表し，52年に単行本にまとめられて『猟人日記』として出版された。この出版は非常に大きな反響を呼び起こした。当時，皇太子であった後のアレクサンドル２世[2]はこれを読んで，近い将来に農奴解放を行う決意をしたと言われている。さらに，74年までに書かれた３作品（「チェルトプハーノフの最期[3]」「生けるミイラ[4]」「音がする[5]」）を付け加えて80年に第２版が出版された。これが決定版『猟人日記』となり現代まで読みつがれている。

この短編集の最初の作品「ホーリとカリーヌィチ[6]」を執筆した当時，ツルゲーネフは自分の文学的才能に疑問を持ち，筆を折ろうと固く心に決めていた時期であった。そのような時に，編集を刷新し新たなスタートを切ろうとしていた『同時代人』の編集者パナーエフ[7]から，同誌（47年１月号）の雑録欄用の文章を46年秋頃に依頼されたのである。それに応えてツルゲーネフが書いた文章が「ホーリとカリーヌィチ」であった。この作品のスタイルは，当時流行っていた都市や農村の民衆の生活を観察し，その特徴を分類学のように客観的に記述する生理学ものと呼ばれていたものに一見似ていた。ところが予想外にこの作品は読者の心をつかみ好評を博したのである。この思いがけない出来事がツルゲーネフの運命を変えた。彼は一気に創作意欲を回復し，同じスタイルの短編を連載し始めたのである。47年内に次々と７作品[8]を発表した。当時の指導的批評家ベリンスキー[9]は『1847年の文学概観[10]』でこれらの作品を評して，「彼はこれまで誰もやらなかった方面から民衆に近づいた」と激賞した。ツルゲーネフ

▷1　« Современник ».
▷2　Александр II. 在位 1855-81.
▷3　« Конец Чертопханова ». 1872.
▷4　« Живые мощи ». 1874.
▷5　« Стучит! ». 1874.
▷6　« Хорь и Калиныч ». 1847.
▷7　Иван Иванович Панаев. 1812-62.
▷8　「ピョートル・ペトローヴィチ・カラターエフ」（« Петр Петрович Каратаев »），「エルモライと粉屋の女房」（« Ермолай и мельничиха »），「隣人ラジーロフ」（« Мой сосед Радилов »），「郷士オフシャニコフ」（« Однодворец Овсянников »），「リゴフ」（« Льгов »），「荘園管理人」（« Бурмистр »），「事務所」（« Контора »）。
▷9　Виссарион Григорьевич Белинский. 1811-48.
▷10　« Взгляд на русскую литературу 1847 года ». 1848.

28歳の時である。

2 見出された自然と人間

ツルゲーネフは自然豊かな中部ロシア（オリョール県）の裕福な地主貴族の家に生まれた。莫大な財産を持っていた母は激しい性格で，農奴に対して苛酷な地主であった。元近衛士官の父は美男で教養があったが，財産目当てで10歳上の女性と結婚する計算高さを持つ人物だった。そのような両親の下で，ツルゲーネフは子供の頃から農奴の子たちと共に森や野を駆け巡って育った。なぜか息子が農奴の子供と遊ぶことを両親は禁じなかった。そのおかげで彼は何十種類もの鳥の鳴き声を聞き分け，草木，羊歯《しだ》，苔類の名前を覚えた。その知識は農民にも引けを取らなかった。そして，森の中の空気の動きや光の変化を鋭敏に感じ取るようになった。また，彼にロシア詩の魅力を教えたのは農奴の老人であった。そして，10代の頃，農奴の娘に強引に誘われて性の手ほどきを受け，女性を愛する喜びを知ったのである。彼は農奴制という身分制社会で支配者階級に属する人間であったが，被支配者階級の農奴と共に自然の魅力を知り，生の喜びを分かち合いながら育ったのである。そうであるがゆえに，農奴制の矛盾を鋭く自覚するようにもなった。『猟人日記』の題材は，ツルゲーネフが子供の頃から知り尽くしているものであった。25作品の主人公や題材は多様である。[11]描かれた事件や人物の特徴をみると，ツルゲーネフが身分を問わず情熱を抱えた人間とロシアの自然にいかに魅了されていたかが分かる。

3 多機能で自在な語り

『猟人日記』における描写が精彩を放っているのは，猟を趣味とする地主の「私」が語り手でありかつ登場人物であるという設定に由来している。冒頭の引用に見られるように読者を作品世界に誘い，読者が登場人物や出来事を理解する手助けを行う多機能な狂言回しの役割を「私」が果たしている。「私」は観察した状況を客観的に語るだけでなく，他の登場人物と対話をして，読者はその人物自身が話す内容からその人物を理解できる作りになっている。特に「私」とエルモライの会話は，地主と農奴という関係性の枠内でも，漫才の掛け合いのような面白みがある。また，「私」が対話相手の農奴から批判される場面もあり（「クラシーワヤ・メーチのカシヤン」[12]「生けるミイラ」），語りの建て付けが双方向的である。そして，語り手＝登場人物という設定は自然描写において素晴らしい機能を発揮している。[13]「私」の目や耳や皮膚が，移動するカメラや集音器やセンサーとなり，自然描写は映像作品の趣がある。読者はまるでロシアの森の中にワープした感覚に捉われる。この作品では，自然描写が独立した芸術ジャンルとなっている。

（角　伸明）

▶11　登場人物は農奴以外に貴族，地主，郷士，医師，知識人，歌うたい，管理人，フランス人ピアニスト，子供，ロマ，ユダヤ人などが描かれ，それぞれがきわめて個性的で，『猟人日記』は人物列伝として読める特徴を備えている。また，題材は，自由気儘な猟師の奇行，地主と農奴娘の悲恋，義兄妹の貴族同士の駆け落ち，ナポレオン（Napoléon Bonaparte. 1769-1821）と共にロシアにやってきたフランス人の奇妙な運命，追い剝ぎに追われるサスペンス劇，神がかり的分離派教徒との出会い，歌自慢同士の歌くらべ，自己懐疑心を抱えている知識人の激しい葛藤，家庭教師で一生を終えた大学生や木樵の死，ドン・キホーテの如く誇り高く義俠心に溢れた奇人の破天荒な人生，盗伐を取り締まる冷酷な森番が突如見せた温情，病気で寝たきりとなった聖母のような女性との対話，そして中部ロシアの豊かな自然描写など，きわめて多岐にわたっている。

▶12　« Касьян с Красивой Мечи ». 1851.

▶13　とりわけ「エルモライと粉屋の女房」冒頭部分の「渡り」の描写，「クラシーワヤ・メーチのカシヤン」の寝転んで眺めた森の描写，「ベージン草原」（« Бежин луг ». 1851）の彷徨った森や草原の描写はその好例である。

B　19世紀の文学

8　『オブローモフ』Обломов（1859）

イワン・アレクサンドロヴィチ・ゴンチャローフ（Иван Александрович Гончаров, 1812-91）

図1　ゴンチャローフ（1860年）

出典：*Гончаров, И. А.* Обломов./Литературные памятники. Л.: Наука, 1987.

« Это ... (Штольц задумался и искал, как назвать эту жизнь.) Какая-то ... обломовщина, » сказал он наконец.

「それは……（シュトリツは考え込み，そしてその生き方をどう名付けるか探した。）なんというか……オブローモフシチナだな」とやっと言った。

1 「オブローモフシチナ」――ロシアの国民的欠陥

ロシア語に「オブローモフシチナ（オブローモフ流儀）」という新しい一語が生まれた瞬間である。この言葉が150年以上のちの現代も辞書に残り「怠惰」の代名詞となるとは作者ゴンチャローフも予想しなかっただろう。

主人公オブローモフは故郷オブローモフカ村に300人の農奴を持つ30代半ばの地主貴族である。働かずとも食べていける境遇にある彼はペテルブルクで一切の面倒から逃避し，引きこもって暮らしている。そんな不健全な生活を見かねた幼馴染み，今は実業家のシュトリツが投げつけるのが「オブローモフシチナ（オブローモフ主義とも訳される）」という言葉である。小説の中で示される主人公の怠惰・不決断・問題の先送り・責任回避の姿はすべてこの「オブローモフシチナ」の一語に収斂し，ロシアの国民的欠陥の表象とされた。

2 オブローモフ主義とは，ほんとうのところ，何か？

この解釈に大いに寄与したのが批評家ドブロリューボフ[1]による評論『オブローモフ主義とは何か[2]』である。彼はこの作品を農奴制がもたらした弊害の具現化として高く評価した。またオネーギン[3]に始まる文学作品の主人公たちを「余計者[4]」として系譜づけ，オブローモフの無為が彼らの本質だと断じた。農奴制廃止を目前に控えた時代らしい，文学とロシア社会を結びつけた明快な論旨は，その後も『オブローモフ』解釈の主流となる。

だが不思議なことに，この情けない主人公を擁護する声が途絶えることはなかった。ドブロリューボフと同時期の批評家ドルジーニン[5]やアクメイストの父と仰がれる19世紀末の詩人アンネンスキー[6]はオブローモフを純粋な魂の現れと肯定的にとらえ，ソ連の作家プリーシヴィン[7]も「ロシアにおけるどんな『肯定的』活動もオブローモフの批判に堪えない」と記している。この立場に立てばオブローモフはシュトリツの合理主義や現実主義に対抗する原理であり，エゴを捨てた幼児のような純粋さを示していることになる。現代では，『オブローモ

▷1　Николай Александрович Добролюбов. 1836-61.

▷2　« Что такое обломовщина? ». 1859.

▷3　プーシキン（☞Ⅰ-B-[2][3]）の作品『エヴゲーニー・オネーギン』（« Евгений Онегин ». 1825-32年刊行）の主人公。

▷4　ロシア文学特有の主人公像。社会の中で自分の居場所を見いだせず，生きる根拠を失って苦悩する主人公のタイプをいう。個人的欠陥の問題と言うより，優れた資質を持ちながら，社会にその才能を発揮する場を見出せない存在で，社会の側の問題を告発しているともみなされた。プーシキン（☞Ⅰ-B-[2][3]）のオネーギン，グリボエードフ（Александр Сергеевич Грибоедов. 1795-1829）『知恵の悲しみ』（« Горе от ума ». 1822-24年執筆）のチャーツキー，ゲルツェン

フ』はこの二つの原理いずれかの優劣を語っているのではなく，その二項対立として「世界」を描いているとする解釈もある。だがこの作品はそうした予定調和的な解釈さえすり抜けてしまうような，何か割り切れないものを残している。

3 ゴンチャローフのリアリズム

物語はごく単純である。主人公は恋をして，別れて，惰性で別の女性と結婚をして，ペテルブルクのはずれヴィボルグ区でささやかに，何をなすでもなく死んでしまう。こうした物語をゴンチャローフは19世紀リアリズムの作家らしく丹念にこと細かく描いた。『オブローモフ』はそうした細部描写で知られる作品であり，主人公の着るガウンや靴下，室内の様子や食事にいたるまでが叙述される。それは目に見える外的表象を通じて内的人間を描く方法でもあった。『オブローモフ』の描写が些細なものに及んでいるのは，リアリティを獲得すると同時に，主人公の内面や生き方を事物によって示すことができると考えていたからだ。そうだとすれば細部には意味が潜んでいることになる。例えばオブローモフがついにそこから動こうとしなかったヴィボルグ区は，偶然選ばれたわけではなく，進歩の只中にあるペテルブルクと旧態依然たる故郷との中間点であり，主人公が進歩にも過去にも進めない逡巡を示しているのかもしれない。

4 日本への旅――近代と前近代のはざまで

どこにも動こうとしないこの主人公を作り出した作家は，皮肉なことに世界を半周する旅をした男でもあった。ゴンチャローフは，1853年開国交渉のため長崎に訪れたプチャーチン提督[8]の秘書として幕末日本を訪れているのである。ペテルブルクから希望峰，インド洋を越えたこの旅の見聞を，作家は旅行記『フリゲート艦パルラダ号』[9]で記した。その中で鎖国下の日本を「閉ざされた玉手箱」と書くとき，作家はこの玉手箱が開かれること，すなわち西欧を中心とした「世界」に参入し，近代化に向かうことを前提としていた。その限りでは彼は西欧人として振る舞っている。だが往路に立ち寄ったイギリスでは，近代化された世界への違和感を，ロシア人として感じずにはいられない。当時の最先進国で彼は，慈善活動ですら産業のように効率化され，人間的温かみが欠けているのを指摘する。ゴンチャローフは自らの中にあるその矛盾に気づいていたのだろうか。『オブローモフ』構想中に書かれたこの旅行記で，ふと露呈してしまった矛盾は小説の中にも忍び込んでいるかもしれない。穏健な西欧主義者であったゴンチャローフは進歩を否定していないし，その推進力として合理主義的思考や科学の発展を歓迎していた。だがそれが進んでいくとき，何かが失われていくことへの逡巡までが書き込まれてしまった，それが『オブローモフ』という小説ともみえる。その矛盾をはたして私たちは解消できているのだろうか。

（大西郁夫）

（☞Ⅰ-B-11）『誰の罪か』（« Кто виноват? ». 1847）のベリトフ，レールモントフ（Михаил Юрьевич Лермонтов. 1814-41）『現代の英雄』（« Герой нашего времени ». 1840）のペチョーリン，ツルゲーネフ（☞Ⅰ-B-7 9）『ルージン』（« Рудин ». 1856）のルージンや『貴族の巣』（« Дворянское гнездо ». 1859）のラヴレツキーなどが余計者的主人公とされる。なお「余計者」という呼称はツルゲーネフの『余計者の日記』（« Дневник лишнего человека ». 1850）から取られている。

▶5　Александр Васильевич Дружинин. 1824-64.

▶6　Иннокентий Федорович Анненский. 1855-1909.

▶7　Михаил Михайлович Пришвин. 1873-1954.

▶8　Евфимий Васильевич Путятин. 1803-83.

▶9　« Фрегат “Паллада” ». 1858年刊行。『日本渡航記』の題で主に日本と関係の深い部分が邦訳されている。イギリスに関する章は含まれていない。

B　19世紀の文学

9　『その前夜』Накануне（1860）

イワン・セルゲエヴィチ・ツルゲーネフ（Иван Сергеевич Тургенев, 1818-83）

図1　ツルゲーネフ（ヴィアルドー夫人によるスケッチ，1858年）
出典：*Лебедев Ю. В.* Тургенев (Жизнь замечательных людей). М.: Мол. гвардия, 1990.

Наше время не нам принадлежит.
ぼくたちの時間はぼくたちのものではないのです。

1　〈アンテ・フェストゥム〉的時空間

引用は，モスクワの貴族の娘エレーナを驚かせた，知り合ったばかりの謎めいたブルガリア人留学生インサーロフの言葉。彼は祖国をトルコから解放するという悲願のために自分の「今」を犠牲にすることを厭わない。インサーロフの周辺の世界は祝祭前夜の期待と不安，あやしい高揚感や騒擾感に満ちた〈アンテ・フェストゥム〉〔祭りの前〕的時空間そのものである。

やがて強く惹かれ合うようになったふたりは結婚してブルガリアに向けて旅立つが，病み上がりのインサーロフはヴェネツィアで帰らぬ人となる[1]。エレーナは彼の柩とともにアドリア海を渡り，その遺志を継ごうとする。

作品が発表されたのはクリミア戦争敗北後，農奴解放直前で，ロシアにも変革「前夜」の予感はあった。しかし，作中では解放も革命も起こらず，インサーロフの急死によってすべてが途絶してしまう。急進派のドブロリューボフ[2]が「その日はいつ来るか？[3]」と苛立ちを露わにしたのも無理はなかった。

2　東方問題とトロイ戦争

この小説の舞台は1853年の夏から54年の春に設定されている。オスマン帝国の衰退にともなう「東方問題」が先鋭化し，バルカン半島の諸民族のあいだで独立解放の動きが活発になり，ロシアとトルコの対立に西欧諸国の利害が絡んでクリミア戦争に発展した時期である。

そのような当時の時代状況を反映する一方で，インサーロフは古代の英雄にもたとえられている。作中に散りばめられた古代ギリシアにちなんだ語彙は，ブルガリアとトルコの関係をトロイ戦争（ヨーロッパとアジアの戦い）になぞらえ，英雄叙事詩[4]やヘレネー悲劇[5]まで連想させる文学的仕掛けを生んでいる。

3　エレーナの選択

余計者的な人物を主人公とする『ルージン[6]』『貴族の巣[7]』に続くこの長編小説において，ツルゲーネフは初めて「行動の人」を登場させたが，その人物造型が不十分で生き生きと描かれず，しかも外国人であることが不満を呼んだ。エ

▷1　クリミア戦争勃発のために陸路が使えなくなったので，主人公たちはアドリア海を渡ってバルカン半島に上陸することをめざし，ウィーン経由でヴェネツィアに至った。この「魔法の街」で初めて自分たちの「今ここ」を意識し，慈しむようになったふたりの水都巡りは，最後の光芒のように美しく切ない。
▷2　Николай Александрович Добролюбов. 1836-61.
▷3　« Когда же придет настоящий день? ». 1860.
▷4　トロイ戦争を描いたホメロス（Homeros, B.C. 800頃-?）の英雄叙事詩『イーリアス』（*Ilias*. B.C. 800頃）など。
▷5　ヘレネーがその美貌によってトロイ戦争を引き起こし，多くの男性を不幸にしたという観点から，ロマン主義の時代には「つれなき美女」「宿命の女」としてのヘレネーという見方

レーナのまわりには芸術家シュービン，学者ベルセーネフ，実務家クルナトフスキーがいたが，彼女が選んだのがロシア人ではなかったことは，英雄不在のロシアの選択を象徴するものと受けとめられた。ツルゲーネフ自身は，この波瀾万丈の物語がある人物から偶然入手した手記を下敷きにしたもので，それがブルガリア人をめぐる話だったからと説明しているのだが。

「語り手」は時にはエレーナの日記まで持ち出して，抑えがたい衝動を抱えた彼女の内面に迫っている。この小説はひとりの女性の自己実現をめぐる物語でもあり，真の主人公はエレーナという見方も頷ける。[8]

4 ロマン主義的モチーフ

『その前夜』は作品全体が緊張感にあふれ，非常に劇的で悲壮感あふれる《パセティックな》印象を与えるという点で，私的で親密《アンチーム》な世界を描くことに長けたツルゲーネフにしては異色の作品だ。音楽が重要な役割を果たしていることも特徴的で，魔法や神話・伝承に関係した曲が言挙げされ，「死」や「別れ」を主題にした物悲しい音楽や暗い歌が聞かれる。とくにツァリーツィノ[9]の池で歌われる『湖』[10]，ヴェネツィアの劇場での声の割れた歌姫による『椿姫』[11]の絶唱はきわめて印象的。

作中に頻出する夢や「神秘的世界」，「異国趣味」のモチーフ，またそこに暗示される意識下の世界や激しい情動等はロマン主義と関わりが深い。ツルゲーネフはロシア・リアリズムを代表する作家と位置づけられるが，『その前夜』にはロマン主義の要素が巧みに取り込まれている。

5 受容史から

わが国でロシア文学の受容が始まった明治期から大正期にかけて，『その前夜』の認知度は今よりかなり高かった。波瀾万丈の恋と冒険の物語であることに加え，革命や社会主義への関心に後押しされるところもあったと思われる。

二葉亭四迷《ふたばていしめい》[12]の『あひゞき』発表の翌年（1889）に五七居士《ごしちこじ》（佐波武雄《さわたけお》）[13]がロシア語原典から訳出した『あらしの花 美さほ草紙』[14]は，ツルゲーネフの長編小説をわが国で最初に完訳した記念碑的翻訳である。[15]一方，島村抱月《しまむらほうげつ》[16]が率いる新劇団「芸術座」が上演した『その前夜』[17]（1915）の舞台からは「〽いのち短し，恋せよ少女《おとめ》」の文句で有名な『ゴンドラの唄』（吉井勇詞，中山晋平曲）が生まれた。

ちなみに，『その前夜』は欧米人好みの物語なのかもしれない。近年ではアイルランド出身の作家トレヴァー[18]の小説『ツルゲーネフを読む声』[19]において，不幸な女の秘められた恋の記憶を縁取るように，インサーロフとエレーナの幻影が走馬灯のように浮かんでは消えている。

（相沢直樹）

も生まれた。なお，ヘレネーのロシア語表記は『その前夜』の女主人公と同じ Елена になる。

▷6 « Рудин ». 1856.

▷7 « Дворянское гнездо ». 1859.

▷8 この作品の発表直後の仏訳・独訳のタイトルが彼女の名前（Elena, Helene）になっていたことも，そうした見方について示唆的である。

▷9 美しい森と湖沼に囲まれ，廃墟同然の大宮殿があった，モスクワ南方の景勝地・行楽地。

▷10 *Le Lac*. 1820（ラ・マルティーヌ詩，ニデルメイエール曲の歌曲）.

▷11 *La Traviata*. 1853（ヴェルディのオペラ。デュマ・フィス原作，ピアーヴェ台本）.

▷12 1864-1909.

▷13 1864頃-?.

▷14 当初は雑誌『日本之時事』第23-24号に『憂國偉才美人草』というタイトルで冒頭の3章分が，続いて雑誌『やまと錦』の第7-13号に『あらしの花 美さほ草紙』というタイトルで残りが連載され，完訳されている。

▷15 二葉亭四迷が『父と子』を翻訳したとされる『虚無党形気』は残っていない。

▷16 1871-1918.

▷17 相馬御風《そうまぎょふう》による重訳（英訳から）をもとに楠山正雄《くすやままさお》が脚色し，松井須磨子《まついすまこ》がエレーナを演じた。ロシア（ソ連）でアルブーゾフ脚色の『その前夜』がワフタンゴフ劇場で上演されたのは1948年のこと。

▷18 William Trevor. 1928-2016.

▷19 *Reading Turgenev* (in *Two Lives*). 1991.

B　19世紀の文学

10　『罪と罰』Преступление и наказание（1866）

フョードル・ミハイロヴィチ・ドストエフスキー（Федор Михайлович Достоевский, 1821-81）

図1　ドストエフスキー（ペローフ画，1872年）
出典：*Ф. М. Достоевский*. Полн. собр. соч.: В 30 т. Л.: Наука, 1972-1990. Т. 1.

Без нас вам нельзя обойтись.
あなたはわれわれなしではやっていけないんです。

1　もっとも重要なセンテンス

『罪と罰』のようなよく知られた作品から，小説全体の鍵となる，もっとも重要な一文を抜き出すとしたら何になるだろう。「非凡人」の理論に憑りつかれた元大学生が高利貸しの老婆とその妹を殺害し，老獪な取調官ポルフィーリーや妹をつけねらう淫蕩なスヴィドリガイロフに苦しめられながらも，聖なる娼婦ソーニャの愛に導かれ，ついに道徳的な再生を遂げる……といったメロドラマ仕立ての筋書きに我慢がならないナボコフ[1]は，第4部第4章の「消えかけた蠟燭の炎はゆらめき，この貧しい部屋で永遠の書を読んでいる殺人者と淫売婦をぼんやり照らし出していた」を引き，「全世界に知られた文学作品では他に例を見ないほど愚劣きわまるセンテンス」だと罵倒したが，これはあまり感心できないやり方だ。愚劣かどうかはともかく，ふたりの登場人物を外から眺めるこの文は，ドストエフスキー的とはとうてい言いがたいからである。

▷1　☞Ⅰ-C-18

デビュー作『貧しき人びと[2]』以来，多くの作品を一人称で書きつづけてきた作家にとって，『罪と罰』が一人称から三人称への転機になった作品であることはよく知られている。だが，三人称の語りは個々の意識を超越した神の視点をただちに意味しない。事実，この小説のほとんどの文は，主語を「彼」から「ぼく」に変えてもそのまま通用する。一見中立的な地の文は，つねに主人公の意識によって染め上げられているのだ。それだけではない。バフチン[3]がいうように，「それぞれに独立して互いに融け合うことのないあまたの声と意識，それぞれがれっきとした価値を持つ声たちによる真のポリフォニーこそが，ドストエフスキーの小説の本質的な特徴なのだ」としたら，この，いわば誰のものでもない言葉を挙げたナボコフは，ドストエフスキーの小説の言語的かつイデオロギー的な本質をまったく無視してしまったことになる。

▷2　« Бедные люди ». 1846.

▷3　☞Ⅱ-A-6

2　傍点と対話性

ならば「あなたはわれわれなしではやっていけないんです」はどうか。ドストエフスキーについて「彼奴の傍点のつけ方は曲者だ」といったのは批評家の小《こ》林《ばやし》秀《ひで》雄《お》[4]だが，第6部第2章でポルフィーリーが主人公に言い放つこの一言は，

▷4　1902-83.『ドストエフスキイの生活』(1939) ほか。

『罪と罰』のなかで全文が強調された，ただ4つの文のうちの1つである[5]。心理学的には，獲物を追いつめる取調官と追いつめられた容疑者の逆説的な絆，加害者と被害者の共依存の関係をずばりいいあらわしたものだといえようが，同時にそれはこの小説における言葉のあり方を要約するメタ言説にもなっている。ドストエフスキーの対話的世界においては，いかなる「私」も「あなたがた」なしではやっていけない。誇り高き孤独を切望する「地下室」タイプの主人公[6]であるラスコーリニコフも，友人や家族や恋人や取調官や淫蕩者との不断の対話の場に引き出され，同時に，不可視の外部から点々によって介入してくる作者の視線にさらされているのである。

▶5 あとの3箇所は，ソーニャによるヨハネ福音書の朗読（第4部第4章），妹に最後に別れを告げた直後の主人公の独白（第6部第7章），火薬中尉イリヤ・ペトローヴィチへの自白（第6部第8章）である。この4箇所の強調の用法を比較しても面白いだろう。

▶6 『罪と罰』が『地下室の手記』（« Записки из подполья ». 1864）の構想から発展した作品であることは，ほぼドストエフスキー研究の定説になっている。

3 過激な歴史性

「われわれの仕事は自由な芸術でしてね」（第4部第5章）とうそぶくポルフィーリーは，小説の過激な歴史性の証人でもある。『罪と罰』の舞台となった1865年のペテルブルクは，61年の農奴解放と並ぶ皇帝アレクサンドル2世[7]の「大改革」事業と称される64年の司法制度改革が，いままさに施行されようとする過渡期にあった。新制度の「予審判事」ではない旧「捜査担当官」のポルフィーリーは，「私はもう終わってしまった人間なんです」と自嘲しつつも，煩瑣な証拠を積み上げる古い法定証拠主義から，個人の内面にダイレクトに呼びかける自由心証主義への転換を大胆に先取りしようとしている。その意味で，彼は，65年のペテルブルクにしかありえない人物だったのである。彼だけではない。酷暑，火事，飲酒問題，路上喫煙といった細部に至るまで，『罪と罰』においてはすべてが歴史的である。読者は登場人物たちとともに，65年のペテルブルクを歩き回らなければならないのだ。

▶7 Александр II. 1818-81.

4 ロックダウンのレッスン

だが，150年以上も前に書かれたこの小説の細部が，ときに今日の私たちをとりまく状況と共鳴するさまには驚くばかりだ。新型コロナウイルス感染症拡大にともなう非常事態宣言下，非対面オンライン形式を強いられた2020年春の新潟大学の講義で『罪と罰』を読まされた学生のなかには，「一度も外に出ないままラスコーリニコフの陰鬱な雰囲気に触れたことで，自分も憂鬱に陥ることがありました」という感想をもらす者もいた[8]。だが，「戸棚」とも「棺」とも称されるラスコーリニコフの小部屋はけっして鍵をかけられることがなく，閉所恐怖を惹き起こすステイホームの密閉空間よりは，むしろ雑多な人々が行き交う広場に似ていたことに注意しなければならない。ロックダウンのもとで読まれた『罪と罰』から私たちが引き出すことのできる教訓は，孤独は不可能だということであり，バフチンがいうように，「存在とは交流である[9]」ということなのである。

（番場　俊）

▶8 沼野充義は，2021年2月に開催されたシンポジウムで，齢《よわい》76にしてコロンビア大学の教養科目「Literature Humanities」に再挑戦し，ロックダウン下の大学で『罪と罰』8時間のオンライン授業に参加したジャーナリストの報告記事（David Denby, “The Lockdown Lessons of ‘Crime and Punishment’,” *The New Yorker*, 電子版2020年6月22日）に触れ，エピローグで主人公が見るパンデミックの夢の現代性に注意を促している。

▶9 « 1961 год. Заметки ». 新時代社版バフチン著作集第8巻では「ドストエフスキー論の改稿について」という題名で訳されている。

B　19世紀の文学

11　『過去と思索』Былое и думы（1852-68）

アレクサンドル・イワノヴィチ・ゲルツェン（Александр Иванович Герцен, 1812-70）

Бойцы часто идут на галеры, скованные по рукам и ногам, но с поднятой головой, с свободной речью. Где не погибло слово, там и дело ещё не погибло. («С того берега»)

闘士たちはしばしば手足を縛られ，ガレー船に送られる。しかし，彼らは昂然と頭をもたげ，自由に語る。言葉が滅びていないところでは，為すべきこともまだ滅びてはいない。（『向こう岸から』より）

図１　60年代のゲルツェン（画家不詳）

出典：*И. А. Желвакова и дргие.* Герцен и Россия, Москва, 1986.

1　ロシアにおける「近代人」の誕生

自叙伝は自画像と同様に「近代人」の自己意識の表白である。「近代社会」がルソー[1]の『告白』[2]やゲーテ[3]の『詩と真実』[4]やミル[5]の『自伝』[6]など，優れた自叙伝を数々生み出したのはそのことを示しているが，ロシアがこれらと並ぶ自伝文学の白眉と称されるゲルツェンの『過去と思索』を生み出したことは，この国が政治や経済の世界でこそ近代には程遠かったにもかかわらず，文学や思想の世界では，「近代人」を確実に生んでいたことを雄弁に証明している。専制と農奴制というロシアの後進性を変革するための主体となるべき「近代人」を創り出すこと——これこそがゲルツェンの生涯を賭けた課題であったとすれば，彼はこの作品によって，自分に課した課題を見事に果たしてみせたと言えるだろう。

▶1　Jean-Jacques Rousseau. 1712-78.

▶2　*Les Confessions.* 1765-70。

▶3　Johann Wolfgang von Goethe. 1749-1832.

▶4　*Aus meinen Leber, Dichtung und Wahrheit.* 1811年，第Ⅰ部完成。

▶5　John Stuart Mill. 1806-73.

▶6　*Autobiography.* 1873.

2　ロシア文学最大の雄編

著者ゲルツェンは1812年，ナポレオン軍がロシア侵入した年のモスクワに生まれ，70年，パリコンミューンの前年にパリで没した。享年58であった。父は由緒ある大貴族，母はドイツ生まれの少女——ふたりは正式な結婚をしなかったので，彼は庶子ということになった。「ゲルツェン」という姓はドイツ語の「ヘルツ（Herz, 心）」に由来する。

彼の生きた19世紀の中葉，ロシアは国外でこそナポレオンに対する勝利の立役者として，「神聖同盟[7]」の盟主という「輝かしい」役割を担ってはいたものの，国内では西欧の市民社会化・資本主義化と産業革命の深化の重圧の下，専制と農奴制という宿痾に呻吟してもいた。1825年12月，ツァーリの交代期に起きた「デカブリストの反乱[8]」は，変革を求める青年貴族の切なる願望の発露であった。

▶7　ナポレオンの没落後の1815年，ロシア皇帝アレクサンドル１世のイニシアティヴの下，ウィーン会議により結成されたロシア，オーストリア，プロイセンの三君主同盟。フランス革命前の国際秩序を回復し，これを維持することを目指した。

▶8　農奴制と専制体制の廃絶を目指して立った近衛士官の反乱。首謀者５名が処刑され，100人に上る青年士官がシベリアに流された。この出来事はロシアにおける革命運動の先駆けとなった。

この事件によってゲルツェンの思想は目覚めた。彼は生涯の盟友，オガリョフ[9]と共に，モスクワ全市を眼下に見下ろす「雀が丘」で，処刑されたデカブリストたちの復讐に生涯を捧げることを誓い，その盟約に違わぬ一生を送った。『過去と思索』とはそのような男の生涯の軌跡である。また，これはロシアと西欧を股にかけた著者の活動範囲の広さを反映して，この時代のロシアと西欧の精神史と社会運動史の貴重な証言ともなっている。その分量たるや，トルストイの『戦争と平和[10]』を遥かに凌ぐ，ロシア文学最大の雄編である。

3 前半生

彼の教養は父親の蔵書によって培われた。エカテリーナ２世[11]時代の宮廷人として，フランス啓蒙思想に深く慣れ親しんだ父の蔵書が，未来の反逆児ゲルツェンを育てたというのは歴史の皮肉であった。すでに10代半ばにしてヴォルテール[12]やディドロ[13]やルソーなど，市民革命の思想によってロシア社会を批判する目を養っていた彼は，学生時代にして早くも，同時代の誰にも先んじて，「社会主義者」をもって任ずるに至った。そのような思想のゆえに，彼は二度の流刑を体験することになった。

4 後半生

1847年１月，35歳の年に自由な言論活動の場を求めて出国，そのまま亡命し，二度と帰国することはなかった。その間彼が体験した最も大きな出来事はフランスの二月革命，とりわけ，六月事件[14]であった。パリの民衆による反政府行動が惨たらしく鎮圧されたこの事件に，ブルジョアジーが支配する西欧の残忍な素顔を見た彼は，西欧社会に幻滅した。しかし，彼は「言論の自由」や「人間の尊厳性」等，近代が生み出した普遍的価値への信頼を失うことはなかった。彼はそのような価値をロシアの農村共同体に移植しようとした。それは西欧的な資本主義段階を経ることのない社会主義の構想であった。彼は自ら雑誌や冊子を刊行し，この構想を国内に向けて宣伝した。検閲を受けることのない自由な言論はクリミア戦争後の改革への機運を後押しした。とりわけ雑誌『コロコル（鐘）[15]』は非合法なルートを通じて国内に持ち込まれ，時にはツァーリの執務室にまで及んだ。

だが，1861年の「農奴解放[16]」以後，ロシアが西欧的なブルジョア社会への道を歩み始めると，彼の言論は次第に影響力を失い，特に63年，ポーランドの反ロシア蜂起を支持したことにより国内世論から孤立し，その上，彼の「社会主義化」の路線は60年代の若い革命家たちによって退けられた。

しかし，彼の思想が蘇るのに長い時間を必要とはしなかった。1870年代の「ナロードニキ[17] народники」の思想と運動には，ゲルツェンの精神と思想とが紛れもなく刻印されていたのである。

（長縄光男）

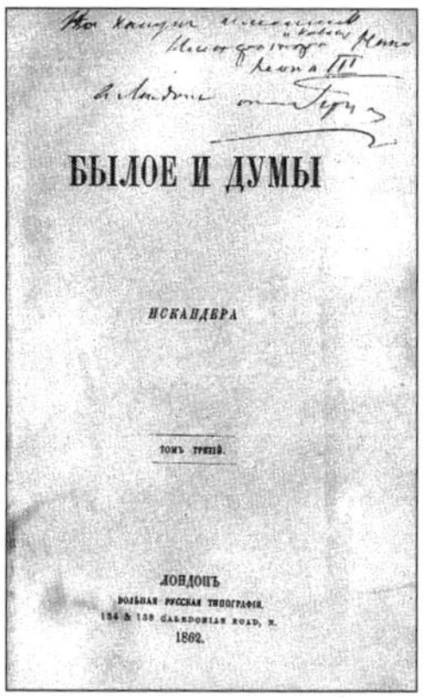

図２ 62年ロンドンで刊行された『過去と思索』の表紙（ゲルツェンの署名付き）

出典：図１と同じ。

▶9 Николай Платонович Огарев. 1813-77.

▶10 ☞Ⅰ-B-13

▶11 Екатерина II. 在位1762-96.

▶12 François-Marie Arouet, dit Voltaire. 1694-1778.

▶13 Denis Diderot. 1713-84.

▶14 フランス第二共和政下のパリで繰り広げられたブルジョアと都市労働者との「最初の階級決戦」（マルクス）。夥《おびただ》しい数の労働者・市民が虐殺された。

▶15 « Колокол ». ゲルツェンとオガリョフによる雑誌（新聞）。ロンドンで1857-65年，ジュネーヴでは1865-67年に刊行された。

▶16 それまで実質的に奴隷状態にあった農民はこれによって「人格的に」解放された。これに続いて徴兵制度，教育制度，裁判制度など広範囲にわたる改革がなされた。

▶17 「人民主義者」の意。農村共同体を基盤として，ブルジョア段階を経ることのない社会主義の建設を目指した。☞Ⅱ-A-3

B　19世紀の文学

12　『白痴』Идиот（1868）

フョードル・ミハイロヴィチ・ドストエフスキー（Федор Михайлович Достоевский, 1821-81）

図1　ドストエフスキーの肖像写真（A. O. バウマン，1862（63）年）

出典：Образ Достоевского в фотографиях, живописи, графике, скульптуре / Н. Ашимбаева (Ответственный редактор). СПб.: Кузнечный переулок, 2009.

« Как же? Стало быть, обеих хотите любить? »

「なんですって？　すると，ふたりとも愛したいというのですか？」

1 幕開け――帰還者の目まぐるしい一日

主人公は，聖なる愚者の風貌と癲癇の持病を持つ公爵家の末裔ムイシキン。初冬の朝，療養先のスイスからペテルブルクへ帰った彼は，謙虚な知恵と物語る力で遠縁のエパンチン家の女性たちを魅了した後，奇怪な事件に巻き込まれる。事件の中心は，育ての恩人の情婦にされた過去を持つ女性ナスターシャ。この晩の彼女の聖名日の宴は，身辺整理を望む元パトロンが仕掛けた持参金付き縁談への意志表明の場となっていた。そこに遺産を相続したばかりの商人ロゴージンが10万ルーブリの金を持って闖入し，彼女に求婚，同じ場にいたムイシキンも，彼女を自傷行為から守るかのように求愛する。直後にムイシキンもまた，莫大な遺産の相続者と判明するというわけで，舞台は怨念・激情・同情・金力といった諸力の渦巻きと化す。混乱したナスターシャが10万ルーブリの紙幣を暖炉にくべ，ロゴージンと町を去ると，ムイシキンも後を追う。

2 連鎖する三角関係

こうして生まれたナスターシャ，ムイシキン，ロゴージンの三角関係はモスクワを舞台に二転三転するが，その間の事情は，直接は描かれない。ただ半年後にペテルブルクに戻った時，三者の間には愛情とも恐怖ともつかぬ強烈な引力と斥力の葛藤が生じており，互いに避けつつも離れられぬ存在と化している。

第2部から始まるエパンチン家の娘アグラーヤの結婚をめぐる物語でも，ムイシキンは上流貴族ラドームスキーと，彼女をめぐる第二の三角関係を構成する。これは結果的に，アグラーヤ，ムイシキン，ナスターシャからなる第三の三角関係を顕在化させ，ふたりの美女の葛藤が後半の動力となっていく。

小説の終盤でムイシキンはふたりの女性それぞれの「花婿」になりかけるが，いずれの結婚も，彼の制御を超えたところで破綻する。家庭小説的な恋愛物語のトーンに惑わされた読者は，主人公たちが不幸な変貌を遂げる意外な結末へと導かれ，しかもそれが第1部において既に予告されていたことを想起する。

このドラマの目撃者ラドームスキーは，主人公に冒頭の問いを発するが，常識人の彼には，ギリシア神話の美神のような令嬢アグラーヤと，スキャンダラ

▶1　こうした謎を含むムイシキンの二重性については，例えばS. O. Lesser, “Saint and Sinner: Dostoevsky's ‘Idiot’,” *The Whispered Meanings*, The University of Massachusetts Press, 1977を参照。

スな日陰の女ナスターシャを均等に愛するムイシキンの心情が，不可解で不道徳に見えたのだろう。ムイシキンがはじめから性的不能＝花婿失格者を自認していることを踏まえれば，この問いはさらに複雑化する[1]。これは一体どのような「愛」についての話なのか？　それが読者の直面する問いである。

3 様々な読み方

『白痴』は多様に読み解かれてきた。

一つは，これをそのまま失敗した恋愛物語ととらえる解釈である。例えばフロイト派はムイシキンやナスターシャの中に，自我の道徳的な部分である超自我が肥大して他の部分を抑圧しているモラル・マゾヒズムの症状を読み取っている。そこから，弱者の被害者意識が他者の罪悪感を誘発する暴力のように働いたり，優しさが攻撃的に作用して相手のアイデンティティを揺るがせたりという，皮肉な心理作用のレベルでの読解も可能で，自我の確立に失敗した者同士の相互依存や相互反発を含んだ，危うい関係の悲劇が浮かび上がってくる[2]。

もう一つの，より古典的な解釈は，この作品の神話層を分析対象にする。現実のペテルブルク社会における風変わりな恋愛ドラマの背後に，別種の（失敗した）救済物語を読もうとするのだ。その文脈では，ムイシキンは地上に来臨した天使，あるいは福音書のキリストになぞらえられ，ナスターシャは地上に閉じ込められた堕天使に，あるいはマグダラのマリアになぞらえられる[3]。実際，両者は互いを懐かしい存在と認め合うし，目まぐるしい恋愛プロットの合間には，無垢な精神の原郷を彷彿させる神話や聖書のモチーフがちりばめられている。もちろん救済の物語は，読者の目の前では成就しないが，それは例えば磔刑に終わるイエス自身の生涯と同じく，未来に向けた意味を持つのだろう。

これと深く関連した第三の解釈は，作品を供犠としての小説ととらえるものだ。『白痴』は再婚直後の作者が債権者を逃れて国外にいた時の作品で，創作時には病気や窮乏による精神の動揺と，近代化の悪弊を露呈する祖国への憂慮が付きまとっていた[4]。そんな背景を意識すると，スイスの安宿で逼塞《ひっそく》していた作家が，作品中で同じ癲癇の病を持つ純真で慈愛に満ちた主人公を母国に送り，差別的な社会構造に傷ついた美女と出会わせるという構図に，供犠を通じての鎮魂や，再生への祈りの含意を読み取る誘惑にかられる。

作品中の強者と弱者の意味を文化人類学的な方法で読み解こうとする論者は，弱者たちは，古来集団の犠牲者が弱きゆえに持っていた逆説的な力（マナ）を与えられ，トーテムのような存在と化すと書いている[5]。そのような類推に依拠すれば，ナスターシャもムイシキンも，自ら滅びることによって霊的な力を帯び，集団に再生の契機を与えるべき，聖なる捧げものだったのかもしれない。

「美は世界を救う」という作中のテーゼを，「美は滅びによって世界を救う」と一瞬読み替えることも可能だろう[6]。　（望月哲男）

▷2　こうした精神病理的分析の代表例は，E. Dulton, *Unconscious Structure of The Idiot: A Study in Literature and Psychoanalysis*, Princeton UP, 1979.

▷3　ムイシキンをキリストとの類推でとらえた古典は，R. Guardini, “Dostoevsky's Idiot, A Symbol of Christ,” Translated by F. X. Quinn, *Cross Currents 6*, no. 4, 1956, 作品を堕天使をめぐる物語として読んだ例は，V. Ivanov, *Freedom and the Tragic Life: A Study in Dostoevsky*, Translated by N. Cameron, New York, 1971.

▷4　同時代の状況への不安は，作中に深く影を落としている黙示録と世の終わりのイメージにも直結している。以下の論考を参照。R. Hollander, “The Apocalyptic Framework of Dostoevsky's *The Idiot*,” *Mosaic* 7 (1976); D. Bethea, *The Shape of Apocalypse in Modern Russian Fiction*, Princeton UP, 1989.

▷5　G. Cox, *Tyrant and Victim in Dostoevsky*, Slavica: Columbus, 1983を参照。

▷6　本項で触れなかった作品構成の特徴，語り手や主人公像の変貌などに現れたメタ・フィクション的側面，時間意識，といった問題については，以下のような文章が参考になる。R. F. Miller, *Dostoevsky and The Idiot: Author, Narrator, and Reader*, Harvard UP, 1981; G. S. Morson, “Tempics and *The Idiot*,” *Celebrating Creativity: Essays in Honour of Jostein Børtnes*, University of Bergen, 1997；望月哲男「ムィシキンの時間」フョードル・ドストエフスキー『白痴 3』河出文庫，2010年。

B　19世紀の文学

13 『戦争と平和』 Война и мир（1863-69）

レフ・ニコラエヴィチ・トルストイ（Лев Николаевич Толстой, 1828-1910）

« Жизнь есть всё. Жизнь есть Бог ».

「生はすべてである。生は神である[1]」。

1 背景と問題意識

トルストイは帝政ロシアの作家で，『戦争と平和』『アンナ・カレーニナ[2]』『復活[3]』の三大長編などで知られる。キリスト教の独自の見直しに基づき，愛と非暴力を核心とする万教帰一的な思想を展開，実践した思想家でもあり，日本でも，1890年前後から森鷗外《もりおうがい》[4]，徳冨蘆花《とくとみろか》[5]，植村正久《うえむらまさひさ》[6]らにより紹介，翻訳が本格化している。

祖国戦争[7]を舞台とした『戦争と平和』は，作家の前半生の総決算であり，彼がとりくんできたあらゆる問題の解答を含む。それは結局，人間の生とは何か，その意義は何か，という問いに集約される。引用はその端的な答えだ。

トルストイは，自然科学的，生物学的な生命観では，人間の生と死の問題は解決できぬと確信していた。自然科学的観点からすれば，一切は物質，すなわち計量可能なものである。ということは，理論的には数式に還元できる。人間の意識は，物質の機械的運動の反映にすぎず，物質の変化，細胞の死滅により完全に消滅する。要するに人間は，自由意志をもたぬ束の間の一原子にすぎない。こうした観念が，動かしがたい「科学的事実」として，人々の心の底に根を張り，生と死を蝕んでいる，とトルストイは考えついた。

> 「無限の時間，無限の物質，無限の空間の中に，泡沫のような有機物が発生する。この泡はしばらく存続したあと，はじけてしまう。その泡が私だ」（『アンナ・カレーニナ』 8章9節）。

図1　トルストイ（モスクワ，1868年）
出典：国立トルストイ博物館。

▷1　4巻3編15章。『戦争と平和』は広く知られているので，以下，巻，編，章，節の数字のみを記す。
▷2　☞Ⅰ-B-⑰
▷3　« Воскресение ». 1899.
▷4　1862-1922.
▷5　1868-1927.
▷6　1858-1925.
▷7　1812年のナポレオンのロシア遠征を，ロシア側では「祖国戦争 Отечественная война」と呼ぶ。☞Ⅰ-B-イントロ，②

2 生命とは何か

『戦争と平和』の生命観は，人物描写によく現れている。この作品の人物は，本多秋五《ほんだしゅうご》の言葉を借りると「脈拍まで感じられる[8]」くらいリアルだが，実は外見の描写はほとんどない。描かれるのは，一瞬一瞬生じる感情，想念，表情，動作など，人間の「断片」のみだ。これは，処女作『幼年時代[9]』以来一貫していたが，『戦争と平和』ではさらに，その人特有の，持続する唯一無二のトーン，波動といったものがみられる。たとえば，主人公ピエールの恩人である農民プラトン・カラターエフの場合，それは「丸い」と表現される。

▷8　「トルストイ討論会」『近代文学』（1948）での発言。
▷9　« Детство ». 1852.
▷10　もう一つ例を挙げよう。フリーメイソンのヨシフ・バズデーエフ（ピエールのもうひとりの恩人）のピエールは，プラトンに初めて会ったとき，闇の中でほとんど何も見えなかったにもかかわらず，「なにか丸いもの」を感じとる。外的な条件は，ピエールがプラトンの或る本質をとらえることを妨げなかった。

その後もピエールは常に，プラトンのあらゆるところに「丸いもの」を感じる。すがた全体，頭，背中，胸，肩，手，微笑，目，顔の小じわ，話ぶり，歯，そして匂いにさえも。もちろん，プラトンの身体の状態，意識，感情，外的条件は，たえず変化している。にもかかわらず，「丸いもの」は不変だ。プラトンは，どんな状況においても，自分のすべての行為，思考，感情に，自らの刻印を押してゆく。こうして，「丸いもの」は，プラトンの絶対的な特性，個性となる。なぜなら，それは一切の内的，外的条件の外にあるのだから[10]。

実は，『戦争と平和』の登場人物はみな，それぞれ特有の繊細微妙なトーンを帯びるように描かれている。それらはいずれも，彼らの身体，意識，外的状況に左右されない。換言すれば，人間のトーンは，物質的なものを超えており，絶対的で不変であり，ゆえに霊的である。おそらくこれは，作者の考えでは，「霊魂不滅」の一つの現れなのだ。

『戦争と平和』は，こういう不滅の霊たちの織り成す永遠のドラマである。霊たちは，時間と空間を超えてたがいに結びついており，人知には計り知れぬ共通の目的に奉仕しつつ，神に近づいていく。それを最も明瞭に表現したのが，ピエールが夢に見た「無数の水滴に覆われた地球儀」だ。

この作品を読む者は，この永遠のドラマが実在することを実感せざるをえない。そのことが，読者に希望と力を与える。

3 実験室での成功

こうして，『戦争と平和』は稀有な生命の賛歌となった。だがその反面，この作品については，ある種の人工臭を感じる人は少なくない。たとえば本多秋五は，ピエールは「ところどころ粘土細工の部分を混えぬではない」と言う[11]。

確かに，ピエールもヒロインのナターシャも，貴族でありながら，最初から民衆との接点をインプットされており，およそ現実離れした広い心と感性を与えられている点で，ご都合主義的な作り物だとは言える。祖国戦争の描き方も，史実とはかけ離れており，民族全体の集合的生命の調和を描き出すのに好都合なように，大幅に改変あるいは歪曲されている[12]。

だが，トルストイが，もしこうであったなら，と想像力を飛翔させ，『戦争と平和』という実験室を設定したからこそ生命が爆発した。錬金術で，レトルト[13]の条件設定で爆発的な反応が起こり，ホムンクルス[14]が誕生したようなものだ。この作品の圧倒的な生命感は，ピエールの「張りぼて」がなければ生まれなかった。と同時にこの作品の成功は，徹底的にリアルな現代小説による検証を必然的に要求した。次の長編『アンナ・カレーニナ』の執筆がそれだ。（佐藤雄亮）

描写だ。ピエールと彼の出会いは次のように描かれる。

「その厳しく，聡明らしい，見通すような眼差しは，ピエールをはっとさせた。……老人は眼を開き，そのきっとした厳しい視線をまともにピエールの顔にそそいだ。

ピエールは，どぎまぎして眼をそらそうとしたけれども，炯々たる老人の眼は否応なしに彼を引きよせるのであった。……旅客の顔は無愛想であり，冷ややかで厳しくさえあった。しかし，それにもかかわらず，その初対面の老人の言葉も顔つきも，抗しがたい力でピエールを引きつけるのであった」（2巻2編1章）。

バズデーエフは，あらゆる面に「厳しい」トーンを帯び，ピエールを引きつける。「厳しさ」は，プラトンの「丸いもの」と同じく，常に不変だ。

▶11　本多秋五「『戦争と平和』斜め横断読み」(1955)。

▶12　祖国戦争の真相は，今日にいたるまで隠蔽，神話化されている面が多い。しかしトルストイは，膨大な研究を経て真相を明らかにしたうえで，一定の意図にもとづいて事実を再構成し，敢えて言えば歪曲している。

その意図を確かめるために，筆者（佐藤）は，博士論文「前期レフ・トルストイの生活と創作：『内なる女性像』から生じた問題とその解決を中心に」[http://wine.wul.waseda.ac.jp/]の第2部で，祖国戦争の歴史を別個に調査，研究し，『戦争と平和』と比較している。

▶13　加圧加熱処理用のガラス製器具で，錬金術で広く用いられた。

▶14　錬金術師が作るとされた小さな人造人間。

B　19世紀の文学

14　『ある町の歴史』История одного города（1870）

ミハイル・エヴグラーフォヴィチ・サルトゥイコフ＝シチェドリン（Михаил Евграфович Салтыков-Щедрин, 1826-89）

図１　サルトゥイコフ＝シチェドリン（1879年）

出典　*М. Е. Салтыков-Щедрин.* Собрание сочинений в двадцати томах. т. 11. М.: Художественная литература, 1971.

Оно **пришло...**

В эту торжественную минуту Угрюм-Бурчеев вдруг обернулся всем корпусом к оцепенелой толпе и ясным голосом произнес:

Придет...

それが到来した……

この厳粛な瞬間にウグリューム＝ブルチェーエフは茫然とした群衆に胴体ごと突然向き直ると，はっきりとした声を発した：

来るぞ……

1　「それ」とは何か

歴代市長の愚行と苛政のはて，グルーポフ市[1]の最後の市長ウグリューム＝ブルチェーエフ[2]は，町も住民も軍隊のように再編しようする。直線[3]にとりつかれた彼は曲がりくねった川の抵抗に遭うと，作り変えた町も放棄し新たな場所でその妄念を実現しようとするが，まさにそのときに「それ」が訪れる。

物語の最後に現れる「それ」をめぐってはさまざまな解釈がなされてきた。ある研究者はそれを端的に「革命か反動か」と問いかけている。サルトゥイコフ（シチェドリン）ら60年代改革派をロシア革命の先駆と位置付けていたソ連においてさえ，革命の予兆とする見解のほか，その逆に反動体制の強化，カタストロフの到来，歴史そのものによる復讐という解釈が存在した。また現代では，聖書の黙示録をふまえて最後の審判が示唆されているとの説もある。しかし小説のどこにも確かな答えは与えられていない。シチェドリンが「それ」を名指さなかった，そのことにこそ，意味があるのかもしれない。

2　歴史への風刺ではなく

この作品は年代記の体裁をとっている。正確には４人の年代記作者によって書き継がれ，市の古文書館から発見された帳面をもとに，シチェドリン[4]が出版（＝再構成）したとされている。「市長目録」によればその期間は1731-1826年であり，歴史上はアンナ女帝（在位1730-40）からニコライ１世（在位1825-55）の治世初期に相当する。実際，部分的にはロシア史への風刺あるいはパロディに見える場面もある。例えば「グルーポフ人の起源について」はルーシ建国にまつわるワリャーギ招致伝説[5]のパロディであり，「６人の女市長の物語」の章は

▷1　小説の舞台となる架空の都市。「グルーポフ」の原義は「愚かな」。

▷2　物語上は彼の統治で終わる。姓の語尾から苛烈な政治弾圧を行ったアラクチェーエフがモデルとされるが，軍隊式規律を強制し「ヨーロッパの憲兵」と呼ばれたニコライ１世も想起させる。ただ「市長目録」では彼のあとにペレフワート＝ザリフワーツキーの名がある。

▷3　この市長は「直線と単純」を理想としているが，それは軍隊式規律にすべてを従わせ，一切の逸脱を許さない統治姿勢を風刺している。また物理的にも，彼は市の街区や通りを直線に合わせて作り変えてしまう。

▷4　本名サルトゥイコフ。『県の記録』（« Губернские очерки ». 1857）出版時にシチェドリンのペンネームを用いた。『ある町の歴史』の副題に「真の記録にした

女帝が数多く立った18世紀史の風刺に見える。またアレクサンドル1世時代（在位1801-25）の為政者で法整備に当たったスペランスキー[6]，屯田制を試行し酷烈な治安統制を行ったアラクチェーエフ[7]への明らかなあてこすりも描かれている。それゆえ批評家スヴォーリン[8]はこの作品をロシア史への風刺とみなし，欠落だらけだと批判した。これに対してシチェドリンは敢然と抗議する。彼に言わせれば「歴史に用はなく，ただ現代だけが視野にあり」歴史風刺は「目的ではなく形式に過ぎない[9]」のである。

3 「イソップの言葉」

『ある町の歴史』が発表されたのは，農奴解放への希望が幻滅に変わり，カラコーゾフ事件[10]後の反動的政策が進められた時期に当たる。その検閲下のロシアにおいて「現代を視野に」入れた風刺など許されるはずもなかった。それをかわすためにシチェドリンが駆使したのが「イソップの言葉[11]」である。そこにはさまざまな手法が組み合わされている。年代記はもちろん，社会時評，哲学的省察，官僚的言い回し，庶民の話し言葉などの文体の混淆。オルゴールの入った機械仕掛けの頭や動き出す錫の兵隊といったSFやファンタジーのようなイメージ。南京虫に全身を喰われて死ぬ女僭主といったノンセンス。修辞や比喩が突如実体化する表現の倒錯。それらが融合したとき，このリアリズム全盛の時代に異色で，ラブレー[12]やスウィフト[13]に比肩されるシチェドリンの「グロテスク」な世界が立ち現れる。それはすでにシチェドリンの同時代批判というより，現代的なディストピア小説として読めてしまうほどだ。

4 民衆を知る作家

この荒唐無稽なビジョンに溢れた小説は，笑いを誘う。だが実は読むほどに陰鬱な気分を引き起こす。それはおそらく権力の横暴に対して，民衆が従属する構図がいつも変わらないからだ。先述のスヴォーリンはこの点を「民衆への愚弄」だと非難した。しかしシチェドリンほど民衆を知っていた作家はいない。40年代に書いた小説で北方のヴャトカに左遷され，その後も長く地方官として働いた彼は，権力の横暴とともに民衆の横着や不甲斐なさを誰よりも熟知していた。だからこそロシアを上も下も，右も左も叱咤し続けたのだ。

5 「ある町」はどこにでもある

表題が『グルーポフ市の歴史』ではなく「ある町」なのにも目を向けるべきだろう。この町は19世紀ロシアかもしれないが現代のあなたの町や国になる可能性もある。シチェドリンが「それ」を名指さなかったのは，「それ」が何になり得るかを読者一人ひとりに問いかけているからなのだ。　（大西郁夫）

がい M. E. サルトゥイコフ（シチェドリン）出版す」とある。本項ではシチェドリンを用いる。

▶5 ルーシはロシアの古名。『原初年代記』（862年の頃）の項にルーシ北部のスラヴ諸族がノルマン人（ワリャーギ）を招いて自らを統治するよう求めたと記されている。初代の公リューリクがリューリク朝の祖となった。

▶6 Михаил Михайлович Сперанский. 1772-1839.

▶7 Алексей Андреевич Аракчеев. 1769-1834.

▶8 Алексей Сергеевич Суворин. 1834-1912. ロシアのジャーナリスト。この時期はまだリベラルな立場であったが，のちに保守派に転じた。『ある町の歴史』に対し『ヨーロッパ報知』誌（1871年4月号）に書評「『歴史的』風刺」を発表し痛烈に批判した。

▶9 『ヨーロッパ報知』誌編集長プィピン宛1871年4月2日付け私信による。

▶10 1866年，元学生のカラコーゾフによるアレクサンドル2世狙撃事件。

▶11 検閲を回避するために，ほのめかしや言い換えを駆使して，読者に風刺の意図を伝える表現のこと。古代ギリシアの寓話作家イソップにちなむ。

▶12 François Rabelais. 1483?-1553. 『ガルガンチュワとパンタグリュエル』（*Gargantua, Pantagruel*. 1532-52）。

▶13 Jonathan Swift. 1667-1745. 『ガリヴァー旅行記』（*Travels into Several Remote Nations of the World, in Four Parts. By Lemuel Gulliver, First a Surgeon, and then a Captain of Several Ships*. 1726）。

B　19世紀の文学

15 『魅せられた旅人』Очарованный странник（1873）

ニコライ・セミョーノヴィチ・レスコフ（Николай Семенович Лесков, 1831-95）

図1　レスコフ（1860年代）
出典：*Д. Г. Чуднова.* Лесков в Петербурге. Л.: Лениздат, 1975.

―― Вы можете рассказать и эти приключения?

―― Отчего же-с; с большим моим удовольствием.

「その珍事とやらもお話しいただけますか」

「お安いごようです。こちらこそ大いに喜んでいたしましょう」

1 ストーリーテラー

レスコフといえば，数多のロシア人作家の中でも指折りのストーリーテラーとして知られる。ためしに，オペラ作品にもなった『ムツェンスク郡のマクベス夫人』[1]を読んでみよう。次々に起きる出来事や展開の妙に引き込まれ，一気に最後まで読んでしまうこと請け合いである。冷酷でむごたらしい殺人の場面では思わず息をのみ，また予想外の結末には不意に突き放されたような感じがするだろう。そうして，読み終わって，なるほどストーリーテラーと評される所以が頷けるはずである。ここに紹介する『魅せられた旅人』もその特徴がたっぷり発揮されていて，レスコフの魅力を知るには格好の一作といえる。

物語はペテルブルクに近いラドガ湖上の船中，主人公の見習い修道僧イワン・フリャーギンが乗り合わせた「われわれ」におのれの半生を語るところからはじまる。彼は子宝に恵まれなかった母親の願立てで，僧侶になる定めを受けた「神申し子」だった。ところが，当の本人はそんな因縁などどこ吹く風。そのため数々の苦難や試練に遭い，すんでのところで身を滅ぼしそうになったことも一度や二度ではなかった。

はたして主人公はおのれの天命を受け入れるのか。それはいつ，どのようにしてか。読者は出だしから意外なラストまで目が離せない。

2 物語を聴く＝読む

フリャーギンが語る半生は波瀾万丈で，「われわれ」はたちまち引き込まれ，むしろ話の先を催促するようになっていた。その一例が上記の会話で，この種のやり取りは全編に見られる。まるで聴き手の問いかけこそ，主人公の物語を引き出しているかのように[2]。本作が主人公の語りを軸にしながら，一方的な独り語りに見えないのは，そうした相互的なやり取りから成り立っているからである。

それだけではない。ベンヤミンの秀逸なレスコフ論[3]にはこうある。「物語に

▶1　« Леди Макбет Мценского уезда ». 1865. 他に『髪結いの芸術家』（« Тупейный художник ». 1883），『真珠のネックレス』（« Жемчужное ожерелье ». 1885）なども邦訳で読める。

▶2　主人公と聴き手のかけ合いは，レスコフ文学の特徴でもある。ロシア・フォルマリスト（☞Ⅱ-A-5）のひとりエイヘンバウムは，「アンケート的」対話と呼んでいる。

▶3　Walter Benjamin. 1892-1940. ベンヤミン／三宅晶子訳「物語作者」『ベンヤミン・コレクション 2』ちくま文庫，1996年。

耳を傾けているものは，語り手との交流の場にいるわけだが，物語を読むものさえも，この交流に参加している」。ここで，子供が真っすぐに物語を聴いている時の反応を思い起こしたい。子供は次に何が出るのかを期待して，「それから？」と問いかけずにはいない。ベンヤミンによれば，それは物語には日々のニュースや情報とちがい，出来事への想像の余地があるからである。本作の色あせないおもしろさを探るカギはここにある。大人になった読者も子供と同じように問いかけているにちがいないのである。

3 ユーモア，世界文学

本作の魅力はどこかユーモラスなところにもある。これに関し，作家の息子アンドレイ[4]が注目すべき指摘をしている。レスコフは10代後半までオリョール[5]で暮らしたが，重要なのはその後約10年間をキエフで過ごし，ウクライナとポーランドの言語と文学を深く学んだことである。その結果，レスコフの「ウクライナもの」は，『ムツェンスク郡のマクベス夫人』のような陰鬱で殺伐とした作品群と対照的に，ユーモア，からりとした明るさを特長とするという。

本作はキエフやポーランドが舞台ではないが，「ウクライナもの」の源泉に通じるものがある。ウクライナの影響でいえば，ゴーゴリ[6]やシェフチェンコ[7]，またフォークロアが大きく，レスコフは特にゴーゴリを通してウクライナ・バロックのさまざまなジャンル[8]に通じていたと考えられる。

まず本作は中世ロシアの聖者伝のパロディといえる。また馬やロマ娘への主人公の偏愛，異民族のもとでの俘虜生活とそこからの脱出は，19世紀のロシア・ロマン主義でよく目にしたモチーフにほかならない。それから本作にはさまざまな人物が登場し，言葉によって各自の特徴が表される[9]。呑んだくれ坊主と高位聖職者の対照的な言葉づかい，タタール人やロマ娘のたどたどしいロシア語，打算的な田舎貴族の浮薄な物言いなどの多様な言葉。これらによって物語は平板な独り語りではなく，豊かな広がりを見せている。さらに作者の念頭には『ドン・キホーテ』[10]『テレマックの冒険』[11]『死せる魂』[12]といった遍歴小説や『トリストラム・シャンディ』[13]があった。しかし，当時そのことは理解されず，レスコフはこう反論した。「この作品はジャンルなのです」。作家の明晰な創作意識がここにうかがえるのである。

今日，レスコフを19世紀ロシア文学の代表者の一人に挙げても，さほど異論は出ないだろう。ただし，何となく暗くて重い影を引きずったイメージで一括りにされては，作者は浮かばれない。ロシア的でありながらも，そこに収まらないところがあり，それがレスコフを今でも読むにたえる作家にしているからである。『魅せられた旅人』は肩ひじ張らず，何の予備知識なく読んでも楽しめる。しかし，もう一歩進んで上記の世界文学とあわせて読むのもいい。きっと新たな発見があり，いっそうおもしろさを味わえることだろう。（塚本善也）

▶4 Андрей Николаевич. 1866-1953.『ニコライ・レスコフの生涯』（« Жизнь Николая Лескова ». 1954）。

▶5 モスクワの南西部，ウクライナに近い地方都市。ツルゲーネフ（☞Ⅰ-B-[7][9]），ブーニン（☞Ⅰ-C-[13]）など多くの文学者たちにゆかりの深い土地でも知られる。

▶6 ☞Ⅰ-B-[4][6]

▶7 Тарас Григорьевич Шевченко. 1814-61.

▶8 たとえば「多様なパロディ文学」や「フォークロアと結びついた喜劇」。伊東一郎「ゴーゴリ―ウクライナ・バロック―民衆文化―バフチン『ラブレーとゴーゴリ』に寄せて」『ガリツィアの森：ロシア・東欧比較文化論集』水声社，2019年。

▶9 たとえば酒飲みの僧侶，吝嗇なユダヤ人，狡猾なロマといったタイプは類型化され，まさに喜劇でおなじみである。

▶10 セルバンテス（Miguel de Cervantes Saavedra. 1547-1616）。*Don Quixote*. 1605-15.

▶11 フェヌロン（François de Salignac de La Mothe Fénelon. 1651-1715）。*Les Aventures de Télémaque*. 1699.

▶12 ゴーゴリ（☞Ⅰ-B-[4][6]）。« Мертвые души ». 第1部1842年刊行，第2部未刊。

▶13 スターン（Laurence Sterne. 1713-68）。*The Life and Opinions of Tristram Shandy, Gentleman*. 1760-67.

B　19世紀の文学

16　『ロシアは誰に住みよいか』Кому на Руси жить хорошо (1866-74)

ニコライ・アレクセエヴィチ・ネクラーソフ（Николай Алексеевич Некрасов, 1821-77）

図1　ネクラーソフ（1872年）
出典：*Николай Некрасов*. Полное собрание сочинений и писем в 15 томах. Т.5. Л.: Наука, 1982.

...“Эй! нет ли где счастливого? / Явись! Коли окажется, / Что счастливо живешь, / У нас ведро готовое: / Пей даром сколько вздумаешь- / На славу угостим!..”

……「おーい！　しあわせ者はいないかあ？／出てきておくれ！　もしも／しあわせに生きているってわかったら，／こっちにゃ樽一杯の酒がある。／好きなだけのんどくれ／たっぷりおごるさ！……」

1 「しあわせ」を探しに

ある朝，街道でたまたま出会った７人の農夫が，道すがら「ルーシ[1]で，面白おかしく，自由気ままに暮らしているのは誰なのか」とやり出すところからこの物語詩は始まる。それは地主だ，いや役人だ，神父，商人，貴族，皇帝……と議論はつづく。気がつけば空は暗く，30露里[2]も歩いてしまった。酒が入って殴り合う彼らを鳥たちや動物たちが眺めている。鳥からもらった，魔法のテーブル掛けで飲み食いして打ち解けた彼らは，「面白おかしく，自由気ままに暮らしているのは誰なのか」を確かめようと，しあわせを探して旅に出る。

冒頭の言葉は，第１部第４章の農夫たちの呼びかけである。彼らがそれまでに会った神父や地主の暮らし向きはさほどよくなかったが，今度はどうだろう。酒目当てに人が集まる。腹いっぱい食べられる，戦争で死ななかった，仕事ができる……彼らの「しあわせ」はさまざまで，「あとで酒を飲ませてもらえるというのだから，しあわせだ」という本末転倒の輩まで出てくる始末だ。

2 「うた」に彩られた物語詩

この作品は韻文形式で書かれている。文学研究者バエーフスキー[3]によれば全8862行であり，これは同じく韻文で書かれたプーシキン[4]の国民的文学作品『エヴゲーニー・オネーギン[5]』の1.5倍になるという。

ネクラーソフが実際に書き始めたのは1863年頃だが，構想は61年の農奴解放令[6]が与えているだろう。77年の死までに「プロローグ」「第一部[7]」「末子[8]」「農婦[9]」が順に発表されたが，「大宴会[10]」の他，作家自身は少なくともあと３つの部分を書くつもりだった。各部分は個別の作品としても鑑賞できるが，「しあわせ」を探す旅がそれらを緩やかにつないでいる。そして，ロシアの風景，民衆の暮らしが，彼らの言葉，民間伝承や正教会暦をふんだんに盛り込んで描かれ

▷1　ルーシはロシアの古い名称。この作品も原題では『ルーシは誰に住みよいか』となっている。
▷2　１露里は1.067キロメートル。
▷3　Вадим Соломонович Баевский. 1929-2013.
▷4　☞Ⅰ-B-23
▷5　« Евгений Онегин ». 1825-32年刊行。
▷6　クリミア戦争（1853-56）に敗北し，ロシアの後進性を痛感した皇帝アレクサンドル２世は，1861年に農奴解放令を発布した。農奴は人格的には解放され，土地も分与された。だが土地面積は小さく，一方で土地に対する支払額は莫大で，農民にはかえって大きな負担となった。
▷7　« Часть первая ». 1866.
▷8　« Последыш ». 1873.
▷9　« Крестьянка ». 1874.
▷10　「大宴会」（« Пир на весь мир »）は死後に発表された。

ている。最大の魅力は，それらが「うた」で伝えられることであり，ネクラーソフ自身が歌を好んだというが，実に多様な民衆の歌がちりばめられている。翻訳であっても，ぜひ民衆の豊かなしらべを想像してみてほしい。

3 ジャーナリストの眼で，民衆のために

ネクラーソフは貴族の家に生まれ，ヴォルガ川河畔のヤロスラーヴリ周辺で少年時代を過ごした。彼の作品に登場する暴君的な地主，虐げられる女性のイメージには，父への反発や母への思慕が影響しているとも言われる。38年にサンクト・ペテルブルクに出てきた彼は，批評家ベリンスキー[11]の影響のもとで市民詩[12]を書き始めた。詩『昨日，5時すぎに……』[13]で，センナヤ広場で鞭打たれる若い農婦を，それまで詩人たちに霊感を与えてきたミューズの「実の姉妹」と呼んでいるように，彼は民衆のためにペンを走らせる。前世代の作家たちもすでに「民衆」を重要なテーマとして考えてはいたものの，彼らの生の声に初めて耳を傾けたのがネクラーソフであり，『赤鼻のマロース』[14]と並ぶ彼の代表作『ロシアは誰に住みよいか』は，「民衆生活の百科事典」とも言われる。

この姿勢はジャーナリスト活動にも活かされている。彼が刊行した『ペテルブルク選集』[15]には，ドストエフスキー[16]のデビュー作『貧しき人びと』[17]が含まれている。この「新たなゴーゴリ」を発見したのはネクラーソフだった。さらに『祖国雑記』[18]や『同時代人』[19]といった雑誌をけん引し，レフ・トルストイ[20]や，ツルゲーネフ[21]，ゴンチャローフ[22]の作品を掲載し，ベリンスキー，チェルヌイシェフスキー[23]，ドブロリューボフ[24]ら批評家とともに専制や農奴制と戦った。こうした仕事は，『ロシアは誰に……』の旅と同じように，さまざまな出会いをもたらした。ネクラーソフが当時のロシア文化の中心にいたと言っても過言ではない。

▶11　Виссарион Григорьевич Белинский. 1811-48.
▶12　☞Ⅰ-E-[3]
▶13　« Вчерашний день, часу в шестом... ». 1848年執筆。
▶14　« Мороз, Красный нос ». 1863.
▶15　« Петербургский сборник ». 1846.
▶16　☞Ⅰ-B-[10][12]
▶17　« Бедные люди ». 1846. ☞Ⅱ-C-[5]
▶18　« Отечественные записки ».
▶19　« Современник ». プーシキンが創刊した雑誌だが，37年の彼の死後には精彩を欠いていた。ネクラーソフはパナーエフ（Иван Иванович Панаев. 1812-62）とともにこの雑誌を買い取り，47年，あらたに刊行を始めた。
▶20　☞Ⅰ-B-[13][17]
▶21　☞Ⅰ-B-[7][9]
▶22　☞Ⅰ-B-[8]
▶23　Николай Гаврилович Чернышевский. 1828-89. ☞Ⅱ-A-[2]
▶24　Николай Александрович Добролюбов. 1836-61.

4 「しあわせ」のために

さて，死の間際に作家が記した「大宴会」には，一つの希望を読み取ることができる。旅の一行が加わったヴォルガ川河畔の村の宴に，神学生グリーシャがいる。生活の喜びや悲しみの「うた」に耳を傾け，この少年は「私にはいらない，銀も／金も。神よ，お願いします／ふるさとの人々が／一人一人の農民が／面白おかしく，自由気ままに暮らせますよう／この聖なるルーシのすべてで！」と言う。そして，彼は人々のしあわせのために生きることを決意する。

社会風刺と批判に満ちたこの作品は，同時代には進歩主義陣営以外からは十分に評価されず，一方でソ連時代には革命の理想を追求する先駆としてもてはやされた。いま，この作品はより自然に読まれるべきだろう。「お話しなさいな」という一行のやさしい言葉は，現代作家アレクシエーヴィチ[25]の創作とも重なってくるが，「面白おかしく，自由気ままに暮らしているのは誰なのか」という問いは，時代や国を問わず響いているはずだから。　（坂庭淳史）

▶25　☞Ⅰ-D-[1]

B　19世紀の文学

17　『アンナ・カレーニナ』Анна Каренина（1878）

レフ・ニコラエヴィチ・トルストイ（Лев Николаевич Толстой, 1828-1910）

Теперь он испытывал чувство, подобное тому, какое испытал бы человек, спокойно прошедший над пропастью по мосту и вдруг увидавший, что этот мост разобран и что там пучина. Пучина эта была — сама жизнь, мост — та искусственная жизнь, которую прожил Алексей Александрович.

いま彼は，深淵にかかる橋を安心して渡っていた者が，その橋が壊れていて，そこに深淵があることに不意に気がついた時に抱くような感覚を覚えていた。この深淵は人生そのものであり，橋はアレクセイ・アレクサンドロヴィチが生きてきたうわべだけの人生であったのだ。

図１　トルストイ（1876年）

出典：*Софья Толстая.* Моя жизнь: в 2 т. Т. Ⅰ. 1844–1886. М.: Кучково поле, 2011.

1　比喩の世界

『アンナ・カレーニナ』[1]は，『戦争と平和』[2]に次いで書かれた長編作だが，それを傑作たらしめている要因の一つは，多用される比喩の力であろう。引用にも窺えるように，それはしばしば登場人物の人生に対する態度のみならず，作家の人生観をも反映する。主人公アンナの夫で国家官僚のカレーニンは，妻がヴロンスキーという自分以外の人間を愛する可能性に直面して困惑するが，それはこの愛が，これまで自分が生きてきた職務の領域，すなわちうわべだけの人生ではなく，人生そのものであったからだ。

小説は，アンナの兄オブロンスキーの日常で幕を開けるが，この人物においては生が眠りに喩えられている。子供の元家庭教師との浮気という自身の不始末によって生じた状況からの出口を見出せない彼は，少なくとも夜までは生という眠りに埋没して自身の苦境を忘れようとする。彼が自身の社会的見解を選ぶさまは，帽子やフロックコートを自分で選ばずに流行のものを身に着ける様子に準《なぞら》えられる。こうした冒頭におけるオブロンスキーの描写には，不思議にも作者の批判的な視点ばかりか愛情すら感じられる。作家は，『アンナ・カレーニナ』の執筆中に精神的危機を迎え，その後の作品や論文では生の意味の追求と真の信仰の探求，そして社会批判的な要素が次第に強まっていく。しかし，生命賛歌に満ちた『戦争と平和』の後，精神的危機の最中に執筆されたこの長編には，生に対する愛と鋭い社会批判が織り込まれており，それが姦通小説という枠には収まらない魅力を作品に与えている。

▷1　『アンナ・カレーニナ』は，『ロシア報知』誌に連載されていたが，編集主幹のカトコフ（Михаил Никифорович Катков, 1818-87）が，第７編のアンナの自殺で小説は完結したとみなし，最後の第８編は同誌に掲載しなかった。トルストイは，露土戦争に対する反戦的な内容を含む第８編を，1878年１月に単行本として出版した。

▷2　☞Ⅰ-B-⑬

2 鉄道の時代

『アンナ・カレーニナ』が執筆された19世紀後半は，西欧諸国同様，ロシアでも鉄道が著しく発達した時代である。アンナが運命的な相手となるヴロンスキーと出会うのはモスクワの鉄道駅であり，彼女が列車に飛び込むことでその生涯の幕を閉じ，ヴロンスキーが事実上の死を選んで戦地へと赴くのも鉄道駅である。オブロンスキー家の子供たちやアンナの一人息子セリョージャも家庭や学校で鉄道ごっこをして遊んでおり，作品の底流には鉄道建設の槌音が響いている。

この作品では，農奴解放後の揺れる社会が描かれており[3]，地主貴族としてのトルストイの土地や農民に対する複雑な立場も，もう一人の主人公レーヴィン[4]のうちに見出すことができる。それと同時に鉄道を背景に，百姓の形象がしばしばシンボリックな形をとって登場する。線路番や釜焚きという姿で現れ，時にフランス語を話すこれらの百姓は，アンナとヴロンスキーの間に愛が芽生え，深まり，結晶化し，そして消失する，つまり愛の形が変容する度に姿を現すのである。

パリでギロチンによる公開死刑を目にして衝撃を受け，その地を後にしたトルストイは，鉄道の印象について「鉄道と旅の関係は売春宿と愛の関係のようです。同じように便利ですが，同じようにとてつもなく機械的でものすごく単調です」とツルゲーネフ[5]へ書き綴っている。レーヴィンとキチイの平和で道徳的な家庭生活がアンナとヴロンスキーの愛とは対照的に描かれているが，幸福な家庭人レーヴィンも作者と同様，自ら死を選ばないよう苦悩している。鉄道によって象徴される文明のうちに暴力性をとらえていたトルストイは，進歩する社会を背景に真実の愛，他者の反映ではない真の人生を生きる難しさをあぶり出しているようだ。

▶3 61年，アレクサンドル2世（Александр II. 1818-81）により農奴解放令が出されるが，トルストイはこれに先立つ57年に，自分の領地ヤースナヤ・ポリャーナで独自の農奴解放を行っている。

▶4 レーヴィンの姓をリョーヴィンとする邦訳も多いが，これはどちらの姓も同じく Левин と表記されるため，確定が困難であることに起因している。

▶5 ☞Ⅰ-B-7 9

3 教 育

小説執筆時のトルストイは，『新初等教科書[6]』の執筆・編集に取り組み，自分の屋敷で家族と共に農民の子供たちの教育に携わっていた。作家は，彼に名声をもたらした『アンナ・カレーニナ』より教育活動の方をはるかに重視していたが，その教育思想は作品中にも反映されている。作家は自身の教育論文において，「３カ月で学べることを３年で学ぶ学校は，無為と怠惰の学校」であり，「すべての教育学習は，ただ生によって喚起される疑問に対する答えとなるべきである。しかし，学校は疑問を喚起しないばかりでなく，生によって喚起される疑問にすら答えていない」と述べている。生への関心に満ちたアンナの息子セリョージャが，人生の反映の領域でのみ生きる父カレーニンや教師の授業の枠に収まらない姿には，トルストイの教育思想の一端を見出すことができるだろう。

（覚張シルビア）

▶6 « Новая Азбука ». 1875.

B　19世紀の文学

18　『持参金のない娘』Бесприданница（1879）

アレクサンドル・ニコラエヴィチ・オストロフスキー（Александр Николаевич Островский, 1823-86）

Я ни на кого не жалуюсь, ни на кого не обижаюсь... вы все хорошие люди... я вас всех... всех люблю. (Посылает поцелуй)

私，だれも恨んでないし，だれにも怒ってないから……みんな良い人たちだもの……あなた方みんな……，みんなを愛してる。（投げキスをする）

1　オストロフスキーの劇作――19世紀の女性たち

ヴォルガ岸の架空都市を舞台に，人々の非情さゆえに若い女性が破滅するさまが半日に凝縮されて描かれる。ヒロインのラリーサは，貧しいが愛情深く思えたカランディシェフが，婚約するや見栄っ張りで傲慢な人間に豹変したことに傷つく。元恋人の貴族パラートフの誘いにのるが，実は彼も財産ある女性と婚約していた。資産家クヌーロフにも愛人になるよう誘われる。身投げする勇気もなく苦悩する中，復縁を迫るカランディーシェフを拒んで撃ち殺される[1]。

オストロフスキーはロシア初の職業劇作家。近代劇の基礎をつくり，演劇人の地位向上に尽力した。ツルゲーネフ[2]，ネクラーソフ[3]，トルストイ[4]などの作家たちからも高く評価された。作品には喜劇が多いが，悲劇的なドラマから音楽劇まで，ジャンルも幅広い。嫁ぎ先の因習に押しつぶされたカチェリーナがヴォルガ川に身を投げる『雷雨[5]』は，「闇の王国」ロシアの現実を鋭く描いた問題作として論議を呼んだ[6]。本作は，農奴解放令（1861年）から10年以上がたち，資本主義が浸透し，価値観にも変化が起きた地方都市が舞台となっている。

2　金銭に換算される社会

登場人物は常に値踏みをする。良いものは高価なものと考えるラリーサの母オグダーロワが顕著な例だ。自分のための金欲しさではなく，充分な持参金がないながら，娘に不自由ない結婚をさせるために心砕く良き母なのだが，金持ちとの結婚こそ娘の幸せという短絡的な思い込みが，上の娘二人に破産や殺害という不幸をもたらしている。資産家のクヌーロフは地位か資産がなければ人と思わず，カフェの従業員には挨拶に応えることさえしない。血筋ではなく，資産という個人の力が社会的地位を作る最初の世代に属する彼の振る舞いには，実は貴族への憧れが色濃くみてとれる。由緒あるオグダーロフの家名やラリーサの音楽的素養を高く評価し，貴族にかわってパトロンとして彼女を飾り立てることに快楽を感じる。新世代のヴォジェヴァートフは人間関係に，よりドラ

図1　1860年代のオストロフスキー（グヌーロフ（Гнулов）撮影）

出典：*Сост. Николай Голубенцев.* А. Н. Островский в портретах и иллюстрациях, М.: Государственное учебно-педагогическое издательство Министерства Просвещения РСФСР, 1949.

▶1　原作で言及される音楽は，バラトゥインスキー（☞Ⅰ-E-②）の詩を歌にした歌曲（ロマンス）。比較的上流層で流行した。「必要もないのに誘惑しないで／またやさしくするなんて」の歌詞が，ラリーサの恋心と重ねられている。ちなみに映画では，リャザーノフ（Эльдар Александрович Рязанов, 1927-2015）監督の映画化『残酷なロマンス』（« Жестокий романс », 1984）が有名。「残酷なロマンス」とは都会の庶民の間で流行ったセンセーショナルで悲劇的な人生を歌う歌曲のこと。ソ連の歌姫アフマドゥーリナ（☞Ⅰ-E-⑥）の詩が使われた。1936年にプロタザーノフ（Яков Александрович Протазанов, 1881-1945）監督も映画化している。

イである。パラートフに捨てられたラリーサの「引き取り先」を貴族の決闘を模した「コイントス」で決め，クヌーロフに譲り，「商人の誓い」を盾に助けを求める幼馴染みのラリーサに応えようとしない。彼にとってラリーサも取引する商品と同じなのだ。パラートフ所有の船「ラストチカ（つばめ）」号を買い取るエピソードにヴォジェヴァートフのしたたかさが表れている。ラリーサはギリシア語源で「かもめ」を意味し，ト書きにある川岸の柵は，籠の中の鳥をイメージさせる。パラートフからクヌーロフはラリーサを，ヴォジェヴァートフはラストチカ号を受け取った。つまり，いずれもLaで始まる高価な「鳥」を分け合ったのである。コイントスも，自分は富を生む商売用の船を選び，出費のかかるラリーサをクヌーロフの自尊心をくすぐって譲るいかさまと考えることも出来る。それはラリーサに経済的後ろ盾を与える彼なりの思いやりだが，彼女が求める幸福がお金とは違うことを理解できなかった不幸でもある。

パラートフもラリーサの純粋な思いをもて遊ぶ薄情さが注目されるが，男性であり貴族でありながら，資産を失い，家柄をバーターに財産目当ての結婚を余儀なくされ，商品のように「売り買い」されている。（望まれているかどうかは別として）ロマやラリーサのパトロンになることも，もはやかなわない。

3 「ここではないどこか」というユートピア幻想

ラリーサもまた，自己中心的な妄想に生きている。愛もない「良縁」で人生を他者に決められるのは不幸である。しかし「ここではないどこか」を夢見る彼女も他者を値踏みしている。愛だけが取り柄の貧しいカランディーシェフは，彼女の思いのままにできる純粋無垢な〈小さい人間[7]〉だったはずが，不相応な婚約をしたとたん功名心に溺れ，自己中心的なふるまいをし始めたのは誤算だった。現実の田舎も窮屈なはずで，彼女が夢見る川のむこう側の静かな田舎暮らしも，古いロマン主義的な純粋さへの幻想である。すべてを捨てた結婚という願望自体，あえて悲劇のヒロインを気取る自殺願望の裏返しである。

小道具のピストルがあれば必ず発射される[8]のが舞台の常とはいえ，幕切れでラリーサが唐突に撃ち殺されるのは衝撃的である。いまわの際の言葉「だれも悪くないの。すべては私自身が……」に続くのが，冒頭に引用した許しの言葉である。カランディーシェフと婚約したことも，クヌーロフの愛人になろうとすることも，死に場所を求めながら『雷雨』のカチェリーナのようにはヴォルガ川に身を投げ，水のむこう側に行けないゆえの疑似的な自殺であり，願わぬ道化芝居から退場するには，ハムレット[9]のように死して沈黙の世界に行くしかない。思いが叶った今，模範的なキリスト者のように，残されたすべての者に「愛してる」という許しと祝福の言葉を添えることで，自らの魂の救済を願いながら。しかし，それを救済ではなく悲劇だと感じさせる物語の運びに，オストロフスキーの観客に対する問いかけがある。（楯岡求美）

▶2 ☞Ⅰ-B-[7][9]

▶3 ☞Ⅰ-B-[16]，Ⅰ-E-[3]

▶4 ☞Ⅰ-B-[13][17]

▶5 « Гроза ». 1859.

▶6 特に，批評家ドブロリューボフ（Николай Александрович Добролюбов. 1836-61）の論考「闇の王国」（« Темное царство ». 1860）が著名である。

▶7 格差社会に抑圧される下層の無力な人間のこと。19世紀ロシア文学の中心的なテーマのひとつ。

▶8 チェーホフ（☞Ⅰ-B-[22][23]）が1889年11月1日付A.ラザレフ宛の手紙で「もし誰も舞台上の銃を撃つ予定がないのであれば，銃を舞台に出してはならない」と述べたことから，通称「チェーホフの銃」と言われる演劇の原則。

▶9 パラートフは劇中で『ハムレット』のセリフ「まだ（父を弔った）靴を履きつぶしてもいない」「ああ，女たちよ，汝の名は取るに足らないもの」を引用している。

B　19世紀の文学

19　『赤い花』Красный цветок（1883）

フセヴォロド・ミハイロヴィチ・ガルシン（Всеволод Михайлович Гаршин, 1855-88）

図1　ガルシン（1884年）
出典：*Всеволод Гаршин.* Сочинения. Петрозаводск: Государственное издательство Карело-Финской ССР, 1954.

При первом взгляде сквозь стеклянную дверь алые лепестки привлекли его внимание, и ему показалось, что он с этой минуты вполне постиг, что именно должен он совершить на земле.

ガラス戸ごしに最初に一瞥した時に，あの真紅の花弁は彼の注意をひきつけたのであって，彼はその瞬間から，まさに自分が地上で成し遂げねばならぬことを悟ったように思えた。

1　『赤い花』の狂人

引用は，ロシア1880年代の「申し子」とされた作家，ガルシンの代表作から。この作品は，作家自身の精神病院入院体験を基として書かれた[1]。

主人公の狂人は，病院の庭に咲く真っ赤な花を見つけ，その花に全世界の悪が凝縮されていると幻想し，自分の命を引き換えにしてもその花を摘み取り滅してしまおうとする。赤い花との闘争が始まると同時に，狂人の振る舞いおよび内面を表す「重苦しい歩調」「重苦しい印象」「頭の恐ろしい重苦しさ」はプツリと描写から消え去り，クライマックス（主人公の死）に近づくにつれ，筋立ての悲劇性とは正反対に，華やかな能動的雰囲気が濃厚になってくる。

2　ガルシンにおける自己の勝利

物語の結末，赤い花は肉体的には狂人を滅ぼしたが，勝利感は狂人と共にある。彼は，自分しかなしえない赤い花との闘いに死を覚悟して赴くか，あるいは何もしないで滅びかけている人々をそのまま放っておくか，この二者択一の中で，前者を選ぶ行為の内に自らの勝利を見出した。

これは，主体的な自己の発見から出発して，自らの行為に道徳的義務を課したナロードニキ思想が目指したところの理想にほかならない[2]。『アタレア・プリンケプス[3]』や『がま蛙と薔薇の花[4]』『驕人アゲイの話[5]』『信号[6]』など，ガルシン作品の主人公は皆，自ら決断し，自ら実行しようとするのであり，自閉的に見えるが，個々人の自己完成を促す自己創造のプロセスの中での勝利が描き出されているともいえる。しかしながら，ガルシン作品におけるこういった能動的側面はこれまであまり論じられてこなかった。

▶1　80年に起きた，ハルトゥーリン（「人民の意志」党員）による冬宮爆破事件，ムロジェツキー（単独テロリスト）による国家秩序公安維持最高管理委員会の長ロリス＝メリコフ銃撃事件にガルシンは大きな衝撃を受け，その後精神病院へ入院した。

▶2　ナロードニキ運動の理論的基礎を与えたミハイロフスキー（Николай Константинович Михайловский. 1842-1904）とラヴローフ（Петр Лаврович Лавров. 1823-1900）は，人間の道徳性の内に判断基準を置いた。

▶3　« Attalea princeps ». 1880.

▶4　« Сказка о жабе и розе ». 1884.

▶5　« Сказание о гордом Аггее ». 1886.

▶6　« Сигнал ». 1887.

3 1880年代の文芸批評

1881年に皇帝アレクサンドル２世がテロルによって殺害されると，ロシア社会は深い閉塞感に沈んでゆき，〈沈滞の時代〉と称される80年代が始まった。〈沈滞の時代〉前後の80年と82年の文芸批評を比べると，同一作品の論評に際して「良心」という言葉が異なる意味を付されており，興味深い。

『画家たち』[7]に登場する主人公の画家リャビーニンは，物語最後に筆を棄てて民衆の教師となるべく師範学校へ入ることを決意する。80年の評論の中では，このリャビーニンは，自らの無為によって民衆の苦悩を間接的に増しているという「良心の呵責」に苦しめられて筆を棄てたと論じられている[8]。しかし，82年の評論では，リャビーニンの内面を通して読者に問われるのは，社会の中での活動を回避する時に自我が感じる恥辱感であり，活動がどれだけ「歴史的結果に即していえば微小なもの」であるとしても，それを避けるならば「良心の観点からは卑劣ではないだろうか[9]」と語られている。80年代，インテリゲンツィアはガルシン文学を通して，外部の要請に応えられない弱々しい自我を発見し，この内奥の自我を認める心を「良心」，自己内部の分裂の有様を「内的不調和」という言葉で言い表した。

83年に発表された『赤い花』は，ジャーナリズムに大きな反響を呼び起こし，作品内には80年代人の病める内的分裂が見出された。

4 〈沈滞の時代〉の代弁者

自分が誕生し生きた時代の影響を免れる者は誰もいないが，ガルシンほど時代と密接に結びつけて論じられてきた作家は，決して多くない。55年生まれのガルシンは，多感な青少年期を「ヴ・ナロード」運動[10]や露土戦争[11]といった愛国的高揚感の中で過ごし，その影響を多分に受けた。77年，『四日間』[12]にて文壇にデビュー，数本の短編を発表した後，80年に精神発作に襲われて病院に入院，２年間ほど首都ペテルブルクから姿を消すが，これはアレクサンドル２世殺害の時期と重なった。82年にガルシンは健康を回復して文壇に復帰，83年に結婚すると再び執筆に力が入るようになるが，88年，再度精神発作を起こし，アパートの吹き抜け部分から飛び降りて亡くなった。この若手作家の突然の悲劇的最期は，当時のロシア社会に漂っていた暗鬱感と見事にマッチし，20本を超す追悼論文がガルシンの著作とその生涯に時代的意義を認め，彼の死の原因を突き止めようと論戦を繰り広げた。それは当時のインテリゲンツィアが秘めていた不安感や絶望感，憤怒を公に吐露する絶好の場となった[13]。

なお，ガルシン家の精神病遺伝の実態については，すでに1920年代に遺伝学の専門誌において報告されている[14]。作家ガルシンのほかに，彼の兄弟３人，いとこ４人，はとこ１人，さらに母方の叔父も不幸な最期を遂げている。

（大山麻稀子）

▶7 « Художники ». 1879.

▶8 *Семен Афанасьевич Венгеров*. Беллетристы-дебютанты // Слово. 1880. No. 2–3.

▶9 *М. Гарусов*. Гамрет наших дней// Русское Богатство. 1882. No. 8. М. Гарусов は Пегр Филиппович Якубович のペンネーム。

▶10 1873-74年，困窮した民衆を啓蒙し，立ち上がらせるために多くの青年男女が農村や労働者の中へ入っていった。

▶11 1877年，アレクサンドル２世は，バルカン半島の正教徒をトルコの圧制から解放するという名目の下，オスマン帝国へ宣戦布告した。

▶12 « Четыре дня ». 1877.

▶13 作家ウスペンスキー（Глеб Иванович Успенский. 1843-1902）は，ガルシンの死の原因を専制的社会体制の諸条件に負わせた（*Г. И. Успенский*. Смерть В. М. Гаршина // сборник « Памяти Гаршина »/ Под ред. журнала « Пантеон литературы », СПб., 1889）。

▶14 *А. Г. Галачьян, Т. И. Юдин*. Опыт наследственно-биологического анализа одной маньякально-депрессивной семьи // Русский евгенический журнал. 1924. T1. вып. 3–4.

B　19世紀の文学

20　『光と影』Свет и тени（1894）

フョードル・ソログープ[1]（Федор Сологуб, 1863-1927）

Володя и мама понимают их. Они улыбаются грустно и говорят друг другу что-то томительное и невозможное. Лица их мирны, и грезы их ясны, - их радость безнадежно печальна, и дико радостна их печаль.

В глазах их светится безумие, блаженное безумие.

ヴォロージャと母親は影を理解している。彼らは悲しげに微笑み，物憂い不可能なことを語り合う。彼らの顔は穏やかで，彼らの夢は明るく，彼らの喜びは絶望的に悲しく，彼らの悲しみは途方も無い喜びである。

彼らの目には狂気，至福の狂気が輝いている。

図1　1921年，ペトログラードでのソログープ

出典：*Федор Сологуб*. Собрание сочинений: В 6 т. Т. 6. Рассказы. Роаман. Статьи, эссе, заметки. Воспоминания современников. М.: НПК Интелвак, 2002.

1　もう一つの世界

ソログープの短編小説『光と影』は，12歳ほどの痩せて青ざめた顔をした少年ヴォロージャがギムナジウムから帰宅する場面で始まる。父親は過度な飲酒が原因で若くして亡くなり，少年は，息子思いの優しくたおやかな美しい母親と陰鬱な家政婦と3人で静かに暮らしてきた。ふと少年は，郵便物の山から小さな冊子を見つけ，手を使った影絵の記事に心惹かれる。少年は自室で手を動かして様々な影を生み出すうちに，影の世界の虜と化し，影絵遊びをしていない時でさえ家具や人間の影に目を奪われ，悪夢を見始め，他のことが何もできなくなってしまう。少年を熱愛する母親は，少年に影絵遊びを禁じ，時には怒り，時には嘆き，神にも縋《すが》ろうとするが，影の世界に魅入られた息子を救うことができない。母親は熟考の末に，息子に，「これからは時間を決めて一緒に影絵をして，それから勉強しましょう」と提案するが，じきに2人でその甘美な遊びにのめりこみ，狂気の世界に陥っていく。冒頭の引用箇所は，母親と少年が「壁を見ながら，腕を奇妙に動かして」影絵を作っている場面である。

2人がこれほどまでに魅了される「影」は，現実の対岸にある「もう一つの世界」を表している。フランスから導入された象徴主義文学は，ロシアでは革命や日露戦争等の社会不安，終末思想などを背景に急速に神秘性を強め，詩人達は「ここではない世界」，超越的世界を追い求めた。ロシア前期象徴主義作家であったソログープは本作で，魅惑的であるが恐ろしく，人に破滅をもたらし得る夢幻の世界を「影」というイメージに託したのである[2]。本作のタイトル『光と影』も，此岸と彼岸という世界の二元性と，登場人物たちの両世界での逡巡を表現している。

▷1　ソログープの本名はフョードル・クジミチ・テテルニコフ（Федор Кузьмич Тетерников）。

▷2　現代の英国のロシア文学研究者エルズワース（John Elsworth）は，少年が「壁」を使って影絵遊びを行い，「どこにでも壁はある」と語って「壁」の存在を重視していることを踏まえて，少年は「壁」という物質的な対象の背後に隠された真の世界を知るために「影」に向き合っているのだと語る。プラトン（Πλάτων. B.C. 427頃-B.C. 347）の「洞窟の比喩」（壁と影の関係）を援用し，世界を理解することの困難さが示されていると指摘する。

2 影と夢

『光と影』における「影」は，ソログープが偏愛した主題である「夢」と呼応している。たとえば，ラフマニノフ[3]が作曲して歌曲になったことでも知られるソログープの詩『夢[4]』は，「夢より渇望されるものは／世界になにひとつない。／夢には魅惑があり／夢には静けさがある。／夢の唇には／悲哀も笑いもない。／底無しの瞳には／秘められたあまたの悦びがある」という一節で始まる。しかし，完成稿では，夢の美しさが謳われながらも現実世界が否定的に描かれるわけではないのに対し，この詩の草稿では，夢のない日常は「墓」にすぎないとされ，現実の無意味さ，夢の怪しさが強調される――「夢より陶然とさせるものは／世界になにひとつない。／夢がなければ我らの生は／墓のように暗い。／花のない庭／星のない夜のように／あやかしの夢がなければ／僕らの困難な道に気が滅入るばかり」。その世界観は，この草稿とほぼ同時期に書かれた『光と影』にも受け継がれている。

▷3 Сергей Васильевич Рахманинов. 1873-1943.

▷4 « Сон ». 1896.

3 現実か妄想か？

『光と影』における日常，現実は，義務に縛られ，苦悩と不安に満ちた世界である。少年は母親に溺愛されているが，思春期に差し掛かった息子を幼子のように扱う母親は，息子の自立を妨げ，逃げ場のない共依存的な状態を作り出し，少年は母親への苛立ちと愛情の間で揺れ動いている[5]。少年はもともと教師達を軽蔑していたが，影の世界の影響で徐々に妄想癖を強め，自分が落第点を取ったことで級友達すら大喜びしていると決めつけ，長年共に暮らしてきた家政婦も自分を蔑んでいると感じ始める。

『光と影』の少年は，ソログープの長編小説『小悪魔[6]』の主人公であるエゴイスティックな教師ペレドーノフと一定の共通性を持っている。ペレドーノフは異常な妄想癖ゆえにすべてを憎み，現実と非現実の区別を失い，殺人を犯して破滅していく。終始一貫して醜悪な存在として描かれる強欲なペレドーノフとは異なり，『光と影』の少年は，ソログープの他作品における子供と同様に，夢や死という彼岸に近い存在である無欲な子供として描かれているが，両者は共に妄想に身を委ね，現実との接点を失っている（『光と影』は，少年が大人になるかわりに，狂気のうちに無垢な子供であり続けることを選び，母子密着型の母親がそれを承認する物語であるともいえる）。

ソログープの作品において，幻想は，最初のうちは，辛く退屈な日常から人間を救い出し，歓喜や希望を与えるが，終いには人間を蝕んでいく。人は困難な日常を否定して「途方も無い喜び」である妄想に身を委ねるのか。あるいは，日常と向き合い，現実を見つめてそこに生きる道を見出すのか。ソログープの作品は，現代にも通じる問いを投げかけている[7]。　（鴻野わか菜）

▷5 ソログープ自身は，4歳で父を亡くし，息子が些細な過ちを犯しただけで厳しい体罰を与える母親のもとで成長した。もちろん，作家の母親と『光と影』の母親像は大きく異なっているが，息子に異常な関心を寄せる母親という点では類似している。

▷6 « Мелкий бес ». 1905-07.

▷7 「幻想，超越的世界」と「日常，現世」という二項対立は，20世紀初頭の「芸術世界《ミール・イスクーストワ》」派の画家ソモフ（Константин Андреевич Сомов. 1869-1939），バクスト（Лев Самойлович Бакст. 本名 Лейб-Хаим Израилевич Розенберг. 1866-1924），ベヌア（Александр Николаевич Бенуа. 1870-1960）らにおいても重要な主題であり，ロシア後期象徴主義作家ベールイ（☞Ⅰ-C-2，Ⅰ-E-4），ブローク（☞Ⅰ-C-4，Ⅰ-E-4）らの作品において先鋭化された。

B　19世紀の文学

21　『チェルカッシ』Челкаш（1895）
マクシム・ゴーリキー[1]（Максим Горький, 1868-1936）

図１　民衆服ルバーシカ姿のゴーリキー（1900年頃）
出典：Драматургия М. Горького в историко-функциональном аспекте. М.: ИМЛИ РАН, 2017.

Он чувствовал себя одиноким, вырванным и выброшенным навсегда из того порядка жизни, в котором выработалась та кровь, что течет в его жилах.
彼は，体内を流れている血を作り上げてくれた生の秩序から，自分が永遠に切り離され，見捨てられていることを思い，孤独を感じた。

１　時代の記録，無名の声

20世紀になってから，労働運動を描いた長編『母』[2]等によってプロレタリア文学の源流に位置づけられ，「ソヴィエト文学の父」と呼ばれるなど[3]，イデオロギー的な文脈で語られることの多いゴーリキーだが，その本領は政治性・思想性よりも，自他に起きた実際のできごとの精緻で情感豊かな描写においてこそ発揮されている。事実，生前にロシアだけでなく，世界的にも愛読されたその作品の多くは，彼が賃仕事と食べ物を求めて各地を放浪していた11歳から23歳までの経験や見聞に基づいている[4]。

ゴーリキーの放浪時代は，1861年の農奴解放令以降，ロシアで徐々に市場経済化と社会の流動化が進行していた時期に当たる。その自伝的作品には，当時農村を離れ，依拠する制度や価値観を失って流浪していた民衆《ナロード》の思考や感情が表れている。ゴーリキーが22歳で一時期入院した際，隣のベッドにいた流浪者から聞いた話に基づくという，初期の代表的短編『チェルカッシ』もその例外ではない。

２　疎外の叙事詩とふたりの主人公

『チェルカッシ』は，黒海沿岸の街オデッサ[5]の港湾地区の描写で幕を開ける。「誰が誰だか見分けがつかない」ちっぽけな人間たちが活力と轟音に満ちた巨大な機械群に圧倒されている光景を記し，人間が「自分たちが作った」市場経済構造と重工業の「奴隷と化している」疎外状況を歌ったこの「残酷で皮肉な一編の叙事詩」の後，語りはそれまで俯瞰的だった焦点を引き絞るようにして，住所不定だが裏町の顔である壮年の泥棒チェルカッシを登場させる。

チェルカッシは，高価な品を盗んでは密輸業者に売りつけることを生業《なりわい》としている。この短編は，彼が怪我で失った相棒の代わりに，たまたま言葉を交わした農村からの出稼ぎ青年ガヴリーラを雇って海に漕ぎ出し，暗闇に乗じていつもどおり稼業を成功させるが，最後には儲けの大半を青年に与えて別れるま

▶1　「マクシム・ゴーリキー」は，実父の名前に，「苦い」「辛い」という意味の形容詞を姓として組み合わせた筆名である。本名はアレクセイ・マクシモヴィチ・ペシコフ（Алексей Максимович Пешков）。☞Ⅰ-B-㉔

▶2　« Мать ». 1907.

▶3　革命と社会主義建設を肯定し，読者にその必要を確信させることを目的として現実を描くことを基本とする〈社会主義リアリズム〉をソ連文学・芸術の公的規範と定めた34年のソ連作家同盟第１回大会で，ゴーリキーは議長を務めている。ただし彼自身は生涯を通じて，ロシア革命後の『アルタモーノフ家の事業』（« Дело Артамоновых ». 1925）や『クリム・サムギンの生涯』（« Жизнь Клима Самгина ». 1925-36年執筆）なども含め，この規範に合致した小説をほとんど書いていない。

での一昼夜の物語だ。

瘦せてはいるが猛禽類のように精悍で自由，ときに凶暴だが心根は優しく，権力や富裕層の裏をかいて生きる誇り高きアウト・ローのチェルカッシと，出稼ぎで貯めた金で村に戻り，自立した生活を営むことを夢見る，小心者だが貪欲なガヴリーラとは，一見したところ，対照的な存在のように見える。ましてガヴリーラは，作品の終わり近くで，稼いだ金を独占しようとチェルカッシに懇願したあげく，発作的に大きな石を相手に投げつけ，重傷を負わせて自分で驚き，卑劣にも一時は逃亡を図るのである。社会主義を国是としたソ連期には，チェルカッシは反体制的な義賊，ガヴリーラは拝金主義に侵された俗物という，善悪二項対立的な解釈が一般的だった。

3 チェルカッシはヒーローか

だが，ふたりの主人公の立場は，じつはよく似ているのである。どちらも貨幣経済の浸透で農民としての暮らしが立ちゆかなくなり，故郷の村を離れて，ロシア帝国南部の商業拠点オデッサに行き着いた流浪者だ。チェルカッシは，ガヴリーラに向かって自分の土地を持つことの重要性を語り，あるべき村の生活を事細かに想像してみせるうちに胸が熱くなる。

ふたりの違いは，ガヴリーラが一時期の出稼ぎのつもりで村から出てきたばかりなのに対し，チェルカッシが11年間の流浪によって故郷の農村共同体との絆《きずな》を完全に断たれていることだろう。冒頭に引用した一節は，ガヴリーラを前にして，そのことを認識した際のチェルカッシの感懐である。

卑屈から暴力へと転じていくガヴリーラの拝金主義にしても，その金で村に土地を買い，自作農として生きていきたいという願望と結びついている。その一方，アウト・ローとはいえ，チェルカッシの生業は本質的には密輸業者の片棒担ぎという，市場経済のあだ花でしかない。まして彼は，ふだんは忘れているが，古き良き農村共同体の幻影に対する郷愁を心の底に抱えたままなのだ。

4 流動化する社会に生きた／生きる人々

『チェルカッシ』には決定的な悪役も理想的な人物もいない。ゴーリキーは，冒頭の叙事詩的な描写で，市場経済の浸透と伝統的な社会構造や規範の崩壊という状況を象徴的に示したうえで，そのような状況の中であがく無名の人々の思惟や夢を，矛盾や動揺をはらんでいるそのままに，肯定も否定もすることなく，ただ描き出している。ゴーリキーは，いわゆる普遍的な，永遠の主題を追い求めた作家ではないし，ときには特定の思想に立脚した傾向的・図式的な小説も書いたけれども，19世紀末のロシア社会の底辺という具体的な状況に根ざした彼の最良の作品群は，従来の価値基準を喪失して流動化する現代社会に生きる私たちに，時空を超えて語りかけてくる。　（中村唯史）

▶4 『二十六人の男と一人の女』（« Двадцать шесть и одна ». 1899），『ルーシを巡りて』（« По Руси ». 1915），『幼年時代』（« Детство ». 1913–14），『人々の中で』（« В людях ». 1915–16）ほか。

▶5 18世紀末の露土戦争の結果，ロシア帝国の版図に編入された後，南ロシアとウクライナの小麦を西欧に輸出する拠点として急速に発展した。19世紀末には貿易のほか，造船業をはじめとする重工業も盛んになり，各地から流浪者やユダヤ人難民が多数流入した。

B　19世紀の文学

22　『谷間にて』**В овраге**（1900）

アントン・パーヴロヴィチ・チェーホフ（**Антон Павлович Чехов**, 1860-1904）

図1　チェーホフ（1900年）
晩年，避寒のために住居を定めたクリミアのヤルタで。
出典：*Антон Чехов*. Полное собрание сочинений и писем в 30 томах. Т. 18. М.: Наука, 1982.

... и то, что происходило три года назад в доме и во дворе Цыбукина, уже почти забыто.

……そして，3年前にツィブーキンの屋敷や庭で起こったことは，もうほとんど忘れ去られている。

1 流れゆく時間

簡潔な文章と静謐な叙情によって，ロシアだけでなく世界の小説・戯曲に影響を与えたチェーホフ晩年の作品からの一節。彼の作品に印象的な，時間が移ろう感覚がよく伝わってくる。

作品の題にある「谷間」は，峡谷ではなく水の力によって平地に作られた広いくぼ地を指す。そのため谷間にある村は夏の間もぬかるみ，熱病があとをたたない。そんな村で威勢を誇る富農がツィブーキン家だ。あるとき，ツィブーキン家の長男のために隣村からリーパという娘が嫁に取られる。やがて彼女は子を産むが，その子に遺産が約束されたことに怒った次男の嫁アクシーニヤが赤子を死にいたらしめる。3年後，ツィブーキン老人は落ちぶれ，犯罪に手を染めていた長男は流刑に処され，アクシーニヤは権力を手にした。すべてが変わってしまったのに，起こったことはもう風化している。家を出されたリーパはアクシーニヤの工場で働き，その日の仕事を終えて幸福そうに歌いながら歩いている——はたして，彼女は我が子のことを忘れてしまったのだろうか。

チェーホフの作品には「事件がない」としばしば言われる。事件があったとしてもそれが大きな変化をもたらさないか，すべてを変えてくれるような出来事を人物が望んでもそれが起こらないのである。チェーホフは大団円や結末の完成を描こうとしなかった。彼の目は，刻々と流れゆく時と，時間のなかで人がしばらく生き，そして去っていくさまに向けられていた。

2 メディアの変化と手法の確立

1880年代後半，ロシアではそれまで主流を占めていた総合的な文芸誌が衰退し，印刷技術の向上と農奴解放令後の新興都市住民の増大によって商業的な新聞・雑誌の需要が高まった[◁1]。いわゆるこうした「小さな刊行物」に書くことからチェーホフは始めた。当初の彼にとり執筆はモスクワ大学医学部に通いながら家計を支えるための「アルバイト」であったが，早いペースで刊行される新

▷1　19世紀前半にロシアの文芸ジャーナリズムを支えたのは「分厚い雑誌」と呼ばれる出版物だった。文学作品のほとんどがこうした大部の文芸誌に掲載され，メディアを通じて社会の啓蒙を志す人々による評論記事なども誌面をにぎわせた。政治の反動化にともなう検閲の強化によって「分厚い雑誌」が次第に衰弱すると，70年代頃から絵入りの薄いユーモア雑誌や新聞が隆盛し，ロシアにおけるメディアの形態を革命した。

聞・雑誌の仕事が，端的な描写と憂いを含んだユーモア，短い文章のなかに物語の奥行きを与える方法の確立をみちびいた。初期の短編『ふさぎの虫』[2]では，辻馬車の御者が息子の死について話そうとするも，話を聞いてもらえないという出来事が作中で数回繰り返される。この反復から，彼の息子への愛情，どうしようもなく大きな悲しみ，人生の全貌が浮かび上がる。長編の題材に適するような内容を短編小説の分量に凝縮して語ることは，チェーホフの詩学の特徴の一つである。

3 文学的客観性

チェーホフが生きた時代はまた，資本主義が台頭し，科学がめざましい勢いで発展した，時代の転換期でもあった。必然的に，神，歴史，そして人間の存在意義が根本から問い直された。個人の生から社会生活，世界全般にいたるまで規定してくれるような巨大な一元的思想を追い求めた先人たちと違い，医師であり，肉体のなかに「魂」の位置する場所は無いことを知っていたチェーホフは，科学に根差すものの見方に長けていた。人間の命は真理に到達するには短く，生の目的は不明であり，世界は偶発性の集積にすぎないという世界観が科学との親和から生じた。「この世のことは何ひとつ分からない」という言葉で終わる『ともしび』[3]には，チェーホフのこうした考えがよく表れている。

チェーホフは90年にロシア帝国の流刑地であったサハリン島を調査し，その成果をルポルタージュにまとめた[4]。以後，『決闘』[5]『六号室』[6]など比較的長い作品を手がけた。これらの作品では人物間の議論を通じて同時代の社会問題が扱われているが，特定の意見を支持することは慎重に避けられている。文学に倫理性と思想性を求める近代ロシアの文化的風土のなかで，問題を解決するのではなく提示に徹するこのような客観性を打ち出した作家は他に類を見ない。それゆえ同時代には，チェーホフの作品は「無思想」「無傾向」という批判にさらされることも少なくなかった。

4 象徴的手法への接近

人物の心理や状況を詳細に描写する中期の特徴は次第にうすれ，物語を構成する要素が削ぎ落とされ，叙述はともすると断片的になっていく。後期の『僧正』[7]や『いいなずけ』[8]には，初期から見られた手法がより洗練された形で用いられているとともに，意味深長なディテールや音，言葉の反復によって，詩学の新たな段階が認められる。最晩年のチェーホフはこうした象徴的手法を用いてまったく新しいタイプの戯曲を書いた。だが，かねてより患っていた肺結核[9]は深刻な病状にあった。1904年，療養のため赴いたドイツのバーデンワイラーで容態が急変。医師が用意させたシャンパンをひと口含むと，モスクワ芸術座の女優である妻クニッペル[10]が見守るなか，静かに息をひきとった。（髙田映介）

▷2 « Тоска ». 1886. 原題は，直訳すれば「憂鬱」「憂愁」といった意味。

▷3 « Огни ». 1888.

▷4 « Остров Сахалин ». 1893-94.

▷5 « Дуэль ». 1891.

▷6 « Палата No. 6 ». 1892.

▷7 « Архиерей ». 1902.

▷8 « Невеста ». 1903.

▷9 チェーホフが最初の喀血《かっけつ》を起こしたのは1884年，24歳の冬のことだった。その後も喀血は続き，執拗な咳など肺結核を疑うべき症状が出ていたにもかかわらず，チェーホフは10年以上にわたって病気を黙殺し，ときに否定し，積極的に治療を試みることもなかった。

▷10 Ольга Леонардовна Книппер-Чехова. 1868-1959.

B　19世紀の文学

23　『三人姉妹』Три сестры（1901）

アントン・パーヴロヴィチ・チェーホフ（Антон Павлович Чехов, 1860-1904）

図1　チェーホフ（ヤルタにて，1900年）スレージン（Л. В. Средин）撮影。アマチュア写真

出典：*Зиновий Паперный*. Тайна сия... Любовь у Чехова. М.: Б. С. Г.-ПРЕСС, 2002.

Маша.　В этом городе знать три языка ненужная роскошь. ... а какой-то ненужный придаток, вроде шестого пальца.

マーシャ　この町で３カ国語を知っているなんて不必要な贅沢なんです。……６本目の指みたいに邪魔なものでしかないのよね。

1　はまらないピースたち

師団長だった父に伴われてモスクワからやってきたオリガ，マーシャ，イリーナの三姉妹は，父の死後もそのまま田舎町に取り残され，長男アンドレイが学者になること，人のために働くこと，恋をすること，そして華やかなモスクワへ戻ることを夢見るが，願いは叶わないまま閉塞した日々を過ごしていく。

『三人姉妹』では，場違いからくる気まずさというありふれた苦悩が，いたるところでフラクタルのように繰り返される。田舎では外国語を使う場もなく，知識があることは悪くはないが，役には立たない。娘にとって最も楽しみな名の日の祝い[1]に父親の命日が重なるタイミングの悪さに，なにもその日に死ななくてもと思わされる。イリーナの取り巻きのひとり，レールモントフ[2]気取りのソリョーヌィが警句もどきを繰り返して人々の不興を買うのも，場の空気からズレているせいだ。かといって，モスクワから来た知的で洗練されたヴェルシーニンが振り回す哲学談義も，前後の文脈に関係なく始まり，高尚でも人々を楽しませるでもなく，ただ時間つぶしの埋め草である。能力があっても場違いなためにパズルのピースがカチリとはまらない。

2　代替可能な関係性

チェーホフの作品は事件が少ない印象があるが，『三人姉妹』には名の日の祝い，マースレニッツァのお祭り[3]，大火事，軍隊の退去に決闘と事件が多い。けれども非日常はすぐに日常に呑み込まれてしまう。運命の過酷さを象徴する火事でさえも，チェーホフ劇の定石通り幕間《まくあい》で起こったことになっていて，第三幕は騒動が一段落し，日常に戻る過程にある。だから年老いた家政婦を解雇したがるアンドレイの妻ナターシャに対し，オリガは火事の混乱のさなかにする話ではないと怒るのではなく，ごく日常的な倫理性に照らして反応する。

イリーナは人々に必要とされることを夢見て就職するが，その他大勢に埋没し，その仕事も誰にでも代替可能なものである。マーシャはヴェルシーニンに

▷1　ロシアでは，誕生日ではなく，洗礼名の聖人の祭日を祝う習慣がある。

▷2　☞Ⅰ-B-5

▷3　マースレニッツァ（масленица）はロシア正教会の祭日で，大斎《おおものいみ》日前の謝肉祭（カーニバル）のこと。作中では，仮装した芸人たちを招いて賑やかに騒ぐのを楽しみにするが，子供の具合が悪いからとナターシャにキャンセルされてしまう。

恋をするが，彼は妻と彼女との間を行き来したあげく，彼女を残して軍隊と共に街を去ってしまう。夫はマーシャに妻として世間体を守るよう求めるが，彼自身は結婚相手がオリガでも良かったと思っている。オリガは校長の代理を務め，最後には校長になるが，その職も将来，誰かに代替される。「三人姉妹」とひとまとめにされる呼び名も没個性的であり，戯曲の要所で繰り返されるように「すべては同じ」で代替可能なのである。

一所懸命なのに周囲に理解されない，必要とされない閉塞状況は，人々を絶望の淵にまで追い込んでいく。代替されない唯一無二の「私」を確認できるのは，問いかけに応答がある，つまり他人に認識されているときである。空虚な哲学談義にも相手が必要だし，アンドレイが耳の悪い用務員に話しかけるのも，反論や批判をしない純粋な聞き手を欲するからだ。

軍を退役し，取り巻きから抜け出してイリーナと晴れて婚約したトゥーゼンバフが，人生もこれから，と思われるタイミングで時代錯誤もはなはだしい決◁4闘を受け入れたのも，応答に対するいびつな欲求の表れである。イリーナは彼を愛してはいない。トゥーゼンバフはイリーナにとって新しい生活の起動スイッチであり，夫という機能を求められた代替可能な存在である。恋敵ソリョーヌィの銃弾を胸で「受け止める」のは，片務的な愛情関係における応答の欠落を代替する意趣返しである。

▶4 ソリョーヌィがあこがれる詩人のレールモントフは，1841年に当時すでに禁止されていた決闘で命を落とした。軍務に向かないトゥーゼンバフが決闘で勝てる見込みは低い。無視すれば，ソリョーヌィは軍命で軍隊と共に街を去り，容易に時が解決したはずである。

3 代替性と繰り返し

芝居は家長（父）の一周忌で始まり，新たな家長（トゥーゼンバフ）の不必要な死で終わる。恋という高揚した非日常的感情は，決闘同様に長続きしないが，火事のあとに自然がまた芽吹き，日常が続くように，破壊されて代替の効かないものもない。どんなに悲劇的な事件であろうと，残されたものは生きていかなければならない。人生は様々なエピソードの集積で出来ていて，常に大なり小なりの出来事が続き，日常としての時間の流れへと立ち戻る。

終幕に「生きていきましょう」と語りかけるオリガのセリフは詩的で美しく感動的だが，幕開けの長々しい状況説明のセリフ同様，いずれも人生を振り返って，といった作文の朗読か校長先生の訓示のような奇妙さ，脈絡のない唐突さがある。オリガの演説は，「むかしあるところに」で始まり「どんとはらい」で終わるおとぎ話の定型句のように物語に枠組みを作り，前後の話題との直線的な関係を切断し，自在に話題を変える効果がある。まるで次の芝居の準備のためにいったん幕を下ろします，とでも言うかのようだ。劇中で繰り返される気まぐれな哲学談義にも，前後の文脈を断ち切り，話題を変える機能がある。代替可能で理不尽な人生だが，別の角度から見れば，過去を引きずるのは人間の勝手なメンツへのこだわりに過ぎないのであって，人生は常にリセットして新しい物語を始めることが可能だと言っているようではないか。（楯岡求美）

図2 モスクワ芸術座『三人姉妹』マーシャ役のオリガ・クニッペル（チェーホフ夫人（**Ольга Леонардовна Книппер.** 1868-1959））。1900年代初頭

出典：図1に同じ。

B　19世紀の文学

24　『どん底』На дне（1902）
マクシム・ゴーリキー[1]（Максим Горький, 1868-1936）

図1　晩年のゴーリキー
出典：Максим Горький « На дне »: Избранные сочинения. — М.: Художественная литература, 1986.

Бог есть? Коли веришь — есть; не веришь — нет... Во что веришь, то и есть.
神は存在するのか？　信じるなら神は存在する。信じなければ存在しない……何だって信じていれば存在するんだ。

1　真実とは何か

上記の引用は，泥棒ペーペルの問いかけに対する巡礼の老人ルカの答である。前科者，娼婦，元俳優，元男爵など社会生活から脱落した住人たちがふきだまる木賃宿にルカが出現するや，住人たちの意識に変化の兆しが現れる。彼らを慰め励ますルカは，瀕死のアンナには天国の存在を告げ，アル中の俳優には無料で治療する病院があると元気づけ，ペーペルには愛するナターシャを連れてシベリアに行くよう助言する。住人たちのなかにはそれを「嘘」と捉える者もいれば，優しさや思いやりとして受けとめる者もいた。ルカという存在，そしてその言葉はロシアでもつねに論争を呼び起こしてきた[2]。ルカの言葉が真実であってほしいと願い，彼の前に心を開く者もいたが，結局，彼の言葉は誰も救うことができない。それどころか，彼の助言はペーペルを破滅に導き，俳優を自殺に追いやってしまう。ルカの善意もその言葉も相対化され，彼が幾度も口にした「真実」という言葉も危うさを孕《はら》む。「真実」という言葉は他の登場人物たちのセリフのなかでも響き，多様な意味を帯びる。そもそも『どん底』の劇世界の根底には，「真実とは何か」「人間とは何か」「良心とは何か」という根源的な問いかけが存在する。

2　サーチンの人間讃歌

第4幕におけるサーチンのセリフのなかに，これらの問いかけに対する答が聞き取れるかのようだ。ルカに影響されたサーチンの長台詞は，高らかに人間讃歌を歌い上げる。「人間！　それはじつに素晴らしい！　何と誇り高い響きがするのだろう！……人間はより良きもののために生まれてくるのだ！」。

このサーチンの台詞はゴーリキーの思想の一端を表す。ゴーリキー自身，「私にとってはまさに人間こそ，そして人間だけがあらゆる事物およびあらゆる観念の創造者であり，人間こそ奇蹟をおこなう者，そして未来におけるすべての自然力の支配者なのである[3]」と語る。しかし，「ルカは詐欺師だ」と主張する男爵の台詞に耳を傾けると，サーチンの人間讃歌も，飲酒に触発された単な

▶1　☞Ⅰ-B-21▶1

▶2　佐藤清郎『ゴーリキーの生涯』筑摩書房，1973年。

▶3　マクシム・ゴーリキー／除村吉太郎・日野守人・和知久夫編『ゴーリキーの文学論』ナウカ社，1950年。

る気紛れな言葉として受け取れなくもない。また，フィナーレにおける俳優の唐突な自殺は，金字塔のように堂々と聳え立つサーチンの言葉を相対化し，突き崩してしまいかねない。このように戯曲全体がシニカルで不条理な雰囲気に覆われており，「どん底」で喘ぐ登場人物のひとりひとりがそれぞれ問題を抱えているだけでなく，すべての人物を覆い込む巨大な，深い「どん底」の存在が感じられる。これは，現在を生きる私たちも『どん底』の住人たちと似通った状況に置かれていることを示唆する。私たちにもさまざまな形で「どん底」が存在すると同時に，今や地球全体を覆い尽くす「どん底」が私たちの運命に深刻な影を落としている。時代によって「どん底」の姿，形は変容するものの，「どん底」との共生を受け容れざるをえないという点では，現代も，ゴーリキーの時代も何ら変わりはない，とこの作品は訴えかける。

3 ゴーリキーの生涯と作品

ペンネーム「ゴーリキー」（ロシア語で「苦い，辛い」という意味）が物語るように，作家の生涯は苦難の連続だった。早くに両親を亡くし，引き取ってくれた染物屋の祖父も破産したので，11歳にして自活を余儀なくされる。彼は社会の底辺で靴屋，ヴォルガ川の定期船上の皿洗い，聖像画の工房の助手，パン屋などの仕事を転々として，失神するほど苛酷な労働を強いられ，自殺未遂まで経験した[4]。ゴーリキーは貧民窟での生活も経験するが，そこで自由に生きる浮浪者たちが作家の目には誇り高い，並外れた人間と映った。それゆえ『どん底』の人物たちは社会から脱落していても，個性あふれ，生き生きとしている。そもそもゴーリキーの作品の主人公の多くが下層階級，もしくは社会からの脱落者であった。

革命運動とかかわりを持ったゴーリキーは1905年の血の日曜日事件[5]の後，逮捕され，1906年から13年までイタリアで亡命生活を送る。このころ執筆した『母』[6]『懺悔』[7]などには，ゴーリキーの建神主義への傾倒が見られる。建神主義とは，「人民こそが神にほかならない」という社会主義的な宗教を新たに打ち建てようとするマルクス主義知識人の運動で，ニーチェの超人思想の影響も受けている[8]。『どん底』のルカやサーチンの台詞のなかにも建神主義への傾倒の萌芽が見られるのは興味深い。

社会主義に対する自身の考えも，レーニン[9]やボリシェヴィキとの関係も複雑だったゴーリキーは，21年から32年まで再び外国生活を送る。帰国後はソ連作家同盟の議長を務め，社会主義リアリズムの祖として祭り上げられたが，実際には厳しい情報制限，厳重な監視下に置かれた。ロシア初のプロレタリア作家ゴーリキーは社会の嵐に翻弄され，批判の対象にもなったが，『どん底』は劇作品としての生命力を失うことなく，ロシア内外の舞台で上演され続けている。

（安達紀子）

▶4 この自殺未遂のときの傷がもとで，ゴーリキーは一生涯，肺疾患に悩まされることになる。

▶5 1905年1月，ロシア帝国の首都ペテルブルクで労働者の請願に対して軍隊が発砲し，たくさんの犠牲者が出た事件。

▶6 « Мать ». 1907.

▶7 « Исповедь ». 1908.

▶8 廣岡正久「共産主義と宗教：いわゆる「建神主義 « Бого-строительство » 思想を中心として」『法学研究：法律・政治・社会』Vol. 56, No. 12, 慶應義塾大学法学研究会，1983年。

▶9 Владимир Ильич Ленин. 1870–1924. 1917年に十月革命を成功させ，ソヴィエト社会主義共和国連邦を建国した革命家。

C-イントロダクション

20世紀のロシア文学

Введение в русскую литературу XX века

19世紀末から20世紀初頭のロシア文化は〈銀の時代〉[1]と呼ばれています。1861年の農奴解放令以降にしだいに進行した社会の流動化と市場経済の浸透や，ナロードニキ[2]をはじめとする革命運動の破綻と政治弾圧は，人々の世界観・価値観を大きく揺り動かし，神秘主義，宗教思想，形而上学的な思考の隆盛を招きました。知識層や青年の間には，直接的な政治活動・革命運動への志向の代わりに，「今・ここ」とは違う世界への希求と憧憬が広がりました。

象徴主義[3]の詩人・思想家ヴャチェスラフ・イワーノフ[4]は，これを「a realibus ad realiora（実在的なものから，より実在的なものへ）」と定式化しています[5]。realibus すなわち「日常的な現実」の中に realiora すなわち「より実在的な領域」（イワーノフはそれを形而上的なイデアの世界と考えていました）からの「しるし」である「象徴」を見いだし，それを手がかりに世界に対する知覚と認識を刷新させる「生創造[6]」が，文学や思想の主要な課題と考えられるようになりました。

重要なのは，おもに象徴派やその影響を受けた人々にとって，「生創造」が，現実からの逃避でも芸術至上主義でもなく，従来の社会批判や政治運動に匹敵する，世界と人間の関係を変革するための行動と見なされたことです。ベールイ[7]やブローク[8]のような象徴派を代表する詩人・作家が，1905年のロシア第一次革命の破綻後，政治や社会への関心を深め，苦しみ，迷いながらも17年の社会主義革命を受け入れていったのは，そのためです。

「生創造」の考え方は，1910年代に象徴主義に対する批判の中から出てきたアフマートワらの〈アクメイズム〉[9]や，フレーブニコフやマヤコフスキーらの〈未来派〉[10]など，次の世代にも引き継がれました。彼らは象徴派の形而上への志向を批判し，日常的な現実世界の変革をめざしましたが，ただしそれを直接的な政治行動ではなく，言語表現の刷新や芸術様式の規範を破壊することによって実現しようとしたのです。もっとも，十月革命を「私の革命」と呼んだマヤコフスキーや，帰国していた画家カンディンスキー[11]やシャガール[12]のように，当初は体制転換を積極的に受け入れようとした者も少なくありませんでした。

社会主義革命によって成立したソヴィエト体制下の文学は，特にその初期には，必ずしも革命礼賛やイデオロギー重視の作品が主流だったわけではありません。「生創造」の考え方を受け継いで，革命を単に政治・経済体制に留まらない，人間の知覚や感性，極端な場合には身体の変革までもめざす運動と捉え，それまではもっぱら内容を伝える媒体とのみ考えられていた言葉や形式の実験をはかろうとする動きも活発になりました。〈語り《スカース》〉[13]と詩的原理を重視したレーミゾフなどの〈装飾的散文〉[14]の系譜を継いだゾーシチェンコ[15]やバーベリ[16]が人

▶1　Серебряный век.

▶2　☞Ⅱ-A-[3]

▶3　☞Ⅰ-E-[4]

▶4　Вячеслав Иванович Иванов. 1866-1949.

▶5　「象徴主義についての思索」（« Мысли о символизме ». 1912）。

▶6　Жизнетворчество.

▶7　☞Ⅰ-C-[2]

▶8　☞Ⅰ-C-[4]

▶9　☞Ⅰ-C-[11]，Ⅰ-E-[4]

▶10　☞Ⅰ-C-[3][8]

▶11　Василий Васильевич Кандинский. 1866-1944.

▶12　Марк Захарович Шагал. 1887-1985.

▶13　Сказ.　19世紀後半の〈リアリズム〉文学において支配的だった，いわゆる客観的・第三者的な文体ではなく，ゴーゴリ（☞Ⅰ-B-[4][6]）などを範とする，個性や生身を感じさせるような文体の作品が，20世紀初頭から再び増え始めたが，この現象を指す際にしばしば用いられる用語。

▶14　Орнаментальная проза. ☞Ⅰ-C-[1]

▶15　☞Ⅰ-C-[17]

▶16　☞Ⅰ-C-[12]

▶17　☞Ⅰ-C-[5]

気を集めましたし，言語や文学の規範を破砕する志向は，ツヴェターエワ[17]やナボコフ[18]のような亡命作家[19]にも共通していました。20年代には部分的に市場経済を復活させた〈新経済政策《ネップ》〉[20]が採られ，多様な雑誌の刊行が認められていたことも，そのような動きを後押ししました。

しかし，20年代末から計画経済が導入され，スターリン体制が確立するにつれて，思想や表現への統制が強められていきます。34年のソ連作家同盟第１回大会で〈社会主義リアリズム〉[21]が公式の美的規範と定められると，これに適合しない作品は激しい批判にさらされるようになりました。36年からの粛清の嵐の中では，多くの詩人や作家が逮捕され，命を落としました。

ただし，このことは，ソ連の人々にとって文学がいかに大きな意義を持っていたかを示してもいるでしょう。権力が文学に直接介入したのは，それが持つ力を恐れたからでした。逆説的に響くかもしれませんが，弾圧をした側もされた側も，文学の力に対する信頼を共有していたのです。

ブルガーコフ[22]やアフマートワはこのような時期に，発表の当てもないままに，しかし躊躇なく代表作の完成をめざしましたが，それは目の前の苛酷な現実を文学によって超克できると信じていたからにほかなりません。〈社会主義リアリズム〉の傑作として当時評価されたショーロホフの『静かなドン』[23]にこの規範に合致しない要素が多々認められることも，イデオロギーで制御しきれない人間というもの，その表現である文学というものの強靱さの表れかもしれません。

第二次世界大戦で世界最大の被害をこうむりながらも独ソ戦に勝利したソ連は，53年のスターリンの死去，56年の共産党によるスターリン批判を経て，相対的な安定と自由の〈雪どけ〉[24]期を迎えました。20世紀後半のロシア文学の担い手は，スターリン体制下で少年期を過ごした後，主にこの時期に自己を形成した世代です。60年代後半からの〈停滞の時代〉[25]には，スターリン体制期ほどではないものの，再び文学弾圧・思想統制が強化されましたが，この世代は体制にアイロニカルな姿勢を取りつつ，それぞれの活動を展開しました。サーシャ・ソコロフ[26]やシニャフスキー／テルツ[27]は出国を余儀なくされましたが，亡命した米国やフランスでロシア語の作品を発表し，国境を超えた評価を得ました。エロフェーエフ[28]やビートフ[29]は，当時の現実を言語的・様式的実験を伴う小説空間の中で相対化し，超えようと試みています。ラスプーチン[30]他の〈農村派〉[31]作家，イスカンデル[32]ら〈民族作家〉[33]は，ソ連化／近代化の過程で捨象され，忘却されてきた「故郷」を，倫理的な拠り所としていきました。

20世紀のロシア文学を考える際には，この世紀に西側でいやおうなく進行した文学の商品化を，計画経済が結果的に食い止めていた事実を考慮する必要があります。ソ連の作家や読者にとって文学は単なる消費の対象ではなく，なお現実と対峙し，ときにこれを凌駕するものだったのです。ですが，80年代後半からの〈ペレストロイカ〉[34]の破綻と91年末のソ連体制の終焉により，ロシア文学は一気に商品化の波に直面することになります。（中村唯史）

▶18 ☞Ⅰ-C-18

▶19 ☞Ⅱ-C-6

▶20 НЭП. Новая экономическая политика の略語。

▶21 Социалистический реализм.

▶22 ☞Ⅰ-C-14

▶23 ☞Ⅰ-C-15

▶24 Оттепель. 1956年のスターリン批判から，フルシチョフ第一書記（Никита Сергеевич Хрущев. 1894-71）が失脚する64年頃までを指す。

▶25 Эпоха застоя. ブレジネフ書記長（Леонид Ильич Брежнев. 1906-82）が権力を掌握した1964年頃からペレストロイカが開始される80年代半ばまでの時期を指す。

▶26 ☞Ⅰ-C-24

▶27 ☞Ⅰ-C-26

▶28 ☞Ⅰ-C-22

▶29 ☞Ⅰ-C-23

▶30 ☞Ⅰ-C-25

▶31 Деревенская проза. ラスプーチンの他に，アスターフィエフ（Виктор Петрович Астафьев. 1924-2001），ベローフ（Василий Иванович Белов. 1932-2012）などが著名。☞序-2▶14

▶32 ☞Ⅰ-C-27

▶33 ☞Ⅱ-C-7

▶34 Перестройка. 1986年から91年まで，ゴルバチョフ共産党書記長（Михаил Сергеевич Горбачев. 1931-）を中心に行われた，社会主義の枠内での改革諸政策の総称。文学に対しては，検閲の廃止と言論の全面的自由を保証する「グラスノスチ　гласность」政策がとりわけ大きな影響を与え，それまで禁止されていた作品が続々と発表されて，文芸雑誌と出版界は空前の活況を呈した。だが社会では，民族意識，宗教意識の高揚もあって分断と混乱の度が急速に深まり，91年末のソ連解体へとつながった。

C　20世紀の文学

1　『お陽さまを追って（ポーソロニ）』Посолонь（1906）[1]

アレクセイ・ミハイロヴィチ・レーミゾフ（Алексей Михайлович Ремизов, 1877-1957）

図1　レーミゾフ（1909年）
出典：*А. М. Ремизов*. Собрание сочинений. Т. 1. Пруд. — М.: Русская книга, 2000.

Теплыми звездами опрокинулась над землей чарая Купальская ночь.
魔法のようなクパーラの夜が，お空にあたたかい星をまき散らした。

1　民族主義的熱狂とフォークロアの流行

引用は，スラヴ民族の異教的儀礼や神話に題材を求めた童話集『お陽さまを追って（ポーソロニ）』の一編，「クパーラの灯[2]」より。童話集タイトル「ポーソロニ」とは，「太陽の動きに従って」を意味する古ロシア語。儀礼や歌，遊び，乳母から聞いたお伽噺などから発想された28のテクストを，春・夏・秋・冬の４章に７編ずつ収めるという構成で，のちに，続編として冒険譚『遥かなる大洋へ[3]』が加わり，併せて60のテクストに作家自身の詳細な注が付けられた。

テーマの明晰さ，リズミカルで口にしやすい文体，「古きよきロシア」という理想郷に対する憧れが子ども時代への懐古と重なりあうことで生まれるノスタルジー，ロシアの大地に根差した，明るく伸びやかで，かつ幻想的な雰囲気。『ポーソロニ』は，頽廃的と評されたレーミゾフ最初期のリアリズム風小説とはまったく異なる，作家の新たな出発ととらえられた。作家本人もこう記している。「ポーソロニ！　あのようなものはもう書けまい。あれは唯一無二だ」。

19世紀後半から20世紀初頭，ヨーロッパに巻き起こった民族主義の嵐のなかで，ロシアも自己のアイデンティティを懸命に模索した。このとき見出された答えが〈民衆《ナロード》〉であり，それは，進歩的だが混沌として不安定な都市の現実からは取り残された，ノスタルジックで神話的な，「ロシアの過去」そのものであった。土着文化の研究は隆盛を極め，民俗学者が掘り起こす古い文献が，作家たちにも格好の題材を提供した。こうして民衆があらゆる芸術の主人公になると同時に，「フォークロア」こそが，〈デカダン[4]〉に代わる芸術上の有効な戦略とみなされるようになる。『ポーソロニ』は，異教崇拝や民衆文化への深い関心を，繊細に彫琢された様式的散文によって表現した意欲的な実験作で，当時の文壇の注目と絶賛を集めてレーミゾフの代表作の一つとなった。

▷1　レーミゾフの初めての単行本として1906年12月中旬に出版されたが，表紙には1907年と印字された。

▷2　« Купальские огни ».

▷3　« К Морю-Океану ». 1907-10.

▷4　19世紀末から20世紀初頭にかけて，パリを中心にヨーロッパで起こった芸術上の一傾向。頽廃主義。ロシアではしばしば前期象徴派の詩人たちがこの名称で呼ばれた。

2　民衆の神話の再創造

ところが，1909年６月，上記のような創作方法を指して，「民俗学者の資料の剽窃」と糾弾する記事が発表され，物議をかもす。レーミゾフを名指す匿名の新聞記事「作家か，剽窃家か？」は瞬く間に複数の新聞に転載され，この

「剽窃疑惑」事件は文壇全体にまで波及した。濡れ衣への嫌疑を晴らして事を収束させようと，レーミゾフ自身が公開書簡「編集部への手紙」をしたため，各誌に掲載を要請したのは，それからおよそ２カ月後のことである。

この公開書簡で作家があきらかにしたのは，「民衆の神話の再創造」と称する，自らに課した創作上の課題についてだった。課題の眼目は，アポクリファ[5]や儀礼，迷信，諺や伝説など，民衆の神話の「収集」と，それら収集した資料に芸術家が各自の裁量で施す「加工」という，２つの作業にある。それは，民俗学的資料の編集とでも呼ぶべきものだが，世界的名画も文学作品も，こうした民衆の資産を代々継承し積み上げることで生み出されてきた。ただし留意すべきは，このような資料を用いた創作の際に出典を明示することで，レーミゾフによれば，これはロシア文学の伝統においてはなおざりにされてきた。レーミゾフが自分の作品に詳細な注を付すのもこのためで，それは後続の者がさらなる高みに創造の「石を積み置く」ための助けになる。「もっと力強く才能のある誰かが，私の注を利用して，さらに少ない労力で，……より上方の，頂点により近いところにそれらを置くかもしれません」。そしてこうした連続的な積み重ねだけが，芸術家を密室における執筆の孤独から救い出し，その個人的仕事を「民族的な大事業」に発展させるのだと述べた。[6]

この公開書簡はレーミゾフが初めて行った自身の創作手法の分析であり，その意味で，「作家の誕生」を高らかに宣言する彼のマニフェストになった。「作家」と名乗ることにときに罪悪感すら覚えてきたレーミゾフにとって，逆説的なことだが，これこそが，彼の「作家」としての独自の立場を明確にするものとなったからである。

▶5 聖書外典のこと。

▶6 Ремизов. Письмо в редакцию // Собрание сочинений. Т. 2.

3 終わりのない編集作業

象徴派の雑誌『金羊毛[7]』に複数号にわたり掲載された『ポーソロニ』は，11年の選集収録後も改稿され続け，多くの異版が生まれた。また，『ポーソロニ』の一部を断片的に他の作品に挿入した例もある。自作に対するこうした編集作業こそ，レーミゾフの創作の真骨頂である。亡命先で書籍出版の機会を奪われたとき，作家は本作を自身のカリグラフィーとイラストから成る「視覚芸術作品[8]」として生まれ変わらせ，これを売ることで文字通り糊口をしのいだ。こうした芸術ジャンルの横断も，また作品への編集の一環といえるのである。

亡命後，レーミゾフのテクストは，自己引用を繰り返し，回想も民族の歴史も伝説も虚構もすべて巻き込み，ジャンル分けが困難なほどに複雑化していく。こうした独自の執筆方法は，この作家をこれまでの散文の枠に収まらない，新しいジャンルの開拓へと導いた。ソ連時代の黙殺を経て，いま，20世紀ロシア語散文の革新者としてのレーミゾフの地位はゆるぎない。そしてその萌芽は，初期のこの魔法のような童話集にすでに明確に見られるのである。（小椋　彩）

▶7 « Золотое руно ».

▶8 レーミゾフは幼少より画家を目指し，極度の近視のために夢をあきらめてからも，生涯にわたりイラストやコラージュなど多くの視覚芸術作品を残し，亡命先のパリではシュルレアリストたちとも交流，高い評価を得ていた。また，カリグラフィーの名手でもあった。作家の視覚芸術については，近年，公刊や研究の蓄積が進んでいる。

C　20世紀の文学

2　『銀の鳩』Серебряный голубь（1909）
アンドレイ・ベールイ[1]（Андрей Белый, 1880-1934）

図1　ベールイ（1929年）
出典：*Клавдия Бугаева.* Воспоминания об Андрее Белом. СПб.: Издательство Ивана Лимбаха, 2001.

▶1　ベールイの本名はボリス・ニコラエヴィチ・ブガーエフ（Борис Николаевич Бугаев）。

Еще, и еще в синюю бездну дня, полную жарких, жестоких блесков, кинула зычные блики целебеевская колокольня. Туда и сюда заерзали в воздухе над нею стрижи. А душный от благовонья Троицын день обсыпал кусты легкими, розовыми шиповниками. И жар душил грудь...

暑い残酷なきらめきに満ちた真昼の青い深淵へ，ツェレベーエヴォの鐘楼が響きわたる叫びを何度も投げつけた。鐘楼の上の空中で，岩燕達があちこち飛びまわりはじめた。芳香でむせかえるばかりの聖霊降臨の日は，かろやかな薔薇色の野茨を茂みに浴びせかけた。熱が胸を詰まらせた……

1　終わりの物語

第一次ロシア革命の嵐が吹き荒れる1900年代初頭ロシアの農村を舞台に，危険な新興宗教に入信した青年の末路を描いた長編小説『銀の鳩』は，灼熱の光景から始まる。物語の幕開けで強調されるこの不吉な「灼熱」とは何か。

小説全編で繰り返される「炎」や「灼熱」のイメージは，『銀の鳩』がまさに焼き尽されようとするロシアの終わりの物語であることを示している。貞淑な婚約者である貴族の娘カーチャを捨て，民衆の暗い情熱に憧れ，新興宗教の巫女マトリョーナのもとに走る青年ピョートル。「鳩の宗」の悪魔的な教主が放つ「熱い光」に操られて，青年を誑《たぶら》かすマトリョーナ。革命の熱に浮かされ地主屋敷に火を放つ農夫達。情欲に身を焦がす中年の商人。彼らの瞳に燃えさかる炎は，ロシアを焼き尽くす終末の炎の飛び火にほかならない。

世紀末，革命，日露戦争という不穏な時代を背景に，ニーチェ[2]や哲学者ソロヴィヨフ[3]の影響のもとに「世界の終わり」という巨視的なヴィジョンに取り憑かれていたベールイは，本作において，終末へと向かうロシアの姿を象徴的に描き出そうとする。

▶2　Friedrich Nietzsche. 1844-1900.

▶3　Владимир Сергеевич Соловьев. 1853-1900. 終末論や汎モンゴリズム（黄禍論）の思想を展開したソロヴィヨフは，宗教哲学者ベルジャーエフ（Николай Александрович Бердяев. 1874-1948）やブルガーコフ（Сергей Николаевич Булгаков. 1871-1944）に影響を与えただけでなく，ベールイやブロークなどの世紀初頭の詩人達を感化し，ロシア象徴主義文学の精神的な土壌を創りだした。
☞Ⅰ-E-4

2　永遠の女性

作家が三十路を迎える直前に書かれたこの小説は，別の意味でも「終わり」の物語だった。ベールイは20代前半，ロシア後期象徴主義の詩人ブローク[4]らと共に，ソロヴィヨフの「永遠の女性ソフィヤ」という思想に心酔し，ソロヴィヨフが「永遠の女性」を叡智や救済を体現する観念的存在として位置づけていたにもかかわらず，自分を救済する女神を現実世界に探し求めようとした。

▶4　☞Ⅰ-C-4

「永遠の女性」を求める遍歴の中で，1903年，若い作家ペトロフスカヤ[5]との神秘的な愛を夢想するが，不安定になったニーナは妄想や奇矯な行動でベールイを苦しめ，ベールイは生身の女性に「永遠の女性」を求めた報いを受ける。やがて，ブロークの新妻リュボーフィ[6]を「永遠の女性」として崇め始めるが，リュボーフィが最終的に夫を選び，1908年にブロークの口を通じて絶交を言い渡されたことで，５年越しの恋愛は屈辱のうちに挫折する。

ロシア後期象徴主義的な世界観のもとに，極私的な体験と世界の大変動を重ねあわせた作家にとって，「世界の終わり」の原因は，自身の幻想の喪失にもあった。『銀の鳩』は，青春の輝きを失った作家が，若き日に陶酔した夢を失い「世界」の崩壊を体験するという，私的な失楽園小説でもある。未熟で弱々しく，主人公ピョートルの苦悩や思索を理解できない令嬢カーチャ，ピョートルを破滅へと導くマトリョーナなど，『銀の鳩』に登場する女性が一様に否定的な存在である背景には，「永遠の女性」に対する作家の深い失望がある。

3 盲信の否定

『銀の鳩』は，「東か西か[7]」三部作の第１作として構想された。ベールイは，都市，文化，秩序という西的世界と，農村，異教，混沌という東的世界の間で逡巡するインテリ青年を主人公に据えることで，２つの原理の間で揺れ動くロシアの本質を問い直そうとした。「東か西か」という命題は，ゲルツェン[8]，ドストエフスキー[9]やトルストイ[10]ら，19世紀の思想家や作家が様々な立場で加わってきた〈西欧派〉と〈スラヴ派[11]〉の歴史的論争の延長上にある。

『銀の鳩』における二項対立の特徴は，双方の原理を否定していることにある。西欧に対抗できる文化や精神をロシアの都市ではなく農村に見いだそうという風潮のもとに，農村を舞台にした小説が数多く執筆された20世紀初頭のロシアの文壇において，農村を否定的に描いた『銀の鳩』は一線を画していた。ベールイが否定したのは，農村自体というよりもむしろ，農村を知らないにもかかわらず根拠なくそこに希望を託そうとしたロシア知識人のあり方だった[12]。

『銀の鳩』には，主人公がセクトの教義を信じているうちは，野原が甘い酒に満たされているように金色に輝いて見えるのに，教義に疑念を抱くとすぐに，ありのままの空っぽの灰色の野原が目に入るという場面がある。対象を理解しようともせず，自分の頭で考えないままに何かを盲信することの愚かさと危険性を象徴的に示す場面である。『銀の鳩』の主題は，まさにこの盲信，幻想の否定にある。そのことを実は，『銀の鳩』というタイトル自体も物語っている。主人公を死に誘うセクトの教主が手にする錫杖の鳩の形の飾りは，実際には鈍い灰色であるのに，熱狂する信者の目には銀色に輝いて見える。

本作で盲目的熱狂や共同幻想を否定したベールイは，救済や未来の新たな展望を次なる長編小説『ペテルブルク[13]』で追求していく[14]。（鴻野わか菜）

▷5 Нина Ивановна Петровская. 1879-1928.

▷6 Любовь Дмитриевна Блок. 1881-1939.

▷7 « Восток или Запад ».

▷8 ☞ I -B-11

▷9 ☞ I -B-10 12

▷10 ☞ I -B-13 17

▷11 ☞ II -A-1

▷12 文学研究者アザドフスキー（Константин Маркович Азадовский. 1941-）は，20世紀初頭の農村文学の流行は，個人主義から脱して宗教的共同体に身を投じることに生の可能性を見いだそうとした象徴主義作家達の心理を反映したものでもあったと分析している。

▷13 « Петербург ». 1913.

▷14 ベールイの創作は，1900年代後半以降，晩年の未完の『モスクワ』（« Москва »）シリーズにいたるまで，否定の詩学に貫かれている。『銀の鳩』を初めとするベールイの作品は，作家が一時期熱狂的に信奉した価値体系を一つ一つ再検討して否定し，次の精神的段階に進むために書かれており，いわば作品が通過儀礼（イニシエーション）の役割を担っている。その意味において，ベールイの創作活動は，ロシア後期象徴主義の特徴である「生創造」（人生と創作の一体化）の実践だった。

C　20世紀の文学

3　『カー』 Ka（1916）

ヴェリミール・フレーブニコフ（Велимир Хлебников, 1885-1922）

図1　フレーブニコフ（1912年頃）

出典：*София Старкина*. Велимир Хлебников: Король Времени. Биография. СПб.: Вита Нова, 2005.

А Ка —— это тень души, ее двойник, посланник при тех людях, что снятся храпящему господину. Ему нет застав во времени; Ка ходит из снов в сны, пересекает время и достигает бронзы (бронзы времен).

カー——それは魂の影，その分身，鼾《いびき》をかく主人の夢に現れる人たちに付いている使者。彼には時に関所がない。カーは夢から夢と歩き回り，時を横断し，ブロンズ（時のブロンズ）を手に入れる。

1　秘儀的なイニシエーションとしての物語

これは，語り手の「ぼく」が霊的な分身カー[1]に導かれて，時空を超えて旅をし，おのれの歴史的分身たちの霊魂と合体して「超人」に生まれ変わるという奇想天外なファンタジーである。そうした歴史的分身の最重要人物が古代エジプトのファラオ，アメンホテプ4世[2]だ。物語ははじめ現実と夢のパラレルワールドとして始まり，夢のパートでエジプト，インド，イスラム教の天国等への旅が脈絡なく点描されるが，後半，人間と猿（！）のアメンホテプの殺害をきっかけに「魂の転生」が描かれ，2つの世界の境界が一挙に拭い去られる。そのなかで浮上してくるのが，アメンホテプ4世に象徴される，混乱したこの世に秩序をもたらす救世主のテーマと，中東に伝わる悲恋物語「ライラとマジュヌーン[3]」を原型とする，運命に引き裂かれた恋人たちの再会というテーマだ。そしてフレーブニコフは，この秘儀的なイニシエーションともいうべき内容の物語を，後のシュルレアリスムの自動筆記を思わせる非合理な「夢の論理」に則って，またいかにも未来派の詩人らしく，挑発的な機知とユーモアとともにほとんど軽快なテンポで語っていく。だがそれにしても，このような常軌を逸した妄想的な輪廻転生の物語の発想がどうして可能になったのだろうか。

2　輪廻転生と「時間の法則」

その謎を解く鍵となるのが，フレーブニコフが生涯熱中した特異な時間論である。1905年，日本海海戦[4]の敗北に衝撃を受けた彼は，同胞たちの死の弁明として「時間の法則」の発見を決意する。これは古代インドやギリシア哲学の循環的時間論に基づいて，類似した歴史的事件が起こる周期を明らかにし，未来予測を可能にすることで特に戦争を回避し，ひいては（彼には悪循環の塊に思えた）人類の歴史的時間の時代に終止符を打ち，無時間ないし超時間的な新時代

▷1　エジプト神話においてカーは，存在するもの（神々，人間，動物，植物など）の身体的および霊的な分身であり，生きているものすべてのなかで循環する宇宙のエネルギーを擬人化したものであるとされる（ステファヌ・ロッシーニ，リュト・シュマン＝アンテルム／矢島文夫・吉田春美訳『図説エジプトの神々事典』河出書房新社，1997年）。

▷2　Amenhotep IV.　古代エジプト第18王朝の王（B.C. 1351頃-B.C. 1334頃）。史上初めて太陽神アトンの唯一神信仰を創始した。

▷3　*Laylā wa Majunūn*. 1181. ペルシャ古典文学の詩人ニザーミー（Nezāmi-ye Ganjavi. 1141-1209）の叙事詩で有名。ニザーミー／岡田恵美子訳『ライラとマジュヌーン』平凡社，1981年。

を拓くという壮大なプログラムだった。この歴史における「時間の法則」を個人に当てはめたものが輪廻転生にほかならない。そしてフレーブニコフは「時間の法則」を信じたように，輪廻転生も信じようとしたのである。

3 メウー！　マンチ！　マンチ！　マンチ！

『カー』を読む読者がいちばん唖然とするのは，1頁をまるまる埋め尽くす猿のアメンホテプの言葉だろう。それはファラオの言葉の猿語版として書かれている（「われはイクナートン→ハウ・ハウ」「アモンの子→ジュラブル　チャプ・チャプ！」など）。このような動物の言葉への並々ならぬ関心にも，「時間の法則」の探求に見られるのと同じ詩的感受性が浸透している。ここには歴史の直線的時間に囚われた人類とは異なり，無時間的な循環的時間のなかで生きている動物たちに対する詩人の共感と羨望が表れているのだ。『カー』における「猿の言葉」は，フレーブニコフの〈超意味言語《ザーウミ》〉[5]のなかでは素朴な部類に入るが，人間の理知を超えた無／超時間的なものへの同様の志向が，まさに彼の詩的実験全体をつらぬく根本動機となっている。

4 諸神混淆のユートピア

『カー』のもう一つのキーワードが「超国家」である。これは「時間の法則」が発見された暁に出現すべき，もはや戦争も国家もない人類の新時代を指している。その前触れを描く『カー』には，世界史の様々な人物が登場してくるが，フレーブニコフはそうした特徴をさらに推し進めて，長詩『鎖を断つわれら』[6]では来るべきユートピアを世界中の神々の集う楽園として描いた（「彼方へ，彼方へ／そこでイザナミがペルーン[7]に物語を読み聞かせ……」）。その楽園で，新たな立法者たる「ぼく」は，今度はかつてのアメンホテプ4世とは逆に，追放された神々を呼び戻し，人々と睦み合わせるのである。

5 認知されざる予言者

フレーブニコフは1917年の革命に遭遇して爆発的な創作力の高まりをみせ，『詩人』[8]『ラドミール』[9]等の傑作を次々と書き上げる。歴史の大変動を見届ける視点から，革命と反革命のどちら側にも寄らず国内戦の悲劇を描いた彼の革命叙事詩群は文学史的にも稀有なものである。そして20年，彼はついに「時間の法則」を解明したと確信する。だが，待っていたのは無理解と黙殺だった。詩人は自らの詩的実験の集大成『ザンゲジ』[10]において，認知されざる予言者としての自画像を次のように記す――「ぼく蝶々，人間の生の部屋に／飛びこんできた／ぼくの粉の印を残す／ざらざらの窓に囚人の署名みたい」。22年没。死後，「時間の法則」研究の抜粋『運命の板（抄）』[11]が小冊子で刊行された。

（武田昭文）

▷4　日露戦争中最大の海戦。東郷平八郎《とうごうへいはちろう》司令長官の率いる日本の連合艦隊が，ロシアのバルチック艦隊に壊滅的打撃を与えた。ロシア側の戦死傷者は1万人を超え，対して日本側の戦死傷者は1000人以下であった。

▷5　ロシア未来派が発明した詩的手法かつ創作の理念。「言葉は意味より広い」と唱える。近代合理主義の下で観念の道具と化した言葉を批判し，何ものも意味しない自己目的的な音言葉〈ザーウミ〉を詩に導入することにより，人間の理知を超えた世界を直観的，また方法的に認識することをめざした。☞Ⅰ-E-5

▷6　« Азы из узы ». 1920-22年執筆。

▷7　« Перун ». スラヴ神話の最高神。雷神。引用は言うまでもなく，かつて日露戦争を戦った日本とロシアの融和的な未来の夢を描いている。

▷8　« Поэт ». 1919年執筆。

▷9　« Ладомир ». 1920.

▷10　« Зангези ». 1922.

▷11　« Отрывок из Досок Судьбы ». 1922.

C　20世紀の文学

4　『十二』Двенадцать（1918）

アレクサンドル・アレクサンドロヴィチ・ブローク（Александр Александрович Блок, 1880-1921）

Гуляет ветер, порхает снег. / Идут двенадцать человек.

Винтовок черные ремни, / Кругом — огни, огни, огни...

風が戯れ 雪が舞い／十二人は行く

ライフル銃の黒いベルト／あたり一面――火，火，火……

図1　ユーリー・アンネンコフ『十二』挿絵（1918年）

出典：*Новиков В. И.* Александр Блок. М.: Молодая гвардия, 2010.

1「わからない」作品

革命直後に書かれた物語詩『十二』は，多様な解釈がなされてきた。ソ連の評者は主に『十二』を，革命を肯定する作品と捉えたうえで創作の頂点とした。亡命ロシア貴族の多くは『十二』を否定的に捉え，ブロークが書き残した言葉のなかに，この作品を「書いてしまった」詩人の「後悔」や「懺悔」を見出そうともした[1]。そしてこの詩は世紀を超え，なおも数々の解釈を生み続けている。

この詩はブローク本人にとっても「わからない」作品だった。死の前年にブロークはいとこのゲオルギーに語った――「『十二』――あれがどんなものであったにせよ――僕が書いたもののなかでいちばんいい作品だ。あのときの僕は現代を生きていたからだ[2]」。

ここで肝心なのは，ブロークは，たとえば解釈を読者に委ねるために「語りたがらなかった」というより，むしろ「わからなかった」，さらには「知りたがっていた」ということだ。チュコフスキー[3]は回想する――「ブロークはあらゆる人に，この物語詩がいったいなんであるのかを訊いてまわっていた。まるで，彼自身が創ったのではなく，誰かが言ったことを書き留めたかのように。……まるで，いつか誰かが，彼自身にも意味の理解できない物語詩の意味を，解明してくれるのを待っているかのように[4]」。

瞬く間に社会的な現象となり，数え切れない論争を生み出していったこの作品は，ブローク自身にとっても興味を惹かれる対象であり続けたのだろう。

▷1　*Иванова Е. В.* Александр Блок: последние годы жизни. СПб.: Росток, 2012.

▷2　*Блок Г. П.* Герои « Возмездия ». // Русский современник. Кн. 3. Л.-М., 1924.

▷3　Корней Иванович Чуковский. 1882-1969.　20世紀前半に活躍した児童文学作家。ブロークと親交があり回想を残している。

▷4　*Иванова.* Александр Блок; последние годы жизни.

2 火の詩学

２章で，街に燃える戦火が描かれる。「火」は「ライフル銃の黒いベルト」と韻を踏む。銃は火元であり，赤い火と黒いベルトは色彩的な対比をなす。３章では「ブルジョア皆に目にもの見せよう／世界の火災を巻き起こそう／血塗られた世界の火災を――／神よ，祝福したまえ！」と「世界の火災」が登場する。

ここには彼がそれまで抒情詩で描いてきた「火」の形象が凝縮されている。

神の祝福を受けるべき肯定性を伴う「理想」の火（初期）。「銃」や「血」を伴う戦火の火（中期以降）。繰り返す「黒い夜，白い雪」――抒情詩のなかで「火」と不可分であった「闇」と「雪」だ。この「火」は，なにを意味するのか。

『十二』執筆と同時に書かれた『インテリゲンツィアと革命[5]』にはこうある――「芸術家の仕事，芸術家の使命は，構想されたものを見ること，『風にかき乱された空気』のなかに轟くあの音楽に耳を傾けることだ。なにが構想されているか？　**すべてを作りかえることだ**。なにもかもが新しくなるようにすることだ。偽物の，汚れた，退屈な，めちゃくちゃな僕らの生活が，公平で，清く，楽しく，すばらしいものになるように」。この「すべてを作りかえること」は，「世界の火災」の形象と密接に関連している。17年８月７日の日記には「そしてこれが，**ロシア文化の課題**だ――この火を，燃やすべきもののほうへ誘導することだ。ステンカ〔ラージン[6]〕たちとエメリカ〔プガチョフ[7]〕たちの暴動を意識的で音楽的な人波に変化させることだ。……怠惰な腐敗，そこにも暴動の閃光の可能性が秘められている，それをラスプーチン[8]的な心の隅に誘導し，その閃光を空まで届く焚火に燃えあがらせるんだ，狡猾で怠惰で奴隷的な淫欲を焼き尽くすように」とある。

暴動を巻き起こす原動力と，人の心の淫欲を焼き尽くす力は，本来まったく別の対象物でありながら「火」の形象において繋がれており，社会変動のなかで，すべてを作りかえる威力と，人の心を浄化する効力を併せ持っている。この「世界の火災」は，「火」の行きつく先にある形象――「いっさいの価値を変換し，諸価値の不整合を示しもする[9]」ものであろう。

ブロークの「火」は革命の炎のなかに理想的な活躍の場所を見つけた。これはあくまでも詩学の話で，燃えあがったのは詩情であり，生み出されたのは物語詩である。だがこの「ブルジョア皆に目にもの見せよう」「世界の火災を巻き起こそう」という魅惑的なフレーズはたちまち革命運動に取り入れられ，多くのポスターや垂れ幕に引用された[10]。物語詩の「火」が，現実に燃えていく。

3 月のような詩人

〈金の時代〉の代表が太陽のようなプーシキン[11]なら，〈銀の時代〉の代表は月のようなブロークだ，といわれることがある。静かな声で単調に詩を読むブロークは，19世紀の終わりとともに詩人となり，静かな心に確かな炎を燃やしながら，革命までの歳月を数えるように日々詩を書き続けた。『十二』以降はほとんど作品を書かず，21年８月に母と妻に看取られて命を落とすと，家族・友人・作家・批評家・文学研究者らによって膨大な追悼や回想録が陸続と書かれ，詩人の生涯は文学史の重要な一頁となっていった。その詩はいまも，読む者を静かに照らしている。

（奈倉有里）

▶5 « Интеллигенция и революция ». 1918.

▶6 Степан Тимофеевич Разин. 1630-71. 1670年から71年にかけて起きた蜂起（ラージンの乱）の指導者。

▶7 Емельян Иванович Пугачев. 1742-75. 1773年から75年にかけて起きたコサックの反乱（プガチョフの乱）の指導者。

▶8 Григорий Ефимович Распутин. 1869-1916. 帝政ロシア末期，帝室で甚大な影響力を持った祈禱師。

▶9 ガストン・バシュラール／前田耕作訳『火の精神分析』改訳版，せりか書房，1999年。

▶10 当時のポスターの一部は以下に掲載されている。*Гордин А. М.*（*сост.*）Александр Блок в портретах, иллюстрациях и документах. Л.: Просвещение, 1973.

▶11 ☞Ⅰ-B-2 3

C　20世紀の文学

5　『私の軽やかな歩み』Поступь легкая моя（1918）

マリーナ・イワノヴナ・ツヴェターエワ（Марина Ивановна Цветаева, 1892-1941）

Поступь легкая моя,	軽やかな私の足どり
— Чистой совести примета —	——それは曇りない良心の徴《しるし》——
Поступь легкая моя,	軽やかな私の足どり
Песня звонкая моя —	響きわたる私の唄——
Бог меня одну поставил	神はこの広い世界のただ中に
Посреди большого света.	私を一人で立たせたのだ。
— Ты не женщина, а птица,	「おまえは女ではなく鳥なのだ
Посему — летай и пой.	されば——飛べ，そして歌え」と。

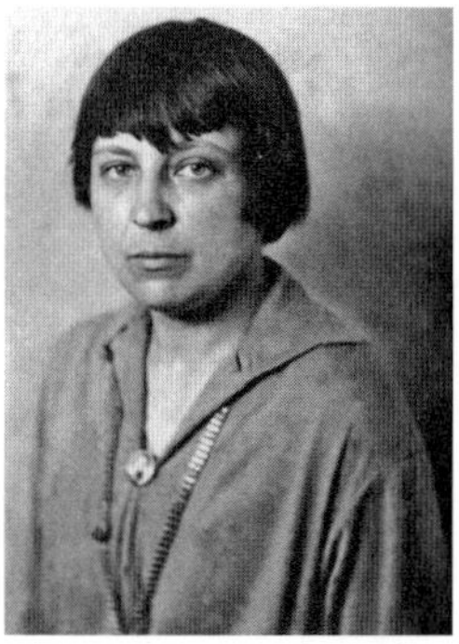

図１　ツヴェターエワ（亡命先のチェコにて，1924年）
出典：*Марина Цветаева.* Фотолетопись жизни поэта. Альбом / Сост. А. А. Саакянц, Л. А. Мнухин. М.: Эллис Лак, 2000.

1　語り始めた女性たち

ロシア文学の表舞台に女性作家が本格的に現れるのはモダニズム[1]の時代に入ってからだった。本書でとりあげられる作家たちのラインナップを見ても，第Ⅰ部「B　19世紀の文学」には女性作家は一人もいない。その様相ががらりと変わるのは20世紀初頭である。象徴主義[2]の時期にギッピウス[3]などが頭角を現し始めたのを皮切りに，この頃には優れた女性作家たちが続々と文壇に登場した。そうした活況は遅すぎるほどではあったが，マジョリティーから「語られる」立場を強いられるのが常であるマイノリティーが自身の言葉によって「語る」ことができるようになるのは，それほど容易なことではない。あらゆるマイノリティーがそうであるように，ロシアの女性作家たちもまた自らの「声」を獲得するまで，それだけの時間を要したのだった。

ツヴェターエワもまた，この時代に現れた一人である。ほぼ同時期に活躍したアフマートワ[4]とともにロシアにおける女性詩人のイメージを一新させ，今もなお絶大な人気と存在感を誇る[5]。

2　境界線を越える声

1910年に第１詩集『夕べのアルバム』[6]で詩人デビューを果たしたツヴェターエワは，その後めまぐるしく作風や文体を変え，詩的言語を進化させていった。当初は平明で清新な言葉を紡いでいたのが，次第に力強さと鋭さを増し，革命後は民衆語や俗語などの要素も取り込みつつ，時にロシア語の規範を破るほどの大胆で斬新な表現を駆使するようになる。22年に国外へ亡命すると，その言

▷1　20世紀に入ってから起きた芸術運動全般を指す。近代までの伝統的様式や手法を打破する前衛的傾向が特徴で，ロシア文学では象徴主義後期以降をモダニズムとすることが多い。

▷2　☞Ⅰ-E-4

▷3　Зинаида Николаевна Гиппиус. 1869-1945.

▷4　☞Ⅰ-C-11

▷5　2013年にはマリーナ・ミグノワ監督（Марина Борисовна Мигунова. 1965-）によりツヴェターエワの生涯が映画化され，話題を呼んだ（『鏡』« Зеркало »）。

▷6　« Вечерний альбом ». 1910.

語的前衛性には拍車がかかり，保守的傾向の強い亡命文壇の中で孤高の領域へと至った。その言語的特徴を一言で表すなら，あらゆる境界線を越えていこうとする性向，であろうか。ロシア語の文法や詩作法のスタンダードを確信犯的にはみ出し，アクロバティックな語結合や構文を駆使しながら，彼女はロシア語の表現可能性の地平を切り開いていったのである。

私生活においても，ツヴェターエワは様々な境界線を越えていこうとする人だった。「女性詩人 поэтесса」と呼ばれることを嫌い，自分は「詩人 поэт」だと自負した。結婚後も数多くの恋愛を重ね，恋に落ちた相手の中には男性も女性もいた。イデオロギーによって対立することを軽蔑し，生涯いかなる文学グループにも属さず，何らかのレッテルを貼られたり，特定の何かに区分されるのを徹底的に嫌悪した。

冒頭に引用したのは，ツヴェターエワがロシア革命直後の18年に書いた作品。全8行の短詩だが，ツヴェターエワらしさが存分に感じられる。時期としてはツヴェターエワの文体が先鋭化する直前で，言語的にはシンプルな部類に入る。ロシア革命という未曾有の歴史的事件はツヴェターエワの人生も直撃し，当時の彼女はふたりの幼い子を抱えて経済的にも困窮していたが，そうした革命後の混乱をまったく感じさせないのびやかで凛とした筆致が目を引く。「女ではなく鳥」という一節には，自分を縛ろうとする何かの枷《かせ》を越えて「飛び，そして歌う」ことを希求する彼女の意志が映し出されている。

3 戦争と革命の世紀に

だが「戦争と革命の世紀」と呼ばれる20世紀という激動の時代は，ツヴェターエワを容赦なく翻弄した。亡命先[◁7]での生活は簡単ではなく，ソ連国内の読者とは共産党政権による検閲や情報統制という厚い壁で隔てられていた亡命ロシア文学の読者マーケットは，当然のことながら母国とは比べようもないほど小規模で，執筆によって生活の糧を得ることは困難さを増すばかりだった。29年の世界恐慌はそれに追い打ちをかけた。さらに30年代のナチス台頭は，ユダヤ人の夫を持つツヴェターエワにとって直接的な脅威となった。また，西側社会に幻滅して共産主義に傾倒し，ソ連諜報機関の協力者となった夫が，スイスで起きたソ連の元スパイ暗殺事件に関与するというショッキングな出来事もあった。最終的には39年にソ連への帰国を決断するが，当時のソ連はスターリン体制下の大粛清期であり，亡命帰りの詩人が安穏に生活できるはずもなかった。

帰国後すぐに夫と娘が逮捕され，ツヴェターエワは息子とふたりで路頭に迷う。細々と翻訳の仕事で食いつなぐが，41年に独ソ戦が開戦すると，戦火の迫るモスクワを離れてタタール自治共和国（現ロシア連邦タタールスタン共和国）の田舎町エラブガに疎開した。そして同年8月31日，間借り先の農家で首を吊って自ら命を絶ったのである[◁8]。 （前田和泉）

▶7 ツヴェターエワは22年にベルリンへ出国後，23年にプラハ，25年にはパリへ移住し，以後39年にソ連へ帰国するまでパリで生活した。

▶8 なお，夫セルゲイ・エフロン（Сергей Яковлевич Эфрон. 1893-1941）は41年10月に銃殺刑に処せられた。息子ゲオルギー（Георгий Сергеевич Эфрон. 1925-44）は第二次世界大戦時に従軍して44年に戦死，娘アリアードナ（Ариадна Сергеевна Эфрон. 1912-75）は39年と49年の2度にわたって逮捕され，長い年月を流刑地で過ごした後，55年にようやく名誉回復されてモスクワに戻った。

C　20世紀の文学

6　『われら』Мы（1920-21年執筆）
エヴゲーニー・イワノヴィチ・ザミャーチン（Евгений Иванович Замятин, 1884-1937）

図1　ザミャーチン（撮影年不詳）
出典：*Замятин Е. И.* Собрание сочинений: В 5 т. Т. 5. М.: Дмитрий Сечин, 2011.

Тебе, математику, — разве не ясно, что только разности — разности — температур, только тепловые контрасты — только в ней жизнь. А если всюду, по всей вселенной, одинаково теплые — или одинаково прохладные, тела... Их надо столкнуть — чтобы огонь, взрыв, геенна.

あなたみたいな数学者には—明白じゃないの，差だけが—温度の差や，熱コントラストだけが—その中にのみ生命をもつの。なのに，もし，いたるところ，宇宙全体で，同じように温かい—あるいは同じように冷ややかな物体があるだけなら……。それらを衝突させなければならないの—炎を，爆発を，地獄（ゲヘナ）を生むために。

1　閉塞した未来世界

『われら』では，約千年後の地球で唯一の国家となった「単一国」の徹底的な管理体制が描かれる。市民の生活は時間律令表によって24時間規定されている（恋愛や性行為も）。この世界で唯一可能な美学は，100万もの人間が一斉に同じ行動を取る整然さへの賛美だけである。単一国は都市国家で周囲を壁で囲い外界から隔絶しているが，外の広大な自然は市民には恐怖しか呼び起こさない。

主人公Д（デー）-503は国家プロジェクトの宇宙船の建造主任技師であり，単一国のエリートである。彼は，宇宙船が将来遭遇するであろう，未知の惑星の住人を教化するために，国家の栄光を称賛する手記を書き始める。しかし，謎めいた女性Ⅰ-330との出会いが彼の単調な世界観に亀裂を生じさせていく。

一人称の狭い視点で書かれたこの小説は，読者の方が幅広い視野をもちうるという特徴がある。例えば，手記の始まりであらゆる線の中でもっとも偉大なのは「直線」だと主人公は書きながら，直線が永遠に無限を目指す点を理解せず，彼の世界観は有限の中にとどまっていることにやがて読者は気づくだろう。冒頭に引用したⅠ-330の言葉は，主人公のそうした有限性に引きこもろうとする態度をとがめ，単一国が目指す，偶然性を徹底排除した均一な世界が生きながらの死でしかないことを摘発したものだ。

2　無限運動的宇宙観

Ⅰ-330が加わる反体制運動メフィは，相対主義を理解した上で無限の彼方へ向かおうとする。彼女は単一国もかつては正しかったことを認める。しかし，唯一の誤りは自分たちが最後の数だと思い込んだことだったと彼女は断じる。数に終わりはなく，認識の地平は無限に広がりつづけなければならないのだ(その際に彼女はガリレイの発見も最終的ではないとつけ加える)。他方，彼女はメフィの限界も率直に認める。「私たちは当面は，最後の数がないことを知っている。もしかしたら忘れるかもしれないけど。いいえ，きっと忘れるでしょう。[……] そうなれば私たちも一必ず落ちていく一秋に木から葉が落ちるように」。

ザミャーチンは『われら』の完成後，エッセイ「綜合主義について[1]」で，芸術史は，テーゼとアンチテーゼの衝突がジンテーゼを生みだすことで螺旋形をなして無限に上昇していくと論じる。そうした作家の無限運動的世界観は，ガリレイの地平をさらに超越した，アインシュタイン的宇宙観に裏打ちされている。激動の20世紀は『われら』を皮切りに，ハックスリー[2]『すばらしい新世界』[3]，オーウェル[4]『一九八四年』[5]のようなディストピア小説を数多く生み出した。しかし，宇宙論と革命観が一体になった『われら』は，その壮大な構想力でひときわ目をひくのである。

3 21世紀に『われら』を読む意義

ITの普及が人間の認識を大きく変えてきた現在，政府の一方的な抑圧だけではなく，私たちの日常生活レベルで情報の改竄《かいざん》や他者を攻撃する言説が無限に湧き出している。それが政治に直結している現状からすれば，かつての20世紀型のディストピアは，古めかしく動きに乏しいように映るかもしれない。

だが，今こうした作品をあらためて読み返してみれば，混迷した21世紀を生きる読者にリアルに伝わるものもあちこちに発見できるはずだ。例えば，『われら』では後半部の展開に特に注目すべきだろう。単一国が「完璧」な市民をつくる最終手段として想像力除去手術の実施を布告すると，従順に見えた市民にも激しい動揺が走り，秩序は崩れていく。だが一般市民はたがいに連帯することを知らず事態は混乱に陥るしかない。一方，主人公は反体制組織メフィとつながりながら，事態の本質を十分に理解できず迷走する。またメフィ自体も俯瞰的に状況を把握できていない。

このようなアナーキーな状況のただなかに飛びこんでいくこと，そしてその体験を迷いながら書きつづけることの中には，あらためて学ぶべきものがある。世界各地で抗議の声とそれを抑圧する暴力とが衝突している現状を意識して読み直すとき，主人公が体制側の「われら」から，メフィという別の「われら」へ移行することの困難は，むしろ，いっそう切実に理解されるのではないだろうか。主人公の挫折は決して当人の偏狭さや怯懦《きょうだ》のためだけではない。視野が限られたまま行動を迫られる状況下では，私たちみなが判断を誤り思わぬ方向に転落する危険性を秘めているのだ。『われら』はそうした行動の倫理性を厳格に検証するガイドブックとしてもとらえることができる。　（長谷川　章）

▶1　« О синтетизме ». 1922. なお，後に『われら』は国内で激しい批判を受け，31年スターリンに書簡を書き許可を得てザミャーチンは亡命する。37年，パリで客死。

▶2　Aldous Huxley. 1894-1963.

▶3　*Brave New World*. 1932.

▶4　George Orwell. 1903-50.

▶5　*Nineteen Eighty-Four*. 1949.　オーウェルはザミャーチンの影響下に小説を書いたことが判明している。

C　20世紀の文学

7　『羨望』Зависть（1927）

ユーリー・カルロヴィチ・オレーシャ（Юрий Карлович Олеша, 1899-1960）

図1　オレーシャ（『羨望』発表の頃）
出典：*Юрий Олеша.* Книга Прощания. М.: Вагриус, 1999.

Вы прошумели мимо меня, как ветвь, полная цветов и листьев.
花や葉でいっぱいの枝のように，あなたは僕の横でざわめいていました。

1　感情の陰謀

オレーシャ『羨望』は，革命から10年を経たソ連を舞台としている。スターリン[1]による計画経済や都市改造が始まろうとする時期の作品だ。

▶1　Иосиф Виссарионович Сталин. 1878-1953.

タイトルの「羨望」とは「嫉妬」や「妬み」と訳してもいいのだが，それにしても誰が誰を嫉妬しているのか。

小説の主な登場人物は，ソ連体制派と反体制派の２つに分けることができる。権力の座にある体制派に対して反体制派が抱く嫉妬が，小説のタイトルの意味するところであろう。

とはいえ，この小説の「反体制派」はソ連の政治システムや経済システムに抗おうとしているわけではない。作家よりも経済人やスポーツマンが脚光を浴びたり，個人よりも集団が重視されたりする新しい時代に抗おうとしているのである。それらの変化は社会主義体制に限定されるものではなく，20世紀の資本主義社会にも見られるものだ。合理主義に対する批判もなされるが，それは19世紀のドストエフスキー[2]にさかのぼることのできる古いテーマである。

▶2　☞Ⅰ-B-⑩⑫

『羨望』の主な登場人物は５人。ソ連体制派は高官のアンドレイ・バービチェフ，サッカー選手のヴォロージャ，その恋人のワーリャだ。一方，彼らに抗う「反体制派」はアンドレイの兄のイワン・バービチェフ，そして軽演劇の台本を書いているニコライ・カワレーロフである。

アンドレイは労働者に安価な食事を大量に提供できる食堂「チェトヴェルターク」の建設にあたっている。ヴォロージャはソ連代表チームのゴールキーパーとして，国際試合で活躍する。

路上に倒れているところをアンドレイに助けられたカワレーロフは，ヴォロージャに向けられたアンドレイやワーリャの愛情に嫉妬し，恩人のアンドレイに敵意を抱くようになる。発明家を自称するイワンは新型の機械「オフェーリア」によってアンドレイの食堂を破壊しようとカワレーロフにはたらきかけるが，そのテロの計画はまるで実現されず，ふたりは下宿の家主である肥った未亡人アンナとの性交にふけることしかできない。

2 革命と新しい人間

世界初の社会主義国ソ連では，新しい社会主義体制にふさわしい〈新しい人間〉の創出や，それを組織化する「集団主義」が模索された。たとえば，ガスチェフ[3]はアメリカのテイラー・システムをヒントに，記号や番号で呼ばれ，機械のように動く人間を夢想したが，そのように人間が管理されたディストピアをザミャーチン[4]は『われら』の中で批判している。

『羨望』においても，ヴォロージャは無駄な動きや感情のない「機械人間」になろうとする。彼が活躍するサッカーの国際試合はロシア文学史上初めてサッカーが描かれた場面とされるが，そこでは集団的，組織的な守備をするソ連チームが，フォワードの個人プレーに頼るドイツチームと戦っており，ヨーロッパの個人主義がソ連の集団性と対比されている。

合理主義や集団性に抗おうとするのが，イワンとカワレーロフだ。ふたりは「感情を持った機械」を発明することで，ソ連の機械主義に対抗しようとする。古い文化からの継承性を示すために「オフェーリア」と名付けられたこの機械はしかし，カワレーロフの夢の中で逆にイワンに襲いかかる。

3 イメージの奔流

オデッサで育ったオレーシャは，1920年代に風刺作家として活躍した同郷のカターエフ[5]やイリフ＝ペトロフ[6]らと共に，モスクワでの文学活動を始めた。『羨望』の風刺的要素は，そのような環境の産物だ。

だが，オレーシャの文学を特徴づけているのは風刺よりも，むしろ華麗な比喩である。たとえば，カワレーロフはワーリャのことを「花と葉でいっぱいの枝」にたとえるが，この小説はそのような比喩表現にあふれているのだ。鼻眼鏡は自転車に，川を進む船はアーモンドにたとえられる。

比喩表現は物理的には存在しない幻のようなイメージを，作品の空間に導入する。オレーシャは芸術を「変容の機械」と呼んだが，『羨望』のプロットもまた，そのような幻に満たされている。アンドレイの建設している食堂「チェトヴェルターク」は完成されないし，それを破壊するためにイワンが作ろうとする機械「オフェーリア」も思いつきやほら話の域を出ない。それらはカワレーロフの夢の中でのみ，読者の前に姿を現すのだ。

サッカーの試合，チャップリン[7]のように山高帽をかぶったイワン，サモフワロフ[8]やデイネカ[9]のスポーツ絵画のように草地に立つワーリャ，ウェルズ[10]『宇宙戦争』[11]に登場する火星人の機械のような「オフェーリア」，鋼鉄とガラスでできたアヴァンギャルド建築……『羨望』にはそのようなモダンなイメージを多数見ることもできる。社会主義体制の成立に当惑して立ち止まった主人公，その脳裏にあふれるイメージの奔流こそが，この小説の本質なのかもしれない。

（岩本和久）

▶3 Алексей Капитонович Гастев. 1882-1939. 詩人。中央労働研究所でNOT（新しい労働組織）を研究した。

▶4 ☞Ⅰ-C-6

▶5 Валентин Петрович Катаев. 1897-1986.

▶6 Илья Ильф. 1897-1937, Евгений Петров. 1902-42. 『十二の椅子』（« Двенадцать стульев ». 1928），『黄金の仔牛』（« Золотой теленок ». 1931）などの風刺小説を共作して人気を博した。

▶7 Charles Spencer Chaplin. 1889-1977.

▶8 Александр Николаевич Самохвалов. 1894-1971. 画家。労働者の女性やアスリートの女性を描いたことで知られる。

▶9 Александр Александрович Дейнека. 1899-1969. 社会主義リアリズムを代表する画家。スポーツや戦争をテーマにした。

▶10 Herbert George Wells. 1866-1946.

▶11 *The War of the Worlds*. 1898.

C　20世紀の文学

8　『南京虫』Клоп（1928）

ウラジーミル・ウラジーミロヴィチ・マヤコフスキー（Владимир Владимирович Маяковский, 1893-1930）

図1　マヤコフスキー（1929年）
出典：*Маяковский В.* Собрание сочинений в двенадцати томах, Том X, М.: Правда, 1978.

…　Случайный
сон - причина пожаров, -
на сон
не читайте
Надсона и Жарова!

……　うたた
寝は火事の元，
寝る前は
読まないように
ナドソンとジャーロフを[1]！

1　未来派詩人から劇作へ

マヤコフスキーが9景の幻想喜劇『南京虫』を執筆したのは1928年，彼が謎の死を遂げる2年前である。

ロシア未来派のマニフェストとなった『社会の趣味への平手打ち』[2]をフレーブニコフ[3]ら4人の詩人と共同発表したマヤコフスキーは，演劇や映画，美術も手がけるロシア・アヴァンギャルド芸術家の旗手だった。詩作のみならず，悲劇『ウラジーミル・マヤコフスキー』[4]，詩劇『ミステリヤ・ブッフ』[5]，喜劇『風呂』[6]など，実験的な戯曲を書く。その背景には，新しい戯曲がロシア人によって書かれないことにいら立ってさえいた演出家で盟友のメイエルホリド[7]からの強い執筆要請もあった。

2　戯曲の内容・手法

ネップ期[8]の申し子プリスィプキンの結婚披露宴で火災が起き，消防隊の放水で氷づけとなった彼は，一匹の南京虫とともに1970年代のモスクワに甦る。そして，昆虫として動物園の檻に入れられた彼が，近未来社会の非人間性を目のあたりにし，身の悲運を嘆くというストーリーである。

マヤコフスキーは，ネップ期の人びとのプチブル的生き方を忌避しつつも，人間を軽視する全体主義的な近未来社会の到来を懸念する。ここには，人間社会の将来を危ぶむと同時に，検閲を意識せざるをえないソ連作家としての苦悩が見出され，それが彼の死と合わせて，読者に熟考を迫る。

▶1　話し手は消防士。「寝る前」と「ナドソン」，「火事の」と「ジャーロフ」が原文ではほぼ同音だが，ポスターも書いたマヤコフスキーらしい標語的リズム。ナドソン（Семен Яковлевич Надсон. 1862-87）は19世紀後半の詩人で，同時代の読者へ呼びかけるような抒情詩により，人気を集めた。マヤコフスキーは，на сон（寝る前は「ナソン」）とНадсон（ナドソン）を重ねる言葉遊びも採り入れたと考えられる。ジャーロフ（Александр Алексеевич Жаров. 1904-84）は，党員であることを讃える詩を若者向けに書いた詩人だが，マヤコフスキーはその作風に強い否定的評価を下していた。

▶2　« Пощечина общественному вкусу ». 1912.

▶3　Велимир Хлебников. 1885-1922.

▶4　« Владимир Маяковский ». 1913.

戯曲には，多彩で民衆歌謡のような詩的リズムを持つ物売りの声や，冒頭部分に見られる，手に物を持たない人が回転ドアからデパートへ入り，同じドアからたくさん買い物袋を抱えた人が出てくる慌ただしい様子を動的コントラストで描写する手法など，映画的要素も巧みに取り込まれている。幕切れでのプリスィプキンの観客への呼びかけは，舞台と客席をダイレクトに繋ぐ。また，都市の生活文化を表わす豊かな語彙表現に混ざって，アイロニーを込めたレトリックや言葉遊び，冒頭に掲げたようなユーモアある警句，聞き違いによる勘違いも，生き生きした言語的手法として随所に散りばめられている。このほか，マヤコフスキーは，клетка（クリェートカ）をソ連時代の場面では（政党・政治組織の）「細胞」，近未来社会では「檻」を意味する別の単語として使うことにより，縁語的な同音異義語をプロットの進行にとって重要な仕掛けとして忍ばせ，風刺の手段にしている点にも注目しておきたい。

3 他の戯曲や他の劇作家の作品との位置づけ

『風呂』とともに，この戯曲に込められた硬直化するソ連社会への批判と未来への懸念は，ザミャーチンの長編『われら[9]』にも通じる。そして，同じころソ連社会の内側を暴露する風刺劇を発表したエルドマン[10]やブルガーコフ[11]も，運命に翻弄され混乱に乗じてこすからく立ち廻る人物を活写したり，闇取引や犯罪などを素材にしたりしながら，痛烈な風刺の矛先をネップ期の社会や政治体制へ向けていた。

戯曲の構成としては，『アエリータ[12]』（プロタザーノフ[13]監督）のような映画でも流行り，ブルガーコフも時空を超えるテーマを扱った『至福[14]』や『イワン・ワシーリエヴィチ[15]』などの戯曲で用いた夢落ちの手法には頼っていない。一方，『南京虫』の詩的表現や言い回しは，登場人物の所作や動きと合わせてサーカス的要素が色濃く，その動的な言語がマヤコフスキーの作品の特色である。

4 豊かなメンバーによる初演

1929年２月13日，モスクワのメイエルホリド劇場にて，メイエルホリド演出による初演があった。台詞を担当する演出助手はマヤコフスキーだったが，その見事な朗読により，演出家や俳優を唸らせたという。そして，舞台美術が画家ククルイニクスイ[16]と写真家ロトチェンコ[17]，音楽はショスタコーヴィチ[18]という豪華なメンバーで，中心人物は名優イリインスキー[19]が演じ，はまり役となった。『南京虫』は，今日に至るまで，旧ソ連各地や国外で繰り返し上演される重要な作品となっている。

（村田真一）

▶5 « Мистерия буфф ». 1918年初版（1921第２版＝大幅に改訂）。

▶6 « Баня ». 1929-30年初演。

▶7 Всеволод Эмильевич Мейерхольд. 1874-1940.

▶8 一時的に資本主義を導入する新経済政策が採られた（1921-28年）。

▶9 ☞Ⅰ-C-6

▶10 Николай Робертович Эрдман. 1900-70. 内戦後の混乱した生活を喜劇的に描いた『委任状』（« Мандат ». 1925年初演）と『自殺者』（« Самоубийца ». 1928）が代表作。

▶11 ☞Ⅰ-C-14

▶12 « Аэлита ». 1924.

▶13 Яков Александрович Протазанов, 1881-1945. 映画監督。

▶14 « Блаженство ». 1934年執筆。

▶15 « Иван Васильевич ». 1936年執筆。

▶16 ククルイニクスイ（Кукрыниксы）は，クプリヤーノフ（Михаил Васильевич Куприянов. 1903-91），クルイロフ（Порфилий Никитич Крылов. 1902-90），ソコロフ（Николай Александрович Соколов. 1903-2000）の３人からなる美術家グループのペンネーム。

▶17 Александр Михайлович Родченко. 1891-1956. アヴァンギャルドの画家・写真家・デザイナー。

▶18 Дмитрий Дмитриевич Шостакович. 1906-75. 音楽家。交響曲だけでなく，演劇や映画のための音楽も手がけた。

▶19 Ильинский Игорь Владимирович. 1901-87. 俳優・演出家。メイエルホリド演出の芝居に数多く出演。

C　20世紀の文学

9　『鋼鉄はいかに鍛えられたか』Как закалялась сталь（1934）
ニコライ・アレクサンドロヴィチ・オストロフスキー（Николай Александрович Островский, 1904-36）

Видишь небо? Оно голубое. А ведь у тебя такие же глаза. Это нехорошо. У тебя глаза должны быть серые, стальные. Голубые — это что-то чересчур нежное.

空が見える？　青いわね。君の目はあれと同じ色をしている。良くないわ。君の目は灰色，鋼鉄の色でなくちゃ。青い目って，それじゃ何だか優しすぎるわ。

1　革命の理想に捧げた命

ニコライ・オストロフスキーの生涯は，すべてをロシア革命とその理想に捧げた人のそれである。労働者の家に生まれた彼は13歳で革命を迎え，15歳でコムソモール[1]に入り，国内戦に参加。16歳で重傷を負った後は発電所や国境地域での思想教育などに従事したが，20歳前後で発症した神経の進行性の病気のため，しだいに労働が困難になる。それでもなお革命への奉仕に何ができるかを考えた彼は読書と文学の勉強に励み，23歳で下半身麻痺，24歳で失明しながらも，自分とその世代が歩んで来た軌跡を口述筆記でまとめ上げた。だが，この自伝小説『鋼鉄はいかに鍛えられたか』でレーニン勲章を授与され，〈社会主義リアリズム[2]〉の新星として国内外から多くの訪問を受けるようになった1935年には，すでにほぼ全身不随の状態だったのである。翌36年末死去。

▶1　Комсомол．共産主義青年同盟。

▶2　☞Ⅰ-B-21▶3 ほか

図1　オストロフスキーの党員証（1924年）
出典：*Островская Р. П.* Николай Островский. М.: Молодая гвардия, 1978.

2　「聖人」オストロフスキー

30年代に共産主義思想に近づいていたフランスの作家ジッド[3]は，36年夏にソ連を訪問し，ゴーリキー[4]の葬儀に出席したり，病床のオストロフスキーと会談したりしている。滞在中に垣間見たソ連の現実に幻滅して，帰国後の『ソヴィエト旅行記[5]』で激しくこれを批判し，共産主義と袂を分かったジッドだったが，最晩年のオストロフスキーについてだけは，「心の底からの深い尊敬の念を込めずには，語ることができない」と述べている。

「彼は聖人だ」――共産主義の理想とその党に，あたかも神と教会に対するごとく，文字通り全身全霊を捧げた聖者。だがジッドにその「驚くべき不屈の精神」を称賛された際，オストロフスキーは明らかに当惑していたという。「讃美されるべきはソ連であり，この偉大な，成し遂げられた努力なのである。彼に興味があるのはそのことだけであり，自分自身のことではないのだ」。

▶3　André Paul Guillaume Gide. 1869-1951.

▶4　☞Ⅰ-B-21 24

▶5　*Retour de l'U. R. S. S.*. 1936-37.

3 価値観の揺らぎなき〈成長小説《ビルドゥングスロマン》〉

だが，自分自身に関心のない人間が自伝を書くとすれば，それはいったい何のためか。『鋼鉄はいかに鍛えられたか』を一読して気づくのは，この小説には価値観の揺らぎがほとんどないということである。主人公の軌跡は，彼が正しいと信じて疑わない革命の理想とその体現である党へと続くひとすじの道であり，作中の人物とできごとはすべて，党との関係や距離を基準に語られている。その傾向は，主人公が確信的な共産主義者となった後半部で特に顕著だ。

このような『鋼鉄はいかに鍛えられたか』は，生きる意味と依拠すべき価値観を模索してさまよう若者を描く近代の〈成長小説[6]〉よりも，むしろ意匠こそ違うが，主人公や語り手の軌跡が唯一の真理へと達する道程として描かれる中世の宗教文学（教父の自伝や告白，聖者伝など）を思わせる。明らかに死に至る苛酷な宿痾と闘いつつ，自分に残された耳と口だけで，命あるかぎり革命の理想と党への讃歌をつむぎ続けたオストロフスキーは，確かに悩める近代人というより，揺るぎなき信仰の人であった。

▶6 Bildungsroman（独）．今日に至るまで，しばしば〈教養小説〉と訳されているが，主人公が精神的ないし経験的な彷徨を通して，内面的に成長していく過程を描くことに主眼のある小説を指す。

図2　最晩年の口述筆記時（1936年）
出典：図1に同じ。

4 「空の青さ」と「鋼鉄」と

ただし，小説の前半に登場する，労働運動や革命戦争に身を投じたばかりの若者たちは，共産主義の理想を信じ，「鉄の規律」を内面化・身体化しようとしながらも，なおみずみずしい感性を持ち，性的な牽引や恋愛感情とも無縁ではない。たとえば若き女性活動家リータは，空を見上げながら，赤軍兵士セリョージャに向かって，冒頭の引用のように語りかけている。

この印象的な言葉に，人間的で自然な感情を抑圧する「鉄の規律」の影だけを見ることはできない。共産主義者なら別の目の色でなければというのは不合理で，それこそ非唯物論的だし，そもそもリータは「何だか優しすぎる」ものへの感性を失ってはいない。言うまでもなく彼女は，このような反語的な表現で，セリョージャに自分の好意を打ち明けているのだ。

この言葉の直後にリータがセリョージャを抱きしめ，キスする場面を置いたオストロフスキー自身，30年代の創作の時点でも，自然に対する感性を喪失したり，恋愛感情を忘却したりはしていなかっただろう。だが彼が短い命を燃焼させたのは革命と国内戦，階級闘争と社会主義建設の激動期であり，そのような時代の要請に応えようとするなら，『鋼鉄はいかに鍛えられたか』は，生き生きとした感性や感覚を，革命の理想と党のために「克服」し，「鉄の規律」に置き換えていく物語とならなければならなかったのである。

この小説の作中人物ほとんどすべてにモデルが存在したが，セリョージャはまもなく戦死し，生き延びたリータは党幹部となっていく。小説は，病に倒れ，視力も薄れた作者の分身コルチャーギンが，言葉という「新たな武器を手にして」，「生活という戦列へと」復帰する場面で終わっている。　（中村唯史）

C　20世紀の文学

10　『ジャン』Джан（1935年執筆，1964年初出）

アンドレイ・プラトーノヴィチ・プラトーノフ[1]（Андрей Платонович Платонов, 1899-1951）

図１　壮年時代のプラトーノフ（正確な撮影年・場所は不明）

出典：*Алексей Варламов.* Андрей Платонов (Жизнь замечательных людей). М.: Молодая гвардия, 2013.

Чагатаев убедился теперь, что помощь к нему придет лишь от другого человека.

チャガターエフは今，彼への助けはただ別の人間からのみ訪れると確信した。

1　あるプロレタリア作家の誕生

プラトーノフは1899年，ロシア中部の町ヴォロネシの郊外で，鉄道関係の労働者の息子として生まれた。1917年の社会主義革命を熱烈に支持する青年に育つことは必然であった。

革命後の混乱の中，10代末から地元の文芸誌に詩や小説，評論を発表し始める。処女詩集『蒼い深淵』[2]，短編集『エピファニーの水門』[3]などは，中央文壇の大御所である詩人ブリューソフ[4]，作家ゴーリキー[5]らの評価を得て，祝福された作家デビューを果たしたかに見えた。

だが，プラトーノフ作品のあまりに特異な世界観と文体は，ソ連の公式文学の枠をはるかに越え出ていた。農村集団化を描いた短編『ためになる』[6]を読んだスターリン[7]が激怒し，編集者を呼びつけたことは有名である。もちろん，政治的に糾弾された新進作家は数年間「干された」が，逮捕されなかっただけ幸運だったと言わなければならない。『ジャン』の他，長編『チェヴェングール』[8]，中編『土台穴』[9]などの主要作品は生前，出版できなかった。1956年以降の〈雪どけ〉[10]期，さらにソ連末期のペレストロイカ期にようやく公刊され，20世紀ロシア文学を代表する小説家という評価を不動のものにした。

2　幸福と民衆を求める旅

『ジャン』は次のようなあらすじである。ロシア人の父とトルクメン人の母をもつナザール・チャガターエフは，孤児としてソ連国家に育てられる。モスクワの大学を卒業後，党の指令で故郷に戻る。ジャン（魂）と呼ばれる極貧の小集団を救う任務である。彼自身，ジャンの出身だった。故郷の砂漠で母親と再会し，少女アイドゥイムらの助けを得て，ジャンの人々の命を守るため，苛酷な自然と闘う。チャガターエフの献身と共産党の物資援助によってようやく最低限の生活基盤を得たジャンの人々。だがある朝，チャガターエフが気づくと，彼らはふたたび砂漠の彼方に去っていくのだった……。

この作品には近代ロシア文学の二つの伝統的主題がある。「民衆」と「幸福」

▶1　プラトーノフの本名はアンドレイ・プラトーノヴィチ・クリメントフ（Андрей Платонович Климентов）。

▶2　« Голубая глубина ». 1922.

▶3　« Епифанские шлюзы ». 1927.

▶4　Валерий Яковлевич Брюсов. 1873-1924.

▶5　Максим Горький（Алексей Максимович Пешков）. 1868-1936.

▶6　« Впрок ». 1931.

▶7　Иосиф Виссарионович Сталин. 1879-1953.

▶8　« Чевенгур ». 1927-29年執筆。初出1972（フランス），1988（ソ連）。

▶9　« Котлован ». 1930-31年執筆。初出1969（西ドイツ），1987（ソ連）。

である。極貧の中を生きる民衆をグロテスクなリアリズムで描くとともに，人間の幸福とは何かを問うている。共産党から派遣されたチャガターエフは，その答えを民衆に教え，彼らを導かなければならない。だが彼は，民衆は何が自分たちの幸福か，教えられずとも知っているのでないかと感じるようになる。党が用意した定住地を捨て，散り散りに去っていく民衆を見た彼は思う。「彼らが生き残るのを助けただけで十分だ，あとは彼ら自身が地平線のかなたで幸福をつかみ取ればよいのだ……」。民衆はじつは知識人たちより賢く，何が幸福か，どう生きるべきかを知っているというストーリーは19世紀ロシア文学の定型であり，その意味で『ジャン』は近代ロシア文学の伝統を継ぐ作品である。

ところが，この小説はこれで終わりではなかったのである。

3 小説の終わり

初めて『ジャン』が発表されたとき，上記の主人公の独白で作品は終わっていた。だがその後，このエンディングは編集者たちによる「捏造」であることが明らかになった。チャガターエフは四散したジャンの人々を呼び戻すため，砂漠や町を放浪する。ところがその間，彼らは自主的に定住地に戻っていた。安堵したチャガターエフは少女アイドゥイムを連れてモスクワに戻り，亡妻ヴェーラの連れ子クセーニャに再会する。幼かったクセーニャは一人前の女性に成長している。長旅の疲れで眠っているアイドゥイムを見ながら，チャガターエフとクセーニャは手を取り合う。「チャガターエフは今，彼への助けはただ別の人間からのみ訪れると確信した」。これが『ジャン』の真のエンディングである。

なぜ編集者たちは『ジャン』のテクストを中途で切断したのだろうか。またなぜ，作中に何度か出てくる「スターリン」の名前を「レーニン」に変えたのだろうか。おそらく，死後15年経ち，忘れられていたプラトーノフを復活させるに当たり，「スターリン時代の刻印が押された作家」というイメージを避けたかったのだろう。長かったスターリン時代を脱した〈雪どけ〉期の社会は，より人間的な寛容な社会主義を求めていた。ジャンの民衆が思い思いに幸福を求めて旅立つというエンディングが，新しい時代には似つかわしいと考えたのだろう。

だが，ソ連という国家が解体して30年が経った今日，否定しがたく明らかになったのは，スターリン時代を生き抜いたソ連作家プラトーノフにとって「一つの党とモスクワ」が揺らぐことのない世界の枠組みだったということだ。いかに特異な才能を持つ小説家とはいえ，彼もまた時代の子だった。だがそれはプラトーノフの文学の価値を下げるものではない。

『ジャン』の邦訳は原卓也による1966年版のものしかない。新たに日本語に訳されることがあるとすれば，完全版で訳されるべきだろう。それは作品の印象をまったく別なものにするに違いない。日本の読者にとってプラトーノフはいまだ未踏の大陸である。

（野中　進）

▶10　1956年のスターリン批判後，一定の政治的・文化的自由化が進んだ時代を指す。〈雪どけ〉という呼称はエレンブルグ（Илья Григорьевич Эренбург. 1891-1967）の同名の小説から。

C　20世紀の文学

11 『レクイエム』Реквием（1935-61）

アンナ・アンドレエヴナ・アフマートワ（Анна Андреевна Ахматова, 1889-1966）

図1　アフマートワ（ゴルヌング撮影，1936年夏）
出典：*Ахматова А. А.* Стихотворения. М.: Слово, 2000.

Где теперь невольные подруги Двух моих осатанелых лет? Что им чудится в сибирской вьюге, Что мерещится им в лунном круге? Им я шлю прощальный мой привет.

私の狂ったような２年間を心ならずも／共に過ごした仲間はいま何処にあり，／シベリアの吹雪に何を想い，／月下に何を見ているだろう。／彼女らに私は別れの挨拶を送ろう。

1 『レクイエム』の構成と特徴

引用は連詩冒頭の「献辞[1]」の最終連である。作者は，証言者として託された務めを果たし終え，ともに監獄の前で並んだ女たちに別れを告げている。

『レクイエム』は，息子の逮捕，投獄と判決，シベリア送りに至る出来事を綴った10篇の詩と，前後に置かれた「献辞」と「序曲」および２つの「エピローグ」からなっている。中心部分の物語は時間軸と事実にそって記されており，作者自身のことが書かれているという意味で自伝的といえる。だが，夫と子を奪われて泣く女の声や詩人の声，十字架の下で立ち尽くす聖母マリアの沈黙が織りなす多声的ドラマにもなっている。ナイマン[2]によれば，『レクイエム』は民衆を主人公とし，民衆の名によって民衆のために書かれ，その意味では理想的形態のソヴィエト詩だが，同時にまた「黒いベールの下で両手を握りしめた」（『ゆうべ[3]』）と同じくらいに深く個人的であるという。

▷1　Посвящение. 1940年執筆。

▷2　Анатолий Генрихович Найман. 1936-．詩人，作家。

▷3　« Вечер ». 1912.

2 自然と天体の形象

弾圧の恐怖の中で闇にうずくまり，息を潜め声を殺して囁く人間に代わって蠟燭が蠟を垂らして涙し，汽笛が別れを歌い，たゆたう川が子守唄を歌う。流れを止め，身をたわめて人々の嘆きに寄りそう地上の自然に対して，天の事象は遥かな高みからこの全てを見守っている。「帽子を傾け家に入る月」や「猛禽の眼をもつ白夜」，「死を告知する巨星」の圧倒的な力は，詩人の見た具体的な天象が表現されていることに由来する。「黄色い月」は，童歌《わらべうた》の月のように，満月の頃部屋深く斜めに差し込み，光の刃《やいば》を投げる[4]。「猛々しく燃える眼」は地平線にかかる白夜の太陽であろう。1939年春まで，つまり前年の12月３日から２月16日まで，アフマートワの息子レフ・グミリョフ[5]は移送監獄から白海・バルト海収容所に送られていた。「そびえるお前の十字架と死」という言葉には，

▷4　Вышел месяц из тумана, Вынул ножки из кармана, Буду резать, буду бить, Все равно тебе водить. 霧の中から月が出た／ポケットの中からナイフを出した／斬ろうと打とうと／同じこと）。

▷5　Лев Николаевич Гумилев. 1912-92．歴史家。

逮捕から２度目の白夜をむかえて息子の死を覚悟した母の絶望がみえる。また一見比喩のような「ひたと私を見据え／迫りくる死を告知する巨きな星」という一節にも，39年７月23日の火星の大接近という天体の事象がある。２度目の判決が下されたこの月の26日から息子がシベリアに発つ８月19日まで，夜毎空には大きな紅い星が見えていた。

3 引き裂かれた良心の悲劇

『レクイエム』で詩人は繰り返し狂気を語る。ブロツキー[6]は「自分のもう自分のものとも思われぬ／うわ言に耳を傾けながら」という一節に最大の真実をみている[7]。苦しむ者がその苦しみを書けば，苦しむことで何らかの益を得る。しかし書かれた悲嘆は本物の悲嘆ではなくその近似物にすぎない。おのが嘆きと不幸を他人《ひと》事のように傍から観ているという恐しさ。そうした乖離の自覚，苦しむ者と書く者に引き裂かれた心が，詩人を追い込み狂気に誘う。アフマートワはジャンルの法則に従って『レクイエム』を多声的ドラマに仕上げたが，その知的創作過程が暗示する感動の冷たさが詩人を狂わせるのだとブロツキーはいう。初期アフマートワにみえていた内省と自己洞察がここに至ってその極限に達したかのようである。

5 プーシキニスト，アフマートワ

アフマートワは，人生の危機を迎える度に権力と詩人の運命について思いをめぐらせ，プーシキン[8]に戻っていった。

ある自伝的回想では，三部作『主人公のいない詩[9]』を書いた最初のきっかけは，「最初の恋人の記憶だけが戦場の最初の死者のように女の心に刻まれる」というプーシキンの言葉と「ブローク[10]の葬儀のあとオリガ[11]と一緒にスモレンスク墓地でフセヴォロド[12]の墓を探した」ことであり，そのとき最初の夫ニコライ・グミリョフ[13]の逮捕も知ったと述べている[14]。また晩年の論考「プーシキンとネヴァの岸辺[15]」ではプーシキンの未完の断片「ときに想出が／静けさのなかで心を苛み[16]」を読みとき，デカブリストの墓を探してゴロダイ島をさまよう詩人の姿を思いえがいた。「夜滅びた者ら[17]」のことをを身内のごとくに語るアフマートワの記憶の自伝的類縁性が，彼女に，プーシキンの秘めた記憶を辿らせ，彼を最後まで苦しめた友なる兄弟への負い目を洞察させたのであろう。

『レクイエム』の「献辞」４行目の「徒刑の穴蔵」はプーシキンの「シベリアの深き坑道にあっても／誇らかな忍耐を保ってくれ……[18]」から引かれている。「２年間を心ならずも／共に過ごした仲間」に向けた「シベリアの吹雪に何を想い／月下に何を見ているだろう」という言葉は，デカブリストの妻たちの姿もそこに重ねて語られているように思う。 （木下晴世）

▶6 ☞Ｉ-D-3
▶7 *Соломон Волков*, Диалоги с Иосифом Бродским. М.: Независимая Газета, 1998.
▶8 ☞Ｉ-B-2 3
▶9 « Поэма без героя ». 1942-63年執筆。
▶10 ☞Ｉ-C-4
▶11 Ольга Афанасьевна Судейкина. 1885-1945. 女優。
▶12 Всеволод Гаврилович Князев. 1891-1913. 詩人。
▶13 Николай Степанович Гумилев. 1886-1921. 詩人。
▶14 ブロークは1921年８月７日に死去，10日に葬儀が行われ，ニコライ・グミリョフは８月３日に逮捕，27日に銃殺された。
▶15 « Пушкин и Невское взморье ». 1963年執筆。
▶16 Когда порой воспоминанье... 1830年執筆。
▶17 И вот, наперекор тому, Что смерть глядит в глаза, — Опять, по слову твоему, Я голосую за: ... А дело в том, Что суждено нам всем узнать, Что значит третий год не спать, Что значит утром узнавать О тех, кто в ночь погиб.（ほら死が顔をのぞかせているというのに——／またお前の指図で／私は賛成の票を投じている／……というのも実は／私たちはみな知るのが定め／三年この方眠れずにいるのがどういうことか／夜滅びた者らのことを／朝目覚めて知るのがどういうことなのか）。
▶18 Во глубине сибирских руд... 1827年執筆。

C　20世紀の文学

12　『ディ・グラッソ』Ди Грассо（1937）

イサーク・エマヌイロヴィチ・バーベリ（Исаак Эммануилович Бабель, 1894-1940）

図１　バーベリ（ソ連作家同盟第１回大会で，1934年）

出典：*Сергей Поварцов.* Причина смерти — расстрел: хроника последних дней Исаака Бабеля. M.: TEPPA-TERRA, 1996.

... в иссступлении благородной страсти больше справедливости и надежды, чем в безрадостных правилах мира.

……喜び薄いこの世界の法則よりも，気高い情熱の激昂にこそ，より多くの正義と希望が秘められている。

1　凝縮の詩学

引用は，独特の語り口で1920年代に一世を風靡し，現在でも短編の名手として世界的に評価の高いバーベリ後期の作品から。「凝縮の詩学」とでも呼ぶべきこの作家の世界観・芸術観がよく表れている。

短編の題ともなっている「ディ・グラッソ」とは，イタリアから黒海沿岸の街オデッサ[1]へと興行にやって来た俳優の名だ。語り手の「私」が14歳にして加担しているダフ屋一味も含めて，オデッサの人々は皆，人間の情念を具現したかのようなその演技に魅了される。公演の後で外に出た「私」は，「周囲の事物が，かつてなく静かに，たとえようもなく美しく，その真にあるがままの姿に立ち現れている」ことに気づく。ディ・グラッソの演技に触発されて，世界に対する「私」の知覚と認識が変化したのだ――それが一時的か，恒久的かはともかくとして。

バーベリは本来，詩人的な資質の持ち主だったのだろう。作品世界を歴史的な時空間と結びつけたり，具体的な状況と人物との関係を詳細に説明したりすることは，煩瑣で迂遠と感じられたようだ。望んだのは，自分が執筆言語に選択したロシア語の可能性を最大限に駆使して，人間の情念そのものを分析的にではなく直接に表現することである。そのためにバーベリは，しばしば事実に立脚しながらも，時系列や空間的な相互関係を無視してそれらを断片化し，再構成したり詩的形象と結びつけたりすることをためらわなかった。彼の作品の極度の短さ，ときに比喩される対象より比喩自体の方がイメージをよく喚起する過剰な文体は，このような志向に基づいていた。

2　「太陽」の讃歌

オデッサという多民族・多言語環境に育ち，習作期にはフランス語による創作を試みたこともあるというバーベリは，形而上学的・神秘的な世界認識を象徴的な手法で描く19世紀末-20世紀初頭のロシア文学の主潮流に抗して，現世

▶1　オデッサはロシア人，ウクライナ人，トルコ人，ギリシア人，西欧からの居留者などが住み，多言語・多民族都市として知られたが，とくに多かったのはユダヤ人である。19世紀後半からロシア帝国各地で勃発したポグロム（ユダヤ人迫害）を逃れて，多数のユダヤ人難民がこの街に移り住み，スラム街を形成していた。☞Ⅰ-B-㉑▶5

的な情熱・情念の表現をこそめざしていた。若き日の文学的マニフェストとでも言うべきエッセイ「オデッサ[2]」では，従来のロシア文学を「秘密めいて重苦しいペテルブルクの霧」になぞらえ，これに対して，「心から朗らかで輝くような太陽」の讃歌の必要性を主張している。オデッサ暗黒街のユダヤ・ギャングの活躍を戯画的・装飾的な筆致で描いた連作『オデッサ物語[3]』4編は，このような主張の実践である。

▶2 « Одесса ». 1916.

▶3 « Одесские рассказы ». 1921-24年初出。

3 歴史と詩のあいだ

だがバーベリが生きたのは，ロシア革命，国内戦，社会主義建設と続く激動の時代だった。バーベリは，価値観の葛藤を伴う戦争のなかに人間の情念の発露を見いだそうとして，ソヴィエト－ポーランド戦争[4]の取材に赴いたが，自身の同胞であるユダヤ人[5]に対する赤軍とポーランド軍双方の残虐行為や，同行した赤軍主力のコサック[6]たちの，知識人とは異質で荒々しい言動と世界観を目撃することとなった。代表作『騎兵隊[7]』は，その際の経験や見聞に基づいている。

『騎兵隊』を構成する34の短編は，目前の人々を聖人画の様式に描き出す放浪のポーランド人画家「アポレク様」，盲目にされながらも「善人のインターナショナル」を夢見る老ユダヤ人「ゲダリ」，衣服を略奪するために捕虜を殺害した直後に，飛行機による爆撃から赤軍部隊を守るため，進んで囮となり，従容として死んでいくコサック「中隊長トルノフ」など，一義的には説明できないような個々人の生や死を，緊密な構成と過剰な文体で鮮烈に描き出している。だがその一方で，ロシア革命という世界史上の大事件の一環であるこの戦争の全貌は，全編を通して読んでも，浮かび上がってはこない。作者の関心が，個々人の情念や情景を詩的に凝縮し，昇華することに集中しているからだ。

ときに詩的効果を優先するあまり，事実を大きく歪めることもためらわなかったバーベリの『騎兵隊』は，アヴァンギャルド[8]の影響がなお色濃く残っていた20年代の文学界で熱狂的に迎えられた一方で，この戦争に実際に従軍していた者たちからは，しばしば否定的に受けとめられた。

▶4 十月革命後にロシア帝国からの独立を果たしたポーランドと，ボリシェヴィキ政権下のソヴィエト・ロシアとのあいだで，ガリツィア・ヴォルィニ（現在のウクライナ西部）の帰属などをめぐって19年に勃発した戦争。赤軍が敗北し，係争地はポーランド領となったが，第二次世界大戦後にソ連邦ウクライナ共和国に編入された。

▶5 ☞Ⅱ-C-3

▶6 ☞Ⅱ-C-2

▶7 « Конармия ». 1926年刊行。

▶8 ☞Ⅰ-C-3 8，Ⅰ-E-5

4 「沈黙というジャンルの名手」

自身の見聞や事実の断片を自在に構成することで純粋に詩的な言語世界を築こうとしたバーベリの志向は，20年代後半からイデオロギー統制を強め，やがて〈社会主義リアリズム[9]〉という特定の規範に基づいて現実を描くことを求めたスターリン体制下で歓迎されるものではなかった。バーベリは後半生では新社会の建設を描こうと努めたけれども，むしろ従来よりも抑制した筆致で革命前のオデッサを描いた『私の鳩小屋の話[10]』ほかの自伝的作品の方に佳編がある。34年に「私は沈黙というジャンルの名手」と自嘲した彼は，その5年後に逮捕され，粛清の対象となった。

（中村唯史）

▶9 ☞Ⅰ-B-21▶3ほか

▶10 « История моей голубятни ». 1926.

C　20世紀の文学

13　『アルセーニエフの人生　青春』Жизнь Арсеньева. Юность（1920年代末-39）

イワン・アレクセエヴィチ・ブーニン（Иван Алексеевич Бунин, 1870-1953）

図1　ブーニン（1902年）
出典：*Бабореко Александр.* Бунин: Жизнеописание. М.: Молодая гвардия, 2004.

У нас нет чувства своего начала и конца.
私たちには自分の始まりと終わりの感覚がない。

1「始まりと終わりの感覚」

『アルセーニエフの人生　青春』はブーニンには珍しい長編小説だ。フランスに亡命した一人称の語り手がロシアで過ごした青春時代までの人生を語る自伝的作品ではあるが[1]，あくまでも創作として執筆された。5つの章（書と呼ばれる）からなっており，1920年代末に書かれた「第一の書[2]」から「第四の書[3]」は30年に『アルセーニエフの人生　日々の起源[4]』というタイトルで単行本として出版されている。最後の「第五の書[5]」が完結するのは39年になる。

作品を読み始めると，「私」の誕生について記す一文に続いて，冒頭の引用の文に出会う[6]。いつ生まれたかを知らなければ，死があることに気づかなかったのではないか，いや，生まれたときすでに，死の感覚というものは存在するのではないか，それがあるからこそ人生を愛するのではないか。互いに分かちがたい生と死について「私」は考えを巡らせる。この哲学的テーマはブーニンのあらゆる作品で語られている。そしてこのテーマを読み解く鍵は感覚にある。

ブーニン文学は五感のとらえる世界の鮮やかさを特徴とする。初期の『アントーノフカ林檎[7]』はその代表作といえよう。そして，『アルセーニエフの人生』の語り手「私」も幼い頃から感覚に秀でた少年だった。最初の思い出は，秋が訪れる前の太陽の光に満ちた束の間の風景であり，過去はいつも詳細な感覚描写に彩られて語られる。鋭敏な感覚はさらに，本のなかで出会った中世ヨーロッパやポリネシア，エジプトの風景から，伝え聞くロシアの歴史的光景まで，実際に自ら体験したかのようなリアルなイメージでとらえる。こうして，「始まりと終わりの感覚」の不在は，時間を超え，さらに空間をも超えて広がる「私」の果てしない感覚を浮かび上がらせる。これは，強烈な感覚と生彩あるイメージを伴う「記憶[8]」としても語られる。

▶1　☞Ⅱ-C-6
▶2　« Книга первая ».
▶3　« Книга четвертая ».
▶4　« Жизнь Арсеньева. Истоки дней ».
▶5　« Книга пятая ».
▶6　短編『夜』（« Ночь ». 1925）でも同様のことが語られている。
▶7　« Антоновские яблоки ». 1900.
▶8　『夜』を参照。記憶を意味するロシア語の最初の文字は大文字になっており（Память），個人の記憶とは区別される。

2 精神と肉体

とはいえ，「私」は幼い頃からいくつもの身近な人の死を経験し，「この世のものすべて，生あるすべての物質的で肉体的なものは，必ずや滅び，朽ちる」こと，肉体の死は1つの確かな「終わり」であることを知っている。「第四の書」

の最後でも，亡命後の「私」が，29年１月の大公ニコライ[9]の死の知らせに「終わり」を感じている。もっとも，ここで，記憶，夢や想像のなかのイメージが立ち現れ，風が吹く風景が描かれるとき，終わらない何かが漂うのだけれども[10]。

「第五の書」も死のモチーフで終わる。けれども，このときの「私」は，肉体は滅びても，終わることがないものがあることを確かに意識し，すでに亡き，かつての恋人を近くに感じている。しかも，心と体の両方で。感覚は心と体の双方を支配するほどに強烈だ。ブーニンにおいて，肉体の死を超えるのは，精神や魂の不死ではなく[11]，肉体にも精神にも及ぶ不死の感覚なのだ。

作品では，「精神と肉体」という表現が繰り返される。それは，心身二元論では説明しえない強く鮮烈な感覚を伝えるためだろう。とりわけ顕著なのは，恋が語られるときだ。恋は「人間の肉体と精神の美しさ」をあらわにし，「精神と肉体の力すべてを丸ごと呑み込んだ本物の狂気」となり，「精神と肉体の力を奪」う[12]。心と体が結びつくところにある感覚は，ブーニン文学の主要テーマの一つである，恋愛と死の関係を解き明かす手がかりともなる。

3 継続性から非連続的な永遠へ

ブーニンは，自伝的要素も含まれるこの作品をどこで終えるか，常に迷いながら，書き進めていた。「第五の書」を第２巻の最初に据えて，さらに続きを書くことも考えていたことが知られている。結局，恋愛を扱った「第五の書」が最後の書となり，その後は同じく恋愛をテーマとした『暗い並木道』[13]所収の短編の執筆に移行する。特定の主人公の連続的な人生を語る長編小説から，誰かの人生における非継続的な，けれども特別な出来事を刻む断片的短編へ。一見，大きな方向転換のようだが，『アルセーニエフの人生』が宿す「終わり」の感覚の不確かさが，断片的なテクストに新たな表現を得たと考えることができる。

『暗い並木道』に収められた個々の作品には，それぞれ一瞬の，しかし生き生きとした感覚的イメージが刻まれている。感覚を非連続的なイメージに具現することで，直線的な時間の流れに抗おうとしているかのようだ。感覚は持続しなくとも，書きとめられれば「終わり」を知らないイメージと化し[14]，それは常に，永遠の現在として現前する。亡命作家として，戻らない過去や失われたかつてのロシアを思い返すのではなく，それらをいかに現在に再現し，新たな生命を吹き込むか。そこに「始まりと終わりの感覚」の不在は表現を見出していく。

33年，ロシア文学の伝統を継承，発展させた散文を評価され，ブーニンはノーベル文学賞を受賞する。一方，私生活では，それまで作品を執筆する作家の傍らにいた年の離れた恋人は，新たな恋に落ち，ブーニンから離れていく。「第五の書」から『暗い並木道』への創造の流れには，かつてのロシアも，最後の恋も失った作家が，その喪失に打ち克つほどの鮮やかなイメージを追い求めていった軌跡を見るようでもある。

（宮川絹代）

▶9　ロシア皇帝ニコライ１世（Николай I. 在位1825-55）の孫であるニコライ・ニコラエヴィチ・ロマノフ（Николай Николаевич Романов. 1856-1929）。ロシア革命後に亡命し，南フランスのアンティーブで死去。ブーニンも南フランスの町グラースで暮らしていた。

▶10　息や風は，その他の作品（『軽い息』（« Легкое дыхание ». 1916）など）で，不死や記憶と結びつくイメージとなっている。

▶11　魂の不死についても触れられているが（「第一の書」10節），作品を通じて展開をみない。

▶12　恋愛における精神と肉体については，中編小説『ミーチャの恋』（« Митина любовь ». 1925）などでも語られている。

▶13　« Темные аллеи ». 1943年に一部が，1946年に完全な形で刊行された。

▶14　作品冒頭の「ものごと，書きとめられざれば，闇に覆われ，忘却の柩に引き渡さるるが，書きとめらるれば，生けるもののごとく……」という引用文も象徴的。これは，18世紀前半の古儀式派のフィリッポフ（Иван Филиппович Филиппов. 1655-1744）の「『（ポモーリェの）返答』に関する簡潔な記述，その目的と回答，それについての議論，いつ，どこで，誰によって，誰と，どのような指示によってこれが作られたか」（« История краткая о (Поморских) ответах сих, чесо ради и како овети сии и разглагольство о сих, когда и где и кем и с кем сия содеяшася и по каким указом »）からの厳密ではない引用。

C　20世紀の文学

14　『巨匠とマルガリータ』Мастер и Маргарита（1928?-40年執筆，66年発表）

ミハイル・アファナーシエヴィチ・ブルガーコフ（Михаил Афанасьевич Булгаков, 1891-1940）

図1　『トゥルビン家の日々』が初演された頃のブルガーコフ（1926年）

出典：Lesley Milne, *Mikhail Bulgakov: A Critical Biography*, Cambridge: Cambridge Universiy Press, 1990.

Рукописи не горят.

原稿は燃えないものです。

1　奇想に満ちた壮大な小説

これはブルガーコフの代表作『巨匠とマルガリータ』で特に有名な言葉であり，本作の成立と公表をめぐる事情が象徴的に示されている。

作中では，暖炉で焼却したはずの「分厚い原稿の束」が，それを書いた作家の目の前に甦る場面で発せられる。原稿とは，ヨシュア（イエス・キリスト）の処刑を認めたユダヤ総督，ポンテオ・ピラトの苦悩を描いた小説である。

『巨匠とマルガリータ』の主な舞台は無神論を是とする1920-30年代のモスクワ。「巨匠」を自称するこの作家は，これを書いたために文壇を追われ，愛人マルガリータを残して失踪した。行方不明の彼を探すマルガリータの前に現れたのは，奇妙な男たちや巨大な黒猫[1]を従える謎の外国人紳士ヴォランド。彼らは悪魔であり，黒魔術を用いて市内を混乱させたあと，マルガリータに声をかけ，木曜日深夜の「悪魔の大舞踏会」の主宰者を務めさせる。その報礼として，彼女の前に「巨匠」が連れ戻され，また，失われた原稿の束も復元する。その際にヴォランドが発する言葉が「原稿は燃えないものです」である。

『巨匠とマルガリータ』を構成するのは，この20世紀前半のモスクワと，古代のエルサレムという２つの時空間だ。現代のモスクワでは，グロテスクな描写の中で悪魔が跋扈し，官僚主義が風刺され，私利私欲にまみれた俗物たちが嘲弄され懲罰される。他方，古代エルサレムは異化された聖書の世界であり，奇蹟の起こらないリアリズムで貫かれ，ピラトの苦悩，ヨシュアの処刑，ユダの暗殺が描かれる。まさに後者が「巨匠」の書いた小説として作品に組み込まれており，小説全体が「ブルガーコフの福音書」を成すのだが，それは，失意の作家「巨匠」と愛人マルガリータの救済という目的のために準備されたともいえる。結末で２つの時空間が交錯する，壮大なスケールの長編小説だ。

2　作者の生涯を色濃く反映

主人公の「巨匠」は，作者ブルガーコフ本人とその運命を色濃く投影している。「マルガリータ」は，彼の３人目の妻エレーナ・セルゲエヴナ・ブルガーコワ[2]がモデルだ。この作品は，スターリン[3]の独裁権力が強まった20年代末に

▷1　黒猫はベゲモート（Бегемот）という名で，ユーモラスで人気のあるキャラクターだ。旧約聖書の「ヨブ記」40章15節以下に出てくる野獣に由来する。

▷2　Елена Сергеевна Булгакова. 1893-1970.

▷3　Иосиф Виссарионович Сталин. 1878-1953.

▷4　「この私は，悪魔をめぐる小説の草稿と，喜劇の草稿と，第二の長編小説『劇場』の冒頭を，みずからの手で暖炉の火にくべたのです」（ブルガーコフがソ連政府に宛てた手紙，1930年３月28日付け）。なお，『劇場』（« Театральный роман ». 1936-37）は未完に終わった。

▷5　1970年に没した彼女が保管していた本作の膨大な草稿・タイプ稿は今では

「悪魔についての小説」として着手された。作品の出版や戯曲の上演が当局に阻まれたブルガーコフは，絶望してこの小説の原稿を実際に焼却したこともあったようだが，[4] 結局は1940年３月10日に病没するまで改訂・改稿が続けられた。遺稿は妻エレーナが密かに保管し続け，発表の機会を待った。[5]

初出版は66年の国内文芸誌だった。検閲による部分削除もなされたが，共産圏から宗教的題材と社会的風刺を含んだ長編小説が，作者の死後四半世紀を経て出現したことに世界が瞠目した。まさに「原稿は燃えないもの」だったのだ。

3 ウクライナ出身の元軍医

1891年生まれのブルガーコフはウクライナのキエフ出身である。[6] 神学校の教授の長男で，同地で医学を修めるが，ロシア革命の内戦中，軍医としてウクライナ民族軍，赤軍（革命軍），白軍（反革命軍）に次々に強制徴用された。当時の極限状況の現場体験や，動乱に翻弄された家族や故郷の記憶が，のちに発表される「内戦もの」の中短編[7]や，長編『白衛軍』[8]とその戯曲版『トゥルビン家の日々』[9]に結実した。

1921年，モスクワに出たブルガーコフは，新聞のコラムニストとなる。世相批評で文才を磨きながら，社会主義政権下での都会の混乱を見据え，革命後の新時代でも変わらない人間の本質を暴き出す奇想天外な小説を次々に生み出した（また戯曲も多く書いた）。たとえば『悪魔物語』[10]は，工場を解雇された男が復職を求めて奔走するうちに破滅する不条理な話で，映画的な場面転換の連続が鮮やかだ。『犬の心臓』[11]は，人間の脳下垂体と精嚢を移植された雄犬が人間に変貌し，騒ぎを起こした末に再び犬に戻されるSF風の物語だ。人間と社会の改造に頓挫するロシア革命やそれを補完した科学万能主義を風刺したと解釈されるが，親の期待どおりに成長できない子どもの苦しみという，今の日本人にも身近で普遍的な構図の作品とも解釈できる。

こうした創作活動の集大成となったのが『巨匠とマルガリータ』である。

4 ロシア人と親しくなれる作品

今日のロシア人で『巨匠とマルガリータ』を愛読書に挙げる人は少なくない。ロシア人と知り合ったとき，ブルガーコフの名を出し「『巨匠とマルガリータ』を読んでいる」と自己紹介ができれば，彼らとの距離も縮まるかもしれない。

モスクワの，かつてブルガーコフが住んだボリシャヤ・サドーワヤ大通り10番地の建物は，観光名所である。１階には2004年より博物館を兼ねた劇場「ブルガーコフの家」[12]ができた。住居とした最上階の「50号室」は，2007年に国立の「ブルガーコフ博物館」[13]となり，各種の展示がなされている。悪魔ヴォランドたちが活動拠点とした部屋のモデルでもあり，想像力をかきたてられる。

（宮澤淳一）

精査を経ており，その初期稿や異稿が出版されている。

▶6 ブルガーコフは同じウクライナ出身のゴーゴリ（☞Ⅰ-B-4 6）を敬愛していた。ロシアに来てから都会を舞台にした小説を書いた点で２人は共通する。彼が戯曲化したゴーゴリの長編『死せる魂』（« Мертвые души »）は，1935年にモスクワ芸術座で上演。同座の人気演目となった。

▶7 『赤い冠』（« Красная корона ». 1922）や『カフスに書いた手記』（« Записки на манженах ». 1923年執筆）など。

▶8 « Белая гвардия ». 1922-24年執筆。

▶9 « Дни Турбиных ». 1926. モスクワ芸術座で初演。反革命側の人々を肯定的に描いたこの作品は，当局ににらまれつつも，ロングランとなる。ブルガーコフの戯曲は上演禁止が相次いだが，彼がかろうじて演劇活動を続けられたのは，スターリンが密かに彼の演劇のファンで，便宜を図ったためとされる。

▶10 « Дьяволиада ». 1924.

▶11 « Собачье сердце ». 1925. パリで出版。ロシアでは長らく発禁だったが，1987年に国内出版され，その後，映画や演劇にもなった。

▶12 www.dombulgakova.ru

▶13 www.bulgakovmuseum.ru

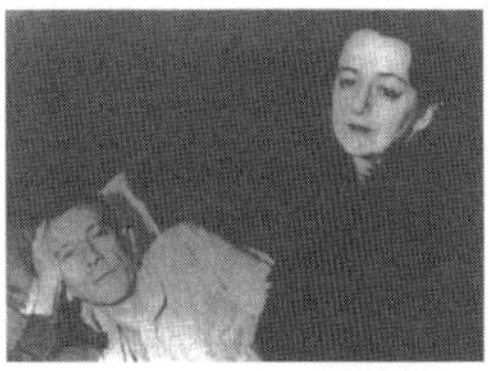

図２ 病床にあった最晩年のブルガーコフと妻エレーナ（1940年）
出典：図１に同じ。

C　20世紀の文学

15　『静かなドン』Тихий Дон（1928-40年執筆）
ミハイル・アレクサンドロヴィチ・ショーロホフ（Михаил Александрович Шолохов, 1905-84）

図1　若き日のショーロホフ
出典：*Кузнецов Ф.* „Тихий Дон“: судьба и правда великого романа. М.: ИМЛИ РАН, 2005.

Мелеховский двор - на самом краю хутора.
メレホフの家は集落の一番はずれにある。

1　コサック——帝国の「はずれ」の野蛮人？

長大なロシア小説のなかでも一，二の長さを誇る『静かなドン』は，上のような短い一文で始まる。しかしこの一見なにげない文に，実は，文庫本にして８巻にも及ぶ歴史大河小説の核心が詰まっている。ここでの「集落」とは，ふつうのロシア農村ではなく，南部ロシアのコサック集落のこと。その集落の「はずれ」というメレホフ家の位置は，この一家が，コサック集団のなかで周縁的で異質な存在であることを象徴しているようだ。実際，トルコ人の血を引くメレホフ家は，相貌からして集落で際立っている。次男で小説の主人公のグリゴリーも父と同じ鷲鼻をもち，「微笑にも……なにか獣のようなところがあった」。

グリゴリーは行動においてもコサック集団から逸脱していく。まず隣家の人妻アクシーニャと不倫をして集落の秩序を乱した末，駆け落ちをする。やがて1917年のロシア革命につづき内戦の時代が訪れると，メレホフ家のあるドン地方は，赤軍と白軍が交互に占領する混乱の地となる。コサックたちはみな革命前の伝統に従い白軍につくが，集落を出奔したグリゴリーは，戦功をあげ優れたコサック指揮官になっていくものの，偶然出会ったコミュニストに感化され赤軍についたかと思えば，今度は反革命の将校に影響され，その後再び革命派に加わるなど，一人ふらふらと迷い続ける。しかしながら，さらに時が進むと，赤白どちらの陣営につけばよいかわからずにふらふらと動揺するのは，グリゴリー一人ではなく，コサック集団全体であることが判明していくのである。

つまりグリゴリー・メレホフは，革命期のコサック集団全体の動揺を先取りする，コサックの代表者だったのだ。このような展開を踏まえて冒頭の一文にもどると，コサック集落におけるメレホフ家の周縁性・異質性は，ロシア全体におけるコサック集団の周縁性・異質性のたとえになっていると考えられそうだ[1]。コサックとはそもそも，ロシア帝国から逃亡した農民などが，自由を求めて帝国の「はずれ」に形成した武装自治集団だった[2]。

しかしながら，17世紀末頃からのコサックは，強大化する帝国の支配下に組み込まれて次第に自治を失い，やがては革命運動を弾圧する皇帝直属の憲兵にまでなる。ロシアといえばコサックを思い浮かべる人も多いだろう。つまり，

▷1　この面白い解釈は，アメリカのロシア文学者コーンブラット（Judith D. Kornblatt. 1955-. *The Cossack Hero in Russian Literature: A Study in Cultural Mythology*, 1992）による。

▷2　☞Ⅱ-C-2

コサックは元来ロシア国家から距離をおこうとした人々でありながら，逆にロシアを体現する存在に転じたのだ。内戦期のグリゴリーらコサックの迷いは，彼らがもともと抱え込んでいたこの二面性や矛盾の表出だった。

2 女性たちとコサックの命運

ところで，この小説にはもう一つ大きな主題がある。それは，主人公の不倫をはじめとする様々な恋愛だ。グリゴリーとアクシーニャは，内戦の地で離反と再会を繰り返しながらも互いを思い続ける。そしてこの中心的な恋愛を彩るように，グリゴリーの妻ナタリアの傷心，妹ドゥニャーシャとコミュニストの恋愛，兄嫁ダリアの奔放な行動など，主人公の周りの若い女性たちの波乱に満ちた日々が物語られる。しかし小説が終盤にさしかかると，無残なことに，ドゥニャーシャ以外の女性はみな，なんらかの形で身体を傷つけ，悲劇的な死を迎える。明らかに，彼女たちの困難な恋愛と死は，男性コサックが戦う内戦，そしてコサック集団が小説末尾で迎える破滅と，並行関係を描いている。

コサック集団の破滅――それは，結局，赤にも白にもつけず，「コサック」というアイデンティティしか持てなかった彼らが，「獣のような」反革命勢力として革命政権に弾圧されるという，実際に起こった出来事である。グリゴリーを野蛮さを帯びた異質な人物にすることで，小説は冒頭からこのクライマックスを準備していたと言えそうだ[3]。しかし，コサック軍を率いて無数の戦闘を戦ったグリゴリーは，政治的に破滅しながらも，なぜか最後まで生き残るのである。

3 スターリン時代異例の作品

女性たちの相次ぐ死とコサック集団の壊滅という重苦しい結末部は，長年の発表差止めの後，40年に発表された。雑誌連載開始から12年が経っていた。この間，小説の中間部も政治的に問題視され，たびたび連載が中断したが，読者の共感を集める主人公が赤軍につかずに破滅するという結末は，文学をプロパガンダに使うソ連政権にとり，特に問題であった。結局スターリン自身が発表を許可したとされるが，なぜそのような判断が下されたのかは未だに謎であり，この時代のソ連小説としては極めて異例な作品になっている[4]。だがそれでも，グリゴリーが生きながらえ，コサック・アイデンティティを捨て，革命政権のもとで人生をやり直す可能性がごく僅かながら末尾に残されていることは，ソ連体制にとってポジティヴな意味をもつ。であるならば，克明に描かれる女性たちの身体的苦痛や死は，戦う男性コサックの死の身代わり的な表象だと言えるかもしれない。剝き出しの暴力と性の描写に際立ち，過酷な結末により心を打つ小説の作者ショーロホフ[5]は，この作品によりノーベル文学賞を受けた。長大な物語だが，末尾のグリゴリーの姿に触れるならば，そこに至るまで読み進めた長い過程に，あらためて思いが馳せられるだろう。 （平松潤奈）

▶3 レーニン（Владимир Ильич Ленин. 1870-1924）も関与したこの「コサック解体」政策で，革命政権側は実際にコサックを動物的とみなして弾圧を押し進めた。これによりおそらく1万人以上のコサックが処刑された。人類学者のスコット（James C. Scott. 1936-）によれば，コサックのように国家の圧政を逃れて暮らす辺境民は，意図的に「自己野蛮化」の戦略をとるという。この小説は，そのような自ら選んだ「野蛮」が，逆に国家に再利用・再統合される際の暴力を物語っている。ただし小説は，革命政権側のこの暴力を克明には描いていない。

▶4 小説では，グリゴリーの物語と対をなすように，赤軍で戦うコサックの物語もかなりの割合を占め，その部分は，当時の公式文学規範「社会主義リアリズム」に則ったテクストになっている。だがそうした「赤いゾーン」は，小説の中心軸ではない。

▶5 この小説の真の作者はショーロホフではない，とする盗作説が，1920年代から現代まで流布してきた。盗作説の根拠は多岐にわたるが，▶4に記したような，質的に大きく異なる複数のテクスト（大別すれば，公式規範に沿う「赤いゾーン」と，著しく逸脱する「コサック・ゾーン」の2種類）の混在は，文献考証上の重要な根拠とされる。しかし99年に作品の手稿が発見され，鑑定によりショーロホフが作者だという見解が一応確立している。

C　20世紀の文学

16 『苦悩の中を行く』Хождение по мукам（1918-41年執筆）
アレクセイ・ニコラエヴィチ・トルストイ（Алексей Николаевич Толстой, 1883-1945）

図1　執筆中の A. トルストイ
出典：Русская литература 1920–1930-х годов. Портреты прозаиков: В 3 т. Т. 1. Кн. 2. М.: ИМЛИ РАН, 2016.

Да, Катя, мы все в нравственном тупике. За последние пять лет у меня не было ни одного сильного чувства, ни одного крупного движения. Даже любовь к тебе и женитьба прошли точно впопыхах. Существование — мелкое и полуистерическое; под непрерывным наркозом.

そうだ，カーチャ，僕らはみな倫理的な行き詰まりにあるんだ。この５年の間，僕は一度だって強烈な感情を覚えたり大胆に行動したりしたためしがない。君への愛情や結婚さえ，まったく足早に過ぎてしまった。存在というものが，小っぽけで，ヒステリーじみていて，いつも麻酔にかかっているみたいだ。

1 亡命，「同伴者」から社会主義リアリズムの巨匠へ

アレクセイ・トルストイは，文豪レフ・トルストイ[1]の遠縁にあたるサマーラ県の伯爵の家柄に生まれた。大学進学と同時にペテルブルクへ移り，〈銀の世紀[2]〉の爛熟した文化的雰囲気の中で様々な作家，芸術家らと交流したトルストイは，やがて自らも作家として才能を開花させた。首都に二月革命が起こると，初めは歓迎したが，次いで到来した十月革命の残酷な現実を前に政変への評価を否定的なものとした。1919年には西ヨーロッパへ亡命する。

亡命中のパリで『苦悩の中を行く』（後の同名の３部作の第１部に当たる部分）を完成，発表したトルストイは，その後23年にソ連へ帰国した。しかし待ち受けていたのは，文壇で勢力を増しつつあったラップ[3]による，亡命帰りの反革命的〈同伴者[4]〉である彼への激しい攻撃であった。そうした逆境の中，20年代のトルストイはSF小説や戯曲も本格的に手がけるようになり，創作の幅を広げていった。まだ亡命中に書かれ，プロタザーノフ監督[5]によって映画化されたSF小説『アエリータ[6]』は特によく知られている。

30年代に入ると，トルストイに大きな転機が起こる。上からの圧力でラップが解散させられた文壇で一転して政権の寵愛を受け，〈社会主義リアリズム[7]〉の巨匠と位置付けられるようになったのである。30年代後半からはソ連最高会議代議員やアカデミー会員などの国家要職に就く。20-40年代にかけて第２・３部が書き継がれ３部作となった『苦悩の中を行く』は，小説『ピョートル大帝[8]』，戯曲『イワン雷帝[9]』とともにスターリン賞を受賞した。

▶1　☞Ⅰ-B-⑬⑰

▶2　☞Ⅰ-C-①②，Ⅰ-E-④

▶3　РАПП．ロシア・プロレタリア作家協会。1920-30年代初頭のソ連文壇にあった文学グループのひとつで，強い政治的性格を持ち，非プロレタリア作家を攻撃した。

▶4　попутчик. 革命家トロツキー（Лев Давидович Троцкий. 1879-1940）が『文学と革命』（« Литература и Революция ». 1923）で用いて流布した呼称。積極的ではないが社会主義革命を受け入れ，プロレタリアートに協力姿勢を示す，主に非党員作家を指した。

▶5　Яков Александрович Протазанов. 1881-1945．ロシア・ソ連の黎明期の映画監督。『スペードの女王』（« Пиковая дама ». 1916），『セルギー神父』（« Отец Сергий ». 1918），『アエリータ』（« Аэлита ». 1924），『持参金のない娘』（« Бесприданница ». 1936）などが代表作である。

2 時代の嵐に翻弄される人々

『苦悩の中を行く』という小説の題名は，古代スラヴの聖書外典の１つである「苦しみの中を行く聖母（聖母の地獄めぐり）」に由来する。地獄で苦しむ罪人達のために聖母が主に慈悲を乞うという内容のこの外典は，19世紀に民衆の間で流行し，ドストエフスキー[10]の小説『カラマーゾフの兄弟』[11]でも言及されている。トルストイは思想家ベルジャーエフ[12]を介してドストエフスキーの創作に親しみ，強い影響を受けた。聖書外典の地獄の罪人達の姿に，トルストイは第一次世界大戦とロシア革命という時代の嵐に翻弄される登場人物達の姿を重ねた。ヒロインであるカーチャとダーシャのブラーヴィナ姉妹，ダーシャと惹かれ合う技師テレーギン，夫を失ったカーチャと結ばれる士官ローシチン，非業の死を遂げる詩人ベスソーノフといった主要登場人物は，革命の最中に離れ離れになり，互いを求めてあがきながら，混乱した社会を力強く生き抜き，ついに再会のうちに大団円を迎える。３部作は，キリスト教的イメージのもとに革命と内戦の時代を描き出した一大叙事詩である。

3 失われた「罪」のモチーフ

冒頭の引用はカーチャの夫である弁護士スモコーヴニコフの言葉である。この発言に表れているように，『苦悩の中を行く』は亡命先で後の第１部の元になった第１作が完成された時点では，「罪」を中心的モチーフとして革命を描く作品であった。そこでは，主要登場人物はそれぞれが自らの生活に罪の意識を覚えている。彼らを飲み込んでいく戦争と革命は，この「罪」の帰結として呼び起こされたカタストロフィーという意味合いを与えられる。こうした「罰」としての社会の混乱が，殺戮と神の秩序の破壊というさらなる「罪」を生んでいく。亡命時のトルストイが抱いていた懲罰的歴史観が，作品の基調をなしている。

だが，このような歴史観は小説の大幅な改作と続く第２・３部の執筆の過程で覆い隠されていった。帰国したトルストイは，革命後のソ連国家に受け入れられるために妥協したのである。第１作は大部分が削除され，分量にして当初の３分の１になり，特に十月革命を容赦ない破壊として描く結末部分は大きく変更された。当初は多用されていた「罪」という単語も減少した。そして，1920-30年代にソ連で第２・３部を執筆するにあたり，トルストイは自らの歴史的立場を改めた。作品は次第に革命を正当化するものとなり，その語りも叙事的調子を帯びていった。こうして，第１部「姉妹」，第２部「1918年」，第３部「陰鬱な朝」から成る３部作として完成した『苦悩の中を行く』は，その大団円で，登場人物が一堂に会する中，ソ連の電化が高らかに謳い上げられる，〈社会主義リアリズム〉の規範に忠実な国威発揚の物語となったのである。

（古宮路子）

▶6 « Аэлита ». 1922-23.

▶7 1934年のソ連作家同盟第１回大会で決定された芸術の規範。社会主義の理想を描くことが求められた。

▶8 « Петр Первый ». 1934.

▶9 « Иван Грозный ». 第１部1942年，第２部43年。

▶10 ☞Ⅰ-B-⑩⑫

▶11 « Братья Карамазовы ». 1879-80.

▶12 Николай Александрович Бердяев. 1874-1948. ロシアの宗教・政治思想家。マルクス思想で論じられる「疎外」を創造的に克服するための「自由」の哲学を唱えた。社会主義を反キリストの「宗教」と見ていた。ベルジャーエフのドストエフスキー論もこの社会主義観を基礎としている。1922年に西ヨーロッパへ亡命。

C　20世紀の文学

17　『日の出前』Перед восходом солнца（1943）[1]

ミハイル・ミハイロヴィチ・ゾーシチェンコ（Михаил Михайлович Зощенко, 1894-1958）

図１　ドミートリー・モルダフスキー『ミハイル・ゾーシチェンコ』扉写真（ソヴィエツキー・ピサーチェリ社，レニングラード支部，1977年）

出典：*Дмитрий Молдавский.* Михаил Зощенко. Л.: Советский писатель ленинградское отделение, 1977.

Итак, я решил вспомнить мою жизнь, чтобы найти причину моих несчастий.
かくして私は，我が人生を思い出してみることにした。私の数々の不幸の原因をつきとめるために。

1　ユーモア作家の憂鬱

ゾーシチェンコと言えば，何と言ってもユーモア風刺作家として知られている。彼のユーモア短編の面白さは社会主義建設の理想とは裏腹な卑小な現実を描いた内容もさることながら，言葉そのものというべきかもしれない。作者の代わりに物語るのは，素朴で無教養な語り手であり，その言葉は，方言や俗語などの「下層の言葉」と，生噛りでしばしば意味を取り違えた外来語やイデオロギー用語などの「上層の言葉」が無秩序に並べられ，そこへ地口や誇張法や叙述の脱線が入り混じるといった実に手の込んだ語り口だった。この「語り（スカース）[2]」こそが彼の真骨頂だと思われていた。ゾーシチェンコの作家としての活動期間は，1920年代初めから約四半世紀であるが，その間に「感傷的中編」と呼ばれる一連の中編のように，語り手の像がかなり作者自身に近づいた作品も書かれたが，圧倒的な人気を得たのは，スカース形式のユーモア短編や〈フェリエトン〉[3]である。ところがゾーシチェンコはユーモア小説の成功にもかかわらず，ひどい憂鬱症に悩まされていたのである。

2　精神と肉体の関係

この病の治療のために，ゾーシチェンコはあらゆる療法を試みたばかりか，自身も医学書や心理学の専門書を読み，精神と肉体の相互作用の問題に取り組んだ中編『とり戻された青春』[4]を発表した。この作品はユーモラスな小説部分は全体の３分の１ほどであり，残りは生理学や心理学に関する注釈という独特な作品となっている。憂鬱症の自己治療という新たなテーマの探求はその後も続き，中編『日の出前』として結実した。一人称の語り手は自身が若い頃からひどい憂鬱症に苦しめられてきたことを告白し，これは何らかの心的外傷が原因ではないかと推察する。そして，冒頭の引用で述べているように，その原因を解明するために人生を振り返ってみることにする。ただしこれは普通の回想記とは異なり，自分の脳裏に深く刻み込まれ，感情を揺さぶられた鮮明な思い出のみが，１，２頁のごく短い短編の形で並べられる。こうして青年期から過

▷1　▷7参照。

▷2　сказ. 作者とは異なる語り手を設定し，その語り手独特の語り口で物語を語らせる技法。

▷3　фельетон. 新聞，雑誌などのユーモラスで辛辣な世相戯評。

▷4　« Возвращенная молодость ». 1933.

去へ遡っていくのだが，記憶は２歳の時点で途絶えてしまう。

3 パヴロフとフロイト

ここで作者はパヴロフ[5]の条件反射の理論に触れ，自身の不幸の原因は幼年期に誤って記憶に埋め込まれたいくつかの事実の条件的な結合によるものだと考える。記憶や意識の底にあるもの，つまり「日の出前」にあるものを探り出すには，抑制が取り除かれた夢を分析するしかない。そして夢分析の結果，不幸の原因としていくつかの要素をつきとめる。夢分析を含め心的外傷の原因となった出来事を回想し再構築する方法は明らかにフロイト[6]の影響なしには考えられないものだが，作者はここで使われている理論はあくまでもパヴロフのものであり，誤った条件反射の組み合わせを意識的に理性の力で取り除けば幸福は約束されたと結論づけるのである[7]。

4 プロレタリア作家のパロディから自身の声の獲得へ

この作品のテーマのより大きな特徴は新しい文体である。ここには滑稽な語り手もそれを見つめる作者の皮肉な眼差しもなく，それまでゾーシチェンコ特有の文体と思われてきた凝りに凝ったものとは対照的に，簡潔明瞭な文体が生まれ，作者が初めてスカースの仮面を脱いで自身の声で語った作品と言える。ゾーシチェンコはなぜ，得意としてきたスカースの文体からの脱皮を試みたのか。28年に書かれた次の文章を見てみよう。「現在の社会や環境では本物のプロレタリア作家は存在し得るわけがない。自分はやがて社会が発展した暁には存在するはずの本物のプロレタリア作家のパロディとして存在し本物のプロレタリア作家の代理を一時的に務めているのである[8]」。社会の現状と本物のプロレタリア作家が登場し得る理想の社会のギャップを埋めるためには，プロレタリア作家のパロディを創るしかない。そして自分ほどこの役をうまく演じている作家はいない，という一見自信に満ちた告白に思われる。とはいえ，「自分は本物の作家のパロディである」という言い草はやはり自虐的であろう。

自分は何者かの代理を務めているに過ぎないという認識は，本物の自分はどこにいるのか？という自己喪失の不安を表明してもいるようだ。自分とは別個の他者を語り手に仕立て，その他者に独特の声音で語らせる手法も際限なく繰り返すうちに苦痛になってきたのだろう。鬱病の原因も本当はこの辺にあったのかもしれない。『日の出前』で全く新しい「代理でない」自身の声をとり戻したゾーシチェンコは，特に回想部分の短編群でその高い文学性を発揮した。46年にジダーノフの激烈な批判[9]を受けたせいで，ゾーシチェンコがその後自らの新たな文学の展開を見せることができなかったのは，真に残念としか言いようがない。

（安岡治子）

▶5　Иван Петрович Павлов. 1849-1936.

▶6　Sigmund Freud. 1856-1939.

▶7　『日の出前』の前半部分が発表されたのは独ソ戦の最中の43年であり，国威発揚の愛国的作品とは程遠い個人の内面に拘《こだわ》った作品は時代に相応しくないものとされ，後半部分の発表は72年になってからであった。しかもそれは『理性についての物語』（« Повесть о разуме »）という題名で，理性の勝利を描いた点が強調された。フロイトの理論は，スターリン時代のソ連ではタブーであった。

▶8　*М. Зощенко.* « О себе, о критиках и о своей работе », //Мастера современной литературы. Л.: ACADEMIA, 1928（M. ゾーシチェンコ「自分自身，批評および自身の仕事について」1928年）.

▶9　46年８月，党の文化政策担当政治局員，ジダーノフ（Андрей Александрович Жданов. 1896-1948）は，亡命者の間でも人気の高かったゾーシチェンコとアフマートワ（☞Ⅰ-C-⑪）を名指しで非難する演説を行い，以後，ゾーシチェンコはほぼ作品発表の機会を失った。

C　20世紀の文学

18　『賜物』Дар（1952）

ウラジーミル・ウラジーミロヴィチ・ナボコフ（Владимир Владимирович Набоков, 1899-1977）

図1　1923年頃のナボコフ

出典：Stacy Schiff, *Véra* (*Mrs. Vladimir Nabokov*), New York: Random House, 1999.

Прощай же, книга!　Для видений отсрочки смертной тоже нет. С колен поднимется Евгений, но удаляется поэт.

さらば，本よ！　幻影たちもまた死を猶予してはもらえない。跪いていたエヴゲーニーが立ち上がっても，詩人は立ち去って行く。

1　ナボコフとそのロシア時代の頂点『賜物』

引用はナボコフの長編小説『賜物』の結びの部分から。詩人（＝作者）が一冊の本を書き終え，幻影のような登場人物たちを置いて，立ち去っていくという意味に読める。行分けのない普通の散文のように書かれているが，じつはこの部分は４脚ヤンブ[1]という韻律を持った詩になっていて，そのうえロシアの国民詩人プーシキン[2]が『エヴゲーニー・オネーギン[3]』で考案した連《スタンザ》の形式を忠実に守っている。つまりこのような形で，ナボコフはプーシキンの伝統を受け継ぎながら，散文の中に詩を埋め込むという実験的な小説の書き方を実践したのである。

ナボコフは1899年，サンクト・ペテルブルクで由緒ある貴族の家に生まれた。一家はロシア革命後西側に亡命し，同家の長男ウラジーミルはやがてベルリンでロシア語による作家活動を始めたが，1940年にはナチス・ドイツを逃れてアメリカ合衆国に亡命した。その後彼は，作品執筆の言語をロシア語から英語に切り替え，国境だけでなく言語をも越えたバイリンガルの亡命作家として知られるようになった。彼の名前を一躍国際的に有名にしたのは世界的スキャンダルを巻き起こした英語による長編『ロリータ[4]』である。

一方『賜物』は，アメリカ亡命以前にロシア語で書かれた最後にして最大の長編であり，その構成の複雑さ，比喩と音楽的効果を多用した文体の緻密さ，そして主題の豊かさのどの点をとっても20世紀ロシア小説の頂点のひとつであることは間違いないだろう（単行本として出版されたのは52年だが，最初にパリの亡命ロシア雑誌に連載されたのは37年から38年にかけてである）。これは時に「言葉の魔術師」とも呼ばれるナボコフが，ロシア語の可能性を限界まで酷使した結果生まれた作品と言えるだろう。ロシアの枠を超えて見ると，ジョイス[5]の『ユリシーズ[6]』やプルースト[7]の『失われた時を求めて[8]』などと比べられるべき，ヨーロッパ・モダニズム小説の一翼を担う作品でもあった。

▷1　４脚ヤンブとは，ロシア詩の基本的な形式の一つ。アクセントのない音節とアクセントのある音節を組み合わせた「弱強」二音節からなる「脚」を一行に４つずつ配置する。19世紀初頭以来ロシア詩の主流となり，プーシキンの詩の半ば以上はこの詩形で書かれている。

▷2　☞Ⅰ-B-2 3

▷3　« Евгений　Онегин ». 1825-32年刊行。

▷4　*Lolita*. 1955.

▷5　James Joyce. 1882-1941.

▷6　*Ulysses*. 1922.

▷7　Marcel Proust. 1871-1922.

▷8　*À la recherche du temps perdu*. 1913-27.

2 芸術家小説としての『賜物』

この小説は普通の小説だったら収まりきらないような様々な題材を詰め込んでいるのだが，ごく基本的な設定を確認するならば，時は1920年代の半ばから後半，場所は亡命ロシア人が多く集まっていたベルリン。主人公フョードルは20代半ばの若者で，ロシア革命後亡命してベルリンにやってきて，家庭教師の半端仕事で糊口をしのぎながら，作家を目指している。『賜物』はそんな青年の文学者としての自己形成の３年間を描いた，〈芸術家小説〉（ドイツ語でいう「キュンストラーロマン[9]」）として読むことができる。

その一方で『賜物』は，失われた父を求める息子の物語でもある。フョードルの父は著名な鱗翅類《りんしるい》（蝶や蛾）の研究者で，ロシア革命直前に中央アジアの奥地に探検旅行に出かけ，消息を絶ってしまう。そしてフョードルは文学的想像力によって「失われた父」を取り戻そうとするかのように父の伝記に取り組み，想像裡に父と一体化して，父の秘境探検の旅を思い描く。フョードルの父と結びついた形で，ナボコフ自身が生涯を通じて情熱を捧げた蝶という主題も小説の中に織り込まれる。

3 ロシア文学の運命

さらに，『賜物』の第４章には，フョードルが書いたニコライ・チェルヌイシェフスキー[10]に関する伝記小説がそのまま収録され，小説内小説となっている点も注目される。チェルヌイシェフスキーと言えば，19世紀後半のインテリゲンツィアに絶大な影響力を持った急進的思想家であり，ロシア革命への道を切り開いたひとりである。ボリシェヴィキ政権を憎んだナボコフとはおよそ相容れない人物のはずなのだが，ナボコフはあえて彼を選び，戯画的な伝記小説をフョードルに書かせた。そして『賜物』は，ナボコフが文学的価値を徹底的に否定するチェルヌイシェフスキーを論ずることを通じて，ロシア文学の素晴らしさを「逆の極から」証明した。ナボコフ自身が英語版への序文で『賜物』の本当のヒロインはジーナではなくロシア文学だと明言しているように，この小説ではプーシキンからロシア象徴派に至る19世紀ロシア文学の全体が語られているのだ。

しかし豊かな歴史を誇るそのロシア文学も，いまや祖国と大部分の読者を失った亡命ロシア人社会にあって，未来が見通しにくくなってしまった。亡命の地ではたしてロシア文学は生き延びられるのだろうか？　ナボコフはその切実な問いに対して，『賜物』という作品そのものを創造することによって答えようとした。その意味で，本書は大いなる肯定の意志の書でもある。「賜物」というタイトルはロシア語で дар（ダール）というが，ナボコフは最初，この作品のタイトルを да（ダー）としようと考えていたらしい。「ダー」とはロシア語で肯定の「イエス」の意味である。

（沼野充義）

図２　『賜物』執筆開始の頃，家族と（ベルリンにて，1935年）

出典：*В. В. Набоков.* Стихотворения. СПб.: Академический проект, 2002.

▷9 「芸術家小説（Künstlerroman）」とは，芸術家を主人公とした小説。しばしば，芸術家の成長や精神的発展を追う一種の「教養小説」（ビルドゥングスロマン[Bildungsroman]）となる。代表的な作品としては，ゲーテ（Johann Wolfgang von Goethe. 1749-1832）『ヴィルヘルム・マイスターの修業時代』（*Wilhelm Meisters Lehrjahre.* 1796），ティーク（Ludwig Tieck. 1773-1853）『フランツ・シュテルンバルトの遍歴』（*Franz Sternbalds Wanderungen.* 1798），ジョイス（James Joyce. 1882-1941）『若き芸術家の肖像』（*A Portrait of the Artist as a Young Man.* 1916），ロマン・ロラン（Roman Rolland. 1866-1944）『ジャン・クリストフ』（*Jean Christophe.* 1904-12）などが挙げられる。

▷10 Николай Гаврилович Чернышевский. 1828-89.
☞Ⅱ-A-2

C　20世紀の文学

19　『ドクトル・ジヴァゴ』Доктор Живаго（1945-55年執筆）
ボリス・レオニードヴィチ・パステルナーク（Борис Леонидович Пастернак, 1890-1960）

図1　パステルナーク（1956年）
出典：*Евгений Левинтин.* (сост.) Мир Пастернака. М.: Советский художник, 1989.

Вот весенний вечер на дворе. Воздух весь размечен звуками. Голоса играющих детей разбросаны в местах разной дальности, как бы в знак того, что пространство все насквозь живое. И эта даль — Россия.
それは戸外に漂う，春の夕べだ。空気はすべて，音によって刻印されている。空間全体が生あるものに貫かれていることの印であるように，遊ぶ子供たちの声が，様々な遠さの場所に置かれている。この広がりこそ，ロシアなのだ。

1　詩人の散文

20世紀ロシア文学を代表する詩人であるパステルナークが，1945年から55年にかけて，およそ10年の歳月をかけて執筆した長編小説『ドクトル・ジヴァゴ』からの一節。パステルナークは，第三詩集『わが妹人生』[1]によって詩人としての地位を揺るぎないものとした。その詩の特徴を端的に言うなら，世界と「私」の溶解が大胆な語結合によって歌われている点にある。

引用は，一見，単なる自然描写に読めるが，実は主人公ジヴァゴが思いを寄せるラーラとは自分にとって一体何者なのか，と自問自答する場面である。ヒロインの形象は自然に溶け込んで遍《あまね》く身近に感じられ，その恋慕は子どもたちが嬉々としてあげる声がどこまでも響く土地への親しみと地続きである。ここには，彼方へ続くロシアの大地への作者の愛着を認めることができる。

パステルナークの鏤刻《るこく》された散文によって，ギリシア・ローマ神話やキリスト教，西欧やロシアの古典文学，民話などを下敷きにしつつ，『ドクトル・ジヴァゴ』では20世紀前半を生きた詩人ジヴァゴの生涯が語られる。詩を読むように散文の意味を嚙みしめて紐解き，幾重にも重ねられた象徴的な意味の込められた世界を読み解いていくのは，読書の醍醐味である。

パステルナークは，デビュー前の10歳代から散文作品の習作を認《したた》めていた。23歳で最初の詩を発表し，やがて詩集を刊行した後も散文を書き溜め，散文と韻文で表現できるものは異なると考えていた。中編小説『物語』[2]と韻文小説『スペクトルスキー』[3]で小説家志望の青年を共通の主人公とし，異なる形式で異なる物語を描いた試みは長編小説でも活かされている。『ドクトル・ジヴァゴ』全17章のうち，最終章を構成するのは詩人ジヴァゴが遺した25篇の詩である。16章の散文と最終章の詩は相補的に注釈の機能を果たし，どこまでも開かれた世界を形成している。

▷1　« Сестра Моя жизнь ». 1922.

▷2　« Повесть ». 1929.

▷3　« Спекторский ». 1931.

2 世界を駆けた原稿

『ドクトル・ジヴァゴ』は当初，革命を肯定的に描いておらず内容が反ソ連的であると見なされ，ソ連国内では出版を許されなかった。小説完成の噂を聞いて接近してきたイタリア人ジャーナリストに作者自らが原稿を手渡したことから，原稿はミラノで出版社を経営するフェルトリネッリ[4]の手に渡り，57年，ロシア語版より先にイタリア語版が出版される。当局の許可を得ず出版されたことは，ソ連国内で大スキャンダルとなった。同年にはノーベル文学賞も与えられるが，授賞式に出席すれば二度と祖国には帰れないと当局から脅迫を受け，出席辞退を余儀なくされた。小説は国外で諸外国語に次々に翻訳されていったのに対して，国内ではパステルナーク非難キャンペーンが始まり，作家同盟からも除名された。

当時，国内での出版を悲観したパステルナークは5人の外国人に小説の原稿を託していた。そのうちのひとり，後にスラヴ学者として著名になる若きド・プレイヤール[5]は，KGB[6]に探知されないよう，フランス大使館から外交郵便で国外へ発送し，58年，オランダでロシア語版オリジナルが出版された。翌年にはフェルトリネッリ社からも後を追うようにロシア語版が出版される。『ドクトル・ジヴァゴ』が完成した直後から，米国のCIAは，この小説を国外出版するため，諜報活動を展開していた。西側でも，「反ソ連的な」小説の出版は冷戦において自らの陣営に利するとの判断があったのである。近年は情報公開が進み，小説が世界で流通するため，CIAがどのような活動をしていたかがかなり明らかになっている[7]。ソ連で初めて活字となったのは，作家が亡くなってから久しい，ペレストロイカ期，88年になってからのことだった。

▶4 Giangiacomo Feltrinelli. 1926-72.

▶5 Jacqueline de Proyart. 1927-2019.

▶6 ソ連の政治警察。国内・国外での情報活動，国家機関・軍への監視，反体制活動の取り締まりといった任務を有していた。

▶7 Central Intelligence Agency〔https://www.cia.gov/library/readingroom/collection/doctor-zhivago〕(2020年10月31日閲覧)

3 冷戦のシンボルとしての小説

西側世界で『ドクトル・ジヴァゴ』は「悲劇の詩人」が書いた小説として人口に膾炙し，65年には映画化作品も世界的にヒットした[8]。小説はハリウッド映画やスパイ小説にしばしば，冷戦対立の意匠として登場することになった。その多くは表面的な言及にとどまっているが，近年刊行されたプレスコットの小説『あの本は読まれているか[9]』にはパステルナーク自身も登場し，公開された最新の情報を踏まえてCIA諜報員の活躍を描き，話題となった。

『ドクトル・ジヴァゴ』が冷戦のシンボルとして扱われる場合，文学作品というより，激動の20世紀前半のソ連を舞台にしたジヴァゴとラーラの愛の物語と見なされる場合がほとんどである。しかしそれはこの小説が恋愛のプロットだけを取り出してみても十分に楽しめる証であり，パステルナークの文学世界に深く入っていくため，こうした作品を入り口にするのもひとつの方法だろう。

(梶山祐治)

▶8 デヴィッド・リーン(David Lean. 1908-91)監督による65年公開の映画。アカデミー賞5部門を受賞し，「ラーラのテーマ」の主題曲も広く親しまれた。

▶9 Lara Prescott, *The Secrets We Kept*. New York: Knopf, 2019.

C　20世紀の文学

20　『人生と運命』Жизнь и судьба（1950?-1959年執筆）

ワシーリー・セミョーノヴィチ・グロスマン（Василий Семенович Гроссман, 1905-64）

図１　作家デビュー当時のグロスマン（マグニトゴルスクにて，1934年７月）

出典：Vasily Grossman / Robert Chandler（ed.）, *The Road: Stories, Journalism, and Essays*, New York Review Books, 1996.

… там, где поднимается заря добра, которое вечно и никогда не будет побеждено злом, тем злом, которое тоже вечно, но никогда не победит добра, там гибнут младенцы и старцы и льется кровь.

……永久に善を打ち負かすことのない悪によって永久に打ち負かされることのない善の朝焼けが立ち昇るところで，赤子と老人が死に，血が流される。

1　原稿の運命

ワシーリー・グロスマンの『人生と運命』は作品の運命そのものが一つの物語である。

グロスマンは1959年に畢生の大作を完成させるが，ほどなくしてKGB[1]の家宅捜索を受け，原稿はその写しと創作ノートとともにインクリボンごと「逮捕」された。グロスマンはフルシチョフ[2]に原稿の返却を訴えるが返答は得られず，代わりにイデオロギー担当の共産党政治局員スースロフ[3]から呼び出しを受け，敵の原子爆弾の脅威をさらに増すようなこの作品が「２，300年以内に出版されることはありえない」と宣告された。失意のグロスマンは64年に没した。

だが，スースロフの「予言」は大幅に外れた。グロスマンの死後，友人で詩人のリープキン[4]によってマイクロフィルムに収められた原稿の写しが，風刺作家V.ヴォイノヴィチ[5]とサハロフ博士[6]の尽力で秘かに持ち出された後，80年にスイスで出版された。仏訳は83年，英訳は86年に刊行されたが，ロシアでようやく日の目を見たのは88年，ソ連崩壊のわずか３年前のことだった。

2　独ソ戦の叙事詩にして全体主義国家の解剖図

『人生と運命』は，第二次世界大戦の帰趨を決したスターリングラード（現ヴォルゴグラード）攻防戦の時代を壮大なスケールで描いた一大叙事詩であり，しばしばトルストイの『戦争と平和[7]』と比較される。ドイツの捕虜収容所からスターリングラードの最前線へ，ウクライナの死のゲットーからソ連市民の疎開先カザンへ，そしてナチスの絶滅収容所のガス室から極北の強制収容所へと，小説の舞台は目まぐるしく変転する。古参革命家に先立たれた未亡人アレクサンドラ・シャーポシュニコワの親類縁者を軸に展開する物語には，歴史上の人物から名も無き兵士まで総勢500人以上が登場する。戦火で散り散りになった家族，不信と敵意から孤立感を深める人々の脳裏をかすめる思考や苦悩はひた

▶1　「国家保安委員会」の略称。1954年からソ連の崩壊まで，秘密警察・情報機関として思想統制に当たった。

▶2　Никита Сергеевич Хрущев. 1894-1971. 1953年のスターリン死去から64年の失脚までソ連共産党第一書記。58年からは首相も兼務していた。

▶3　Михаил Андреевич Суслов. 1902-82.

▶4　Семен Израилевич Липкин. 1911-2003.

▶5　Владимир Николаевич Войнович. 1932-2018.

▶6　Андрей Дмитриевич Сахаров. 1921-89. 物理学者。ソ連の水爆開発に大きく貢献したが，後に異論派に転じた。

▶7　☞Ⅰ-B-⑬

すら断片的に描かれ，救いのない無数の人生と運命は，史上最大の陸上戦の趨勢を通じて一つに結びつく。

だが，真の戦いは，総力戦を遂行する国家体制との生死を賭けた闘いにある。捕虜となった古参ボリシェヴィキのモストフスコイは，ゲシュタポの収容所長官が語った言葉に拷問以上に苛まれる。「われわれの勝利は，あなた方の勝利なのです。……もしあなた方が勝利すれば，われわれは滅びることになります。そして，あなた方の勝利の中に生きることになります」。ナチズムとスターリニズムとがまるで合わせ鏡のように瓜二つの体制であるというイメージを喚起するこの作品は，20世紀が生んだ全体主義社会の比類なき解剖図でもある。

3 「善」と「善良さ」をめぐる洞察

グロスマンの眼差しはしかし，揺るぎない体制下でも消し尽くされない人間性の発露の瞬間も見逃さない。それは，捕虜に一切れのパンを持ってきた老婆であったり，傷ついた敵に水を飲ませた兵士の善意であったり，ユダヤ人の老人を干草置き場に匿った農民の善意であったりする。グロスマンは，ウクライナの農業集団化による飢餓とナチスによるベラルーシでのユダヤ人虐殺を目撃して精神錯乱に陥り，ユダヤ人を匿った廉で密告されてドイツの捕虜収容所に収監された元トルストイ主義者のイコンニコフ＝モルジュの口を借りて，いかなる見返りも求めることのない，ささやかな「善良さ доброта」を，集団的殺戮をも厭わない大きな恐ろしい「善 добро」よりも上位に置く思想を展開し，小説全体を通じてこの命題の正しさを追求する。かくて，権力のメカニズムに対する冷徹な観察眼に自由への渇望を捉える鋭敏な嗅覚が加わり，小説が描く陰鬱で重苦しい現実に一筋の光が差し込む。

4 ホロコーストの記念碑にして亡き母への挽歌

この小説の要となる主題の一つは，ナチスによるユダヤ人虐殺であり，独ソ戦とともにソ連社会でも蒸し返されることになった反ユダヤ主義である。ユダヤ人の出自にも関連して毀《き》誉《よ》褒貶《ほうへん》に翻弄される核物理学者のヴィクトル・シュトルーム（アレクサンドラの娘婿）は作者の分身である。シュトルームの母親は，故郷ベルディーチェフで2万人のユダヤ人とともに虐殺されたグロスマンの実母に他ならず，ゲットーから息子に宛てて綴られた母の手紙は，死を前にした人間を取り巻く極限状況と心理状態について想像することを読者に強いる。『人生と運命』はそれゆえ，全ヨーロッパのユダヤ人を襲った受難の記念碑であると同時に，亡き母に捧げられたグロスマンの私的な挽歌でもある。

（赤尾光春）

C　20世紀の文学

21　『イワン・デニーソヴィチの一日』Один день Ивана Денисовича（1962）

アレクサンドル・イサエヴィチ・ソルジェニーツィン（Александр Исаевич Солженицын, 1918-2008）

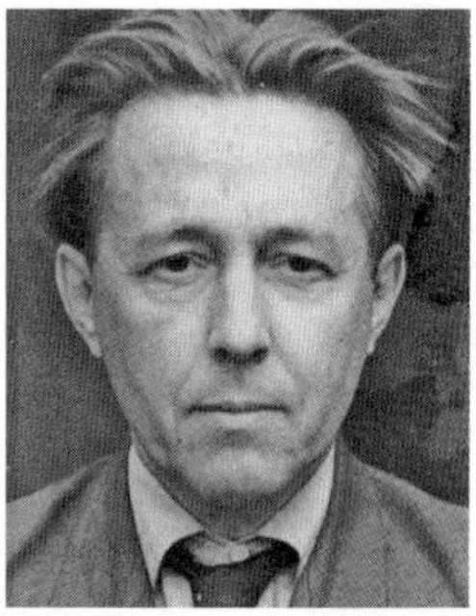

図1　『イワン・デニーソヴィチの一日』掲載時のソルジェニーツィン
出典：*Александр Солженицын.* Собрание сочинений в 30 томах. Том 28. М.: Время, 2018.

Таких дней в его сроке от звонка до звонка было три тысячи шестьсот пятьдесят три.

彼の刑期の始まりから終わりまで，同じような日が3653日あった。

1　収容所の一日

ソルジェニーツィンの中編小説『イワン・デニーソヴィチの一日』は，スターリン時代の強制収容所の一日を描いている。まだ暗いうちに起床の合図が轟き，囚人たちは朝食を取り，建設作業にたずさわり，昼食を取り，日暮れ時に収容所に戻り，夕食を取り，眠りに落ちる。

収容所の規則に従っていたら，生命が危うくなる。ぼろきれでこっそり手袋を作ったり，長靴や食事を運んだりして，差し入れや食事のおこぼれを頂戴しなければならない。医務室で作業免除の許可を得ることもできるし，作業班の昼食を受け取る際に数をごまかすこともできる。一方で起床や就寝，建設現場への出発と帰還の際には点呼や身体検査があり，違反が見つかれば営倉行きだ。

« от звонка до звонка »（始めから終わりまで）のような収容所用語が散りばめられた文体は話し言葉を意識させる文学性の高いもので，また主人公が一日に見た風景や思考を順に語り続けるという構成は，ジョイス『ユリシーズ[1]』やウルフ『ダロウェイ夫人[2]』のようなモダニズムの実践の遠い反響にも思える。

モデルとなったのは，当時はソ連の一部だったカザフスタンのエキバストゥスの強制収容所。シベリアに近く，冬には厳寒に襲われる地だ。ソルジェニーツィンは1950年の秋から53年の２月までを，この収容所で過ごしている。

2　ソルジェニーツィンの生涯

手紙の中でスターリン[3]を揶揄したことを当局に知られたソルジェニーツィンは，45年２月に独ソ戦の戦場で逮捕された。彼はドイツからモスクワに移送され，その後，８年間にわたりソ連国内の強制収容所を転々とした。

56年に流刑地から帰還。タブーだったソ連の強制収容所を『イワン・デニーソヴィチの一日』で描いたことで世界的に注目を浴びたが，同様に収容所を主題とした長編『煉獄の中で[4]』と『ガン病棟[5]』はソ連国内での出版を許されなかった。69年には作家同盟を除名され，70年にノーベル文学賞に選ばれるも，受賞のためにスウェーデンを訪れる許可は得られなかった。やがて，ソ連体制を

▷1　ジョイス（James Joyce. 1882-1941）はアイルランドの作家。『ユリシーズ』（*Ulysses.* 1922）では，「意識の流れ」の手法や多様な文体を用いて，ダブリンの一日を描いた。

▷2　ウルフ（Virginia Woolf. 1882-1941）はイギリスの作家。『ダロウェイ夫人』（*Mrs. Dalloway.* 1925）では，「意識の流れ」によって主人公の一日を描いている。

▷3　Иосиф Виссарионович Сталин. 1878-1953.

▷4　« В круге первом ». 1968.

▷5　« Раковый корпус ». 1968.

告発する『収容所群島[6]』の存在が発覚し，74年に国外追放処分を受けた。

亡命後のソルジェニーツィンは，米国バーモント州の山中で，世間とのつながりを絶って暮らしていた。この時期にソルジェニーツィンが手がけていたのが，国家の崩壊の悲劇としてロシア革命を描く大長編『赤い車輪[7]』である。

ソ連解体後の94年，ソルジェニーツィンは祖国ロシアに帰還した。帰国後はユダヤ人論や回想を執筆し，2008年に89歳でこの世を去った。

▶6 « Архипелаг ГУЛАГ ». 1973-75.

▶7 « Красное колесо ». 1971-91.

3 タブーが明かされるまで

帝政期から流刑制度はあったが，革命後のソ連では強制収容所がさらに強化された。特に大量抑圧（大テロル，大粛清とも呼ばれる）の行われた30-50年代，すなわちスターリン期の収容所は苛酷な場としてよく知られている。

白海運河建設やコルイマの鉱山開発のように，収容所の囚人は建設事業に利用された。政治犯だけでなく，刑事犯や戦争捕虜も収容所に送られていた。第二次世界大戦後に日本人が経験した「シベリア抑留」も，スターリン期の強制収容所における出来事である。

『イワン・デニーソヴィチの一日』が着想されたのは，収容所でのことだ。さらに驚くべきことだが，ソルジェニーツィンはノーベル文学賞の存在を収容所で知り，それを得ることで新たな人生を切り開こうと決意したのである。

53年のスターリンの死後，〈雪どけ[8]〉と呼ばれる自由な空気がソ連社会を覆うこととなった。ソルジェニーツィンが『イワン・デニーソヴィチの一日』を執筆したのも〈雪どけ〉の時期，つまり59年の初夏だ。この小説は61年の初めに書き直されたが，しかし，発表されることはなかった。

事態を一変させたのは，61年10月の第22回ソ連共産党大会である。新しい指導者となったフルシチョフ[9]はすでに第20回大会において秘密会の形でスターリンを批判していたが，22回大会では公開の場でスターリンを弾劾したのだった。22回大会では文芸誌『ノーヴイ・ミール[10]』の編集長トワルドフスキー[11]も演説を行い，自由な創作の必要性を訴えた。ソルジェニーツィンはこの演説を知り，『イワン・デニーソヴィチの一日』を『ノーヴイ・ミール』に持ち込むことにしたのである。61年11月のことだ。

トワルドフスキーはこの作品を気に入ったが，周囲は出版をためらった。そこでトワルドフスキーは著名な作家たちにこの作品を試読させ，コピーがアンダーグラウンドで流通し始めた。フルシチョフもこの作品には好意的で，党中央委員会も掲載を許可する決定を下した。こうして，原稿持ち込みから1年後，『ノーヴイ・ミール』62年11月号にようやく掲載された『イワン・デニーソヴィチの一日』は賞賛や名声，元囚人たちの共感を生み出し，さらには収容所文学という新たなジャンルをロシア文学に切り開いたのだ。（岩本和久）

▶8 大量抑圧を行ったスターリンの死後，ソ連社会は解放感を得た。その空気を描いたエレンブルク（Илья Григорьевич Эренбург. 1891-1967）の小説『雪どけ』（« Оттепель ». 1954）はこの時代の代名詞となった。55年にはジュネーヴで米英仏ソの首脳会談が開催され，冷戦が緩和される。56年にはソ連共産党第20回大会でスターリンが批判され，共産党がスターリン体制の誤りを自ら認めることとなった。

▶9 Никита Сергеевич Хрущев. 1894-1971.

▶10 « Новый мир ».

▶11 Александр Трифонович Твардовский. 1910-71. ソ連の詩人。

C　20世紀の文学

22　『酔どれ列車，モスクワ発ペトゥシキ行』Москва — Петушки（1970）[1]
ヴェネディクト・ワシーリエヴィチ・エロフェーエフ（Венедикт Васильевич Ерофеев, 1938-90）

図１　ヴェネディクト・エロフェーエフ作品集第１巻，扉写真（ワグリウス社，2001年）

出典：*Венедикт Ерофеев*. Собрание сочинений том 1. М.: Вагриус, 2001.

Ведь в человеке не одна только физическая сторона; в нем и духовная сторона есть, и есть — больше того — есть сторона мистическая, сверхдуховная сторона.

なにしろ人間には，肉体的側面だけじゃない，知的な面もあるし――それに何よりも――神秘的な超精神的な側面だってあるんだ。

1　過激な飲酒と破滅の物語

『酔どれ列車，モスクワ発ペトゥシキ行』は，1970年に書かれてから，公式にソ連国内で刊行されるまでに20年近くの歳月を要した。ロシアではいわば非公認の作品ながら，その評判は初めから極めて高かった。作者エロフェーエフは，種々雑多な職業で生計を立てながら，戯曲や長めのエッセイなど[2]僅かな作品を残し，90年に咽頭ガンのため亡くなった。『酔どれ列車，モスクワ発ペトゥシキ行』は，作者と同名の主人公が，モスクワから約120キロ離れたペトゥシキへ列車で向かう行程を一人称で語る物語である。主人公ヴェーニャ[3]は，ひたすら酒をあおりつつ，時には天使や悪魔とも言葉を交わしながら，ペトゥシキを目指すのだが，酩酊の果てに行きついた先はなぜかモスクワであり，しかもそこで何者かに刺殺される。いわば饒舌なアル中男の自堕落な生活と非業の死の物語であるが，それは，作品の表層を覆う「肉体的側面」に過ぎない。

2　他のテクストとの交流

ヴェーニャにとってモスクワは，苦しみに満ちた日常と俗悪な浮世の憂さの象徴であり，ペトゥシキは地上の楽園である。そこには愛する女が，さらにペトゥシキの彼方にはヴェーニャにとって唯一の救いである汚れなき幼な児が待っている。文体やジャンルに目を向ければ，この作品の最大の特徴は，至るところに鏤《ちりば》められた他のテクストの引用，暗示，パロディなどである。これらの前提となるのは，ロシアや西欧の文学作品，聖書などの文書に限らず，音楽，彫刻，それにソ連社会主義イデオロギーのプロパガンダなども含まれる。こうした他のテクストの頻繁な介入は，ソ連崩壊後のロシアでも盛んになるポストモダン文学の特徴の一つだが，エロフェーエフの作品はポストモダン文学とは異なり，様々な他のテクストの中に作者自身の声が埋没してしまうことはない。むしろ，これらの多彩なテクストは強烈な作者の個性であるその知的側面をそ

▶1　この作品が書かれたのは1970年とされている。初めはサミズダート（☞Ⅰ-D-3▶5）でロシア国内でひそかに読まれ，73年著者に無許可のままイスラエルで出版され，その後75年にフランスでも出版。ソ連国内で完全版テクストが出版されたのは89年である。

▶2　戯曲『ワルプルギスの夜，あるいは騎士団長の足音』（« Вальпургиева ночь, или Шаги Командора ». 1985年執筆），エッセイ「変人の見たワシーリー・ローザノフ」（« Василий Розанов глазами эксцентрика ». 1973年執筆）などがある。

▶3　ヴェーニャはヴェネディクトの愛称。

っくり浮かび上がらせるのである。全編にわたって高尚と低俗の間を目まぐるしく往復しながら止めどなくあふれる言葉の洪水は，インテリゲンツィアとナロードの乖離，革命の矛盾など，ロシアの運命をパロディ化し，カーニヴァル的な陶酔と笑いの渦に沸騰させてゆく。

3 瘋癲《ふうてん》行者[4]

しかしこの作品はまた別の側面，作者言うところの「神秘的，超精神的側面」ももっている。それは，キリスト教に基づく宗教的意味合いである。福音書とのパラレリズムは数多く見られ，特に死と復活のモチーフは繰り返し現れる。意外にもヴェーニャの旅路はイエスの十字架の道行きをなぞるように描かれているのである。酔どれヴェーニャと救世主キリストという意想外の組み合わせをつなぐ接点は，瘋癲行者と呼ばれる形象であろう。瘋癲行者は，特にロシアのキリスト教徒の中で尊ばれる聖人であり，キリストの受けた苦しみと屈辱を自発的に追体験することによって，己の魂の救済を求める。そのためには，この世の富，名誉，地位ばかりか，知性までも神に捧げるのである。ヴェーニャの無謀極まる過激な飲酒には，ラブレー的な陽気な快楽とは異なる瘋癲行者風の自発的受難精神が感じられる。瘋癲行者はほとんど一糸まとわぬ姿で放浪生活を続け，奇行を重ねて人々から蔑まれながらも，一方では神や天使と直接言葉を交わし，さらに権力者の驕りや俗世の虚しさを非難するなど，笑いと敬虔な領域，喜劇と悲劇の境界線を行く存在である。こうした特性はことごとくヴェーニャに当てはまる。

▷4 ロシア語では юродивый（ユロージヴィ），英語では holy fool と訳され，日本語では「痴愚の行者」「佯狂者」などとも訳される。有名な瘋癲行者に，イワン雷帝時代の福ワシーリーがいる。赤の広場の聖ワシーリー寺院は彼に奉げられたもの。

4 終末論

終末論的精神で書かれたロシア文学作品では，主人公を終末へ運ぶ「馬」と「列車（鉄の馬）」が重要な役割を果たすという[5]が，ヴェーニャを乗せた列車も，酩酊による幻覚が創出する強烈なカオスの中で終末のカタストロフィに向かってなだれ落ちていく。しかし，終末論の眼目は本来，世界破滅ではなく，その後の変容と新生を語ることであろう。断末魔のヴェーニャの脳裏に Ю（ユー）の文字が浮かぶ意味は大きい。Ю は，ヴェーニャを唯一人愛し理解し絶望の淵から救ってくれる彼の3歳の幼な児が唯一知っている文字なのだ。Ю が何を表しているのか，それは люблю（我，愛す）の言い換えであり，イエスの形象と重なり合うという説がある[6]。さらに言えば，Ю は瘋癲行者 юродивый を示唆しているものと思われる。キリストを連想させる「幼な児」が「Ю の文字を知っている」とは，イエス・キリストだけは，ヴェーニャがキリストのまねびである瘋癲行者の自発的苦行の道を選んでいることを知っており，一見，自暴自棄で破滅的な彼の人生にも意味があることを理解してくれているのだと，ヴェーニャは語りかけているのだと思われる。

（安岡治子）

▷5 アメリカの研究者ベセアは，パステルナークの『ドクトル・ジヴァゴ』やプラトーノフの『チェヴェングール』などを取り上げ，「ヨハネの黙示録」を思わせる馬（および鉄の馬＝列車）の表象が終末論的イメージを示していると述べている（David Bethea, *The Shape of Apocalypse in Modern Russian Fiction*, Princeton University Press, 1989）。

▷6 イギリスの研究家ガイセル-シニットマンの説。*Светлана Гайсер-Шнитман.* Венедикт Ерофеев « Москва-Петушки » или “The Rest is Silence”. Bern: Peter Lang, 1989.

C　20世紀の文学

23　『プーシキンの家』Пушкинский дом（1964-71年執筆）

アンドレイ・ゲオルギエヴィチ・ビートフ（Андрей Георгиевич Битов, 1937-2018）

図１　ビートフ。娘とともに（1971年）

出典：Andrei Bitov, *Life in windy weather*, Ann Arbor: Ardis, 1986.

Роман окончен — жизнь продолжается.

小説は終わり，人生は続く。

1　あらすじのようなもの

「プーシキンの家」とは，レニングラード（現サンクト・ペテルブルク）のネヴァ河畔に建つ，ソ連の国文学研究の中枢とも言うべき科学アカデミー附属ロシア文学研究所の公式の別称だ。この長編は，主人公リョーヴァ・オドエフツェフが，おそらくは革命50周年記念日である1967年11月７日に，研究者として勤務しているこの機関の一室で射殺体となって倒れている描写から始まる。物語はその後，おもむろにスターリン死去直後にさかのぼり，少年期から青年期にかけてのリョーヴァの成長に沿って展開していく。

オドエフツェフ家は革命前の貴族の家柄だ。リョーヴァの祖父はソ連となった祖国に残り，文学研究者として活躍したが，30年代に強制収容所に送られていた。第１部では，その祖父がスターリン期を生き延び，名誉回復されてレニングラードに戻って来るが，自分の父親がかつて祖父への批判に加担していたことをリョーヴァが知り，わだかまりを覚える過程が描かれている。第２部では，〈雪どけ〉期のリョーヴァの青春が，謎めいた女性ファイナへの執着，ナショナリスティックで悪魔的な学友ミチシャチエフとの葛藤，文学研究者としての活動などを軸に語られ，リョーヴァの死を描いた第３部へと続いていく。

2　言葉の迷宮

このように書くと，『プーシキンの家』がまるでリョーヴァの死の原因を追究する倒叙型推理小説か，ソ連史を生きた三代の知識人の苦悩を描いた歴史大河小説であるかのようだが，実際に読んでみると，そのような印象は希薄である。

というのも，この作品では，作者ビートフ本人を強く連想させる語り手が頻繁に顔を出し，人物やできごとに対するコメントや評価をくり返しているからだ。本文には，学術論文によく見られるような長文の「注釈」も多数付されている。読者が滑らかにストーリーを辿ろうとしても，語り手の介入によって，たえず中断され，妨げられるしくみになっているのだ。

さらに，第１部から第３部までの各部に必ず設けられている「異説と別稿」や「付録」の章では，作中人物の経歴や生死について，本章とは異なる物語が詳しく語られている。主人公リョーヴァについてすら，死亡ヴァージョンの後日譚と生存ヴァージョンの物語が並立しているほどだ。

『プーシキンの家』には，文学研究者だった祖父やリョーヴァの論文も挿入されているが，それらのうちの数編は，ビートフが自分名義で，実際に文芸誌に発表したものだ。現実との境も曖昧な『プーシキンの家』では，自己言及的なテクストが，屋上屋を架すように積み重なっていく。読者はできごとの重層性・多元性の網の目に絡めとられ，錯綜する言葉の迷宮にはまり込んでいく。

3 19世紀ロシア文学の影の下に

『プーシキンの家』という言葉の迷路に，もしいくらかでも秩序らしきものがあるとすれば，それは19世紀ロシア文学の影だ。第１部の題が「父と子[1]」，第２部が「現代の英雄[2]」，第３部が「貧しき騎士[3]」。第３部はさらに「仮面舞踏会[4]」「射弾[5]」「青銅の人々」など，ツルゲーネフ，レールモントフ，プーシキン，ドストエフスキーらの代表作の題名を冠した章に分かたれている。主人公の名リョーヴァは文豪トルストイの名前レフの愛称形だが，『アンナ・カレーニナ』の主要人物リョーヴィンの名も思い出させる[6]。姓の「オドエフツェフ」は，最も貴族らしい教養人とも言われた19世紀前―中期の文学者オドエフスキー[7]を連想させるだろう。そもそもこの長編小説の題名自体が，ロシア文学とその研究の伝統を，読者に喚起している。

「家」は親密さと束縛の両方を帯びたトポスだ。1950-60年代ソ連の知識人は，プーシキン以来のロシア文学という「家」，近代ロシアの自己意識の温床とも言うべき親密圏の中で安らいでいる。だがそれは，そこから出られなくなっていることを意味してもいるのだ。しかもこの「家」は，今ではなんと空漠としていることか。「現代の英雄」はただ街をさまよい，「仮面舞踏会」は乱痴気の飲み会と化す。「決闘」は泥酔のはての口論がきっかけ，「射弾」による主人公の死すら複数あるヴァージョンの一つでしかない。この空漠を埋めるように言葉が重ねられていくが，あたかも同語反復の迷路を敷衍していくばかりだ。

▷1 « Отцы и дети ». 1862. ☞Ⅰ-B-[7][9]

▷2 ☞Ⅰ-B-[5]

▷3 ドストエフスキーの『貧しき人びと』とプーシキン『青銅の騎士』からの組み合わせ。逆の組み合わせが第３部内の章題「青銅の人々」である。☞Ⅰ-B-[3]，Ⅱ-C-[5]

▷4 « Маскарад ». 1835年執筆。レールモントフの戯曲。

▷5 « Выстрел ». プーシキン『ベールキン物語』中の１編。☞Ⅰ-B-[2]

▷6 ☞Ⅰ-B-[17]

▷7 Владимир Федорович Одоевский. 1804-69. ☞Ⅱ-A-[4]▷9, 10

4 テクストの外へ？

この迷宮に風穴が空いたように感じられる瞬間があるとすれば，それは作品の終わり近くの，本項冒頭に引用した一文に触れた時だろう。自己言及の網の目を超えて世界は在る。言説によってどれだけ相対化・複数化されようとも，その外に現実は確かに在る。言葉と引用の迷宮の底から「生」の感触を仰ぎ見るこの一文から，「今，ここ」とは違う，広々として明るい世界と人生が展望できるかのようだ。もっともこれは，作中人物のひとりが抱く感懐に過ぎない。本作の最後の言葉でもない。まるでこの一文によって一瞬空いた穴を埋めるように，この後もなお注釈と言及と引用の織物《テクスチュア》は増殖を続けていく。（中村唯史）

C　20世紀の文学

24　『馬鹿たちの学校』Школа для дураков（1973）
サーシャ・ソコロフ（Саша Соколов, 1943-）

図1　ソコロフ
出典：*Russian Literature TriQuarterly*, Proffer, Carl R. and Ellendea (Ed.), Ardis, 1979.

И тогда я понял, что превратился в нее и не принадлежу отныне ни себе, ни школе, ни вам лично, Николай Горимирович, — никому на свете.
そしてその時私には分かったのです，自分がスイレンに姿を変え，もはや自分自身にも学校にも，個人的には貴方ニコライ・ゴリミーロヴィチにも，――この世の何者にも自分は属していないのだということが。

1 〈プロエジー〉

冒頭の引用は，1960年代から始まる亡命第三波で渡った先のアメリカで発表したソコロフの鮮烈なデビュー作から。小説という形式を取りながらも詩的言語の可能性を最大限に発揮することを狙ったその文体手法をソコロフ自身，〈プロエジー〉（散文《プローズ》と詩《ポエジー》から作った造語）と呼んでおり，これがアンダーグラウンド◁1を中心に60年代に復活した前衛文学の一つの潮流を作ったと言っても過言ではない。

詩と同じくらい美しくあるべきこのプロエジー小説を読み進めると，主人公らしき人物（生徒ナントカ）に人格が２つあることが分かってくる。ところが，この人格の分裂（いわゆる統合失調）を主題とする月並みな展開はない。なぜなら，この小説は物見遊山な読者がただ傍観するようにはできておらず，あくまで統合失調の主人公を介して紡ぎ出されていく言葉の世界，主人公自身である世界を読者もまた同じく生きなければならないからだ。

この小説には穴が無数に空いた分裂した身体が回路として埋め込まれ，かつその記憶は曖昧である以上，内／外，生者／死者，自己／他者，過去／未来を明確に区別する境界線がないまま全ては流動しつづける。そこには生と死を包摂し記憶する「言葉」だけがあり，その中に読者はどっぷりと浸かることになる。

第２作目の『犬と狼のはざまで◁2』とも共通することだが，小説にポエジー的要素が盛り込まれているのは創作上の課題をソコロフなりに解決するために必要だったからであろう。いわゆる「意識の流れ」という獰猛なエネルギーを持つ言葉を飼いならすために，詩はその回帰的構造によって散文を牽引しながら，逸脱していく散文とのあいだに均衡関係を結んでいく。そして読者は単なる逸脱にしか見えなかったこの言葉の列を音の連想によって繋ぎ合わせていくという作業を強いられる。つまり，読む者は言葉の意味以上に，音や律動にも注意

▷1　対抗文化としての文学アンダーグラウンドの流れは，発禁書や未発表作品のコピーを仲間内で流通させる〈サミズダート самиздат〉と，本作のように国外で出版する〈タミズダート тамиздат〉に大別されるが，1965年にモスクワのマヤコフスキー広場では非公式グループ「スモーグ СМОГ」が左翼芸術を標榜する詩の朗読会を開始し，ソコロフも一時参加している。ちなみに，ソコロフの本名はアレクサンドル・フセヴォロドヴィチ・ソコロフ（Александр Всеволодович Соколов）。

▷2　« Между собакой и волком ». 1980年刊行。

を払わなければならないのだ。

2 筋書きのない小説

「さて，でも何から始めたものかな，しかもどんな言葉で。何だっていいさ，こんなのはどうだ……」という主人公の作文課題らしき書き出しから始まるこの小説は，紙が切れたのでそろそろ話を終わりにしたい，と願い出る作家の闖《ちん》入《にゅう》によって幕を閉じる。その話自体は50年代モスクワ郊外のエリート別荘地（カナダ生まれのソコロフは軍事スパイだった高級武官を父に持つ）を一応の背景としているようでもあり，また作者の少年時代に過ごした環境の残響が所々に滲み出ているようでもある。主人公が父から「新聞には何でも書いてあるぞ，必要なことは書いてある」と言われて新聞の書き写しを強要されるシーンは，当時のソ連に共産主義という大きな「物語」があったこと，またそこに暮らす人々が多かれ少なかれその物語の一部であったことを前提としている。

しかし，根っからの自由人であるソコロフはあるインタビューの中で事もなげに「物語的な要素に興味はない」し，「人生に筋書きなどない」と喝破し，それが自分の哲学であると語る。「物語」を拒絶するこの態度は「大きな物語」を喪失しつつあった時代の現象とも言うべきで，ヴェネディクト・エロフェーエフの『酔どれ列車，モスクワ発ペトゥシキ行[3]』などに見られるような70年代以降のロシア文学の一潮流をここに見て取ることもできるだろう。

3 言語を再び信じること

少し歴史を遡ると分かるように，言語創造を通じた旧世界の破壊と新たな生の構築を目指すロシア・アヴァンギャルドを頂点とした言語への絶大なる信頼は，30年代のオベリウ[4]の詩人ヴヴェジェンスキーにおいて失墜していくのを確認できる。「言語の貧しさを敬え，物乞いする思考を敬え[5]」と喝破する彼にとって言葉は記憶の拠り所でなくなり，世界はもはや一つに繋ぎ留められず，バラバラになっていく。ほぼ四歩格[6]ばかりの詩から韻律や押韻による衒いは影をひそめ，語られる内容も極度に貧相なものとなっていく。

ところが，この「詩的言語批判」の実践を通じて言葉の響きや意味がゼロとなっていく終末的世界を描いたヴヴェジェンスキー[7]と違い，ソコロフの『馬鹿たちの学校』において読者は再び言葉への無垢な帰依が蘇るのを目の当たりにする。同じく分裂・失調した世界を描くにしても，言葉に潜在する「音（楽）」を大いに渇望するソコロフはオベリウの詩学を拒絶するかのように，倍音となって響く頭韻・類韻を駆使して世界に厚みと律動を与え，息を吹き返らせたのである。ここで達成されたのはまさにイデオロギーや物語を運ぶための地ならし役に甘んじることのない前衛的な文学言語の復活であり，現代ロシア文学の新たなる覚醒であった。

（東海晃久）

▶3 ☞Ⅰ-C-22

▶4 オベリウ ОБЭРИУ（Общество реальных искусств）は1927年にハルムス（Даниил Иванович Хармс. 1905-42），ヴヴェジェンスキー（Александр Иванович Введенский. 1904-41），ザボロツキー（Николай Алексеевич Заболоцкий. 1903-58），バフテレフ（Игорь Владимирович Бахтерев. 1908-96）らを中心にレニングラードで結成された前衛最後の文学グループ。1930年初頭には事実上解体し，ザボロツキーを除きその作品群のほとんどは生前発表されなかった。
☞Ⅰ-E-5

▶5 ヴヴェジェンスキー『いくつかの会話』（« Некоторое количество разговоров ». 1936-37）からの一節。

▶6 詩のリズムを生み出す音節の強弱を組み合わせた単位を「詩脚（あるいは歩）стопа」，４つの詩脚から構成される詩行を四歩格と呼ぶ。近代ロシア詩の８割以上は弱強（ヤンブ）四歩格で書かれている。

▶7 ヴヴェジェンスキー「まわりにもしや神さまが Кругом возможно Бог」，「灰色ノート Серая тетрадь」など。

C　20世紀の文学

25　『生きよ，そして記憶せよ』**Живи и помни**（1974）

ワレンチン・グリゴーリエヴィチ・ラスプーチン（**Валентин Григорьевич Распутин**，1937-2015）

図1　ラスプーチン（イルクーツク郊外，1992年）
出典：筆者撮影。

Откажешься — ничего не будет. Все от нее зависит. Будет — плохо, и не будет — тоже плохо.

諦めてしまえば――何も起こらない。すべては自分にかかっている。生まれてしまっても困るだろうし，産まないこともやはり善くない。

1　シベリアの脱走兵

ラスプーチンは，シベリアのイルクーツクから300キロほど離れたアンガラ河畔の寒村アタランカに生まれた。『生きよ，そして記憶せよ』の舞台であるアタマノフカ村は，アタランカ村と同様，1年の半分は雪と氷に閉ざされるシベリアの大自然の真只中にある。物語の始まりは第二次世界大戦の末期，1945年の主顕祭（1月19日[1]）の大寒の頃である。3年半近く独ソ戦の前線で戦い重傷を負ったアンドレイ・グシコフは，負傷が癒えるや否や，故郷への休暇もなく再び戦線復帰を命じられ，予想外の過酷な運命に抵抗するように，つい故郷へ向かう列車に乗ってしまう。密かに故郷の村に帰還した脱走兵アンドレイと，夫を拒絶することなく匿い続ける妻ナスチョーナとの半年近くの密会は，アンドレイの子を身籠り，夫をかばいきれなくなったナスチョーナのアンガラ川への入水で悲劇的結末を迎える。ロシアに限らずどの国でも軍隊からの脱走は厳罰の対象であり，少なくともソヴィエト・ロシア文学の中で脱走兵に対して部分的であれ同情を示した作品はこれが初めてであった。この作品は，読者からの圧倒的支持を得たばかりでなく，77年にはソ連邦国家賞が授与され，94年にロシアへ帰国したソルジェニーツィン[2]によっても高く評価された。

▷1　ロシア正教会の祭日はふつうユリウス暦で示されるので，主顕祭は1月6日であるが，それはグレゴリウス暦では19日となる。本項ではすべてグレゴリウス暦で示すこととする。

▷2　☞Ⅰ-C-㉑

2　「農村派」の女性像

作者は，この作品の主人公はむしろナスチョーナであり，善良，誠実で自己犠牲的なロシア女性の美質を描くことが主眼であったと再三述べている。

60年代にロシアでは，伝統，過去，自然を重視する〈農村派[3]〉と呼ばれる作家たちが登場した。彼らはいずれも農村の出身で，方言や民衆の俗諺を交えた表情豊かな文体でロシアの自然，歴史，文化を描写し，農村の急速な近代化とともに1000年も続いた伝統的な生活や自然環境が破壊されることを憂えた。主人公は老人，変人，素朴な農婦などで，いずれも社会主義リアリズムの勇ましい「肯定的主人公」とはかけ離れていた。ラスプーチンも〈農村派〉の代表で

▷3　деревенская проза.

あり，『アンナ婆さんの末期[4]』や『マチョーラとの別れ[5]』では，貧しく慎ましく心正しい老婆が，機械技術革命をまっしぐらに進む若い世代に，古い時代の生き方への回帰を静かに語りかける。

ナスチョーナもそうした〈農村派〉の女性像に相応しい人物として描かれているが，一つ大きな疑問が残る。なぜ彼女はアンドレイが唯一希望を託していたお腹の子を道連れに自殺しなければならなかったのか。おそらくそれは，夫を救おうとした彼女の最後の試みであったのだろう。ロシア正教にとって「罪の贖い」は常に信心の重要なテーマであるが，ナスチョーナは夫の罪を自身の罪と考え[6]，その贖いのために自身を犠牲にしたものと考えられる。

▷4 « Последний срок ». 1970.

▷5 « Прощание с Матерой ». 1976.

▷6 ラスプーチンは人間の美質で現代人が失ってしまったものとして，「人の罪も自身の罪として受けとめる独特の感覚」を挙げている。『アンナ婆さんの末期』のアンナは，この感覚の持ち主であり，末娘が故郷へ帰ってこないのも，息子3人を戦死させたのも，すべて自分の罪だと思っている。

3 フォークロアおよび宗教的含意

ラスプーチンの作品には概してフォークロア的要素が多く見られるが，『生きよ，そして記憶せよ』には特にその傾向が強い。民話，民謡の文体は随所に見られ[7]，アンドレイとナスチョーナがそれぞれ戦地と故郷で同時に見る子供を授かる夢は，民話「牛の子イワン[8]」を思わせる。夫が密に故郷に戻った後に，アンガラ川に隔てられた隠れ家に妻は通うのだが，ロシア民謡では川を渡るとは，恋愛または結婚の象徴である。

さらにこの作品はキリスト教的イメージも色濃く感じさせる。主顕祭のしばらく後にアンドレイが故郷に戻りナスチョーナとの逢瀬が始まるが，聖母受胎告知祭（4月7日）頃にナスチョーナが夫に妊娠を告げ，驚喜した夫は「おまえは俺の聖母様だ！」と叫ぶ。そしてナスチョーナの入水は草刈が始まる前日とあり，それはおそらく6月末頃だが，聖霊降臨祭[9]の6月25日と重なると考えてもおかしくない。というのも，聖霊降臨祭はロシアの民間信仰では，ルサールカの祭りの日でもあるからだ。ルサールカとは溺死した若い娘と水子および洗礼を受ける前に亡くなった子供の生まれ変わりとされており，ルサールカの祭りの季節に水面に上がってくるのだという。ナスチョーナが入水寸前に，「深い水底からまるで気味の悪い美しいお伽噺のように何かがちらつく」のが見えたのは，まさにルサールカだったに違いない。

ロシア民衆の信仰と同様，この作品にも土着の民間信仰とキリスト教の混淆が見られる。それは，ルサールカになったかのように思われるナスチョーナが同時に他方では，アンドレイの罪をともに贖うための自己犠牲を遂げたほとんど聖なる女性のように読めることにも表れている。ナスチョーナの正式の名前はアナスタシヤであり，その語源はギリシア語のアナスタシス＝復活である。ナスチョーナは舅姑からも見捨てられ，村人たちからも追い詰められ，「恥ずかしい，何もかもが虚しい」と思いながら死んだのだが，絶望と恥辱と苦悩の十字架の果てにキリストが蘇ったように，ナスチョーナにも復活が約束されていると読めるのではないだろうか。

（安岡治子）

▷7 類語反復（одна-одинешенька「たった一人で」等）の多用がその一例である。

▷8 「牛の子イワン」(« Иван-Быкович ») でも子供に恵まれぬ王と王妃が同じ夢を見て，その中で子供を授かる啓示を受ける。

▷9 45年のロシア正教の復活祭は5月6日であり，聖霊降臨祭はその50日後である。聖霊降臨祭は，復活祭を締めくくる祭日と考えられている。

C　20世紀の文学

26　『おやすみなさい』Спокойной ночи（1984）

アンドレイ・ドナートヴィチ・シニャフスキー（Андрей Донатович Синявский／筆名アブラム・テルツ Абрам Терц, 1925-1997）

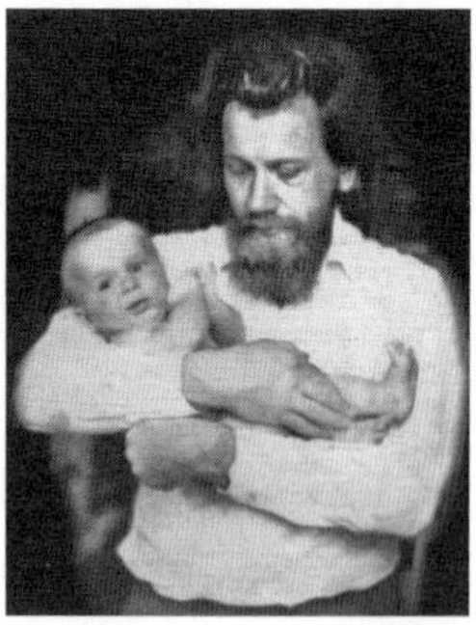

図１　モスクワにて未来の作家エゴール・グランを抱くシニャフスキー（1965年４月）

出典：Андрей Синявский. 127 писем о любви: [В 3 т.]. т. 1. М.: Аграф, 2004.

Впервые о появлении Абрама Терца на Западе я услышал при обстоятельствах самых ординарных.

私がアブラム・テルツの西側での出現について初めて聞いたのは，最もありふれた状況下でだった。

1「おやすみなさい」

この作品は作家アブラム・テルツの物語として語られている。自分自身の出来事でありながら，あたかも他人事のように。テルツ名義の文学作品で裁かれたシニャフスキーにとって，一人称の登場人物の作者からの自立というのは「文学の基本」でありながら，かつソ連社会にはそれが許容されないという事実でもあった。文学裁判で裁かれたのは，テルツの文章ではなくシニャフスキーの反ソ的な意見であった。米国の研究者ネポムニャシチー[1]によると「アブラム・テルツとアンドレイ・シニャフスキーの和解」の物語『おやすみなさい』は，何よりも大粛清のスターリン時代の夜に向けて語られている。作中にも1953年３月５日にスターリン[2]の死に号泣する母と対照的に無関心なシニャフスキーの姿が描かれており，スターリンの死と「人民の敵」であった父の死，エリート研究員のシニャフスキーと影の顔である作家テルツの誕生という人生における転機が「おやすみなさい」というありふれた挨拶の先に描かれている。

2 文学裁判

『おやすみなさい』はシニャフスキーが，フランス亡命後の1984年に発表し，自身の文学作品を理由とするソ連での逮捕と，66年の文学裁判に関わる話を遡行的に，幻想小説のように語りなおした作品である。65年９月の彼と盟友ダニエル[3]の逮捕は世界中に報道された[4]。シニャフスキーはその文学作品のために65年９月８日に逮捕，有罪判決を受け投獄され，71年６月８日に期限前釈放されている。その後73年８月８日には妻ローザノワ[5]，逮捕の翌月に生まれた息子エゴール（現在，作家のエゴール・グラン[6]）と犬のマチルダを連れてフランスに亡命している。

『おやすみなさい』は，この逮捕を起点に，時間を遡行しながら語られ，社会革命党員で逮捕された経歴を持つ「人民の敵」であった自称「作家」の父との関係，収容所内での家族との面会，スターリンの死から作家として書き始める

▷1　Catherine Theimer Nepomnyashchy, *Abram Tertz and the Poetics of Crime*, Yale University Press, 1995.

▷2　Иосиф Виссарионович Сталин. 1878-1953.

▷3　Юлий Маркович Даниэль. 1925-88.

▷4　1965年12月７日付の『朝日新聞』によると，日本からも高柳賢三《たかやなぎけんぞう》，平林《ひらばやし》たい子，竹山道雄《たけやまみちお》がショーロホフ（☞Ⅰ-C-⑮）宛に逮捕抗議文を送っている。

▷5　Мария Васильевна Розанова. 1929-.

▷6　Егор Гран. 1964-.

▷7　Hélène Peltier-Zamoyska. 1924-2012. ポーランド人彫刻家ザモイスキ（August Zamoyski. 1893-1970）と結婚後はザモイスカ姓。

▷8　ソ連の政治警察。反体制活動の取り締まりも行

までの時代が描かれている。フランス人で初めてモスクワ大学に入学を許可された在ソ・フランス大使館付海軍武官の娘ペリティエ[7]を誘惑することをKGB[8]から要請されながら，彼女に秘密を伝えた過去などについても亡命後のシニャフスキーの視点から書かれている。作家アブラム・テルツの誕生に関しての小説とも言えるだろう。

3 アブラム・テルツという変名

アブラム・テルツはアネクドート[9]の中のオデッサの盗賊アブラシュカ・テルツに由来するシニャフスキーのペンネームだ。西側で自作を出版する際に筆名を考案することになり，思いついたという。モスクワ大学文学部を卒業後，世界文学研究所のソヴィエト文学専門の研究員となった若きエリートの影の顔が，自宅地下室で「引き出しのため」に黙々と体制には許容されない作品を描き続ける作家としてのアブラム・テルツだった。当時の世界文学研究所の同僚としてスターリンの娘スヴェトラーナ・アリルーエワ[10]も勤務していた。体制には許容されることのないシュルレアリスムを好む彼の作品は上述のフランス人留学生ペリティエの手によりフランスの出版者の手に渡り，59年には『エスプリ』[11]に「社会主義リアリズムとは何か」[12]が掲載され，パリの亡命ポーランド出版社「文学研究所」[13]からは匿名作家の作品として『審問』[14]も出版された。偽装の必要がなくなった73年の亡命後も作家テルツの名前は生き続け，ロシア人であるシニャフスキーのユダヤ風のペンネーム，フランスに住む亡命作家，詩聖の冒瀆者など彼を取り囲む様々な非難が「ダンテス」（プーシキンを殺したフランス人）や「ロシアのサルマン・ラシュディ」など新たな蔑称を生み，亡命後にも続く第二，第三の裁判の中で97年に亡くなるまで彼を論争の渦中に引き摺り込むこととなった。76年のフランスの文学者ミシェル・オクチュリエは講演「アブラム・テルツの第二の裁判」[15]で75年刊行の『プーシキンとの散歩』[16]をめぐる論争について語っている。66年の裁判後もシニャフスキーは『プーシキンとの散歩』や『おやすみなさい』などの著作をめぐる論争に度々巻き込まれていた。

4 出版社「シンタクシス」版と邦訳

『おやすみなさい』の初版はパリ郊外フォントネー＝オー＝ローズの自宅・出版社・印刷所の「シンタクシス」にて84年に出版された[17]。80年に出版された短編『ちびのツォレス』[18]も『おやすみなさい』の一部として構想されたことが知られており，逆に作中に含まれた『眼鏡』[19]は，79年に雑誌『シンタクシス』[20]に独立した短編として掲載されている。この『シンタクシス』誌は作家ソローキン[21]や美術評論家グロイス[22]の初期作品の発表の場ともなっていた。

（中野幸男）

っていた。ソ連崩壊後はロシア連邦の対外情報局や連邦保安局，連邦国境警備局などに改組された。

▷9 анекдот. 口頭で語られる滑稽な一口話で，言論の自由が制限されたロシアでは極めて発達し，政治的な内容のものも多かった。

▷10 Светлана Иосифовна Аллилуева. 1926-2011.

▷11 *Esprit.*

▷12 « Что такое социалистический реализм »

▷13 Instytut literacki. ギェドロイツ（Jerzy Giedroyc. 1906-2000）により46年にローマで設立された出版社。フランス・パリへの移転後はゴンブローヴィチ（Witold Gombrowicz. 1904-69），ミウォシュ（Czesław Miłosz. 1911-2004）などのポーランドの亡命作家や，ポーランド国内で出版できなくなった作家のほか，ロシアの異論派やロシアの亡命作家の作品も出版している。

▷14 « Суд идет ». 1960.

▷15 « Второй суд над Абрамом Терцем ».

▷16 « Прогулки с Пушкиным ».

▷17 この初版は字が二色刷りで印刷され，おおまかに言って幻想的な部分が茶色で書かれているが，その他の部分は黒で印刷されている。挿画は獄中のシニャフスキーに向けて妻ローザノワの書いていた手紙の中のイラストが用いられている。後にシニャフスキーの彼女への手紙は『愛についての127通の手紙』（« 127 писем о любви ». 2004）という3巻本で出版された。

▷18 « Крошка Цорес ».

▷19 « Очки ». 1979.

▷20 « Синтаксис ».

▷21 ☞ I-D-7

▷22 Борис Ефимович Гройс. 1947-.

C　20世紀の文学

27 『チェゲムのサンドロおじさん』Сандро из Чегема（1973-89）
ファジーリ・アブドゥーロヴィチ・イスカンデル（Фазиль Абдулович Искандер，1929-2016）

図1　ファジリ・イスカンデール『チェゲムのサンドロおじさん』第1巻，扉写真（モスコフスキー・ラボーチー社，1989年）
出典：Фазиль Искандер. *Сандро из Чегема. Книга первая*. М.: Московский рабочий, 1989.

Мне страстно захотелось, чтобы и этот летний день, и эта яблоня, шелестящая под ветерком, и голоса моих сестер — все, все, что вокруг, — осталось навсегда таким же.

この夏の日も，そよ風に微かにさやぐリンゴの木も，私の従姉妹たちの交わし合う声も――何もかもが，周りのすべてが，――永遠にこのままであってくれたらいいのにと，私は熱望した。

1　失われた世界へのノスタルジー

イスカンデルは，コーカサス山脈の南，黒海の東南岸に位置するアブハジアに生まれた。アブハジアの歴史は古く複雑であり，ギリシア・ローマ時代から近隣の大国に次々と支配され，多様な文化の影響を受け，また異民族が交流し衝突を繰り返す地域であった。イスカンデルも，母親はアブハジア人だが，父方はイラン出身だった。家庭内ではアブハジア語が使われていたが，イスカンデルはスフミのロシア語学校で学び，モスクワのゴーリキー文学大学を卒業し，ロシア語で最初は詩を書き，やがて散文作品を書くようになった。

イスカンデル文学の主題は，一言で言えば，幼年，少年時代の記憶に残るかつてのアブハジアへのノスタルジーであるが，『チェゲムのサンドロおじさん』は，その代表作である。全32章から成るこの大長編は，各章が独立した短編としても読めるものであり，19世紀末から20世紀後半にわたる素朴な一族（イスカンデル自身の家族がモデルである）の歴史を中心に，アブハジアの民族，伝説，自然，風俗習慣などが語られる一大叙事詩と言えよう。章によって異なるが，これといった事件が起こらぬ平凡な日常を描いたもの（第29章「大きな家の大いなる一日」など）でも，イスカンデルが描くアブハジアは，ありきたりの人生が時々刻々移り変わる彩に満ちた祝祭であることを語ってやまない。

2　ユーモアと風刺

イスカンデルの作品世界には，ユーモアと風刺が随所に見られるのも特徴である。記憶の中のアブハジアをひたすら理想化して独善的に讃美するのではなく，そこには常に，客観的，風刺的な眼差しが向けられているのである[◁1]。『チェゲムのサンドロおじさん』は，サンドロを中心にしたピカレスク小説のパロディめいたものとして書かれた。それゆえサンドロは，数々の冒険，恋愛事件の

▶1　風刺の精神は初期からこの作家の特性であり，ソ連の農業政策の不自然さと愚かしさを風刺した作品『牛山羊の星座』（« Созвездие Козлотура ». 1966）でも，それは遺憾なく発揮されている。

絡む刃傷沙汰などを引き起こす破天荒な人物であり，人を騙すことも厭わない（第1章「チェゲムのサンドロおじさん」など）。しかも無類の話好きで，宴席を盛り上げる進行役（タマダ）を務め，その法螺とも実話ともつかぬ一口話は尽きることを知らない（第2章「自宅のサンドロおじさん」など）。

3 架空の民族「エンドゥール人」

多民族文化に関しても，異民族が混在して独特な斑模様のモザイク文化を形成していた状態をユートピア的に美化するのではなく，そうした状況では，異民族同士の衝突，齟齬が当然存在したことも描かれている。ただしその描き方は，この作家独自のユニークなものである。イスカンデルは，ある民族が他民族に抱く差別心や，逆に各民族の個性を圧倒的な強制力によって圧し潰しにかかる画一的官僚主義など，民族に纏《まつ》わるあらゆる問題を「エンドゥール人」という架空の民族を創作することによって巧みにユーモラスに描き出している（第14章「略奪結婚，あるいはエンドゥール人の謎」）。エンドゥール人は特定の民族を指すものではなく，エンドゥール問題も，アブハジア固有の問題には留まらない。それは，普遍的な民族問題，民族的偏見の表象であり，ロシアのインテリゲンツィア批判のパロディである「エンドゥルゲンツィア」論も展開される。エンドゥールは，民族問題のもつ複雑さをユーモアと皮肉たっぷりに笑い飛ばしているのである。

4 スターリニズム

イスカンデルは，「今日ではもう，私たちの土地では，ギリシア語やトルコ語は聞こえない。私は心も耳も何となくもの足りなくて寂しい[2]」と書いているが，これは，異なる民族の多彩な文化がソヴィエト時代に次第に多様性を失い，画一的なソヴィエト文化に一元化されたという，緩やかな変化を意味するだけではない。ここにはスターリンによる大粛清の時代に，多くの民族がよその土地に強制移住させられたという背景もある。イスカンデルの父親もイラン系であったため，1938年にイランに国外追放となり，家族とはそれきり再会できなかった。アブハジアは急峻な山岳地帯と温暖な黒海沿岸の変化に富んだ風光明媚な土地柄ゆえ，スターリン[3]が好んで訪れた保養地としても有名である。サンドロは一時，アブハジア歌舞団の踊り手として一世を風靡したため，スターリンの宴席にも招待され，その残酷な一面を垣間見るが，持ち前の機知と度胸で危機一髪を乗り越えるエピソードも描かれている（第8章「ベルシャザールの饗宴」）。『チェゲムのサンドロおじさん』全体のトーンは抒情性とユーモアに満ちた明るいものだが，スターリンとの手に汗握る対決を描いたこのエピソードによって，作品の背景には，ソヴィエト史の暗い翳もあることが感じられるのである[4]。

（安岡治子）

▶2 *Фазиль Искандер. Сандро из Чегема, Вторая книга.* М.: Московский рабочий, 1989.

▶3 Иосиф Виссарионович Сталин. 1878–1953.

▶4 イスカンデルは79年，アクショーノフ（Василий Павлович Аксёнов. 1932–2009），ヴォズネセンスキー（Андрей Андреевич Вознесенский. 1933–2010）らとともに，検閲を経ない自主文集『メトロポリ』（« Метрополь »）の出版を試みた結果，ソヴィエト当局から圧迫を受け，国内での作品発表を許されない時期がしばらく続いた。

D-イントロダクション

現代のロシア文学

Введение в современную русскую литературу

ゴルバチョフ[1]によるペレストロイカとグラスノスチは，文学・文化にも甚大な影響を与えました。このセクションで紹介しているのは，1991年のソ連崩壊の前後から現代まで，もっとも新しい時代のロシア語文学を代表する作家とその作品です。

ソ連時代の文学は，名目上は国家の管理のもとで二極化していました。ひとつは，国が奨励する政治的に正しい，「崇高」かつ「健全」な文学，もうひとつは，出版も公認もされない「下等」で「下劣」な文学です。国家のこうした方針に満足できない読者たちは，地下出版《サミズダート》や国外出版《タミズダート》[2]を利用しました。体制に与しないことはそれだけで価値があるとみなされ，「違法」な芸術家たちはカルト的崇拝の対象にもなりました。検閲を経ていないことこそが誠実さを保証し，非公式に生み出された文化の方が芸術的に優れていると信じられていたのです。

崩壊前後の数年間に起こったことは，人々のそうした思い込みを破壊する契機となりました。検閲がほぼ廃止された市場にはあらゆるテクストが一挙に出現し，出版界はおおいに盛り上がりました。しかし，国家の一元的な管理を外れ，資本主義経済の商品として並べられるようになったそれらは，生み出された時期も文脈も様々で，内容的にも玉石混交でした。すでに文名を確立していたにもかかわらず亡命や粛清を理由に発禁扱いとなっていた作家[3]や，それまで西側でのみ発表されていた作品[4]などが次々に解禁され話題となるいっぽうで，ポルノ小説や暴力ばかりの粗悪な三流小説も大量に出回るようになりました。書店には長年入手困難だった聖書や宗教書が，新興宗教のパンフレットと一緒に並べられました。ニーチェ[5]やフロイト[6]が復活するとともに，デリダ[7]やフーコー[8]ら西側の理論家たちによる新しい分析システムが一挙に流れ込み，外国由来の刺激的な「専門用語」がロシア文字に翻字され，文芸批評にもなかば無批判に取り入れられることになりました。統制の代わりに得られた自由と混乱が，「世界一，本をよく読む」国民の急速な文学離れの一因となったことは否めません。文学を専門に扱う〈厚い雑誌〉[9]の発行部数は大幅に下落しました。

亡命文学の大ブームが生じたのは，こうした混乱のさなかです。革命や戦争を機に国を離れた亡命作家がソ連で黙殺されていたことは本書でもたびたび言及されていますが，80年代後半よりすでに作品は国内の雑誌・新聞に掲載されるようになり，選集や全集の出版もあいつぎました。本書には70年代に出国した「第三の波」の作家たちも紹介されていますが，彼らのたどった運命は様々でした。反体制の急先鋒として国を追放されたソルジェニーツィンは，新生ロシアで大歓迎され，94年の帰還から08年に亡くなるまでおおいに存在感を示しました。対して，政治的活動とは無縁だったドヴラートフはソ連では出版の機

▶1　☞「C-イントロダクション」▶14。

▶2　☞Ⅰ-C-[24]，Ⅰ-D-[3]，Ⅰ-E-[6]

▶3　ロシア革命後に亡命したナボコフ（☞Ⅰ-C-[18]），スターリン期に粛清されたピリニャーク（Борис Андреевич Пильняк. 1894-1938）やハルムス（☞Ⅰ-C-[24]，Ⅰ-E-[5]）など。

▶4　パステルナークの『ドクトル・ジヴァゴ』（☞Ⅰ-C-[19]）や，ザミャーチンの『われら』（☞Ⅰ-C-[6]），ビートフの『プーシキンの家』（☞Ⅰ-C-[23]）など。

▶5　Friedrich Wilhelm Nietzsche. 1844-1900.

▶6　Sigmund Freud. 1856-1939.

▶7　Jacques Derrida. 1930-2004.

▶8　Michel Foucault. 1926-84.

▶9　« Толстые журналы ». 『新世界』（« Новый мир ». 1925-），『星』（« Звезда. 1924-），『旗』（« Знамя ». 1931-），『われらの同時代人』（« Наш современник ». 1956-），『十月』（« Октябрь ». 1924-2019），外国文学の翻訳を扱う『外国文学』（« Иностранная литература ». 1955-）など，〈厚い雑誌〉と呼ばれる文芸雑誌はソ連における文学の発展と普及に大きな役割を担ってきた。

会を得られず渡米，ニューヨークで客死しましたが，その独自のスタイルで，いまやロシアでもっとも愛される作家のひとりとなっています。72年に出国したブロツキーは，渡米後は大学で教鞭を執りながら文筆活動に励み，87年のノーベル文学賞受賞がソ連国内での解禁に道を開きました。国内／亡命，公式／非公式といった形で分断されていたロシア語文学の道筋は，政治的大変革の時期を経て，再び交差するに至ったのです。

ソ連後期から崩壊後にまでつづく混沌は，新しいイズムの土壌も準備していました。ポストモダニズムと呼ばれる文化潮流が前衛芸術家を続々と輩出，なかでもソローキンの過激さはこれまでたびたび物議をかもしてきました。非公式芸術グループのメンバーとして出発した彼の文学は，小説によって小説の形式すら破壊する，実験的かつ技巧に富んだものです。おなじくロシアのポストモダンを代表するペレーヴィンとよく比較されますが，東洋哲学や神秘主義への傾倒が強調される後者とは，美学的側面をはじめ，多くの差異も指摘しうるでしょう。いっぽう，上記二人より一世代上にあたるペトルシェフスカヤの初期の創作も，ソ連末期に特有の現象です。社会主義リアリズムの文学においては隠されていた実社会のタブーを語る「暗黒暴露文学」とは，その誕生を後押ししたのが，イデオロギーによる統制の無力化だからです。

古くは『罪と罰』[10]にさかのぼり，新時代のロシアで急激に成長した文学ジャンルのひとつに犯罪推理小説があります。この分野で世界的成功を収めているのがアクーニンです。自身の文学者としての博識をじゅうぶんに活かしながらもロシア的な泥臭さのない彼の人気シリーズの主人公は，文学の商業的価値を意識するようになったロシアにおける洗練されたグローバル化のシンボルといえるかもしれません。また，ロシア・リアリズムを継承するような伝統的な小説も健在です。ウリツカヤはポストモダンとは距離を置き，端正な文体と抜群のストーリーテリングで90年代初頭のデビュー以来着実にキャリアを積んできました。社会主義や戦争経験について聞き書きを行うベラルーシの作家アレクシエーヴィチが，2015年にロシア語で執筆する女性作家として初めてノーベル文学賞を受賞したことは，女性の書き手の存在感とともに，ロシア語文学におけるジャンルやテーマの多様さ・可能性を印象づけるものとなりました。

▷10　☞Ⅰ-B-⑩

このセクションで紹介している，作風も主義主張もまったく異なる作家たちが，みな何らかの形で「過去」を意識しているのは偶然ではありません。「偉大なロシア文学」の伝統や社会主義，スターリニズムや戦争も，それらの記憶と向きあいどう折り合いをつけるのかという問題意識は，最先端を走る現代作家たちがひとしく共有するものなのです。

本書では紹介しきれなかった個性豊かな作家たちが，近年続々と邦訳されています。国や言葉やジャンルの境界を越え，人を結び，世界へとなおひらかれ続けるロシア語文学のゆくえを，今こそ注視していきたいところです。

（小椋　彩）

D　現代の文学

1　『戦争は女の顔をしていない』У войны—не женское лицо（1985年，2004年改訂）

スヴェトラーナ・アレクサンドロヴナ・アレクシエーヴィチ（Светлана Александровна Алексиевич, 1948-）

図1　アレクシエーヴィチ（『戦争は女の顔をしてない』原書扉写真）

出典：*Светлана Алексиевич*. У войны — не женское лицо. М.: Издательство « Пальмира », 2004.

Почему, отстояв и заняв свое место в когда-то абсолютно мужском мире, женщины не отстояли свою историю?

かつては男だけのものだった世界で地位を獲得したのに，どうして女たちはおのれの歴史《ヒストリー》を守り通さなかったのか？

1　時代を変える文学

アレクシエーヴィチはベラルーシ共和国[1]のロシア語作家である。デビュー作『戦争は女の顔をしていない』は，1978年から83年にかけて，第二次世界大戦の独ソ戦（1941-45）に従軍した女性たち500人以上に対して行われたインタビュー集である。第二次世界大戦時のソ連軍には80万人とも100万人ともいわれる女性が志願し，後方支援はむろん，危険な前線で戦闘員や衛生兵としても活躍した。この世代は30年代に教育を受け，ロシア革命の「女性の解放」の理念を内面化している。宣戦布告なしのナチ・ドイツ軍の侵攻に対して，国民としての祖国防衛を責務と感じて志願したのだ[2]。だが，男性組織たる軍隊で信頼と地位を勝ち取り，ファシズムの打倒に貢献した女性たちは，復員すると後ろ指を指されるようになったため，戦地の体験に口を閉ざし，ひっそりと目立たないように生活を送っていた。戦後ソ連社会は，平等を謳いながらも，女性は淑やかであるべきだ，家庭を守る妻・母であるべきだというジェンダー・バイアスに覆われていた。戦地で闘った女性の話題は禁忌となった。

冒頭の一文は取材日誌に記された素朴な疑問である。2004年の大改訂の際に掲載され，1985年版には見当たらない。しかしそれでも行間からこのフェミニズム的な問題意識は漏れていたのであろう。出版は難航する。しかし，85年に情報公開《グラスノスチ》[3]が開始され，ソ連共産党書記長ゴルバチョフ[4]が会議中に彼女の原稿に言及し，これがゴーサインとなって，ミンスク及びモスクワで公刊される。時を置かず舞台化されるが，中でもエフロス[5]が演出したタガンカ劇場の舞台は，モスクワ市民に鮮烈な印象を残したという。アレクシエーヴィチの出現は，ペレストロイカの新しい時代の幕を開ける最初の旋風の一つだった。そのほかの作品も，読み手の心情に訴え，報道で統制されていた情報に踏み込むため，世論を動かす力，社会に働きかける力が強い。アフガニスタン侵攻の帰還兵士や戦死者遺族の証言集『アフガン帰還兵の証言』[6]がソ連国内に与えた衝撃は計り知れない。国際的には，チェルノブイリ原発事故の被害者たちの証言集『チェ

▷1　ロシアの南西に位置する。20万 km^2ほどの国土に人口940万人（2020年）が住む。8割がベラルーシ人で，公用語はベラルーシ語とロシア語。

▷2　ソ連では内戦時から女性が軍隊に進出していたが，一部のエリート層と医療分野が中心だった。1941年6月の開戦直後に，志願女性が徴兵事務所に押し寄せたが，ほとんどが追い返された。しかし緒戦の大敗退で人員不足に陥り，半年後に積極的な女性活用へと政策転換する。とはいえ，現場は心理的にも物質的にも女性を受け入れる態勢にはなかった。

▷3　Гласность. ペレストロイカ政策で，当初は統制されていた情報の流通を拡大することを意味した。しだいに本格的な言論の自由，表現の自由を表すようになる。

▷4　Михаил Сергеевич Горбачев. 1931–.

▷5　Анатолий Васильевич

ルノブイリの祈り[7]』の影響力が見過ごせないだろう。

2 探求の文学

アレクシエーヴィチの文学は，戦争，チェルノブイリ原発事故，ソ連崩壊などの災厄を体験した何百人もの民衆に取材し，作家の琴線に触れた語りを抜き出し，編集して公刊するというスタイルだ。韻文や散文のような伝統的な文学ジャンルと一致しないことを理由に，高尚文芸ではないと主張する声は根強い。形式から言えば，いわゆるオーラル・ヒストリーの先駆的な試みのようにも見える。しかし，恣意的に選ばれた証言に編集が加えられ，作家の主観が強く作用しており，学術的な意味での客観性は担保されていない。かといって，ジャーナリズムと呼ぶには，文学的だ。もっとも妥当と思われるのは，〈オーチェルク[8]〉と呼ばれる記録文学の系譜だ。中でも，スミルノフ[9]の『ブレスト要塞[10]』，アダモヴィチ[11]の『私は炎の村から来た[12]』は「探求のジャンル」と呼ばれ，いずれも従来抑圧されていた戦争記憶を掘り起こした問題作である。アレクシエーヴィチはこの伝統を継承し，大きく発展させた。

3 戦争の記憶と文学

旧ソ連諸国の多くで，独ソ戦は大祖国戦争，つまり，偉大なる祖国を守る戦争と呼ばれる[13]。ナチ・ドイツ軍は宣戦布告なしに侵攻し，残虐な所業でソヴィエト国民の怒りを買った。広大な国土が戦場となり，インフラや家屋・工場が破壊されたが，国民と国家は団結する。ソ連側の犠牲者は，諸説あるが，最も少ない数字でも，戦死者800万人，民間の死者2000万人にのぼる。そのため，独ソ戦は，ファシストによって不当に侵略された祖国を自力で解放し，なおかつ世界を救った栄光の戦争として神聖視されてきた。

戦勝の栄光の記憶は，スターリン神話が求心力を失った後，60-70年代[14]の国民統合に利用される。壮大な戦争記念碑が各地で建築され，英雄や勇敢な兵士，亡くなった息子を悼む母の像にあふれた。

ソヴィエト戦争文学は，こうした公定記憶の枠組みを維持しながら，それでも排斥され，抑圧された記憶に切り込んできた。「正戦」には不適切な事柄——たとえば，緒戦の大敗退，戦時捕虜，対敵協力，虐殺されたユダヤ人，徴兵拒否，脱走を扱った文芸作品[15]は，蔑まれた人々の名誉を社会的に回復していった。アレクシエーヴィチもまた女性兵士に名誉を回復した。彼女の仕事の意味を悟った女たちは，再び作家を呼び出し，かつては語れなかったことを語り直し，本は版を重ねるたびに書き換えられていった。我々が手にする翻訳も，三浦みどり[16]が何冊もの異版を詳細に検討し，練り上げた労作である。本書は，それ自体が，女たちの連帯の物語＝歴史《ヒストリー》なのである。 （前田しほ）

Эфрос. 1925-87.

▶6 « Цинковые мальчики ». 1991.

▶7 « Чернобыльская молитва. Хроника будущего ». 1997.

▶8 Очерк. ロシア文学の伝統的な散文のジャンルで，虚構でなく事実を書く。ルポルタージュ，社会評論，エッセイが含まれる。

▶9 Сергей Сергеевич Смирнов. 1915-76.

▶10 « Брестская крепость ». 1957.

▶11 Алесь Михайлович Адамович. 1927-94.

▶12 « Я из огненной деревни ». 1977.

▶13 独立後の旧ソ連諸国では，ロシアとの関係性によって，この戦争への態度に差が出ている。例えば，2014年に対ロ関係が悪化したウクライナでは「大祖国戦争」の呼び名は消え，「独ソ戦」が定着している。

▶14 スターリン存命時は，戦勝の功績は指導者のものとされ，戦争記憶を公共空間で語ることは禁じられていた。53年スターリン死後に，民衆による戦争記憶の顕彰・追悼が公共空間で行われるようになり，65年戦勝20周年記念から大規模な祝典が一般化した。

▶15 いわゆる〈雪どけ〉期にはショーロホフ（☞Ⅰ-C-⑮）『人間の運命』（« Судьба человека ». 1956-57），ボゴモーロフ（Владимир Осипович Богомолов. 1924-2003）『イワン』（« Иван ». 1957），グロスマン（☞Ⅰ-C-⑳）『人生と運命』（1950?-1959年執筆）など優れた戦争文学が書かれた。ブレジネフ期の戦争文学は日本への紹介は少ないが，妥協と闘争の歴史は引き継がれ，アレクシエーヴィチ登場の土壌を育んだ。

▶16 1947-2012，ロシア文学翻訳家。

D　現代の文学

2　『かばん』Чемодан（1986）

セルゲイ・ドナートヴィチ・ドヴラートフ（Сергей Донатович Довлатов, 1941-90）

図1　ドヴラートフ（ニューヨーク，N. アルベルト撮影，1986/87年冬）

出典：*Сергей Довлатов. ...* Последняя книга... Санкт-Петербург: Азьука, 2001.

Существуют в мире точные науки. А значит, существуют и неточные. Среди неточных, я думаю, первое место занимает филология. Так я превратился в студента филфака.

世の中には精密科学が存在する。つまり，不精密科学も存在するってわけだ。不精密科学の中で１位は文学だろう。だから，俺は文学部の学生になった。

1　亡命――ソ連とアメリカのはざまで

ドヴラートフの作品は自身の体験をベースにしたものが多い。大部分の作品の主人公は，作者本人と等身大のセルゲイ・ドヴラートフである。だが，完全な自伝ではなく，創作部分も多い。自伝的要素をふんだんに取り込んだ新たな創作作品だ。1970年代から80年代にかけての，いわゆる〈第三の波[1]〉の亡命者であったドヴラートフが，亡命先のアメリカでソ連から持ってきたスーツケースを開ける。この小説の題名となった「かばん」はこのスーツケースを指している。出てきたものは，フィンランド製の靴下，特権階級の靴，ダブルのフォーマルスーツ……。その品にまつわるソ連での思い出が始まる。

亡命によって，作家には失うものと得るものがある。ドヴラートフの場合も然り。祖国の母国語読者を得るという機会は失われたものの，亡命によって異化された世界の見方を得た。亡命文学一般に言われることだが，ドヴラートフの作品でも，思い出は思い出の地から切り離されることによって，より鮮明になって甦る。作品の中には，祖国ソ連と故郷レニングラードでの過去と，亡命先アメリカのニューヨークでの現在が二重露出のように映し出される。祖国の喪失，失われた過去へのノスタルジー。これは，彼のもう一つの代表作『わが家の人びと：ドヴラートフ家年代記[2]』にも共通して言える特徴である。今では往来が自由となり，ロシア作家にとって亡命という状況は解消されたが，本作品は亡命という困難な状況があってこそ完成した物語だった。

2　逆転の視点――この世はナンセンス

主人公ドヴラートフは皮肉屋である。彼のものの見方はいつもアイロニーがこもっている。言葉は必要最小限しか使わず，アネクドート[3]的なエピソードを積み重ねて綴られていく物語のスタイルも特徴的だ。それゆえ，一見して，真面目に書いているように思えない文章，ふざけているような文章と受け取られ

▷1　ロシアの亡命文学は一般に三つの時期に区分される。第一の亡命の波は，1917年のロシア革命を契機として国を離れた作家たちにより，ベルリン，後にパリを中心に展開された。第二の亡命の波は第二次世界大戦後のドイツやアメリカを中心にしたものだか，著名な作家に乏しく，特筆されることは少ない。これに対し，第三の波は，70年代から80年代の亡命の流れを指す。国外退去を余儀なくされた作家たちと国外移住を許可されたユダヤ系ソ連市民が合流し，アメリカや西欧でロシア亡命文化が花開いた。☞Ⅱ-C-6

▷2　« Наши ». 1983.

▷3　様々なジャンルを話題にした一口小話。ソ連時代には政治を風刺したものも多く語られた。

る傾向もあった。このような文体も，彼の作品の文学的価値が認められるまでに時間を要した一因であろう。

ドヴラートフは世界を斜に見る。そこには彼が徴兵期間にコミ自治共和国で収容所の看守として働いた体験が重要な影響を与えている。ソルジェニーツィン[4]のように作家が投獄されて体験した地獄のような世界を，彼は看守という真逆の立場で体験している。その体験を描いた『収容所[5]』で「ソルジェニーツィンによれば，収容所は地獄だが，オレに言わせれば，地獄とはオレたち自身だ」と一般的な言説とは異なる視点から生み出される自分の思いを語っている。

ドヴラートフはいつでも物事を逆転の視点で見ることができた。一般人が真剣にやっていることを，彼はナンセンスだと断じる。小説『自然保護区[6]』にドヴラートフの世界観を最もよく表した一節がある。「世界は狂気に覆われている。狂気が正常になりつつある。正常は奇跡の感覚を呼び起こす」。重苦しい冷戦最中のソ連社会を「ばかげている」「ナンセンスだ」「滑稽だ」と評する。社会主義の理想に向かって，誠実で真面目であることが最も求められた時代に，社会をとことん皮肉るドヴラートフの文章は，当時のソ連で公式には決して受け入れられないものだった。

▷4 ☞I-C-21

▷5 « Зона ». 1982.

▷6 « Заповедник ». 1983.

3 祖国喪失と過去へのノスタルジー——死後の人気の高まり

70年代のソ連で，ドヴラートフは作品を発表する機会に恵まれなかった。創作活動はしていたものの，亡命以前の彼はまだ作家として一般に認知されていなかった。彼の作品が出版を経て人々に読まれるようになるのは，78年に亡命し，ニューヨークのロシア人コミュニティの中で創作活動を開始した80年代以後である。

彼はアメリカで，二人組の文芸批評家ワイリ[7]とゲニス[8]らとともに意欲的にロシア語週刊新聞『新アメリカ人[9]』を発行し，80年から82年までその編集長も務めた。80年代の半ばにはすでに西側で大きな成功を得，権威ある雑誌『ニューヨーカー[10]』に作品を掲載された，ナボコフ[11]に次ぐ2人目の名誉あるロシア人作家となった。

ただし，彼の作品が母国の読者の手に届いたのは，ペレストロイカ以後である。彼が90年に心不全のためニューヨークで亡くなった後になって，作品はロシア本国で大きな反響を呼んだ。95年にサンクト・ペテルブルクの出版社が発売した3巻本の選集はどこの本屋にも積み上げられ，再版を重ねた。皮肉にもソ連が消滅したことは母国読者にとって，亡命作家の祖国喪失に似通った体験となった。切り離された過去へのノスタルジーも，自分たちを笑いとばすアネクドートも，だれもが体験した共有する過去として共感を呼び起こした。ドヴラートフは現在ロシアで最も人気のある作家の一人である。（守屋　愛）

▷7 Петр Львович Вайль. 1949-2009.

▷8 Александр Александрович Генис. 1953-.

▷9 « Новый американец ». 1980-82.

▷10 *The New Yorker*. 1925-.

▷11 ☞I-C-18

D　現代の文学

3　『私人』（原題「皆と違う表情」）Лица необщим выраженьем（1987）
ヨシフ・アレクサンドロヴィチ・ブロツキー（Иосиф Александрович Бродский, 1940-96）

図１　24歳頃のブロツキー（流刑地にて）
出典：*Михаил Мильчик*. Иосиф Бродский в ссылке. СПб.: PERLOV DESIGN CENTER, 2013.

Эстетический выбор всегда индивидуален, и эстетическое переживание — всегда переживание частное.

審美的な選択はつねに個人的なものであり，審美的な経験はつねに私的な経験である。

1　「私人＝詩人」の誕生

引用は，ブロツキーによる1987年ノーベル文学賞受賞講演原稿の一節。この講演記録は，日本では『私人』という書名で刊行されているが，ロシア語原題は「皆と違う表情」という。これは，19世紀の詩人バラトゥインスキーの作品『詩神《ミューズ》』[1]を踏まえたものだ。この詩行をあげたうえでブロツキーは，芸術の役割とは，他者とは異なる「一個人」であることを人間に意識させる点にあるという独創的な詩論を展開していく。ブロツキーはなぜこの詩句を自身の講演タイトルに選んだのだろうか。

ブロツキーは独ソ戦が勃発する直前の1940年，レニングラードのユダヤ人家庭に生まれた。共産主義教育になじめないヨシフ少年は15歳にして学校を自主的に退学し，旋盤工やボイラーマンなどのアルバイトに従事した。転機が訪れたのは17歳の夏，荷物運搬係として地質調査隊に加わり，ソ連各地を旅行していた時だった。シベリアの街ヤクーツクでバラトゥインスキーの詩集を入手して『詩神《ミューズ》』を読み，「皆と違う表情」をもつことの重要性に開眼したのである。画一的で集団主義的なソ連社会において，「一個人」として生きるにはどうしたらいいのか。その答えを模索するかのようにブロツキーは詩作に熱中し，彼の猛勉強ぶりは友人たちを驚かせた。ブロツキーはそのうちに，すでに70歳代を迎えていた詩人アフマートワ[2]と知己になり，彼女の薫陶を受けるようになる。やがて，学生詩運動に沸く〈雪どけ〉期のレニングラードの若手詩人たちの間で，ブロツキーは「天才詩人」として頭角を現していった。

▷1　☞Ⅰ-E-2

図２　ソ連時代のブロツキーが居住していた「ムルジ邸」（2016年）
現在，この建物内に「ブロツキー博物館」がある。
出典：筆者撮影。

▷2　☞Ⅰ-C-11

2　流刑から亡命へ

正式な高等教育も受けず定職にも就かないブロツキーに対して，ソ連当局の目は厳しかった。64年２月，24歳のブロツキーは「徒食者の罪」[3]により逮捕され，有名な「十字監獄」[4]に収監されてしまう。２度の裁判をへて，極北の地アルハンゲリスク州の寒村へ送られた。ブロツキーは農作業のかたわら，読書と

▷3　1961年に制定された法律で，社会主義国家建設のために有益な職業に就こうとしない者を処罰するというもの。

▷4　レニングラードのネヴァ川右岸沿いにある，２つの十字形の収監施設がある刑務所。

詩作に没頭する。

1年半の刑期を終えてレニングラードに帰郷したブロツキーに，更なる迫害が続いた。ブロツキー自身はもともと政治に関心が薄く，作品内であからさまに体制批判をしたことは一度もないのだが，共産党政権が期待するような詩を書こうとはしなかったからだ。詩人としては公認されず，詩集の出版も許可されない。それでも創作に励むブロツキーの作品は，〈地下出版《サミズダート》〉[5]と〈国外出版《タミズダート》〉[6]というかたちで流通していく。ソ連において，ブロツキーはしだいに厄介な存在となっていった。72年6月，ソ連政府はブロツキーを国外退去処分とし，彼はアメリカへの移住を決意する。私的活動の極みである創造行為を追求した結果，ついに祖国を捨てざるを得なくなったのだ。

▶5 原綴りは самиздат で，地下出版すなわち非合法出版をさす。「сам（自分で）」と「издательство（出版社，出版）」から作られた語。

▶6 原綴りは тамиздат で，国外出版をさす。「там（あちらで＝国外で）」と「издательство（出版社，出版）」から作られた語。

3 「言葉」への信頼

アメリカ亡命後のブロツキーは大学で教鞭をとりながら，独自の哲学的思索を深めていった。人間は肉体や国家という「空間」や，人生という「時間」に束縛されている。人間の死後も文字として残るのが「言葉」であるなら，時空間を超克できるのは「言葉」だけではないのか。その信念を反映したのが，詩集『言葉の一部分』[7]である。その中の1編『ボボの葬式』[8]という詩において，作者ブロツキーの分身と思われる「新しいダンテ」は，「空白＝虚無」のメタファーである白紙に「言葉」を書くことで友人の死を乗り越えようとする。

▶7 « Часть речи ». 1977.

▶8 « Похороны Бобо ». 1977（1972年執筆）.

87年，ブロツキーは47歳の若さでノーベル文学賞を授与された。受賞の知らせをうけ，ペレストロイカが進行していた本国ソ連でも，ブロツキー作品の解禁に踏み切る。やがてソ連邦は崩壊。レニングラードはサンクト・ペテルブルクへと改称され，ブロツキーは同市の市長から公式訪問を打診されるまでになる。それにもかかわらず，亡命後のブロツキーは一度も故国に帰ることはなかった。作品というかたちによって帰還することで満足していたのかもしれない。そのかわりに，ブロツキーは故郷の街を連想させる都市ヴェネツィアの美を愛し，エッセイとも断章形式の小説ともつかない『ウォーターマーク（透かし）』[9]を英語で発表した。いわば二重露光写真の手法により，水の都ヴェネツィアを透かしてレニングラード（「北のヴェネツィア」と称される）へひそかなオマージュを捧げたといえるだろう。

96年1月，55歳のブロツキーは持病の心臓疾患により，ニューヨークの自宅で急逝した。深夜に書斎で倒れたというブロツキーの脳裏には，敬愛する英国詩人オーデン[10]を追悼した自らの詩『ヨーク』[11]の一節がよぎっただろうか。「小から大を引き算すれば――つまり人間から時間を引き算すれば／あとに残るのは，生前の肉体よりもくっきりと／白い背景に浮かびあがってくる言葉だ……」。

（竹内恵子）

▶9 *Watermark*. 1992.

▶10 Wystan Hugh Auden. 1907-73.

▶11 « Йорк ». 1977.

図3 ブロツキーが最後に住んだニューヨーク，ブルックリンハイツの集合住宅（2014年）

ブロツキーはここで心臓発作により逝去した。

出典：筆者撮影。

D　現代の文学

4　『ソーネチカ』Сонечка（1992）

リュドミラ・エヴゲーニエヴナ・ウリツカヤ（Людмила Евгеньевна Улицкая, 1943-）

図1　ウリツカヤ（モスクワ，2004年11月）
出典：筆者撮影。

Вечерами, надев на грушевидный нос легкие швейцарские очки, она уходит с головой в сладкие глубины, в темные аллеи, в вешние воды.

夜ごと，梨の形をした鼻にスイス製の軽量メガネをかけて，ソーネチカは，甘く心地よい読書の深遠に，暗い並木道に，春の水に，心を注ぐのだった。

1　回帰の力学

20世紀のロシア版「女の一生」ともいえるウリツカヤの中編『ソーネチカ』は，発表されるやすぐにフランス語に翻訳され，数年のうちにフランスやイタリアの文学賞を受賞して非常に高い評価を受けた。ところが本国でウリツカヤが本格的に評価されるようになったのはだいぶ後のことで，ヨーロッパでの人気に後押しされる形だった。

興味深いことに，これは小説内の出来事をなぞっている。ソーネチカの夫ロベルトはフランスやアメリカで活躍し「伝説の画家」として知られたが，1930年代初めにふらりとソ連に戻ると5年間の収容所生活を送らされ，その後も流刑の身となる。非公式芸術家として創作活動を続けたが，その才能が故国で正当な評価を受けるのは亡くなった後である。ソ連では得られない高い評価が欧米で先行してなされ，やがてそれがロシアに「回帰」してくるという現象を，登場人物だけでなく作者も体験したことになる。

ロベルトがロシアを飛び出し，欧米を経てロシアに戻ってきたように，主人公ソーネチカも，長く浸りきっていた本の世界から結婚後いったん離れるが，夫の死後ブーメランのようにふたたび戻っていく。また，ポーランド出身の孤児ヤーシャも，モスクワに来てロベルトとソーネチカの世話になり，やがてポーランドを経て，ロベルトがかつて住んでいたパリへと帰着する。物語はこのように「回帰の力学」が絡みあって成り立っているのである。

2　癒しとしての文学

作品の冒頭，ソーネチカは「偉大なロシア文学」の虜だったとされ，トルストイ[◁1]，ドストエフスキー[◁2]，ツルゲーネフ[◁3]，レスコフ[◁4]の名や作品が具体的に挙げられている。しかしロシア文学の価値を認めようとしないロベルトに言い負かされ，世俗的な雑事に取り紛れているうちに，すっかり小説の世界から遠のいてしまう。そんな彼女をロシア文学に呼び戻す契機となったのは夫の不貞だっ

▶1　☞Ⅰ-B-⑬⑰
▶2　☞Ⅰ-B-⑩⑫
▶3　☞Ⅰ-B-⑦⑨
▶4　☞Ⅰ-B-⑮

た。そのときソーネチカが本棚からあてずっぽうに本を手に取ると，それはプーシキンの『百姓令嬢』[5]で，彼女はプーシキンの「研ぎすまされた気品あふれる言葉」を味わって幸福感に満たされる。文学はソーネチカにとって悲しみを癒してくれるものとして現れているのである。

▷5 ☞Ⅰ-B-②とくに▷2

そして作品の最後を締めくくるのが冒頭に引用したフレーズである。独りぼっちになったソーネチカは，ふたたび読書に没頭して長い老後を過ごすことになる。「暗い並木道」はブーニン[6]，「春の水」はツルゲーネフの作品タイトルである。ここは，「梨の形」の鼻をして小説世界の中を生きているソーネチカの作品冒頭の様子と見事に対をなしており，静かに円環が閉じられている。この円環はまるで，スターリン時代をわき目も振らず懸命に生きた善良なソーネチカに捧げられた花輪か王冠のようではなかろうか。

▷6 ☞Ⅰ-C-⑬

3 非公式芸術家

登場するボヘミアン的な芸術家たちは，当局に認められていない「地下」芸術家で，おそらく「リアノゾヴァ派 Лианозовская школа」をモデルにしているのではないかと思われる。リアノゾヴァ派とは，50年代から70年代にかけて，モスクワ郊外のリアノゾヴァで活動した非公式芸術の画家や詩人たちのグループである。芸術に枷をはめようとする社会主義リアリズムに抗して自由な芸術表現をめざした。ロベルトのまわりに集まる風変わりな芸術家たちも才能があり，一般的な「ソ連」のイメージからは想像できないほど自由な発想をする。ソーネチカはロベルトを取り巻くこうした知的な雰囲気にも心満たされる。

4 白のシンボル

長年絵を描かなかったロベルトは，ヤーシャをモデルにふたたび絵筆をとり（これも回帰である），白い色に徹底的にこだわって「白のシリーズ」を制作する。その52点の白い肖像画はまるで雪の女王のように美しく，ロベルトの死後，世界中で高く売れるようになる。白という色は芸術家ロベルトが追及すべき課題であり，透きとおるように肌の白いヤーシャはミューズとして必要な存在だったのだ。それに対してソーネチカは，「ラクダのような色合い」とされている。夫の墓に白い花を植えても一度も根づいたことはないという。白のシンボリックな用い方が絶妙である。

たしかにソーネチカはミューズにはなれなかった。しかし，他者に尽くし善のみをもたらし，内面の美しさできわだったヒロインである。この形象は，ウリツカヤの長編『通訳ダニエル・シュタイン』[7]で主人公の「義人」ダニエルに，形を変えて引き継がれることになる。『ソーネチカ』は，何よりも自由を重んじ，批判的精神とアイロニーを備え，ヒューマニズムに裏打ちされたウリツカヤの作品群の原点に位置する愛すべき佳品であるといえるだろう。　（沼野恭子）

▷7 « Даниэль Штайн, переводчик ». 2006.

D　現代の文学

5　『チャパーエフと空虚』Чапаев и Пустота（1996）
ヴィクトル・オレゴヴィチ・ペレーヴィン（Виктор Олегович Пелевин, 1962-）

図1　ペレーヴィン
出　典：Sally Laird, *Voice of Russian Literature: Interviews with Ten Contemporary Writers*, Oxford University Press, 1999.

Где бы ты ни оказался, живи по законам того мира, в который ты попал, и используй сами эти законы, чтобы освободиться от них. Выписывайся из больницы, Петька.

たとえどんな場所にいる羽目になっても，お前はお前の行きついた世界の法に則って生きろ。そしてその法から自由になるために法そのものを利用してやれ。病院を出るんだ，ピョートル。

1　ふたつのロシア

本作は1917年の革命を経て内戦状態に突入したロシアと，91年ソ連崩壊直後の混迷の最中にあるロシア，ふたつの時空間を舞台とする物語である。主人公の青年ピョートル・プストタ（「プストタ пустота」はロシア語で「空虚」の意）は，それぞれの世界でもう一方の世界を自身が見る夢と認識しており，彼の意識がそれらを交互に行き来する形でプロットは展開する。こうした二層構造には，作中で言及される荘子の寓話「胡蝶の夢」の直接的な反映を見て取れるが，ペレーヴィンが愛読書としてしばしばその名を挙げるブルガーコフ『巨匠とマルガリータ』[1]の類似の設定から着想を得たものとも考えられよう。

内戦期を生きるプストタはウクライナや中央アジアを転戦し武勲を立てる赤軍将校であるが，ここで本作のもうひとりの主人公というべき赤軍の英雄チャパーエフ[2]がプストタの指揮官として，そして史実とは異なり革命の理念などどこ吹く風，人を食ったような理屈でこの世の虚無性を説く神秘家として登場する。一方，ソ連崩壊後のプストタはなんと精神病院[3]に入院中の身である。主治医によればプストタは「ある特定の社会的・文化的パラダイムに基づいた人生に向けプログラミングが完了していたにもかかわらず，まったく別のパラダイムに行きついてしまった」世代に属しており，そのために現実と正常な関係を取り結ぶことができなくなったのだという。すなわちこちらの世界での彼は，自身を赤軍将校と思い込むことで激変する社会からの逃避を図る病人でしかない。

2　時代の病理

冒頭の引用で「法」と訳した単語「ザコン закон」は，「法律」「法則」「規則」「掟」等，決まり事全般を意味する語である。『チャパーエフと空虚』が上梓された1996年のロシアでは，社会主義の理念の上に築かれた安定（62年生ま

▷1　☞Ⅰ-C-[14]

▷2　チャパーエフ（Василий Иванович Чапаев. 1887-1919）は実在の赤軍の将校で，死後に部下のフールマノフ（Дмитрий Андреевич Фурманов. 1891-1926）によって書かれた小説『チャパーエフ』（« Чапаев ». 1923）やその同名の映画化作品（1934）を始めとする様々な作品に繰り返し登場し，内戦の英雄として今日に名を残すこととなった。

▷3　この精神病院というトポスは，チェーホフ（☞Ⅰ-B-[22][23]）『6号病棟』（« Палата № 6 »），ガルシン『赤い花』（☞Ⅰ-B-[19]），ブルガーコフ『巨匠とマルガリータ』（☞Ⅰ-B-[14]），エロフェーエフ（☞Ⅰ-C-[22]）『ワルプルギスの夜，あるいは騎士団長の足音』（« Вальпургиева ночь, или Шаги Командора ». 1985年執筆）等の有名作品でも描かれ，ロシア文学の読者にとってはなじみ深い。

れのペレーヴィンが感じていたそれは「停滞」と表裏一体ではあっただろうが）を享受する社会が終焉を迎え，一切の「法」が覆るカオスの様相を呈していた。『チャパーエフと空虚』やそれに続く『ジェネレーション〈P〉[4]』『数[5]』などの長編作品群においてギャング，ドラッグ，銃撃戦といったモチーフによって描出された治安の悪化，そして市場経済への転換による貧富の差の拡大といった災禍の中に投じられたかつてのソ連国民たちは，大げさに言えば世界の法則そのものが書き換えられたかのような衝撃を受けたのであった[6]。

精神病棟がこうした暗い時代の似姿であることは論をまたない。ソ連崩壊という現実を否認し夢と夢の間をさまようプストタにチャパーエフは，今いる場所の「法」を受け入れよと説く。無論それは，新たに到来した資本主義の理念に順応し他者を出し抜けという意味ではない。思うままにならない時代に抗わないこと，しかし同時に時代のルール——それは「法」と呼ばれたり「パラダイム」と呼ばれたり，様々だが——の本質を見抜くこと，人も国家も，すべては移ろいゆく虚構であると理解すること。そこに自由への糸口が見えてくる。

▶4 « Generation “П” ». 1999.

▶5 « Числа ». 2003.

▶6 1990年代，ロシアを始めとする旧ソ連諸国では，世界的に見ても非常に高い自殺率を記録した。この時期に急増した自殺者の遺族や知人らに取材して書かれたのが，ノーベル賞作家アレクシエーヴィチ（☞Ⅰ-D-1）の『死に魅入られた人々』（« Зачарованные смертью ». 1993）である。

3 ポストモダニズムに一足遅れて

『チャパーエフと空虚』は，革命のシンボルたるチャパーエフに仏陀のイメージを重ね合わせ，凝り固まったソ連的イメージを解きほぐす。これに先立つ長編『オモン・ラー[7]』では，これもまたソ連の繁栄の象徴である宇宙飛行士を，古代エジプトの太陽神ラーと二重写しに描き，無神論を国是とした国家が隠し持つ宗教的熱狂への欲望を抉り出した。このようにある種のソ連的な「お約束」の土台を突き崩す試みは，ペレーヴィンをロシア・ポストモダニズム文学の代表格と見なす教科書的理解に繋がっている。

ただこうした手法は，ペレーヴィンの作家デビュー以前に後期ソ連の非公式芸術家たちの間で，すでに似た形で編み出されていたものだった。だとすると，彼らと後発世代のペレーヴィンとを分かつのはなにか。たとえば批評家ゲニス[8]は，ソ連非公式芸術の一派であるモスクワ・コンセプチュアリズム[9]出身の作家ソローキン[10]の破壊的手法と比したとき，「ペレーヴィンは壊すのではなく，作る」という評価を与える。ペレーヴィンが作家活動を開始した1980年代末，反権威を標榜する芸術にすら逆説的にエネルギーを供給していた権力は，その衰えをいよいよ隠しきれなくなっており，立ち向かうべき強大な「敵」を見失った芸術家たちにいずれ創作のための新たな指針が必要となることは明白だった。ペレーヴィンはそこで民族主義やキリスト教の伝統に回帰するのでなく，あえて東洋的な〈空〉の思想を基礎に，時代のニヒリズムを肯定する倫理を提出して見せたのである。ロシア激動の20世紀の締めくくりの時期に登場し，国家の命運とそれに翻弄される人間の再生という骨太なテーマを描き切った本作を，現代ロシア文学のひとつの到達点と呼んでも間違いにはならないだろう。（笹山　啓）

▶7 « Омон Ра ». 1992.

▶8 Александр Александрович Генис. 1953-.

▶9 ☞Ⅰ-D-7▶5

▶10 ☞Ⅰ-D-7

D　現代の文学

6　『堕天使殺人事件《アザゼル》』Азазель（1998）

ボリス・アクーニン[1]（Борис Акунин, 1956-）

図1　ボリス・アクーニン
出典：Elena V. Baraban, Stephen M. Norris, *The Akunin Project: The Mysteries and Histories of Russia's Bestselling Author*, Univ. of Toronto Pr, 2021.

図2　アクーニン（『翡翠の数珠（19世紀におけるエラスト・ファンドーリンの冒険）』扉絵　モスクワ，2008年）
出典：*Борис Акунин*. Нефритовые четки (Приключения Эраста Фандорина в XIX веке). М.: Захаров, 2008.

▷1　本名はグリゴーリー・シャルヴォヴィチ・チハルチシヴィリ（Григорий Шалвович Чхартишвили）。
▷2　☞Ⅱ-A-3▷5
▷3　« Иностранная литература ».
▷4　1925-70.
▷5　1956年刊行。

— Азазель — не сатана, мой мальчик. Это великий символ спасителя и просветителя человечества.

「アザゼルは悪魔じゃないのよ，坊や。救い主の偉大なシンボル，人間の導き手なのです」

1　主役は「悪人」

1998年，まだ混乱のなかにあったソ連崩壊後のロシアで，巷にあふれる安っぽいミステリーに倦み，新奇を衒《てら》う難解なポストモダン文学にもついていけず，新しい時代にふさわしい洒落た読み物を求めていた知的読者にとって，本作で新星のように現れた謎の作家アクーニンは，まさに「救い主」のような存在だった。当初，覆面作家として正体が秘されていたことも，謎ときを眼目とする小説の作り手の魅力をいっそう高めた。作品の舞台は，革命への機運が高まり，テロリズムが横行した19世紀末ロシア。ペンネーム「アクーニン」の由来は無政府主義を唱えたバクーニン[2]だと噂された。

謎の作家の正体は，雑誌『外国文学[3]』副編集長であり，三島由紀夫《みしまゆきお》[4]の紹介者としても知られる日本文学研究者チハルチシヴィリだった。ソ連時代，資本主義国日本の愛国的作家として禁書となっていた「ミシマ」は，『金閣寺[5]』などの名作以上に「ハラキリをした作家」として知られていた。ミシマはなぜ切腹したのか。そもそも人はなぜ自殺するのか。自殺という行為は果たして許されるのか……。その問いに対する答えを探すべく，チハルチシヴィリは古今東西350名にのぼる自殺作家たちを渉猟し，極めてユニークな文化論『自殺の文学史[6]』を書く。そして自殺について考え続けるという憂鬱な作業の気分転換として書き始めたのが本作『アザゼル』だった。風変わりなペンネームの由来が日本語の「悪人」だということは，今では広く知られている。犯罪小説の主役は作品ごとに入れ代わる犯人，すなわち「悪人」だからだという。

圧倒的な読者の支持を受けたアクーニンの作品は2000年ロシア・ブッカー賞[7]にノミネートされた後，同年，アンチ・ブッカー賞[8]を受賞。ロシアにおいて低いジャンルとされてきた探偵小説の価値を一気に引き上げる要因となった。

2　19世紀ロシア文学へのオマージュ

本作の成功の一因は舞台を「文学が偉大だった」19世紀後半のロシアに据え

たことである。[9] 経済危機にあえぐ新生ロシアでは，ソ連時代を懐かしむ声と共に，帝政時代に憧憬を抱く風潮があったし，何より，社会主義のユートピア幻想と大国のプライドを失った人々にとって，文学の伝統こそが唯一誇るべき揺らぎない価値と信じられたものだったからだろう。

ロシアの犯罪小説の原典ともいえるドストエフスキーの『罪と罰』。[10] 偉大な事業を行うために虫けらのような人間を殺しても許されるという思想にとり憑かれた青年。本作の連続殺人犯はその思想を引き継いでいる。アクーニンのその後の作品には，ストレートに『罪と罰』をパロディにした『F.M.』[11] やチェーホフ『かもめ』の主人公トレープレフの自殺を他殺に仕立てた戯曲もある。[12] 文学の国ロシアで生まれたアクーニンの探偵小説において，知的読者が追いかけるのは，殺人犯だけではなく，文学的アリュージョンの数々でもあるのだ。

3 ジャンルをめぐる遊び

アクーニンの小説は，ロシアに欠けていた「良質な読み物としての探偵小説」を創造するという目的で作られ，それゆえ，知的な遊びとしての側面が強調されるが，ゲームの目的は犯人探しやトリックの解明にとどまらない。作家が目指しているのは「探偵小説」という文芸ジャンルをめぐる遊びである。本作でスタートした「エラスト・ファンドーリンの冒険」[13] シリーズの各巻には，「スパイもの」「密室もの」といった下位ジャンルの定義が付されている。自作を「文学プロジェクト」と称する作者の言葉自体，市場経済のもとで「売れる作品」を意図的に作り出すという，文学ビジネスの新しい形を端的に示している。シリーズ後半に日本を舞台にした作品や日本人の登場人物が現れるのも，ロシアにおける日本ブームと無縁ではなかろう。とはいえ，それらの狙いが単に商業的な成功のためだけに終わらず，作家の教養や知識に裏打ちされて作品の総合的な価値を高めているところこそが，アクーニンの魅力である。

4 文学プラスα

アクーニンはロシアにおいて娯楽としての文学の概念を大きく変えただけでなく，言葉によって綴られる文学の枠を超え，複数のメディアを横断して活躍している。映画化される際のシナリオも自ら手掛け，[14] かなり早い時期からプロのデザイナーの手を借りて作られたアクーニン公式サイトには，作品の電子テクストや19世紀モスクワの地図など様々な資料のほか，作中の登場人物が開発したという適性判断ゲームもあり，インタラクティヴな知的遊戯の場となっている。2020年代にはオーディオブックの新しい可能性を模索する新しい試みも始まった。[15] 古典に軸足を置きつつ，時代を敏感に察知して変化し，進化する，文学の新しい形がここにある。

（毛利公美）

▶6 « Писатель и самоубийство ». 1999.

▶7 1992年にイギリスのブッカー賞のロシア版として創設され，名前やスポンサーを何度か変えながら2019年まで存在した文学賞。

▶8 西欧由来のブッカー賞に対抗し，純粋にロシア的な文学に与える賞として1995年に創設され，2000年まで続いた。相対する二つの賞に同時にノミネートされたことは，娯楽性や商業的成功とロシア文学の伝統を共存させたアクーニンという作家の立ち位置をよく示している。

▶9 裏表紙の言葉「文学が偉大であり，進歩を信じる思いは果てしなく，犯罪がエレガントで上品に実行され解決された19世紀という時代を記念して」による。

▶10 ☞Ⅰ-B-⑩。例えば九鬼紫郎『探偵小説百科』（1975）ではロシア（ソ連）の探偵作品として唯一『罪と罰』が挙げられている。

▶11 « Ф. М. ». 2006. 題名はドストエフスキーのファーストネームとミドルネーム（父称）の頭文字。ドストエフスキーがお金に困って書いたミステリーの手稿（それ自体『罪と罰』のパロディ）をめぐって現代ロシアで起きる連続殺人事件。

▶12 « Чайка ». 2000.

▶13 « Приключения Эраста Фандорина ».

▶14 アクーニン自身が単独でシナリオを手がけた作品に『堕天使殺人事件』（« Азазель ». テレビドラマ，2002），『トルコ捨駒スパイ事件』（« Турецкий гамбит ». 劇映画，2005），『五等官』（« Статский советник ». 劇映画，2005）がある。

▶15 「書籍版」と「オーディオブック版」を併行して発表し，後者には効果音によるヒントを加えるなどの工夫が凝らされている。

D　現代の文学

7　『青い脂』Голубое сало（1999）

ウラジーミル・ゲオルギエヴィチ・ソローキン（Владимир Георгиевич Сорокин, 1955-）

図1　ソローキン(2012年9月)
出典：筆者撮影。

...и даже если мир наш замерзнет ледяной глыбой или превратится в пылающее солнце — голубое сало навсегда останется в нем.

……かりに我々の世界が凍りついて氷の塊になり，あるいは燃え盛る太陽に変わってしまうにしても，青脂《せいし》は永久にそこに残っているのです。

1　文学のクローニングと歴史改変

物語の始まりは2068年の半ば中国化したシベリア。とある地下の秘密研究所で「青脂」と呼ばれる神秘的な物質の開発が行われている。それはロシア作家の創作プロセスの副産物としてのみ得られるとされ，作中にはドストエフスキー[1]やトルストイ[2]といった名だたる文豪のクローンが7体登場し，それぞれがいわゆる「二次創作」的な作品を執筆する。

研究者らは青脂の獲得に成功するものの，ロシアの大地を崇拝するカルト教団にすべて奪われてしまう。その後，教団はゾロアスター教徒が遺したタイムマシンで青脂を1954年のモスクワへ送り込む。この並行世界の過去ではソ連とドイツが第二次世界大戦の勝者となっており，麻薬中毒者のスターリン[3]と超能力者のヒトラー[4]によって青脂をめぐる血みどろの争奪戦が繰り広げられる。

奇妙な造語や中国語が氾濫する未来のロシア語，荒唐無稽な歴史改変，グロテスクに歪められたロシアの文豪たちとその作品――はたしてこれはロシア文学に対する冒瀆なのだろうか，それとも新しい文学の形なのだろうか。

2　「それは紙の上の文字にすぎない」

スターリン死後，後期ソ連のモスクワで生まれ育ったソローキンは，体制派からも反体制派からも距離を置くアンダーグラウンド文化の中で自身の芸術観を養った。とりわけ〈モスクワ・コンセプチュアリズム[5]〉の美学に大きな影響を受けたが，この潮流では作者のオリジナリティではなく，様々な関係性（作者とテクストの関係，テクストと読者の関係等々）が重視された。

初期のインタビューでソローキンは，「それ（文学）は紙の上の文字にすぎない」と語っている。この言葉は，文学を現実や人生と結びつけることに慣れていたロシアの伝統的な文学観に対する強烈なアンチテーゼだった。長編『ロマン[6]』では，作者の卓越した文体模倣技術によって，ツルゲーネフ[7]などを想起させる19世紀リアリズム文学の世界が数百ページにわたって大規模かつ精巧に再

▷1　☞Ⅰ-B-⑩⑫

▷2　☞Ⅰ-B-⑬⑰

▷3　Иосиф Виссарионович Сталин. 1879-1953.

▷4　Adolf Hitler. 1889-1945.

▷5　芸術家カバコフ（Илья Иосифович Кабаков. 1933-）やモナストゥイルスキー（Андрей Викторович Монастырский. 1949-）らが1970年代に創始した，モスクワを代表する非公認芸術サークル。これに近い非公認芸術の潮流として〈ソッツアート〉（社会主義《ソッツ》リアリズム＋ポップアート）があり，ソローキンの初期作品はしばしば文学版のソッツアートと見なされる。

▷6　« Роман ». 1985-89年執筆。

▷7　☞Ⅰ-B-⑦⑨

現されるが，物語のクライマックスで主人公ロマンは突如発狂し，登場人物を皆殺しにしたうえ自害する。「ロマンは死んだ」という結語は，主人公ロマンの死と同時に，ロシア小説の伝統的な形式である長編《ロマン》の死をも示している。

とはいえ，ソローキンはただ文学の虚構性を暴くことに固執しているのではない。ロシア版のポストモダニズム論では，ソ連の現実は社会主義リアリズムそのものだったという大胆な主張が現れたが，それは「現実」さえ創り出してしまう文学の力の大きさを逆説的に物語っている。ロシア作家の創作から生まれ，たとえ世界が崩壊しようと決して消滅することのない青脂とは，過酷な歴史の荒波に揉まれてもなお生きつづけるロシア文学の精髄《エッセンス》なのかもしれない。

3 中世に回帰する未来世界

ロシアの19世紀リアリズムや20世紀の社会主義リアリズムを過剰な性や暴力の描写と結びつけるソローキンの作品は，大幅に検閲が緩和されたペレストロイカ期にも国内で刊行されることはなく，もっぱら〈地下出版《サミズダート》〉や〈国外出版《タミズダート》〉[8]で発表された。ソ連崩壊後の1990年代半ばにようやくロシアでも作品が本格的に刊行されるようになると，ソローキンは当時台頭したポストモダン文学のもっとも先鋭的な部分を代表する作家として評価された。

21世紀になると歴史ファンタジー巨編『氷三部作』[9]でより物語性を重視した作風にシフトし，その後は近未来を舞台にした作品を継続的に発表している。たとえば，中編『親衛隊士の日』[10]は2028年に復活した「帝国」ロシアを舞台とする反ユートピア小説で，そこではイワン雷帝を彷彿させる独裁者が君臨し，「オプリーチニク」[11]と呼ばれる秘密警察官たちが暴力によって国民を従わせている。あるいは，文体も登場人物もまったく異なる50の章から構成された実験的な長編『テルリア』[12]はさらに先の未来を描いており，「帝国」ロシアはすでに崩壊して多数の小国に分裂し，ヨーロッパの国々もイスラム原理主義勢力との戦争によって細分化している。どちらの作品も一見すると突飛な設定だが，世界各国で相次ぐ強権的指導者の台頭，クリミア併合やブレグジット，米中新冷戦といった昨今の世界情勢を目の当たりにすると，ソローキンが提示する「新しい中世」のヴィジョンは現実の未来を先取りしているようでもある。

4 周縁から中心へ

かつて「現代文学のモンスター」と呼ばれて恐れられたソローキンも，今や名実ともに現代ロシアを代表する作家の一人となった。国内の大きな文学賞を受賞する機会も増え，2000年代に英訳の本格的な出版が始まったことで国際的な評価も高まっている。13年には英国のブッカー賞国際部門にノミネートされ，ノーベル文学賞に推す声も多い。作家として円熟期を迎えたソローキンの今後の創作にますます期待が高まる。

（松下隆志）

▶8 ☞I-D-3▶5，6

▶9 « Ледяная трилогия ». 2002-06.

▶10 « День опричника ». 2006.

▶11 16世紀に実在したイワン雷帝の親衛隊員。

▶12 « Теллурия ». 2013.

D　現代の文学

8　『私のいた場所』Где я была（2002）

リュドミラ・ステファーノヴナ・ペトルシェフスカヤ（Людмила Стефановна Петрушевская, 1938-）

図１　ペトルシェフスカヤ
（モスクワ，2012年９月）
出典：筆者撮影。

— Бабаня, а я-то к вам ехала как к последнему приюту на земле.

— Такого приюта на земле нету ни у кого. Каждый сам себе последний приют.

「私がおばちゃんのところに来ようとしたのは，地上で最後の安らぎの場だと思ったからよ」

「だれにもこの世にそんな安らぎの場なんてない。だれしも自分自身が最後の安らぎなんだよ」

1　現実と異界の二重性

引用は，短編『私のいた場所』から取ったもの。あるとき主人公ユーリャは日常にふと嫌気がさしてアーニャおばさんの家に逃避しようとする。「見覚えのある駅」から「墓地の気配が感じられる」あたりを通り，やがて「だいぶ前から人が歩いていないような」場所にあるおばさんの家に行きつく。すべて昔のままのように見えるが，ひどい悪臭がし，おばさんの様子がおかしい。

じつはユーリャは途中で車にはねられ，瀕死の重傷を負って生死の境をさまよい，死者であるおばさんに会う。ユーリャはあくまでも現実世界のおばさんの家にいると思っているのだが，実際には意識が朦朧とした状態にあるのだ。このように「私のいた場所」は，死者に会ったという超自然的な解釈と，ユーリャの夢だったという合理的な解釈との間で読者に「ためらい」（トドロフ[1]）を感じさせる典型的な幻想小説である。

ペトルシェフスカヤは，主人公がさまよう世界を「異界」として「現実」と同じくらいリアルに提示するので，読者はつねに二重露出にさらされているような感覚を抱くことになる。彼女の幻想小説の多くは，理不尽で絶望的な現実である「生の王国」にいた主人公が，境界を踏み越えそうになりながらさまよう，あるいは「生の王国」と「死の王国」を往還する，もしくはいつのまにか境界を跨いで「死の王国」に足を踏み入れるといった，現世と異界の間に横たわる境界領域における放浪の物語のさまざまなヴァリエーションといえるだろう。『私のいた場所』の主人公は，死者に出会うが拒否され，結局この世に戻ってくる。このように間一髪の危ういところで踏みとどまるという話もあれば，だれかに連れ戻されるという話もある。二度と現世に戻らないことが示唆されている物語もある。ペトルシェフスカヤは，生と死のはざまについて飽くなき文学的探究を行っているようだ。

▷1　ツヴェタン・トドロフ（Tzvetan Todorov. 1939-2017）。『幻想文学論序説』渡辺明正・三好郁朗訳，東京創元社創元ライブラリ，1999年。

2 試練としての移動＝旅

「私のいた場所」というのは短編のタイトルであるだけでなく，この短編を含む作品集（ワグリウス社，2002年）のタイトルにもなっており，ここには，先に述べたような生と死をめぐるさまざまな幻想物語が収められている。そのうちの一編「三つの旅，あるいはメニッペアの可能性[2]」は，ペトルシェフスカヤの創作方法を考えるうえで非常に興味深い作品だ。国際学会に出席する目的である町にやって来た作家「私」の見た夢と体験，「私」が書いている小説テクスト，「私」が学会で報告する原稿，読者への呼びかけなどが重層的に絡み合った実験的な小説である。

▷2 « Три путешествия, или возможность мениппеи ».

副題にある「メニッペア」とは，バフチン[3]がドストエフスキー[4]作品の特徴と見なした「柔軟で変幻自在なカーニバル的ジャンル」だが，ペトルシェフスカヤはそれを大胆に解釈し直して自らの手法としている。プロットや発想がこの上なく自由で，笑いの要素を含み，登場人物が「真理」の試練を受け不思議な状況に直面し，非日常的な視点がもたらされる等，たしかにバフチンの挙げる特徴はペトルシェフスカヤの幻想小説群によくあてはまるが，彼女は，現実と異界を行き来する自由，非合理的な現象を自在に扱う自由をメニッペアと呼んで，物語空間の可能性を最大限に押し広げようとしているようだ。そこで重要になってくるのが試練としての旅である。おそらくダンテ[5]の『神曲[6]』，特に「地獄篇」を意識しているのだろう。「私のいた場所」のユーリャや「三つの旅」の語り手など，ペトルシェフスカヤ作品の登場人物の多くが，異界である地獄をめぐり歩くダンテの末裔なのである。

▷3 Михали Михайлович Бахтин. 1895-1975. ☞Ⅱ-A-6

▷4 ☞Ⅰ-B-10 12

▷5 Dante Alighieri. 1265-1321.

▷6 *La Divina Commedia.* 1307-21年？執筆。

3 創造の場

ペトルシェフスカヤは，演劇の世界では，1960年代から知る人ぞ知る劇作家といった存在だった。ペレストロイカが始まってからは，社会の暗黒面を描く「チェルヌーハ＝暗黒暴露文学」を代表する作家と見なされるようになる。絶望的な状況にいる孤独な女を描いた長編『時は夜[7]』は，チェルヌーハの際たるものといってよい。そうした生理学的な表現の目立つ，シニカルで写実的な小説ばかりでなく，怪奇や幻想の領域にも独創的で豊かな才能を発揮していたことが広く知られるようになるのは，以前から書きためていた原稿をまとめて全５巻に及ぶ作品集を96年に出版してからである。

▷7 « Время ночь ». 1992.

かつては，ノルシテイン[8]の映像詩『話の話[9]』の脚本を彼と共同で執筆したこともある。子供たちに大人気の連作童話「こぶたのピョートル[10]」の他に，絵本も多数手がけている。最近は，シックな衣装と派手な帽子を身にまとい，歌と朗読を披露するライブを行って創造の場をさらに広げ，ファンタスティックな活動を繰り広げている。

（沼野恭子）

▷8 Юрий Борисович Норштейн. 1941-.

▷9 « Сказка сказок ». 1979.

▷10 « Поросенок Петр ». 2008.

E-イントロダクション

ロシアの詩

Введение в русскую поэзию

このセクションではロシアの詩について，その伝統，主要な詩人，作品，潮流や流派について紹介していきます。「ロシア文学」と聞いて「小説」を思い浮かべる人も多いかもしれません。しかし歴史を大きな目で見つめれば，「詩」がロシア文学の礎となっていることが分かります。また，小説の中に詩的な要素も見られます。例えば，ロシアで「国民詩人」としても愛されているプーシキンの小説には，ストーリーの合間にしばしば一篇の詩のように美しい自然描写が差しはさまれています。また，ツルゲーネフの小説を声に出して読んでみると，創作初期の詩作を通して彼が培ったであろう，テンポのよさと心地よい音の響きが感じられます[1]。また，ロシアの人たちは誰でも数篇の詩をさらりと暗唱しますし，今でも「詩」とともに生きているといってよいでしょう。それぞれの詩人や流派の特徴はセクション内の項目で読んでいただくとして，ここではロシアの詩を鑑賞するために必要な基礎的な情報を記しておきます[2]。

さて，まず「詩」の定義から考えてみましょう。決定的なものはありませんが，例えばソ連の文学研究者トマシェフスキー[3]は「詩の言葉」をより自然な「散文の言葉」と区別するのに，(1)「詩行[4]の単位」に分かれること，(2)「内的な韻律」があること，という２点を挙げています[5]。以降の研究者の定義もおおむねこのようなものですが，さらに言葉の直接的な意味を避け，あるいはイメージによって物事を伝えようとすること――「何を」伝えるかよりも，「どう」伝えるか――，新たな意味の創出や意味の交錯についてもしばしば言及され，内容と音の密接なつながり[6]も重要な要素になってきます。

以下では，実際の詩を使って基本的な形式についてお話ししましょう。引用するのは，プーシキンの詩『預言者[7]』の冒頭４行です。ロシア語テクストのアクセントには下線を付しました。便宜的にカタカナでも記してみました（「音引き」の部分にアクセントがあります）。

Духовной жаждою томим,	心の渇きに悩まされ
В пустыне мрачной я влачился,	暗闇の荒野を私は彷徨っていた，
И шестикрылый серафим	すると六つの翼持つセラフィムが
На перепутье мне явился;	分かれ道で私の前に現れた。

ドゥホーヴナイ・ジャージダユ・タミーム	×○｜×○｜××｜×○
フプストゥーイニェ・ムラーチナイ・ヤー・ヴラチールシャ	×○｜×○｜×○｜×○×
イ・シェスチクルゥーイルィ・セラフィーム	××｜×○｜××｜×○
ナペレプーチエ・ムニェー・イヴィールシャ	××｜×○｜×○｜×○×

▶1　『猟人日記』(☞Ⅰ-B-7）に収録された短編小説『あひびき』を訳した二葉《ふたば》亭四迷《ていしめい》は，ツルゲーネフの文章の持つ原文の調子をコンマやピリオドの数まで意識しながら伝えようとしている。原文と訳を声に出して読み比べてみると，その試みがよく分かる。二葉亭四迷が1906年に発表した評論「余が翻訳の標準」もあわせて参照されたい。

▶2　ロシア詩の形式の詳細については，中沢敦夫『ロシア詩鑑賞ハンドブック』（群像社，2005年）；川崎隆司『ロシア詩の歴史：古代からプーシキンにいたる』（恒文社，1993年）を参照されたい。

▶3　☞Ⅱ-A-5

▶4　「詩」にあたるロシア語は поэзия, стихотворение, стихи などがあるが стихи は「詩行」стих の複数形でもある。

▶5　*Томашевский Б. В.* Стих и язык: Филолог. очерки. М.-Л.:ГИХЛ, 1959. ただし，トマシェフスキーは「韻律」に関しては例外が

ロシアの詩の多くは「音節アクセント詩法」に則っています。これは，一定数の音節を持つ詩行の中に，アクセントを有する音節を規則的に配置する方法です。ロシア語の特性に合わせて，またロシアの民衆詩の構造を分析しながら，18世紀にトレジアコフスキー[8]やロモノーソフ[9]らが定着させました。この連の各行の音節は8，9，8，9となっています。

カタカナの横には，母音のアクセントの有無を○×で示しました[10]が，よく見てみると「×○」という2音節の「詩脚」（音節のセット：通常は2音節，3音節からなる）が多く見られます[11]。こうした「詩脚」を「弱強格／ヤンブ」と呼びます。ロシア詩の代表的な「詩脚」は，このほかに「強弱格／ホレイ」，3音節の「強弱弱格／ダークチリ」「弱強弱格／アンフィブラーヒー」「弱弱強格／アナーペスト」などがあります。概して，3音節の詩脚はゆったりしていて，雲や波の動きを表現することもあります。この連のように1行に「弱強格」が4つ分ある[12]「4脚弱強格」が，ロシア詩では最もポピュラーな韻律です。

今度は行末に注目します。1，3行が「イーム」，2，4行が「イールシャ」の響きで一致していますが，こうした押韻を「脚韻」と呼びます。「脚韻」には「交差脚韻」（この例が該当），「抱擁脚韻」（1，4／2，3行の押韻），「隣接脚韻」（1，2／3，4行の押韻）などがあります。また，行末の有アクセント音節による脚韻を「男性韻」（この例の1，3行），行末の無アクセント音節＋行末から一つ前の有アクセント音節による脚韻（この例の2，4行）を「女性韻」といいます。

ロシア詩のテクストを（できれば声に出して）読む場合には，「韻律」や「脚韻」を意識すればさらに表現豊かになります。また，詩を鑑賞する際には，特定の「韻律」，「脚韻」が使われている理由や，韻を踏んでいる言葉の結びつき，作品内部で優勢な音について考えてみてください。これは「カチューシャ」のような歌や，ソ連のロック，最新ロシア・ポップスの歌詞を理解する際にも役に立ちますし，そこにロシア詩の息吹を感じられるはずです。

18世紀，19世紀の多くの詩人たちは「韻律」や「脚韻」の形式に厳粛に則っています。それ以降になると，もちろん伝統を守る詩人もいますが，規範から離れて自由に新機軸を打ち出す詩人も出てきました[13]。さらにロシア詩の可能性は広がり続けています。最近では「ロシアの俳句・短歌」が流行していますが，これもロシア詩の派生形と考えられます。現代詩人たちの「詩の夕べ」に参加して，彼らの朗読にじかに耳を傾けるのもよいでしょう。

さらに一篇でもよいので，暗誦に挑戦してみてください。ここで紹介した『預言者』もよく知られた作品です。全30行のうちこの4行だけでも暗誦の魅力は体感できるでしょう。ロシアの人と会話をしていて，詩の一節がポロリと出てくれば，その距離は一気に縮まります。パーティーで一篇の詩を諳んじれば，皆さんへの眼差しがガラリと変わるはずです。そのとき同時に皆さんは，ロシアの人々がどれだけ詩に親しみ，愛しているかを理解するでしょう。

（坂庭淳史）

あることも指摘し，同時代においては「『詩行の単位』に分かれること」がより重要であるとも述べている。

▶6　例えば，チュッチェフ（☞Ⅰ-E-3）の詩『春の雷』（« Весенняя гроза ». 1828）では，詩の言葉が集まって雷の音を表現している。また，レヴィタン（☞Ⅱ-C-8）の名画《夕べの鐘》（« Вечерний звон ». 1892）にインスパイアされたルプツォフ（Николай Михайлович Рубцов. 1936–71）の詩『レヴィタン』（« Левитан ». 1960）では，いくつもの言葉が鐘の音を紡ぎ出している。これはロシア語を解さなくとも音のレベルで十分に体感できる。動画サイトで詩の朗読を探してみてほしい。

▶7　« Пророк ». 1828.

▶8　Василий Кириллович Тредиаковский. 1703–68.

▶9　☞Ⅰ-E-1

▶10　3行目の冒頭のиにはアクセントがあるはずだが，ここでは詩全体の韻律を生かすためにも弱く読む必要がある。また，通常，接続詞は弱く読む。

▶11　「××」もあるが，これはリズムの乱れを意味しない。ロシア語には音節の多い単語もあって「×○」と機械的に1音節ごとにアクセントを配置しようとすれば，使える言葉はかなり制限されてしまうし，単調になってしまう。むしろ，リズムを活性化するために必要なものである。

▶12　2行目最後の「×○×」は，ここでは「×○」と同じものと考える。

▶13　例えば，象徴主義やアクメイズムの詩人たちが多用した韻律「ドーリニク」がある。これは有アクセントの音節同士の間にある無アクセントの音節数が1つであったり，2つであったりして安定せず，独自の音楽性を生み出している。

E　ロシアの詩

1　ロシア詩の黎明

Заря русской поэзии

Багряна ветчина, зелены щи с желтком, / Румяно-желт пирог, сыр белый, раки красны, / Что смоль, янтарь — икра, и с голубым пером / Там щука пестрая — прекрасны!

茜色の塩漬け豚肉，緑の野菜汁《シチー》に卵の黄身，／狐色のピローグ，白い乾酪《チーズ》，真赤なザリガニ，／黒光りする魚卵の琥珀，水色の鰭をした／斑模様のカワカマス――素晴らしい！

1　プーシキン以前のロシア詩？

「ロシア文学」と聞いて一般にイメージされるのはほとんどの場合プーシキン[◁1]以降の文学だが，それ以前のロシアにいわゆる文芸が存在しなかったわけではない。それどころか，18世紀初めにピョートル１世[◁2]が西欧化を開始してからの約100年間は，数世紀にわたって蓄積されたヨーロッパ文学の遺産が一気にロシアに流入し，それをモデルとしてロシア語による新しい文学の創造の試みが活発に行われた時代だった。とりわけ大きな成果を生み出したのは抒情詩や悲劇など韻文による文芸ジャンルで，それらはやがてロシアの詩文学に〈金の時代[◁3]〉をもたらす豊かな土壌を育んだ。プーシキンの傑作も，沼地に建設されたサンクト・ペテルブルクのように不毛の地に突然現れたものではなかったのだ。

2　帝国を言祝ぐ詩歌

ロモノーソフ[◁4]はそんな「黎明期」のロシア語詩を代表する詩人である。北ロシアの農民の家に生まれた彼は，やがてダ・ヴィンチ[◁5]からゲーテ[◁6]に至る系譜に連なる万能型の知識人となり，物理学や化学，天文学から歴史学や修辞学に至る多くの領域で活躍した。さらにロシア語の詩法の確立における功績でも知られ，自作詩も多く残している。

詩人としての彼の創作の中心は，装飾的な修辞を駆使して国家や君主などを理想化して称賛する頌詩《しょうし》であった。例えばある作品ではピョートル以降のロシアの軍事面，交易面での成長と新都サンクト・ペテルブルクの急速な発展がこう称えられる。「軍神《マルス》は血みどろの戦場で／ピョートルの手に自分の剣を見て戦き／海神《ネプチューン》はロシア国旗の翻るさまに／目を瞠《みは》り心騒がす／俄かに堤防を築かれ／周りを建物に囲まれ／ネヴァ川は狐につままれたかのよう／『さては少々気を抜いた間に／以前流れていたはずの／場所から離れてしまったのか[◁7]』」。

▷1　☞Ⅰ-B-②③

▷2　Петр Ⅰ．在位1682-1725.

▷3　Золотой век.　ロシア文学史ではプーシキンやレールモントフに代表される19世紀初め（特に1810-30年代）をロシア詩の〈金の時代（黄金時代）〉と呼ぶことがある。

▷4　Михаил Васильевич Ломоносов. 1711-65.

図１　ロモノーソフ

出典：*Ломоносов М. В.* Полное собрание сочинений. Том. VIII, М.-Л.: Изд-во АН СССР, 1959.

▷5　Leonardo da Vinci. 1452-1519.

▷6　Johann Wolfgang von Goethe. 1749-1832.

▷7　『女帝エリザヴェータの1747年の即位記念日によせた頌詩』(« Ода на день восшествия на Всероссийский престол Ея Величества Государыни Императрицы Елисаветы Петровны 1747 года ». 1747)。

頌詩を代表的ジャンルとするこの時代の文学潮流は古典主義と呼ばれ，規範を重んじ，個ではなく普遍性に価値を置いた。そこで歌われるのは個人ではなく集団の一員の感情であった。一方でロモノーソフは，宗教詩『大いなる極光に際してめぐらした神の偉大さについての夜の瞑想』[8]のように科学者としての視点を前面に出す作品も書いた。ここでは既知の科学的知識で説明できないオーロラという現象を前にした困惑が撞着語法[9]を交えて述べられる。「しかるに自然よ，汝の法則はどこに？／北の方角より空焼けが起こるとは！……見よ，冷たい炎が我らを覆った！／見よ，夜の地上に昼がやってきた！」

3 「私が氷の国に生を受けた証として」

デルジャーヴィン[10]はプーシキン以前のロシア最大の詩人ともされる。冒頭の引用は，公務を退いて領地で過ごす彼が一日の生活を綴った書簡詩『エヴゲーニーに。ズヴァンカの生活』[11]に現れる昼食時のテーブルの描写である。この色鮮やかな視覚イメージと，私的空間である領地ズヴァンカという舞台設定には，ロモノーソフには見られなかったデルジャーヴィンの新しい詩学――古典主義が求める普遍性ではなく個に対する志向，そして感覚世界の活き活きとした表象――がはっきりと見てとれる。

代表作の頌詩『フェリーツァ』[12]はエカテリーナ２世[13]を賢君と称える作品だが，他方で寵臣たちの自堕落な生活を「一方私は真昼に目覚め／煙草飲んでは珈琲飲んで／休日よろしく平日過ごし／妄想の渦に心を任す」と諧謔的に描いていた。こうした風刺的要素を混ぜることは従来の頌詩では禁じ手であったが，詩人はもはや古典主義的規範を絶対視していなかった。

『フェリーツァ』の斬新な表現は女帝にも称賛され，それが契機となって詩人は官界での栄達を開始する。最後は法務大臣にまで昇りつめたが，頑なな性格から周囲との衝突が絶えなかった。画家に宛て自分の肖像を注文する詩『トンチへ』[14]では，そんな自分の来し方を振り返り，「厳寒の中へ燃える心を抱き／毛皮の帽子と外套をまとい／天気も波も岩山もものとせず／ただ自然に導かれて来た様を描いてくれ／私が氷の国に生を受けた証として／私の祖先バグリムの証として」と，権威におもねらない内面の反映としての自己像が呈示されている。なお「バグリム」は彼の先祖のタタール貴族の名である。

一方，引用の食卓描写のような絵画的表現も彼の詩の際立った特徴で，多くの作品で虹や雲，雷，光の反射など様々な対象が彩り豊かに描かれたほか，『孔雀』[15]に見られるように宝石の隠喩も多用された（「瑠璃色，鳩色，トルコ石色／羽一本一本の先で／輪が陰をなし，また幾筋もの／金銀の波が新たに流れる／うつむけばエメラルドが輝く！／ふりむけばサファイアが燃える！」）。このような詩句には，「感覚の悦び」を華麗に歌う18世紀詩人デルジャーヴィンの本領が示されているといえる。

（鳥山祐介）

▶8 « Вечернее размышление о Божием Величестве при случае великаго севернаго сияния ». 1743年執筆。

▶9 互いに相いれない複数の表現を並べる修辞技法。

▶10 Гаврила Романович Державин. 1743-1816.

図２ デルジャーヴィン（トンチによる肖像に基づく版画）

出典：Сочинения Державина с объяснительными примечаниями Я. Грота. Том I, СПб.: Имп. Акад. Наук, 1864.

▶11 « Евгению. Жизнь Званская ». 1807.

▶12 « Фелица ». 1783.

▶13 Екатерина II. 在位1762-96.

▶14 « Тончию ». 1801年執筆。

▶15 « Павлин ». 1795.

E　ロシアの詩

2　プーシキンとその時代

Пушкин и его время

図1　プーシキンの肖像（キプレンスキー画，1827年）

出典：*А. С. Пушкин.* Полное собрание сочинений в 10–и томах. Изд. 4–е. Т. 4. Л.: Наука, 1977.

Поэт! не дорожи любовию народной. / Восторженных похвал пройдет минутный шум; / Услышишь суд глупца и смех толпы холодной, / Но ты останься тверд, спокоен и угрюм.

詩人よ！　人々の愛を求めるな。／浮ついた賞賛のざわめきは瞬く間に過ぎ去り，／愚か者の非難や，冷淡な大衆の嘲りを君は耳にするだろう。／だが，君はぐらつかず，静かに，不機嫌な顔をしていればいい。

1　国民詩人プーシキン

近代ロシア文学最初の巨星はアレクサンドル・プーシキン[1]。わが国では小説で有名だが，本来は詩人である。詩は訳すと原文のリズムが崩れるので，翻訳が難しい。彼の詩の本当の凄さは，上に載せた私の渾身の翻訳の，そのまた数倍といったところだ。彼はいわば「技のデパート」で，膨大な品揃えは国産も舶来も，超のつく一流品。1815年に15歳で詩壇に鮮烈デビューして以降，様々な詩の形式を縦横に駆使する抒情詩に，シェークスピア[2]に啓発された史劇『ボリス・ゴドゥノフ[3]』（大半が韻文），さらに「ロシア生活の百科事典」と讃えられる韻文小説『エヴゲーニー・オネーギン[4]』など。早熟な天才だが，国内外の文学の研究も怠らぬ勉強家だった。彼や周辺の謙虚な知識欲は，近代ロシア文学を短期間で世界の舞台の主役級へと導いた原動力だ。

掲げた詩のテクストは，彼のソネット『詩人に[5]』の冒頭部である。世間から理解されなくても，他人に媚びるな，自分を信じよ，そして努力せよと，詩人仲間（そして自分自身）を熱く励ます作品だ。どの辺りを，あなたはお好みだろうか。私なら「不機嫌な顔」というフレーズに，うなってしまう。怒りに我を忘れず，笑顔でへつらいもせず，ただ「不機嫌」な表情で静かに不遇に耐えよという，老成した大人の美学。もっとも，これを書いたとき，プーシキンはまだ31歳になったばかりなのだが。

19世紀前半の数十年間は，彼と歩調を合わせるように多くの優れた詩人が活躍したので，ロシア詩の〈金《きん》の時代〉と呼ばれる。この時期，ロシア詩は前世紀の宮廷文学の性格を完全に脱した。代表的な顔ぶれを紹介しよう。

2　〈金の時代〉の詩人たち

プーシキンが百貨店なら，他の詩人は通好みの専門店だ。哲学的抒情詩のバ

▷1　☞Ⅰ-B-[2][3]

▷2　William Shakespeare. 1564-1616.

▷3　« Борис Годунов ». 1831年刊行（執筆は1825年だが検閲で刊行が遅れた。舞台での初演は1866年）。

▷4　« Евгений　Онегин ». 1825-32年刊行。

▷5　« Поэту ». 1830年執筆，1831年刊行。

図2　バラトゥインスキーの肖像（1826年）

出典：*Е. А. Баратынский.* Стихотворения. Поэмы. М.: Наука, 1982.

ラトゥインスキー[6]は不条理な人生への憂鬱を，響きの力で癒しに変える職人芸が持ち味である。詩をテーマにした詩に良作が多く，自身の作風を女神になぞらえて物語る『詩神《ミューズ》』[7]は代表作のひとつ。――「ひとはわが詩神を美しいとは言わないし，／若者も彼女に一目で恋して／大勢で追いかけたりはしない。／……／だが，時たま世間ははっとするのだ／皆とは違う彼女の表情に，／彼女の口調の穏やかな素朴さに」。

酒宴の詩なら，ヤズィコフ[8]。――「僕らはみな平等，みな自由。／……／たとえロシア皇帝が来ようとも／僕らは杯の席から立ちはしない」（『うた』[9]）。快活な作風はプーシキンに愛されたが，遊興が過ぎて病に倒れ，才能を枯らしてしまう。本当に酒好きだったのかは分からない。彼も含め，当時のロシア詩人は西欧のロマン主義を色濃く受容したが，ロマン派には，文学的な虚構の世界を実人生でも豪快に演じたがる人が多かった。

このほか，ロシア歌謡「夕べの鐘」の歌詞（アイルランドの詩人トマス・ムア[10]からの自由訳）で知られる盲目の詩人コズロフ[11]や，土の匂いのする農村生活を民謡調でつづるコリツォフ[12]などがいる。

〈金の時代〉の有名詩人の共通点は，生計を文筆に頼らぬ貴族階級（ただしコリツォフは町人出身），かつ男性であり（女性の大詩人はロシアでは19世紀末以降），検閲など国家の強大な圧力に抗っていたこと。そして，短命な人も多いこと。ドイツ・ロマン主義に通暁して将来を嘱望されたヴェネヴィーチノフ[13]は病没（21歳）だが，プーシキンは秘密警察が黙認したともいわれる決闘で37歳で早世した。彼に比肩する大詩人で，やはり小説家としても一流のレールモントフ[14]に至っては，些細な理由での決闘から26歳で帰らぬ人となるが，遺された作品も熱情と毒の危険なカクテルだ。――「眼下の潮流は瑠璃《るり》よりも輝き，／頭上には金色の陽ざし――／だが，反逆の帆舟は嵐を願う，／嵐の中に安らぎがあるかのように」（『帆』[15]）。

3 〈金の時代〉の終焉

時代の輝きも短命だった。1830年頃にはプーシキンらに冷淡な文芸誌が現れる。実は，冒頭の彼の詩『詩人に』は，それを受けて書かれたのだ。

識字率の向上などで，貴族でも農奴でもない雑階級人が読書界の主役になると，悠然と詩に酔う雰囲気は失われ，リズム（韻律）や脚韻の規則といった素養の不要な，小説が人気を博した（プーシキンが本格小説も書きだすのは，それが主因だ）。有力詩人が早々と詩壇を去る不運も重なり，40年代半ばからロシア詩は長い冬の時代に入る。チュッチェフ[16]やフェート[17]が夕闇の灯火のように，優れた詩を書き続けはするが，19世紀後半のロシアは全体としては，偉大な小説家の時代。詩が再び隆盛を誇るのは，19世紀末から20世紀初頭（ロシア詩の〈銀の時代〉）を待たねばならない。

（三好俊介）

▶6 Евгений Абрамович Баратынский. 1800-44.

▶7 « Муза ». 1830.

▶8 Николай Михайлович Языков. 1803-46.

図3 ヤズィコフの肖像（1838年頃）

出典：*Н. М. Языков.* Стихотворения и поэмы. Л.: Советский писатель, 1988.

▶9 « Песня ». 1911年刊行（執筆は1823年だが，この内容では検閲を通るはずもなく，活字になるのは検閲への反対運動が強まる帝政末期）。

▶10 Thomas Moore. 1779-1852.

▶11 Иван Иванович Козлов. 1779-1840.

▶12 Алексей Васильевич Кольцов. 1809-42.

▶13 Дмитрий Владимирович Веневитинов. 1805-27.

▶14 ☞Ⅰ-B-5

▶15 « Парус ». 1841年刊行（執筆は1832年だが発表は作者の死の直後）。

▶16 ☞Ⅰ-E-3

▶17 ☞Ⅰ-E-3

E　ロシアの詩

3　市民詩と純粋芸術詩の時代

Эпоха « гражданской поэзии » и « чистой поэзии »

Эти бедные селенья,	この哀れな村々,
Эта скудная природа —	この貧しい自然——
Край родной долготерпенья,	おまえ，長い忍従のふる里，
Край ты Русского народа!	ロシアの民の地よ！

1　〈金の時代〉と〈銀の時代〉のあいだ

ロシア詩には〈金の時代〉（19世紀最初の３分の１）と〈銀の時代〉（19世紀末から20世紀初め）があるが，ここで取り上げるのは「金」と「銀」の輝きの中間期である。プーシキン[1]とレールモントフ[2]が若くして亡くなり，さらには出版事情の変化もあり，1840年代になると詩は小説に文学の主役を奪われていく（ドストエフスキー[3]のデビュー作『貧しき人びと[4]』は46年に発表されている)。だが，詩の流れは涸《か》れてはいなかった。大きく「市民詩」，「純粋芸術詩（芸術のための芸術，芸術至上主義)」と２つの立場から論争もしたが，それはより豊かで大きな流れへ向かう準備段階でもあった。この時代について，代表的な３人の詩人を中心に見ていこう。

2　「市民詩」とネクラーソフ[5]

社会的関心と直結したテーマのもと，詩人は社会の声として不正に立ち向かい，改革を目指す——20年代のプーシキンやデカブリスト詩人[6]以来の「市民詩」はこの時代，形式，言葉，さまざまなレベルで市民，民衆に近づいた。

その中心にいたネクラーソフは，とくに農民や女性の苦しみをリアルに叙述した[7]。45年に書かれた詩[8]には「私は自分を深くさげすむ／生きているから——日々を無用に浪費して」とあり，強い決意が逆説的にうかがえる。詩『道徳的な人[9]』では，「厳しいモラルに従って生きる，／私は生涯誰にも悪を働かなかった」という人物をアイロニカルに描き出す。悪事はしていないかもしれない。だが，妻，娘，農婦，友人……彼は誰の心も理解していなかったのだ。

この潮流に属していた詩人には，他に批評家としても活躍したプレシチェーエフ[10]や，農民出身のスーリコフ[11]などがいる。

3　「純粋芸術詩」とフェート[12]

「市民詩」に対峙する潮流は，「純粋芸術詩」と呼ばれる。この潮流の詩人た

▷1　☞Ⅰ-B-[2][3]
▷2　☞Ⅰ-B-[5]
▷3　☞Ⅰ-B-[10][12]
▷4　« Бедные люди ». ☞Ⅱ-C-[5]
▷5　Николай Алексеевич Некрасов. 1821-77.
▷6　1825年，専制打倒，反農奴制を掲げて青年将校たちが蜂起した（デカブリストの乱)。この乱の参加者たちの中に含まれていた詩人，あるいはその趣旨に共鳴していた同時代の詩人たちは「デカブリスト詩人」と呼ばれる。代表的な詩人として，ルイレーエフ（Кондратий Федорович Рылеев. 1795-1826）やキュヘリベッケル（Вильгельм Карлович Кюхельбекер. 1797-1846）などがいる。
▷7　☞Ⅰ-B-[16]
▷8　« Я за то глубоко презираю себя... ». 1845年執筆。
▷9　« Нравственный человек ». 1847.
▷10　Алексей Николаевич Плещеев. 1825-93.
▷11　Иван Захарович Суриков. 1841-80.
▷12　Афанасий Афанасьевич Фет. 1820-92.

ちは，プーシキンの言葉「私たちは霊感のために生まれた，／甘美な響きと祈りのために[13]」を旗印とし，権力や民衆からの詩の独立性を意識していた。

中心人物であるフェートは，風景，恋愛，哲学などを題材とし，そこに繊細な感情や印象を研ぎ澄まされた言葉で加えた。代表作『私は君に挨拶しにきた……[14]』では，清々しい朝の喜びを伝えようとする「私」は，最後に「自分ではわからない，何を／歌うのか，——でも，歌だけは熟している」と語る。非合理的だという批判も受けたが，こうした言葉には，とらえがたい印象を描く彼の特徴がよく表れている。一方，フェートは保守的で裕福な地主でもあり，その詩の世界と実生活のギャップについては同時代の多くの人々が言及している。

この潮流には，他にも穏やかな風景描写で知られるマイコフ[15]や，ポロンスキー[16]などがいる。

▶13 « Поэт и толпа ». 1829.

▶14 « Я пришел к тебе с приветом... ». 1843.

▶15 Аполлон Николаевич Майков. 1821-97.

▶16 Яков Петрович Полонский. 1819-98.

4 チュッチェフ——潮流のかたわらで

2つの潮流のどちらにも属してはいない詩人も多くいる。その代表として，チュッチェフ[17]を挙げよう。プーシキンと同じ世代に属する彼は20-30年代から哲学的自然詩などを書き，19世紀前半の詩の息吹を後半へ伝えた。外交官として国外で生活していた彼には作品発表の意欲がなく，詩人としてはほぼ無名だった。その彼の詩に50年，光を当てたのがネクラーソフである。ただし，詩の世界自体はフェートに近く，フェートへの共感が記された作品もある。

冒頭の引用は，チュッチェフが55年に書いた詩[18]の第1連である。長い外国生活を経て帰国した目にロシアの悲惨な現状が映る。だが，ドストエフスキーも注目した詩の最終連には，異民族のまなざしには見えない，ロシアの真の姿がある——「かつて十字架の重荷を背負い，／故郷よ，おまえの地を遍《あまね》く／奴隷姿をした天帝が／祝福し，巡ったのだ」。また，この時代の彼は「デニーシエヴァ詩篇」と呼ばれる恋愛詩も書いていた。詩人本来の哲学的世界観と現実の愛が生み出したヒロイン像は，象徴主義[19]の「永遠の女性」の先駆とも考えられる。

▶17 Федор Иванович Тютчев. 1803-73.

図1 フェート（1860年代）

出典：*Фет А. А.* Полное собрание стихотворений. Л.: Советский писатель, 1959.

5 ロシア詩の存在意義を考える／豊かさの礎を築く

2つの潮流の論争の時代背景として，そもそも詩の存在意義が問われていたことを見逃すわけにいかない。例えば，ツルゲーネフ[20]の小説『父と子[21]』に登場するニヒリストのバザーロフは，「どんな詩人よりも，ごく普通の科学者の方が，20倍も役に立つ」という。答え方は違えども，詩人たちはその意義も考えつつ詩を編んでいた。そうして時代によって鍛錬された詩が，また新たな詩人たちによって引き継がれてゆく。

現在のロシアの学校では，教員が2つの潮流を説明した後，自分がどちらに近いのか，そして文学の意味について生徒にたずねるという。正解はないが，これはロシア詩の豊かさを確認するのに十分な問いだろう。　（坂庭淳史）

▶18 « Эти бедные селенья... ». 1855年執筆。☞Ⅱ-B-3，Ⅱ-C-8

▶19 ☞Ⅰ-E-4

▶20 ☞Ⅰ-B-7 9

▶21 « Отцы и дети ». 1862.

E　ロシアの詩

4　象徴主義とアクメイズム

Символизм и акмеизм

В каждой мимолетности вижу я миры, / Полные изменчивой радужной игры.

束の間のそれぞれに我は世界を見る／変幻せる虹の戯れに満ちた諸々の世界を

1　象徴とは何か

束の間の中にひとつの世界があり，しかもその世界は刻々と姿を変える。こうして変幻してゆく無数の世界を私は目にする——1902年のバリモント[1]の詩にある上の２行[2]は，こう敷衍することができよう。こうした世界感覚の由来は，同時期に構想された彼の詩集『太陽のごとくなろう[3]』を見るとはっきりする。この詩集は太陽への荘厳なる賛歌で始まるが，そこでもやはり「我は諸々の世界を一瞥のうちに収める……」と歌われているのだ。

▶1　Константин Дмитриевич Бальмонт. 1867-1942.

▶2　« Я не знаю мудрости, годной для других... ».

▶3　« Будем как солнце ». 1903.

図１　バリモントの詩集『太陽のごとくなろう』表紙

出典：*К. Д. Бальмонт.* Будем как солнце. М.: Скорпион, 1903.

ここでの太陽とはあらゆるエネルギーの源であり，それが一瞬放つ光の中に地上の生の一切が与えられている。「草，花，穂，葡萄の蔓」は，そのようにして一挙に贈与された力の変容である。こうして「我」は世界の営みの只中に身を置き，また世界のすべては関わり合い，〈照応《コレスポンダンス》〉の中に置かれる。「花」は単なる花ではなく，他の存在を暗示しうる〈象徴《シンボル》〉となるのだ。そのため『太陽のごとくなろう』には「象徴の書」という副題が付されているのである。

2　象徴主義の隆盛

そのような象徴は，それ自体が根源的力を体現する響きを持つものであり，バリモントは母音や子音の反復を多用した魔術的な詩句を織り上げていった。フランスに興った象徴主義を1890年代からロシアで唱道してきたブリューソフ[4]が目指したのは，「語の結びつき」が綾なす精妙な形式《フォルム》によって，そこに名指されえないものを暗示することであったが，そうした言語的探究は，このように世界感覚の問題と交わることになったのである。新世紀を迎えた高揚感，そして1905年の第一次革命に向かう社会的変動も，そうした志向と無関係ではない。事実，バリモントもブリューソフも，この革命への最初の胎動を熱烈に支持した。

▶4　Валерий Яковлевич Брюсов. 1873-1924.

1904年，ブリューソフが象徴主義の機関誌と言える『天秤座[5]』を創刊，ブローク[6]，ベールイ[7]，ヴャチェスラフ・イワーノフ[8]といった第二世代の詩人らも出揃い，ロシア象徴主義は最盛期を迎えた。ブロークは，世界の全一性を「智《ソフィア》」という女性的人格としてとらえる宗教哲学者ソロヴィヨフ[9]の影響のもと，やは

▶5　« Весы ».

▶6　☞Ⅰ-C-④

▶7　☞Ⅰ-C-②

▶8　Вячеслав Иванович Иванов. 1866-1949.

▶9　Владимир Сергеевич Соловьев. 1853-1900.

り世紀初頭から，世界がその本質を顕わにする変容を「〈おまえ〉の現れ」として待望していた[10]。イワーノフは古典学，神話学の博識を駆使して象徴主義を理論化し，ベールイはそれを散文の領域にまで広げてゆく。さらに演劇や絵画をも巻き込み，象徴主義は総合的芸術運動となっていった。

3 アクメイズム——象徴から現象へ

1910年代に入ると象徴主義の「危機」が議論されだし，より若い詩人たちのグループが台頭してくる。未来主義諸派，そしてアクメイズムである。グミリョフ[11]はイワーノフの集まりに対決する形で「詩人ギルド」を結成，それを母体として12年にアクメイズムが誕生する。この流派には他にゴロデツキー[12]，マンデリシターム[13]，アフマートワ[14]らが集った。

彼らはこれまでの象徴主義の神秘主義的傾向を問題にしたが，その批判の本質は，やはり言語と世界の関係にあった。象徴主義の言う〈象徴〉は，事物を個々の現象としてではなく，その関わり合い，〈照応〉のうちに示すことで，諸現象の背後にある世界の本質を垣間見させるものであった。しかしそこには，事物それ自体はどのように現象してくるのかという問いが欠けていたのだ。

それに対してゴロデツキーは自らの宣言文《マニフェスト》で言う。「薔薇が麗しいのは，その花弁，色，薫りによってであり，神秘的愛やその他何かとの考えうる類似によってではないのだ[15]」。このように，最初の人間アダムのごとく，あたかも初めて見るかのような無垢な眼差しを事物に向け，それを名づけるという意味で，彼らは「アダミズム」という呼称も用いていた。

花の開花は，それが他の存在の象徴である前に，なによりも〈顕れ〉そのものであり，詩の言葉において，いかにしてその顕れが実現されるのかというのが，アクメイズムの探究の核にあった。アクメイズムという呼び名は「開花」を意味するギリシア語の「アクメー」に由来する。つまり，やはりそこでも言葉と事物との根源的な関係が問われていたのだ。その意味でアクメイズムは，前衛的な言語実験により事物の鮮やかな姿を示そうとした——例えば，百合を新たに「イェウイ」と名づけるような[16]——同世代の立体未来主義と問題意識を共有していたと言える。こうして，アクメイズムの詩人たちは，より伝統的な作風をとりながらも，各々の詩的創造の中で言語への探究を続けていった。

4 諸流派の競合

「危機」が叫ばれた後の象徴主義も，けっしてそのまま終焉したわけではなかった。こうして，象徴主義，未来主義，アクメイズム，またその他の詩人たちが三つ巴，四つ巴となり，ロシア詩はさらに豊かさを増していった。そして，1910年代半ばから後半，世界大戦から革命へと到る社会的動乱の中，彼らの世界に対する感覚はますます研ぎ澄まされていったのである。　（斉藤　毅）

▷10 『麗しの貴婦人の歌』（« Стихи о Прекрасной Даме ». 1904）。

▷11 Николай Степанович Гумилев. 1886-1921.

▷12 Сергей Митрофанович Городецкий. 1884-1967.

▷13 Осип Эмильевич Мандельштам. 1891-1938.

▷14 ☞ I-C-11

▷15 『現代ロシア詩のいくつかの潮流』（« Некоторые течения в современной русской поэзии ». 1913）。

▷16 アレクセイ・クルチョーヌィフ『言葉そのものの宣言』（Алексей Крученых « Декларация слова, как такового ». 1913）。

E　ロシアの詩

5　アヴァンギャルドとオベリウ
Авангард и ОБЭРИУ

пейте кашу и сундук.

お粥と衣装箱を飲みなさい。

1 オベリウ

引用はハルムス[1]の詩『鉄道での出来事[2]』から。ハルムスは，ロシア・アヴァンギャルドの流れを汲む最後の芸術家グループ〈オベリウ〉を仲間と共に創設した，詩人・小説家である。

▷1　Даниил Иванович Хармс. 1905-42.
▷2　« Случай на железной дороге ». 1926.

図1　「左翼の三時間」の広告
出典：Даниил Хармс глазами современников: Воспоминания. Дневники. Письма / Под ред. А. Л. Дмитренко и В. Н. Сажина. СПб: Вита Нова, 2019.

オベリウは聴衆の前で奇抜なパフォーマンスを繰り広げ，その度にスキャンダラスな騒ぎを引き起こした。たとえば，1928年1月24日に出版会館で催された，オベリウ最初にして最大の夕べ「左翼の三時間」では，メンバーの一人が詩の朗読を終えるや，仰向けにぶっ倒れ，そのまま担ぎ出されていった。ハルムスは，朗読の後にベストのポケットから時計を取り出すと，一人の詩人が今まさに会場の外で詩を読んでいると，聴衆に大声で告げた。だが最も奇抜だったのは，ハルムスの執筆した戯曲『エリザヴェータ・バーム[3]』の上演であろう。ストーリーは脱線を繰り返し，登場人物の台詞は時にロシア語からさえ逸脱し，「クルィブィル」のような，聴衆には理解できない〈ザーウミ〉に彩られたからである。〈ザーウミ〉とは，後述するように，理知や意味を超えることを目指して新造された言葉を指す。

▷3　« Елизавета Бам ». 1927年執筆。

オベリウのこうした型破りな振る舞いには，実は先例がある。15年ほど遡ってみよう。ロシア・アヴァンギャルド運動の中核を担いながら，やがて勢いを失った詩人・芸術家たちの姿が見えてくる。かつて各地でスキャンダルを巻き起こし，〈ザーウミ〉を発案した，ロシア未来派たち――。

2 ロシア未来派

ロシア未来派は，10-20年代にかけて盛衰したロシア・アヴァンギャルド運動の一潮流である。ロシア・アヴァンギャルドは，文学，絵画，建築，演劇，映画等のあらゆる芸術領域において，伝統を否定して新たな表現を打ち立てる「芸術の革命」に邁進した。中でも，マヤコフスキー[4]，クルチョーヌィフ[5]，フレーブニコフ[6]，ブルリューク兄弟[7]，カメンスキー[8]，グロー[9]らで結成された〈ギレヤ〉グループ[10]は，その理念を最も強く押し出している。後に立体未来派と称されるようになる彼らは，12年にマニフェスト『社会の趣味への平手打ち[11]』を発

▷4　☞Ⅰ-C-8
▷5　Алексей Елисеевич Крученых. 1886-1968.
▷6　☞Ⅰ-C-3
▷7　Давид Давидович Бурлюк. 1882-1967. Николай Давидович Бурлюк. 1890-1920.
▷8　Василий Васильевич Каменский. 1884-1961.
▷9　Елена Генриховна Гуро. 1877-1913.
▷10　« Гилея ». 1911年に結成。後の立体未来派。

表し，「プーシキン，ドストエフスキー，トルストイらを現代の汽船から放り出せ」と挑発的な主張を展開して，過去との決別を宣言した。

▶11 « Пощечина общественному вкусу ». 1912.

立体未来派の多くは詩人と同時に画家でもあった。彼らは表現される内容より，表現する形式，手法，素材，構成等を重視し，文字の形や言葉の質感にこだわって，言葉そのものを志向した。たとえば詩においては，句読点を除去したり，小文字から書き始めたりするなど，表現上の実験を数多く行なった。こうした彼らの実践を下支えしていたのは，近代的理性を超克しようという強い意志である。特に文学の分野においてその意志を体現したのが，〈ザーウミ〉であった。この用語自体が，「理性」や「理知」を意味するロシア語「ウーム」に，「超える」を意味する接頭辞「ザ」を付けた新造語である。

3 ロシア革命後の未来派

未来派には立体未来派の他にも様々な流派があったが，総じて，17年にロシア革命が起こる前にすでに終息へ向かっていた。未来派が破壊した文化や芸術を賦活しようと新たな活動を開始したのが，マヤコフスキーである。彼は〈レフ〉[12]グループの中心人物として，芸術を生活の場に持ち込む〈生産芸術〉に取り組んだ。

▶12 ЛЕФ. 芸術左翼戦線の意。

一方，革命前の未来派の活動を継続しようとするグループも存在した。その一つが，ロシア未来派の最前衛とも称される〈41°〉である。とりわけクルチョーヌィフ，ズダネーヴィチ[13]，テレンチエフ[14]の３人は，〈ザーウミ〉の概念と手法を進化させた。このうちズダネーヴィチは，20年にフランスへ渡り，そこで〈ザーウミ〉の普及に努めた。またテレンチエフは，オベリウの詩人たちに直接影響を与えた。

▶13 Илья Михайлович Зданевич. 1894–1975.

▶14 Игорь Герасимович Терентьев. 1892–1937.

4 オベリウとロシア・アヴァンギャルドの終焉

27年に誕生したオベリウは，落日するロシア・アヴァンギャルド運動の今際のきらめきである。冒頭の引用に再び目を向けてみよう。立体未来派の精神を継承し，かつ進化させようとする志を見て取ることができる。「пейте（飲みなさい）」という文頭の詩句が小文字で始まるのは，明らかに立体未来派の影響である。他方で，「お粥と衣装箱」を「飲みなさい」という異常な語結合から得られる感触は，立体未来派より，むしろシュルレアリスムや戦後の不条理文学の感触に近い。その意味でオベリウは，ロシア・アヴァンギャルドが西欧のアヴァンギャルド，そして次世代の詩人・作家たちと交わる結び目になっていると言うことができる。

オベリウの中心メンバーは，やがてスターリン政権に厳しく弾圧・逮捕され，沈黙を強いられた。こうしてロシア・アヴァンギャルドは歴史から姿を消す。再び脚光を浴びるのは，20世紀も後半になってからである。（小澤裕之）

E　ロシアの詩

6　ソ連中—後期の詩
Поэзия с середины XX века

図1　タルコフスキー
出典：*Арсений Тарковский*. От юности до старости. М.: Советский писатель, 1987.

Предчувствиям не верю, и примет / Я не боюсь. Ни клеветы, ни яда

Я не бегу. На свете смерти нет: / Бессмертны все. Бессмертно всё.

予感を信じない，迷信も／私は恐れない。中傷からも，毒からも
私は逃げない。この世に死などない。／誰もが不死。すべてが不死なのだ。

1 詩は死なない

この『生よ，生よ』[1]という詩の作者アルセーニー・タルコフスキー[2]はロシア・アヴァンギャルドの時代から創作を始め，長い不遇の時代を経て，最初の詩集『雪が降る前に』[3]が出版されたのは55歳の時である。彼のように多くの詩人がスターリン体制下で沈黙を強いられたが，第二次世界大戦中には愛国的な詩が多数書かれ，パステルナーク[4]やアフマートワ[5]も詩を発表することができた。死者数が100万人に及んだ872日間ものレニングラード（現サンクト・ペテルブルク）包囲戦下に生きたベルゴーリツ[6]の悲愴な『二月の日記』[7]のようにすぐれた戦争詩も生まれた。しかし，戦後まもなく西側諸国との冷戦が始まり，スターリン[8]が資本主義との対決姿勢を強調していた1946年，ジダーノフ批判[9]によってアフマートワは作家同盟から除名され，詩人たちは再び沈黙を余儀なくさせられる。ジダーノフ体制下で詩は死んだかのようだったが，53年のスターリンの死と56年のフルシチョフ[10]によるスターリン批判によってもたらされた〈雪どけ〉[11]の時代についに詩は復活する。詩は「不死」だった。

2 〈青銅の時代〉の詩人たち

〈雪どけ〉が始まるとレニングラード市内の各大学で学生たちが次々と文学会を形成し，詩の夕べや朗読会を開催した。全国的にさまざまな文芸サークルが生まれ，学生詩が隆盛した。58年，モスクワにはマヤコフスキー[12]の像が建てられたが，この像のある広場や大学，図書館，カフェ，クラブ，レストランなどで頻繁に詩の朗読が行われ，時には聴衆が1000人を超えることもあった。社会批判を伴うメッセージ性の高い詩や非政治的で哲学的な詩など，多彩な詩にあふれ，50年代から60年代に多くの詩人たちが輩出したこの時代はロシア詩史上の〈青銅の時代〉[13]と呼ばれている。これらの詩はサミズダート[14]で国内中に流通した。若い詩人たちのなかでもとくに熱狂的に支持されたのがエフトゥシェンコ[15]で，独裁者スターリンが二度と甦らないよう墓の見張りを強化することを

▶1　« Жизнь, жизнь ». 1965年執筆。
▶2　Арсений Александрович Тарковский. 1907-89.
▶3　« Перед снегом ». 1962.
▶4　☞Ⅰ-C-⑲
▶5　☞Ⅰ-C-⑪
▶6　Ольга Федоровна Берггольц. 1910-75.
▶7　« Февральский дневник ». 1942.
▶8　Иосиф Виссарионович Сталин. 1878-1953.
▶9　46年，党の文化政策担当の政治局員ジダーノフ（Андрей Александрович Жданов. 1896-1948）はゾーシチェンコ（☞Ⅰ-C-⑰）やアフマートワを退廃的で無思想だと批判する演説を行った。「文学は社会主義建設において青年の士気を高めるものでなければならない」という社会主義リアリズムの精神が強調された。このジダーノフ批判以降，スターリンが死ぬ53年まで，厳しい文化統制が続いた。
▶10　Никита Сергеевич Хрущев. 1894-1971.
▶11　スターリンの死から64年のフルシチョフの失脚までの十年余，ソ連社会全体に自由な空気があふれ，文学，音楽，映画，演劇などでさまざま表現が現れたが，この期間が〈雪どけ〉の時代と呼ばれている。
▶12　☞Ⅰ-C-⑧

訴える『スターリンの後継者たち[16]』のように雄弁な詩をつくった。また，ヴォズネセンスキー[17]は，絶えず変化する韻律とリズム，音の連想，複雑な隠喩などを駆使する。ゴヤの絵に共感して戦争の悲惨さを描いた詩『ゴヤ[18]』では，「私はゴヤ！［……］私は声《ゴーロス》／戦争の町々《ゴロドフ》の余燼《ゴロヴニ》の／1941年の雪の上の。／私は飢餓《ゴーロド》。／私は喉《ゴールロ》」と頭韻を踏んだ不気味な響きの連続が戦争の異様な光景を浮かび上がらせる。一方，アフマドゥーリナ[19]はアフマートワの叙情的感性を受け継いだ瑞々しい言葉で自然の風景や愛についてうたう。「私たちのつながりは何にあるのか　夜ごとの書きものよ。／あなたは白夜固有の言葉。／白夜が過ぎるとあなたはもう誰のものでもない。／白夜の思い出にあなたを大事にしまっておく必要はないでしょう？」(『夜の[20]』)。こうした詩人たちの他にもギターを弾きながら自作の詩を歌う吟遊詩人《バルド》も人気を博した。都会に住む小さな人間たちの愛や悲しみを切々と歌ったオクジャワ[21]，独特のしゃがれ声でうたったヴィソツキー[22]などの詩は今も歌い継がれている。

3 さまざまな詩的言語の探求

スターリンの粛清による犠牲者たちに捧げたアフマートワの長詩『レクイエム[23]』は35年から書き継がれ，61年に完成した。そのアフマートワと親しく交わった若い詩人たちがいた。後に「アフマートワの遺児」とも呼ばれたレイン[24]，ナイマン[25]，ボーブィシェフ[26]はレニングラードの街を愛し，その文化的記憶の地層から詩を生み出した。彼らが才能を見いだしたブロツキー[27]もまたマンデリシタームやアフマートワの詩的伝統を受け継いだ。ブロツキーは定職に就いていなかったために「徒食者の罪」として裁判にかけられ，5年の重労働の刑に処せられた。しかし，多くの文化人の抗議により，1年半後に釈放された。詩人はなぜ詩人なのかというブロツキーの問いはこの時から始まったと言えるだろう。ブロツキーはノーベル賞受賞講演（1987）で，詩人が詩を書くのは「詩作が意識や思考，世界感覚の巨大な加速器」であり，「言語の虜になった人間こそが」詩人なのだと述べている[28]。「国も墓地も／選びたいとは思わない。／ワシリエフスキー島に／来て死にたい。」（62）とさえうたった詩人だが，72年にはアメリカに亡命することになる。その後精力的に創作を続け，「ケープ・ゴッドの子守歌」（75）や「ローマ悲歌」（82）など，時間や空間，言葉についての深い思索に満ちた哲学的，形而上学的な詩篇を多く書いた。ブロツキーとは対極的に言葉を最小限に削って，俳句のような詩をかいたリアノゾヴォ派[29]のフセヴォロド・ネクラーソフ[30]や詩の言葉はすでにすべて存在していると考えるコンセプチュアリズムの詩人プリゴフ[31]，前衛的な詩的言語を探求したアイギ[32]などさらに多くの詩人がソ連時代末期に活躍した。　（鈴木正美）

▶13　詩聖プーシキンに代表される〈金の時代〉（☞I-E-[2]），象徴主義の詩人ブローク（☞I-C-[4]）やアクメイズムの詩人マンデリシタームに代表される〈銀の時代〉（☞I-E-[4]）に続くものとして〈青銅の時代 бронзовый век〉と呼ばれている。

▶14　☞I-D-[3] ▶5。タイプライターで打ち込んだテクストを製本したもので，手回しで回覧された。サミズダートによって検閲を逃れた文学作品が地下で多く流通した。

▶15　Евгений Александрович Евтушенко. 1932-2017.

▶16　« Наследники Сталина ». 1962.

▶17　Андрей Андреевич Вознесенский. 1933-2010.

▶18　« Гойя ». 1959年執筆。

▶19　Белла Ахатовна Ахмадулина. 1937-2010.

▶20　« Ночное ». 1985年執筆。

▶21　Булат Шалвович Окуджава. 1924-97.

▶22　Владимир Семенович Высоцкий. 1938-80.

▶23　☞I-C-[11]

▶24　Евгений Борисович Рейн. 1935-.

▶25　Анатолий Генрихович Найман. 1936-.

▶26　Дмитрий Васильевич Бобышев. 1936-.

▶27　☞I-D-[3]

▶28　「社会的に有用な仕事を持たない」詩人を有罪にした64年の有名な裁判によってブロツキーはアルハンゲリスク近郊の村で刑期を過ごした後，65年秋に釈放された。☞I-D-[3]

▶29　モスクワ近郊のリアノゾヴォ（Лианозово）のバラック街に住み，ボヘミアン的生活を送った画家や詩人の芸術家グループ。クロピヴニツキー（Евгений Леонидович Кропивницкий. 1893-1979）やサプギール（Генрих Вениаминович Сапгир. 1928-99）などすぐれた詩人を輩出した。

▶30　Всеволод Николаевич Некрасов. 1934-2009.

▶31　Дмитрий Александрович Пригов. 1940-2007.

▶32　Геннадий Николаевич Айги. 1934-2006.

第Ⅱ部

コンテクスト

ロシア文学とその周辺

A　ロシアの思想・批評

1　西欧派とスラヴ派
Западники и славянофилы

Мы, как Янус или как двухглавый орел, смотрели в разные стороны, в то время как *сердце билось одно.* (А. И.Герцен, Былое и думы, из Собрания сочинений в тридцати томах, т.9, стр.170)

「我々はヤヌスのごとく，あるいは，双頭の鷲のごとく，異なる方向を見てはいたが，*鼓動する心臓は一つであった。*」（『過去と思索』第４部30章より，斜体原文）

1　岐　路

西欧派とスラヴ派という２つの潮流についてごく簡略化して言えば，ピョートルの西欧化路線を前者は是とし，後者はこれを非とする立場のことを言うが，こうした立場の相違が1840年代に明確な形をとって現れたのは，この時代，ロシアがその進路の選択をめぐって大きな岐路に立っていたからである。

当時の西欧は「市民社会」≒「資本主義社会」の成立期，産業革命の進行期に当たっていたが，これは政治的にも経済的にも「進歩」と「繁栄」を約束する社会でありはしたものの，同時に，それがもたらす社会の地殻変動はその発展から取り残された階層，あるいは地域の不満を募らせずにはおかなかった。こうして，この時代の西欧は繁栄と対立という２つの顔をもってロシアの前に立ち現れていたのである。

これに対してデカブリストの反乱[1]を鎮圧することによって始まったニコライ１世[2]治下のロシアは，ヨーロッパの激変をよそ目に，確固たる専制体制を誇っていたが，この政治的安定の背後では，農奴制という封建的遺制の下で，経済的停滞は誰の目にも明らかだった。

一方には繁栄と対立，他方には安定と停滞――ロシアは変わらねばならないが，その先にどんな社会が待っているのか，それが見極められないままに，人々は戸惑っている――40年代のロシアが直面していた岐路とはこのようなものであった。

2　現状肯定主義 vs.「カトリック的西欧主義」

ロシアの安定を良しとする体制側の人々はその根拠を「強固な専制権力」とこれを支える「従順な国民性」とその道徳的基盤たる「正教」とに認めた。33年に発せられた「三位一体」の道徳綱領は，このような認識を体現したものであった。こうした現状のロシア賛美に対して，長く西欧を遊歴し，フランスの

▷1　1825年12月，農奴制と専制の廃絶を旗印に蜂起した貴族知識人たちの反乱事件。彼らは後にデカブリスト（декабристы 十二月党員）と呼ばれた。

▷2　Николай I. 在位1825-55.

▷3　Петр Яковлевич Чаадаев. 1794-1856. ☞序-2

▷4　« Философические Письма ». 1836（原題は *Lettres sur la philosophie de l'histoire*。雑誌ではロシア語に訳されて掲載された）.

「カトリックの復権」という思想の影響下にあったチャアダーエフ[3]は『哲学書簡』[4]の中で，カトリックを紐帯とする信仰共同体たる西欧社会の歴史的発展こそ世界史の王道と見なし，正教的ロシアの過去と現在，そして未来をも全否定した。著者は狂人と認定され，定期的な検診を義務付けられた。

3 スラヴ派の形成

スラヴ派の思想はチャアダーエフの思想を批判することから生まれた。その思想を最も早く，そして最もよく体現したのはキレーエフスキー[5]であった。彼はもともとチャアダーエフと同様カトリック的西欧に共感を抱いていたが，西欧における社会対立の激化を目の当たりにするに及び，次第にロシア正教の世界に回帰するに至った。彼は論文「ホミャコフに答えて」[6]の中で，カトリシズムのスコラ哲学の論理主義こそがプロテスタンティズムの合理主義と啓蒙主義を産み，フランス革命をもたらしたのだとして，西欧の２つのキリスト教の教派をトータルに批判し，反論理主義・反合理主義・反啓蒙主義を本義とする正教信仰の優位を主張，そのような信仰の苗床として，農村共同体の存在に目を向けた。

4 西欧派の誕生

近現代の西欧に共感を抱く，本来的な意味における「西欧派」は，「カトリシズム的西欧派」も「正教ロシア」を理想化する「スラヴ派」も共に批判する思潮として40年代の初頭に形成された。そこで中心的役割を果たしたのはグラノーフスキー[7]とゲルツェン[8]であった。ふたりの違いは西欧の現状を肯定的に評価するか，それとも，早くも露呈し始めた近代の負の側面を乗り越えようとする方向を肯定的に評価するかの違いにあった。グラノーフスキーは前者に，ゲルツェンは後者に属した。

39年にベルリン大学への留学から帰国したグラノーフスキーはモスクワ大学における歴史学の講義を通じて，歴史を自由の実現に向けた有機的発展の過程として捉え，ロシアもまたこの過程を不可避的に辿らねばならないと論じた。彼は当時プロイセンを中心としてドイツで進行中であった強力な中央集権的な国家権力の主導による「近代化」=「市民社会化」の手法をロシアにも適用することを構想し，やがて農奴解放期に明確な形を取るに至る「ロシア自由主義」の先駆けとなった。

これに対してゲルツェンは「近代市民社会」の負の側面にいち早く注目し，フランス社会主義の思想に共鳴した。そのために二度の流刑を経験した。48年の二月革命の挫折をパリで目撃した彼は，西欧的資本主義を経ることなく社会主義に至る道を模索し，農村共同体に立脚した「ロシア社会主義」の思想に行き着き，70年代のナロードニキ主義[9]の鼻祖となった。　（長縄光男）

図1　チャアダーエフ
出典：*И. А.Желвакова и дргие.* Герцен и Россия. М.: Советская Россия, 1986.

▶5　Иван Василиевич Киреевский. 1808-56.

図2　キレーエフスキー
出典：図1に同じ。

▶6　« В ответ к А. С. Хомякову ». 1839年執筆。

▶7　Тимофей Николаевич Грановский. 1813-55.

図3　グラノーフスキー
出典：図1に同じ。

▶8　☞Ⅰ-B-11

▶9　народничество. 70年代ロシアに起こった学生たちの入村運動。農村共同体を基盤としたロシア的社会主義を目指して農民を教化し，彼らを変革に向けて立たせようとしたが，失敗した。☞Ⅱ-A-3

A　ロシアの思想・批評

2　ニヒリストと革命的民主主義者

Нигилисты и революционные демократы

Нигилизм — философский термин, имеющий разные значения; г. Тургенев определяет его следующим образом. « Нигилистом называется тот, который ничего не признает; который ничего не уважает; который ко всему относится с критической точки зрения; который не склоняется ни перед какими авторитетами... »

ニヒリズムは多様な意味をもつ哲学用語である。ツルゲーネフ氏はそれを次のように定義する。「ニヒリストと呼ばれているのは，何も認めず，何も尊ばず，すべてに対して批判的観点から関わり，どんな権威にも屈しない者だ……[1]」

1 ニヒリズムの源流

ニヒリズムは，無を意味するラテン語「ニヒル（nihil）」に由来する。その源流は，古代ギリシアのソフィストと呼ばれる哲学者ゴルギアス[2]の主張（「何も存在しない。何か存在するとしても認識できない。認識できるとしても他者に説明できない」）にさかのぼるとされる。中世のカトリック教会では，公認の三位一体の教義とは異なるかたちで，キリストの人性を否定した主張をニヒリアニズムと呼んで破門にした。18世紀のドイツでは信仰を重視する哲学者ヤコービ[3]が，物自体を認識できないと主張したカント[4]や，自我を絶対化したフィヒテ[5]の哲学をニヒリズムと批判した。19世紀前半のロシアではナジェージジン[6]が当時の支配的な古典主義文学に対抗して登場したロマン主義をニヒリズムと批判した。このように，この語は論敵による否定的なレッテルとして使われていた。

2 文壇でのニヒリストの登場とそれへの批判

ニヒリズムを体現する積極的な人間像としてのニヒリストのイメージがロシアの文壇に初めて登場するのが，ツルゲーネフ[7]の小説『父と子[8]』である。この作品は，1861年の農奴解放をはじめ政府による改革が推進され，大学教育が貴族だけでなく様々な身分出身者に開放されはじめた時代を背景にしていた。作品の登場人物の一人バザーロフは既存の社会規範や美学を否定し，唯物論的な自然科学に熱中する医学生である。彼は友人から「ニヒリスト」と呼ばれ，自らの信念を「ニヒリズム」であると認めている。40年代にヘーゲル哲学に熱中した「父たち」が高邁な理想を胸に抱きながらも実行力をともなわなかったのに対してバザーロフに代表される「子どもたち」は新しい仮説を実験や実践を

▶1　*М. А. Антонович.* Асмодей нашего времени. 1862.

▶2　Γοργίας. B.C. 487–B.C. 376.

▶3　Friedrich Jacobi. 1743–1819.

▶4　Immanuel Kant. 1724–1804.

▶5　Johann Gottlieb Fichte. 1762–1814.

▶6　Николай Иванович Надеждин. 1804–56.

▶7　☞ I -B-[7][9]

▶8　« Отцы и дети ». 1862. 原義は複数形での「父たちと子どもたち」。

▶9　« Современник ». 1836–66.

▶10　Максим Алексеевич Антонович. 1835–1918.

▶11　« Русское слово ». 1859–66.

▶12　Дмитрий Иванович Писарев. 1840–68.

▶13　*Д. И. Писарев.* Базаров. 1862.

▶14　Петр Алексеевич Кропоткин. 1842–1921.

▶15　« Русский вестник ». 1856–1906.

▶16　Михаил Никифорович Катков. 1818–87.

▶17　René Descartes. 1596–1650.

通して実証し現実化しようとするリアリズムと経験論を特徴としていた。

しかし，バザーロフ像に対する評価は，若い世代に人気のあった急進派雑誌のなかで正反対に分かれることになる。『同時代人[9]』誌のアントノーヴィチ[10]は，バザーロフ像を若い世代のカリカチュアだと否定的に受けとめた。それに対して『ロシアの言葉[11]』誌のピーサレフ[12]は新しい時代を担う人間像（思考するリアリスト）だと肯定的に受けとめた[13]。自らが60年代に青年時代を送ったクロポトキン[14]はニヒリズムを理性以外にいかなる権威も認めない誠実な態度として高く評価した。

ツルゲーネフの作品を掲載した雑誌『ロシア報知[15]』のカトコフ[16]は，デカルト[17]やカントの名を挙げて，哲学的ニヒリズムを権威からの知性の解放であると肯定的に評価しつつも，ニヒリストの自己中心的な傲慢さなどの否定面は禁圧するのではなく社会全体で活性化させないことが重要だと指摘した[18]。

このようなニヒリストの否定面への批判は，その後，ドストエフスキー[19]の『悪霊[20]』やレスコフ[21]の作品，ストラーホフ[22]の批評で展開され，1905年革命後は，革命運動を批判した論集『道標[23]』のなかで，フランク[24]によって創造性や宗教心を欠いた急進派知識人全体への批判として展開されていく。

3 ロシア社会の変革への取り組み

だが60年代の高学歴の若者たちは既成の価値観を単に否定するだけでなく，理想的な社会像も模索していた。若者たちに強い影響を与えたのは亡命中のゲルツェン[25]である。彼は専制打倒を呼びかけるとともにロシア的社会主義を理想として掲げたが，それはロシア農村共同体の原理を西欧的な人格を尊重する思想と結びつけたものだった。国内ではチェルヌイシェフスキー[26]が小説『何をなすべきか[27]』で「新しい人々」がめざす理想として，女性の男性支配からの解放と協同組合型の社会主義を描いた。こうして若者たちは民衆学校などの啓蒙・慈善活動や協同組合づくり，さらに非合法活動まで多様な事業に着手した。

しかし66年にカラコーゾフ[28]による皇帝暗殺未遂事件が起きると若者たちの新しい生き方と取り組みは厳しい取り締まりの対象とされていく。とくに当時の「女らしさ」の規範から逸脱した装い（青色眼鏡，ショートヘアなど）の女性たちは「ニヒリストカ」と見なされて警察に連行された。70年代になると自己表現のスタイルとしてのニヒリズムは後景に退き，民衆のための自己犠牲のスタイルとして農民革命をめざした活動家たちが台頭する。

1860年代の活動家たちは，のちにレーニン[29]によって自らの先駆者と位置づけられ，旧ソ連史学では「革命的民主主義者」と類型化されていた。しかし，最近では，60年代以降の若い知識人の自発的な社会団体による非営利・公益活動は，専制政府のもとでのロシア独自の市民的公共圏の形成にとって重要な役割を果たしたとして高く評価されている。　（下里俊行）

▶18　*М. Катков*. О нашем нигилизме. По поводу романа Тургенева. 1862.

▶19　☞ I-B-⑩⑫

▶20　« Бесы ». 1873年刊行。

▶21　☞ I-B-⑮

▶22　Николай Николаевич Страхов. 1828-96.

▶23　« Вехи. Сборник статей о русской интеллигенции ». 1909.

▶24　Семен Людвигович Франк. 1877-1950.

▶25　☞ I-B-⑪, II-A-①

▶26　Николай Гаврилович Чернышевский. 1828-89.

▶27　« Что делать? Из рассказов о новых людях ». 1862-63年執筆。

▶28　Дмитрий Владимирович Каракозов. 1840-66.

▶29　Владимир Ильич Ульянов（Ленин）. 1870-1924.

図1 《女子大学生》と題したヤロシェンコの風俗画

ショートヘアで男物の帽子やベルト，地味なブラウス，クリノリンのない黒いタイトスカート，コートではなくブランケットをまとって分厚い書物を手にしている姿はニヒリストカの典型。

出典：Н. Я. Ярошенко "Курсистка". 1883 // *Г. Вольф*. Ярошенко. М.: Белый Дом, 2008.

A　ロシアの思想・批評

3　ナロードニキ思想とマルクス主義

Народничество и марксизм

図1　プレハーノフの写真
出典：*Музей революции Союза ССР.* Альбом по истории ВКП(б). М.: Музей революции, 1928.

Что касается до нас, революционеров-народников, то мы считаем такое воздействие [« снизу »] неминуемым, так как вся внутренняя история России есть, по нашему мнению, не что иное, как длинное, полное трагизма повествование о борьбе на жизнь и смерть между полярно-противоположными принципами народно-общинного и государственно-индивидуалистического общежития.

われわれ革命家—ナロードニキについていえば，われわれはそのような［「下からの」］作用は避けがたいと考えている。なぜならロシアの国内の歴史全体は，われわれの意見では，人民的共同体的な共生態と国家的個人主義的な共生態という両極の対立する原理のあいだの死活的な闘争の長い，悲劇に満ちた物語にほかならないからである。

1　革命家・ナロードニキとしてのプレハーノフ

ナロードニキとは，人民・民衆・民族を意味する「ナロード」に，人々を表す接尾語「ニキ」を付けた合成語で，一般に「人民主義者」と訳されてきた。上に掲げたのは，プレハーノフ[1]が1880年に結成したグループ「土地総割替[2]」の機関誌の創刊号の巻頭言の一節である。土地総割替とは，ロシアの村落共同体において共同体所有の地割りを各世帯の働き手の増減に応じて定期的に再配分する慣行のことで，プレハーノフらはこの共同体慣行に見られる実質的平等の原理に立脚した新しい社会の構築を展望していた。

かつてプレハーノフは秘密革命結社「土地と自由[3]」に属していた。そもそもこの結社は，73-74年に学生活動家たちが農民への宣伝・扇動を試みた「ヴ・ナロード（人民の中へ）」が，警察による大量逮捕に終わったことへの反省から，農民たちの要求である「土地と自由」を組織名に掲げて結成されたものだった。

しかし，そのメンバーのなかには，ラヴローフ[4]のように農民への社会主義思想の宣伝を重視する潮流，バクーニン[5]のように農民を本能的な社会主義者だと考え，即時蜂起のための扇動を重視する潮流，トカチョーフ[6]のように少数の革命家たちの中央集権的組織による国家権力の奪取をめざす潮流が混在していた。

その後，この「土地と自由」結社が分裂した結果として生まれたのが，「土地総割替」派と革命党「人民の意志」である。後者は，「ナロードニキ」を名乗りながらも憲法制定など国政改革を要求しつつ要人暗殺の政治テロリズムを積極

▷1　Георгий Валентинович Плеханов. 1856-1918.

▷2　« Черный передел ». 1879-81.

▷3　« Земля и воля ». 1876-79.

▷4　Петр Лаврович Лавров. 1823-1900.

▷5　Михаил Александрович Бакунин. 1814-76.

▷6　Петр Никитич Ткачев. 1844-86.

的に実行していた。それに対抗してプレハーノフは，あくまで農民民衆の要求実現を革命の主要な目標とすべきだと考えていた。しかし，プレハーノフのグループはロシア国内では少数派のままで，結局，国外に亡命することになる。

2 「人民の意志」党の壊滅と「小さな事業」運動の勃興

81年に「人民の意志」党は皇帝アレクサンドル２世[7]の暗殺に成功するものの厳しい弾圧を受けて組織は壊滅状態に陥った。国内では専制政府との対決よりも，農民の日常的で具体的な問題を解決する取り組みを重視しようとする「ナロードニキ」が台頭していく。とくに91年の大飢饉をきっかけに，学校教師・医師・農学者などの専門職として地方自治体（ゼムストヴォ[8]）を通じた農村の日常的な社会・経済・文化状態の改良に取り組む動きが強まっていく。

このような動きは，その批判者たちによって「小さな事業」と呼ばれたが，それは，専制政府の打倒や社会主義の樹立といった「大きな事業」を回避しているという否定的なレッテルであった。しかしこの運動の担い手たちは，農民を中心とする国民全体の文化水準を高めることを通じて専制政治を克服する道筋を構想しており，近年，「文化的ナロードニキ」として再評価されている。

3 ロシア・マルクス主義の形成

他方，亡命先でプレハーノフのグループはマルクス[9]やエンゲルス[10]と直接交流し始める。ところが，ロシア革命の帰趨に関心をもっていたマルクス自身は農村共同体を基盤にした社会主義社会の形成の可能性を認めており，公式には「人民の意志」党の政治闘争を支持していた。しかし「人民の意志」党が壊滅するなかで，83年にプレハーノフのグループは，ナロードニキの農民革命の路線を批判し，ロシア革命の主体を資本主義経済の発展のもとで成長しつつあった労働者階級に求め，ロシア初のマルクス主義組織「労働解放[11]」を結成する。

その後，国内ではロシア社会の資本主義化を回避して農民主体の社会主義社会の実現を構想するナロードニキと，ロシア社会の資本主義化を歴史的必然と考えるマルクス主義者との論争が展開されていく。とくに後者の立場で『ロシアの経済発展の問題に対する批判的覚書[12]』を発表したストルーヴェ[13]は，封建制に対する資本主義の進歩的性格を認める理論として「マルクス主義」を国内の合法雑誌で宣伝し，多くのリベラルな知識人たちに影響を与えた。

他方，非合法活動を重視して亡命したレーニンは，『何をなすべきか[14]』で少数の職業革命家中心の前衛党の組織化を主張し，その後のボリシェヴィキや共産党の組織原理を基礎づけ，ソ連という一党独裁国家を準備する。

ソ連崩壊後の今日，ナロードニキ思想は資源循環型経済を重視する非資本主義的な社会発展のモデルとして，マルクス主義は資本主義のグローバリズムに対抗する主体形成の理論として再読されつつある。　（下里俊行）

▶7 Александр II. 1818-81.

▶8 Земство.

▶9 Karl Heinrich Marx. 1818-83.

▶10 Friedrich Engels. 1820-95.

▶11 « Освобождение труда ». 1883-1903.

▶12 « Критические заметки к вопросу об экономическом развитии России ». 1894.

▶13 Петр Бернгардович Струве. 1870-1944.

▶14 « Что делать? Наболевшие вопросы нашего движения ». 1902.

A　ロシアの思想・批評

4　ロシア・コスミズム

Русский космизм

До сих пор сознание, разум, нравственность были локализованы на земной планете; чрез воскрешение же всех живших на земле поколений сознание будет распространяться на все миры вселенной.

これまで意識や理性，道徳は地球という惑星の上に限定されてきた。しかし，地上で生きたすべての世代の人々の復活を通じて，意識は宇宙のすべての星々へと広がってゆくのだ。

1　フォードロフの思想と宇宙

この引用文は19世紀から20世紀初頭を生きた思想家フォードロフ[1]の主著『共同事業の哲学[2]』からの一節である。フォードロフは，数多のロシアの思想家，哲学者たちの中でもとりわけユニークな存在として知られている。彼は死を克服すべき悪ととらえ，死者の復活や不死の探求を人類が取り組むべき課題とみなした。そして，その解決のためには，すべての人々が兄弟のようにひとつに力を合わせ，全人類共同の「事業」に参加し，死をもたらす自然の力を科学技術により統御しなければならないと説いた。そのように人為的に実現される事業はキリスト教の教えとも一致するとフォードロフは考えた。

こうした大胆な思想を唱えたフォードロフの存在は，当時のロシアの作家たちにも知られていた。トルストイ[3]はその人柄を「聖人」と称え，人づてにその思想を知ったドストエフスキー[4]は，さらに詳しい内容を教えてほしいと書簡で頼んだ。フォードロフの思想はドストエフスキーの最後の長編小説『カラマーゾフの兄弟[5]』や，プラトーノフ[6]など20世紀の作家たちに影響を与えたともいわれる。

冒頭の引用文に話を戻そう。フォードロフの眼差しは宇宙へも向けられる。彼の考えによれば，空に瞬く星々もまた，人類の手により統御されるべき対象であり，復活により死から解き放たれた人類は，地球から宇宙へとその活動の場を拡大するべきだという。このように人類の活動を宇宙規模でとらえる視点は，〈ロシア・コスミズム〉（宇宙主義）と呼ばれる思潮の特徴である。

▶1　Николай Федорович Федоров. 1829-1903.

▶2　« Философия общего дела ». 1906-13.

図１　フォードロフの肖像画（レオニード・パステルナーク画，1890年代）

出典：*Федоров Н. Ф.* Собрание сочинений: В 4 т. Т. 1. М.: Прогресс, 1995.

▶3　☞Ⅰ-B-⑬⑰

▶4　☞Ⅰ-B-⑩⑫

▶5　« Братья Карамазовы ». 1879-80.

▶6　☞Ⅰ-C-⑩

2　ロシア・コスミズムとその代表者たち

ロシア・コスミズムは，19世紀から20世紀にかけてのロシアの哲学，科学思想における思潮のひとつである。この思潮に数え入れられる思想家や科学者たちに特徴的なのは，科学技術による自然環境の統御や宇宙空間への人類の進出といったアイデアであり，また社会や人間自身が，宇宙規模で進行するプロセスと不可分に結びつきながら，今よりも完成されたものへと能動的に進化するという確信である。

この思潮を代表する人物としては，先に触れたフョードロフに加えて，宇宙ロケット装置の理論を打ち立てた物理学者ツィオルコフスキー[7]，科学の進歩を惑星規模での生物圏から叡知圏への移行ととらえた地球化学者ヴェルナツキー[8]などが挙げられる。ツィオルコフスキーは若き日にフョードロフと出会い影響を受けたともいわれ，「地球は理性の揺りかごであるが，いつまでも揺りかごの中で暮らすことはできない」という名言を残した。宇宙哲学とも呼ばれるその宇宙論では，人類が地球の環境をつくりかえ，やがては宇宙空間へと飛び出し，太陽系の星々へと入植してゆくという未来図が示されている。

3 ロシア・コスミズムとSF小説

ロシア・コスミズムは，広い意味では，哲学や科学思想のみならず，文化，芸術をもその範疇に含むものともみなされる。この思潮と通底するものをもつ文学ジャンルの例としては，SF小説（空想科学小説）を挙げることができる。

たとえば，ロシアのSFの先駆ともいわれるオドエフスキー[9]の未完の小説『4338年』[10]もロシア・コスミズムと結びつけて論じられることがある。この作品は，動物磁気催眠により夢遊状態となることで時間と空間を移動するすべを身につけた主人公が44世紀の未来の様子を友人に書き送った書簡という体裁をとっている。そこでは人々がロシアの厳しい自然環境をテクノロジーにより克服し，飛行船で移動する未来の社会が描かれ，また本編に組み込まれなかった断章には月への探検についての記述がみられるなど，後の時代のフョードロフの思想とも響き合う要素がみられる。

先に触れたツィオルコフスキーは，科学者でありながらSF小説の作家でもあった。代表作のひとつ『月の上で』[11]では，ある日前触れもなく月へと移動してしまった主人公とその友人が，月面上でさまざまな実験を行ったり，地球上よりも大きな気候の変化を体験しながら月面を冒険したりするさまが描写される。この作品では随所に科学や宇宙についての知識が散りばめられているが，文学作品のかたちでそうした科学的知識を読者にわかりやすく伝えることこそがツィオルコフスキーのねらいであった。

こうしたロシア・コスミズムやSF小説が登場した要因のひとつとしては，近代以降の科学技術の進歩が挙げられるだろう。科学技術が飛躍的に発展を遂げたことにより，人類が自然をつくりかえ，宇宙へ進出するという夢想は現実味を帯びるようになった。ロシア・コスミズムに属する思想家や科学者たち，そして作家たちは，そうした時代の雰囲気を表現したのである。（小俣智史）

▷7 Константин Эдуардович Циолковский. 1857-1935.

▷8 Владимир Иванович Вернадский. 1863-1945.

▷9 Владимир Федорович Одоевский. 1804-69.

▷10 « 4338-й год. Петербургские письма ». 1840.

図2 ツィオルコフスキー（1920年）

出典：*Циолковский К. Э.* Путь к звездам. Сборник научно-фантастических произведений. М.: Издательство Академии наук СССР, 1960.

図3 オドエフスキーの肖像画（1844年）

出典：*Одоевский В. Ф.* Пестрые сказки. СПб.: Наука, 1996.

▷11 « На Луне ». 1893.

図4 『月の上で』（1957年版）挿絵

出典：*Циолковский К. Э.* На Луне. Фантастическая повесть. Калуга: Знамя, 1957.

A　ロシアの思想・批評

5　ロシア・フォルマリズム
Русский формализм

И вот для того, чтобы вернуть ощущение жизни, почувствовать вещи, для того, чтобы делать камень каменным, существует то, что называется искусством.
こうして，生の感覚を取り戻すため，事物を感じ取るため，石を石らしくするために，芸術と呼ばれるものが存在するのだ。

1　戦争と革命のさなかで

〈フォルマリズム〉とはもともと蔑称で，文学のフォルム（形式）しか論じないという意味で論敵からつけられた呼び名である。フランス絵画の〈印象派〉と違うのは，このレッテルがソ連時代，政治的迫害さえ招いたことである。

フォルマリズムは，詩のアヴァンギャルドとともに生まれた。第一次世界大戦前夜に登場した〈未来派[1]〉と連帯し，彼らの前衛詩の新しさを論ずるために，若い批評家たちが発表した一連の論文がフォルマリズムの始まりとなった。

シクロフスキー[2]が考案した〈異化〉の概念がフォルマリズムの旗頭となった。彼の友人たちはコロンブスの卵のようなこのアイデアを発展させ，精緻な理論化と斬新な作品分析を行った。ヤコブソン[3]，トゥイニャーノフ[4]，エイヘンバウム[5]，トマシェフスキー[6]，プロップ[7]などの新進気鋭の研究者たちが，後にフォルマリズムの「古典」となる論文を発表し始めた。

彼らが武器としたのは言語学である。ソシュール[8]の学説は大戦前からロシアの言語学界に紹介されていた。ソシュールの弟子たちが編んだ『一般言語学講義[9]』で示されたシニフィアン／シニフィエ，共時的／通時的，構造やシステムなどの概念がフォルマリズムの議論に活かされている。

2　〈異化〉の発明

シクロフスキーが後世に名を残したのは，ひとえにこの概念を発明したからだといっても誇張ではない。ロシア語では〈オストラニェーニエ[10]〉という造語からフォルマリズムが始まり，〈文学理論の世紀〉もまた始まったのである。

異化とは，文字通り「不思議な，見慣れないものにすること」を意味する。シクロフスキーによれば，詩人の使命は，言葉の／言葉による異化を行うことである。奇妙な新語，文法的破格，新奇な比喩をちりばめることで，詩人の言葉は奇妙な，理解困難なものになる。これが異化の基本原理である。

別のタイプの異化もある。たとえば「吾輩は猫である」と猫が語り始め，人

▶1　Футуризм.　1910年代初めの前衛詩人たちの運動。代表的詩人としてはマヤコフスキー（☞Ⅰ-C-[8]），フレーブニコフ（☞Ⅰ-C-[3]），クルチョーヌィフ（Алексей Елисеевич Крученых. 1886-1968）など。

▶2　Виктор Борисович Шкловский. 1893-1984.「手法としての芸術」（« Искусство как прием ». 1917）。

▶3　Роман Осипович Якобсон. 1896-1982.「芸術におけるリアリズムについて」（« О художественном реализме ». 1921）。

▶4　Юрий Николаевич Тынянов. 1894-1943.『詩の言語の問題』（« Проблема стихотворного языка ». 1924）

▶5　Борис Михайлович Эйхенбаум. 1886-1959.「ゴーゴリの『外套』はいかに作られたか」（« Как сделана “Шинель” Гоголя ». 1919）。☞Ⅰ-B-[6]▶10

▶6　Борис Викторович Томашевский. 1890-1957.「文学と伝記」（« Литература и биография ». 1923）。

▶7　Владимир Яковлевич Пропп. 1895-1970.『魔法昔話の形態学』（« Морфология волшебной сказки ». 1928）。

▶8　Ferdinand de Saussure. 1857-1913.

間の日常生活をさも不思議なもののように描き出すのも異化の手法である。小説家トルストイ[11]は馬を語り手にした『ホルストメール[12]』という中編を書いた。動物以外でも，外国人，子ども，「空気が読めない」人などさまざまな手段で，この種の異化が可能になる。こうした手法がたんなるテクニックでなく，文学の本質に関わるものだというのがシクロフスキーの主張である。

何のために詩人たちは異化を行うのだろうか。私たちが日々の生活のなかで見慣れてしまい，きちんと見なくなっているものをふたたび「見る」ようになるためである。人は事物（あるいは人間，あるいは言葉）を直視することをやめ，再認するだけになりがちだが，それをもう一度直視に引きずり戻す，つまり初めて見たときの鮮烈な感覚を取り戻させるために，異化はある。

異化については今日に至るまで議論が闘わされている。シクロフスキーは文学における伝統や定型の役割を理解していないとか，異化は一つの手法にすぎず文学の本質や原理に祭り上げるのは誤りであるといった批判は，くり返し行われてきた。にもかかわらず，20世紀の文学批評と芸術理論は，異化の概念をめぐって発展を遂げたといってよい。

図1 〈異化〉を発明したころの若きシクロフスキー（1916年）

出典：*Виктор Шкловский.* Самое шкловское. Сос., ком., вступ ст. Александры Берлиной. М.: Изд. АСТ: Редакция Елены Шубиной, 2017.

▷9 *Cours de linguistique générale.* 1916. ソシュールが1906-11年，ジュネーヴ大学で行った一般言語学の講義資料を弟子たちがまとめたもの。構造主義・記号論の形成に大きな影響を与える。

▷10 остранение. 英語では defamiliarization や estrangement と訳される。

▷11 ☞Ⅰ-B-⑬⑰

▷12 « Холстомер ». 1886.

▷13 Claude Lévi-Strauss. 1908-2009.

3 後世への影響

なぜ異化の概念，そしてフォルマリズムの理論全般は，広い影響力を持ったのだろうか。よく言われるのは，フランスの構造主義との結びつきである。第二次世界大戦中，アメリカでのヤコブソンとレヴィ＝ストロース[13]の知的交流から構造主義が生まれ，ロシア・フォルマリズムの再発見にもつながった。

だが，それだけではない。ここで強調したいのは，「新しさの重視」という要素である。異化理論は「新しく描く」，「新しく知覚する」点に文学の存在理由を見出す。若き日のシクロフスキーたちは，前衛詩人たちとの連帯を強調したが，その後も一貫して「文学進化における新しさ」を重視した。プーシキンやトルストイのような「古典作家」を論じるさいも，彼らが当時の文学システム内でどのような「新しさ」を創造したか，どのような刷新を行ったかに注目した。後世にとっての古典も，発表当時は新奇で破壊的だったのである。

こうした「新しさの重視」はフォルマリズムだけの特徴ではなく，20世紀の文学・芸術全般の特徴である。文学・芸術はつねに自らを刷新しなければならない，同じことをくり返してはならないという要請はモダニズム，アヴァンギャルドと進むにつれてますます強まり，芸術家たちを「新しさの競争」に追い立てた。大衆文化の発展でも「新しさの競争」は重要な役割を果たした。

「新しさ」を求める20世紀文学・芸術の傾向とフォルマリズムの文学観がマッチしたことがシクロフスキーたちの名を不朽のものにしたといえるだろう。21世紀の芸術でも，新しさと古さ，革新と伝統の問題は依然として重要である。フォルマリズムの理論も参照され続けるだろう。（野中　進）

A　ロシアの思想・批評

6　バフチンとその周辺

Михаил Бахтин и его окружение

[...] Активность познающего и активность открывающегося (диалогичность). [...] Взаимодействие кругозора познающего с кругозором познаваемого. Элементы выражения (тело не как мертвая вещь, лицо, глаза и т. п.), в них скрещиваются и сочетаются два сознания (я и другого); здесь я существую для другого и с помощью другого. [...] Конкретные проблемы литературоведения и искусствоведения, связанные с взаимоотношением окружения и кругозора, я и другого [...]. Предмет гуманитарных наук — выразительное и говорящее бытие. Это бытие никогда не совпадает с самим собою и потому неисчерпаемо в своем смысле и значении.

[……] 認識する者が持つ能動性と，それに見出される者の能動性（対話性）。[……] 認識する者の視野と認識される者の視野相互のかかわり。表現の諸要素（死んだ物体ではないものとしての身体，顔，目など），そのなかで二つの意識（私と他者）が交わり結びつく。ここに私が存在するのは他者のためであり，また他者の助けによってなのである。[……] 周囲と視野，私と他者の相互関係にかかわる，文学研究，芸術研究の具体的諸問題 [……]。人文諸科学の対象は，表現豊かな語る存在である。この存在はけっして自己自身と一致せず，それゆえその意味や意義を汲みつくせない。

1　20世紀屈指の文芸理論家

バフチン[1]の「人文科学の哲学的基礎によせて[2]」と題された草稿の一節。バフチンは，小説の言葉の持つ「対話性」や「多言語性」に着目し，ドストエフスキー[3]の作品を，作者や主人公たちの複数の声が対等に応酬しあう「ポリフォニー小説[4]」と呼び，ラブレー[5]やドストエフスキーの小説に，既成の価値の上下関係を根底から覆す「カーニヴァル」[6]性を発見。またそうしたジャンルの系譜を，古代ギリシア・ローマやビザンツにまで遡って歴史的にあとづけ[7]，小説というものにたいする私たちの考え方をラディカルに変えてしまった，20世紀屈指の文芸理論家として世界的に知られている。

2　「私と他者」という哲学的問い

しかしじつはバフチンは，早くから古典学と哲学を学び，1910年代末から20年代初めの青年時代には，「バフチン・サークル[8]」と呼ばれる仲間の知識人た

▷1　Михаил Михайлович Бахтин. 1895-1975.

▷2　« К философским основам гуманитарных наук ». 1940年代頃。

▷3　☞Ⅰ-B-⑩⑫

▷4　「ポリフォニー」はもともと音楽用語で，複数の独立した声部を持つ多声音楽を意味する。バフチンは，それぞれの主人公が独自の意見を同等に闘わせるドストエフスキーの小説の特徴を比喩的に，この多声的な音楽のあり方に見立てた。

▷5　François Rabelais. 1483?-1553.

▷6　「カーニヴァル（謝肉祭）」はもともと，西ヨーロッパで春におこなわれる仮装や無礼講などをともなう祝祭のこと。この祝祭のような既成の価値の転覆を特徴とするラブレーの作品を，バフチンは文学の「カーニヴァル化」と捉えた。

▷7　バフチンは，ドストエフスキーやラブレーなどのカーニヴァル的な文学ジャンルの歴史的原型を，古代ギリシア・ローマやビザンツなどの風刺や冒険物語等にもとめた。

▷8　1918年にネヴェリに移住したバフチンが，古典学者プンピャンスキー（Лев Васильевич Пумпянский. 1891-1940），哲学者カガン（Матвей Исаевич Каган. 1889-1937），言語学者ヴォロシノフ（Валентин Николаевич Волошинов. 1895-1936），ピアニストのユージナ（Мария Вениаминовна

ちとともに，哲学や宗教，倫理などの講義や執筆をおこなったし，晩年のインタビューでもみずから哲学者と称していた。40年代に書かれたと推測される冒頭の短い草稿には，『行為の哲学によせて』[9]や『美的活動における作者と主人公』[10]といった初期の哲学的草稿でも展開されていた，世界のなかで私と他者はどうかかわっているのか，という哲学的問いがはっきりと姿を現しているだけでなく，そうした「私と他者」の問題が，たんに小説や文学のみならず，人文科学全体の方法論におよぶきわめて広い射程を備えたものであることが明確に見て取れよう。つまり，バフチンの小説論や言語・文芸理論の根底には，「私と他者」にかんする原理的な哲学的問いがつねに透けて見えるのである。

3 文化にとっての他者の視点の根源性

「私と他者」の哲学的問いは，西欧ではフィヒテ[11]やフォイエルバッハ[12]にまで遡ることができるが，19世紀ドイツの文献学者ベーク[13]や哲学者ディルタイ[14]は，文献学や解釈学を，他者の認識の認識，つまり過去の誰かが体験し理解したことの表現（それが文献資料や文学作品である）をさらに理解しようとするものだと捉えた。20世紀に入ると，現象学の哲学者フッサール[15]やシェーラー[16]らが，「私」の意識はなぜ他者を「他の自我」として経験したり理解したりできるのかを哲学的に究明しようと試みた。ロシアでは，1890年代に哲学者ヴヴェジェンスキー[17]が，他者の心を客観的に知る術はないと主張したのにたいして，20世紀初頭の哲学者ロスキー[18]は，他者の心的生を私が直接的に把握することは可能だと反論した。バフチンの「私と他者」の問いも，あきらかに当時のこうした哲学的コンテクストのなかに位置付けることができよう。

バフチンもシェーラーやフッサールに似て，私や他者を，身体を持ち，他者たちに囲まれて生きる存在者と捉える。私に他者の姿形が見えるように，他者も私の相貌を見ている。私は自分の身体を内側から意識できるけれど，しかし自分の顔や背中は，他者の視点（例えば鏡など）を借りなければ見ることができない。つまり身体を含む「私」の人格の全体は，他者との相互関係のなかでしか獲得できないのだ。言葉も同じで，自分の言葉は，他者の言葉によって応答されなければ「私」のものになりえない。「私が存在するのは他者のためであり，また他者の助けによって」なのだ。バフチンにとって，芸術や文学の作品はすべて，ディルタイが言うような他者による表現や言葉，すなわち「表現豊かな語る存在」であって，自然科学的な物言わぬ物理的物体ではありえない。これこそが，人間の文化が持つ根源的な対話性であり，対話的，つまり応答がまだ可能である以上，文化は未来に開かれていて終わり（最終的答え）はない。だからそれは「けっして自己自身と一致せず，それゆえその意味や意義を汲みつくせない」。彼にとって小説こそまさに，こうした文化の対話性，応答性をなによりも鮮やかに体現するジャンルにほかならないのである。（貝澤　哉）

Юдина. 1899-1970）などとともに形成した知識人サークル。20年にバフチンがビテプスクに移ると芸術学者メドヴェージェフ（Павел Николаевич Медведев. 1891-1938），音楽学者ソレルチンスキー（Иван Иванович Соллертинский. 1902-44）らが加わった。24年，レニングラードに戻ると，生物学者カナーエフ（Иван Иванович Канаев. 1893-1984），詩人ワーギノフ（Константин Константинович Вагинов. 1899-1934）らも参加。

図1　前列左からバフチン，ユージナ，カナーエフ，プンピャンスキー，メドヴェージェフ。後列左からヴォロシノフの妻，バフチンの妻エレーナ，詳細不明の人物（レニングラードにて，1924-25年冬）．

出典：М.М.Бахтин: Беседы с В. Д.Дувакиным. М.: Согласие, 2002.

▷9　« К философии поступка »．1910年代末―20年代初期。
▷10　« Автор и герой в эстетической деятельности »．1920年代。
▷11　Johann Fichte. 1762-1814.
▷12　Ludwig Feuerbach. 1804-72.
▷13　August Böckh. 1785-1867.
▷14　Wilhelm Dilthey. 1833-1911.
▷15　Edmund Husserl. 1859-1938.
▷16　Max Scheler. 1874-1928.
▷17　Александр Иванович Введенский. 1856-1925.
▷18　Николай Онуфриевич Лосский. 1870-1965.

A　ロシアの思想・批評

7　モスクワ＝タルトゥー学派

Московско-тартуская семиотическая школа

... одна изолированная семиотическая система, сколь бы совершенно она организована ни была, не может составить культуры ...

……１つの孤立した記号システムだけでは，それがどれほど完全に組織されていようとも，文化を成り立たせることはできない……

1　記号論とは

1953年のスターリン[1]の死は，ソ連の人文学・文芸学にも〈雪どけ〉をもたらした。その最大の成果が記号論と呼ばれた新しい研究分野であり，エストニアの旧都タルトゥーと，モスクワを拠点とする学者たちが中心に担った。引用は，「モスクワ＝タルトゥー学派」と通称されるこのグループの代表者５名による，「文化の記号論的研究のためのテーゼ[2]」からの一節である。さまざまな文化を「記号システム」として分析しようとする彼らの試みが，すべてを単一イデオロギー＝「孤立した記号システム」に還元したスターリン体制への反発にもとづいていたことが，ここにはよく表れているだろう。

▷1　Иосиф Виссарионович Сталин. 1878-1953.

▷2　« Тезисы к семиотическому изучению культур（в применении к славянским текстам）». 1973.

記号システムとは何か。まず，記号とは，「意味をもつもの全般」といってよい。代表的なものは言語（単語やその複合体である文，文章）だが，ほかにもさまざまなものが——潜在的にはすべてのものが記号になりうる。たとえば人間の身体の動きも，手のひらを広げて相手に見せ，左右に振る動きが「さようなら」を表すように，記号になりうる。記号論では，こうした記号が意味をもつためには，一連の記号が集まって「システム」を成さねばならない，と考える。日本語のある単語が意味をもつのは，それが日本語というシステムに組み込まれているからであり，別の言語のシステムのなかでは，同じ音の単語でも異なった意味をもつだろう。言語学から出発した記号論は，まずは文学研究に応用されたが，やがて，あらゆる文化現象は記号システムとして分析できる，と考えるようになった。

2　複数性の倫理と危うさ

こうした記号論の考え方は，スターリン期の言語や文化に対する見方と対立するものだった。スターリン期には，言語や文化は，社会の経済的・物質的現実（「土台」）を反映するもの（「上部構造」）とみなされた。それに対して記号論では，言語や文化は固有の自律したシステムとみなされる。冒頭の引用は，こうしたスターリン期の文化観への批判をさらに進めたものといえよう。

ただしそこには，新たな硬直化を導きかねない要素もあった。引用の続きでは，文化を形成する「最小限のメカニズム」として，異なる記号システムの「ペア」が必要だと述べられている。つまり，文化は少なくとも２つの記号システムから形成される。だが記号論において，この「少なくとも」はしばしばないがしろにされ，３つ以上ではなく，２つの記号システムの関係ばかりが注目されることになった。それを如実に表すものとして，「文化の記号論的研究のためのテーゼ」の著者の一人，ヴャチェスラフ・イワーノフ[3]の『偶数と奇数の記号論[4]』が挙げられる。そこでは言語や文化全般が，右脳と左脳というペアが担う２つの記号システムの関係から分析される。脳は２つしか存在しない以上，ここには単一イデオロギーに代わって，すべてを２つだけの記号システムに還元してしまう，新たな硬直化の危険が潜んでいる。

▶3　Вячеслав Всеволодович Иванов. 1929-2017.

▶4　« Чет и нечет. Асимметрия мозга и знаковых систем ». 1978.

図１　イワーノフ（左）とロトマン（右手前）（1986年）

出典：*Лотман Ю. М.* Письма. М.: Языки славянской культуры, 2006.

3 意味の予測不可能性

「文化の記号論的研究のためのテーゼ」のまた一人の著者であり，モスクワ＝タルトゥー学派のリーダーであったユーリー・ロトマン[5]は，こうした硬直化の危険に自覚的だった。『文化と爆発[6]』をはじめとする晩年の著作でロトマンは，異なる記号システム間の関係を，ダイナミックな「爆発」として捉えることで，硬直化を回避しようとした。ある記号システムが，おのれの外部の，意味をもたない混沌にみえるものと出会うとき，予測不可能な新たな意味が生まれる——それが「爆発」である。ただしロトマンによれば，外部の混沌とみえるものも，実際には，それ独自の構造をもつ記号システムなのであり，異なる記号システム間の関係に着目する考え方自体は，「文化の記号論的研究のためのテーゼ」と変わってはいない。しかし，１つの記号システムが関係を結ぶ別の記号システムは，未知の混沌として多様化され，「爆発」の予測不能な結果は，記号システムをダイナミックに変容させる。

▶5　Юрий Михайлович Лотман. 1922-93.

▶6　« Культура и взрыв ». 1992.

このように，記号システムの複数性がもつ解放性を貫こうとするロトマンの思想に対し，その限界を指摘することも可能ではある。同時代のフランスなどでは，記号＝「意味をもつもの」にもとづく記号論に対し，無意味なもの，意味をもちえないものに注目する思想が強まっていった。それに対してロトマンは，ある記号システムからは無意味にみえるものも，別の記号システムからみれば意味をもちうるのであり，したがって完全な無意味や混沌など存在しない，という立場を堅持する。いいかえれば，人間はいかなるときにもなんらかの記号システムの内部にいるのであり，あらゆるシステムを超えた自由な人間などというものは存在しない。このように不自由で閉じ込められた人間が，いかにして新たな意味を生み出すことができるのか——それを考え抜くことに，ロトマンの倫理はあったのである。

（乗松亨平）

B　ロシアの心象地理

1　自己表象としてのペテルブルク神話
Миф о Петербурге как самопредставление

Мне сто раз, среди этого тумана, задавалась странная, но навязчивая греза: "А что, как разлетится этот туман и уйдет кверху, не уйдет ли с ним вместе и весь этот гнилой, склизлый город, подымется с туманом и исчезнет как дым, и останется прежнее финское болото, а посреди его, пожалуй, для красы, бронзовый всадник на жарко дышащем, загнанном коне?"

この霧のなかにいるとき，わたしには，奇妙だが脳裏から離れない夢想が何度となく浮かんできたものだ。「どうだろう，もしこの霧が吹き飛んで上方に去っていけば，それといっしょに，この腐った，ねばねばした都市も，そっくり去っていってしまうのではないか。霧といっしょにのぼっていき，煙のように消えて，昔のフィンランドの沼地が残されるのではないか。そしてそのなかにはたぶん，見栄えのために，くたくたになって熱い息を吐く馬に乗った青銅の騎士像があるのではないか？」

1　幻想の都市

　これはドストエフスキー[1]の『未成年[2]』の主人公アルカージー・ドルゴルーキーがサンクト・ペテルブルク[3]の朝の印象を語る一節である。ここに出てくる「青銅の騎士像」は，ペテルブルクにあるピョートル1世の騎馬像を指しているが，引用に見られるような，都市が消えたあとに銅像が残るというイメージは，プーシキンの『青銅の騎士[4]』第2部で，洪水に襲われた街を青銅の騎士像が駆けめぐるという幻想の場面を暗示している。さらにアルカージーは，この引用部分の直前で，こうした霧に包まれた朝にこそ，「完璧なペテルブルク的タイプ，ペテルブルク時代のタイプ」であるゲルマン（プーシキンの『スペードの女王[5]』の主人公）の「奇怪な夢想」が生まれるとも述べている。ゲルマンは，カードの賭けで必ず勝てる3枚のカードの秘密を老伯爵夫人が知っていると信じて夫人の寝室に押し入り，驚かせて死なせる。ゲルマンは，夢のなかで死んだ夫人から聞いた秘密を賭けで使い，大敗して発狂する。

　幻影ないし幻想の都市ペテルブルクのイメージは，いま言及したプーシキン，ドストエフスキーのほか，ゴーゴリ[6]などの作品によって定着した。ただそこでは，幻想が実在の建築物や地理的詳細を通して描きだされる点にも注目する必要がある。幻想に備わるこの現実性は，これらの作品が読者を引きつける力の源泉の一つであり，それは読者のあいだに，幻想の出来事の生じた場所を現実

▷1　☞Ⅰ-B-⑩⑫

▷2　« Подросток ». 1875. 引用は第1部第8章から。

▷3　Санкт-Петербург. しばしば前を省略してペテルブルク（Петербург）と呼ばれる。この名称の意味するところは，建設者ピョートル1世（Петр I. 1672-1725）の守護聖人である聖ペトロの町である。1703年に建設され，1712-14年にはモスクワからここに首都が移された。最初はオランダ語式にサンクト・ピーテルブルフなどと呼ばれていたが，やがてドイツ語風のサンクト・ペテルブルクに定まる。1914年にロシア語的なペトログラード（Петроград）に改名され，24年には，ロシア革命の指導者レーニンの名にちなんでレニングラード（Ленинград）となった。91年にはサンクト・ペテルブルクに戻された。なお，1918年に首都はモスクワに移されている。

▷4　☞Ⅰ-B-③

▷5　« Пиковая дама ». 1834.

▷6　Ⅰ-B-④⑥

の空間に探しだそうとする試みや，それらの場所をめぐり歩く営みを，現在にいたるまで生みだしつづけている。

2 都市の歴史と神話

都市の誕生や滅亡をめぐる神話は，世界の諸都市で古くから存在した。ペテルブルクでも，その誕生以来，民衆のあいだやサロンのなかで，そうした話が数多く語られていた。たとえば，ペテルブルクは空中で鋳造して地上に下した都市であるとか，ピョートル１世の最初の妻が修道院に幽閉されるとき，「ここは空虚になる」と予言した，などである。それらが文学作品に取りいれられて上述のような幻想の都市ペテルブルクというイメージが生まれて定着し，その後，シンボリストをはじめ，多くの作家たちに受け継がれていった。

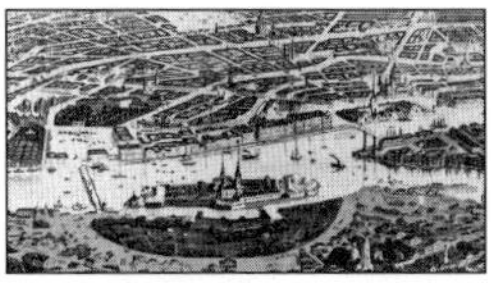

図１　サンクト・ペテルブルク鳥瞰図（ヨシフ・シャルレマーニ原画による石版画，1860年代，部分）

出典：*Овсянников Юрий Максимилианович.* Три века Санкт-Петербурга. История. Культура. Быт. М.: Гарарт, 1997.

サンクト・ペテルブルクはピョートル１世がロシアの西欧化・近代化を進めるための礎として，バルト海に面する北緯60度の辺境の地に建設した都市である。ロシア革命後に首都がモスクワに戻されるまでの約200年間，ペテルブルクは強大な権力の中心として存在し，ロシアに光をもたらすものとして，そしてまた人々の意識と活動を世界に向けて開く場として機能し，知識人たちを引きつけてきた。その一方で，文学的なペテルブルク・イメージは，上述のような都市の創造と終末をめぐる神話を取りこんで独自の発展を遂げていった。

ペテルブルクは人工性とヨーロッパ性によって，しばしば伝統的・ロシア的なモスクワと対比的にとらえられてきた。またこの都市は，賛美の対象となる一方で，呪詛の対象ともなってきた。研究の対象としても，この都市のイメージ研究は一大テーマとなっている。特筆されるものとして，ペテルブルクについて書かれたテクストの総体をペテルブルク・テクストという概念で表し，その要素と構造を詳細に論じたトポロフ[7]の研究が挙げられる。

▶7　Владимир Николаевич Топоров. 1928-2005.　言語学・文学・神話学の研究者。モスクワ＝タルトゥー学派（☞Ⅱ-A-7）の中心人物の一人。

3 自然の支配と自然の反乱

ペテルブルク神話の根底で働く重要な要素の一つは，自然と人為の二項対立である。ロトマン[8]によれば，国の辺境に建てられた首都は独自の機能をもつ。それは自然に対する理性の勝利と自然の秩序の破壊の二重の意味を帯びる。これが都市の終末の神話を生む。海や河口に面した首都ならば，洪水で水底に沈む神話が生まれる（実際，ペテルブルクは大洪水の被害をたびたび被ってきた）。幻影の都市というイメージもその線上にあるといえる。人間による自然の支配と自然からの反乱――それは西と東，近代と伝統のあいだで引き裂かれながら歩みを進めていったペテルブルク時代のロシアをとらえる際の枠組みともなりうる。そこから文学におけるペテルブルク神話は，近代ロシアの自己表象の一つの形としてとらえることも可能となる。　（郡　伸哉）

▶8　Юрий Михайлович Лотман. 1922-93.　ロシア文学・文化史の研究者。モスクワ＝タルトゥー学派（☞Ⅱ-A-7）の中心人物の一人。

B　ロシアの心象地理

2　他者表象としてのコーカサス

Кавказ как представление « чужого »

Отступник света, друг природы, / Покинул он родной предел / И в край далекий полетел / с веселым призраком свободы.

上流社会の離脱者，自然の友である／彼は，生まれ育った領域を捨て／遠い地へと飛び立った／自由の快活な幻とともに。

1　近代ロシア文学最大の「他者」

冒頭の引用は，プーシキン[1]の物語詩『コーカサスの虜』[2]から。コーカサスとは，モスクワやサンクト・ペテルブルクから遠く離れた南方，黒海とカスピ海にはさまれた山岳地帯の総称である[3]。ちょうどプーシキンがこの詩を書いた19世紀初期から中期にかけて，ロシア帝国の版図に漸次編入された。

ナショナリズムの理念のドイツからの流入や対ナポレオン戦争[4]を契機に，ロシア人意識が上流階級に醸成され，「ロシア文学」が成立しつつあった時期に，コーカサスの植民地化が進行していたことは，多分に歴史の偶然だろう。だがこの符合のため，コーカサスの風景と人々はロシア人の〈自己〉意識に映る最初の〈他者〉となり，初期の近代ロシア文学に特権的な位置を占めるようになったのである。コーカサスは，その後も20世紀に至るまで，最も代表的な〈他者〉として，ロシア（ソ連）の文学や映画でさかんに取り上げられてきた。

2　元型としてのプーシキン『コーカサスの虜』

近代後発国の新しい文学は，明治期の日本もそうだったが，西欧の理念や美意識を移入し，自分たちの風土に適応しようと試みる。「ロシア国民文学の父」プーシキンは，ロシア人にとって当時フロンティアだったコーカサスの自然に〈崇高〉[5]の位相を与え，そこに住む人々をルソー[6]の反文明・自然礼賛的な理念に発した〈高貴な野蛮人〉[7]として描き出した。ロシアの上流社会という「文明」の「虚偽」に疲れたロシア人青年が，僻遠の地コーカサスに「自然」と「自由」を求めて旅立ち，虜囚の身となりつつも，現地の娘に「子供のような率直な愛」を捧げられるこの物語詩は，若き知識層のロマンチシズムとエキゾチシズムをかき立て，文学的にも実際にも多くの模倣者を生んだ。

もっとも，ロシア人青年が現地の娘の愛に応えられず，絶望した娘が自分の命を犠牲にして青年を解放し，ロシアに帰還させるというストーリーは，ロシアによるコーカサス併合を歴史的に不可避の過程と認識しているかのような

▷1　☞Ⅰ-B-[2][3]

▷2　« Кавказский пленник ». 1821年執筆。

▷3　日本では，ロシア語名「カフカース Кавказ」が使われる場合もある。

▷4　1812年。ロシアでは，「祖国戦争 Отечественная война」とも呼ばれている。それまで著しく乖離していた諸階級が一致してナポレオン軍と戦う中から，同じ「ロシア人」としての意識が形成されたという説がある。

▷5　英語で sublime。ロシア語では，相当する術語が確立していない。世界には，人間にとって不可知・表象不能の領域があるとする考え方で，18世紀後半から19世紀にかけて西欧に広まった。文学や絵画では，崇高を示唆するものとして，しばしば嵐の海や高峰などが用いられた。

▷6　Jean-Jacques Rousseau. 1712-78. フランスの思想家・作家。

▷7　病弊である文明から遠く離れた「野蛮人」こそが，真の高貴な人間性を宿しているという考え方。大きく見れば，「サムライ」や武士道に対する世界的に高い評価も，「高貴な野蛮人」の潮流の一端であると言えるかもしれない。

「エピローグ」とともに，現代の観点からは批判を免れないだろう。その後に現れた無数のエピゴーネンの中で，『コーカサスの虜』の図式から批判的な逸脱を図った2人の作家――ベストゥージェフ＝マルリンスキー[8]とレールモントフ[9]が，どちらも自発的にではなく，専制政府によって反体制的な言動のために流刑を宣告され，コーカサスに赴いたのであったことは示唆的である。

3 脱構築としてのトルストイ『コサック』

トルストイ[10]が1840年代末にコーカサスに滞在した際の見聞に基づくという中編『コサック[11]』では，文明を嫌って「自由」の地に来たロシア人青年オレーニンが，自然を範とし，人間が民族や宗教の別で対立していることを批判する老コサックのエローシカに師事する。また，現地の娘マリヤンカを崇高な自然の具現と見なす。プーシキンが確立した型を踏襲しているかに見えるこの設定は，しかし作品末尾で反転する。すべてがロシア文学のコーカサス表象の既存の型に規定されていたオレーニンの主観に過ぎず，エローシカやマリヤンカが実際には自然の具現でも自由でもなく，人為的な集団コサックに帰属し，心の底ではオレーニンをよそ者，〈他者〉と見ていたことが明らかになる。ルソーの影響下に一切の人為を批判するトルストイは，「自由と自然の地コーカサス」の表象がロシア知識層の共同幻想であることを鮮やかに浮き彫りにしたのである。

4 危機の時代に蘇る「コーカサス」

19世紀の中頃にはコーカサスにおけるロシア帝国への抵抗も止み，文学におけるこの地の比重もしだいに低下していった。もっとも，反体制運動が沈滞して象徴主義や神秘主義が高まりを見せた〈銀の時代〉に活動したり，精神形成を行ったりしたバリモント[12]，ブリューソフ[13]，マンデリシターム[14]，パステルナーク[15]などの詩人たちは，特にコーカサスのキリスト教圏であるジョージアやアルメニアの風土と文化を愛し，これに取材した作品を数多く残している。ソ連が「停滞の時代」に入り，行き詰まりが鮮明になった1969年には，ビートフ[16]が紀行文仕立ての散文『アルメニアの授業[17]』の中で，現代のソ連人の意識が，ロシアがコーカサスを地政学的に虜にしてきた歴史と，そのような歴史に基づくロシア文学のコーカサス表象の伝統的な型によって強く規定されていることを，独特のレトリックを用いて巧みに示した。

ソ連解体後にはマカーニン[18]が，その名も『コーカサスの捕虜[19]』と題する短編を発表し，ロシアがコーカサスを植民地として束縛するとともに，憧憬し続けてきた過去になおも囚われているさまを，当時のチェチェン紛争を舞台に描き出している。近代以降のロシア文学において最も代表的な〈他者〉であったコーカサスは，ロシアの〈自己〉意識が動揺し，危機を迎えるたびに召喚され，忘れがたい作品を文学史に刻んできたように思われる。（中村唯史）

▶8 Александр Александрович Бестужев. 1797-1837.「マルリンスキー Марлинский」は筆名。デカブリスト運動に関係した罪で，コーカサスに追放された。

▶9 ☞Ⅰ-B-[5]

図1 《将校と女騎手》（鉛筆画）

追放されたコーカサスで若き晩年を過ごしたレールモントフは，この地のデッサンを数多く遺した。

出典：М. Ю. Лермонтов: энциклопедический словарь. М.: ИНДРИК, 2014.

図2 レールモントフ《アラグワ川の岸辺の廃墟》鉛筆画。

出典：図1に同じ。

▶10 ☞Ⅰ-B-[13][17]

▶11 « Казаки ». 1863.

▶12 Константин Дмитриевич Бальмонт. 1867-1942.

▶13 Валерий Явоклевич Брюсов. 1873-1924.

▶14 Осип Эмильевич Мандельштам. 1891-1938.

▶15 ☞Ⅰ-C-[19]

▶16 ☞Ⅰ-C-[23]

▶17 « Уроки Армении ». 1969.

▶18 Владимир Семенович Маканин. 1937-2017.

▶19 « Кавказский пленный ». 1995.

B　ロシアの心象地理

3　原風景としての中部ロシア

Центральная Россия как родной пейзаж

Пусть нежный баловень полуденной природы / Где тень душистее, красноречивей воды / Улыбку первую приветствует весны! / Сын пасмурных небес полуночной страны / Обыкший к свисту вьюг и реву непогоды / Приветствую душой и песнью первый снег.

馥郁《ふくいく》と影が香り，雄弁に水が語る／南国の自然に甘やかされた者は／春の最初の微笑を迎えるがよい！／吹雪の口笛や嵐の咆哮に慣れた／北国の曇天の下に生まれた私は／心をこめて，歌で初雪を迎えよう

1　ロシア国民の原郷

中部ロシアは，ロシア平原の北縁から東縁へと屈折して流れるヴォルガ川に囲われた大きな部分で，北部はヴォルガの支流の針葉樹林帯から混合樹林帯の自然の中にモスクワと周辺の古都，商・工業都市が点在する。南部はオカ川，ドン川などの流域の森林ステップである。北部はロシアの前身モスクワ公国の基盤として中世期から政治と宗教文化の中心だったが，南部は後の国家の勢力拡大とともに進出した大小の地主の領地とそこに帰属する農奴たちの世界で，オリョール，ヴォロネシ，タンボフなどを典型とする肥沃な黒土地帯は，この農民の信仰や慣習をベースとした共同体（ミール）の生活圏であった。広大なロシアの中でも特にこの地域は，国民の原郷のように見なされてきた[1]。

2　ロシア的風景の成立

近代のロシア文芸がしばしばこの地域を舞台としたのはその意味で当然だが，生活の場の景観が原風景としての精神的・美的価値を持つのは，必ずしも自動的なことではなかった。平坦な地形，低く垂れ込めた曇り空，寒さなどを特徴とする中部ロシアの景観自体は，イタリアや南仏の風景の持つ魅力を欠いていたからだ。ロマン主義期の文芸は，冒頭の詩人ヴャーゼムスキー[2]の『初雪』[3]のように，これをある種の譲歩や逆説の詩学で乗り越えようとした[4]。

こうしたレトリックを超えて，中部ロシアの景観がダイレクトな描写の対象となるには，リアリズム期の文芸に持ち込まれた２つの要素が大きな働きをした。一つは18世紀の農民反乱の記憶から19世紀初めの祖国戦争における国民精神の高揚まで，さまざまな契機によって高まった民衆への関心で，それは農村とその自然環境のこまやかな観察や記録と結びついていった。

▷1　望月哲男「ロシアの空間イメージによせて」松里公孝編『講座ユーラシア学３　ユーラシア――帝国の大陸』講談社，2008年参照。

▷2　Петр Андреевич Вяземский. 1792-1878.

▷3　« Первый снег ». 1819年執筆。

▷4　北方の自然に対するロシア作家たちの視点，およびこの種の譲歩のレトリックに関しては，以下の論考を参照。Otto Boele, *The North in Russian Romantic Literature*, Amsterdam-Atlanta: Rodopi, 1996; Christopher Ely, *This Meager Nature: Landscape and National Identity in Imperial Russia*, Northern Illinois Univ. Press, 2002.

▷5　☞Ⅰ-B-⑬⑰

▷6　『幼年時代』（« Детство ». 1852），『少年時代』（« Отрочество ». 1854），『青年時代』（« Юность ». 1857）。

もう一つは文芸の担い手の地主貴族が自らの幼年期と領地の自然に向けた回顧的視線である。トルストイ[5]の三部作[6]に代表される自伝的文芸の中で，中部ロシアの自然は幼時の心象を映した平穏で甘美な空間として，都市との対比で描かれている。自然に投影する「内面」を得た観察者の登場で，人間愛と社会批判の情念が渾然一体となった中部ロシアの風景が生まれたのである[7]。

3 風景画とイコン

猟をしながら農民たちの世界を巡る地主貴族を描いたツルゲーネフ[8]の『猟人日記[9]』中の「あひびき[10]」は，そんな原風景のモデルを見せてくれる。

「自分は座して，四顧して，そして耳を傾けていた。木の葉が頭上で幽《かす》かに戦いだが，その音を聞たばかりでも季節は知られた。それは春先する，おもしろそうな，笑うようなさざめきでもなく，夏のゆるやかなそよぎでもなく，永たらしい話し声でもなく，また末の秋のおどおどした，うそさぶそうなお饒舌りでもなかッたが，ただようやく聞取れるか聞取れぬほどのしめやかな私語の声であった」（二葉亭四迷《ふたばていしめい》訳）

作者は繊細な観察者の心眼を通じて，移り変わる風景の相を分析的に捉え，直喩，擬人化，擬音・擬態語といった文彩で再現している。国木田独歩《くにきだどっぽ》[11]のような日本の近代作家にも影響を与えた，中部ロシアの自然描写である[12]。

一方，ほぼ同時期の詩人チュッチェフ[13]は，墨絵のような自然を描いたが，そこでは苦しみに耐えるロシア農民のイメージが，救世のために身をささげた神の子の謙虚さというキリスト教思想を媒介に浄化され，国土の風景にかぶせられている。言葉で編まれた聖なるイコンと呼んでもいいだろう。

「この哀れな村々，／この貧しい自然――／おまえ，長い忍従のふる里，／ロシアの民の地よ！／異民族の驕れる眼差しは／分かりも，気づきもしない，／おまえの慎ましい裸身の／その奥，密やかに輝くものに。／かつて十字架の重荷を背負い，／故郷よ，おまえの地を遍く／奴隷の姿をした天帝が／祝福し，巡ったのだ[14]」

風景描写における抒情性と象徴性の対抗は，移動派の絵画にも見られる[15]。

4 風景と記憶

風景は記憶と深く結びついていた。亡命作家ブーニン[16]の郷愁に満ちた作品群においても，中部ロシアの自然の描写が，若者の官能の高まりを伝えている。

「夕べの空を背景に，様々な模様を描いていた林檎の枝と灰色の葉の間で，柔らかな，ぼんやりとした色の蛾が，音もなく疲れも知らず旋回し，舞っていた。そして，この蛾のせいで静けさはいっそう深く感じられた（……）。突然彼の背後で何かが折れるような音がした（……）アリョンカだった[17]」

こうした原風景の記憶は，20世紀文学にも引き継がれていく。（望月哲男）

▶7　風景と内面的人間の関連については，柄谷行人『日本近代文学の起源』講談社，1980年参照。

▶8　☞Ⅰ-B-[7][9]

図1　ツルゲーネフ『猟人日記』表紙

出典：Записки охотника: обложка Тула: Приокское книжное издательство, 1976

▶9　☞Ⅰ-B-[7]

▶10　« Свидание ». 1850.

▶11　1871-1908.「今の武蔵野」(1898年，のち『武蔵野』1901年)，「忘れえぬ人生」(1898年)。

▶12　二葉亭四迷（1864-1909）のツルゲーネフ訳が日本文壇にとってもった意味については，例えば加藤百合『明治期露西亜文学翻訳論攷』東洋書店，2012年参照。

▶13　Федор Иванович Тютчев. 1803-73.『この哀れな村々……』(« Эти бедные селенья... ». 1855年執筆)。☞Ⅰ-E-[3]，Ⅱ-C-[8]

▶14　*Тютчев Ф. И.* Полное собрание сочинений и писем: В 6 т. / РАН. Ин-т рус. лит.; Ин-т мировой лит. М.: Изд. центр "Классика", 2002. Т. 2.

▶15　☞Ⅱ-C-[8]

▶16　☞Ⅰ-C-[13]
« Митина любовь ». 1925.

▶17　イワン・ブーニン／吉岡ゆき訳「ミーチャの恋」『ブーニン作品集3』群像社，2003年。

B　ロシアの心象地理

4　境界上のウクライナ
Украина на грани между « своим » и « чужим »

Вот то гнездо, откуда вылетают все те гордые и крепкие, как львы! вот откуда разливается воля и казачество на всю Украину!

まさにこの巣から獅子のように誇り高く頑強な者どもが飛び立っていくのだ！まさにここから自由とコサックがウクライナ全土に広がっていくのだ！

1 「自由とコサック」の故郷

引用はウクライナ・コサックを主人公とするゴーゴリ[1]の時代小説『タラス・ブーリバ[2]』から。「この巣」とは彼らコサックの本拠地（シーチ）のこと。そしてここで言及される「自由」と「コサック」は，現在に至るまでウクライナそれ自体を象徴する重要なイメージとなっている。

▷1　☞ I -B-④⑥

▷2　« Тарас Бульба ». 1835.　1842年に大幅改作された。

図１　ゴーゴリ『タラス・ブーリバ』（19世紀末の挿画より）
出 典：*Гоголь Н. В.* Тарас Бульба: Повесть. СПб.: А.Ф. Маркс, 1893.

もっともロシアの視点から見たウクライナは単なる異郷ではなかった。とりわけ現在のウクライナ国家の領域から歴史的にオスマン帝国やハプスブルク帝国との関係が深かった黒海沿岸部や最西部を除いた地域，コサックの共同体が早くから築かれた中部や東部を中心とする地域に関しては，ロシアとの文化的，歴史的類縁性が強調されることも多かった。

ロシアにおいてウクライナが文学作品の題材として頻繁に取り上げられたのは19世紀前半で，これはちょうどロマン主義と民族意識覚醒の時代にあたる。その背景の下，ウクライナという「近い他者」のイメージもロシア人自身のロシアに対するイメージとの対応関係の中でしばしば作られたのであった。

2 平和な理想郷か，専制ロシアへの抵抗の象徴か

ピョートル期までのロシアでは，ウクライナは内なる「ヨーロッパへの窓」として文化的影響力を有したが，やがて帝国内の単なる一地域となる。

ウクライナに最初の文学的イメージを与えたのは旅行記であった。18世紀末から19世紀初頭の国内旅行ブームの中で次々と書かれたこの種の著作は，ウクライナを穏やかな気候，美しい自然，素朴な住民たちといった平和な理想郷のイメージで覆った。同時に現行のロシアによるこの地の支配が，過去のポーランドによる「圧制」と比較されることで正当化された

そんな作品の一つ，イズマイロフ[3]の『南ロシアへの旅[4]』ではキエフ・ルーシ建国の地，正教信仰の中心としてのキエフが描写された。ウクライナのこの町は，ロシアの歴史と宗教の故郷としても表象されたのである。

▷3　Владимир Васильевич Измайлов. 1773-1830.

▷4　« Путешествие в полуденную Россию ». 1800-02.

一方，デカブリスト詩人[5]はロシアのウクライナ支配を逆の視点から題材とした。物語詩『ナリヴァイコ[6]』で対ポーランド反乱を率いたコサックの英雄を描いたルイレーエフ[7]は，物語詩『ヴォイナロフスキー[8]』ではコサック国家の独立をめざしてピョートル１世に背いたマゼーパとシベリア流刑となったその甥を，自由の闘士として描いた。ウクライナをロシアとの対立構図の下に置くのみならず，ロシアに対する反逆者を英雄視したこの作品の構想は，ウクライナの民謡に取材しつつもマゼーパの狡猾さを描いたプーシキン[9]の物語詩『ポルタワ[10]』とも異なっている。抵抗者へのこうした共感の背景に，ロシアの専制に対するデカブリスト詩人の反感を見ることはたやすい。

3 エキゾチックな他者か，正教信仰で結ばれた同胞か

ウクライナを描いたロシア作家の代表はゴーゴリである。彼自身ウクライナのポルタワ県に生まれ，父はウクライナ語で戯曲を書く劇作家であった。ただし彼自身の作品は全てロシア語で書かれている。

そのうち『ディカーニカ近郷夜話[11]』および『ミルゴロド[12]』は「ウクライナ物」と通称される作品を収めた作品集で，後者には上述の『タラス・ブーリバ』も含まれる。コサックはもちろん魔女や悪魔までも活躍するこれらの作品は，舞台となるウクライナの魅惑的なイメージを読者の中に鮮やかに植え付けた。

もっともそこに見られる民衆文化や歴史，異郷（非西欧世界）への関心，幻想性などは，いずれもロマン主義の文学に共通する特徴である。ウクライナのフォークロアに取材する試みにもソモフ[13]の一連の物語（「ルサルカ」「キエフの魔女たち[14]」など）のような先行例があった。ゴーゴリの描くウクライナやコサックも，西欧的な価値観や美意識を身につけた首都の読者の好奇心に応える，エキゾチックな他者という性格の強いものとなっていた。

他方，『タラス・ブーリバ』の改作版ではコサックの紐帯を支える正教の存在が前面に出る。またロシアとウクライナの差異は曖昧化し，主人公のタラスがポーランドとの戦闘を前にして行う演説など随所で形容詞「ロシア（ルーシ）の」が「我々の」のほぼ同義語として用いられる。ここでロシアの読者に印象付けられたのは，いわばロシアの「同胞」としてのウクライナ像であった。

19世紀後半（いわゆるリアリズム期）以降の文学では，多くの場合ウクライナは抽象的イメージの受け皿ではなく具体的な表象の対象となった。ソ連期にはウクライナでの内戦を題材としたブルガーコフ[15]『白衛軍[16]』やオストロフスキー『鋼鉄はいかに鍛えられたか[17]』などが書かれ，特に後者は社会主義リアリズムの古典ともされ広く読まれた。この文脈でペトリューラなどウクライナの民族主義者が否定的に描写されたことは，後のロシアにおけるウクライナ観との関連でも示唆的である。

（鳥山祐介）

▶5 ☞Ⅰ-E-3 ▶6

▶6 « Наливайко ». 1824-25年執筆。断片のみが残されている。

▶7 Кондратий Федорович Рылеев. 1795-1826. 詩人にしてデカブリスト。1825年12月14日の反乱では首謀者の一人とされ処刑された。

▶8 « Войнаровский ». 1823-24年執筆。

▶9 ☞Ⅰ-B-2 3

▶10 « Полтава ». 1829.

▶11 « Вечера на хуторе близ Диканьки ». 1831.

▶12 « Миргород ». 1835.

▶13 Орест Михайлович Сомов. 1793-1833.

▶14 « Русалка ». 1829, « Киевские ведьмы ». 1833.

▶15 ☞Ⅰ-C-14

▶16 « Белая гвардия ». 1925.

▶17 ☞Ⅰ-C-9

C　ロシア文学の周辺

1　ロシア正教・古儀式派（分離派）・セクト

Православие, старообрядчество (раскольники), и сектантство

Христианского брака быть не может и никогда не было.

キリスト教的結婚などというものは，ありえないし，かつてあったこともなかった。

1 ロシア世界のキリスト教化とロシア文学

988年前後にキエフ・ルーシがキリスト教を受け入れて以来，正教はロシア文化の基盤となり，民衆も次第にキリスト教化した。説教集，預言書，聖者伝は広く読まれ，作家に手本を与えた。神の無限の愛，魂と肉体の二元論，霊魂の不滅，聖母マリアの慈愛といった諸概念がロシア人の世界観をも強く規定するようになる。正教特有の現象もあり，イコン崇敬，聖人崇拝，大地信仰，ユロージヴィ[1]などがロシアのキリスト教を特徴づけた。プーシキン[2]，ドストエフスキー[3]，トルストイ[4]らはユロージヴィを好んで作品[5]に取り上げた。『罪と罰[6]』でラスコーリニコフが地面に接吻するシーンもこの文脈なしには理解できない。

2 キリスト教とドストエフスキー，トルストイ

多くの作家・詩人たちが魂の問題を探ったが，キリスト教思想にもっとも真剣に取り組んだのはドストエフスキーとトルストイだった。ドストエフスキーはキリスト教神学の過激な問い直しを繰り返し行った。『罪と罰』は，「神が人になる（キリスト）」ことで人間を救ったという神人思想と，英雄的人間が神のような力を得るという人神思想の相克をテーマとしている。『カラマーゾフの兄弟[7]』の「大審問官[8]」の章では合理主義と正教的精神の相克が描かれる。トルストイは晩年に原理主義的キリスト教思想に回帰したが，それ以前の『戦争と平和[9]』などにも，森羅万象を統べる全能の神の前の人間の従順が説かれている。

1917年に社会主義革命が起こると，宗教は「阿片」として否定され，キリスト教的指向を持つ文学者は弾圧された。当局の無神論的イデオロギーを批判したソルジェニーツィン[10]は亡命を余儀なくされた。だが，ロシア正教はさまざまな形で生き延び，ソ連崩壊以後は国教としての地位を取り戻し，教会の活動も普通に行われるようになった。それに伴い，現代ロシア文学にもキリスト教的なテーマを創作の中心とする著作家が現れている。

図1　ウクライナのベーラヤ・クリニーツァの古儀式派ベロクリニツキー派のウスペンスキー大聖堂（2014年撮影）

写真提供：阪本秀昭氏。

▷1　Юродивый. 佯狂《ようきょう》行者。「キリストへの愛のために常識はずれの奇妙な生活態度をとったり狂人のふりをする修道士」などと定義される。

▷2　☞Ⅰ-B-[2][3]

▷3　☞Ⅰ-B-[10][12]

▷4　☞Ⅰ-B-[13][17]

▷5　プーシキン『ボリス・ゴドゥノフ』(« Борис Годунов ». 1831)，トルストイ『幼年時代』(« Детство ». 1852)。

▷6　☞Ⅰ-B-[10]

▷7　« Братья Карамазовы ». 1879-80.

▷8　« Великий инквизитор ».

▷9　☞Ⅰ-B-[13]

▷10　☞Ⅰ-C-[21]

3 ニコンの改革と古儀式派の成立

17世紀に，総主教ニコン[11]は，典礼の「乱れ」を正し，旧に復そうとした。多数の信徒がこれに激しく反対し，1667年には破門され，独自の教会を作った。分離派と言われたが，古い様式の儀式を守ろうとしていたので，古儀式派[12]とも呼ばれる。古儀式派は弾圧を受けて地下に潜伏したが，信仰の本道を守っていると自恃《じじ》する彼らは，貴族・商人・農民と幅広い階層の支持を受け，人口の数パーセントの勢力を維持し続けた。質素・堅実を旨とする古儀式派は近代ロシアの商工業の発展にも寄与したとされるなど，社会に与えた影響は大きかった。そのため文学者の中にも関心をもつものが多く，ゴーゴリ[13]，レスコフ[14]，チェーホフ[15]など多くの作家が古儀式派信徒の生態を作品に描いた。

▶11　Никон（Никита Минин）. 1605-81. ☞Ⅰ-A-③

▶12　英語ではOld Believersと普通呼ばれている。日本語でも「旧教徒」という呼び名が用いられる。旧い儀式にこだわった人々だからである。

図2　ウクライナ・ヴィンニツァ州の古儀式派女性（2016年撮影）
写真提供：阪本秀昭氏。

4 セクトの誕生

古儀式派の中に司祭を必要としないと考える無司祭派が生まれたが，この派は宗教的統率者を失うことにより思想や活動が過激化し，やがて「セクト」と呼ばれていた，ほかのカルト教団とひとからげにとらえられるようになった。彼らはときに怪しげな集団となり，文学者の関心をその意味でも惹くようになる[16]。セクトの中には，極度に厳格な禁欲主義を唱え，ときにそれが逆に性的放恣に転化した鞭身派や去勢派[17]，徹底した非暴力主義を標榜したドゥホボール[18]などがあった。弾圧を受けた末の集団焼身自殺も多発した。

▶13　☞Ⅰ-B-④⑥

▶14　☞Ⅰ-B-⑮

▶15　☞Ⅰ-B-㉒㉓

▶16　たとえば，鞭身派に取材したベールイの『銀の鳩』などを挙げることができる。☞Ⅰ-C-②

▶17　鞭身派（хлысты）は性欲を鎮めるため，自らを鞭打った。去勢派（скопцы）は性的行為を断つために，乳房や性器を切除した。

▶18　聖霊キリスト教の一派。教会，聖職者，十字架，イコンなど形式的・外面的なものを一切否定した。

5 セクトとドストエフスキー，トルストイ

異端的色彩の強かったセクトにとくに深い関心を寄せたのはドストエフスキーとトルストイであった。ドストエフスキーは『死の家の記録[19]』で古儀式派信者の姿を描出したが，彼らの生活様式や信仰の実態に大きな関心を持っていた。研究者の中には，彼の長編にはセクトへの言及が隠されていると見る者もいる。たとえば『カラマーゾフの兄弟』のスメルジャコフは去勢派信者であって，そのために黄疸気味で，またいつも異臭を放っていた，などとされる。

トルストイの晩年の禁欲主義もセクトの思想と共鳴しあっていた。冒頭に引用した跋文《ばつぶん》からもうかがえるように，完全な性的貞潔を唱えた思想小説『クロイツェル・ソナタ[20]』の文章には，去勢派のリーダーとの文通が反映されている。妥協のない平和主義・非暴力を唱えたトルストイは，同じ思想を持つドゥホボールたちに対するロシア帝国政府の弾圧に抗議し，そのカナダ移住を支援した（『復活[21]』はその資金捻出目的で書かれた）。

セクトは過激な思想・信仰形態のために弾圧されたり，逃亡を余儀なくされたりして次第に勢力を失い，今日ではその信者数は限定的であるとされる。しかし，司祭派は一定の勢力を維持している。古儀式派は，今日でもロシア文学・文化を構成する重要な一要素であり続けているのである。（ヨコタ村上孝之）

▶19　« Записки из мертвого дома ». 1861-62.

▶20　« Крейцерова соната ». 1890.

▶21　« Воскресение ». 1899.

C　ロシア文学の周辺

2　コサック
Казаки

В то время, когда происходило описываемое событие, на пограничных местах не было еще никаких таможенных чиновников и объездчиков, этой страшной грозы предприимчивых людей, и потому всякий мог везти, что ему вздумалось.

ここで描かれているような出来事があった時代には，国境《くにざかい》とおぼしき場所に税関の役人どもだとか騎馬巡視員などという，いうなれば進取の気性に富んだものたちがやがてひどく怯えることになる輩たちの存在はまったくなかったので，だれもが思いついたことを何なりとやり遂げられたのだった。

1　コサックの出自

これはゴーゴリ[1]の中編『タラス・ブーリバ[2]』の一節である。「進取の気性に富んだものたち」とはコサックを指す。彼らの生活空間がロシアのはるか南方の，国境のあいまいな地帯近くにあったこと，クリミア半島やオスマン帝国，コーカサス，ペルシャにまで遠征して略奪や奴隷売買をやっていたこと，時代を経てロシア帝国の支配下に入ったことなどが行間からは読み取れる。

▶1　☞Ⅰ-B-[4][6]

▶2　« Тарас Бульба ». 1835. ☞Ⅱ-B-[4]▶2

この特異な共同体の形成経緯は，十分には解明されていない。ロシア語話者が主なこと，正教徒か旧教徒であること，出現の確認は15世紀以後であることなどから，時代を追って強化され確立していったロシアの農奴制の副産物であろうと推定される。つまりロシア本土を棄て南部に広がるステップ付近まで落ち延びた農民群が核となり，騎馬術に長ける周辺の遊牧系異民族の一部も吸収し，水利の良い地に定住したものと考えられる。この集団は棲みついた土地の名を付して「ザポロージェ・コサック」「ドン・コサック」「クバン・コサック」などを名乗った。

図1　イリヤ・レーピン《ザポロージェ・コサックたち》(1880-91年)

出典：*Бенуа А. Н.* История русской живописи в XIX веке. М.: Республика, 1999.

2　征服者への反発と従属

コサックは，直接民主主義的選出方法で軍団や行政の長（アタマン）を選び，結束の固い社会を作り上げたが，国家樹立への動きは示さなかった。そのためリトアニアやポーランド，オスマン帝国などの支配に甘んじた[3]。ロシア帝国が国家間の抗争を征し，コサックの多くはロシア皇帝の藩屏《はんぺい》の役を担うことになる。

▶3　早坂眞理『近代ポーランド史の固有性と普遍性：跛行するネイション形成』彩流社，2019年。

ロシア帝国はコサックを先兵として，17世紀末までに東はカムチャツカ半島まで領域を拡げた。そこに住んでいた大小様々な非ロシア系諸民族を正教に改宗させ，ロシア帝国臣民とした。さりながらコサックは自立志向の高い集団で，権力への強制服従には不満をいだいた。優れた軍事能力を有していたから謀反の中心にもなる。歌で名高いラージン[4]は17世紀に反農奴制の反乱を主導した。プーシキン[5]の中編『大尉の娘』[6]に登場する実在の人物プガチョフ[7]も，同じドン・コサック出である。彼はエカテリーナ２世[8]の命で暗殺された彼女の夫ピョートル３世[9]を僭称し，カルムイク人たちも加えてヴォルガ流域やウラル地方で大規模な蜂起を展開した。とはいえ，多くは後に一定の優遇措置と引き替えに，帝国支配のための汚れ仕事を担う運命に甘んじた。

3 ジェンダー論的角度で見たコサック社会

19世紀前半，北コーカサスでは多様な部族からなる「山岳民」(ロシアでの呼称)の，宗教的指導者シャミール[10]の率いる解放闘争が四半世紀以上も続いていた。若いトルストイ[11]は志願してその火中に飛び込む。その体験をもとに書き上げた中編『コサック』[12]にはこの地のコサック部落のようすが描かれている。ロシアの農村社会と同じく家父長制が支配している。家長の命令は財産管理から嫁入りまで，絶対服従が原則である。ところがこの部落の若い女性たちはたくみに主体性を発揮し，したたかに生きている。作家自身をモデルとした主人公はコサックの若い女性に求婚をきっぱり拒否され，部落を去るのだった。

ショーロホフの長編『静かなドン』[13]は，第一次世界大戦から国内戦期におけるコサック共同体での男たちや女たちの生態までも赤裸々に描く。奔放な浮気，DV，度外れの飲酒や喫煙，戦地での集団強姦，戦利品強奪にふける男たちが登場する。独ソ戦や日ソ戦でも見られた光景だ。女たちもまた，いわゆる兵隊後家の男あさりは日常現象で，性病，隠れ堕胎もすぐ部落中に知れわたる。だが横暴な家長を手なづけ，女の主張を通す能力にも長けている。コサックもロシアの農村に見られた大家族制で，一家に息子たち夫婦が同居するため，姑と嫁たちの助け合いや気配りで，男という共通の「敵」に対する共同戦線を張る。泥沼化した国内戦の過ちに気付き，断固拒絶の声をあげたのは女たちの方が先だった。

4 コサックたちの内面世界

復活祭を迎えると，７週間続いた大斎《おおものいみ》期の精進落しが祝われる。チェーホフ[14]の初期短編『コサック』[15]では，裕福な商人が復活祭の聖体礼儀を終えての帰り道，20年の兵役を免除された瀕死（精進の結果だろう）の老コサック兵に出会う。彼は精進落しの施しを乞うが，若妻は拒否する。商人はそれをきっかけに真の信仰に気付く。後の時代のコサックも律儀に正教の儀礼は固く守った。彼らには正教以外に尊い宗教はなかった。回教徒，カトリック教徒，ユダヤ教徒などに対する激しい差別意識はこの信仰に根ざしていた。1861年の農奴解放後もロシアの農民の大半はなかなか土地を持てなかった。優遇措置で土地を所有していたコサックはロシアやウクライナの農民たちを蔑視していた。（木村　崇）

▷4 Степан Тимофеевич Разин. 1630-71.　田中陽児「ステンカ・ラージン」『週間朝日百科，世界の歴史83』通巻754号，朝日新聞社，1990年。

▷5 ☞Ⅰ-B-[2][3]

▷6 « Капитанская дочка ». 1836.

▷7 Эмельян Иванович Пугачев. 1740-75.　アレクサンドル・プーシキン／草鹿外吉訳『プガチョーフ叛乱史』現代思想社，1971年，中村仁志『プガチョフの反乱』平凡社，1987年。

▷8 Екатерина II. 1729-96.

▷9 Петр III. 1728-62.

▷10 Шамиль. 1797-1871.　木村崇「ロシア文学が『ゆりかご』で見た幻影」木村崇・鈴木董・篠野志郎・早坂眞理編『カフカース：二つの文明が交差する境界』彩流社，2006年。

▷11 ☞Ⅰ-B-[13][17]

▷12 « Казаки ». 1863.

▷13 ☞Ⅰ-C-[15]

▷14 ☞Ⅰ-B-[22][23]

▷15 « Казак ». 1887.

C　ロシア文学の周辺

3　ユダヤ人

Евреи

Я никогда не чувствовала себя еврейкой...А вот в эти ужасные дни мое сердце наполнилось материнской нежностью к еврейскому народу.

私は自分をユダヤ人と感じたことはなかった。…それが，この恐ろしい日々，私の心は，ユダヤの民への母親のようなやさしさに満たされているの。

1　ロシア帝国のユダヤ人

ユダヤ人の入植を奨励したポーランドとは対照的に，ロシアは「聖なるロシアの民」を堕落させるとしてユダヤ人の入国を頑なに許さなかった。18世紀末のポーランド分割の結果，世界最大のユダヤ人人口を抱えると，歴代のツァーリはユダヤ人を有用な臣民に叩き直すための試行錯誤を繰り返した。ニコライ1世はユダヤ人少年の過酷な徴兵制をはじめとする懲罰的な対ユダヤ人差別法を次々と導入し，選択的統合に舵を切ったアレクサンドル2世の時代にはロシア語を常用するユダヤ人知識階層も現れた。しかし，アレクサンドル2世の暗殺が引き金となって1881年に勃発したポグロム（ユダヤ人に対する襲撃事件）はユダヤ人の大量出国を生み出す一方，ユダヤ人の革命運動やユダヤ民族主義運動への参加を促した。

2　19世紀ロシア文学とユダヤ人

19世紀のロシア作家の多くはユダヤ人と接触する機会もなく，中世以来の反ユダヤ的偏見や西欧文学のステレオタイプの影響を免れなかった。ユダヤ人はずる賢くて醜い父親と従順で美しい娘という対比で描かれ，戯曲『吝嗇の騎士』[1]にユダヤ人高利貸しを登場させたプーシキンも例外ではなかったが，レールモントフは戯曲『スペイン人』[2]で異端審問に迫害されたユダヤ人に共感を寄せた。ユダヤ人の利敵協力もしばしば描かれ，ゴーゴリの『タラス・ブーリバ』[3]に登場するコサックは「ポーランド人贔屓」のユダヤ人がドニエプル川で溺死する様を見て哄笑を放つ。ツルゲーネフの『ユダヤ人』[4]では，ユダヤ人の娘を宿営地に送り込んで語り手のロシア軍人を誘惑させた父親が仏軍と密通していたことが発覚すると，語り手は死刑宣告を受けた父親に同情しつつも慌てふためく姿に失笑を漏らす。19世紀後半に民族主義が台頭し，ユダヤ人資本家の存在感も増して反ユダヤ的言説が勢いづく中，ドストエフスキーは1877年の『作家の日記』[5]で「ユダヤ資本」の弊害を説き，トルストイは「ユダヤ人問題」

▶1　« Скупой рыцарь ». 1830.
▶2　« Испанцы ». 1830.
▶3　« Тарас Бульба ». 1835. ☞Ⅱ-C-2
▶4　« Жид ». 1847.
▶5　« Дневники писателя ». 1876-81.
▶6　« Скрипка Ротшильда ». 1894.
▶7　« Июльское веяние ». 1882.
▶8　« Еврей в России ». 1883.
▶9　〈銀の時代〉や後期象徴派の詩人に深甚な影響を与えた思想家。
▶10　« Протест против антисемитического движения в печати ». 1890.
▶11　Владимир Галатионович Короленко. 1853-1921.　小説家。代表作に『マカールの夢』（« Сон Макара ». 1885），『盲音楽師』（« Слепой музыкант ». 1886）など。
▶12　« Дом №. 13 ». 1905.
▶13　1911年にキエフで起きた「血の中傷」事件の裁判（1913年）。「血の中傷」とは，ユダヤ人がキリスト教徒の少年を殺害してその血を過越し祭で利用するとした中世ヨーロッパで広く流布した迷信に基づく告発。
▶14　Леонид Николаевич Андреев. 1871-1919.　小説家。代表作に『深淵』（« Бездна ». 1902），『七死刑囚物語』（« Рассказ о семи повешенных ». 1908）など。
▶15　« Щит ». 1915.
▶16　Moses Mendelssohn. 1729-86.
▶17　Лев Николаевич Невахович. 1776-1831.
▶18　« Вопль дщери

に煮え切らない態度をとった。ユダヤ人女性との婚約経験もあったチェーホフはロシア社会の周縁を生きる様々なユダヤ人を描き，『ロスチャイルドのヴァイオリン[6]』でステレオタイプの反転を図った。19世紀末にはユダヤ人の窮状に心を痛めるロシア知識人も現れ，サルトゥイコフ＝シチェドリンは『7月のいぶき[7]』で反ユダヤ政策を糾弾し，レスコフは『ロシアのユダヤ人[8]』でユダヤ人の風俗を肯定的に描き，ソロヴィヨフ[9]らが起草した「言論界における反ユダヤ的言説に対する抗議文[10]」にはロシア文化人60余名が署名した。コロレンコ[11]はキシニョフ・ポグロムを取材した『13号棟[12]』で記録文学の金字塔を打ち立て，ベイリス裁判[13]ではベイリス擁護の先頭に立った。第一次世界大戦中にはゴーリキー，コロレンコ，アンドレーエフ[14]らがユダヤ人擁護論集『盾[15]』を刊行した。

3 ユダヤ系ロシア語文学の系譜

18世紀末のドイツでメンデルスゾーン[16]を中心に興ったユダヤ啓蒙主義ハスカラはロシアのユダヤ人社会にも徐々に浸透し始めた。19世紀に入ると，ユダヤ人によるロシア語作品は，ネヴァホヴィチ[17]による初のハスカラ小説『ユダヤの娘の嘆き[18]』を嚆矢《こうし》に，モスクワ大学に入学を許された最初のユダヤ人L. マンデリシターム[19]の詩集[20]，ロシア文壇に初登場したユダヤ人作家ラビノヴィチ[21]の『徴用兵[22]』と断続的に続き，1860年代にはレヴァンダ[23]やボグロフ[24]等の作家やドストエフスキーとの論争で知られるコヴネル[25]等の批評家も現れたが，ユダヤ人とロシア人双方の読者を想定した彼らの作品は護教論的性格が拭えなかった。世紀転換期には，「ユダヤのチェーホフ」アイズマン[26]，都市の退廃的生を描いたS. ユシュケーヴィチ[27]，後の修正主義シオニズムの指導者V. ジャボチンスキー[28]，元ナロードニキ作家S. アン＝スキ[29]らがロシア語で執筆したが，彼らの文学遺産はロシア文学史から忘却された[30]。

4 ソ連のユダヤ系ロシア文学の行方——同化と民族意識のはざまで

ロシア革命とともに差別が撤廃されると，ユダヤ人の多くは大都市に流入してソ連社会のあらゆる分野に進出した。内戦時代にはポグロムが猖獗《しょうけつ》を極めたが，ソヴィエト政権の安定化とともにユダヤ人は出自に煩わされることもなくなり，1920年代半ばに『オデッサ物語』や『騎兵隊』でユダヤ社会を描いたバーベリを別とすれば，ユダヤ系作家の多くはユダヤの主題から遠ざかった[31]。ソ連社会に同化したユダヤ人に自らの出自を再び思い出させたのは，独ソ戦の勃発とスターリン時代末期の反ユダヤ・キャンペーンであった。パステルナークは，戦後執筆された『ドクトル・ジヴァゴ[32]』で同化による民族問題の解消という信条を登場人物の一人に語らせているが，グロスマンはナチス占領下のゲットーで殺された母親の生前最後の言葉を想像して『人生と運命[33]』の中で冒頭に引用した一節を残した。

（赤尾光春）

иудейской ». 1803.

▶19 Лев Иосифович Мандельштам. 1819-89.

▶20 « Стихотворения ». 1841.

▶21 Осип Аронович Рабинович. 1817-69. 1860年に初のユダヤ系ロシア語誌『夜明け』（« Рассвет »）を創刊し，自身も寄稿した。

▶22 « Штрафной ». 1859.

▶23 Лев Осипович Леванда. 1835-88.

▶24 Григорий Исаакович Богров. 1825-85.

▶25 Аркадий Григорьевич（Аврахам Ури）Ковнер. 1842-1909.

▶26 Давид Яковлевич Айзман. 1869-1922.

▶27 Семен Соломонович Юшкевич. 1868-1927.

▶28 Владимир（Зеэв）Евгеньевич Жаботинский. 1880-1940.

▶29 С.（Семен Акимович）Ан-ский. 1863-1920.

▶30 同時期，キリスト教に改宗したユダヤ人の父親をもつ詩人ナドソン（Семен Яковлевич Надсон. 1862-87）がロシア文壇の寵児となり，詩人フルーク（Семен Григорьевич Фруг. 1860-1916）はユダヤ民族主義の旗手となった。

▶31 20世紀ロシア文学に足跡を残したユダヤ系作家には，他に，サーシャ・チョールヌィ，エレンブルク，ホダセーヴィチ，マルシャーク，ゲルシェンゾーン，マンデリシターム，カヴェーリン，シクロフスキー（☞Ⅱ-A-5），ウトキン，インベル，バグリツキー，イリフ，ゲルマン，スルツキー，カザケーヴィチ，ブロツキー（☞Ⅰ-D-3），アクショーノフ，ガーリチ，リープキン，ルイバコフ，トリフォノフ，ドヴラートフ（☞Ⅰ-D-2），ウリツカヤ（☞Ⅰ-D-4）などがいる。

▶32 ☞Ⅰ-C-19

▶33 ☞Ⅰ-C-20

C　ロシア文学の周辺

4　ナロードとインテリゲンツィア

Народ и интеллигенция

...не так, как какой-нибудь грубый мужик, а так, как человек тронутый развитием и европейской цивилизацией стонет, как человек, "отрешившийся от почвы и народных начал", как теперь выражаются.

……どこかのがさつな農夫のようにではなく，進歩とヨーロッパ文明にとりつかれた人間，今どきの言い方なら「土壌とナロード原理から離れてしまった」人間が叫ぶように。

1　ロシア文化の両輪？

〈ナロード〉というロシア語は民衆，国民，民族，大衆，人々などと訳されるが，ひとつの訳語が文脈に合致することはまれで，つかみどころがない。ラテン語起源の〈インテリゲンツィア〉は知識人，知識層という訳語はあるが，「『インテリ』の語源のロシア語」と説明した方がより分かりやすいだろう。そもそも1860年代に作家ボボルイキン[1]が社会における教養層を指して批判的に用いたものが，次第に定着していったとされる。冒頭の引用は，ドストエフスキー[2]の『地下室の手記[3]』からで，作家は〈インテリゲンツィア〉という言葉は使っていないが，歯痛に悩む「19世紀ロシアの知識人」について記している。また，当時の〈ナロード〉の大半は農民だった。

ロシアを一台の荷馬車にたとえるなら，〈ナロード〉と〈インテリゲンツィア〉はその両輪といえるだろう。二輪のバランスがうまくとれていれば荷馬車は真っすぐに進むし，どちらかでもいびつであれば動きはおかしくなる。上にのっている「政治」は巧みな御者だろうか，あるいはただの重い荷物だろうか。二輪は一本の軸で繋がっている（〈インテリゲンツィア〉は〈ナロード〉の一部）だろうか。視点はさまざまだ。いや，数が違い過ぎる[4]から，このたとえにはそもそも無理があるかもしれない。

2　ナロードへのまなざし

〈ナロード〉の価値や状況が本格的に注目されたのは，あるいは〈インテリゲンツィア〉が〈ナロード〉に対する使命や態度を真剣に考え始めたのは，19世紀前半である。すでに18世紀末にはラジーシチェフ[5]が農奴制に苦しむナロードについて書き記していたが，この時代にはドイツ・ロマン主義の影響もあり，ロシアの〈ナロード〉，〈ナロード性《ナロードノスチ》〉や民話，民謡が文学に組み込まれてくる[6]。

▷1　Петр Дмитриевич Боборыкин. 1836-1921.

▷2　☞Ⅰ-B-⑩⑫

▷3　« Записки из подполья ». 1864.

▷4　ブローク（☞Ⅰ-C-④）の著作『ナロードとインテリゲンツィア』（« Народ и интеллигенция ». 1909）では，〈ナロード〉は「1億5000万人」，インテリゲンツィアは「数十万人」と書かれている。ここでブロークは〈ナロード〉と〈インテリゲンツィア〉を結びつける役割を，ゴーリキー（☞Ⅰ-B-㉑㉔）に見ている。

▷5　Александр Николаевич Радищев. 1749-1802.

▷6　政治に関する直接的な発言が厳しくチェックされたロシアでは，結果としてそれらは文壇や文学作品において表明されていくことになった。

▷7　☞Ⅰ-B-②③

▷8　« Руслан и Людмила ». 1820.

▷9　Алексей Степанович Хомяков. 1804-60.

▷10　☞Ⅱ-A-①

▷11　« Евгений Онегин ». 1825-32年刊行。主要登場人物のエヴゲーニーとタチヤーナはどちらも貴族ではあるが，首都サンクト・ペテルブルクから地方へやってくる前者には〈インテリゲンツィア〉の要素が強く，地方で育った後者は〈ナロード〉的な生活習慣と結びついている。

国民文学の始まりを告げるプーシキン[7]の物語詩『ルスランとリュドミーラ[8]』では，ロシア古来の伝承や民衆生活が彩り豊かに描かれている。1830-40年代になるとホミャコフ[9]ら〈スラヴ派[10]〉の思想家たちは，〈ナロード〉の中につつしみや共同性といったロシア精神の本質を見出していく。ただし，プーシキンの韻文小説『エヴゲーニー・オネーギン[11]』における主人公たちのすれ違いの恋愛が象徴的に示すように，〈インテリゲンツィア〉と〈ナロード〉の間にはまだ大きな隔たりが存在していた。

3 ナロードとの出会い

2つの要素の幸福な出会いは，レフ・トルストイ[12]の『戦争と平和[13]』にある。小説が描く時代はナポレオンと戦った19世紀初めで，精神の支えを求めて彷徨する貴族インテリゲンツィア，(トルストイの分身ともいえる)ピエールは，農民出身の兵隊プラトンと戦場で知り合う。運命を受け入れ素朴にいまを生きるプラトンの姿に打たれたピエールは，人間として成長していく。プラトンはトルストイが具現化したロシアの〈ナロード〉の理想像でもある。また，たとえばドストエフスキーがシベリアの牢獄[14]で，チェーホフ[15]がサハリンの流刑地[16]で目の当たりにした〈ナロード〉の圧倒的な生は，彼らの文学に少なからぬ影響を与えている。60-70年代には革命実現のため農民の啓蒙を目指した〈インテリゲンツィア〉，〈ナロードニキ〉の運動「民衆の中へ《ヴ・ナロード》」が展開された[17]。

4 ナロードとともに

ソ連時代の文学作品では，2つの要素はより接近する。接近せざるをえなかったと書いた方が正確かもしれない。〈インテリゲンツィア〉はパステルナークの小説『ドクトル・ジヴァゴ[18]』では，〈ナロード〉とともに革命，内戦の混乱に翻弄され，プラトーノフの小説『ジャン[19]』では〈ナロード〉をひとつにしようとする。「ロシアのインテリゲンツィアの良心」とも言われたアフマートワは，物語詩『レクイエム[20]』の題辞で「いや，異国の空のもとでなく／他人の翼のしたでもなく／私は私のナロードとともにいた／私のナロードが不幸にもいた，その場所で」と力強い確信を記した。30年代の大粛清の過酷な時代をともに生きた母たち，息子たちへの鎮魂歌であるこの作品は，ソ連国内では詩人の死後，1987年になってようやく完全な形で発表された。こうした事実は，困難な状況と，不屈の意志の結びつきを同時に物語っているだろう。

こうして育まれてきた〈インテリゲンツィア〉〈ナロード〉の生き方は，ソルジェニーツィン[21]やサハロフ[22]ら異論派と呼ばれる人々へ受け継がれ，現代においてもたしかに息づいている。自身の正義を貫き，行動し，周囲に呼びかける人，それに賛同する人々がニュースで取り上げられていたら，このロシア文化の伝統を思い出してほしい。

(坂庭淳史)

▶12 ☞Ⅰ-B-[13][17]

▶13 ☞Ⅰ-B-[13]

▶14 社会主義サークルでの活動がもとでドストエフスキーは1849年に逮捕され，シベリア流刑となる。監獄でのロシアの民衆たちとの生活をもとにして，彼は60年から62年にかけて小説『死の家の記録』(« Записки из Мертвого дома ») を発表した。

▶15 ☞Ⅰ-B-[22][23]

▶16 流刑囚の現状を調べるため，チェーホフは1890年の夏から秋にかけてサハリン島に滞在した。彼はその旅行記，調査記録として『サハリン島』(« Остров Сахалин ») を93年から94年に発表した。

▶17 ☞Ⅱ-A-[3]

▶18 ☞Ⅰ-C-[19]

図1 パステルナーク(チーストポリにて，1942年)

出典：*Пастернак Б. Л.* Полное собрание сочинений в 11 томах. Том 4. М.: Слово, 2004.

▶19 ☞Ⅰ-C-[10]

▶20 ☞Ⅰ-C-[11]

▶21 ☞Ⅰ-C-[21]

▶22 Андрей Дмитриевич Сахаров. 1921-89. ソ連における水爆開発に携わるが，1960年代以降は核実験反対活動や人権擁護活動に尽力した。

C　ロシア文学の周辺

5　メディアと読者

Медиа и читатель

▷1　« Бедные люди ». 1846. ☞Ⅰ-B-⑩⑫

図1　マカール（上）とワルワーラ（下）（ボクレフスキー画）

出典：*Достоевский Ф. М.* Собрание сочинений в 15 томах. Т. 1. Л.: Наука, 1988.

▷2　☞Ⅰ-B-②

▷3　☞Ⅰ-B-⑥

▷4　☞Ⅰ-E-②

▷5　ソ連アカデミー版全集（1937-59）の数え方による。

▷6　質の悪い紙で印刷された安価な書物で，民衆画（ルボーク）との連想でこ

Да нет же, я буду писать, да и вы-то пишите... А то у меня и слог теперь формируется...

とんでもない，私はこれからも書きますから，あなたも書いてください……。私の文体だってやっと格好がついてきたんですから……。

1 文体の恰好

ドストエフスキーの『貧しき人びと』[1]は，下級役人のマカールと身寄りのない娘ワルワーラの物語だ。二人は近所に暮らしているわりに対面で会うことはあまりなく，もっぱら手紙を交換することで関係を育んでいる。引用したのは，ワルワーラが望まない結婚をするために去ってしまってから，マカールが書いた届くあてのない最後の手紙の一節である。

マカールは役所の文書をひたすら写すことにしか自分の読み書き能力を生かしていなかった。しかしワルワーラと文通するうちに，「書く」「読む」という創造的な行為にのめりこんでいく。同じ建物に住むラタジャエフという通俗的な作家と付き合い，プーシキンの『ベールキン物語』[2]やゴーゴリの『外套』[3]を読んでその「批評」を行い，遂にはペテルブルクの通りを行き交う人々を観察して，たまたま出会った子供の物乞いの様子を文学的に描写している。それもワルワーラという理想の読者に向かって，「自分の文体の格好がついてきたこと」を示したいがためなのだ。

2 読者の拡大

小説が書かれるよりも一昔前，1820年代のいわゆるロシア詩の〈金の時代〉[4]，文学のテクストは第一に顔見知りかそれに近い人々に向けて書かれた。近代ロシア文学の創始者プーシキンでさえ，例えば24年に書かれた25篇の詩のうち，生前に刊行されたのは5篇だけである[5]。それらはむしろ朗読されたり，アルバムに書き込まれたり，サロンなどの貴族文化の中で直接的な人の交流によって広まり，出版物の役割は補足的なものだった。貴族身分の作家の多くにとって，原稿料や印税を得ることはそれほど重要ではなかったともいえる。

他方で同じころルボーク本[6]と呼ばれる安価な書籍を愛好するまったく異なる読者集団が存在していた。都市の役人，聖職者，商人，地方の中小貴族などが主たる読み手だったルボーク本は，せいぜい1000～2000部が発行される程度の

プーシキンの単行本よりも流通量は圧倒的に多かった。

30年代には二つの読者層を統合しようとする試みがなされた。ポーランド系の作家ブルガーリンによる，ルボーク本の読者の嗜好に合わせたピカレスク小説『イワン・ヴィジギン』[7]が7000部というベストセラーになり，〈フェリエトン〉[8]という新しいジャンルを導入した新聞『北方の蜜蜂』[9]も成功した。マカールとワルワーラは貴族の出自ではないが，手紙を読み書きできる程度の教育を受けており，拡大する新しい読者層に属していた。マカールが最初のうち手本にしようとした作家ラタジャエフの作品は，ルボーク本やブルガーリンの作風に近い。

やはりポーランド系の作家センコフスキー[10]を編集長として34年に創刊された雑誌『読書文庫』[11]は，原稿料支払いを制度化することで，文筆で生計を立てる職業作家の環境を整え，安定して質の高い作品を提供することができた。「厚い雑誌」と呼ばれる総合文芸雑誌は，60年代の大改革期を経て文学の中心的なメディアとなり，ツルゲーネフ[12]，ドストエフスキー，トルストイ[13]などの傑作を次々に掲載することになる。しかしその端緒となったブルガーリンとセンコフスキーの出版活動は，既存の文壇から通俗的・商業的という批判にさらされることにもなった。

[3] 手紙の宛先

マカールが「恰好がついてきた文体」の腕試しのため，ペテルブルクの街頭の人々をスケッチする場面は，当時最先端の文学だった〈自然派〉を思わせる[14]。小説のタイトルの『貧しき人びと』とはマカールとワルワーラを指すようだが，実はマカールが手紙の中で描き出そうとしたものもまた「貧しき人びと」なのである。書かれる対象だったはずの登場人物が，自ら書くことを始めるのだ。

人口の大半を占める農民，とりわけ農奴身分の者は依然として字が読めなかった。ただし，新しい文学が社会の中層に読者を広げていくのと並行して，ルボーク本は貴族の召使，職人，出稼ぎ労働者，そして農民へと読者を増やしていった。農奴身分だったプーシキンの乳母は，字が読めない代わりに昔話を語り聞かせて詩人にインスピレーションを与えたが，それより後の時代のドストエフスキーの乳母はルボーク本を子供たちに読んで聞かせたという。

ワルワーラは貧しい大学生ポクロフスキーから本を渡されることで，新しい世界に目が開かれるような感動を覚える[15]。マカールもまたワルワーラから借りたプーシキンやゴーゴリを読むことで創造的な体験を共有することができた。マカールが書いた届くあてのない手紙は，実は小説を手に取る読者に向けられている。そこには，今はまだ読み書きも満足にできない多くの国民，農奴解放（61年）の後に初等教育の拡充とともに増えていくはずの未来の読者も含まれていたのである。

（越野　剛）

のように呼ばれる。西欧の騎士物語が起源の『ボヴァ王子の物語』（« Повесть о Бове Королевиче ». 16世紀中頃），東方由来の『エルスラン・ラザレヴィチ』（« Повесть о Еруслане Лазаревиче ». 17世紀）などが有名。当初は希少な書写本として富裕な貴族の読み物だったが，18世紀後半に印刷出版されると地方の中小貴族や都市の中階層の人々の間でも読まれ，世紀末には都市の労働者や農村の住民にも普及した。

▶7　Фаддей Венедиктович Булгарин. 1789-1859. « Иван Выжигин ». 1829.

▶8　19世紀初頭のフランスの新聞で発案されたジャンルで，時事的なニュースや社会風俗を軽いユーモアや風刺をまじえて自由に語るコラム風の文章。ブルガーリンやセンコフスキーが得意としたが，その後の雑誌の時代に多くの作家が〈フェリエトン〉を書いた。

▶9　« Северная пчела ».

▶10　Осип Иванович Сенковский. 1800-58.

▶11　« Библиотека для чтения ».

▶12　☞Ⅰ-B-[7][9]

▶13　☞Ⅰ-B-[13][17]

▶14　〈自然派 натуральная школа〉はもともとブルガーリンが否定的な意味をこめて呼んだ名称だが，彼自身も下級役人を主人公にした小説を書いており，『外套』のゴーゴリ（☞Ⅰ-B-[6]）とは読者をめぐるライバル関係にあった。

▶15　『貧しき人びと』の時代には，プーシキンもまた出版メディアを通じて読まれるようになった。小説には，ワルワーラが詩人の死後に初めて刊行された全集である11巻本（1838-41年）を買い求める場面が描かれている。

C　ロシア文学の周辺

6　亡命文学

Литература русского зарубежья

...ужасы и бедствия моего века помогли мне: революция освободила меня, изгнание закалило, война протолкнула в иное измерение.

……時代の恐怖と災厄がわたしを助けてくれた。革命がわたしを自由にし，亡命がわたしを鍛え，戦争がわたしを別の次元に押しあげてくれた。

1　亡命の「第一の波」と世界各地の亡命コミュニティ

引用はベルベーロワ[1]の長大な自伝『強調は筆者』[2]から。生まれ育った20世紀初頭ペテルブルクの上流階級，革命後に詩人ホダセーヴィチ[3]とともに移り住んだパリの亡命社会，戦後，単身で渡ったアメリカでの日々が，膨大な数の文化人たちとのかかわりのなかで回想されている。

1917年の革命と続く内戦は，ロシアから大量の亡命者を生み出した。革命直後から第二次世界大戦までに起こったこの人的大流出を，亡命の第一の波という。この後，ソヴィエト・ロシアからの亡命者は，第二の波（40-50年代），第三の波（60-80年代）と続いた。ブロツキー[4]やソルジェニーツィン[5]が1970年代に相次いで国外追放された例もあるが，第一線で活躍する芸術家・知識人たちが同時期に大量出国した，第一の波の文化的影響力はきわめて大きなものだった。

革命直後から20年までに出国した作家・詩人には，アルダーノフ[6]，バリモント[7]，ブーニン[8]，ギッピウス[9]とその夫のメレシコフスキー[10]，シェストフ[11]，テッフィ[12]等々，また23年までに，ザイツェフ[13]，アダモヴィチ[14]，ゲオルギー・イワーノフ[15]，レーミゾフ[16]，ツヴェターエワ[17]，シメリョフ[18]といった，文壇を代表する面々が祖国を後にした。ロシア象徴主義[19]の主導者ヴャチェスラフ・イワーノフ[20]はイタリアで没した。ナボコフ[21]はケンブリッジ大学卒業後にベルリンに移住，パリでの生活を経て渡米，スイスで生涯を終えた。ザミャーチン[22]はソ連で活動の道を閉ざされ，31年にようやく出国したが，パリで不遇のうちに没した。おもにパリで暮らし新聞編集にも携わったクプリーン[23]は，ソ連に帰国した翌年病死し，レニングラードに埋葬された。

亡命ロシア文化は，20年代初頭のベルリン，ついでパリで花開いた。プラハ，ベオグラード，ワルシャワ，ソフィア，リガ，ヘルシンキ，タリン，ハルビンでも，独自の文化コミュニティが形成された[24]。

▷1　Нина Николаевна Берберова. 1901-93.　邦訳に『伴奏者』（高頭麻子訳，河出書房新社，1993年），『鉄の女』（工藤精一郎訳，中央公論社，1987年）がある。
▷2　« Курсив мой ».（ロシア語からの英訳初版1969年，ロシア語初版1972年，ロシア語増補改訂版1983年）。
▷3　Владислав Фелицианович Ходасевич. 1886-1939.
▷4　☞Ⅰ-D-3
▷5　☞Ⅰ-C-21
▷6　Марк Александрович Алданов. 1886-1957.
▷7　☞Ⅰ-E-4
▷8　☞Ⅰ-C-13
▷9　Зинаида Николаевна Гиппиус. 1869-1945.
▷10　Дмитрий Сергеевич Мережковский. 1865-1941.
▷11　Лев Исаакович Шестов. 1866-1938.　戦前日本の高まる社会不安の中で出版された『悲劇の哲学』（河上徹太郎・阿部六郎訳，芝書店，1934年）が知識人の間に大ブームを巻き起こした。
▷12　Надежда Александровна Тэффи. 1872-1952.
▷13　Борис Константинович Зайцев. 1881-1972.
▷14　Георгий Викторович Адамович. 1892?-1972.
▷15　Георгий Владимирович Иванов. 1894-1958.
▷16　☞Ⅰ-C-1
▷17　☞Ⅰ-C-5
▷18　Иван Серг-еевич Шмелев. 1873-1950.
▷19　☞Ⅰ-E-4
▷20　Вячеслав Иванович Иванов. 1866-1949.
▷21　☞Ⅰ-C-18

2 定期刊行物と文学グループ

各地の亡命社会で文化形成と維持に大きな役割を果たしたのは，亡命系出版社の発行するロシア語の定期刊行物であり，ここに発表された作品が代表作となった者も多い。プラハで創刊され，のちに編集部をパリに移した『ロシアの意思』[25]や，ナチス・ドイツのパリ占拠によって1940年に休刊するまで20年もの間，パリのみならず世界の亡命系雑誌の中心であった『現代雑記』[26]等が名高い。20-30年代，亡命系新聞『最新ニュース』[27]紙や，『ルネサンス』[28]紙でも，有名作家が健筆をふるった。

亡命者は総じて貧困に苦しめられた。また，おなじ第一波の亡命者であっても，世代間の格差による苦悩もあった。おもに〈銀の時代〉に属する，すでにロシアで文名を確立していた年長の作家たちに対して，ポプラフスキー[29]，テラピアーノ[30]，イヴァスク[31]，ガズダーノフ[32]など，西欧に育ったより若い世代は，ロシア文学の継承者を自任しながらも母国や母語から遠く離れた場所で，キャリアを一から築かなければならなかった。

各都市には文学グループも多数出現した。メレシコフスキーらが27年に組織した「緑のランプ」[33]には，ブーニンやホダセーヴィチといった年長の作家とともに，ポプラフスキーやクヌート[34]などの年少世代，またウェイドレ[35]やモチューリスキー[36]といった批評家たちも多く参加し，第二次世界大戦前まで，文学のみならず政治や宗教，哲学など幅広いテーマで意見が交わされた。

3 記憶の保持と亡命先への同化

20年代に出国した者の多くは，当初これが祖国との永遠の別れになるとは考えていなかったが，ソ連という新しい体制になじむことが不可能だと理解するにつれ，彼らのなかで帰国という選択肢は次第に消えていく。その一方で，亡命者は，革命前のロシアの記憶やロシア文化を守ることこそ自分たちの使命と考えるようになった。それを回想記の執筆によって行おうとした作家は多い。そのほか，亡命文学は往々にして過去の記憶と結びついている。『アルセーニエフの人生　青春』[37]や『賜物』[38]，レーミゾフの自伝的回想『剪り取られた眼で』[39]など，ここには亡命者特有の喪失感を伴って描かれたノスタルジックなロシアがある。とはいえ，それらは決して単なる懐古にはなりえず，作家たちはそれぞれが，亡命先への同化と反発を繰り返しながら，独自の「亡命ロシア文学」を作っていったのである。

ソ連国内にあっては，亡命者は裏切者として黙殺され，作品の鑑賞はおろか，一部の例外を除いては，言及すらタブーであった。こうした状況が一変するのはペレストロイカとそれに伴う情報公開政策が行われた80年代半ば以降で，「亡命文学」は解禁後に一気に大ブームの様相を呈し，資料整備と研究，さらに文学史の書き換えが急速に進むことになった。（小椋　彩）

▶22 ☞Ⅰ-C-6

▶23 Александр Иванович Куприн. 1870-1938.

▶24 日本でも横浜や神戸，のちに東京に，比較的大きな亡命者のコミュニティが形成されたが，革命後に急増したロシア人も，日本を単なる中継地として，他所に移る者が少なくなかった（沢田和彦『日露交流都市物語』成文社，2014年）。

図1 パリで出版された亡命系文芸雑誌『数』編集部（1934年）

雑誌の中心はポプラフスキーやテラピアーノなどの年少世代だったが，ギッピウス，メレシコフスキー（2列左から7人目）など年長世代の姿も見える。

出典：Русский Париж. 1910 1960. Альбом. Идея выставки в ГРМ: Евгений Петров и Йозеф Киблицкий. СПб.: Palace Editions, 2003.

▶25 « Воля России ». 1920-22. 1922-32.

▶26 « Современные записки ». 1920-40.

▶27 « Последние новость ». 1920-40.

▶28 « Возрождение ». 1925-40.

▶29 Борис Юлианович Поплавский. 1903-35.

▶30 Юрий Константинович Терапиано. 1892-1980.

▶31 Юрий Павлович Иваск. 1907-86.

▶32 Гайто (Георгий) Иванович Газданов. 1903-71.

▶33 « Зеленая лампа ». 1927-39.

▶34 Довид Кнут. 1900-55.

▶35 Владимир Васильевич Вейдле. 1895-1979.

▶36 Константин Васильевич Мочульский. 1892-1948.

▶37 ☞Ⅰ-C-13

▶38 ☞Ⅰ-C-18

▶39 « Подстриженными глазами ». 1951.

C　ロシア文学の周辺

7　ソ連多民族文化

Советская многонациональная культура

図1　ガムザトフ（左）とその「翻訳者」ナウム・グレブネフ（1960年代）

出典：*Шаки Капиев*. Расул Гамзатов. М.: Молодая гвардия, 2018.

Настанет день, и с журавлиной стаей / Я полечу в такой же сизой мгле, / На языке аварском окликая / Всех вас, кого оставил на земле.

その日が来たら鶴の群れとともに／私はあの青みを帯びた霧の中を飛ぶのだろう／地上に残したあなたがた皆に向かって／アヴァルの言葉で呼びかけながら

1　詩『鶴』と〈民族詩人〉ガムザトフ

ラスル・ガムザトフ[1]の『鶴』[2]の一節。戦争の記憶を喚起しながら，鶴となって空を飛ぶ死者たちが地上に呼びかける声と，地上から空を見上げる生者たちのまなざしとの交差を描いたこの詩は，国民的歌手マルク・ベルネス[3]の大ヒット曲の歌詞となり，旧ソ連諸国では今なお知られている。

だが作者ガムザトフがロシア人ではなく，コーカサスに位置するソ連邦内ダゲスタン自治共和国[4]の出身だったことは，これまであまり注目されてこなかった。当時のソ連で流布した『鶴』が，彼の母語アヴァル語[5]で書かれた原詩ではなく，共通語であるロシア語訳の方だったからだ。

コーカサスの口承詩の伝統を受け継ぎつつ，革命と社会主義を讃える詩を書いた最初のアヴァル語詩人ガムザト・ツァダサ[6]を父に持つガムザトフは，1945-50年にモスクワのゴーリキー文学大学[7]で教育を受けた後，故郷に戻ると28歳の若さでダゲスタン作家同盟の議長に就任した。ロシア語もできたが，生涯一貫してアヴァル語で詩を書き，そのロシア語訳によって広く読まれ，60-70年代のソ連を代表する詩人となった。

2　〈ソ連多民族文化〉の形成

ロシア帝国の版図の大半を引き継いだソ連は，まぎれもなく植民地帝国だった。コーカサスや中央アジアなどの地域とロシアが陸続きで，古くから交流があったという地理的・歴史的要因により，またソ連が何よりもイデオロギーを重要視する体制だったために，そのことがさほど意識されてこなかったにすぎない。

ただしソ連が，100を超えると言われる諸民族の伝統の維持と文化の近代化，少数言語の保存と発展のために尽力してきたことは，かつての日本を含む他の植民地帝国と比較しても，正当に評価すべきだろう。ソ連文学の理想を語ったスターリンの「内容において社会主義的，形式において民族的」というスロー

▶1　Расул Гамзатович Гамзатов. 1923-2003.

▶2　« Журавли ». 1965年頃。

▶3　Марк Наумович Бернес. 1911-69.

▶4　コーカサス地方のカスピ海北西岸に位置する。極度の多言語地域で，5万㎢ほどの国土に約260万人（2002年）が住むが，住民は約30の民族に分かれている。現在はロシア連邦内の共和国。

▶5　ダゲスタンの最大言語。話者約70万人（2010年）。

▶6　Гамзат Цадаса. 1877-1951.

▶7　詩，小説，評論，戯曲等ほかの文学諸ジャンルの書き手の養成を目的として，1933年に設立された。

ガンは，思想統制の宣言であると同時に，民族文化と少数言語の存続を保証する言質でもあった。フルシチョフ期[8]には，多民族性・多言語性は，植民地や少数民族の言語・文化の発展を抑圧してきた「西側ブルジョア国家」に対する，ソ連社会主義の優越の有力な根拠のひとつとされた。

首都でロシア語と近代文学の素養を身につけ，若くしてダゲスタンの文学指導者となったガムザトフは，まさに〈ソ連多民族文化〉の一翼を担い，スターリンのスローガンを体現する〈民族詩人〉となるべく教育されたのである[9]。

3 逐語訳とエキゾチシズム

多民族文化を志向したソ連では，一般に翻訳が困難とされる詩も含めて，少数民族の言語から共通語のロシア語に翻訳するための方法と体制が確立されていた。民族詩人が自分の原詩を一語一語ロシア語に置き換える逐語訳をおこない，それをもとに，ロシア語を母語とする「翻訳者」が，ロシア詩の規則と韻律法に沿った詩に組み立てたのである。多くの場合，民族詩人はロシア語を理解できたから，「翻訳」は詩人の側の是認と協力の下におこなわれた。ガムザトフもその例外ではない。

だが，『鶴』のアヴァル語原詩と，ソ連全土に流布したロシア語訳のテキストとを比較してみると，「死者―鶴―空」と「生者―人間―大地」という二項式の構図，両者の声とまなざしの交差という主題は同じである一方で，ロシア語訳には「ジギット[10]」や「身内」といった土地柄や血縁を感じさせる語のほか，「鶴たちの声は太古の昔からアヴァルの言葉と似ている」や，冒頭の引用のような，原詩にはない詩句が認められる。ソ連全土に流布した『鶴』の地域色・民族色は，ガムザトフの当初の詩には存在せず，ロシア語への「翻訳」の段階で付け加えられたものなのである。

ロシア語訳におけるこうしたエキゾチシズムの付加は，ソ連の読者一般に原作者とその民族を強く印象づけるとともに，ソ連多民族文化を賞揚するためにおこなわれたのだろう。民族詩人の側も，基本的にはそのような「翻訳」を受け入れていたはずだ。

ただしガムザトフは，詩的自伝『私のダゲスタン[11]』のなかで，自作のロシア語訳詩が完成するまでの過程に触れた後に，「私の詩の逐語訳は，こなごなになった水差しの破片のように見えたものだ。その後で破片は接合され，新しい姿で立ち現れた。それらをなにげなくアヴァルの文様が飾っていた。翻訳者は，言うまでもなく，元々の水差しになかった取っ手を付けたりしてはならない」と，微妙なニュアンスの文章を書き入れている。〈民族詩人〉はいつでも必ず，民族色や地域性を担わなければならないものだろうか。普遍的な主題の詩を書いても，広く読まれる段階ではエキゾチシズムの付加を認めざるをえなかったことに対する，ガムザトフの悲哀と鬱屈の示唆とも読める。　（中村唯史）

▶8　フルシチョフ（Никита Сергеевич Хрущев. 1894-1971）が指導権を握っていた56-64年，いわゆる〈雪どけ〉の時代。

▶9　60-70年代のソ連文学の代表的な小説家に，キルギス人のチンギス・アイトマートフ（Чингиз Торекулович Айтматов. 1928-2008），アブハジア人のファジーリ・イスカンデル（Фазиль Абдулович Искандер. 1929-2016. ☞I-C-27），チュクチ人のユーリー・ルィトヘウ（Юрий Сергеевич Рытхэу. 1930-2008）など非ロシア民族出身者が多かったことは，ガムザトフの場合と同じくソ連の民族作家育成システムの成果と言えるだろう。彼らは皆，首都モスクワの文学教育機関で学んだ経験を有している。ただしガムザトフより若干若い世代に属し，翻訳に詩ほどには困難を伴わない小説を主に書いた彼らは，比較的早期に自分自身の執筆言語をロシア語に切り替えている。

▶10　コーカサスで「優れた騎手」を意味する語。

▶11　« Мой Дагестан ». 1967-71年執筆。

C　ロシア文学の周辺

8　絵　画
Живопись

... утром морозный день, когда береза, словно сказочное дерево, вся золотая, красиво рисуется на бледно-голубом небе, ...

……いくぶん寒い明け方に薄氷を見る頃になれば，白樺が，さながらお伽噺の木のように，すっかり金色におおわれて，水色の空に美しく描き出され……

1　貧しい自然

からりと晴れた晩秋の色鮮やかな風景を描写した，ツルゲーネフの『猟人日記』の一節[1]。読者は，主人公の目を通して，刻々と姿を変える自然にすっかり魅了される。しかし，ロシアの自然は，昔から魅力的だと思われていたわけではない。実は長い間，魅力に乏しく，陰鬱でみすぼらしい「貧しい自然」だと見なされていた。広大な野生の平原が延々と続く単調なロシアの自然は，「牧歌的」または「ピクチャレスク」などのヨーロッパの自然の美的範疇には当てはまらなかったからである。他方，祖国戦争[2]の後，1840年代になると，ロシア的なものが広く探求されるようになった。詩人チュッチェフ[3]は，母国の自然の外見の貧しさが却って内面の精神的美を示すと考え，詩『この哀れな村々……』[4]で「貧しい自然」を，重荷を担うキリストになぞらえた。「貧しい自然」に負から正への大きな価値転換が起きたのである。

2　ロシア的風景の誕生

ロシア独自の自然が風景画に描かれるようになったのは，19世紀後半に入ってからである。それまで，ロシアの自然を描いた風景画は，イタリアかフランスの風景のようで，ロシアのそれには見えなかった。美術アカデミー制度の下にあった美術では，他の芸術分野と比べて，汎ヨーロッパ的規範がより強固だったからである。他方，美術アカデミーの学生たちは先進的な社会思想を知識人たちと共有していた。1870年，ロシア独自の美術の創造を標榜して，移動展協会[5]が結成されると，ロシアの自然は風景画の主たる対象になった。その嚆矢とされるのが，サヴラーソフ[6]の《ミヤマガラスの飛来》である（図1）。ロシアでは春になるとミヤマガラスが飛来する。ロシアの人々はこの絵に喜ばしい春の兆しを感じ取った。ここに初めて，ロシア独自の主題で風景画が描かれたのである。サヴラーソフは，豊かな色彩とみずみずしい筆致で，ヴォルガ川，平原や雪解け，ため池，クレムリンや修道院，郊外の村など，ロシアの自然を主

▶1　☞Ⅰ-B-7
▶2　1812年のナポレオンによるロシア遠征を，ロシア側ではこう呼ぶ。
▶3　☞Ⅰ-E-3，Ⅱ-B-3
▶4　« Эти бедные селенья ... ». 1855年執筆。
▶5　Товарищество передвижных художественных выставок. 1870-1923.　アカデミー美術から離れ，ロシア独自の美術を確立することを目指し，ロシアにテーマをとって創作する芸術家たちの協会。ロシア美術の成果を示して，民衆を啓蒙するために，地方都市にも展覧会を巡回（移動）した。
▶6　Алексей Кондратьевич Саврасов. 1830-97.

図1　サヴラーソフ《ミヤマガラスの飛来》(« Грачи прилетели ». 1871)
モスクワ，トレチャコフ美術館所蔵。

題にして魅力的に描き出した。シーシキン[7]が描いた野生の巨大な針葉樹林も，それまでなかった風景である。無味乾燥な感もある写実性が，人間のスケールを超えた奥深い森が現存しているという感覚を，かえって観者に強く喚起する。その広大無辺な森は，ロシアの永遠性の象徴だとしばしば見なされている。

まったく別種の永遠性を表現したのが，「ロシア的風景」の確立者とされるレヴィタン[8]である。彼は，自然の中に「永遠の美」が秘められていると考えていた。最初の代表作《静かな修道院[9]》では，修道院の森や川が夕陽を受けて静かに輝いて，自然の中に潜んでいた「永遠の美」が顕現する瞬間が初めて再現された[10]。涼やかな秋空の下，青く澄んだ小川が流れ，白樺が金色に輝く《黄金なす秋》は，ソ連国民から最も好まれた絵の一つだった（図2）。人々は彼の絵を通して初めて，秋の野や曇り空の美しさ等，祖国の自然がもつ独自の魅力に気づいた。また，これまで見たことがなかったはずの風景に，懐かしさを覚えた。それは，レヴィタンの風景画が，ロシア文学で培われた自然観に立脚していたからである。観る者は，詩の一節や個人的体験を想起し，哲学的観照に陥るのだ。晩年の作品では，ありふれた自然のモチーフ一つ一つに，生的エネルギーが宿っているのが強く感じられる。レヴィタンは後世に大きな影響を与えた。レヴィタンの親友だったチェーホフ[11]は，パリのサロン展を観て「フランスと比べ，ロシアの風景画家たちはより真摯」であることに気づき，レヴィタンは風景画家の中の「王者だ」と述べている[12]。チェーホフが気づいた，ロシアの風景画家の真摯さとは，自然に中に秘された何か聖なるものを，愛によって極め，その内的意義を理解しようとする志向であろう。

3 生き続ける「ロシア的風景」のイメージ

20世紀，レヴィタンの風景画は，美術の自律性を唱える人々から，その文学性を批判されもした。しかし，「ロシア的風景」は，絵画以外の表象においても，すでに普及し，浸透している。タルコフスキー[13]の映画『惑星ソラリス[14]』では，黄金色の白樺やため池，ダーチャや雪景色など，「ロシア的風景」の主題が，胸が締めつけられるような郷愁をもって映し出される。揺れる水草は，自らの意思を持っているかのようだ。監督は，自然に敬虔な眼差しを向けている。また，現代ロシアの小説家ソローキンの『ロマン[15]』では，幻のように美しいロシアの理想郷を創り出すため，ロシア文学のクラシックから，文体の模倣や主題の借用が行われる中，「ロシア的風景」のイメージもまた，文中に織り込まれている。その主人公は，レヴィタンと「ロシアの自然への愛」を共有していると自認する風景画家である[16]。19世紀末に確立した「ロシア的風景」は，今やロシア文化の基底にある。「ロシア的風景」のイメージは，ロシア文学に立脚した自然観とともに，文学が命脈を保つ限り，ロシアの人々の心に生き続けるであろう。

（福間加容）

▷7 Иван Иванович Шишкин. 1832-98.

▷8 Исаак Ильич Левитан. 1860-1900.

▷9 « Тихая обитель ». 1890. モスクワ，トレチャコフ美術館。

▷10 福間加容「ロシア的風景の発見：風景画のトポス」北海道大学スラブ研究センター監修／宇山智彦編『講座 スラブ・ユーラシア学 第2巻 地域認識論：多民族空間の構造と表象』講談社，2008年。

図2 レヴィタン《黄金なす秋》（« Золотая осень ». 1895）
モスクワ，トレチャコフ美術館所蔵。

▷11 ☞Ⅰ-B-22 23

▷12 チェーホフの1891年4月21日付書簡。パリから妹のマリヤ宛。

▷13 Андрей Арсеньевич Тарковский. 1932-86.

▷14 « Солярис ». 1972. 1972年度カンヌ国際映画祭審査員特別賞受賞。

▷15 « Роман ». 1985-89. ☞Ⅰ-D-7

▷16 福間加容・望月哲男「ソローキンと絵画：小説『ロマン』と19世紀ロシア美術」『21世紀COEプログラム「スラブ・ユーラシア学の構築」研究報告集 No. 9』北海道大学スラブ研究センター，2005年。

C　ロシア文学の周辺

9　映　画
Кино

Насчет же Вашего намерения извлечь из моего романа драму, то, конечно, я вполне согласен, да и за правило взял никогда таким попыткам не мешать; но не могу не заметить Вам, что почти всегда подобные попытки не удавались, по крайней мере вполне.

私の小説を抜粋して戯曲になさりたいとのご意向については，もちろん承諾いたします。私はこの種の試みは決して邪魔だてしないことにしていますので。ただ，ほとんど全てのこの種の試みが成功したことは，少なくとも完璧に成功したことはない，と申し添えない訳には参りません[1]。

1　帝政ロシアにおける文芸映画

〈文芸映画〉を定義するなら，「文芸作品を原作として製作された映画」というあたりに落ち着くのだろう。英語では “adaptation” という語が一般的である。ロシア映画にはこのアダプテーションが非常に多く，一説には，ロシアで製作された劇映画の過半数を占めているという。

帝政ロシア時代においても，文芸映画の多さは際立っていた。題名だけでストーリーが想像できる古典文学の映画化は，映像による語りに習熟していなかった初期映画の監督たちを大いに助けてくれたのみならず，映画化権を取得せずにすみ，しかも検閲も通りやすいという実益を兼ね備えていた。

しかし，当時の映画人の中には，その啓蒙的意義を力説する者もいた。実際は，最良の作品ですらストーリーと登場人物の名を原作から借りているに過ぎなかったが，当時の映画人の自負が全くの見当違いだったかと言えば，そうとも言い切れない[2]。その後の映画の歴史においてロシア文学が文学から映画へとジャンルを越えただけでなく，国境も越えて広がっていったことは，黒澤明[3]，ブレッソン[4]，ヴィスコンティ[5]，ベルトルッチ[6]，ワイダ[7]のような錚々たる監督たちのフィルモグラフィーを見れば一目瞭然だ。ロシアはもちろん，世界の映画人にとってもロシア文学は魅力的な素材だったのである。

2　ソ連時代の文芸映画

ロシア革命後，ヴェルトフ[8]やエイゼンシテイン[9]らによって一躍世界の最前線に躍り出たソ連映画であったが，実はその陰で多くの文芸映画が撮られていた。スターリンによって社会主義リアリズムが唯一の創作原理とされた後はその傾

▷1　1872年１月20日付けV. D. オブロンスカヤ宛てドストエフスキー書簡。

図１　ガルジン監督『アンナ・カレーニナ』（1914年）の宣伝用絵葉書の写真

出典：Великий кинемо: Каталог сохранившихся игровых фильмов России 1908–1919. М.: Новое литературное обозрение. 2002.

▷2　ガルジン（Владимир Ростиславович Гардин. 1877-1965）の『アンナ・カレーニナ』（1914年）はプリミティヴな文芸映画ではあったが，主演女優のゲルマノワ（Мария Николаевна Германова. 1883-1940）は，ヒロインの優雅な身のこなし，黒髪と明るい色の目，首筋にかかるウエーヴした乱れ髪など全てを兼ね備えていた。ガルボ（Greta Garbo. 1905-90）やリー（Vivien Leigh. 1913-67），サモイロワ（Татьяна Евгеньевна Самойлова. 1934-2014）も含めその後アンナを演じた女優たちも，原作小説に描き出されているこの造形性をゲルマノワほどには体現することはできなかった。

▷3　1910-88.

▷4　Robert Bresson. 1901-99.

▷5　Luchino Visconti. 1906-76.

向がさらに強まり，当局からの政治的要求に戦々恐々とする監督たちにとって，すでに検閲を通過して出版されている原作は安全地帯を提供してくれた。

こうした状況は〈雪どけ〉後も変わることなく，むしろこの時期に，19世紀文学の古典的作品が数多く映画化された。プィリエフ[10]の『白痴』[11]『白夜』[12]，ヘイフィツ[13]の『犬を連れた奥さん』[14]，ザルヒ[15]の『アンナ・カレーニナ』[16]などだが，中でもこの時期を代表するアダプテーションがボンダルチュク[17]の歴史大作『戦争と平和』[18]であった。

3 プーチン体制下の文芸ドラマ

21世紀になっても，ロシア文学の古典がさかんにテレビドラマ化された。この文芸ドラマブームには，ソ連崩壊を経験して自信を喪失した国民に自国の偉大な文学を再認識させ，民族としての誇りを取り戻させるという，プーチン政権の文化政策が反映されている。2003年に放映された連続テレビドラマ『白痴』[19]は大反響を呼び，小説『白痴』[20]を古典としては前代未聞のベストセラーの１位に押し上げた。『白痴』に続き，ブルガーコフの長編小説『巨匠とマルガリータ』[21]やゴーゴリの中編小説『タラス・ブーリバ』[22]のアダプテーションにより，文芸ドラマの大家となったボルトゥコ[23]は，原作に忠実なドラマ化のため綿密な時代考証を行う一方で，史実を無視し，ウクライナのコサックにロシア語を話させるなど，体制寄りのプロパガンダを行っている，との批判を受けてもいる。

4 文芸映画と原作

文芸映画には原作の「改悪」「歪曲」「冒瀆」といった，芸術論的というよりは倫理的な罵言を浴びせられることが今も多い。自国の文学に対する誇りの強いロシアではとりわけ〈忠実度批評〉が根強い。しかし文芸映画が否応なく原作を意識させるからといって，原作への忠実さが文芸映画の評価基準でなければならぬ訳ではない。むしろアダプテーションと原作との間に対話的な〈インターテクスチュアリティ〉を見る方が，両者の理解や評価にとって有効だろう。文芸映画が原作の解釈に変更を促すことは，日ごろ我々が経験しているところではないか。ブレッソンの『白夜』[24]のように，主要人物や設定に変更を加えた結果，かえって原作の主人公像がくっきりと浮き彫りになる場合もあれば[25]，ザルヒの『アンナ・カレーニナ』におけるオペラハウスの場面のように，読者が読み飛ばしがちなディテールを忠実に映像化することで，作者自身も気づいていなかったかもしれないような意味がそのシーンに付与され，原作の再解釈を促すというようなケースもある[26]。しょせん文芸映画は原作のコピーに過ぎないのかもしれない。しかし，コピーがあってこそ〈オリジナル〉が意識されるのではないか？

（大平陽一）

▶6 Bernardo Bertolucci. 1941-2018.
▶7 Andrzej Wajda. 1926-2016.
▶8 Дзига Вертов. 1895-1954.
▶9 Сергей Михайлович Эйзенштейн. 1898-1948.
▶10 Иван Александрович Пырьев. 1901-68.
▶11 « Идиот ». 1958.
▶12 « Белые ночи ». 1959.
▶13 Иосиф Ефимович Хейфиц. 1905-95.
▶14 « Дама с собачкой ». 1960.
▶15 Александр Григорьевич Зархи. 1908-97.
▶16 « Анна Каренина ». 1967.
▶17 Сергей Федорович Бондарчук. 1920-94.
▶18 « Война и мир ». 1967.
▶19 « Идиот ». 1868.
▶20 ☞Ⅰ-B-12
▶21 ☞Ⅰ-C-14
▶22 ☞Ⅱ-B-4，Ⅱ-C-2
▶23 Владимир Владимирович Бортко. 1946-.

▶24 原題は『夢想家の四夜』（*Quatre nuits d'un rêveur*. 1971）。
▶25 主人公を自らの夢想を録音しては聞き返す画家という設定に変えた結果，器械に向かって夢想を一人語る姿は，原作で語られる自閉した夢想家の暮らしをこの上なく的確に象っている。
▶26 この場面でヴロンスキーはアンナと同じボックスに座らず，侮蔑の視線を向ける観客の側に同化しており，孤立無援のアンナという原作に忠実な映像が，ヒロインを姦婦から世間と対峙し，恋愛の自由を主張する反逆者に変貌させている。

C　ロシア文学の周辺

10　演　劇
Театр

... Может быть, нет такого искусства, где чувствовалась бы более осязательно условность, как в театре. (М.Кузмин)

…演劇以上に約束ごとを触感的に感じられるような芸術はないかもしれない。

1　演劇は詩から

古代ギリシアの悲劇はもとより，世界の戯曲は，韻文で書かれてきた。戯曲が必須とされなかった民衆劇でも，詩のリズムがわかるような台本が作られることがあった。ロシアの場合も例外ではなく，悲劇やシリアスなドラマは，高いレベルの文体とされた詩の形式で編まれてきた。ロシアでは，西欧文化に憧れ，西欧諸国からあらゆる文物を吸収しようと努めた貴族や知識人が演劇受容者の中心だった時代が長く続き，詩劇への志向が顕著だった。このほか，ロシアにおけるオペラの流行も看過できない。詩劇を音楽のように楽しむ劇として上演するという重要な意図もあったのである。

2　歴史劇とギリシア悲劇

詩人が韻文劇に手を染める理由は，詩作における造形性を高めるためと言えるだろう。そして，プーシキン[1]の『ボリス・ゴドゥノフ[2]』や『吝嗇の騎士[3]』，『モーツァルトとサリエリ[4]』のように，歴史的出来事や歴史上の人物に題材を求める場合が多かった。これらの多くは，文学作品として読む戯曲でもある。

一方，価値観が大きな変貌を遂げた20世紀初頭，ロシア詩は，テーマや手法の拠り所を，言葉が運命と不可分とみなされた古代ギリシアの悲劇に求めた。ギリシア劇を翻案したアンネンスキー[5]や詩劇も手がけたブローク[6]の影響がその作品に色濃く表れているツヴェターエワ[7]は，初期作品『ハートのジャック[8]』『吹雪[9]』，フランス革命やカサノヴァの生涯を描いた『遍歴[10]』『フェニックス[11]』，ギリシア悲劇を範とした『アリアドネー[12]』『フェードル[13]』といった一連の戯曲を韻文で綴っている。これらの詩劇では，不合理性や人間の運命，情念の果てしなさに焦点が当てられ，言葉の呪術性への強いこだわりが見られる。形式面では，登場人物と対話する演劇性豊かなコロスが現れた。

ここにおいて，読む戯曲と観る芝居が演劇として融合したのである。

▶1　☞Ⅰ-B-[2][3]

▶2　« Борис Годунов ». 1825年執筆。

▶3　« Скупой рыцарь ». 1830年執筆。

▶4　« Моцарт и Сальери ». 1830年執筆。

図1　カーメルヌイ劇場のラシーヌ作，タイーロフ演出『フェードル』より

出典：Федра. Пьеса Жана Расина в постановке Московского Камерного театра Александра Таирова. М.: Арт Волхонка, 2018.

▶5　Иннокентий Федорович Анненский. 1855-1909.　詩人・劇作家。モダニズムの詩人たちにインスピレーションを与えた。エウリピデスの悲劇を翻訳し，それに倣った劇作も行なった。

▶6　☞Ⅰ-C-[4]。戯曲に『見知らぬ女』(« Незнакомка ». 1906年執筆)，『見世物小屋』(« Балаганчик ». 1905年執筆）など。後者は，演出家メイエルホリドも演出し，ロシア象徴主義演劇の嚆矢となった。☞Ⅰ-E-[4]

▶7　☞Ⅰ-C-[5]。ギリシア劇を基にした作品は，移住先のプラハやパリで書きあげた。

▶8　« Червонный Валет ». 1918年執筆。

3 喜劇と風俗劇

19世紀に入り，日常会話が舞台で響く戯曲がロシア国民演劇の柱に据えられると，グリボエードフ[14]の韻文による喜劇を除けば，散文の喜劇や風俗劇が劇作の中心となる。台詞は，民衆の言葉や諺，教訓の混じる「日常的な言葉」で綴られ，個人の内面の葛藤に焦点が当てられた。

しかし，この「日常的な言葉」の元になったのは，詩劇に使われたインパクトある表現やメタファー，舞台表現にふさわしい芸術的リズムだった。そのリズムある台詞は，芝居がはねると劇場の外へ持ち出され，人びとに語り継がれたり教養の一部になったりして，ロシアの演劇文化の奥行を広げていくことになる。

4 舞台言語の問題

冒頭に掲げたクズミーン[15]の言葉にもあるように，詩劇や散文劇の別を問わず，あらゆる演劇は，約束ごとがあってはじめて成立する芸術であり，用いられる言葉も所作も手ざわりできるような音楽的詩である。広場で演じられた民衆劇においても，演劇のリアリティと現実は異なるという認識が前提とされていた。しかし，19世紀に発展したリアリズムの文学や演劇が芸術認識の捻れを生んだため，マヤコフスキーやメイエルホリド[16]などの20世紀モダニズムの芸術家が，民衆劇やグロテスクの手法を活用しながら，このような捻れを正そうとしたのである。

ここで，舞台言語が演劇的所作を含むことは言うまでもない。そして，ロシアの俳優の所作には，西欧的な枠に収まり切らない民族舞踊的なリズムや跳躍などに見られる急激な身のこなしの刻印がある。こうした俳優のおかげで，前述したメイエルホリドをはじめとするアヴァンギャルド芸術家たちの手がけた舞台は，まさにそのような非ヨーロッパ的特徴を表していると言える。

演劇の言語や所作は，一見日常と変わらない姿をしていても，日常生活の言葉や動きと同じではないどころか，大きく異なる。これは，演劇の言葉や所作が受容者にどのように作用するかに関わる。戯曲の台詞は，語彙や文体，抑揚や音調，そして表情や所作が内容を規定するように練り上げられ，俳優は生活で話すように話したり動いたりはできない。たとえば，台詞をうっかり忘れない限り，言い違えないし，言い違えると，そこに特別な意図があると観客は考えてしまう。舞台上の動きも，通常，厳密に定められている。

演劇は唯一無二のリアリティを備え，夢でも現実でもない演劇的現実を生み，そこには演劇固有の詩的言語と所作の特殊性が介在している。これは，文語体の発達に長い時間を要したロシアにおいてよく理解され，まさに演劇のもつ特質が詩や小説の質的発展にも寄与してきたにちがいない。ロシア人にとって，芝居がただの気晴らしではなく，重要な一回ごとの出来事であり，詩のように予言的内容を含むとみなされてきた理由はここにもあるのだろう。（村田真一）

▶9 « Метель ». 1918年執筆。

▶10 « Приключение ». 1918年執筆。

▶11 « Феникс ». 1919年執筆。

▶12 « Ариадна ». 1924年執筆。

▶13 « Федра ». 1927年執筆。

▶14 Александр Сергеевич Грибоедов. 1795–1829. 劇作家。『知恵の悲しみ』（« Горе от ума ». 1825）は今日でも上演される風刺喜劇で，アヴァンギャルド作品としてメイエルホリドも手がけた。

▶15 Михаил Алексеевич Кузмин. 1872–1936. 詩人・劇作家。表現主義的作品を書く。戯曲に『メリーの火曜日』（« Вторник Мэри ». 1921），『皇帝ネロの死』（« Смерть Нерона ». 1928–29年執筆），演劇・音楽に関する著作に『約束事』（« Условности ». 1923）など。

▶16 ☞Ⅰ-C-8

C　ロシア文学の周辺

11　音　楽

Музыка

Какая глубина! / Какая смелость и какая стройность! / Ты, Моцарт, Бог.

何という深み！／何という大胆さ，そして均整！／モーツァルト，君は神だ。

1 ロシア文学の中の音楽

引用はプーシキンの劇詩『モーツァルトとサリエリ』[1]の中のサリエリの言葉。このような音楽家あるいは音楽をテーマとした文学は，ロシア文学において一つの系譜をなしている。音楽評論家であり作曲もしたオドエフスキーの『ベートーベン最後の四重奏曲』，『セバスチャン・バッハ』[2]をはじめとして，農村の民謡の歌い手を描いたツルゲーネフの『歌うたい』[3]，ユダヤ人音楽家を主人公としたチェーホフの『ロスチャイルドのヴァイオリン』[4]，ベートーベンに触発されたトルストイの短編『クロイツェル・ソナタ』[5]，若い頃作曲家を志しピアノ曲も書いているパステルナークの『ショパン』[6]などが挙げられよう。

2 ロシア文学から生まれたオペラ

次にロシア文学を素材とした音楽作品を見てみよう。19世紀以降のロシア文学を素材としたオペラで圧倒的に多いのが，グリンカの『ルスランとリュドミーラ』[7]に始まるプーシキン原作のオペラである。彼の劇詩の全てと，小説，民話詩の多くがオペラ化されており，主なものだけでも20曲以上になるが[8]，ダルゴムィジスキーはその『石の客』において，言葉の抑揚そのものから音楽を作り出す独特の朗誦法を開拓した[9]。それはムソルグスキーの『ボリス・ゴドゥノフ』[10]からリムスキー＝コルサコフの『モーツァルトとサリエリ』を経てラフマニノフの『吝嗇の騎士』[11]にまで受け継がれることになる。レールモントフ[12]の作品によるオペラにはルビンシテイン[13]の『デーモン』[14]と『商人カラーシニコフ』[15]がある。

ゴーゴリの原作では，19世紀の多くの作曲家が『ディカーニカ近郷夜話』[16]所収の短編をオペラ化している。リムスキー＝コルサコフは『五月の夜』[17]と『降誕祭の前夜』[18]を，後者はチャイコフスキー[19]も『小さな靴』[20]の標題でオペラ化している。またムソルグスキーは『ソローチンツィの定期市』[21]をオペラ化した。また『タラス・ブーリバ』[22]からはルイセンコ[23]のウクライナ語オペラ（1890）とヤナーチェクの交響的狂詩曲が生まれた（1918）。またショスタコーヴィチが戯曲『賭博師』[24]を1930年に，小説『鼻』[25]を32年にオペラ化している。またシチェ

▶1　☞Ⅰ-B-[2][3]
« Моцарт и Сальери ». 1830. リムスキー＝コルサコフ（Николай Андреевич Римский-Корсаков. 1844-1908）によって1898年に原作に忠実にオペラ化されている。

▶2　Владимир Федорович Одоевский. 1804-69.
« Последний квартет Бетховена ». 1830.
« Себастиян Бах ». 2作品は共に文集『ロシアの夜』（« Русские ночи ». 1844）所収。

▶3　☞Ⅰ-B-[7][9]
« Певцы ». 1850. 短編集『猟人日記』中の一編。

▶4　☞Ⅱ-C-[3]の▶6
フレイシマン（Вениамин Иосифович Флейшман. 1913-41）によってオペラ化された。補作して完成させたのは彼の師ショスタコーヴィチ（Дмитрий Дмитриевич Шостакович. 1906-75）。

▶5　☞Ⅰ-B-[13][17]
« Крейцерова соната ». 1890.

▶6　☞Ⅰ-C-[19] « Шопен ». 1945年執筆。

▶7　Михаил Иванович Глинка. 1804-57, « Руслан и Людмила ». 1842.

▶8　詳しくは読書案内（田辺：2003）参照。

▶9　Александр Сергеевич Даргомыжский. 1813-69. « Каменный гость ». 1869.

▶10　Модест Петрович Мусоргский. 1839-81. « Борис Годунов ». 第1稿. 1874.

▶11　Сергей Васильевич Рахманинов. 1873-1943. « Скупой рыцарь ». 1904.

ドリン[26]は『死せる魂[27]』を76年にオペラ化している。

レスコフの『ムツェンスク郡のマクベス夫人[28]』はショスタコーヴィチによって34年にオペラ化され[29]，対照的な内容のオストロフスキーの戯曲『雷雨[30]』からはヤナーチェクの『カーチャ・カバノヴァー[31]』が生まれた。

トルストイ原作のオペラとしてはプロコフィエフ[32]の『戦争と平和[33]』があり，ドストエフスキー[34]原作のオペラは数多く書かれたが，プロコフィエフの『賭博者[35]』を挙げておけば充分だろう[36]。

3 歌曲化されたロシア文学

ロシアでジャンルとしての歌曲が開花するのは，19世紀に国民文学の祖と言われるプーシキンが登場してからのことである。古今内外を問わずロシア歌曲においてプーシキンの詩に作曲された歌曲は大変多く，グリンカをはじめ，プーシキンの同時代からデニソフ[37]に至る無数の作曲家が2000曲あまりの曲を残している[38]。その中には若きニーチェが独訳のプーシキンに作曲した歌曲[39]もある。

作曲家が特定の詩人の作品に偏愛を見せるのも興味深い現象で，ムソルグスキーはゴレニシチェフ＝クトゥゾフ[40]の詩により２つの歌曲集を書き，メトネル[41]はチュッチェフ[42]，スヴィリドフ[43]はエセーニン[44]を愛好した。19世紀に多くの作曲家に偏りなく愛されたのがA. K. トルストイ[45]の叙情詩である。

象徴派の詩人たちは意識的に文学を音楽に接近させたが，ラフマニノフ，ストラヴィンスキー[46]，プロコフィエフをはじめとする同時代の作曲家によって最も多く取り上げられたのはバリモント[47]の作品である。逆にスクリャービン[48]の創作と理念は象徴派の文学に深い影響を与えた。

スターリン時代には事実上発禁であった詩人が多く，例えばアフマートワ[49]の詩には革命前にプロコフィエフが作曲しているが[50]，その後の歌曲化は亡命したルリエ[51]の作品などを除けば長いこと無かった。ソ連時代の作曲家は既に評価の定まった古典詩人に作曲することが多くなったのである。（伊東一郎）

▷12 ☞Ⅰ-B-[5]
▷13 Антон Григорьевич Рубинштейн. 1829-94.
▷14 « Демон ». 1871.
▷15 « Купец Калашников ». 1879.
▷16 ☞Ⅰ-B-[4][6] « Вечера на хуторе близ Диканьки ». 1831-32.
▷17 « Майская ночь ». 1878.
▷18 « Ночь перед Рождеством ». 1895.
▷19 Петр Ильич Чайковский. 1840-93.
▷20 « Черевички ». 1885.
▷21 « Сорочинская ярмарка ». 1880.
▷22 ☞ Ⅱ-B-[4]，Ⅱ-C-[2]
▷23 Микола Віталійович Лисенко（ロシア語表記 Николай Витальевич Лысенко）. 1842-1912.
▷24 « Игроки ». 1842.
▷25 « Нос ». 1835.
▷26 Родион Константинович Щедрин. 1932-.
▷27 « Мертвые души ». 第１部．1842.
▷28 ☞Ⅰ-B-[15] « Леди Макбет Мценского уезда ». 1864.
▷29 初演時のタイトルは原作と同じ，改訂版は『カテリーナ・イズマイロヴァ』（« Катерина Измайлова »）。
▷30 ☞Ⅰ-B-[18] « Гроза ». 1859.
▷31 « Kát'a Kabanová ». 1921.

▷32 Сергей Сергеевич Прокофьев. 1891-1953.
▷33 ☞Ⅰ-B-[13] 1946.
▷34 ☞Ⅰ-B-[10][12]
▷35 « Игрок ». 改訂２版．1927.
▷36 読書案内（伊東：2019）参照。
▷37 Эдисон Васильевич Денисов. 1929-96.
▷38 詳しくは読書案内（伊東：1992）参照。
▷39 オピッツの独訳による『呪文』（《Заклинание》. 1858）。
▷40 Арсений Аркадьевич Голенищев-Кутузов. 1848-1913.
▷41 Николай Карлович Метнер. 1879-1951.
▷42 ☞Ⅰ-E-[3]，Ⅱ-B-[3]
▷43 Георгий Васильевич Свиридов. 1915-98.
▷44 Сергей Александрович Есенин. 1895-1925.
▷45 Алексей Константинович Толстой. 1817-75.
▷46 Игорь Федорович Стравинский. 1882-1971.
▷47 ☞Ⅰ-E-[4]
▷48 Александр Николаевич Скрябин. 1872-1915.
▷49 ☞Ⅰ-C-[11]
▷50 『アンナ・アフマートワの５つの詩』（« Пять стихотворений Анны Ахматовой ». 1916）。
▷51 Артур Сергеевич Лурье. 1892-1966. 1914年に既にアフマートワの詩による歌曲集『数珠』（« Четки »）を書き，亡命後も彼女の詩に作曲している。

D　世界の中のロシア文学

1　ロシア文学とフランス文学

Русская литература и французская литература

И вот она в саду моем/ Явилась барышней уездной,/ С печальной думою в очах,/ С французской книжкою в руках.

いまや彼女は私の庭に現れた／悲しくもの思わしげな目をし，／フランスの本を携えた，／田舎育ちの令嬢として。

（プーシキン『エヴゲーニー・オネーギン[1]』より）

[1] 言語改革と心性の輸入

『エヴゲーニー・オネーギン』のヒロイン，タチヤーナはフランス小説を耽読する夢みがちな少女である。成就せぬ恋を軸とするこの作品は，首都から来たオネーギンとロシア性を体現するタチヤーナが織りなす西欧的価値とロシア的理想の寓話としても読み継がれてきた。フランス文学を深く内面化したタチヤーナにロシア性を見出すのは一見，矛盾しているようである。だがフランス文学との関係という視点から読むとき，外国文学で心を養い，生き方を選ぶタチヤーナの成長は西欧に学び，19世紀に至り自立的世界を構築したロシア文学の歩みを寓意しているようにも見える。

ロシア文学における西欧文学の意義はピョートル１世[2]の西欧化政策を起点として飛躍的に高まった。中央集権国家の確立に向けて共通語の整備が求められるなか，文学は言語の実験場としての役割を担い，トレジアコフスキー[3]やロモノーソフ[4]によってロシア語の頌詩や近代ロシア詩型が一定の確立をみた。ことにスマローコフ[5]やトレジアコフスキーが17世紀のフランスの詩人，ボアロー[6]をはじめとする古典主義文学を理論上の規範としたのは，ヨーロッパでいち早く共通語の整備を進めたフランスにおいて，古典主義作家が詩法や修辞学の領域で言葉の用法を固定化し，国家を支える制度としてのフランス語の確立に尽力したことと関わっている[7]。

フランスへの傾倒には外発的な側面もあったが，フランス文化の導入は積極的に行われた。フランス語はヨーロッパの共通語としてフランス文化の普遍性と威信を支え，エリザヴェータ帝[8]の時代にはフランス文化が芸術から宮廷作法，生活文化，日常の言語に至るまでロシアの貴族文化を席巻した。ガロマニアと呼ばれるこのフランス嗜好はその表層性への風刺を呼び起こしたが，内面の変化ももたらさずにはいなかった。すでに国家から独立した作家が活躍していた18世紀のフランスでは，ヴォルテール[9]などの啓蒙思想家の著作や発展した小説

▷1　☞Ⅰ-B-[2][3]
« Евгений Онегин ». 1825-32年刊行。1820年代を舞台とする。

▷2　Петр I. 1672-1725. 在位1682-1725.

▷3　Василий Кириллович Тредиаковский. 1703-68. 1727年よりパリで学ぶ。アクセント詩型を提唱した。

▷4　☞Ⅰ-E-[1]の[1][2]

▷5　Александр Петрович Сумароков. 1717-77. 悲劇をはじめフランス古典主義の多様なジャンルを導入した。

▷6　Nicolas Boileau. 1636-1711.『詩法』(*L'Art poétique*. 1674）で古典主義美学を整理した。

▷7　16世紀以降，ラテン語に代わり各地域の標準語が整備されるなか，多民族を統治する政治的要請からフランス語の規範化は早く，17世紀創設のアカデミー・フランスセーズのもとで王権と言語整備の結びつきは強化された。

▷8　Елизавета Петровна. 1709-61.　在位1741-61.

▷9　Voltaire. 本名François-Marie Arouet. 1694-1778.

ジャンルにおいて，人間性の表出や感受性が重視された。フランス革命が起こるとエカテリーナ2世[10]は保守的傾向を強めたが，『オネーギン』でタチヤーナがルソーの『新エロイーズ』[11]を読んでいたように，愛と幸福を問う新たな心性は文学を介して人々の心の内側にも入り込み，カラムジン[12]をはじめとするロシアのセンチメンタリズムとその後のロマン主義文学に引き継がれた。

2 小説作法と受容の変化

プーシキンの詩と小説においてロシアの言語改革は集大成され，ロシア国民文学への道が開かれた。おりしもイギリス，フランスを中心に新聞，雑誌メディアが発展し始めるなか，ロマン主義はヨーロッパ中に拡大して自由の追求や民族的覚醒を促した。ロシアで急速な西欧化の是非が論じられる一方，政治的変動を繰り返すフランスではユゴー[13]やバルザック[14]の小説が政治や社会問題に切り込み，ロシアの〈自然派〉[15]と呼ばれる作家たちに社会を描き出す方法を提供した。なかでもドストエフスキー[16]はバルザックを愛読し，フランスで発展した生理学と呼ばれるルポルタージュ的手法を取り入れ，ペテルブルクの裏通りを舞台に社会の矛盾を暴き出す方法を獲得した点で明らかな影響が認められる。

ドストエフスキーは後期においてもジャーナリズム的関心を維持した一方で，意識の深部に迫る心理描写や象徴的表現を通じ，写実的世界の内部に正教の信仰に根差した理念的対話を響かせる独自の小説世界を確立した。ツルゲーネフ[17]のように19世紀半ばからフランスの作家との交流に尽力した作家はいたが，1880年代にはドストエフスキーやトルストイ[18]らのリアリズム小説がフロベール[19]やゾラ[20]により真理への情熱にあふれた文学として発見され，ロシア文学の国際的受容が本格化する。それはロシア文学が独自の表現や西欧文学との同時代性を獲得した成果であるだけでなく，フランスや西欧に普遍性を見る価値観が動揺するなかで西欧とロシアの二項対立を脱する新たな時代の表れでもあった。

19世紀後半は読者層が子供や民衆に拡大してヴェルヌ[21]らの大衆的人気が高まったが，ロシア革命以後，フランス文学を含む翻訳文学の出版は落ち込んだ。しかし作家レベルでは双方の文学への関心が維持され，外交関係の回復やゴーリキー[22]と会談したフランスの首相エリオ[23]による左派政権樹立の時期，特に20年代末から30年代初頭にフランスの思想・文学の出版数は一時的に増加した。〈雪どけ〉[24]以降，1950年代後半から各国文学の翻訳出版が進み，フランス文学の読者も広がりを見せた。

（大野斉子）

ПОЛНОЕ СОБРАНІЕ
всѣхъ до нынѣ переведенныхъ на Россійской языкъ, и въ печать изданныхъ
СОЧИНЕНІЙ
Г. ВОЛТЕРА
Второе изданіе
Съ поправленіемъ противъ прежнихъ, и съ присовокупленіемъ жизни сего знаменитаго писателя, и многихъ вновь переведенныхъ его сочиненій, кои никогда еще изданы не были.
ЧАСТЬ I.
Собрано и издано И Р
Печатано съ Указнаго дозволенія
Въ городѣ Козловѣ
1791 года.

図1　ロシア語訳ヴォルテール全集（1791年）のタイトルページ

出典：*Баренбаум И. Е.* Книжный Петербург: Три века истории. СПб.: Культ-информ-пресс, 2003.

▶10　Екатерина Ⅱ. 1729-96. 在位1762-96. 啓蒙思想を学び，ヴォルテールやディドロと交流。

▶11　Jean-Jacques Rousseau. 1712-78. *Julie ou La Nouvelle Héloïse.* 1761. フランスでベストセラーとなった。

▶12　☞Ⅰ-B-[1]

▶13　Victor Hugo. 1802-85.

▶14　Honoré de Balzac. 1799-1850.

▶15　1840年代，フランスの熱狂派の影響下で風俗描写を行った。のちのリアリズム文学を担うドストエフスキー，ツルゲーネフ，ネクラーソフらがいた。

▶16　☞Ⅰ-B-[10][12]

▶17　☞Ⅰ-B-[7][9]

▶18　☞Ⅰ-B-[13][17]

▶19　Gustave Flaubert. 1821-80.

▶20　Émile Zora. 1840-1902.

▶21　Jules Verne. 1828-1905.

▶22　☞Ⅰ-B-[21][24]

▶23　Édouard Herriot. 1872-1957.

▶24　☞Ⅰ-C-[10]▶10など

D　世界の中のロシア文学

2　ロシア文学とドイツ文学

Русская литература и немецкая литература

— К Фаусту? — отвечал Ростислав. — Прекрасно; он мне поможет разрешить задачу.

「ファウストのところへ？」ロスチスラフは答えた。「それはいい。彼は僕の問題解決を助けてくれるだろう」。

1　ロシアの近代化・西欧化とドイツ

18世紀初め，ピョートル１世はロシアの近代化・西欧化に着手した。この「西欧」とは，実質的にはほぼ「ドイツ」と言ってもいい。西欧文化を吸収すべく彼が通った「外国人村」の住人の大部分はドイツ人で，ドイツの思想家ライプニッツ[1]の助言で設立した科学アカデミーには多くのドイツ人学者が招かれた。また，18世紀ロシアの知の巨人ロモノーソフ[2]は，マールブルクでヴォルフ[3]の指導を受け，フライブルクで自然科学，文学，哲学を学んでいる。ドイツとの関係を抜きにロシア文化を語ることはできないだろう。ここでは特に関係が濃密であった18-19世紀の文学を中心に見ていこう。

2　ロシア近代文学の黎明期とドイツ文学

ロシア近代文学の開花を準備した人々とドイツ文学とのつながりは深い。

詩人ジュコーフスキー[4]は外国文学の翻訳を数多く手がけたが，ドイツ文学ではドイツ・バラードの代表的作品であるビュルガー[5]の『レノーレ』[6]（翻案もしている），ジャンヌ・ダルクを描いたシラー[7]の悲劇『オルレアンの少女』[8]，その他にもゲーテ[9]，シャミッソー[10]の作品などを訳した。また，彼はゲーテ，ティーク[11]，パウル[12]，フケー[13]らと直に交流していた。

カラムジン[14]は『詩』[15]で歴代文学者たちに触れ，とりわけクロプシュトック[16]を「比類なき」，「聖なる詩人」として称えた。そして，1788年にはレッシング[17]の『エミーリア・ガロッティ』[18]を訳した。英雄ではなく市民を主人公とする悲劇は，ロシアのセンチメンタリズム文学に影響を与えている[19]。

3　シュトルム・ウント・ドラング――ロシアに伝えた文学者たち

18世紀後半のドイツの文学革新運動「シュトルム・ウント・ドラング」は，啓蒙思想や合理主義に抗し，感情や人間性を追求した。代表作にはゲーテの『ゲッツ・フォン・ベルリヒンゲン』[20]や『若きウェルテルの悩み』[21]，シラーの

▷1　Gottfried Wilhelm Leibniz. 1646-1716.

▷2　☞Ⅰ-E-1の1 2

▷3　Christian von Wolff. 1679-1754.

▷4　Василий Андреевич Жуковский. 1783-1852.

▷5　Gottfried August Bürger. 1747-94.

▷6　*Lenore*. 1774.

▷7　Johann Christoph Friedrich von Schiller. 1759-1805.

▷8　*Die Jungfrau von Orleans*. 1801年初演。

▷9　Johann Wolfgang von Goethe. 1749-1832.

▷10　Adelbert von Chamisso. 1781-1838.

▷11　Johann Ludwig Tieck. 1773-1853.

▷12　Jean Paul. 1763-1825.

▷13　Friedrich de la Motte Fouqué. 1777-1843.

▷14　Николай Михайлович Карамзин. 1766-1826.

▷15　« Поэзия ».　1787年執筆。

▷16　Friedrich Gottlieb Klopstock. 1724-1803.

▷17　Gotthold Ephraim Lessing. 1729-81.

▷18　*Emilia Galotti*. 1772.

▷19　カラムジンの作品『ロシア人旅行者の手紙』（« Письма русского путешественника ». 1791）にはドイツの哲学者や文学者に関する言及があり，モーリッツ（Karl Philipp Moritz. 1756-93）の自伝的小説『アントン・ライザー：心理小説』（*Anton Reiser, ein psychologischer Roman*. 1785-90年執筆）について「旅行者」は高い評価を与えている。

▷20　*Götz von Berlichingen mit der eisernen Hand*. 1773.

▷21　*Die Leiden des jungen Werthers*. 1774.

▷22　*Die Räuber*. 1781.

▷23　Friedrich Maximilian

『群盗』[22]などがある。1780年にドイツから移ってきたふたりの文学者が，この運動をロシアへ直に伝えている。軍人でもあったクリンガー[23]は，ロシアにおけるシラーの紹介に尽力した。レンツ[24]は，カラムジンやロシアのフリーメイソンとも交流があった。こうして，ロシアとドイツの文学はさらに近づいてゆく。

4 ゲーテ，ファウスト

ゲーテはシラーと並び「シュトルム・ウント・ドラング」およびその後のドイツ古典主義の中心的人物である（1820-40年代のロシアの文学者たちが彼らを「ロマン主義のリーダー」[25]ととらえていたことも重要である）。シラーもまた『群盗』が1793年に翻訳され，モスクワのサークル「友好文学会」の1801年の集まりで，詩『歓喜に寄せて』[26]がメルズリャコーフ[27]によって朗読されるなど，ロシアの多くの文学者たちを魅了した。しかし，ここではやはりゲーテに注目したい。文学研究者ジルムーンスキー[28]は著書『ロシア文学におけるゲーテ』[29]で，ロシアの各時代に意味を持つゲーテ作品として『若きウェルテルの悩み』（18世紀末），抒情詩（19世紀前半），『ファウスト』[30]（1830年代から現代）を挙げる。なかでも『ファウスト』がロシアの人々に与えたインパクトは大きい。例えば，ドイツ観念論哲学の普及に努めたサークル「愛智会」のリーダーであったオドエフスキー[31]は，1830年前後のロシアの若者の知的探求を描いた小説『ロシアの夜』[32]（冒頭の引用はこの作品から）で，自身とも重なる人物「ファウスト」を登場させている。また，ツルゲーネフは新しい解釈の『ファウスト』[33]を提示し，ゲーテ作品の魅力に翻弄されるヒロインを描いた。ブルガーコフ[34]の小説『巨匠とマルガリータ』[35]の主人公である作家「巨匠」は「ファウスト」と呼ばれ，この世での生，知や真実の愛を問うている。現代の文学研究者ググニーン[36]は「ゲーテとシラーの創作は，19世紀初めにすでにロシアの国民文化の切り離しようのない一部分となり，そのアクチュアリティは現在でも保たれている」と記しているが，とりわけ「ファウスト」とロシアはずっと対話を続けているのである。

5 20世紀，現代へ

ツルゲーネフとドイツ・リアリズムの作家たちとの交わり，ニーチェ[37]とドストエフスキーの思想の共鳴など，他にも見逃せない事項は数多くある。さらに，ロシア象徴主義の文学者は，ティークやノヴァーリス[38]などドイツ・ロマン主義作家に光を当て，クライスト[39]やホフマン[40]にも関心を寄せていた。ロシアに魅せられた詩人リルケ[41]は，ロシアの多くの芸術家たちと交流し，パステルナークやツヴェターエワ[42]に霊感を与えた。さらにソ連，東ドイツの政治的要素が強く反映された時代を経て，ペレストロイカ期以降のロシアではヘッセ[43]，グラス[44]，カフカなども注目され始め，現代ではジュースキント[45]なども人気がある。

（坂庭淳史）

図1　ゲーテ（ヨーゼフ・カール・シュティーラー作，1828年）

出典：*Иоганн Вольфганг Гете.* Фауст. перевод с немецкого. М.: Художественная Литература, 1969.

von Klinger. 1752-1831.

▶24　Jakob Michael Reinhold Lenz. 1751-92.

▶25　*Жирмунский В. М.* Гете в русской литературе. Л.: Художественная Литература, 1937.

▶26　*An die Freude.* 1785.

▶27　Алексей Федорович Мерзляков. 1778-1830.

▶28　Виктор Максимович Жирмунский. 1891-1971.

▶29　« Гете в русской литературе ». 1937.

▶30　*Faust.* 1808, 33.

▶31　Владимир Федорович Одоевский. 1804-69.

▶32　« Русские ночи ». 1844.

▶33　« Фауст ». 1856.

▶34　Михаил Афанасьевич Булгаков. 1891-1940.

▶35　« Мастер и Маргарита ». 1928?-40年執筆，66年発表。

▶36　Александр Александрович Гугнин. 1941-2021.

▶37　Friedrich Wilhelm Nietzsche. 1844-1900.

▶38　Novalis. 1772-1801.

▶39　Heinrich von Kleist. 1777-1811.

▶40　Ernst Theodor Amadeus Hoffmann. 1776-1822.

▶41　Rainer Maria Rilke. 1875-1926.

▶42　Марина Ивановна Цветаева. 1892-1941.

▶43　Hermann Karl Hesse. 1877-1962.

▶44　Günter Grass. 1927-2015.

▶45　Patrick Süskind. 1949-

D　世界の中のロシア文学

3　ロシア文学とイギリス文学

Русская литература и английская литература

図1　ディケンズ30巻全集
出典：М., ГИХЛ, 1957-63.

“О, если б я был один и никто не любил меня, и сам бы никого и никогда не любил! *Не было бы всего этого!*” « Преступление и наказание »[1]

「ああ，もしおれがひとりっきりでだれからも愛されなかったら，おれだってだれもけっして愛しはしなかっただろうに！　こんなことは何も起こらなかっただろうに！」(『罪と罰』1866年)

1 「家庭小説」の伝統と家庭教師の物語

比較文学者の川端香男里はイギリス小説には「一家族の運命の浮沈を描く」「『家庭小説』の伝統に由来するジャンル」があることに注意を促し，「ラスコーリニコフ一家の物語もこのような伝統の一例とみなすことができよう」と記している[2]。『罪と罰』の発端は主人公の苦境を知って給料を前借りしてそれを兄に送り，住み込みの家庭教師となった妹のドーニャが苦境に陥ったことにあった。

しかも，ヴィクトリア時代のイギリスでも自立のために住み込みの女家庭教師の職を求める若い女性が多く，ブロンテ姉妹の一人シャーロット[3]の長編小説『ジェーン・エア』[4]も貧しいが意志の強い家庭教師の愛と苦悩を描いていた。

検閲の厳しかった帝政ロシアで文学作品をとおして言論の自由や裁判の改革などを目指してデビュー作『貧しき人びと』[5]では女主人公に家庭教師になることも考えさせていた若きドストエフスキーは，1849年９月の兄ミハイルへの手紙で『ジェーン・エア』を絶賛している。

ここでは主にドストエフスキーの作品をとおして，ロシア文学とイギリス文学との深い関わりを示すことにする。

2 社会の急変と文明の危機の考察

逮捕され厳寒のシベリアの監獄に流刑となったドストエフスキーは，刑期を終えて首都に帰還すると兄とともに総合雑誌『時代』[6]を発行したが，そこには文芸作品だけでなく，アメリカの奴隷問題や世界の政治状況，司法制度やギゾー[7]やバックル[8]の文明論についての論考も掲載されていた。ドストエフスキーの青年のころからの友人で「生存闘争」の理論を批判して「自然の調和」の思想を唱え，後にロシアの「植物学の父」と呼ばれることになるベケートフ[9]の妻の訳によりイギリスの凄惨な失業や貧困を描いて，ディケンズ[10]などから賞賛され

▶1　☞Ⅰ-B-⑩⑫
▶2　川端香男里編著『ロシアの言語文化』日本放送協会，1985年。
▶3　Charlotte Brontë. 1816-55.
▶4　*Jane Eyre*. 1847.
▶5　« Бедные люди ». 1846.　☞Ⅱ-C-⑤
▶6　« Время ». 1861-63.
▶7　François Pierre Guillaume Guizot. 1787-1874.
▶8　Henry Thomas Buckle. 1821-62.
▶9　Андрей Николаевич Бекетов. 1825-1902.
▶10　Charles Dickens. 1812-70.
▶11　Elizabeth Cleghorn Gaskell. 1810-65.
▶12　*Mary Barton*. 1848.
▶13　高橋誠一郎『欧化と国粋：日露の「文明開化」とドストエフスキー』刀水書房，2002年。

た女流作家ギャスケル[11]の長編小説『メアリー・バートン，マンチェスター生活物語[12]』も連載された[13]。

この長編小説と同時期には破産したイギリスの工場主の孫のネリーと主人公との関わりをとおして変革期のロシアを描いたドストエフスキーの長編小説『虐げられた人々[14]』も連載されていたが，ネリーの形象は「同名の少女を主人公とするディケンズの『骨董屋』から借用」されていた[15]。

『地下室の手記[16]』を詳しく考察したピースはここではチェルヌイシェフスキー[17]が『何をなすべきか[18]』で記した思想ばかりでなく，バックルやベンサム[19]などの近代西欧思想との激しい論争が行われていると指摘している[20]。逆ユートピアについての考察はオーウェル[21]の『一九八四年[22]』にも強い影響を与えることになる。

3 シェークスピアの受容とポリフォニー小説

ドストエフスキーが敬愛したプーシキンは王位継承をめぐる争いを描いた史劇『ボリス・ゴドゥノフ[23]』をシェークスピア[24]の例にならって「一つの時代，歴史的人物を発展」させたと書いた[25]。

クリミア戦争（1853-56）に敗戦した帝政ロシアでは農奴解放や言論の自由の拡大などの「大改革」が行われ，『罪と罰』では出版業者を目指す苦学生のラズミーヒンが自分の妹に一目ぼれしたのを知ったラスコーリニコフが，彼のことをシェークスピアの戯曲『ロミオとジュリエット[26]』をもじって「ロミオ」と呼んでからかうシーンも描かれている。

『罪と罰』の老婆殺しの場面での主人公の激しい狼狽の描写は『マクベス[27]』における王殺しの場面から強い影響を受けており，『白痴[28]』で登場人物のレーベジェフに「生きるべきか，死ぬべきか？」という『ハムレット[29]』の台詞を語らせたドストエフスキーは，その創作ノートには策士のイアーゴーに騙されて自分の貞淑な妻デズデモーナを殺した勇敢な将軍オセローについて記し，『悪霊[30]』や『未成年[31]』でもその考察を深めていた。

ドストエフスキーは自分の姪に宛てた1868年の手紙で「美しい人」を描いた文学作品として『ドン・キホーテ[32]』や『レ・ミゼラブル[33]』とともにディケンズの『ピクウィック・クラブ[34]』を挙げていたが，文芸批評家のバフチン[35]は，これらの３作品だけでなく，シェークスピアの作品にも「カーニヴァル的要素」が強く見られると指摘している[36]。

1873年の『作家の日記[37]』でディケンズの『オリヴァー・トゥイスト[38]』などに言及したドストエフスキーは「私たちはロシア語で読んでいるが，ほとんどイギリス人と同じようにディケンズを理解していると，私は確信している」と記している。

英文学はロシアでも広く深く受容されていたのである。　（高橋誠一郎）

▶14 « Униженные и оскорбленные ». 1861.

▶15 直野敦「ドストエフスキーとディケンズ：『虐げられた人々』をめぐって」金子幸彦編『ロシアの思想と文学』恒文社，1977年。

▶16 « Записки из подполья ». 1864.

▶17 Николай Гаврилович Чернышевский. 1828-89.

▶18 « Что делать? ». 1863.

▶19 Jeremy Bentham. 1748-1832.

▶20 リチャード・ピース／池田和彦訳／高橋誠一郎編『ドストエフスキイ『地下室の手記』を読む』のべる出版企画，2006年。

▶21 George Orwell. 1903-50.

▶22 *Nineteen Eighty Four.* 1949.

▶23 « Борис Годунов ». 1831.

▶24 William Shakespeare. 1564-1616.

▶25 國本哲男『プーシキン：歴史を読み解く詩人』ミネルヴァ書房，1988年。

▶26 *Romeo and Juliet.* 1595.

▶27 *Macbeth.* 1623年刊行。

▶28 « Идиот ». 1868.

▶29 *Hamlet.* 1603.

▶30 « Бесы ». 1872年初出。

▶31 « Подросток ». 1875.

▶32 *Don Quijote de la Mancha.* 1605（第一部），1615（第二部）.

▶33 *Les Misérables.* 1862.

▶34 *The Pickwick Papers.* 1837.

▶35 ☞Ⅱ-A-6

▶36 杉里直人訳『ミハイル・バフチン全著作第７巻〔フランソワ・ラブレーの作品と中世・ルネサンスの民衆文化〕他』水声社，2007年。

▶37 « Дневник писателя ». 1873.

▶38 *Oliver Twist.* 1838.

D　世界の中のロシア文学

4　ロシア文学と日本文学

Русская литература и японская литература

ロシア文芸ほど日本の作家に，――と云うよりも寧ろ日本の読書階級に影響を与えたものはありません。日本の古典を知らない青年さえトルストイやドストエフスキイやトゥルゲネフやチェホフの作品は知っているのです。

1　芥川とロシア文学

洋の東西を問わず，世界の文学を積極的に翻訳していたソ連では，すでに1927年に芥川龍之介《あくたがわりゅうのすけ》[1]のロシア語訳短編集が刊行されている。冒頭の引用は，晩年の芥川がその序文として準備した日本語の文章「露訳短篇集の序」の一節。芥川はまた「あなたがたのナタアシアやソオニアに我々の姉妹を感じている」とも書いているが，これらの記述は単なるリップサービスではない。

たとえば芥川初期の短編『芋粥』[2]で同僚に嘲笑される主人公の記述は明示的にゴーゴリ『外套』[3]を踏まえているし，中期の『山鴫』[4]はツルゲーネフ[5]とトルストイ[6]の葛藤を題材としている。遺作となった『歯車』[7]には，半透明の歯車のイメージも含め，ドストエフスキー『罪と罰』[8]の影が濃厚である。東京帝国大学英文科を卒業し，一般には芸術至上的な技巧派と見なされていた芥川だが，じつはその活動の全期間にわたり，ロシア文学を強く意識していたのだ。

2　ロシア文学の圧倒的人気

これは芥川に限ったことではない。大正末期から昭和初期にかけての，いわゆる「私小説論争」の口火を切った批評家中村武羅夫《なかむらむらお》[9]は，当時の日本で主流だった私小説や心境小説を批判し，複数の人物の軌跡の交錯によって展開する「本格小説」の出現を希求して，「これを作品の例に取って見ると，ツルゲーネフでも，トルストイでも，チェホフでも，アルツイバアセフでも，ロシアの作家は多く本格小説を書いて居る」と述べている。一般読者を想定した文芸批評に，これらの名前がごく当然のように列挙されていることは，今では顧みられることの少ないアルツィバーシェフ[10]も含めて，当時の読者にとってなじみ深いものだったことを示しているだろう。

ロシア文学を翻訳し，範とした二葉亭四迷《ふたばていしめい》[11]や嵯峨《さが》の屋《や》おむろ[12]の文業が明治中期の近代文章語（言文一致体）や近代日本文学の形成に大きな役割を果たしたことは文学史上の定説だが，その後もロシア文学の人気は衰えることなく，昭和初期まで広範な読者に迎えられていた。対象をトルストイひとりに特化した

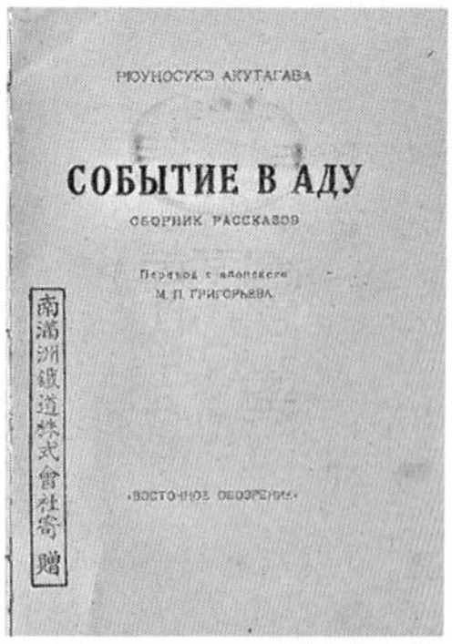

図1　当時満州国に属していたハルビンで出版された芥川龍之介のロシア語訳集の扉見開き右頁

いわゆる「白系露人」を主たる読者に想定して刊行されたものだろうか。

出典：京都大学附属図書館蔵。芥川龍之介／グリゴーリエワ訳『地獄変（露文版）』，南満洲鉄道株式会社，1940年。

▷1　1892-1927.

▷2　1916.

▷3　☞Ⅰ-B-6

▷4　1921.

▷5　☞Ⅰ-B-7 9

▷6　☞Ⅰ-B-13 17

▷7　1927.

▷8　☞Ⅰ-B-10

▷9　1886-1949. 中村の「本格小説と心境小説と」などを皮切りに始まった論争では，実作者の久米正雄《くめまさお》，宇野《うの》浩二《こうじ》，佐藤春夫《さとうはるお》らが私小説を擁護した。

▷10　Михаил Петрович Арцыбашев. 1878-1927. 一種の自由恋愛を肯定した『サーニン』（«Санин». 1907）などで，日本でも一時期広く読まれた。

▷11　1864-1909.

▷12　1863-1947.

雑誌『トルストイ研究』が，16年から19年のわずか3年半ほどの間に，矢継ぎ早に29号刊行され，商業的にも成功したことは，こうした人気の一例である。17年のロシア革命後にしだいに日本でも広がりを見せたプロレタリア文学の影響下で，同時代のソヴィエト文学に対する関心も高まった。

3 アカデミズムにおける露文学の位置

ただし，英文学，仏文学，独文学に比して，原文を解する作家・詩人・批評家は著しく少なかった。ロシア文学やソヴィエト文学を範としたプロレタリア文学もその例外ではなかった。運動の中で，批評家の蔵原惟人《くらはらこれひと》[13]が理論面の指導者として絶対的な権威となったのは，ひとつには彼がロシア語を知悉《ちしつ》し，ソヴィエト文学の同時代の動向をいち早く把握，紹介していたからである。

▶13 1902-91.

昭和戦前期まで，露文学科を有する帝国大学はなかった。大きく言えばそれはロシア帝国や，まして革命後のソ連が，大日本帝国の国家目標や規範たりえないという判断が働いていたからである。官立教育機関でロシア文学を学ぶことができたのは，当時の学制では大学とは異なる範疇に位置づけられていた東京外国語学校や大阪外国語学校などにほぼ限られ，これらの機関を卒業後，批評・創作活動に継続的に従事したのは蔵原惟人や，ロシア文学の翻訳家としても活躍した作家の神西清《じんざいきよし》[14]などを除けば稀であった。

▶14 1903-57.

東京帝国大学仏文科を卒業しながらも，「文学者になるについて，ロシアの十九世紀文学に，非常に世話になった」と後に述懐している批評家小林秀雄《こばやしひでお》[15]が戦時中から戦後にかけて一連のドストエフスキー論を執筆した際には，主に日本語訳と英語訳に依拠している。ロシア文学から強い影響を受けた作家や，これを論じる批評家は多かったが，原文を参照できる者が文壇に少なかったことは，日本におけるロシア文学の影響を考えるうえで重要である。

▶15 1902-83.

こうしたなかで，相馬御風《そうまぎょふう》[16]，正宗白鳥《まさむねはくちょう》[17]，広津和郎《ひろつかずお》[18]，宇野浩二《うのこうじ》[19]，青野季吉《あおのすえきち》[20]など，ロシア文学に耽溺したとさえ言える作家が多く育った早稲田大学は，元々は英文学を専門としていた片上伸《かたがみのぶる》[21]の主導下に，早くも21年に露文学科が設立された，例外的な教育機関だった。早大露文は，昭和戦後期になると，後藤明《ごとうめい》生《せい》[22]，五木寛之《いつきひろゆき》[23]，岩田宏《いわたひろし》[24]，三木卓《みきたく》[25]などの作家・詩人を輩出している。

▶16 1883-1950.
▶17 1879-1962.
▶18 1891-1968.
▶19 1891-1961.
▶20 1890-1961.
▶21 1884-1928.
▶22 1932-99.
▶23 1932-.
▶24 1932-2014. 本名の小笠原豊樹名義でマヤコフスキーなどの翻訳も出した。
▶25 1935-.

4 近代日本の徴候としてのロシア文学

急速な近代化の過程で生じた矛盾や苦悩を主要なテーマとしていたロシア文学は，芥川の言に明らかなように，類似の発展を辿った近代日本の文学者や読者にとって大きな関心事であり続けたが，その関心は概して国家理念に基づいていた大日本帝国期のアカデミズムの体制には反映されなかった。ロシア文学の受容の問題は，高度経済成長期以降にその影響が減退したことも含め，近代日本の精神史の徴候的な現象としても興味深い。[26]　（中村唯史）

▶26 とはいえ，ロシア文学と日本文学の対話は，村上《むらかみ》春樹《はるき》（1949-），鹿島田真希《かしまだまき》（1976-），中村文則《なかむらふみのり》（1977-）など現代の作家によって，今日なおも続いている。

D　世界の中のロシア文学

5　ロシア文学とアメリカ文学

Русская литература и американская литература

"All happy families are more or less dissimilar; all unhappy ones are more or less alike," says a great Russian writer in the beginning of a famous novel [...].

「幸せな家庭は多かれ少なかれ似ていないが，不幸な家庭は多かれ少なかれ似ているものだ」――ある偉大なロシアの作家は，有名な小説の冒頭でこう述べている（……）。

1　アメリカ文学の非ロシア文学性

19世紀後半にロシア文学が西欧に「発見」され，ドストエフスキー[1]やレフ・トルストイ[2]が世界中で広く読まれるようになった。新大陸も例外ではなく，アメリカの作家や批評家は，ガーネット[3]などの英訳を通じてロシア文学に触れることになった。ただし19世紀末から20世紀初頭のアメリカでは基本的に英国経由の英訳でロシア文学が読まれ，英国の受容の影響を強く受けた。たとえば英国では当初「英国的な」ツルゲーネフ[4]が他のロシア作家よりよく読まれていたのだが，それはヘンリー・ジェイムズ[5]のような作家による評価につながった。

とはいえロシア文学がアメリカ文学に強い影響をあたえたかといえば微妙な問題である。たとえば19世紀を代表するリアリズムの作家ハウエルズ[6]は，英仏の作家同様，トルストイ，ドストエフスキー，ツルゲーネフのようなロシア文学者にも共感を示していた。だが，その後につづくアメリカの自然主義の作家たちは，ゾラ[7]，ダーウィニズム，マルクス主義の影響が強いとされるのが文学史上の定説である。1917年の十月革命およびソヴィエト連邦の成立は，アメリカの左派的な文学者にも影響を与えたが（たとえば『世界を揺るがした十日間』[8]を書いたジョン・リード[9]），これはロシア文学の影響とは言いがたい。19世紀末から迫害を逃れて移住した大量のロシア系ユダヤ人やその子孫には，英語で執筆するようになるものもいたが，これもロシア文学のアメリカ文学への影響とは言えないだろう。

▷1　☞ I -B-[10][12]

▷2　☞ I -B-[13][17]

▷3　Constance Garnett. 1861-1946.

▷4　☞ I -B-[7][9]

▷5　Henry James. 1843-1916

▷6　William Dean Howells. 1837-1920.

▷7　Émile Zola. 1840-1902.

▷8　*Ten Days That Shook the World*. 1919.

▷9　John Reed. 1887-1920.

2　南部文学とアメリカン・チェーホフ

そのような意味では，ロシア文学は，アメリカではとりわけなにかのムーヴメントを生むようなものではなかったのかもしれない。やや例外と言えそうなのは，南部の作家に占めるドストエフスキーの位置である。ウルフ[10]，フォークナー[11]，オコナー[12]など，南部の作家の多くがドストエフスキーを高く評価してい

▷10　Thomas Wolfe. 1900-38.

▷11　William Faulkner. 1897-1962.

▷12　Flannery O'Connor. 1925-64.

る。その理由として，西欧に対するロシアに擬せられる北部の洗練された文学に対しての南部の土着性や，キリスト教中心主義的な態度，南部の奴隷制とロシアの農奴制というバックグラウンドの類似性をあげる研究者もいる。「奴隷制／農奴制」の類比で言えば，ライト[13]のような一部の黒人作家にも，ドストエフスキーが影響を与えたと見なす論者も存在するが，このような大づかみな類推は一定の説得力しかもたず，割り引いて考える必要はあるだろう。あくまで当時，ドストエフスキーの影響力が世界的に見て大きかったということを示す事例かもしれない。

ドストエフスキー，トルストイ，ツルゲーネフをのぞけば，影響力が大きかったのはチェーホフ[14]だったと思われる。比較文学者の井上健《いのうえけん》[15]は「アメリカン・チェーホフ」の系譜にいる作家として，アンダスン[16]，ヘミングウェイ[17]，カーヴァー[18]といった一群の作家をあげている。土着性と簡潔な文体に心を砕いた短編作家たちであり，特にカーヴァーは『使い走り』[19]というチェーホフの最期の場面を切り取った短編を著しており，よく比較の題材にのぼる作家ではある。

3 亡命文学・移民文学

比較文学的な「影響」とはややずれるが，一部の移民・亡命作家は考慮してもいいかもしれない。『ロリータ』[20]を執筆したナボコフは，ロシア貴族出身の元ロシア語作家であり，その豊かなヨーロッパ文学のリファレンスをアメリカ文学に接ぎ木したと言える[21]。60年代には，ボルヘス[22]と並んで，アメリカではポストモダニズムの祖のような存在としてまつりあげられることになった。バース[23]，ミルハウザー[24]などその影響を受けた作家は多い。冒頭にあげたのは後期の代表作『アーダ』[25]の書き出しで，トルストイ『アンナ・カレーニナ』[26]のパロディになっている。アメリカ国籍者としてノーベル文学賞を受賞したブロツキー[27]も，英詩や英語でエッセイを書き，オーデン[28]のような詩人とも交流したが，詩と小説というジャンルの違いもあってか，そのアメリカ詩への影響はナボコフのアメリカ小説への影響と比べると限定的だ。また，ペレストロイカ以降のユダヤ系ロシア人の移民作家には，以前とは異なり，ユダヤ性と同等以上にロシア性やロシア文学を前面に押し出した作家がいることも事実である。具体的にはシュタインガート[29]，ヴァプニャール[30]といった70年代以降生まれの作家たちである。彼らは作中にゴンチャローフやドストエフスキーへのオマージュを組みこんでいる。2019年の全米図書賞の最終候補に残った詩集『聾の共和国』を著したカミンスキー[31]も旧ソ連オデッサ出身である。

（秋草俊一郎）

▷13 Richard Wright. 1908-60.

▷14 ☞ I-B-22 23

▷15 1948-.

▷16 Sherwood Anderson. 1876-1941.

▷17 Ernest Hemingway. 1899-1961.

▷18 Raymond Carver. 1938-88.

▷19 *Errand.* 1987.

図1 『タイム』誌の表紙に使われたナボコフ
出典：*Time.* 23 May 1969.

▷20 *Lolita.* 1955.

▷21 ☞ I-C-18

▷22 Jorge Luis Borges. 1899-1986.

▷23 John Barth. 1930-.

▷24 Steven Millhauser. 1943-.

▷25 *Ada or Ardor: A Family Chronicle.* 1969, 1970.

▷26 ☞ I-B-17

▷27 ☞ I-D-3

▷28 Wystan Hugh Auden. 1907-73.

▷29 Gary Shteyngart. 1972-.

▷30 Lara Vapnyar. 1971-.

▷31 Ilya Kaminsky. 1976-.

D　世界の中のロシア文学

6　ロシア文学と中国文学

Русская литература и китайская литература

Мне не достает, вероятно, того, без чего так же нельзя двигать сердцами людей, как и овладеть женским сердцем; а господство над одними умами и непрочно и бесполезно.（ツルゲーネフ『ルージン』ロシア語原文）

わたしに欠けているものは，おそらく，人の心を動かし，女性の心をつかむのに必要な何ものかです。人の知能だけを支配することは不安定な，また無益なことです。（金子幸彦による日本語訳）

我大概没有那動人的“心”！那足以得女子之“心”；而僅僅賴一“智”的威權，又不穩固，又無益。（瞿秋白による中国語訳）

1　中国文学における「余計者」

20世紀に誕生した中国現代文学の初期において，ロシア文学から影響を受けて「余計者」[1]の形象を描いた文学としてしばしば語られるのは，郁達夫《いくたつふ》[2]の小説『沈淪《ちんりん》』[3]である。郁達夫は日本に留学し，東京の第一高等学校予科，名古屋の第八高等学校を経て，東京帝国大学に入学，帝大在籍中の1921年に中国人留学生たちともに文学結社「創造社」を結成した。『沈淪』は，作者自身を彷彿とさせる「彼」の名古屋での学生生活を描いている。「彼」は性欲に悩まされつつ，自らが性欲を鬱屈させるのは，日本において中国人留学生が蔑視されているからだと考え，祖国が強くなることを願った。

郁達夫は24年に「余計者の自覚」[4]という散文も書いている。そこでは，世界にとって無用で，中国にとって無用で，家庭にとってもほとんど無用な自分を「余計者」と意識している。現実生活に疎外感を感じ，世界から身辺にいたる諸レベルの出来事に苦悩する者を，彼は「余計者」として描いた。

他方で，郁達夫とはやや異なる「余計者」のイメージを表現した者として，のちに中国共産党の最高指導者となった瞿秋白《くしゅうはく》[5]がいる。瞿秋白は北京でロシア語を学び，1920年，中国の新聞特派員としてソ連に赴いた。彼はモスクワまでの旅行記を『餓郷紀程《がきょうきてい》』[6]，モスクワ滞在記を『赤都心史《せきとしんし》』[7]としてまとめた。なかでも『赤都心史』において，「余計者」が重要な意味を持っている。

2　瞿秋白のモスクワ体験

『赤都心史』は，旅行記としては不思議な体裁で，モスクワでの見聞のほか，読書ノート，散文詩，翻訳などが混在している。なかにはレールモントフ[8]の詩

▷1　☞Ⅰ-B-8▷4

▷2　Yu Dafu. 1896-1945.

図1　郁達夫（シンガポールにて，1940年）

出典：郁雲『郁達夫伝』福建人民出版社，1984年。

▷3　『沈淪』(1921)。

▷4　「零余者的自覚」(1924)。のちに題名を「零余者」に改変。

▷5　Qu Qiubai. 1899-1935.

▷6　『餓郷紀程』(1922)。初出時には『新俄国遊記』と題して出版されたが，のちに元の題名に戻された。

▷7　『赤都心史』(1924)。

▷8　☞Ⅰ-B-5

▷9　「“煩悶……”」「安琪児」，いずれも『赤都心史』(1924) 所収，1921年執筆。

の翻訳もある[9]。瞿秋白は同時期に初稿を書いた『ロシア文学史[10]』において，レールモントフを「余計者」と紹介していた。重要なのは瞿秋白による「余計者」理解である。彼によれば，「余計者」とは社会に無益な人物であるが，しかし社会の不公平を認識しており，その前の段階からは一歩前進し，次に来たるべき実行の段階へと橋渡しする重要な役割を担っている。

瞿秋白はモスクワ滞在中肺病になり，高山療養院に入院した。入院中，思うように行動できないことに悩み，そのような自分を「中国の余計者」と意識した。「中国の「余計者[11]」」と題した一文のエピグラフに使われたのが，ツルゲーネ[12]フ『ルージン[13]』の一節であった。興味深いのは，彼の理解によれば，「余計者」は「心」と「智」のバランスを崩した存在とされていることである。つまり，社会の不公平を知識としては理解しながら，まだそれに見合った「心」を持っていないため，次の実行の段階に進めないでいるとされる。人を動かす「心」を手に入れ，現実生活を血の通った存在として感受することが，「余計者」から次の段階へ進むために求められた。

瞿秋白にとって，その回答は，共産主義の信念を持つことであった。彼はモスクワで革命まもないソ連の社会生活を体験し，そこに自己の悩みを克服する道筋を見いだした。すなわち，彼の論理構造において，「余計者」意識を持つことは，共産主義者へとなるための鍵となった。

3 「余計者」と共産主義者のあいだ

瞿秋白はロシア語が堪能だったこともあり，中国共産党内で頭角を現した。27年の国共合作崩壊後，コミンテルンの指導のもと，中国共産党の最高指導者になっている。30年，「盲動路線」の責任を問われて失脚，その後は上海で魯迅《ろじん》[14]と深い友情関係を結び，左翼文芸運動を指導した。34年，当時の中国共産党の根拠地であった瑞金《ずいきん》に行くが，共産党の主力が瑞金を離れた「長征」に同行せず，単独で逃亡中に国民党に捕まり，35年，処刑された。

瞿秋白は処刑される直前，獄中で『余計なことば[15]』という文章を書いている。この文章は，自分が軟弱な「文人」であったと反省し，共産主義者として活動したことを，「歴史の誤解」と悔いるものであった。獄中で書かれたこともあり，転向声明とも受け取られたが，詳細に読めば，題名に現れているとおり，死の直前に「余計者」意識を再度書き残したものであると考えられる。

瞿秋白にとって「余計者」は，現実生活に無力感を持つ鬱屈した精神であると同時に，現実への働きかけの可能性を探る意識のありようでもあった。そのような瞿秋白独特の「余計者」の緊張感が，『余計なことば』には込められている。そしてそれは，中国における「余計者」の複雑にして多様な意味を，象徴的に示していると思われてならない。（鈴木将久）

図2　瞿秋白像

出典：瞿独伊・李暁雲編注『秋之白華』人民文学出版社，2018年。

図3　瞿秋白（右）と李宗武（モスクワにて，1921年）

出典：図2と同じ。

▶10　『俄国文学史』(1927)。モスクワ滞在中の1921年から22年に執筆したとされる。27年蔣光慈『俄羅斯《ロシア》文学』下編としてはじめて出版された。

▶11　「中国之“多余的人”」『赤都心史』(1924)，1921年執筆。

▶12　☞ I -B-7 9

▶13　« Рудин ». 1856.

▶14　Lu Xun. 1881-1936.

▶15　『多余的話』(1935年執筆)。1935年『社会新聞』に一部掲載，1937年『逸経』に全文掲載された。

D　世界の中のロシア文学

7　ロシア文学とラテンアメリカ文学

Русская литература и латиноамериканская литература

No quiero tu pan negro, Ana, tengo hambre de ti, de tu alma mediorusa. Ana en respuesta agarra la guitarra entonando *ochi chorniye, ochi strastniye...* o una *troika* o un *kazachok...*

ぼくはきみの黒パンはいらない，アナ，ぼくはきみがほしい，きみの半分ロシア人の魂が。アナはお返しにギターをつかんで，「オーチ・チョールヌィエ，オーチ・ストラスヌィエ」や「トロイカ」，「コサックダンス《カザチョーク》」を歌い出す。

1　キューバとソ連

これはスペイン語で書かれた短編『ロシア料理』[1]からの一節である。書いたのはベガ・セローバ[2]，1968年生まれの女性作家である。登場人物のアナは作家の分身的存在と見ていいのだが，短編中の彼女はロシア料理を作るのが得意で，友人たちを招いてホームパーティを催すのが大好きだ。そんな時彼女はロシア語で歌を歌う。

こんな人物がどこにいるのかといえば，カリブ海のキューバである。アナは父がキューバ人，母がロシア人で，レニングラード（現サンクト・ペテルブルク）に生まれ，教育のほとんどをソ連で受けている。キューバに革命が起きたのは59年，２年後には社会主義宣言がなされ，キューバとソ連の関係は緊密になる。それ以降，毎年およそ数千人のキューバ人がソ連に留学し，ソ連からも多くの技術者や専門家がキューバを訪れた。ロシア文学の翻訳も次々に進んだ。キューバはラテンアメリカの中でも特別にロシア文学を積極的に受容し，その影響を大きく受けた国である。

書店にはロシア文学の大きな棚が設けられ，ショーロホフ[3]やゴーリキー[4]，ガガーリン[5]の伝記が並ぶ。このあたりの風景は，映画『低開発の記憶：メモリアス』[6]をぜひ参照されたい。ロシア人がハバナ郊外のヘミングウェイ記念館に大挙して訪れたりしている。60年代，キューバの若者の間でバイブルとされたのは，バーベリ[7]の『騎兵隊』やポレヴォイ『真実の人間の物語』[8]，独ソ戦を描いたベークの『ヴォロコラムスク街道』[9]だった。戦争文学として読まれ，革命への士気を高めるものとして利用された。キューバ人も主体的にロシア文学を編集して，『ロシア革命作家５人衆』[10]なる本を出している。５人とはブローク[11]，フセヴォロド・イワーノフ[12]，シクロフスキー[13]，バーベリ，そしてマヤコフスキー[14]である。マヤコフスキーの収録作品の一つは，彼が25年にハバナで見た風景を描

▷1　« Comida rusa ». 2001.

▷2　Anna Lidia Vega Serova. 1968-. レニングラード生まれで，ハバナ在住のスペイン語作家。

図１　アナ・リディア・ベガ・セローバ
出典：本人提供。

▷3　☞Ⅰ-C-15

▷4　☞Ⅰ-B-21 24

▷5　Юрий Алексеевич Гагарин. 1934-68.　人類史上初の宇宙飛行を行ったソ連の飛行士。

▷6　*Memorias del subdesarrollo*. 1968.

▷7　☞Ⅰ-C-12

▷8　Борис Николаевич Полевой. 1908-81. « Повесть о настоящем человеке ». 1946.

▷9　Александр Альфредович Бек. 1902-72. « Волоколамское шоссе ». 1943.

いた詩『ブラック・アンド・ホワイト』である。ウィスキーの銘柄をキューバの人種問題につなげているこの詩を受けて（「白人にはドルがあり，黒人にはない」），革命後のキューバを訪れたエフトゥシェンコ[15]は『マヤコフスキーへ』という詩を書くことになる。ここでは革命によって人種問題が解決されていることの喜びが赤裸々に表明されている（「今のハバナには『ブラック　アンド　ホワイト』問題は無くなった。資本家たち――ほら　最低の人種！」）。

『ロシア革命作家５人衆』の序文を書いたのはフェルナンデス＝レタマル[16]という，キューバの文化機関「カサ・デ・ラス・アメリカス（Casa de las Américas）」に所属して革命文化のイデオローグとして健筆をふるった文芸評論家にして詩人だ。彼によってキューバ革命はロシア革命を継承するものとして位置付けられる。19世紀のロシア文学の隆盛から20世紀初頭の革命への流れが，20世紀半ばのラテンアメリカ文学の隆盛からキューバ革命への流れとパラレルなものとして説明されるのである。

2 キューバの社会主義文学

社会主義リアリズムのような綱領は定められなかったが，政府の肝煎りで設けられた文学賞は革命政府公認の意味合いが強くなる。そのような革命文学として最初に世界的に有名になった作品がソレル・プイグ[17]『ベルチリヨン 166』[18]である。革命運動に身を投じる若者たちを中心とした群像劇で，この作品は直ちにロシア語に翻訳され，日本語にもロシア語を経由して翻訳された[19]。その頃の日本にはキューバのスペイン語を日本語に翻訳できる翻訳者がいなかったということもあるが，おかげで日本はキューバの文学をロシア経由で読んだ特別な国になったとも言える。ちなみに堀田善衛《ほったよしえ》[20]や小田実《おだまこと》[21]はソ連，東欧を経由してキューバを訪問し，いわば社会主義圏の比較を行っている。

その後の社会主義文学として名高いのは小説『最後の女と次の戦い』[22]（未邦訳）である。作者コフィーニョ[23]は自ら農村開発に携わった経験をもとに，集団農場の建設における困難を描き出した。汚職を理由に更迭された監督の代わりに新しく赴任した監督を主人公に，ソ連帰りの技術者の協力を得たり，中央政府と連絡を取ったりしながら問題解決に当たる。社会主義リアリズム文学の特徴をそのままなぞったような流れで，キューバが文学においてもソ連を模倣するように進んでいたことが確かめられる。

ソ連消滅とともにキューバは未曾有の経済危機に陥った。だが，それとほぼ同時にソ連文化やロシア語を下敷きにしたキューバ作家の作品群が生まれてくる。冒頭のアナをはじめとして，ソ連で生まれたり育ったりしたキューバ人は少なくない。21世紀に入り，彼らはキューバ（スペイン語）やロシア（ロシア語）で活躍中である。

（久野量一）

▶10　*Cinco escritores de la Revolución Rusa*. 1968.

図２　『ロシア革命作家５人衆』書影
出典：Editorial Arte y Literatura, Instituto Cubano del Libro.

▶11　☞Ⅰ-C-4

▶12　Всеволод Вячеславович Иванов. 1895-1963.

▶13　☞Ⅱ-A-5

▶14　☞Ⅰ-C-8

▶15　☞Ⅰ-E-6▶15

▶16　Roberto Fernández Retamar. 1930-2019.

▶17　José Soler Puig. 1916-96.

▶18　« Bertillón 166 ». 1960.

▶19　飯田規和訳，新日本出版社，1963年。

▶20　1918-98.

▶21　1932-2007.

▶22　*La próxima mujer y el próximo combate*. 1971.

▶23　Manuel Cofiño. 1936-87.

■読書案内■

序-1

Andrew Baruch Wachtel, *An Obsession with History: Russian Writers Confront the Past*, California: Stanford University Press, 1994.

ジョン・チャノン，ロバート・ハドソン／外川継男監修／桃井緑美子訳『地図で読む世界の歴史―ロシア』河出書房新社，1999年。

藤沼貴・水野忠夫・井桁貞義編著『はじめて学ぶロシア文学史』ミネルヴァ書房，2003年。

貝澤哉「19世紀後半から20世紀初頭のロシアにおける文学教育と文学の国民化：ギムナジアにおける文学教育カリキュラムをめぐって」『スラヴ研究』（北海道大学スラブ研究センター）53号，2006年，61-91頁。

序-2

ユーリー・トゥイニャーノフ／松原明訳「文学の進化について」桑野隆・大石雅彦編『ロシア・アヴァンギャルド6―フォルマリズム 詩的言語論』国書刊行会，1988年，189-202頁。

川端香男里『ロシア：その民族とこころ』講談社学術文庫，1998年。

高野雅之『ロシア思想史：メシアニズムの系譜［新装版］』早稲田大学出版部，1998年。

ヴィクトル・ペレーヴィン／中村唯史・岩本和久訳『寝台特急黄色い矢』群像社，2010年。

序-3

中沢敦夫『ロシア詩鑑賞ハンドブック』群像社，2005年。

佐藤純一『ロシア語史入門』大学書林，2012年。

服部文昭『古代スラヴ語の世界史』白水社，2020年。

Ⅰ-A-1

國本哲男ほか編『ロシア原初年代記』名古屋大学出版会，1987年，149-166頁。

三浦清美「中世ロシア文学図書館（Ⅱ） ボリスとグレープにまつわる物語」『電気通信大学紀要』第23巻（通巻39号），2011年，43-74頁。

三浦清美「『ボリスとグレープについての物語』における語句，« НЕДОУМѢЮЩЕ, ЯКО ЖЕ БѢ ЛЕПО ПРЕЧЬСТЬНѢ » の解釈について：中世ロシアにおけるキリスト教と異教の融合過程の研究」『スラヴ研究』（北海道大学スラブ研究センター）60号，2013年，91-122頁。

1-A-2

木村彰一訳『イーゴリ遠征物語』岩波文庫，1983年。

中村喜和編訳『ロシア中世物語集』筑摩叢書，1970年。

森安達也『イーゴリ遠征物語　悲劇のロシア英雄伝』筑摩書房，1987年。

A. A. ゴルスキー／宮野裕訳『中世ロシアの政治と心性』刀水書房，2020年。

Ⅰ-A-3

松井茂雄「司祭長アヴァクム自伝（訳及び註）」『スラヴ研究』（北海道大学スラブ研究センター）10号，1966年，85-144頁。

中村喜和編訳『ロシア中世物語集』筑摩叢書，1970年，120-162頁。

阪本秀昭・中澤敦夫編著『世界歴史叢書　ロシア正教古儀式派の歴史と文化』明石書店（世界歴史叢書），2019年，45-74，412-415頁。

Ⅰ-B-1

ニコライ・カラムジン／福住誠訳『ロシア人の見た十八世紀パリ』彩流社，1995年。

藤沼貴『近代ロシア文学の原点：ニコライ・カラムジン研究』れんが書房新社，1997年。

ニコライ・カラムジン「ボルンホルム島」「哀れなリーザ」金沢美知子編訳『可愛い料理女：十八世紀ロシア小説集』彩流社，1999年。

佐藤純一『ロシア語史入門』大学書林，2012年。

安達大輔「カラムジンの初期評論における翻訳とその外部」金沢美知子編『18世紀ロシア文学の諸相』水声社，2016年，123-146頁。

Ⅰ-B-2

アレクサンドル・プーシキン／望月哲男訳『スペードのクイーン／ベールキン物語』光文社古典新訳文庫，2015年。

郡伸哉『プーシキン　饗宴の宇宙』彩流社，1999年。

Ⅰ-B-3

プーシキン／木村彰一訳『青銅の騎士』『プーシキン全集2　オネーギン・物語詩』河出書房新社，1972年。

國本哲男『プーシキン　歴史を読み解く詩人』ミネルヴァ書房，1988年。

Сугино Ю. Евгений из « Медного Всадника » и Пугачев из « Капитанской дочки » — К толкованию образов бунтовщиков // 『ロシア語ロシア文学研究』34号，2002年，101-108頁。

杉野ゆり「プーシキン『青銅の騎士』における黙示録のテーマ」『ロシア語ロシア文学研究』40号，2008年，46-53頁。

杉野ゆり「プーシキン『青銅の騎士』とダンテ『神曲』比較研究の試み：2つの世界における世界の構造を中心に」『EX ORIENTE』（大阪大学言語社会学会）24号，2017年，143-170頁。

Ⅰ-B-4

ゴーゴリ／倉橋健・野崎韶夫訳『ゴーゴリ全集4　戯曲』河出書房新社，1977年。

ゴーゴリ／浦雅春訳『鼻／外套／査察官』光文社古典新訳文庫，2006年。

Ⅰ-B-5

レールモントフ／一條正美訳『ムツイリ・悪魔』岩波文庫，1951年。

プーシキン，レールモントフ／金子幸彦・北垣信行ほか訳『世界文學大系26　プーシキン，レールモントフ』筑摩書房，1962年。

池田健太郎・草鹿外吉共編『レールモントフ選集』（1・2）光和堂，1974-76年。

レールモントフ／高橋知之訳『現代の英雄』光文社古典新訳文庫，2020年。

Ⅰ-B-6

ヴィ・ゲ・ベリンスキー／森宏一訳「ロシアの中篇小説とゴーゴリ氏の中篇小説」『ベリンスキー著作選集Ⅰ』同時代社，1987年，140-204頁。

エイヘンバウム／井上幸義訳「ゴーゴリの『外套』はいかにつくられているか」『ロシア・アヴァンギャルド6　フォルマリズ

ム：詩的言語論』国書刊行会，1988年，116-131頁。
ユーリイ・マン／秦野一宏訳『ファンタジーの方法：ゴーゴリのポエチカ』群像社，1992年。
V. ナボコフ／青山太郎訳『ニコライ・ゴーゴリ』平凡社，1996年。
ゴーゴリ／浦雅春訳『鼻／外套／査察官』光文社古典新訳文庫，2006年。

Ⅰ-B-7
ツルゲーネフ／工藤精一郎訳『猟人日記』新潮社，1975年。
アンリ・トロワイヤ／市川裕美子訳『トゥルゲーネフ伝』水声社，2010年。
角伸明「知られざるツルゲーネフ：奇想的人物たちの物語空間」近藤昌夫編『ロシアの物語空間』水声社，2017年，77-97頁。

Ⅰ-B-8
ドブロリューボフ／金子幸彦訳『オブローモフ主義とは何か』岩波文庫，1975年。
ゴンチャローフ／米川正夫訳『オブローモフ』（上・中・下）岩波文庫，1976年。
ゴンチャローフ／高野明・島田陽訳『ゴンチャローフ日本渡航記』講談社学術文庫，2008年。

Ⅰ-B-9
ツルゲーネフ／金子幸彦訳「その前夜」『世界文學大系31　ツルゲーネフ』筑摩書房，1962年。
相沢直樹『甦る『ゴンドラの唄』：「いのち短し，恋せよ，少女」の誕生と変容』新曜社，2012年。

Ⅰ-B-10
バフチン／新谷敬三郎・伊東一郎・佐々木寛訳『ことば　対話　テキスト』（ミハイル・バフチン著作集8）新時代社，1988年。
ドストエフスキー『罪と罰』（江川卓訳・岩波文庫，亀山郁夫訳・光文社古典新訳文庫ほか）。
バフチン／望月哲男・鈴木淳一訳『ドストエフスキーの詩学』ちくま学芸文庫，1995年。
ナボコフ／小笠原豊樹訳『ナボコフのロシア文学講義』（上）河出文庫，2013年。

Ⅰ-B-11
ゲルツェン／金子幸彦訳『ロシアにおける革命思想の発達について』岩波文庫，1990年（第13刷）。
ゲルツェン／金子幸彦・長縄光男訳『過去と思索』（全3冊）筑摩書房，1998-99年。
長縄光男『評伝ゲルツェン』成文社，2012年。
ゲルツェン／長縄光男訳『向こう岸から』平凡社ライブラリー，2013年。
長縄光男『ゲルツェンと1848年革命の人びと』平凡社新書，2015年。

Ⅰ-B-12
フョードル・ドストエフスキー／望月哲男訳『白痴』（1-3）河出文庫，2010年。

Ⅰ-B-13
本多秋五『トルストイ論集』武蔵野書房，1988年。
レフ・トルストイ／藤沼貴訳『戦争と平和』（全6巻）岩波文庫，2006年。
佐藤雄亮『トルストイと「女」：博愛主義の原点』早稲田大学出版部，2020年。

Ⅰ-B-14
サルトゥイコフ＝シチェドリン／西尾章二・西本昭治・相馬守胤訳『シチェドリン選集』（全8巻）未來社，1980-88年。

Ⅰ-B-15
レスコフ／木村彰一訳「魅せられた旅人」『世界文學大系30』筑摩書房，1959年。
レスコフ／中村喜和訳「ムツェンスク郡のマクベス夫人」『集英社ギャラリー世界の文学13　ロシア1』集英社，1996年。
レスコフ／田辺佐保子訳「真珠のネックレス」『ロシアのクリスマス物語』群像社，1997年。
レスコフ／東海晃久訳『魅せられた旅人』河出書房新社，2019年。
レスコフ／中村喜和・岩浅武久訳『髪結いの芸術家：レスコフ作品集2』群像社，2020年。

Ⅰ-B-16
ネクラーソフ／谷耕平訳『ロシヤは誰に住みよいか』岩波書店，1961年。
Баевский В. С. История русской поэзии: 1730–1980 гг. Компендиум. Издание 2–ое. Смоленск: Русич, 1994.
ネクラーソフ／大原恒一訳『恋と詩と最後の唄』邑書林，1995年。
ネクラーソフ／大原恒一訳『ロシアの女性たち』邑書林，1997年。

Ⅰ-B-17
レフ・トルストイ／中村融訳『アンナ・カレーニナ』（上・中・下）岩波文庫，1989年。
Лев Толстой. Полное собрание сочинений в 90 томах. М.: ТЕРРА, 1992.
レフ・トルストイ／望月哲男訳『アンナ・カレーニナ』（1・2・3・4）光文社古典新訳文庫，2008年。
藤沼貴『トルストイ』第三文明社，2009年。
Нина Бурнашева（сост. и науч. ред.）. Л. Н. Толстой: энциклопедия. М.: Просвещение, 2009.

Ⅰ-B-18
オストロフスキー「雷雨」（八住利雄訳），「賢者の抜け目」「森林」（熊沢復六訳），『世界戯曲全集 第二十三巻』近代社世界戯曲全集刊行部，1928年。
ドブロリューボフ／石山正三譯『闇の王国』世界古典文庫95，日本評論社，1949年。
ストロフスキイ／鹿島保夫訳『文學修業』未来芸術学院12，未來社，1954年。
映画『残酷なロマンス（持参金のない娘）』エリダール・リャザーノフ監督，1984年。
Alexander Ostrovsky/Norman Henly ed., *Without a Dowry and Other Plays*, Harry N. Abrams, 2014.

Ⅰ-B-19
Гаршин В. М. Полное собрание сочинений в трех томах. М.-Л., 1934.
中村融訳『ガルシン全集』青娥書房，1973年。
Peter Henry, Vladimir Porudominsky and Mikhail Girshman, eds., *Vsevolod Garshin at the Turn of the Century: An International Symposium in three volumes*, Northgate, 2000.
佐々木照央『ラヴローフのナロードニキ主義歴史哲学』彩流社，2001年。
大山麻稀子『一九世紀ロシアと作家ガルシン』東洋書店，2010年。

Ⅰ-B-20
フョードル・ソログープ／中山省三郎・昇曙夢訳『かくれんぼ・

毒の園 他五篇』岩波文庫，2013年。
沼野充義編『ロシア怪談集』新装版，河出文庫，2019年。

Ⅰ-B-21
ゴーリキー／横田瑞穂訳『母』岩波文庫，1963年。
中村唯史訳『二十六人の男と一人の女：ゴーリキー傑作選』光文社古典新訳文庫，2019年。

Ⅰ-B-22
アントン・チェーホフ／神西清・池田健太郎ほか訳『チェーホフ全集（一―二十）』中央公論社，1976-77年。
アントン・チェーホフ／中村融訳『サハリン島』（上・下）岩波文庫，1997年。
アントン・チェーホフ／中村喜和訳／エカテリーナ・タバーフ絵『谷間で』未知谷，2009年。
沼野充義『チェーホフ：七分の絶望と三分の希望』講談社，2016年。
髙田映介『世界の瞬間：チェーホフの詩学と進化論』水声社，2020年。

Ⅰ-B-23
浦雅春『チェーホフ』岩波新書，2004年。
チェーホフ／浦雅春訳『ワーニャ伯父さん／三人姉妹』光文社古典新訳文庫，2009年。
チェーホフ／神西清訳『桜の園／三人姉妹』新潮文庫，2011年。
髙田映介『世界の瞬間：チェーホフの詩学と進化論』水声社，2020年。
「（古典百名山：100）チェーホフ「三人姉妹」桜庭一樹が読む」『朝日新聞』2021年5月1日朝刊。（「好書好日　古典百名山　チェーホフ「三人姉妹」叶わなくとも未来は開く」https://book.asahi.com/article/14342152）。

Ⅰ-B-24
ゴーリキー／除村吉太郎・日野守人・和知久夫編『ゴーリキーの文学論』ナウカ社，1950年。
『チェーホフ＝ゴーリキイ往復書簡』湯淺芳子訳，和光社，1953年。
佐藤清朗『ゴーリキーの生涯』筑摩書房，1973年。
ドミトリー・ブイコフ／斎藤徹訳『ゴーリキーは存在したのか』作品社，2016年。
ゴーリキー／安達紀子訳『どん底』群像社，2019年。

Ⅰ-C-1
アレクセイ・レーミゾフ／灰谷慶三訳『第五の悪』白水社，1973年。
アレクセイ・レーミゾフ／斎藤安弘訳『十字架の姉妹』河出書房新社，1975年。
アレクセイ・レーミゾフ／安井侑子訳『小悪魔』国書刊行会，1981年。
渕上克司『剪り取られた眼：レーミゾフ／ドストエフスキイ』国書刊行会，1992年。
А. М. Ремизов. Собрание сочинений. Т. 2. Докука и балагурье. — М.: Русская книга, 2000.

Ⅰ-C-2
アンドレイ・ベールイ／川端香男里訳『銀の鳩』講談社，1977年。
アンドレイ・ベールイ／小平武訳『銀の鳩』『世界の文学3』集英社，1978年。
アンドレイ・ベールイ／川端香男里訳『ペテルブルク』（上）講談社，1999年。
アンドレイ・ベールイ／川端香男里訳『ペテルブルク』（下）講談社，2000年。

Ⅰ-C-3
トゥイニャーノフ／新谷敬三郎訳「フレーブニコフについて」『世界批評大系6　詩論の現在』筑摩書房，1974年。
フレーブニコフ／小笠原豊樹訳「鶴」「ひもじい」『集英社ギャラリー「世界の文学」〈15〉ロシアⅢ』1990年。
亀山郁夫『甦るフレーブニコフ』平凡社ライブラリー，2009年。

Ⅰ-C-4
アレクサンドル・ブローク／小平武訳『ブローク詩集』弥生書房，1979年。
アレクサンドル・ブローク／小平武・鷲巣繁男訳『薔薇と十字架』平凡社ライブラリー，1995年。
奈倉有里『アレクサンドル・ブローク：詩学と生涯』未知谷，2021年。

Ⅰ-C-5
高山旭編訳『百年後のあなたへ：マリーナ・ツヴェターエワの抒情詩』新読書社，1999年。
前田和泉『マリーナ・ツヴェターエワ』未知谷，2006年。

Ⅰ-C-6
ザミャーチン／川端香男里訳『われら』岩波文庫，1992年。
ザミャーチン／松下隆志訳『われら』光文社古典新訳文庫，2019年。

Ⅰ-C-7
Белинков А. В. Сдача и гибель советского интеллигента. Юрий Олеша. Мадрид: Alonso, 1976.
オレーシャ／木村浩訳『羨望』集英社文庫，1977年。
Kazimiera Ingdahl, *The Artist and the Creative Act: A Study of Jurij Oleša's Novel Zavist*, Stockholm: Minab/Gotab, 1984.
岩本和久『沈黙と夢：作家オレーシャとソヴィエト文学』群像社，2003年。
古宮路子『オレーシャ『羨望』草稿研究』成文社，2021年。

Ⅰ-C-8
アンジェロ・マリア・リペッリーノ／小平武訳『マヤコフスキーとロシヤ・アヴァンギャルド演劇』河出書房新社，1971年。
Маяковский. Собрания сочинений в двенадцати томах, Том X, М.: Издательство « Правда », 1978.
Мейерхольд и художники.（А. А. Михайлова, Л. М. Данилова, Н. П. Макарова, О. В. Мичасова, Н. М. Зайцева (Гос. центральный театральный музей им. А. А. Бахрушина). Альбом. М. Галарт, 1995.

Ⅰ-C-9
ニコライ・オストロフスキー／中村融訳『鋼鉄はいかに鍛えられたか』新潮社，1956年。
アンドレ・ジッド／國分俊宏訳『ソヴィエト旅行記』光文社古典新訳文庫，2019年。

Ⅰ-C-10
アンドレイ・プラトーノフ／原卓也訳『プラトーノフ作品集』岩波文庫，1992年。
アンドレイ・プラトーノフ／亀山郁夫訳『土台穴』国書刊行会，

1997年。

Алексей Варламов. Андрей Платонов (Жизнь замечательных людей). М.: Молодая гвардия, 2013.

アンドレイ・プラトーノフ／工藤順訳『不死　プラトーノフ初期作品集』未知谷，2018年。

I-C-11

武藤洋二『詩の運命：アフマートヴァと民衆の受難史』新樹社，1989年。

アナトーリイ・ナイマン／木下晴世訳『アフマートヴァの想い出』群像社，2011年。

アンナ・アフマートヴァ／木下晴世訳『レクイエム』群像社，2017年。

I-C-12

イサーク・バーベリ／中村唯史訳『オデッサ物語』群像社，1995年。

イサーク・バーベリ／中村唯史訳『騎兵隊』松籟社，2022年。

I-C-13

イワン・アレクセーエヴィチ・ブーニン／原卓也訳『暗い並木道　イワン・ブーニン短編集』国際言語文化振興財団，1998年。

イワン・ブーニン／岩本和久・吉岡ゆき・橋本早苗・田辺佐保子・望月恒子・坂内知子訳『ブーニン作品集３　たゆたう春／夜』群像社，2003年。

イワン・ブーニン／望月恒子訳『ブーニン作品集４　アルセーニエフの人生：青春』群像社，2019年。

I-C-14

ブルガーコフ／水野忠夫訳『悪魔物語・運命の卵』岩波文庫，2003年。

ブルガーコフ／宮澤淳一・大森雅子・杉谷倫枝訳『ブルガーコフ作品集』文化科学高等研究院出版局，2010年。

大森雅子『時空間を打破する：ミハイル・ブルガーコフ論』成文社，2014年。

ブルガーコフ／増本博子・グレチュコ訳『犬の心臓・運命の卵』新潮文庫，2015年。

ブルガーコフ／水野忠夫訳『巨匠とマルガリータ』（上・下）岩波文庫，2015年（同じく，池澤夏樹編『世界文学全集Ⅰ-05』河出書房新社，2008年）。

I-C-15

ショーロホフ／横田瑞穂訳『静かなドン』岩波文庫，1959年。

Judith D. Kornblatt, *The Cossack Hero in Russian Literature: A Study in Cultural Mythology*, Wisconsin: University of Wisconsin Press, 1992.

Peter Holquist, '"Conduct Merciless Mass Terror": Decossackization on the Don, 1919,' *Cahiers du Monde russe*, vol. 38, nos. 1-2, 1997, pp. 127-162.

植田樹『コサックのロシア：戦う民族主義の先兵』中央公論新社，2000年。

ジェームズ・C・スコット／佐藤仁ほか訳『ゾミア：脱国家の世界史』みすず書房，2013年。

I-C-16

アレクセイ・トルストイ／金子幸彦訳『世界の文学45・46　A・トルストイ』中央公論社，1967年。

Галина Воронцова. Роман А. Н. Толстого « Хождение по мукам » (1919-1921). Творческая история и проблемы текстологии. М.: ИМЛИ РАН, 2014.

I-C-17

Мастера современной литературы. Михаил Зощенко. Л.: ACADEMIA, 1928.

ミハイル・ゾーシチェンコ／ロシア文学翻訳グループクーチカ訳『俺の職歴：ゾーシチェンコ作品集』群像社，2012年。

I-C-18

ナボコフ／若島正訳『ロリータ』新潮文庫，2006年

ナボコフ／沼野充義訳『賜物』河出書房新社，2010年。

I-C-19

ボリス・パステルナーク／江川卓訳『ドクトル・ジバゴ』（上・下）新潮文庫，1989年。

Иван Толстой. Отмытый роман Пастернака: «Доктор Живаго» между КГБ и ЦРУ. М.: Время, 2009.

カルロ・フェルトリネッリ／麻生九美訳『フェルトリネッリ：イタリアの革命的出版社』晶文社，2011年。

Валерий Тюпа (ред.). Поэтика «Доктора Живаго» в нарратологическом прочтении. М.: Intrada, 2014.

ラーラ・プレスコット／吉澤康子訳『あの本は読まれているか』東京創元社，2020年。

I-C-20

John Garrard and Carol Garrard, *The Bones of Berdichev: The Life and Fate of Vasily Grossman*, The Free Press, 1996.

ツヴェタン・トドロフ／大谷尚文訳『悪の記憶・善の誘惑：20世紀から何を学ぶか』法政大学出版局，2006年。

ワシーリー・グロスマン／齋藤紘一訳『人生と運命』（全３巻）みすず書房，2012年。

ワシーリー・グロスマン／齋藤紘一訳『システィーナの聖母：ワシーリー・グロスマン後期作品集』みすず書房，2015年。

ワシーリー・グロスマン／赤尾光春・中村唯史訳『トレブリンカの地獄：ワシーリー・グロスマン前期作品集』みすず書房，2017年。

I-C-21

ソルジェニーツィン／木村浩訳『イワン・デニーソヴィチの一日』新潮文庫，1963年。

ソルジェニーツィン／染谷茂・原卓也訳『ソルジェニーツィン自伝　仔牛が樫の木に角突いた』新潮社，1976年。

Michael Scammell, *Solzhenitsyn: A Biography*, New York: Norton, 1984.

ソルジェニーツィン／染谷茂注釈・対訳『イワン・デニーソヴィチの一日』美顕プリンティング出版部，1997年。

Сараскина, Л. Солженицын. М.: Молодая гвардия, 2009.

I-C-22

Светлана Гайсер-Шнитман. Венедикт Ерофеев « Москва — Петушки » или « The Rest is Silence ». Bern: Peter Lang, 1989.

ヴェネディクト・エロフェーエフ／安岡治子訳『酔どれ列車，モスクワ発ペトゥシキ行』国書刊行会，1996年。

ヴェネディクト・エロフェーエフ／真木三三子訳『ヴァルプルギスの夜，あるいは石像の踏』七月堂，2004年。

I-C-23

アンドレイ・ビートフ／中村唯史訳『プーシキンの家』白水社，

近刊予定。

Ⅰ-C-24
サーシャ・ソコロフ／東海晃久訳『馬鹿たちの学校』河出書房新社，2010年。
サーシャ・ソコロフ／東海晃久訳『犬と狼のはざまで』河出書房新社，2012年。
ヴヴェジェンスキー／東海晃久訳「まわりにもしや神さまが」，「灰色ノート」（『イリュミナシオン』）イーケーステイス社，2021年。

Ⅰ-C-25
ワレンチン・ラスプーチン／原卓也・安岡治子訳『生きよ，そして記憶せよ』講談社，1980年。
ワレンチン・ラスプーチン／安岡治子訳『マリヤのための金』群像社，1984年。
ワレンチン・ラスプーチン／安岡治子訳『マチョーラとの別れ』群像社，1994年。

Ⅰ-C-26
『ロシア抵抗文集３　シニャフスキー・エッセイ集』勁草書房，1970年。
アンドレイ・シニャーフスキイ／島田陽訳『プーシキンとの散歩』群像社，2001年。
アンドレイ・シニャフスキー／沼野充義ほか訳『ソヴィエト文明の基礎』みすず書房，2013年。

Ⅰ-C-27
ファジリ・イスカンデール／浦雅春訳『牛山羊の星座』群像社，1985年。
ファジリ・イスカンデル／浦雅春・安岡治子訳『チェゲムのサンドロおじさん』国書刊行会，2002年。

Ⅰ-D-1
スヴェトラーナ・アレクシエーヴィチ／三浦みどり訳『アフガン帰還兵の証言：封印された真実』日本経済新聞社，1995年。
スヴェトラーナ・アレクシエーヴィチ／三浦みどり訳『戦争は女の顔をしていない』岩波現代文庫，2016年。
スヴェトラーナ・アレクシエーヴィチ／松本妙子訳『チェルノブイリの祈り：未来の物語』岩波書店，2021年。
沼野恭子『100分 de 名著 アレクシェーヴィチ「戦争は女の顔」をしていない』NHK 出版，2021年。

Ⅰ-D-2
セルゲイ・ドヴラートフ／沼野充義訳『わが家の人々：ドヴラートフ家年代記』成文社，1997年。
セルゲイ・ドヴラートフ／ペトロフ＝守屋愛訳『かばん』成文社，2000年。

Ⅰ-D-3
ヨシフ・ブロツキー／沼野充義訳『大理石』白水社，1991年。
ヨシフ・ブロツキー／金関寿夫訳『ヴェネツィア：水の迷宮の夢』（原題は *Watermark*）集英社，1996年。
ヨシフ・ブロツキイ／沼野充義訳『私人』群像社，1996年。
竹内恵子『廃墟のテクスト：亡命詩人ヨシフ・ブロツキイと現代』成文社，2013年。
ヨシフ・ブロツキー／沼野恭子訳『ちいさなタグボートのバラード』東京外国語大学出版会，2019年。

Ⅰ-D-4
リュドミラ・ウリツカヤ／沼野恭子訳『ソーネチカ』新潮社，2002年。
リュドミラ・ウリツカヤ／前田和泉訳『通訳ダニエル・シュタイン』（上・下）新潮社，2009年。
リュドミラ・ウリツカヤ／日下部陽介訳『クコツキイの症例』（上・下）群像社，2013年。
リュドミラ・ウリツカヤ／奈倉有里訳『陽気なお葬式』新潮社，2016年。
リュドミラ・ウリツカヤ／前田和泉訳『緑の天幕』新潮社，2021年。

Ⅰ-D-5
ヴィクトル・ペレーヴィン／三浦岳訳『チャパーエフと空虚』群像社，2007年。
ヴィクトル・ペレーヴィン／尾山慎二訳『宇宙飛行士オモン・ラー』群像社，2010年。
ヴィクトル・ペレーヴィン／東海晃久訳『ジェネレーション〈P〉』河出書房新社，2014年。

Ⅰ-D-6
グリゴーリイ・チハルチシヴィリ／越野剛・清水道子・中村唯史・望月哲男訳『自殺の文学史』作品社，2001年。
ボリス・アクーニン／沼野恭子・毛利公美訳『アキレス将軍暗殺事件』岩波書店，2007年。
ボリス・アクーニン／沼野恭子訳『堕天使《アザゼル》殺人事件』岩波書店，2015年。
ボリス・アクーニン／奈倉有里訳『トルコ捨駒スパイ事件』岩波書店，2015年。

Ⅰ-D-7
ウラジーミル・ソローキン／望月哲男訳『ロマン』（Ⅰ・Ⅱ）国書刊行会，1998年。
ウラジーミル・ソローキン／松下隆志訳『親衛隊士の日』河出書房新社，2013年。
ウラジーミル・ソローキン／望月哲男・松下隆志訳『青い脂』河出書房新社，2012年／文庫版，2016年。
ウラジーミル・ソローキン／松下隆志訳『テルリア』河出書房新社，2017年。
松下隆志『ナショナルな欲望のゆくえ：ソ連後のロシア文学を読み解く』共和国，2020年。

Ⅰ-D-8
リュドミラ・ペトルシェフスカヤ／吉岡ゆき訳『時は夜』群像社，1994年。
リュドミラ・ペトルシェフスカヤ／沼野恭子訳『私のいた場所』河出書房新社，2013年。

Ⅰ-E-1
『世界名詩集大成12　ロシア篇』平凡社，1959年。
川崎隆司『ロシア詩の歴史：古代からプーシキンにいたる』恒文社，1993年。
三浦清美「ロモノーソフ，デルジャーヴィンの訳詩抄」『日本18世紀ロシア研究会年報』第７号，2011年，1-21頁。
ガヴリーラ・デルジャーヴィン／鳥山祐介訳「エヴゲーニーに。ズヴァンカ村の生活（日本語訳と注釈）」『近代ロシア文学創成の環境：貴族屋敷（ウサーヂバ）の文化的・社会的ランドシャフト』（平成25-27年度科学研究費補助金（基盤研究Ｃ）研究成果報告書）2016年，29-40頁。

Ⅰ-E-2

金子幸彦訳『プーシキン詩集』岩波文庫，1968年。

『プーシキン全集』（全６巻）河出書房新社，1972-74年。

プーシキン／池田健太郎訳『オネーギン』岩波文庫，2006年。

『レールモントフ選集』（全２巻）光和堂，1974-76年。

『世界名詩集大成12　ロシア篇』平凡社，1959年（プーシキン，レールモントフ，コリツォフらの詩を収録）。

オペラ『ボリス・ゴドゥノフ』モデスト・ムソルグスキー作曲（1874年初演）プーシキンの同名の戯曲をオペラ化したもの。

オペラ『エヴゲーニー・オネーギン』ピョートル・チャイコフスキー作曲（1879年初演）プーシキンの同名の韻文小説をオペラ化したもの。

Ⅰ-E-3

小澤政雄『露滴集：小澤政雄訳詩集』群像社，1985年。

Баевский В. С. История русской поэзии: 1730–1980 гг. Компендиум. Издание 2–ое. Смоленск: Русич, 1994.

ネクラーソフ／大原恒一訳『恋の詩と最後の唄』邑書林，1995年。

坂庭淳史『フョードル・チュッチェフ研究：十九世紀ロシアの「自己意識」』マニュアルハウス，2007年。

Ⅰ-E-4

ブローク／小平武訳『ブローク詩集』彌生書房，1979年。

川端香男里『薔薇と十字架：ロシア文学の世界』青土社，1981年。

安井侑子『ペテルブルグ悲歌：アフマートワの詩的世界』中央公論社，1989年。

Avril Pyman, *A History of Russian Symbolism*, Cambridge University Press, 1994.

亀山郁夫・大石雅彦編『ロシア・アヴァンギャルド⑤　ポエジア：言葉の復活』国書刊行会，1995年。

マンデリシュターム／早川真理訳『詩集　石』群像社，1998年。

マンデリシターム／斉藤毅訳『言葉と文化：ポエジーをめぐって』水声社，1999年。

Ⅰ-E-5

亀山郁夫・大石雅彦編『ロシア・アヴァンギャルド５　ポエジア：言葉の復活』国書刊行会，1995年。

タチヤナ・コトヴィチ／桑野隆監訳『ロシア・アヴァンギャルド小百科』水声社，2008年。

大石雅彦『彼我等位』水声社，2009年。

ダニイル・ハルムス／増本浩子・ヴァレリー・グレチュコ訳『ハルムスの世界』ヴィレッジブックス，2010年。

ダニイル・ハルムス／小澤裕之編訳『言語機械：ハルムス選集』未知谷，2019年。

小澤裕之『理知のむこう：ダニイル・ハルムスの手法と詩学』未知谷，2019年。

Ⅰ-E-6

タルコフスキー／坂庭淳史訳『雪が降る前に』鳥影社，2012年。

安井侑子『青春：モスクワと詩人たち』晶文社，1987年。

草鹿外吉『現代ロシア詩集』土曜美術社，1992年。

ブロツキー／たなかあきみつ訳『ローマ悲歌』群像社，1999年。

鈴木正美『どこにもない言葉を求めて：現代ロシア詩の窓』高志書院，2007年。

Ⅱ-A-1

勝田吉太郎『ロシア政治思想史』創文社，1961年。

ゲルツェン／金子幸彦訳『ロシアにおける革命思想の発達について』岩波文庫，1984年。

長縄光男『評伝ゲルツェン』成文社，2012年。

イヴァーノフ＝ラズームニク／佐野努・佐野洋子訳『ロシア社会思想史』（全２巻）成文社，2013年。

Ⅱ-A-2

Максим А. Антонович. Литературно-критические статьи. М.-Л.: Гослигиздат, 1961.

チェルヌィシェーフスキイ／金子幸彦訳『何をなすべきか』（上・下）岩波文庫，1978-80年。

渡辺雅司『美学の破壊：ピーサレフとニヒリズム』白馬書房，1980年。

石川郁男『ゲルツェンとチェルヌィシェフスキ：ロシア急進主義の世代論争』未來社，1988年。

ブルガーコフほか／長縄光男・御子柴道夫監訳『道標：ロシア革命批判論文集１』現代企画室，1999年。

下里俊行「ペテルブルク『偽装結婚』物語：1860年代末のニヒリストカの新しい生き方」森村敏已ほか編『集いのかたち：歴史における人間関係』柏書房，2004年。

アレクサンドル・ゲルツェン／長縄光男訳『向こう岸から』平凡社，2015年。

Ⅱ-A-3

Георгий В. Плеханов. [От редакции]« Черный передел ». No. 1(1880)//Сочинения. 3-е изд, Т. 1. М.: Гос. изд-во, 1925.

A・ヴァリツキ／日南田静眞訳『ロシア資本主義論争：ナロードニキ社会思想史研究』ミネルヴァ書房，1975年。

和田春樹『マルクス・エンゲルスと革命ロシア』勁草書房，1975年。

サミュエル・H・バロン／白石治朗ほか訳『プレハーノフ：ロシア・マルクス主義の父』恒文社，1978年。

下里俊行「『ナロードニキ』概念の再考」『ロシア史研究』第60号，1997年。

佐々木照央『ラヴローフのナロードニキ主義歴史哲学：虚無を超えて』彩流社，2001年。

斎藤幸平『人新世の「資本論」』集英社新書，2020年。

Ⅱ-A-4

ツィオルコフスキー／早川光雄訳『わが宇宙への空想』理論社，1967年。

オドエフスキーほか／深見弾訳『ロシア・ソビエト SF 傑作集』（上）東京創元社，1979年。

S・G・セミョーノヴァ，A・G・ガーチェヴァ編著／西中村浩訳『ロシアの宇宙精神』せりか書房，1997年。

スヴェトラーナ・セミョーノヴァ／安岡治子・亀山郁夫訳『フョードロフ伝』水声社，1998年。

ヴェルナツキイ／梶雅範訳『ノースフェーラ：惑星現象としての科学的思考』水声社，2017年。

的川泰宣『宇宙飛行の父ツィオルコフスキー：人類が宇宙へ行くまで』勉誠出版，2017年。

Ⅱ-A-5

水野忠夫編『ロシア・フォルマリズム文学論集１，２』せりか書房，1984年。

ウラジーミル・プロップ／北岡誠司ほか訳『昔話の形態学』水声社，1987年。

桑野隆・大石雅彦編『ロシア・アヴァンギャルド６　フォルマリズム　詩的言語論』国書刊行会，1988年。

佐藤千登勢『シクロフスキイ　規範の破壊者』南雲堂フェニックス，2006年。

ヴィクトル・シクロフスキイほか／桑野隆訳『レーニンの言語』水声社，2005年。
貝澤哉・野中進・中村唯史編『ロシア・フォルマリズム　言語・メディア・知覚』せりか書房，2012年。
ロマン・ヤコブソン／桑野隆訳『ヤコブソン・セレクション』平凡社ライブラリー，2015年。

Ⅱ-A-6
ミハイル・バフチン／伊東一郎・佐々木寛訳『ミハイル・バフチン全著作　第１巻　芸術と責任，行為の哲学によせて，美的活動における作者と主人公 他』水声社，1999年。
カテリーナ・クラーク，マイケル・ホルクイスト／川端香男里・鈴木晶訳『ミハイール・バフチーンの世界』せりか書房，1990年。
貝澤哉「哄笑される悲劇，あるいは小説は存在しない　ミハイル・バフチンの小説論における「悲劇」と「笑い」について」『早稲田現代文芸研究』第３号，2013年，36-49頁。
ミハイル・バフチン／貝澤哉訳「「哲学的な驚き」から　一九四〇―一九七〇年代の草稿断片より」『ゲンロン９』第一期終刊号，2018年，142-159頁。
貝澤哉「現象学から笑いと小説の理論へ」『ゲンロン９』第一期終刊号，2018年，160-166頁。
桑野隆『増補 バフチン』平凡社ライブラリー，2020年。

Ⅱ-A-7
V・V・イワーノフ，Yu・M・ロトマン，V・N・トポロフ，A・M・ピャチゴールスキー，B・A・ウスペンスキー／磯谷孝訳「文化の記号論的研究のためのテーゼ：スラヴテキストに即して」『現代思想』1982年９-10月号。
Вяч. Вс. イワーノフ／田中ひろし訳『偶数と奇数の記号論：脳と諸記号システムの非対称』青木書店，1988年。

Ⅱ-B-1
Анциферов Н. П. Душа Петербурга. Петербург: Брокгауз-Ефрон, 1922.
Лотман Ю. М. Символика Петербурга и проблемы семиотики города // Ученые записки Тартуского университета（Труды по знаковым системам）. Тарту, 1984. Вып. 664, № 8. С. 30–45.
Топоров В. Н. Петербург и « Петербургский текст русской литературы »（Введение в тему）// *Топоров В. Н.* Миф. Ритуал. Символ. Образ: Исследования в области мифопоэтического: Избранное. М.: Прогресс — Культура, 1995. С. 259–367.
大石雅彦『聖ペテルブルク』水声社，1996年。
望月哲男編『創像都市ペテルブルグ：歴史・科学・文化』（スラブ・ユーラシア叢書２）北海道大学出版会，2007年。
近藤昌夫『ペテルブルク・ロシア：文学都市の神話学』未知谷，2014年。
海野弘『ロシアの世紀末：〈銀の時代〉への旅』新曜社，2017年。

Ⅱ-B-2
木村崇ほか編『カフカース：二つの文明が交差する境界』（第Ⅲ部「ロシア文学とカフカース」）彩流社，2006年。
乗松亨平『リアリズムの条件：ロシア近代文学の成立と植民地表象』水声社，2009年。
中村唯史「特権的トポスのはじまり：コーカサス表象の原型と『他者の声』について」前田弘毅編『多様性と可能性のコーカサス：民族紛争を超えて』北海道大学出版会，2009年，155-183頁。

Ⅱ-B-3
Otto Boele, *The North in Russian Romantic Literature*, Amsterdam-Atlanta: Rodopi, 1996.
Christopher Ely, *This Meager Nature: Landscape and National Identity in Imperial Russia*, Northern Illinois Univ. Press, 2002.
望月哲男「ロシアの空間イメージによせて」松里公孝編『講座スラヴ・ユーラシア学３　ユーラシア：帝国の大陸』講談社，2008年，139-176頁。

Ⅱ-B-4
ゴーゴリ／平井肇訳『ディカーニカ近郷夜話』（前篇・後篇）岩波文庫，1937年。
プーシキン／蔵原惟人訳『ジプシー・青銅の騎手』岩波文庫，1951年（「ポルタワ」を所収）。
ブルガーコフ／中田甫・浅川彰三訳『白衛軍』群像社，1993年。
ゴーゴリ／原久一郎訳『タラス・ブーリバ』潮出版社，2000年。
ソモフ／田辺佐保子訳『ソモフの妖怪物語』群像社，2011年。
鳥山祐介「イズマイロフ『南ロシアへの旅』に描かれたウクライナ：「風景」「歴史」「信仰」を巡る感傷旅行」中村唯史編『ロシアの南：近代ロシア文化におけるヴォルガ下流域，ウクライナ，クリミア，コーカサス表象の研究』山形大学人文学部叢書，2014年，1-22頁。
伊東一郎『ガリツィアの森：ロシア・東欧比較文化論集』水声社，2019年。

Ⅱ-C-1
Бонч-Бруевич В. Л. Баптисты, Бегуны, Духоборцы, Л. Толстой о скопчестве, Павловцы Помрцы, Старообрядцы, Скопцы, Штундисты. С.-Петербург, 1908.
木村毅『ドゥホボール教徒の話：武器を放棄した戦士たち』恒文社，1979年。
江川卓『謎とき「罪と罰」』新潮選書，1986年。
中村喜和『聖なるロシアを求めて：旧教徒のユートピア伝説』平凡社，1990年。
森安達也『東方キリスト教の世界』山川出版社，1991年。
Roy R. Robson, *Old Believers in Modern Russia*, DeKelb: Northern Illinois University Press, 1995.
阪本秀昭・中澤敦夫編『ロシア正教古儀式派の歴史と文化』明石書店，2019年。

Ⅱ-C-2
ミハイル・ショーロホフ／原卓也訳『静かなドンⅠ，Ⅱ，Ⅲ』新潮社，1962年。
木村崇・鈴木董・篠野志郎・早坂眞理編『カフカース：二つの文明が交差する境界』彩流社，2006年。
アントン・チェーホフ／松下裕訳『チェーホフ・ユモレスカⅢ』新潮社，2008年。
レフ・トルストイ／乗松亨平訳『コサック　1852年のコーカサス物語』光文社古典新訳文庫，2012年。
ニコライ・ゴーゴリ／福岡星児訳『タラース・ブーリバ』未知谷，2013年。
アレクサンドル・プーシキン／坂庭淳史訳『大尉の娘』光文社古典新訳文庫，2019年。
早坂眞理『近代ポーランド史の固有性と普遍性：跛行するネイション形成』彩流社，2019年。

Ⅱ-C-3
Joshua Kunitz, *Russian Literature and the Jew: A Sociological*

Inquiry into the Nature and Origin of Literary Patterns, Columbia University Press, 1929.

ツヴィ・ギテルマン／池田智『ロシア・ソヴィエトのユダヤ人100年の歴史』明石書店，2002年。

Г. С. Зеленина (сост.). Евреи и жиды в русской классике. Русские писатели о евреях и жидах, Мосты культуры / Гешарим, 2005.

Maxim D. Shrayer (ed.), *An Anthology of Jewish-Russian Literature: Two Centuries of Dual Identity in Prose and Poetry*, M. E. Sharpe, 2007.

赤尾光春「帝政末期におけるロシア作家のユダヤ人擁護活動：ソロヴィヨフ，トルストイ，ゴーリキー，コロレンコを事例として」『ロシア語ロシア文学研究』39(0)，2007年，43-50頁。

ワシーリー・グロスマン／齋藤紘一訳『人生と運命』(全３巻) みすず書房，2012年。

沼野充義『チェーホフ 七分の絶望と三分の希望』講談社，2016年。

Ⅱ-C-4

プーシキン／草鹿外吉・川端香男里訳『プーシキン全集１』河出書房新社，1973年

プラトーノフ／原卓也訳『プラトーノフ作品集』岩波文庫，1992年。

プーシキン／池田健太郎訳『完訳エヴゲーニイ・オネーギン』岩波書店，1996年。

ドストエフスキー／安岡治子訳『地下室の手記』光文社古典新訳文庫，2007年。

ボリース・パステルナーク／工藤正廣訳『ドクトル・ジヴァゴ』未知谷，2013年。

アンナ・アフマートヴァ／木下晴世訳『レクイエム』群像社，2017年。

Ⅱ-C-5

イワン・スイチン／松下裕訳『本のための生涯』図書出版社，1991年。

Jeffray Brooks, *When Russia Learned to Read: Literacy and Popular Literature, 1861-1917*, Northwestern UP, 2003.

貝澤哉「19世紀後半から20世紀初頭のロシアにおける文学教育と文学の国民化：ギムナジアにおける文学教育カリキュラムをめぐって」『スラヴ研究』53号，2006年，61-91頁。

Рейтблат А. И. От Бовы к Бальмонту и другие работы по ситорической социологии русской литературы. М.: НЛО, 2009.

番場俊『ドストエフスキーと小説の問い』水声社，2012年。

大野斉子『メディアと文学：ゴーゴリが古典になるまで』群像社，2017年。

巽由紀子『ツァーリと大衆：近代ロシアの読書の社会史』東京大学出版会，2019年。

Ⅱ-C-6

貝澤哉「ベルリンのロシア文学 1921-1923 『ひとつのロシア文学をもとめて』」柳富子編著『ロシア文化の森へ 比較文化の総合研究』ナダ出版センター，2001年（『比較文学年誌』第27号，1991年の再録），330-353頁。

沼野充義『亡命文学論』作品社，2002年。

諫早勇一『ロシア人たちのベルリン：革命と大量亡命の時代』東洋書店，2014年。

Ⅱ-C-7

チンギス・アイトマートフ／岡林茱萸訳『白い汽船』飯塚書店，1974年。

ユーリー・ルィトヘウ／浅見昇吾訳『クジラの消えた日』青空出版社，1998年。

田中克彦『言語からみた民族と国家』岩波現代文庫，2001年。

田中克彦『言語の思想：国家と民族のことば』岩波現代文庫，2003年。

塩川伸明『民族と言語（多民族国家ソ連の興亡Ⅰ）』岩波書店，2004年。

中村唯史「帝国と詩人：「ソ連多民族文化」とダゲスタンのアヴァル語作家ラスル・ガムザトフ」松里公孝編『講座スラブ・ユーラシア学３ ユーラシア：帝国の大陸』講談社，2008年，106-136頁。

テリー・マーチン／半谷史郎監修『アファーマティヴ・アクションの帝国：ソ連の民族とナショナリズム 1923年—1939年』明石書店，2011年。

Ⅱ-C-8

Манин В. С. Русский Пейзаж. Более 1000 картин художников XVII–XX веков. М.: Белый город, 2001.

David Jackson, Patty Wageman ed., *Russian Landscape*, Groninger Museum, The National Gallery, BAI, Schoten, Belgium, 2003.

Christopher Ely, *This Meager Nature : Landscapes and National Identity in Imperial Russia*, Northern Illinois University Press, 2009.

望月哲男・前田しほ編『文化空間としてのヴォルガ』北海道大学スラブ研究センター，2012年。

中村唯史編『ロシアの南：近代ロシア文化におけるヴォルガ下流域，ウクライナ，クリミア，コーカサス表象の研究』(山形大学人文学部叢書５）2014年。

Ⅱ-C-9

Robert Stam and Alessandra Raengo, ed., *Literature and Film: A Guide to the Theory and Practice of Film Adaptation*, Malden: Blackwell Publishing, 2005.

Stephen Hutchings and Anat Vernitski, ed., *Russian and Soviet Film Adaptations of Literature, 1900–2001: Screening the Word*, New York: RoutledgeCurzon, 2005.

Зоркая Н. М. Кино. Театр. Литература: Опыт системного анализа. М.: АГРАФ, 2010.

Alexander Burry, *Multi-Mediated Dostoevsky: Transposing Novels into Opera, Film, and Drama*, Evanston: Northwestern University Press, 2011.

Alexander Burry and Frederick H. White, ed., *Border Crossing: Russian Literature into Film*, Edingburgh: Edinburgh University Press, 2016.

Ⅱ-C-10

Цветаева Марина. Театр. М.: Искусство, 1988.

Кузмин М. А. Условности / М. А. Кузмин. М.: РИПОЛ классик, 2018.

Ⅱ-C-11

Siegmann, F. Die Musik im Leben und Schaffen der Russischen Romantiker. Berlin, 1954.

Пушкин в музыке. М.: Советский композитор, 1974.

Песни русских поэтов, 1–2. Ленинград. 1988.

伊東一郎「歌曲におけるプーシキン」『日本プーシキン学会会報』18号，1992年。

田辺佐保子『プーシキンとロシアオペラ』未知谷，2003年。

伊東一郎「ドストエフスキーと音楽」『ガリツィアの森』水声社，

2019年。
伊東一郎「ロシアのアマデウス」(同上)。

Ⅱ-D-1
プーシキン／木村彰一・川端香男里・福岡星児訳『プーシキン全集2 オネーギン・物語詩Ⅱ』河出書房新社，1972年。
B. Л. コマローヴィチ／中村健之介訳『ドストエフスキーの青春』みすず書房，1978年。
ユーリー・ミハイロヴィチ・ロートマン／桑野隆・望月哲男・渡辺雅司訳『ロシア貴族』筑摩書房，1997年。
横山安由美・朝比奈美知子編著『シリーズ・はじめて学ぶ文学史③ はじめて学ぶフランス文学史』ミネルヴァ書房，2002年。
ダニエル・バッジオーニ／今井勉訳『ヨーロッパの言語と国民』筑摩書房，2006年。
山田登世子『メディア都市パリ』藤原書店，2018年。
永井敦子・畠山達・黒岩卓編著『シリーズ・世界の文学をひらく 2　フランス文学の楽しみかた』ミネルヴァ書房，2021年。

Ⅱ-D-2
Жирмунский В. М. Гете в русской литературе. Л.: Художественная Литература, 1937.
V・オドエフスキイ／渡辺雅司訳「ロシヤの夜」『同志社外国文学研究』31号，1982年，66-92頁。
坂庭淳史「ロシア詩によるシェリング哲学の受容：愛智会からチュッチェフへ」『比較文学』44号，2002年，83-98頁。
Александр Гугнин. Основные этапы истории немецко-русских и русско-немецких литературных связей // Балтийский филологический курьер. 2003–№ 3. С. 242–294.

Ⅱ-D-3
Нечаева В. С. Журнал М. М. и Ф. М. Достоевских «Время»（1861–1863）, М.: Наука, 1972.
ヒングリー／川端香男里訳『19世紀ロシアの作家と社会』中公文庫，1984年。
井桁貞義『ドストエフスキイ　言葉の生命』群像社，2003年。
『新版 ロシアを知る事典』平凡社，2004年。

Ⅱ-D-4
日本ロシア文学会編『日本人とロシア語：ロシア語教育の歴史』ナウカ，2000年。
籾内裕子『日本近代文学と「猟人日記」：二葉亭四迷と嵯峨の屋おむろにおける「猟人日記」翻訳の意義を通して』水声社，2006年。
加藤百合『明治期露西亜文学翻訳論攷』東洋書店，2012年。
蓜島亘『ロシア文学翻訳者列伝』東洋書店，2012年。
立本紘之『転形期芸術運動の道標：戦後日本共産党の源流としての戦前期プロレタリア文学運動』晃洋書房，2020年。

Ⅱ-D-5
Myler Wilkinson, *Hemingway and Turgenev: The Nature of Literary Influence*, Ann Arbor: UMI Research Press, 1986.
Rachel May, *The Translator in the Text: On Reading Russian Literature in English*, Northwestern University Press, 1994.
亀井俊介『アメリカ文学史講義2　自然と文明の争い　金めっき時代から一九二〇年代まで』南雲堂，1998年。
Maria Bloshteyn, "Dostoevsky and the Literature of the American South," *The Southern Literary Journal*, Vol. 37, No. 1 (Fall, 2004), pp. 1-24.
秋草俊一郎「ロシア文学「亡命」第五の波：あるいは二一世紀の宇宙犬たち」『ユリイカ』548号，2008年，150-157頁。
井上健「アメリカン・チェーホフの系譜」井桁貞義・井上健編『チェーホフの短篇小説はいかに読まれてきたか』世界思想社，2013年，81-112頁。
ウラジーミル・ナボコフ／若島正訳『アーダ』(上・下) 早川書房，2017年。

Ⅱ-D-6
『瞿秋白文集』文学編全6巻，政治理論編全8巻，人民文学出版社，1985-98年。
鈴木将久「余計なことば：瞿秋白『多余的話』における「語ること」と「演じること」」『中国哲学研究』第13号，1999年。
『郁達夫全集』(全12巻) 浙江大学出版社，2007年。
陳国恩・庄桂成・雍青等『俄蘇文学在中国的伝播与接受』中国社会科学出版社，2009年。
大東和重『郁達夫と大正文学』東京大学出版会，2012年。
白井澄世『近代中国におけるロシア文学の受容：李大釗・魯迅・瞿秋白ら五四期知識人を中心に』東京大学大学院人文社会系研究科博士学位論文，2012年。

Ⅱ-D-7
ホセ・ソレル・プイグ／飯田規和訳『ベルチリヨン 166：キューバ革命の一日』新日本出版社，1963年。
マヤコフスキー／小笠原豊樹・関根弘訳『マヤコフスキー選集 Ⅱ』飯塚書店，1964年。
Manuel Cofiño, *La última mujer y el próximo combate*, Siglo XXI, México D. F., 1972.
エフトゥシェンコ／草鹿外吉訳『エフトゥシェンコ詩集』飯塚書店，1973年。
トマス・グティエレス＝アレア監督『低開発の記憶：メモリアス』(DVD)，Action Inc.，2008年。
久野量一「ポストソ連時代のキューバ文学を読む：キューバはソ連をどう描いたか？」『れにくさ』2016年，129-140頁。
アナ・リディア・ベガ・セローバ／久野量一訳「蝕」『すばる』2016年11月号，212-219頁。

■人名索引■

•頁の太字は項目見出しにあることを示す。

ア 行

カ 行

サ　行

タ　行

ナ　行

ハ　行

マ 行

ヤ 行

ラ 行

ワ 行

■作品（著作）名索引■

• 頁の太字は項目見出しにあることを示す。

ア　行

カ　行

タ 行

ヤ 行

ラ 行

ワ 行

■事項索引■

執筆者紹介（氏名／よみがな／現職／五十音順／＊は編著者）　執筆担当は本文末に明記

相沢直樹（あいざわ・なおき）
山形大学人文社会科学部教授

赤尾光春（あかお・みつはる）
大阪大学文学部非常勤講師

秋草俊一郎（あきくさ・しゅんいちろう）
日本大学大学院総合社会情報研究科准教授

安達大輔（あだち・だいすけ）
北海道大学スラブ・ユーラシア研究センター准教授

安達紀子（あだち・のりこ）
早稲田大学非常勤講師

伊東一郎（いとう・いちろう）
早稲田大学名誉教授

岩本和久（いわもと・かずひさ）
札幌大学地域共創学群教授

大西郁夫（おおにし・いくお）
北海道大学名誉教授

大野斉子（おおの・ときこ）
宇都宮大学国際学部准教授

大平陽一（おおひら・よういち）
天理大学国際学部教授

大山麻稀子（おおやま・まきこ）
神奈川県日本ユーラシア協会副会長

＊小椋　彩（おぐら・ひかる）
奥付編著者紹介参照

小澤裕之（おざわ・ひろゆき）
日本学術振興会特別研究員 PD

小俣智史（おまた・ともふみ）
早稲田大学文学学術院講師（任期付）

貝澤　哉（かいざわ・はじめ）
早稲田大学文学学術院教授

角　伸明（かく・のぶあき）
関西大学外国語学部非常勤講師

覚張シルビア（かくばり・しるびあ）
創価大学ロシアセンター

梶山祐治（かじやま・ゆうじ）
筑波大学国際局グローバル・コモンズ UIA

木下晴世（きのした・はるよ）
翻訳家

木村　崇（きむら・たかし）
京都大学名誉教授

久野量一（くの・りょういち）
東京外国語大学大学院総合国際学研究院教授

鴻野わか菜（こうの・わかな）
早稲田大学教育・総合科学学術院教授

郡　伸哉（こおり・しんや）
中京大学国際学部教授

越野　剛（こしの・ごう）
慶應義塾大学文学部准教授

古宮路子（こみや・みちこ）
東京大学大学院人文社会系研究科助教

斉藤　毅（さいとう・たけし）
大妻女子大学比較文化学部非常勤講師

＊坂庭淳史（さかにわ・あつし）
奥付編著者紹介参照

笹山　啓（ささやま・ひろし）
日本学術振興会特別研究員 PD

佐藤雄亮（さとう・ゆうすけ）
モスクワ大学付属アジア・アフリカ諸国大学専任講師

下里俊行（しもさと・としゆき）
上越教育大学大学院学校教育研究科教授

杉野ゆり（すぎの・ゆり）
ロシア文学者

鈴木将久（すずき・まさひさ）
東京大学大学院人文社会系研究科教授

鈴木正美（すずき・まさみ）
新潟大学人文学部教授

髙田映介（たかだ・えいすけ）
神戸大学大学院国際文化学研究科専任講師

高橋誠一郎（たかはし・せいいちろう）
元東海大学教授

竹内恵子（たけうち・けいこ）
放送大学非常勤講師

武田昭文（たけだ・あきふみ）
富山大学人文学部教授

楯岡求美（たておか・くみ）
東京大学大学院人文社会系研究科教授

塚本善也（つかもと・ぜんや）
中国文化大学国際暨外語学院准教授

東海晃久（とうかい・あきひさ）
神戸市外国語大学非常勤講師・翻訳家

鳥山祐介（とりやま・ゆうすけ）
東京大学大学院総合文化研究科准教授

中澤敦夫（なかざわ・あつお）
富山大学名誉教授

長縄光男（ながなわ・みつお）
横浜国立大学名誉教授

中野悠希（なかの・ゆうき）
神戸大学非常勤講師

中野幸男（なかの・ゆきお）
同志社大学グローバル地域文化学部助教

＊中村唯史（なかむら・ただし）
奥付編著者紹介参照

奈倉有里（なぐら・ゆり）
早稲田大学教育学部非常勤講師

沼野恭子（ぬまの・きょうこ）
東京外国語大学大学院総合国際学研究院教授

沼野充義（ぬまの・みつよし）
東京大学名誉教授

野中　進（のなか・すすむ）
埼玉大学大学院人文科学研究科教授

乗松亨平（のりまつ・きょうへい）
東京大学大学院総合文化研究科教授

長谷川　章（はせがわ・あきら）
秋田大学教育文化学部教授

番場　俊（ばんば・さとし）
新潟大学人文社会科学系教授

平松潤奈（ひらまつ・じゅんな）
金沢大学国際基幹教育院准教授

福間加容（ふくま・かよ）
ロシア美術史家

前田和泉（まえだ・いずみ）
東京外国語大学大学院総合国際学研究院教授

前田しほ（まえだ・しほ）
島根大学法文学部准教授

松下隆志（まつした・たかし）
岩手大学人文社会科学部准教授

丸山由紀子（まるやま・ゆきこ）
東京大学教養学部非常勤講師

三浦清美（みうら・きよはる）
早稲田大学文学学術院教授

宮川絹代（みやがわ・きぬよ）
東京大学教養学部非常勤講師

宮澤淳一（みやざわ・じゅんいち）
青山学院大学総合文化政策学部教授

三好俊介（みよし・しゅんすけ）
駒澤大学総合教育研究部准教授

村田真一（むらた・しんいち）
上智大学外国語学部教授

毛利公美（もうり・くみ）
東京大学教養学部非常勤講師

望月哲男（もちづき・てつお）
中央学院大学現代教養学部特任教授

守屋　愛（もりや・あい）
慶應義塾大学・お茶の水女子大学・早稲田大学非常勤講師

安岡治子（やすおか・はるこ）
東京大学名誉教授

山路明日太（やまじ・あすた）
中京大学国際学部非常勤講師

ヨコタ村上孝之（よこたむらかみ・たかゆき）
大阪大学大学院人文科学研究科准教授

《編著者紹介》

中村唯史（なかむら・ただし／1965年生まれ）
京都大学大学院文学研究科教授
『自叙の迷宮：近代ロシア文化における自伝的言説』（共編著，水声社，2018年）
『映像の中の冷戦後世界：ロシア・ドイツ・東欧研究とフィルム・アーカイブ』（共編著，山形大学出版会，2013年）
『再考ロシア・フォルマリズム：言語・メディア・知覚』（共編著，せりか書房，2012年）
ヴィクトル・ペレーヴィン『恐怖の兜』（訳・解説，角川書店，2006年）

坂庭淳史（さかにわ・あつし／1972年生まれ）
早稲田大学文学学術院教授
『プーシキンを読む：研究のファースト・ステップ』（ナウカ出版，2014年）
『フョードル・チュッチェフ研究：十九世紀ロシアの「自己意識」』（マニュアルハウス，2007年）
アレクサンドル・プーシキン『大尉の娘』（訳・解説，光文社，2019年）
アルセーニー・タルコフスキー『雪が降るまえに』（訳・解説，鳥影社，2007年）

小椋　彩（おぐら・ひかる）
北海道大学大学院メディア・コミュニケーション研究院助教
「亡命者の交差点：1950年代パリのレーミゾフのアパートで」（『SLAVISTIKA』35号，2020年）
О восточном мышлении в творчестве Ольги Токарчук. Славянский альманах. 2016. Вып. 3-4.（Индрик, 2016）
オルガ・トカルチュク『優しい語り手』（共訳，岩波書店，2021年）
オルガ・トカルチュク『プラヴィエクとそのほかの時代』（訳・解説，松籟社，2019年）
オルガ・トカルチュク『逃亡派』（訳・解説，白水社，2014年）

シリーズ・世界の文学をひらく⑥
ロシア文学からの旅
――交錯する人と言葉――

2022年5月30日　初版第1刷発行　〈検印省略〉

定価はカバーに
表示しています

編著者　中村唯史
　　　　坂庭淳史
　　　　小椋　彩
発行者　杉田啓三
印刷者　田中雅博

発行所　株式会社　ミネルヴァ書房
〒607-8494　京都市山科区日ノ岡堤谷町1
電話代表（075）581-5191
振替口座　01020-0-8076

©中村・坂庭・小椋ほか，2022
創栄図書印刷・新生製本

ISBN978-4-623-09400-4
Printed in Japan

シリーズ・世界の文学をひらく

①ドイツ文学の道しるべ　畠山寛・吉中俊貴・岡本和子編著　Ｂ５判・268頁　本　体 2800円
・ニーベルンゲンから多和田葉子まで

②フランス文学の楽しみかた　永井敦子・畠山達・黒岩卓編著　Ｂ５判・258頁　本　体 2800円
・ウェルギリウスからル・クレジオまで

③深まりゆくアメリカ文学　竹内理矢・山本洋平編著　Ｂ５判・256頁　本　体 2800円
・源流と展開

④中国文学をつまみ食い　武田雅哉・加部勇一郎・田村容子編著　Ｂ５判・266頁　本　体 2800円
・『詩経』から『三体』まで

⑤日本文学の見取り図　千葉一幹・西川貴子・松田浩・中丸貴史編著　Ｂ５判・266頁　本　体 2800円
・宮崎駿から古事記まで

⑥ロシア文学からの旅　中村唯史・坂庭淳史・小椋彩編著　Ｂ５判・256頁　本　体 2800円
・交錯する人と言葉

ロシア文化 55のキーワード　沼野充義・沼野恭子・平松潤奈・乗松亨平編著　Ａ５判・306頁　本　体 2600円

二葉亭四迷　ヨコタ村上孝之著　四六判・328頁　本　体 3500円
・くたばってしまえ

近代文学者たちのロシア　松枝佳奈著　Ａ５判・552頁　本　体 8500円
・二葉亭四迷・内田魯庵・大庭柯公

ミネルヴァ書房

https://www.minervashobo.co.jp/